翻译研究论丛

Literature and Translation

文学与翻译

许渊冲 著

北京大学出版社
PEKING UNIVERSITY PRESS

图书在版编目（CIP）数据

文学与翻译／许渊冲著．—北京：北京大学出版社，2016.10
（翻译研究论丛）
ISBN 978-7-301-27200-8

Ⅰ.①文… Ⅱ.①许… Ⅲ.①文学翻译—研究 Ⅳ.①I046

中国版本图书馆 CIP 数据核字（2016）第 122640 号

北京市社会科学理论著作出版基金资助项目

书　　名	文学与翻译 WENXUE YU FANYI
著作责任者	许渊冲　著
责任编辑	郝妮娜　严胜男
标准书号	ISBN 978-7-301-27200-8
出版发行	北京大学出版社
地　　址	北京市海淀区成府路 205 号　100871
网　　址	http://www.pup.cn　新浪微博：@北京大学出版社
电子信箱	bdhnn2011@126.com
电　　话	邮购部 62752015　发行部 62750672　编辑部 62759634
印刷者	北京虎彩文化传播有限公司
经销者	新华书店
	720 毫米×1020 毫米　16 开本　33.5 印张　600 千字 2016 年 10 月第 1 版　2021 年 6 月第 4 次印刷
定　　价	88.00 元

未经许可，不得以任何方式复制或抄袭本书之部分或全部内容。
版权所有，翻版必究
举报电话：010-62752024　电子信箱：fd@pup.pku.edu.cn
图书如有印装质量问题，请与出版部联系，电话：010-62756370

前　言

　　文学翻译是艺术的高级形式。绘画、音乐、戏剧是不同的艺术。绘画要有悦目的形美，音乐要有悦耳的音美，戏剧要有感人的意美。文学翻译，尤其是诗词翻译，需要意美、音美、形美，所以是综合性的艺术。文学翻译家要像画家一样使人如历其境，像音乐家一样使人如闻其声，像演员一样使观众如见其人，因此，文学翻译作品应该是原作者用译语的创作。

　　什么是翻译？翻译是两种语言的统一。什么是文学翻译？文学翻译是两种语言、两种文化的统一，而统一应该是提高。词汇是语言文化的基因，两种语文的词汇有时相等，有时不等；相等时，两种语文处于均势，不等时，一种处于优势，另一种处于劣势。统一时，如果两种语文处于均势，那自然好；如果一优一劣，那就要争取优势，所以说统一就是提高。统一的结果是译文，译文应该改变译语的劣势，争取均势，最好能够发挥译语的优势。争取均势，可以用等化的方法；改变劣势，可以用浅化的方法；发挥优势，可以用深化的方法。浅化可以使人知之，等化可以使人好之，深化可以使人乐之。

　　总而言之，意美、音美、形美（三美论）是文学（尤其是诗词）翻译的本体论；优势、均势、劣势（三势论）是两种语言关系的认识论；深化、等化、浅化（三化论）是文学翻译的方法论；知之、好之、乐之（三之论）是文学翻译的目的论。总起来说，艺术论是文学翻译的认识论；简单说来，文学翻译就是"美化之艺术"，三美、三化、三之的艺术。

　　在我看来，"信、达、雅"三字经可以理解为"信、达、优"。"优"就是发挥译语优势，就是用译语最好的表达方式，用富有意美、音美、形美的词语，换句话说，"优"就是"美"。其次，深化、等化、浅化（三化论）说明"对等论"只能解决西方语文之间的翻译问题，不能解决中西文学翻译的难题；"三化"包括等化，但不是对等，而是创造，"化"就是

"创"。创的结果是使译作和原作意似、形似、神似,目的是使读者知之、好之、乐之。意似使人知之,形似而意似使人好之,神似使人乐之,这是"三似"和"三之"的关系。"美化"就是"创优","优"有高下之分,所以创优就是竞赛,看哪种语文更能表达原作的内容。总起来说,文学译论也可以说是"创优似竞赛":"优"是文学翻译的本体论,"创"是方法论,"似"是目的论,"竞赛"是认识论,和前面提到的"美化之艺术"加起来,一共是十个字:美化之艺术,创优似竞赛。

这就是我积六十年文学翻译的经验(用中、英、法文出版了五十多本文学作品,把两千多首诗词译成英、法韵文)总结出来的理论。我的理论有实践的成果,如把"不爱红装爱武装"译成"to face the powder and not to powder the face",这个译文既不合乎"信、达、切"的要求,也不是"最佳近似度"。那么,到底是要这种翻译,还是要"信、达、切"或"最佳近似度"的理论呢?我认为检验真理的唯一标准是实践。如果理论不能解释或者产生好的翻译,那就要修改理论。

最近,我还把最新的科学成就融入了文学翻译的艺术。在数学方面,我提出了文学翻译的模糊数学公式是 $1+1>2$(意大于言);在物理方面,我把超导理论引入文学翻译,提出译文传导的信息可以超越原文(超导论);在化学方面,我说过文学翻译是把一国创造的美转化为全球美的"化学";在生命科学方面,我又把克隆理论引入文学翻译,认为引进优质基因,可以改善译文,甚至超越原文(克隆论)。

本书分上、下两编,既谈文学翻译的理论,又把这些理论应用于文学翻译作品。翻译理论应该是双向的,也就是说,既可应用于外译中,又可应用于中译外。因此,本书作者把"美化之艺术,创优似竞赛"的理论,一方面既应用于翻译英国莎士比亚的戏剧,司各特的小说,拜伦、雪莱的诗歌,又应用于翻译法国雨果、司汤达、巴尔扎克、莫泊桑、罗曼·罗兰等作家的作品;另一方面,还应用于中国的《诗经》《楚辞》、唐诗、宋词的英译和法译。因此,本书可以说是创造性地总结了文学翻译经验的理论著作。

2003 年 4 月 18 日

目录
Contents

上 编

再 创 论 / 3

翻译中的实践论 / 20

以创补失论 / 30

翻译与评论
　　——"超导论" / 41

针对弱点超越论 / 50

发挥译语优势论 / 55

翻译的哲学 / 64

三美·三化·三之 / 72

文学翻译与翻译文学 / 90

文学翻译：1+1=3 / 97

诗词·翻译·文化 / 106

译诗六论 / 118

译学与《易经》 / 139

宣示义与启示义 / 150

语言文化竞赛论 / 159

文学翻译何去何从？/ 168

谈"比较翻译学" / 176

从诗的定义看诗词的译法
　　——韵体译诗弊大于利吗？/ 183

谈重译 / 189

名著·名译·译风 / 194

美化之艺术 / 199

译学要敢为天下先 / 208

再创作与翻译风格 / 221

新世纪的新译论
——优势竞赛论 / 230

再谈优势竞赛论 / 239

文学翻译克隆论 / 245

下 编

谈《诗经》英、法译 / 255

谈陶诗英、法译 / 267

谈《唐诗三百首》英译 / 278

谈王勃《滕王阁诗》英译 / 286

谈白居易《长恨歌》英译 / 291

谈李商隐诗的英、法译
——兼谈钱锺书的译论与诗论 / 307

谈《唐宋词三百首》英译 / 320

谈李璟词英译 / 326

谈李煜词英译 / 334

谈李清照词英译 / 399

巴尔扎克《人生的开始》汉译本比较 / 498

莫泊桑《水上》新旧译本比较 / 511

为什么重译《约翰·克里斯托夫》/ 519

著译表 / 528

上编

再 创 论

本文原题名为《文学翻译等于创作》：(1) 用狄更斯的译例来说明：翻译"好像原作者用另外一国文字写自己的作品"；(2) 用罗兰的译例来说明创造性的翻译如何忠实于原作的意图；(3) 用李、杜诗的译例来说明"以创补失"的原则，达到与作者心灵共鸣的状态；(4) 用晏、李词的译例来说明"从心所欲，不逾矩"是创译的最高境界。

《郭沫若论创作》编后记中说：文学翻译"与创作无以异"，"好的翻译等于创作，甚至超过创作"，因此，文学翻译须"寓有创作精神"。① 茅盾也在1954年全国文学翻译工作会议上提出：必须把文学翻译工作提高到艺术创造的水平。② 因此，我想，研究一下创造性的翻译，对打开文学翻译的新局面，也许会有好处。

一、谈英译汉

我国第一个"有创作精神"的文学翻译家是林纾，他翻译的狄更斯作品，有人认为胜过原著。钱锺书在《林纾的翻译》中说："最近，偶尔翻开一本林译小说，出于意外，它居然还没有丧失吸引力。我不但把它看完，并且接二连三，重温了大部分的林译，发现许多都值得重读，尽管漏译误译随处都是。我试找同一作品的后出的——无疑也是比较忠实的——译文来

---

① 见1982年11月16日《人民日报》第8版。
② 见《翻译通讯》1983年第1期。

读,譬如孟德斯鸠和狄更斯的小说,就觉得宁可读原文。这是一个颇耐玩味的事实。"①

林译为什么"还没有丧失吸引力""值得重读"呢?我们来分析一下林纾译的狄更斯《块肉余生述》和后出的董秋斯译的《大卫·科波菲尔》,还有张谷若译的《大卫·考坡菲》。原书第一章第一段最后一句是:

It was remarked that the clock began to strike, and I began to cry, simultaneously.

闻人言,钟声丁丁时,正吾开口作呱呱之声。(林译)

据说,钟开始敲,我也开始哭,两者同时。(董译)

据说那一会儿,当当的钟声,和呱呱的啼声,恰好同时并作。(张译)

比较一下三种译文,可以看出林译富有文采,董译比较平淡,张译虽有文采,但最后四字和董译一样是半文言文,全句风格不够一致。茅盾说过:"翻译的过程,是把译者和原作者合而为一,好像原作者用另外一国文字写自己的作品。这样的翻译既需要译者发挥工作上的创造性,而又要完全忠实于原作的意图。"② 假如狄更斯用文言文来写,可能会写得和林译不相上下;假如他写白话,我想,他大约会说:钟声当当一响,不早不晚,我就呱呱坠地了。

再举一个例子。《大卫·考坡菲》第四章写到大卫在他母亲、继父和姐姐三人监视之下,由于心情紧张,背不出书来时,有这样一段对话:

"Oh, Davy, Davy!"

"Now, Clara," says Mr. Murdstone, "be firm with the boy. Don't say, 'Oh, Davy, Davy!' That's childish. He knows his lesson, or he does not know it."

"He does not know it," Miss Murdstone interposes awfully.

"I am really afraid he does not," says my mother.

"Then, you see, Clara," returns Miss Murdstone, "you should just give him the book back, and make him know it."

"Yes, certainly," says my mother, "that is what I intend to do, my dear Jane. Now, Davy, try once more, and don't be stupid."

---

① 见钱锺书《旧文四篇》第67页。
② 见《翻译通讯》1983年第1期,第16页。

"大卫,大卫。"麦得斯东曰:"克拉拉,汝对此孺子,宜加以坚定之力,勿言大卫大卫,作孺子声,彼能背者背之,不能背则已,讵尔以微声趣之,即能记忆耶!"迦茵曰:"不能背已耳。"母曰:"然,吾颇疑其不能诵也。"迦茵曰:"克拉拉,汝掷还其书,令更熟之。"母曰:"然,吾意亦正尔。大卫,汝更诵之,勿泛勿躁。"(林译)

"噢,卫呀,卫呀!"

"喂,克拉拉,"摩德斯通先生说道,"对待孩子要坚定。不要说'噢,卫呀,卫呀!'那是孩子气的。他或是知道他的功课,或是不知道。"

"他不知道。"摩德斯通小姐恶狠狠地插嘴道。

"我真怕他不知道呢。"我母亲说道。

"那么,你明白,克拉拉,"摩德斯通小姐回答道,"你应当把书给回他,要他知道。"

"是的,当然,"我母亲说道,"这正是我想做的,我亲爱的珍。那,卫,再试一次,不要糊涂。"(董译)

"哦,卫呀,卫呀!"

"我说,珂莱萝,"枚得孙先生说,"对这孩子要坚定。不要净说'哦,卫呀,卫呀'。那太小孩子气了。他会念了就是会念了,没念会就是没念会。"

"他没念会,"枚得孙小姐令人悚然可怕地插了一句说。

"我也恐怕他没念会,"我母亲说。

"那样的话,你要知道,珂莱萝,"枚得孙小姐回答说,"你就该把书还他,叫他再念去。"

"不错,当然该那样,"我母亲说。"我也正想把书还他哪,我的亲爱的捷恩。现在,卫,你再念一遍,可不许再这么笨啦。"(张译)

这段对话最重要的动词是"know",前后出现四次,林译前三次译成"背",第四次译成"熟";董译四次都是"知道",张译第一次是"会念",第二、三次是"念会",第四次是"念"。假如狄更斯能用中文创作,他在这里会用"背"字,还是"念"字,还是"知道"呢?我看大约会用"背"字,决不会用"知道",因为"know"最常用的意义虽然是"知道",但"know one's lines"却是"背熟台词"的意思。对话中有一个形容词"firm",林译、董译、张译都是"坚定"。"firm"最常用的意义固然是"坚定",但是也有"严格"的意思。这里如果译成"坚定",那就是说,大卫的母亲对待孩子有时严格,有时不严,所以继父要她"坚定"。但从上下文看来,继父认为大卫的母亲太"孩子气"了,从来不够严格。因此,假如狄更斯用中文写作的话,这里大约不会用"坚定",而是会用"严格"二字的。

茅盾说过:"好的翻译者一方面阅读外国文字,一方面却以本国的语言进行思索和想象;只有这样才能使自己的译文摆脱原文的语法和语汇的特殊性的拘束,使译文既是纯粹的祖国语言,而又忠实地传达了原作的内容和风格。"① 从以上两个译例看来,林译是"以本国的语言进行思索和想象"的,所以现在"还没有丧失吸引力"。

茅盾接着又说:"我们一方面反对机械地硬译的办法,另一方面也反对完全破坏原文文法结构和语汇用法的绝对自由式的翻译方法。"② 关于绝对自由式的翻译,我手头没有现成的材料,只好用我四十年前在西南联大翻译的英国17世纪诗人德莱顿的诗剧《一切为了爱情》来作例子:

Portents and prodigies have grown so frequent
That they have lost their name.

凶兆异迹,接连而来,人们都看惯了,简直不以为怪。(初稿)

不吉祥的兆头,稀奇古怪的事情,接二连三地发生,但是人们都司空见惯了,觉得一点也不奇怪。(二稿)

怪事年年有,不如今年多,但是今年怪事太多,人们也都司空见惯,反而见怪不怪。(三稿)

凶兆、怪事,不断地发生,人们都司空见惯了,并不觉得奇怪。(四稿)

回忆当时的想法,大约认为初稿平淡无奇,"凶兆异迹"四字没有摆脱原文语汇的拘束,所以就改成二稿。后来又想用更纯粹的祖国语言,于是就改成了三稿。但是三稿脱离原文太远,"凶兆"的意思根本没有翻出来,这就有点像"绝对自由式的翻译"了,所以又改成了四稿。现在看来,创造性的翻译并不"绝对自由",它创造的,应该是原文深层内容所有、原文表层形式所无的东西,所以还是三稿最好。

---

① 见《翻译通讯》1983年第1期,第17页。
② 同上。

二、谈法译汉

茅盾在 1954 年全国文学翻译工作会议上说:"文学的翻译是用另一种语言,把原作的艺术意境传达出来,使读者在读译文的时候能够像读原作时一样得到启发、感动和美的感受。这样的翻译,自然不是单纯技术性的语言外形的变易,而是要求译者通过原作的语言外形,深刻地体会了原作者的艺术创造的过程,把握住原作的精神,在自己的思想、感情、生活体验中找到最适合的印证,然后运用适合于原作风格的文学语言,把原作的内容与形式正确无遗地再现出来。"[①] 我觉得体会原作者的艺术创造的过程,就是要了解原作的意图,这是创造性翻译的第一步工作。

最近出版了罗大冈翻译的罗曼·罗兰的小说《母与子》。译者在"译本序"中说:罗曼·罗兰"认为人生如梦,小说的主人公安乃德每次开始一场新的幻梦时,感到欢欣鼓舞,如同受到魔法的魅惑一样,……因此他把小说的女主人公叫作受魅惑而欢欣鼓舞的灵魂"。这是翻译的第一步,译者了解了原作的意图;第二步就该用"适合于原作风格的文学语言"来再现原作的内容了。译者过去把书名 *l'Ame Enchantée* 译为《欣悦的灵魂》,说是"接近直译而非完全直译"。我却觉得这个译名只是"单纯技术性的语言外形的变易",因为它没有"把原作的艺术意境传达出来"。如果要用"纯粹的祖国语言"来翻译这个书名,是不是可以用"心醉神迷"或者"神迷"两个字呢?我觉得这本书头三段就是描写女主人公安乃德"心醉神迷"状态的缩影。现在来看看头三段的原文和罗译:

> Elle était assise près de la fenêtre, tournant le dos au jour, recevant sur son cou et sa forte nuque les rayons du soleil couchant. Elle venait de rentrer. Pour la première fois depuis des mois, Annette avait passé la journée dehors, dans la campagne, marchant et s'enivrant de ce soleil de printemps. Soleil grisant, comme un vin pur, que ne trempe aucune ombre des arbres dépouillés, et qu'avive l'air frais de l'hiver qui s'en va. Sa tête bourdonnait, ses artères battaient, et ses yeux étaient pleins des torrents de lumière. Rouge et or sous ses paupières closes. Or et rouge dans son corps. Immobile, engourdie sur sa chaise, un instant, elle

---

① 见《翻译通讯》1983 年第 1 期,第 16 页。

perdit conscience…

Un étang, au milieu des bois, avec une plaque de soleil comme un œil. Autour, un cercle d'arbres aux troncs fourrés de mousse. Désir de baigner son corps. Elle se trouve dévêtue. La main glacée de l'eau palpe ses pieds et ses genoux. Torpeur de volupté. Dans l'étang rouge et or elle se contemple nue… Un sentiment de gêne, obscure, indéfinissable : comme si d'autres yeux à l'affût la voyaient. Afin d'y échapper, elle entre plus avant dans l'eau, qui monte jusque sous le menton. L'eau sinueuse devient une étreinte vivante ; et des lianes grasses s'entourent à ses jambes. Elle veut se dégager, elle enfonce dans la vase. Tout en haut, sur l'étang, dort la plaque de soleil. Elle donne avec colère un coup de talon au fond, et remonte à la surface. L'eau maintenant est grise, terne, salie. Sur son écaille luisante, mais toujours le soleil… Annette, au bras d'un saule qui pend sur l'étang, s'accroche, pour s'arracher à l'humide souillure. Le rameau feuillu, comme une aile, couvre les épaules et les reins nus. L'ombre de la nuit tombe, et l'air froid sur la nuque…

Elle sort de sa torpeur. Depuis qu'elle y a sombré, quelques secondes à peine se sont écoulées. Le soleil disparaît derrière les coteaux de Saint-Cloud. C'est la fraîcheur du soir.

安乃德坐在窗前，背朝窗外，夕阳照在她的脖子和粗壮的后颈上。她刚刚从外边回屋。几个月以来，她一直没有像今天似地整日在外面奔跑，在田野间，一边走，一边陶醉于春天的暖阳中。熏人的阳光，如同美酒一样，光秃的树枝没有在酒中投下阴影，而正在消逝的寒冬，却用清新的空气增加了它醉人的力量。她的脑袋嗡嗡作响，血脉疾跳，眼前涌现一片奔流的光波。在她闭着的眼皮底下，浮现出大红和金黄颜色。在她身上，也有一片金黄和大红。一动也不动，四肢麻木地坐在椅子上，瞬息间，她失去了清醒的意识……

在树林里，展开一片水塘，水上照着一团阳光，好比一只眼睛。四边的树干披着青苔做成的皮袄，围成一圈。安乃德发生了沐浴的愿望。她发现自己衣服全已脱光。池水用冰冷的手抚摩她的脚、她的膝盖。极大的快感使她遍身发麻。在大红和金黄色的池塘里,她观赏着自己的赤裸的身体……她感到一种说不清楚的、莫名其妙的、困窘的情绪:好像旁边有别的眼睛在窥视,别人看见了她。为了逃避这种目光,她走向更深的水中,水一直没到下巴。池水的涟漪活泼地拥抱她;滑腻的水藻缠住了她的腿。她想挣脱,反而陷入淤泥。高高地照在池面上的那一团阳光正在沉睡。她生气地用脚跟顿了池底一下,于是重新浮到水面。水,现在是灰色、暗淡而混浊的。在那光亮的鳞甲上,阳光却老是……安乃德为了摆脱湿漉漉的污泥,攀住了一条横卧在水上的柳树枝干。婆娑的枝叶好似一只翅膀,盖住她的赤裸的肩头和腰部。夜幕垂下来了,她觉得脖子后边凉飕飕的……

她从麻木状态中醒来。她沉浸在这种状态,只不过几秒钟。太阳消失在圣克卢丘陵后面。黄昏凉意袭人。

首先,原文第一个词是代词"elle"(她),译文却是名词"安乃德"。一般说来,法文小说是先出现名词,后出现代词的。那么,罗曼·罗兰在这里为什么先用代词,后用名词呢?这就需要深入了解作者的意图了。我想这有两个可能,第一个可能是:作者要突出的不是女主人公这个人,而是她"心醉神迷"的状态。如果译文开宗明义第一句的第一个词就是一个人名,那就会使读者的注意力集中到人名上去,至少要记一下女主人公的名字吧。而罗曼·罗兰希望读者看到的,却只是一个坐在窗前,背朝窗外,浴着落日残辉,"心醉神迷"的少女形象。作者一开始没有点明少女的名字,正是不想分散读者的注意力。我看这种写法有点像我国京剧的亮相。主角出台之前,先在幕后唱上一句,让听众只闻其声,不见其人,听力更加集中,而且更加急着要见其人,等到主角出台,一个亮相,台下就掌声四起了。如果这是原作者的意图,那第一句的第一个字还是不用名词,改用代词好些。第二个可能是:elle(她)代的是 l'âme enchantée(欣悦的灵魂或"心醉神迷"的人儿),那就只译成代词还不够,可以画龙点睛,加上"心醉神迷"四个字。这是原文内容所有、原文形式所无的词语,是"深刻地体会了原作者的艺术创造的过程"之后,用来再现原作的"文学语言"。

原文女主人公的名字直到第三句才出现。接着,第四句、第六句、第七句的主句都没有用动词。这是什么缘故?原作的意图是什么?"原作者的艺术创造的过程"是怎样的?这又需要"在自己的思想、感情、生活体验中找到最适合的印证"了。我想，罗曼·罗兰不用动词，还是为了突出描写女主人公"心醉神迷"的状态。因为一个人在出神的时候，是不太会注意到外界动态的，所以作者使我们看到的，不是连续不断的动作，而是一幅幅静态的图画。因此，翻译的时候也应该尽量少用动词。译文第四句"光秃的树枝没有在酒中投下阴影"，这个译法似乎可以商榷。从内容上看，树枝怎么会在"酒"中投下阴影呢？从形式上看，原文代词"que"前面有一个逗号，这就是说，代词不是代前面的"酒"字，而是代更前面的"阳光"。再说，醉人的阳光中没有掺杂一点枯树的阴影，残冬的寒风却使阳光显得更加醉人，不是更突出了令人"心醉神迷"的环境吗？

第一段描写了女主人公"心醉神迷"的外形，第二段就来刻画她"心醉神迷"的内心了。因此，罗曼·罗兰又用了一系列没有动词的句子，来描写女主人公潜意识的活动。潜意识的幻觉往往是一些不相连贯的静态图画：首先，安乃德仿佛看到树林中的一片池塘，水上铺着一层阳光。原文没有用动词，译文加了"展开"二字，这就和作者描写的心理状态不一致。原文说一层阳光或一片阳光，着重的是面积；译文说一团阳光，着重的是体积。到底是"一层"还是"一团"更符合模糊的感觉呢？其次，女主人公恍惚看到长满青苔的老树，译成"四边的树干披着青苔做成的皮袄"，未免太具体了，不符合她出神时的心理状态。第三句写她想洗个澡，或者不如说，想在水里泡泡。原文又没有用动词，译文却不但加了个"发生"，而且加了个主语，仿佛安乃德真要洗澡似的。"愿望"两个字也用得太重，其实不过是一闪而过的"念头"而已。白日做梦的人大约都有这种经验，一想到洗澡，就会发现自己不知道怎么搞的，衣服已经脱掉了，从译文中，读者却不容易得到这种白日梦的感觉。下面写女主人公仿佛浸在凉水中的感觉，"极大的快感"似乎不如"心旷神怡"更能给人美的感受。"她观赏着自己的赤裸的身体"，"观赏"一般需要时间，而这幻觉只是几秒钟的事，所以不如改成"瞧着"。她感到一种"困窘的情绪"，好像有人在偷看她，那就不如说是觉得难为情了。"她走向更深的水中"，又是行动，而在幻觉中，只要一觉得难为情，不必走动，身子就已经浸到水里去了。"池水的涟漪活泼地拥抱她"，原文似乎是说：池水仿佛有了生命，紧紧地拥抱着她那曲线毕露的身体。"在那光亮的鳞甲上"，是不是改成在那发亮的鳞甲似的水面上，更容易懂一点？最后，"她从麻木状态中醒来"，如果说是出神的或"心醉神迷"的状态，那就又切合书名了。

这里只是举一个例子说明创造性的翻译如何忠实于原作意图的问题。

三、谈汉译英

　　以上两部分讲的是翻译散文，结论是：一要"忠实于原作的意图"，二要"用适合于原作风格的文学语言"来再现原作。至于翻译诗词，首先提出来的一个问题是：诗可译不可译？这是一个和"to be or not to be"一样有争论的问题。早有外国学者说过：诗一翻译，就不成其为诗了。最近，我国也有人写了一篇《论诗之不可译》①，并且举了杜甫《月夜》的英、俄译文为例。现在，先把杜甫的原诗和路易·艾黎的英译抄下："今夜鄜州月，闺中只独看。遥怜小儿女，未解忆长安。香雾云鬟湿，清辉玉臂寒。何时倚虚幌，双照泪痕干！"

　　　　This night at Fuchow there will be
　　　　Moonlight, and there she will be
　　　　Gazing into it, with the children
　　　　Already gone to sleep, not even in
　　　　Their dreams and innocence thinking
　　　　Of their father at Changan;
　　　　Her black hair must be wet with the dew
　　　　Of this autumn night, and her white
　　　　Jade arms, chilly with the cold; when,
　　　　Oh, when shall we be together again
　　　　Standing side by side at the window,
　　　　Looking at the moonlight with dried eyes?

"诗之不可译"论者说："艾黎的译文无疑是高水平的"，"不过单就'信'这一点来说，仍不乏可以推敲之处。"如"闺""独""香雾云鬟""虚幌"等词的译法就可以商榷，第一、二行译文不够简练，全诗增加行数太多。但是，能否因此得出结论，说诗是不可译的呢？现在试把《月夜》重译如下：

　　　　Alone in your bed-chamber you would gaze tonight
　　　　At the full moon which over Fuzhou shines so bright.
　　　　Far off, I feel grieved to think of our children dear,

---

① 见《编译参考》1981 年第 1 期。

Too young to yearn for their father in Changan here.
　　Your fragrant cloud-like hair is wet with dew, it seems;
　　Your jade-white arms would feel the cold of clear moonbeams.
　　When can we lean by the window screen side by side,
　　Watching the moon with tears wiped away and eyes dried?

第一行译文用了 would，我觉得更能表明"闺中只独看"是诗人的想像，不是描绘客观的现实。译文每行都是十二个音节，大体整齐，更能传达原诗的"形美"。不过有一利必有一弊，译文要求"形似"，结果显得不够精练，而且节奏也不全是抑扬格。这点我有一个解释，既然原诗并不是一平一仄的，那么译文也不一定要一抑一扬；但从格律体英诗的观点看来，自然还是尽可能符合英诗的格律更好。总而言之，我认为译诗和译散文不同，主要是译诗要传达原诗的意美、音美、形美。根据以上两种译文看来，原诗的"三美"并不是不可传达的，自然传达的程度有所不同。这就正如绘画一样，画中的人物风景和真正的人物风景也有所不同，但并不能因此就说：人物和风景是不能画的。

《国外文学》1982年第1期第11页上说："弗洛斯特（Robert Frost）给诗下了定义：诗就是'在翻译中丧失掉的东西'（what gets lost in translation）。"换句话说，译诗是得不偿失，甚至是有失无得的。我不同意这个说法，我认为译诗有得有失，现试图解如下：

左边的圆圈代表原诗，右边的圆圈代表译诗，两个圆圈交叉的部分就代表译诗"所得"，左边的新月代表译诗"所失"，而右边的新月却代表译诗"所创"。如果"所得"大于"所失"，那就不能说译诗得不偿失；如果"所创"大于"所失"，那就可以说是青出于蓝而胜于蓝了。例如李白的《峨眉山月歌》："峨眉山月半轮秋，影入平羌江水流。夜发清溪向三峡，思君不见下渝州。"日本译者小畑把第一句诗翻译如下：

　　The autumn moon is half round above the Yo-mei mountain;

陆志韦教授在《中国诗五讲》第8页上说："半轮秋"三个字译得不够生动具体，如果译成"half disk autumn"，英美人又会觉得很怪。这就是说，诗意"在翻译中丧失掉"了。但是有没有办法使诗意失而复得呢？我想，这就需要再创作了。假如李白能用英文写诗，他会怎么写呢？大约不会把

"峨眉山"一字一音地写成英文吧。会不会说是 Mount Brow 呢？我看不是没有可能，因为王观的词《卜算子》不就说过"水是眼波横，山是眉峰聚"吗？假如李白也把"峨眉"叫作"眉峰"，那就好办一点，因为半轮新月不也可以叫作眉毛月吗？那把峨眉山上的半轮新月比作秋天的眉毛，虽然形象不全相同，不是也多少可以传达一点原诗的"意美"吗？这样再创作之后，我就斗胆把这句不可翻译的名诗试译如下：

The half moon o'er Mount Brow looks like Autumn's golden brow.

谈到创造性的译诗，瞿秋白说过："你既钦羡于原作的神韵，又得意于译文的形式，你就会不自觉地与原诗人取得心灵上的共鸣，或许就是我们所说的'心有灵犀一点通'吧，保持在这种状态下，你就可以施展你文辞的技巧，用探索和联想去字斟句酌——但不可以松懈、草率，否则神韵立刻会从你的笔下溜走——这样揣摩、选择、提炼、再创造，你不仅会得到一篇好的译诗，而且会使你赢得无上的快乐和久久的陶醉，甚至忘乎所以，以为这竟是自己的新作。"① 这说出了译者心里想说而口里没说出的话。现在，我想从自己的翻译实践中找个例子来做一点说明。杜牧的《清明》几乎是家喻户晓的名诗："清明时节雨纷纷，路上行人欲断魂。借问酒家何处有？牧童遥指杏花村。"《唐人绝句选注析》说："杜牧这首《清明》，写得自然，毫无雕琢之感。用通俗的语言，创造了非常清新生动的形象和优美的境界。诗句含蓄，耐人寻味，可谓'含不尽之意见于言外'。"要和"原诗人取得心灵上的共鸣"，看来这还不算太难，但是如何译成英文，引起英、美读者"心灵上的共鸣"呢？首先，"清明"二字无论如何翻译，恐怕也不容易引起没有扫墓这种风俗习惯的英、美读者的共鸣。因此，只好用通俗的英语，再创造一个"清新生动的形象和优美的境界"，那就是再创作了。我的译文如下：

On the day of mourning for the dead it's raining hard,
My heart is broken on my way to the graveyard.
Where can I find a wine-shop to drown my sad hours?
A cowherd points to a cot amid apricot flowers.

我的译文没有译出"清明"二字，这是有所"失"；但用通俗的语言解释了"清明时节"的内容，这是有所"得"；衡量一下，还应该说是"得不偿失"的。第二句的"断魂"二字没译出来，这是所"失"；但用了通俗

---

① 见《新文学资料》1982 年第 4 期，第 109 页。

的"心碎",这是所"得",我看这里可以说是得失相当。第三句无所"失",却有所"创",我认为这是得多于失。不过这里可能会有人提出不同的意见,因为原句含蓄,虽有"借酒浇愁"之意,却无"借酒浇愁"之辞,译文明说"消愁解闷",那就不是"含不尽之意见于言外"了。换句话说,我为了传达原文内容所有、形式所无的东西,破坏了原诗含蓄的风格。究竟哪种意见对呢?检验真理的标准是实践,如果实践的结果是:用含蓄的译法能引起英美读者的共鸣,那自然应该保存原诗含蓄的风格;如果不能,那就只好舍风格而取内容了。

四、谈汉译法

《翻译通讯》1983年第3期发表了一位法国译者《致〈离骚〉法译者的信——兼论中国诗词的法文翻译》,信中反对把中国诗词译成法文诗体,第一个理由是法文诗体"与中国诗体如此风马牛不相及"!法诗与中诗有没有关系呢?早在30年代,朱光潜教授在《诗论》一书中就对中诗、英诗、法诗进行过比较研究。如果用我的话来说,那就是中诗与法诗都具有意美、音美、形美,不能说是风马牛不相及。

这位法国译者反对诗体译诗,因为她认为:"越是屈从于洋诗规则,就越脱离原文;反之,译文越忠实,就越难塞进洋框框。"这话看来似乎有理,但是否真有道理,还需要经过实践的检验。我们先来看一篇"不屈从于洋诗规则"的散体译文,是不是不"脱离原文"?忠实的译文,是不是"难塞进洋框框"?《中国文学》1980年第2期发表了李清照词《如梦令》的法译文,原词如下:"昨夜雨疏风骤,浓睡不消残酒。试问卷帘人,却道'海棠依旧'。'知否?知否?应是绿肥红瘦。'"《唐宋词选注》说:"本词前四句用孟浩然'夜来风雨声,花落知多少'(《春晓》)诗意,通过问答,暗示出作者惜春而又不伤春的内心感受。"《蓼园词选》指出:"按一问极有情,答以'依旧',答得极淡,所以叠出'知否'二句来;而'绿肥红瘦',无限凄婉,又妙在含蓄。短幅中无数曲折,自是神圣词者。"我们看看这首惜春词的散体译文:

    La nuit passée, un vent violent a soufflé, mêlé de pluie,
    Mon lourd sommeil n'a pas dissipé mon ivresse.
    J'interroge la fille qui tire le rideau,
    Elle me répond: "Intact est demeuré le pommier sauvage."

"Ne le sais-tu pas?

Il a dû gagner en vert mais perdre en rouge!"

这位法国译者说:"诗的形式和内容是不可分割的。"又说:"自由体诗已揭示出诗句里的音响和节奏的内蕴是多么丰富。"第一句话说得不错。既然形式和内容不可分割,那么,原诗有韵有调的形式,译成无韵无调的自由诗体,不管"诗句里的音响和节奏""多么丰富",这种自由诗体能说是忠实于原文的吗?原文分明"叠出'知否'二句",译文却只译了一句,这说明译者不理解作者的意图。作者因为"依旧"二字"答得极淡",所以重复"知否",表示她急切的心情,表示她"惜春而又不伤春的内心感受"。原文"答得极淡",因为有韵有调,所以富有诗意;译文"答得极淡",而又无韵无调,那就淡而无味,完全是散文了。《朱光潜美学文集》第2卷第226页上说:"如果用诗的方式表现的用散文也还可以表现,甚至于可以表现得更好,那么,诗就失去它的'生存理由'了。"这位译者把她译的诗分行写,假如不分行,像散文一样一直写到底,难道会有什么损失吗?如果没有损失,那就说明她的译文不是诗,不能说是忠实于原文。反之,"译文越忠实",是不是"就越难塞进洋框框"呢?朱光潜在《诗论》第104页上说:"'从心所欲,不逾矩'是一切艺术的成熟境界,如果因迁就固定的音律,而觉得心中情感思想尚未能恰如其分地说出,情感思想与语言仍有若干裂痕,那就是因为艺术还没有成熟。"朱先生说的是写诗,但我觉得可以应用到译诗上来,认为"固定的音律"是"洋框框",译文难塞进去,那也是因为翻译的艺术还没有成熟的缘故。朱先生还说:"起初都有几分困难,久而久之,驾轻就熟,就运用自如了。"现在把我克服困难后翻成诗体的译文抄录如下:

Hier soir vent à rafales et pluie par ondées,

J'ai bien dormi mais je ne suis pas dégrisée.

Je dis à la bonne de lever le rideau.

"Le pommier sauvage est," me dit-elle, "aussi beau."

"Ne sais-tu pas, ne sais-tu pas

Qu'on doit trouver le rouge maigre et le vert gras?"

但是法国译者说:"给原作(特别是中文原作)强加上人为的韵律,只能歪曲和背叛它,所得的结果只是苍白无力的回光返照,只是一种非驴非马的变种,只可能像醉汉一样在两种不同的文化之间蹒跚着,但却把灵魂丢掉了,这是多么可惜呀!"又说诗体译文"诗句味同嚼蜡,形同僵尸,读者很难体会原作的艺术形象"。"这种绞尽脑汁、像做练习一样生造出来的诗,读起来真是令人啼笑皆非!"这位译者的意见代表了国际上流行的一种思潮,我认为有必要在这里进行答辩。比较一下李清照词的两种译文,到底是诗体还是散体"苍白无力""味同嚼蜡、形同僵尸",使"读者很难体会原作的艺术形象"呢?到底哪种译文"歪曲和背叛"了原作呢?至于"非驴非马的变种",难道散体译文是纯种的法国马吗?至于"像醉汉一样……蹒跚着",那就请读一下第一行散体译文,一行之内用了三个"é"韵的词,而在行末却没有韵,这不活像一个醉汉东倒西歪,在水里走了三脚吗?而诗体译文每两行押韵,听来不是走得四平八稳吗?至于"像做练习一样生造出来的诗",朱光潜在《诗论》第104页上说:"文法与音律可以说都是人类对于自然的利导与征服,在混乱中所造成的条理。它们起初都是学成的习惯,在能手运用之下,习惯就变成了自然。"不经过练习,怎能征服自然、造成条理、成为能手呢?说到"啼笑皆非",就请来读一首令人"啼笑皆非"的散体译诗吧。

《中国文学》1980年第2期发表了晏几道《临江仙》的法译文,原文如下:"梦后楼台高锁,酒醒帘幕低垂。去年春恨却来时。落花人独立,微雨燕双飞。//记得小苹初见,两重心字罗衣。琵琶弦上说相思。当时明月在,曾照彩云归。"《唐宋词选注》说:"这首词是晏几道的代表之作。起首两句,写梦后酒醒,但见楼锁帘垂,暗示去年此时楼台大开、帘幕高卷的热闹情景,为下面'春恨'做好伏笔。'去年'句承上启下,写人去楼空,怅恨不已,因而引出往事的追忆。落花微雨是'春',人独立而见燕双飞,是托出'恨'字。下阕追想初见小苹,留下很深印象。琵琶惯弹别曲,明月曾照彩云,这是见物思人,反衬出目前月在人不见的孤寂之感、相思之情。全词表现了曲折深婉的风格。""注解"中说:"小苹:歌女名。""两重心字罗衣:罗衣上双重心字图案。""彩云:指小苹。李白《宫中行乐词》八首之一:'只愁歌舞散,化作彩云归'。"现在我们来看看《中国文学》的散体译文:

  Eveillé, on trouve vides le pavillon et la terrasse,

  Dégrisé, on aperçoit les rideaux clos...

  Alors surgit le regret du dernier printemps...

  Devant les fleurs fanées, ta silhouette solitaire,

  Et dans la bruine, en couple, les vols des hirondelles.

  Je me souviens de ma rencontre avec Xiao Ping:

Tous deux en robe de crêpe parfumé, liés par nos cœurs.

Les cordes du "pipa" disaient l'amour,

La lune éclaire toujours la fuite des nuages.

这首词是晏几道怀念歌女小苹的作品，抒写个人的相思之情，但是译者在第一、二行中却没有用"我"字作主语，而是用了一个个人色彩不浓的"on"（人们），这就冲淡了原词的抒情意味。第四、五句套用五代翁宏《春残》诗的名句，"人独立"中的"人"是作者自己，译者却译成了"你"。"你"是谁呢？是小苹吗？译者在下半阕翻译小苹时用的是第三人称。因此这个"你"既不是词人，又不是歌女，不知道到底指的是什么人。下半阕第二句，译者望文生义，不求甚解，说成是两人同心相连，都穿罗衣，不知罗衣一般是女子穿的。最后一句，译者把"彩云"译成复数，显然又不知道"彩云"是指小苹；还把"曾照"译为"一直照着"，那就没有理解作者是说：当时照见小苹归去的明月还在，而人却已不在了。

这位法国译者说道："时至今日，许多清规戒律已被扬弃，没有人还以为只有扳着指头数音节才作得出像样的诗来！"但是，译诗应该传达原诗的"意美""音美""形美"是不是清规戒律呢？我们来看看法国还没有被"扬弃"的诗人马拉梅（Stephane Mallarmé）和瓦莱里（Paul Valéry）的理论吧。瓦莱里说："他（马拉梅）以非凡的成就论证了诗歌须予字意、字音、甚至字形以同等价值，这些字同艺术相搏或相融，构成文采洋溢、音色饱满、共鸣强烈、闻所未闻的诗篇。一方面，诗句的尾韵、叠韵，另一方面，形象、比喻、隐喻，它们在这里都不再是言辞可有可无的细节和装饰，而是诗作之主要属性：'内容'亦不再是形式的起因，而是效果之一种。"[①] 法国20世纪的诗人还没有一个可以说是超过了瓦莱里的，而瓦莱里同意马拉梅"予字意、字音、甚至字形以同等价值"，这就是说，"音美""形美"和"意美"同等重要，不是诗歌"可有可无"的"装饰"，而是"诗作之主要属性"。而这位法国译者却把"音美"和"形美"看成是"已被扬弃"的"清规戒律"。在这种翻译思想支配之下，怎么可能译好富有"意美、音美、形美"的中国诗词呢？

这位法国译者特别反对尾韵，她说："每个音节、每个音素所起的作用，都可以平分秋色，而不是每句最后一个音节才得天独厚，也并非得到

---

① 转引自《世界文学》1983年第2期，第121页。

等距的押韵音节才获得节奏和乐感。简言之,首先强调的是'诗魂',即诗歌的生命所在,只有它才给遣词用字以韵味、色彩、节奏和生命。"但是,朱光潜《诗论》第175页上说:"韵的最大功用在把涣散的声音联络贯串起来,成为一个完整的曲调。它好比贯珠的串子,在中国诗里这串子尤不可少。邦维尔在《法国诗学》里说:'我们听诗时,只听到押韵脚的一个字,诗人所想产生的影响也全由这个韵脚字酝酿出来。'"《诗论》又说:"中国诗的节奏有赖于韵,与法文诗的节奏有赖于韵,理由是相同的;轻重不分明,音节易散漫,必须借韵的回声来点明、呼应和贯串。"中、法诗学家的理论,和晏几道、李清照词的翻译实践,都证明了这种不用尾韵的自由诗体不能翻译富有"三美"的中国诗词,不能给译文"以韵味、色彩、节奏和生命","所得的结果只是苍白无力的回光返照",使"读者很难体会原作的艺术形象"。至于她所说的"诗魂",也许就是我所说的"意美"吧。

不过,这位法国译者也认为文学翻译是"再创造",她说:"因为舍弃了生造韵律所带来的条条框框,……译者就只有放手对原作进行再创造。"说到"生造",朱光潜在《谈文学》第352页上说:"艺术(art)原意为'人为',自然是不假人为的;所以艺术与自然处在对立的地位,是自然就不是艺术,是艺术就不是自然。说艺术是'人为的'就无异于说它是'创造的'。创造也并非无中生有,它必有所本,自然就是艺术所本。艺术根据自然,加以熔铸雕琢,选择安排,结果乃是一种超自然的世界。换句话说,自然须通过作者的心灵,在里面经过一番意匠经营,才变成艺术。艺术之所以为艺术,全在'自然'之上加这一番'人为'。"朱先生接着举例说:"浑身都是情感不能保障一个人成为文学家,犹如满山都是大理石不能保障那座山有雕刻,是同样的道理。"朱先生所说的才是真正的艺术创造,和这位法国译者所谓的"再创造"不是一回事,因为这位译者一再反对"人为的韵律",不知道"人为"就是"创造",而原文就是创造性翻译艺术所本。

我国的文学翻译家郭沫若、茅盾、瞿秋白、朱光潜等对创造性的翻译都有所论述,对我国的翻译理论有重大的贡献。现在,我想根据个人的实践经验,小结如后:1. 文学翻译要"忠实于原作的意图"(详见"谈法译汉");2. 要"运用适合原作风格的文学语言"再现原作,就是我所说的"发挥译语优势"(详见"谈英译汉");3. 诗词翻译要创造性地传达原作的"意美、音美、形美"(详见"谈汉译英");4. "好的翻译等于创作",

但并不是"随心所欲"的翻译,而是"从心所欲,不逾矩"(详见"谈汉译法")。

1983 年 6 月 24 日
赴欧 35 周年纪念日
(原载《翻译的艺术》)

翻译中的实践论

本文原题名为《翻译的理论和实践》，中心思想是理论和实践有矛盾时，理论应该服从实践，实践是检验理论的唯一标准。作者以林肯的《演说词》为例，用图解的方法，说明忠实与通顺的总分越高，翻译的方法也就越好，认为"神化、圣化"不如"百世流芳，万古长青"。

翻译的理论来自翻译的实践，又反过来指导翻译实践，同时受到翻译实践的检验。

严复关于"信、达、雅"的翻译理论来自他翻译《天演论》的实践；鲁迅关于"直译"的理论来自他翻译《死魂灵》等的实践；傅雷关于"神似"的理论来自他翻译《约翰·克利斯朵夫》等的实践。这些翻译理论都指导过他们自己和别人的译作，这些译作的成功和失败又检验了他们的翻译理论是否正确。

根据我自己的翻译实践，我认为严复的"信、达、雅"到了今天，可以解释为"忠实于原文内容，通顺的译文形式，发挥译文的语言优势"。鲁迅的"直译"，我理解为把忠实于原文内容放第一位、把忠实于原文形式放第二位、把通顺的译文形式放第三位的翻译方法。和"直译"相对的"意译"，则是把忠实于原文内容放第一位、把通顺的译文形式放第二位而不拘泥于原文形式的翻译方法。当"忠实于原文形式"和"通顺的译文形式"能够统一的时候，就无所谓直译、意译，直译也是意译，意译也是直译。当"忠实于原文形式"和"通顺的译文形式"有矛盾的时候，就可以有程度不同的直译和意译，换句话说，就可以有"形似""意似""神似"

程度不同的翻译方法。用我的话来说,"神似"一般都要"发挥译文的语言优势"。

我对这些翻译理论的解释是否站得住脚,那就要用我自己和别人的翻译实践来做检验。

1980年出版的《英汉翻译教程》中有美国总统林肯的《葛底斯堡演讲词》;1983年《外国语》第3期发表了《评"美国总统林肯葛底斯堡演讲词"的译文》;1984年《英语世界》第1期又发表了《林肯的葛底斯堡演讲词》。我想先把这三种译文做一些比较。《演讲词》的第一句和三种译文如下:

> Four score and seven years ago our fathers brought forth on this continent a new nation, conceived in Liberty, and dedicated to the proposition that all men are created equal.

《教程》的译文:

> 八十七年前,我们的先辈们在这个大陆上创立了一个新国家,它孕育于自由之中,奉行一切人生来平等的原则。

《外国语》的译文:

> 八十七年前,我们的先辈在这块大陆上创建了一个崭新的国家。这个国家倡言自由解放,致力于人人生来平等的主张。

《英语世界》的译文:

> 八十七年前我们的先辈在这块大陆上建立了一个新的国家,这个国家在争取自由中诞生,忠于人人生来平等这一信念。

"Four score and seven years ago"译成"八十七年前",说明原文的形式和译文的形式可以统一,所以译文可以说是直译,也可以说是意译。

"conceived"译成"孕育""倡言""诞生",可以说是"形似""意似"程度不同的直译和意译,但"神似"的译法应该是"以自由为理想"。

"dedicated"译成"奉行""致力""忠于","proposition"译成"原则""主张""信念",都是程度不同的意译,但是"致力于"和"主张"不能搭配,所以《外国语》的译文不够"通顺"。"are created"三种译文都没有译成"形似"的"被创造",而是译成"意似"的"生来",说明这是原文形式和译文形式可以统一的意译。既然意译只要求忠实于原文内容和通顺的译文形式,并不要求忠实于原文形式,那么,"生来"两个字不翻译出来也无损于原文的内容,却是更通顺的译文形式。在这种情况下,我看这一部分可以译成"以人人平等为宗旨",甚至再简化为"以平等为宗旨",因为"平等"的意思就是"人人平等",不会是一部分人平等,一部分人不平等。但是鉴于在林肯时代,黑人和白人并不平等,所以还是强调一下"人人"更好。因此,我看《演讲词》的第一句可以考虑改译如下:

> 八十七年前,我们的先辈在这个大陆上建立了一个以自由为理想、以人人平等为宗旨的新国家。

下面,我们再看看《演讲词》的第二句和三种译文:

> Now we are engaged in a great civil war, testing whether that nation, or any nation so conceived and so dedicated, can long endure.

《教程》的译文:

> 现在我们正从事一场伟大的内战,以考验这个国家,或者说以考验任何一个孕育于自由而奉行上述原则的国家是否能够长久存在下去。

《外国语》的译文:

> 现在,我们正进行着一场伟大的内战,考验这个国家或任何一个倡言自由解放并致力于上述主张的国家是否能够永世长存。

《英语世界》的译文:

> 目前我们正进行着一场伟大的国内战争,战争考验着以上述信念立国的我们或其他国家,是否能长期坚持下去。

关于风格问题,我认为,忠实于原文内容,可以包括忠实于原文风格在内,因为不忠实于原文风格的译文,不可能说是忠实于原文内容的。这篇《演讲词》的风格是庄严、精练,这句原文用了两个"so",就体现了简短有力的风格。但是前两种译文可能是为了"准确"或"确切",译得冗长臃肿,几乎都读不下去,如何能打动人心呢?后一种译成"以上述信念立国的",倒很简短,但又误以为是形容"我们"和"其他国家"的,不忠实于原文的内容。因此,我想不如从三种译文中取长补短,把这句改译如下:

> 现在我们正进行一场大内战,考验这个国家,或任何一个主张自由平等的国家,能否长久存在。

原文重复了前一句的两个过去分词,译文却重复了前一句的"自由""平等"四字,看来不够"确切",不忠实于原文的形式,但却更忠实于原文的内容和风格。现在我们再看看下面三句原文和三种译文:

> We are met on a great battlefield of that war. We have come to

dedicate a portion of that field, as a final resting place for those who here gave their lives that that nation might live. It is altogether fitting and proper that we should do this.

《教程》的译文：

> 我们在这场战争中的一个伟大战场上集会。烈士们为使这个国家能够生存下去而献出了自己的生命，我们在此集会是为了把这个战场的一部分奉献给他们作为最后安息之所。我们这样做是完全应该而且非常恰当的。

《外国语》的译文：

> 我们在这场战争的一个伟大战场上集会。我们来此集会，是为了把战场的一角土地奉献给烈士们作为最后安息之所。这些烈士，为了使国家可能生存下去而牺牲了自己的生命。因此，我们应该这样做，这样做是完全恰当而合适的。

《英语世界》的译文：

> 今天我们在这场战争的战场上集会，来把战场的一角奉献给为我们国家的生存而捐躯的人们，作为他们的安息之地。这是我们应该做的事。

比较一下第一句的三种译文，可以发现，"great"在前两种译文中都译成"伟大"，在后一种译文中却没有译出来。其实，great war 可以译成"大战"，这里译成"大战场"也就行了。

《教程》第二句译文用了"前后倒置法"，把原文在后的从句放到主句前面去了，好处是和下一句联系显得紧密，缺点是和上一句联系太松弛，未免顾此失彼。《外国语》第二句译文用了"一分为二法"，把一句分译成两句，结果是重复了"集会"和"烈士"，译文显得累赘，不符合原文简练的风格。《英语世界》则恰恰相反，用了"合而为一法"，把第一、二句译文合成一句，这就避免了不必要的重复；同时又用了"词性转换法"，把原文的动词"live"译成名词"生存"，这就更符合原文简练的风格，译得比较成功。

"fitting and proper"译成"应该"和"恰当"，可以算是"意似"；译成"恰当而合适"，只能算是"形似"；如果译成"合情合理"，倒可以算是"神似"。现在参考三种译文，把这三句合译如下：

> 我们在这场战争的一个大战场上集会，来把战场的一角献给为国家生存而牺牲的烈士，作为他们永久安息之地，这是我们义不容辞、

理所当然该做的事。

试将我对这几种译法的评价图解如下：

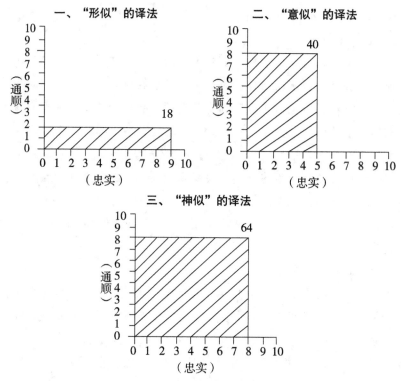

"形似"的译法如"恰当而合适"，假定"忠实"可得 9 分，"通顺"可得 2 分，总分只有 $2 \times 9 = 18$ 分。"意似"的译法如"应该"和"恰当"，假定"忠实"可得 5 分，"通顺"可得 8 分，总分是 $5 \times 8 = 40$ 分。"神似"的译法如"合情合理"或"义不容辞、理所当然"，假定"忠实"可得 8 分，"通顺"也可以得 8 分，总分就是 $8 \times 8 = 64$ 分。总分越高，译法也就越好。

下面再看看《演讲词》的一个名句：

But, in a larger sense, we cannot dedicate—we cannot consecrate—we cannot hallow—this ground.

《教程》的译文：

但是，从更为广泛的意义上来说，这块土地我们不能够奉献，我们不能够圣化，我们不能够神化。

《外国语》的译文：

但是，从更为广泛的意义来说，我们却不能奉献，我们却不能神化，我们却不能圣化这一角土地。

《英语世界》的译文：

> 但是，从更大的意义上说，我们无权把这块土地奉献给他们，我们不能使这块土地增加光彩，成为圣地。

这个名句的原文一连用了三个同义的动词，一个比一个重，在英文修辞学上叫作 climax。《教程》把这三个动词译成"奉献""圣化""神化"，虽然体现了原文前轻后重的修辞风格，但是"奉献"不够通顺，"神化"不够忠实，因为我们说"不要把领导人神化"，是不要把领导人当成神的意思，而这里的原意却不是把这块圣地当成神，因此，这只能算是"形似"的译文。《外国语》的译文颠倒了"神化"和"圣化"，那就不忠实于原文的内容。《英语世界》的译法比较好些，但是"增加光彩"显得力量太弱。原文"consecrate"的意思本是 make or declare sacred，我国古代帝王常到泰山封禅，泰山因此成了 sacred mountain，所以这个动词可以译成"使神圣化"或"封为圣地"。原文"hallow"是 make holy 的意思，也可以译成"使神圣化"或"使成圣地"。因此，这个名句可直译为：

> 但是，从更深刻的意义来说，我们不能把这一角战场献作圣地，封为圣地，变成圣地。

这个"意似"的译文假定"忠实"可得 9 分，"通顺"却只能得 7 分，总分是 $9 \times 7 = 63$ 分。如果深入分析一下，"使神圣化"是什么意思呢？神和人的主要分别不是神不会死吗？因此，"神圣化"的主要含义不是"永垂不朽"吗？如果这样理解不错的话，这个名句可以意译如下：

> 但是，从更深刻的意义来说，我们不能使这一角战场成为圣地，我们不能使它流芳百世（或百世流芳），我们不能使它永垂青史（或万古长青）。

下面三句是：

> The brave men, living and dead, who struggled here have consecrated it, far above our poor power to add or detract. The world will little note, nor long remember what we say here, but it can never forget what they did here. It is for us the living, rather, to be dedicated here to the unfinished work which they who fought here have thus far so nobly advanced.

《教程》的译文：

> 曾在这里战斗过的勇士们，活着的和去世的，已经把这块土地神圣化了，这远不是我们微薄的力量所能增减的。……

《外国语》的译文：

因为，那些曾在这儿浴血奋战的勇士们，无论是健在的还是死去的，已经使这角土地神圣化了，神圣得远非我们的微力所能褒扬或诋毁的。……

《英语世界》的译文：

这是那些活着的或已经死去的、曾经在这里战斗过的英雄们才使这块土地成为神圣之土，我们无力使之增减一分。……这更要求我们这些活着的人去继续英雄们为之战斗并使之前进的未竟事业。

"living and dead"译成"活着的"和"死去的"比较对称；如果译成"去世的"，那对称词就是"在世的"；如果说是"健在的"，那伤病员就不包括在内了。

"add or detract"译成"增减"，是"形似"又"意似"，但增减什么呢？译文不够明确。译成"褒扬或诋毁"，又太具体，可是不够精确。我想，译成"增光""减色"可能好些，因为增加的字是原文内容所有而原文形式所无的，可以说是"神似"的译文。

后面两句的三种译文各有长短，现在取长补短，试将这三句改译如下：

因为在这里战斗过的勇士们，活着的和死去的，已经使这一角战场神圣化了，我们微薄的力量远远不能为它增光，或者使它减色。世人不太会注意、也不会长久记住我们在这里说的话，但是永远不会忘记他们在这里做的事。因此，我们活着的人更应该献身于他们为之战斗并且使之前进的未竟事业。

下面一句是《演讲词》最长也是最难的一句，三种译文在理解上都有问题。

It is rather for us to be here dedicated to the great task remaining before us—that from these honored dead we take increased devotion to that cause for which they gave the last full measure of devotion—that we here highly resolve that these dead shall not have died in vain—that this nation, under God, shall have a new birth of freedom—and that government of the people, by the people, for the people, shall not perish from the earth.

《教程》的译文：

倒是我们应该在这里把自己奉献于仍然留在我们面前的伟大任务，以便使我们从这些光荣的死者身上汲取更多的献身精神来完成他们已经完全彻底为之献身的事业；以便使我们在这里下定最大的决心，不让这些死者白白牺牲；以便使国家在上帝福佑下得到自由的新生，并且使这个民有、民治、民享的政府永世长存。

《外国语》的译文：

> 我们更应该做的，是在此立志致力于仍摆在我们面前的伟大任务。这一任务是，我们要继承这些英烈们的遗志，更忠诚于他们为之鞠躬尽瘁、献出一切的事业。这一任务是，我们要在此庄严宣誓：烈士们的鲜血决不会白流；我们这个国家在上帝的保佑下，一定会获得自由的新生；民有、民治、民享的政府决不会从地球上灭亡！

《英语世界》的译文：

> 我们还需要继续为摆在我们面前的伟大事业献身——更忠诚于先烈们为之献出了生命的事业；我们决不能让先烈们的鲜血白流；——我们这个国家在上帝的保佑下，要争得自由的新生；这个民有、民治、民享的政府一定要永远在地球上存在下去。

这个长句的难点是如何分析几个"that"从句。《教程》认为它们都是目的状语从句，所以在译文中用了三个"以便"。《外国语》认为前两个从句是"task"的同位语从句，所以在译文中用了两个"这一任务是"；后三个从句却是"resolve"的宾语从句，因为从句中都用了表示决心的情态动词"shall"。《英语世界》没有分析这几个从句，仅从它的译文，看不出译者是不是理解了这几个从句的性质。

分析一下这个主句的内容，就会发现"for us"原来是不定式动词"to be dedicated"的主语，变成句子，可以说是 we should be dedicated...，而 we take... 和 we resolve... 是和它并列的，如果要变成不定式，也可以说 for us to take... 和 for us to resolve...。这里为什么不用不定式呢？原因可能有三：一是避免不定式用得太多，因为前面已经用了两个；二是《演讲词》中如果用不定式，听众可能听不清它们的作用，不如用 that 从句明确；三是如果用不定式，"from these honored dead"的位置不容易摆，如果放在"take"之后，那强调的语气就不及现在的行文。至于后三个从句的分析，我同意《外国语》的意见。因此，我想这个难句可以译为：

> 我们更应该献身于我们面前的伟大任务，更应该不断向这些光荣牺牲的烈士学习他们为事业鞠躬尽瘁、死而后已的献身精神，更应该在这里下定决心，一定不让这些烈士的鲜血白流，这个国家在上帝的保佑下，一定要得到自由的新生，这个民有、民治、民享的政府，一

定不能从地球上消失。

《外国语》的译注说:"随后的从句是个同位语从句,不是状语从句,用'以便'似是一大错误。"译注指出了《教程》的误译,但说"随后的从句是个同位语从句"也有问题。因为原文的"task"(任务)和前一句的"work"(未竟事业),还有同一句中的"cause"(事业),指的是同一回事,从句并不是"任务"的同位语。

《英语世界》的译注说:"永远不会从地球上消失。此处在翻译时,用反义正译法比较通顺,故可译为:将永世长存。"这就是把通顺的译文形式放在第二位,而不拘泥于原文形式的意译方法。我觉得这个译例正好说明什么时候直译,什么时候意译的问题。首先我们要问:原作者在这里为什么要说"永远不会从地球上消失",而不说"永世长存"呢?再看一遍原文,就会发现前面已经说过"永世长存"之类的话,原来作者是为了避免重复,才采用反面说法的。所以,我认为这里应该直译,不能意译。

自然,直译可以有程度不同的直译,意译可以有程度不同的意译,换句话说,就是可以有"形似""意似""神似"程度不同的直译和意译。例如前面提到的"奉献""圣化""神化",可以算是"形似"的直译;"献作圣地""封为圣地""变成圣地",可以说是"意似"的直译;"奉献""增加光彩""成为圣地",可以算是"意似"的意译;而"成为圣地""流芳百世""永垂青史",却可以说是"神似"的意译。理论上主张"直译"的译者,实践时可能会译成"献作圣地";理论上主张"神似"的译者,实践时可能会译成"百世流芳""万古长青"。这是理论对实践的指导。如果读者欢迎"献作圣地"等的译文,那就是直译理论的成功;如果读者欢迎"流芳百世"等的译文,那就是"神似"理论的成功。这是实践对理论的检验。

我是怎样检验自己译文的呢?首先,我看看译文是不是忠实于原文的内容;第二,我看看译文的表达方式是不是通顺;第三,我看看译文的形式是不是忠实于原文的形式;第四,我问问有没有发挥译文的语言优势。例如《演讲词》最后一句的译文,"以便"就不忠实于原文内容;"从地球上灭亡"就不是通顺的译文形式;"永世长存"虽然忠实于原文的内容,并且是通顺的译文形式,但不忠于原文否定句的形式,也就不忠实于原文避免重复的风格,因此不如"不能从地球上消失"。又如"献作圣地,封为圣地,变成圣地",虽然忠实通顺,但是没有发挥译语优势,所以不如"流芳百世""永垂青史"。"流芳百世"等也和"永世长存"一样不忠实于原文的形式，但它忠实于《演讲词》的庄严风格；"永世长存"虽然也发挥了译文的语言优势，但不忠实于原文的形式和风格，所以得的总分低于"流芳百世"。

齐白石说过一句话，大意是：作画妙在似与不似之间。这个理论如果应用到翻译实践上来，就可以说，"似"指"意似"，"不似"中的"似"指"形似"，"似与不似之间"就是"神似"了。换句话说，翻译要求"意似"，不求"形似"，最妙的是"神似"。

（原载《翻译通讯》1984年第11期）

以创补失论

本文是《唐诗英译百论》的序言，文中总结了六位诗体译者和十位散体译者英译的唐诗。评论家认为他们都没有保存原诗的情趣，于是提出诗不可译论。本文作者认为要以创补失，才能译出诗的情趣，并举李白《峨眉山月歌》的英译为例。本文后半部分可以算是《再创论》的补论。

周扬说过："一个国家人民文化水平的高低，……要看……它对人类文化的贡献，也就是说，它对世界文化提供了多少珍品。……我国的古代文化并不落后，全世界很少有哪个国家比得上我国。……我们的古代文化，已经积累了几千年，它的成品很多，经过了时间和历史的淘汰能够流传下来的都很精致。"① 我想，唐宋诗词就是我国古代文化的珍品，即使在国外，地位也是非常高的。1983年10月31日《人民日报》上说：美国诗人"佩服中国古典诗歌的蕴藉简约，句少意多。""中国古典诗歌之所长，正是美国新诗之所短。"如果我们能把诗词译成英文，供外国读者借鉴，那就可以算是对世界文化做出了贡献。

早在19世纪末期，英国剑桥大学教授翟理士（H. A. Giles）曾将李白、王维、李商隐等诗人的名篇译成韵文，译文能够吸引读者，有独特的风格，得到评论界的赞赏。范存忠教授曾说过：翟理士的"译作堪称再现了中国诗的忧郁、沉思和'言有尽而意无穷'的含蓄之美，从而表达了中国诗的神韵"②。翟理士自己在《中国文学精品选》的序言中却说：原文是

---

① 见1982年11月17日《人民日报》。
② 见《外国语》1981年第5期。

日光和酒,译文只可能是月光和水。

20世纪初期,英国译者弗莱彻(W. J. B. Flectcher)出版了《英译唐诗选》。他在序言中盛赞唐诗,说欧洲人的祖先还在受蛮族侵凌的时候,中国人的文化已经如此发达,真是难以想象。他还说译文永远比不上原文,就像假宝石比不上真宝石一样。有人却说他翻译的唐诗,可以和英国诗人济慈(Keats)盛赞过的查普曼(Chapman)所翻译的荷马史诗比美。

到了30年代,美国译者哈特(H. H. Hart)出版了他翻译的中国诗集《牡丹园》。他在序言中说:中国优美的文化使今天的西方文化得益不浅,中国的诗句虽然是用最轻的毛笔写在最薄的纸上,却比刻在石碑上还更能垂之久远。

同时期的美国女译者哈梦(L. S. Hammond)"试图用一个音节代表一个汉字,并保留原诗的韵律"①,例如她翻译的贾岛的《访隐者不遇》。原诗为:"松下问童子,言师采药去。只在此山中,云深不知处。"译文如下:

"Gone to gather herbs" —
　　So they say of you
But in cloud-girt hills,
　what am I to do?

30年代美国芝加哥大学还出版了第一个中国译者蔡廷干的《唐诗英韵》,他把一个汉字译成两个英文音节,保存了原文的精神和音韵,又使译文自然流畅。例如他翻译的贾岛的《访隐者不遇》:

I asked a lad beneath an old pine tree—
"My master's gone for herbs," he said to me.
"He must be here within this mountain dell,
But where, with clouds so thick, I cannot tell."

到了70年代,香港大学出版了英国译者登纳(J. Turner)的《中诗金库》(*A Golden Treasury of Chinese Poetry*)。译者在序言中说:中国文学是现存的文明中历史最悠久、文学艺术性最丰富的艺术高峰。他翻译中国诗,要使译文本身读起来像一首诗。中国诗的音韵格律,比其他国家的诗都更考究。为了保存中国诗的音乐性,他翻译的诗一律用韵。编者还在序言中说:"为了保存原诗韵味和风格,译者采用了英诗的传统形式。"

---

① 见《外国语》1981年第5期。

1980年再版了吕叔湘的《中诗英译比录》。他在序言中说："初期译文好以诗体翻译，即令达意，风格已殊，稍一不慎，流弊丛生。故后期译人Waley, Obata, Bynner诸氏率用散体为之，原诗情趣，轻易保存。此中得失，可发深省。"

散体译诗能不能保存"原诗情趣"呢？朱光潜在《艺文杂谈》第71页上说："诗的要素有三种：就骨子里说，它要表现一种情趣；就表面说，它有意象，有声音。我们可以说，诗以情趣为主，情趣见于声音，寓于意象。"又在第66页上说："诗咏叹情趣，大体上单靠文字意义不够，必须从声音节奏上表现出来。诗要尽量地利用音乐性来补文字意义的不足。"既然"情趣见于声音""单靠文字意义不够"，那么"单靠文字意义"的散体译文，没有原诗押韵的"音乐性"，怎么可能保存原诗的情趣呢？这在理论上是说不通的；在实践上，我们来看看外国散体译者吧。

散体译者中最著名的是韦理（A. Waley），他在《译自中国文》的序言中说：中国的旧诗每句有一定的字数，必须用韵，很像英国的传统诗，而不像欧美今天的自由诗。但他译诗却不用韵，因为他说：从长远的观点看来，英美读者真正感兴趣的是诗的内容；而译诗若用韵，则不可能不因声而损义。他翻译过曹松的《己亥岁》，译文并没有保存原诗的情趣。

再看宾纳（W. Bynner），他在《群玉山头》的序言中说：中国诗人创造的奇迹是使平凡的事显出不平凡的美。他预言未来的西方诗人将要向唐代的大师学习。吕叔湘说："Bynner译唐诗三百首乃好出奇以制胜，虽尽可能依循原来词语，亦往往不甘墨守。"他翻译过韦应物的《滁州西涧》，但也没有保存原诗的情趣。

还有一个日本译者小畑（Obata），曾把《李白诗集》译成英文，得到闻一多的好评；但闻一多认为他没有译出李白的气势，"去掉了气势，就等于去掉了李太白"。所以小畑的译文也对不起原作。

"最成功"的散体译者并不成功，散体诗人的译文又如何？洛威尔（Amy Lowell）是美国意象派女诗人，"她用英诗的自由体来翻译中国诗。她认为再现'诗的芳香比韵律形式'更为重要。她的翻译强调所谓'无韵的节奏'"[①]。有人认为："她的翻译技巧比以往任何人想要达到的都更为精确。"[②] 她用"无韵的节奏"翻译了杨贵妃的《赐张云容舞》，我觉得译诗

---

① 见《外国语》1981年第5期。
② 见《比较文学译文集》第190页。

的"芳香",似乎不是中国花朵的芳香,而是外国的奇花异葩;译诗的"韵律形式",也不像中国唐代的轻歌曼舞,而像美国现代酒吧间的音乐舞蹈。

另外一个更著名的美国意象派诗人庞德(E. Pound)也出版了一本《汉诗译卷》,书中有李白的《玉阶怨》:"玉阶生白露,夜久侵罗袜。却下水晶帘,玲珑望秋月。"译者在注解中说:"'玉阶'表明地点是在宫殿中,'罗袜'表明怨女是个宫中人;'秋月'表明天气晴朗,宫中人怨的不是天气;她等了很久,因为玉阶不但生了白露,而且白露已经浸湿了罗袜。这首诗的妙处是,不明说'怨'而'怨'自见。"这个注解说出了一些原诗的情趣,但是如果没有注解,译文本身并不能使人领会原诗的含蓄之美。

和庞德的加注法相反,美国译者白英(R. Payne)在40年代编了一本《白马集》。编者在《翻译法》中说:看来译诗最好是简单直译,尽量避免加注。因此,译者逐行直译,没有用韵,因为他认为用韵会增加每行的字数,改变原诗的形式,使得诗的面目全非。他翻译了杜甫在《春望》中的名句:"城春草木深":

    In spring the streets were green with grass and trees.

原诗是说因为人烟稀少,一到春天,更使杂草丛生。译文的情趣却和"春风又绿江南岸"相似,而和"国破山河在"大不协调。由此可见,不用韵的逐行直译,也会"使得诗的面目全非"。

60年代中期,英国译者格雷厄姆(A. C. Graham)翻译了《晚唐诗选》。他在出色的序言里说:"提出诗的精髓在于意象这种理论后,才有可能为了内容而牺牲严格的形式,而要准确传达原诗意象,也就必须采用与一般格律形式很不一样的一种绝对的韵律。"① 这里总结了美国意象派的看法,提出了"诗的精髓在于意象",不在情趣。这和我国"诗以情趣为主"的传统理论不同。朱光潜在《艺文杂谈》第72页上说:"诗和一切其他艺术一样,须寓新颖的情趣于具体的意象。情趣与意象恰相熨帖,使人见到意象便感到情趣,才算好诗。"意象派只重意象,不重情趣,从理论上讲,是不可能译好"句少意多"的中国诗的,因为他们要以"美国新诗之所短",来取代"中国古典诗歌之所长"。从实践上讲,我们看看格雷厄姆如何用"绝对的韵律"翻译李商隐《无题》诗中的"晓镜但愁云鬓改,夜

---

① 见《比较文学译文集》第221页。

吟应觉月光寒":

  Morning mirror's only care, a change at her cloudy temples;

  Saying over a poem in the night, does she sense the chill in the moonbeams?

这个译文可以还原成中文——早上镜子唯一的忧愁，是她如云的鬓角改变了；夜里吟诗，她会不会感到月光的寒冷呢？原诗最好的解释是：诗人早上揽镜自照，担心的是女方的头发变白了；诗人夜里在月下吟诗的时候，女方也应该感到月光的寒冷。这样理解，才可以看出诗人"春蚕到死丝方尽"的相思之情，才可以悟出双方"心有灵犀一点通"的交感。格雷厄姆的译文只"准确传达"了原诗的形式，并没有准确传达原诗的意象，更谈不上再现原诗的情趣了。

  到了70年代，英国女译者赫尔登（I. Herdan）翻译了《唐诗三百首》。她在译者序中说："庞德为中诗英译开辟了新天地，但是他译的诗太自由了，往往远离了原诗文字的意义。因此，我采用了另外一种译法，尽可能地接近原文，既不增加字句，也不改变原文的内容和形式。"如果原文的内容和形式一致，自然可以不必改变；如果内容和形式有矛盾，那不改变形式就会改变内容。例如白居易《长恨歌》中的"归来池苑皆依旧，太液芙蓉未央柳"，从形式上看，"未央"是指汉朝的"未央宫"，但内容却是指唐朝的宫苑。译者直译"未央"，那就是把唐明皇和杨贵妃放到汉朝的宫殿里去了。这种拘泥形式的译文读起来诗味不浓。

  美国印第安纳大学出版社出版的《葵晔集——中国三千年诗选》又把形似的散体译文向前推进了一步，他们要保存原文的词性、词序、长短、跨行、对仗等等，就是不要押韵。例如克罗尔（P. Kroll）教授把李白的"故人西辞黄鹤楼"译成：

  My old friend, going west, bids farewell at Yellow Crane Terrace.

原诗是说辞别西边的黄鹤楼，到东边的扬州去；译文恰恰相反，拘泥形式，译成到西边去了。可见忠于形式并不忠于内容。

  《葵晔集》的另一个译者，美国耶鲁（Yale）大学傅汉思（H. Frankel）教授写了一本《中国诗选译随谈》。他在序言中说：在逐字的直译和文学的意译之间，他找到了一个妥协的办法，那就是把原诗的一句译成一行，尽可能不改变原文的词序，力求传达原诗的对仗，但是不求再现原诗每句的字数、音韵、节奏和平仄。此外，他还力求保存原诗的意象。他的《随谈》分析精辟，把庞德的注解法又向前推进了一步。他翻译了李白的《独坐敬亭山》："众鸟高飞尽，孤云独去闲。相看两不厌，只有敬亭山。"后两句的译文是：

> For looking at each other without getting tired
> There is only Chingting Mountain.

译者解释说："这首诗抒写诗人和大自然的心神交流。在前两句，诗人先提出两种其他的自然现象：'众鸟'和'孤云'。第一句中的'高'自然是指'鸟'，但也和'云'、'山'有关，表现了诗人的高瞻远瞩。第二句中的'孤'和'闲'也不只是指'云'，而且可以应用到诗人的身上，甚至可以表明全诗的情态。诗人使鸟和云先聚后散，这就加强了孤独的气氛，为相对无言的人和山出场做好了准备。"这个分析相当深刻，可惜译文本身并不能使读者感到这种孤独。尤其是最后一行，主语只有"敬亭山"一个，怎么能"相看两不厌"呢？

以上谈了六位诗体译者、十位散体译者。有人说翟理士译得"非常不确切"，弗莱彻译得"面目全非"，哈特的翻译"多伤浮冗"[①]，哈梦的翻译又"多所丢失"[②]。蔡廷干的译文当然"风格已殊"，登纳的译文也当然"流弊丛生"。六个诗体译者都没有保存原诗的情趣。

而十位散体译者呢，韦理"以平实胜"，但是不够简洁；宾纳"颇呈工巧"，可惜误解不少；小畑"能兼'信'、'达'之长"[③]，然而问题却是不"雅"；洛威尔绘声绘色，偏偏不是唐诗的古香古色，而是异国情调；庞德"获得了成功"，但是"过于自由"；格雷厄姆"要准确传达原诗意象"，结果只准确传达了原诗的形式，没有准确传达原诗的内容；白英和赫尔登尽可能接近原文，可是散文味重；克罗尔等追求形似，结果诗味不够；傅汉思分析精辟，但是眼高手低，理论不能联系实际。于是有人提出了诗不可译论。

诗不可译论者说："诗这种东西是不能译的。理由很简单：诗歌的神韵、意境，或说得通俗些，它的味道，即诗之所以为诗的东西，在很大程度上有机地融化在诗人写诗时使用的语言之中，这是无法通过另一种语言来表达的。"又说："构成诗的原料是文字。诗是表现得最集中、最精练的文字，诗之所以为诗的东西正是通过它的文字。"还说："即使译者准确无误地体会了诗人的意思并且把它充分表达出来了，就是说，一切都明白

---

① 见吕叔湘编《英译唐人绝句百首》第116、112页。
② 见《外国语》1981年第5期。
③ 见吕叔湘编《英译唐人绝句百首》第116、112页。

了,但读者并不能因此而得到读原诗时所应得到的享受。诗所以为诗的东西不见了。"① 换句话说,诗不可译论者认为诗是情趣和意象(内容和形式)的统一体,原诗是不可译的,因为原诗的情趣内容不能用另一种语言(文字)形式来表达。由于两种语言、文化、历史等不同,同一意象造成的情趣、引起的联想也不尽相同,所以诗作为情趣和意象的统一体是不可译的。

我认为这个理论和罗伯特·弗洛斯特(Robert Frost)给诗下的定义有类似之处。弗洛斯特说:诗是在翻译中丧失掉的东西。(Poetry is what gets lost in translation.)那就是说,译诗是有失无得,得不偿失的。但是,《郭沫若论创作》的"编后记"中说:"好的翻译等于创作,甚至超过创作",因此文学翻译"需有创作精神"。这就是说,译诗不但是有得有失,而且是可以有创的。我觉得,这个理论非常重要,可以给文学翻译开创新的局面。

诗不可译论也有一点道理,因为译诗不能百分之百地传达原诗的情趣和意象。诗不可译论的错误,是认为译诗一点也不能传达原诗的情趣和意象。以上六位诗体译者、十位散体译者的译例都可以说明:译诗是可以在某种程度上传达原诗的情趣和意象的。换句话说,译诗是有得有失的。如果能够有创,那就更有可能使得多于失了。现在试把译诗中得、失、创三者的关系图解如下:

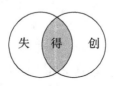

我用左边的圆圈代表原诗,右边的圆圈代表译诗。诗不可译论者认为两个圆圈要合而为一,有得无失,才算翻译。弗洛斯特却认为两个圆圈根本没有交叉的部分,所以译诗是有失无得。我却认为两个圆圈既不可能合而为一,也不容易完全脱离,而是有一个交叉部分。这个交叉部分如果小于左边的新月,那就是得不偿失;如果等于新月,那就是得失相当;如果大于新月,那就是得多于失了。右边的新月却可以代表"富有创作精神"的译文,如果和左边的新月差不多一样大,那就可以算是"失之东隅,收之桑榆";如果比左边的新月还大,那简直可以说是"青出于蓝而胜于蓝"了。

---

① 见《翻译理论与翻译技巧论文集》第192页。

现在，试用我译的李白《峨眉山月歌》来做说明：

> The half moon o'er Mount Brows shines like Autumn's golden brow.
> Its reflection stays in the stream while water flows.
> I leave the Limpid Brook for the Three Gorges now.
> O Moon, why don't you follow me while my boat goes?

原诗第一句"峨眉山月半轮秋"，"半轮秋"的意象没译出来，这是有所失。但我看到明刊本《唐诗画谱》中的《峨眉山月图》，"山月"被画成一弯眉毛月，于是我就用换词译法，把"半轮秋"改译成"秋天的金色眉毛"，这多少可以传达一点原文的形象，我认为这是有所创。"峨眉"是中国的名山，古写法都是"山"字头，可以引起美丽的联想。小畑译音，不能给人任何美感，这是有所失。我把"峨眉"译成"眉峰"，使天上的眉毛月和地上的峨眉山遥遥相对，多少可以使人看到李白当年看到的图景，这是有所得。如用"bright brow"的头韵"br"来译"峨眉"的"山"字头，这也是有所得，所以我认为第一句译文有得有失。

第二句"影入平羌江水流"，"平羌江"在峨眉山的东北，今天叫"青衣江"，从四川芦山流到乐山，再入岷江。月影映入江水，又随江水流去，这是只有看月的人坐船顺流而下才会看到的妙景。小畑把这句译成：

> The pale light falls in and flows with the water of the Ping-chiang River.

月"影"译成"淡淡的月光"，从一个字来看是有所失，但从全句看来却是有所得，因为从英文的角度看，说月光随江水流去，比说月影随江水流去更合逻辑，但这恰恰没有画出原诗的妙景。我采取了另外一种解释，说月影留在江水里，这为第四句思月"不见"留下了伏笔。"平羌"二字，小畑译音，我略而不译，这也许是有所失，因为原诗正是以四句用了五个地名而成绝唱的。

第三句"夜发清溪向三峡"，一句用了两个地名。"清溪"指清溪驿，在四川犍为县，离峨眉山不远。"三峡"有两种说法：一说是指长江三峡，一说是指乐山的黎头、背峨、平羌三峡。考虑到第四句的"下渝州"，"三峡"似乎指乐山三峡更好，因为乐山在渝州上游，而长江三峡却在渝州下游。不过这和翻译关系不大，不论三峡是指哪个，翻译都是一样，小畑的译文是：

> Tonight I leave Ching-chi of limpid stream for the Three Canyons.

"清溪"二字，小畑既译音，又译意思，似乎并不必要。我却没译"夜"字，因为"影入江水"自然是指月夜。其实要译也不困难，只消把"now"

改成"at night",再把第一行的"bright brow"二词颠倒一下次序,也一样是诗体译文。

第四句"思君不见下渝州",也有三种说法:一说"君"指友人,一说指月,还有一说是"夜间从清溪出发到渝州去,一路上因月亮被两岸的高峰挡住,不能见到,所以很叫人思念",也就是说,"君"既指月,又指友人。如果意象派诗人格雷厄姆来译这首七绝,大约又要"避免做出某些选择",来"准确传达原诗意象",只把"君"字模棱两可地译成一个"you"了。这种脱离情趣追求意象的译法,是不可能传达原诗内容的。小畑的译文是:

<blockquote>And glide down past Yu-chow, thinking of you whom I cannot see.</blockquote>

"下渝州"译成"过渝州",未免太过;"you"字没说是谁,一般是指友人。但三种说法到底哪种好呢?我想,这要看哪一种译法更有诗趣。如果把"君"解释为友人,那这首诗的主题就是"见月怀旧",和李白"见月思乡"的名诗《静夜思》大同小异。但《静夜思》的题目标明"思"字,这首诗的题目却是"山月",可见主题是"月"而不是"思"。宾纳说过:"中国诗人创造的奇迹是使平凡的事显出不平凡的美。"而见月思人这种平凡的事,怎样才能显出不平凡的美呢?我觉得把"君"解释为月,第二句就译出了诗人对峨眉山月的留恋,第三句又暗示了一路上山高水秀的美景,第四句再表明"君"就是月,对月发出抒情的一问,这就有点不平凡的美了。如果这是李白的原意,那译者是有所得;即使这不是诗人的原意,那译者也是有所创。无论是得是创,译者都要问问自己:这种译法能不能使我国文化的珍品成为世界文化的珍品,使外国读者喜见乐闻?

要把我国诗词译成世界文化珍品,那就要尽可能传达诗词的意美,音美,形美;而要传达诗词的"三美",就要用诗体译诗。那种认为散体译诗反而更能保存原诗情趣的说法,是经不起推敲的。现试图解如下:

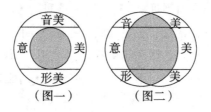

（图一）　　　（图二）

第一图的大圆圈代表具有"三美"的原诗,画线的小圆圈代表散体诗文。第二图左边的圆圈代表原诗,右边的代表诗体译文,画线的椭圆代表译诗能够传达原诗"三美"的部分,左边的新月代表不能传达的部分,右边的

新月代表译者再创的"三美"。比较一下两个图就可以看出：散体译文不能传达原诗的音美和形美，而传达原诗的意美也不可能百分之百，只可能是第一图一个画线的小圆圈，所以无论如何也是比不上第二图传达"三美"的椭圆部分。如果认为散体译文更能保存原诗情趣，那就是认为情趣不必"见于声音，寓于意象"，和音美、形美无关了。我国诗词是内容和形式的统一体，是意美、音美、形美的统一体，怎能把内容的意美和形式的音美、形美完全割裂开来呢？

从理论上讲，散体译文不可能胜过诗体译文。从实践上讲，我们再来比较一下《峨眉山月歌》的两种译文吧。最为成功，能"兼'信''达'之长"的散体译者小畑，没有译出原诗"半轮秋""影入江水""思君不见"的意美，没有传达原诗用"秋""流""州"押韵的音美，没有传达原诗每句七字的形美，他所保持原诗情趣的那个小圆圈，恐怕不会很大。换句话说，他虽有所得，但是所失也太多了。诗体译文没有传达"下渝州"等的意美，这是第二图左边新月有所失的部分；但把"半轮秋"译成"秋天的金色眉毛"，那却是右边新月有所创的部分；把"思君不见"译成"思月不见"，也可以算是中间椭圆形有所得的部分；意美虽有所失，也有所得，还有所创，仅以椭圆形的中间部分而论，恐怕已经比第一图的小圆圈大了。加上诗体用了"now"和"brow"押韵，"goes"和"flows"押韵，传达了原诗押韵的音美；译诗每行十二个音节，传达了原诗的形美；还可用"br"的头韵来译"峨眉"的"山"头，这是用音美来传达形美，可以算是有所得。总起来说，第二图右边的圆圈恐怕比第一图的小圆圈大得多，怎么能说散体译文比诗体译文更能保持原诗的情趣呢？

苏联现实主义翻译理论家卡什金说得好："富于创造性的翻译，才算得上是崇高的艺术。""然而，翻译有一条不可逾越的界限，那就是必须受原作的约束，否则就不成其为翻译，而成为随心所欲、自由发挥了。当然，译者理应享有一定的自由，即有根据的自由。"[①] 我所说的有所创，就指"有根据的自由"，而宾纳把"野渡无人舟自横"中的"无人"译成"似有人"，把"自横"的静态改成相反的动态（The forry-boat moves as though someone were poling），却是逾越了"不可逾越的界限"。

有的外国读者说："你们把唐诗宋词说得那么好，但是一读散体译文，却觉得淡而无味。"这正是因为译者没有进行创造性的翻译，没有传达原

---

① 转引自《翻译通讯》1983年第10期，第40页。

诗的"三美"的缘故。换句话说,第二图左边的新月太大,右边的新月太小了。译者的任务应该是使左边的新月成为"杨柳岸晓风残月""夜夜减清辉";使右边的新月"云破月来花弄影""千里共婵娟"。总而言之,要使译诗本身成为艺术品。

1984年春于北京大学

翻译与评论
——"超导论"

本文针对有人说"雅"字"没有道理",举例说明文学翻译"越雅越好"(郭沫若语);针对有人对翟理士的评论,指出不是译者不理解原作,而是评者不理解译者;针对有人对庞德的好评,指出评者赞扬的译文几乎每行有错。究其原因,都和评者反对"雅"字不无关系,而"雅"有时需要"超导"(传导信息超过原文)。

俗话说:"一个篱笆三个桩,一个好汉三个帮。""牡丹虽好,也要绿叶扶持。"翻译和评论的关系,可以说是牡丹和绿叶的关系。所谓"扶持",自然不只是指表扬,还要包括批评在内,因为批评的目的,是要使篱笆立得更稳,使好汉变得更强。如果没有表扬,译者可能不知道自己的作品是否得到社会的公认,得到哪种程度的公认;如果没有批评,译者又可能看不清楚前进的方向。因此,对于译者,表扬和批评都是"扶持"。这样说来,翻译和评论的关系,又好像是千里马和伯乐的关系了。《鲁拜集》的英译本不就是得到一个"伯乐"的赏识,才流传到今天的么!

《翻译通讯》自从创刊以来,发表了不少评论翻译的文章,既有表扬,又有批评,对开展翻译的研究,起了促进的作用。但评论文章只是各讲各的道理,没有针对性的争辩。而要提高翻译理论和实践的水平,打开翻译研究的新局面,恐怕需要有针锋相对的争鸣。因此,我在下面对《翻译通讯》中发表的评论,提出一些个人的看法。

一、关于"信、达、雅"

《翻译通讯》创刊号和 1983 年第 10 期第 13 页上两次提到:"从译文来说,严复的'信、达、雅'里的'雅'字是没有道理的——原作如不雅,又何雅之可言?"我却觉得严复提出"雅"字,不能说是"没有道理"。赵元任先生说得好:"说有易,说无难。"因为我说"雅"有道理,只要举出一个例子,就可以证明我说得对;你说"雅"没有道理,却要证明所有说"雅"有理的例子都是错的,才能说明你不错。《翻译通讯》1981 年第 1 期第 1 页上说过:"严复生在使用文言文的时代,所以提出文要古雅;到了使用白话文的今天,'雅'字就不能再局限于古雅的原意,而应该是指注重修辞的意思了。"其实,"信、达、雅"都是相对的。"人无完人,金无足赤","信"也没有百分之百的"信";对于文盲,再通顺的文章也不能"达";而"雅"字如果指"注重修辞",则粗俗的文字可以用来描写粗俗的性格,正好说明作者"注重修辞"的苦心。至于说"原作如不雅,又何雅之可言?"文学作品到底是"雅"的多,还是不"雅"的多呢?如果不"雅",是不是值得翻译?如果原作"雅",译文不"雅"行吗?下面就来举例说明:

法国大作家雨果在《笑面人》中说:

> La pauvreté, j'y ai grandi; l'hiver, j'y ai grelotté; la famine, j'en ai goûté; le mépris, je l'ai subi; la peste, je l'ai eue; la honte, je l'ai bue.

上海译文出版社的译文:

> 我在穷苦中长大;在冬天里瑟瑟发抖;尝过饥饿的滋味;受人轻视;染过瘟疫;喝过羞辱的酒浆。

北京人民文学出版社的译文:

> 贫困,我是在贫困中长大的;冬天,我在冬天中战栗过;饥饿,我尝过饥饿的味道;轻蔑,我曾经受人轻蔑过;黑死病,我曾经生过;耻辱,我曾经忍受过。

原文六个分句都把宾语放在句首,表示强调;并且重复了六个相同的句型,简短有力,每两句都对称;前三个主要动词是双声词;第一、四分句,二、三分句,五、六分句都押了韵,可以说是非常注重修辞,非常优"雅"的文句了。但是上海译文没有译出原作的强调句型,也没有译出原文的对仗；北京译文虽然有点强调，也有对仗，但是重复太多，没有译出原作的简洁，也没有译出原文的形象。因此，如果译文只要求"信"和"达"，京沪译文都可及格；如果译文还要求"雅"，那两种译文都不能通过。可见严复提出"雅"字，并不是没有道理的。自然，提出"雅"字不难，做到"信、达、雅"却不容易。现在，我试提出一种比京沪译文稍微优"雅"一点的译文如下：

贫穷，我在其中长大；冬天，我在那里哆嗦；饥饿，我尝过；轻视，我受过；可怕的瘟病，我得过；羞辱的苦水，我喝过。

为了译文对称，最后两个分句都加了词，这可以算是"超导"（传导信息多于原文）。再举一个《笑面人》的例子：

Je tiens aux grands et j'appartiens aux petits. Je suis parmi ceux qui jouissent et avec ceux qui souffrent.

上海译文出版社的译文：

我是大人物中间的一个，可是我仍然属于老百姓。我置身在这些朝欢暮乐的人当中，可是我仍然和受苦的人在一起。

北京人民文学出版社的译文：

我在大人先生中间，可是我是属于小人物的。我在享乐者中间，我却和受苦者站在同一立场。

上海译文比北京译文"雅"一些，"大人物"和"老百姓"基本译出了原文的对仗，如果改成"小百姓"也许更好一点。"朝欢暮乐"译得很"雅"，对称词就该是"受苦受难"了。下面，我又提出一种更"雅"一点的译文：

我出身贵族，但属于平民。我身在享乐的人中间，心在受苦的人一起。

为了说明"信、达、雅"是相对的，翻译可以有不同程度的"信、达、雅"，我想再举一个英文译例。《翻译通讯》1985年第1期第26页上有杨必译的《名利场》第57章中的一段：

The hidden and awful Wisdom which apportions the destinies of mankind is pleased so to humiliate and cast down the tender, good, and wise; and to set up the selfish, or foolish, or the wicked. Oh, be humble, my brother, in your prosperity! Be gentle with those who are less lucky, if not more deserving. Think, what right have you to be scornful, whose virtue is a deficiency of temptation, whose success may be a chance, whose rank may be an ancestor's accident, whose prosperity is very likely a satire.

　　　　上帝的安排是奇妙莫测的，令人敬畏的，他分配世人的祸福，往往叫聪明仁厚的好人受糟蹋，让自私的、愚蠢的、混账的人享福。得意的兄弟啊，虚心点儿吧！请你们对于潦倒的苦人厚道些，他们就算没比你好，可也不过是走了背运。想想吧，你的道德好，不过是没有受过多大的引诱；你的处境顺，不过是机会凑手；你的地位高，不过是恰巧有祖宗庇荫。你的成功，其实很像是命运开的玩笑，你有什么权力看不起人家呢。

　　这段译文可以说是做到了"信、达、雅"的。但是，第一句一开始如果译成："上帝的智慧真是高深莫测，令人敬畏"，也可以说是程度不同的"信"。"祸福"二字译得很好，这是"超导"，如果译成"命运"，"信"的程度相差不远，"雅"的程度就大不相同了。"cast down"和"set up"如果译成"踩在脚下"和"高高在上"，体现了一点原文的对仗，可以算是程度略高的"雅"。"兄弟"二字如果改成"老兄"，看起来虽然俗一点，但符合原文的口气，是注重修辞的译法，"俗"倒反而变成"雅"了。"not more deserving"如果译成"不比你更配享福"，"less lucky"译成"不走运"，"没有受过多大的引诱"改成"没有受到多少考验"，也许可以算是程度不相上下的"信"。"祖宗庇荫"译得很好，又是"超导"，如果改成"祖宗保佑"，只可算是程度略低的"雅"。"prosperity"译为"成功"，虽然不能算错，但比起"兴旺发达"来，却不能说是"信"的程度更高。总而言之，"信、达、雅"可以有几种高低不同的程度，哪种译文"信、达、雅"的程度最高，或是三种程度加起来的总分最多，就是最好的译文。再说，译文信不信、顺不顺是个对或错的问题，译文雅不雅却是个好或差的问题。换句话说，译文不可以不信不顺，但只是"信顺"的译文却不一定是最好的译文，因为决定译文高下的一个重要因素是"雅"，而"雅"有时需要"超导"。

　　《翻译通讯》1985年第3期第3页上说："只要能搞出质量高的作品，最后总会得到社会的公认。一个翻译家如能达到严复、林纾、朱生豪和傅雷那样的成就，就不怕不被人重视。"这就是说，严复、林纾、朱生豪和傅雷搞出了质量高的翻译作品，并且得到了社会的公认。我认为他们的译作质量高，正是因为他们做到了"信、达、雅"的缘故。即使他们的译文有时不信或者不达，但是整个说来，他们的文学语言达到了雅的水平，所以才能得到社会的公认。

罗曼·罗兰的《约翰·克利斯朵夫》第725页上有一段写书中主角对巴黎的印象，最后一句的原文和傅雷的译文是：

  Les hommes font les œuvres; mais les femmes font les hommes—(quand elles ne se mêlent pas de faire aussi les œuvres, comme c'était le cas dans la France d'alors); —et ce qu'elles font, il serait plus juste de dire qu'elles le défont.

  男子制造作品；女人制造男子，——（倘使不是像当时的法国女子那样也来制造作品的话）；——而与其说她们制造，还不如说她们破坏更准确。

"男子制造作品"，"作"也是"制造"的意思，读来显得重复，搭配也不恰当，这就是说，以"达"而论，译文似乎有所不足。如果要改得"雅"一点，说是男子做事，女子造人，是不是好一些？那最后部分也可以改成：与其说她们做事（或成事），还不如说她们坏事（或败事）更准确。这样，译文不但更"雅"，而且更"达"，这又说明了"雅"可以补"达"之不足。因此，严复提出来的"雅"字，似乎是不无道理的。

二、关于翟理士（H. A. Giles）

《翻译通讯》1983年第9期第13页上说："Herbert A. Giles是清末英国驻宁波的领事出身，因缘际会，爬上了剑桥大学中国文学教授的宝座。他所译的诗，有时非常不确切，最根本的问题是他对汉语理解不够深透，其次是他坚持用有韵诗来译中国古典诗歌。"第14页上又说："Giles译中国诗确有点不自量力。"

翟理士（Giles）译中国诗是不是"不自量力"呢？我们先来看看国内外学者对其译诗的评价吧。

早在本世纪初，英国文学家斯特莱彻（Lytton Strachey）就说过：翟理士的"译本值得一读，因为它不但是新奇，而且美丽，富有魅力。诗集是十年前出版的，但是我们读后会说：译本中的诗是这一代人所知道的最好的诗，虽然大部分诗是十个世纪以前写的"[①]。又说："正是因为这本选集掌握了感情的色调和深度，它在世界文学史上占有独一无二的地位。也是为了这个原因，它的诗篇虽然古老得出奇，但在我们看来却还是新颖的；

[①] 译自《汉英对照唐诗一百五十首》第18页。

诗中所描写的人性已经使诗篇成为不朽的作品了。"①

即使反对"用有韵诗来译中国古典诗歌"的英国汉学家韦理（Arthur Waley）也不得不承认翟理士"善于将词义和韵律巧妙地结合起来"②。

我国老一辈翻译家范存忠教授说过：翟理士"译了李白、王维、李商隐等诗人的名篇，都能抓住读者，有其独特的风格，颇得评论界的赞赏。"③

一个使中国诗词"在世界文学史上占有独一无二的地位""成为不朽的作品"的译者，即使"他所译的诗，有时非常不确切"，能不能说他"译中国诗确有点不自量力"呢？姜椿芳在《翻译通讯》1984年第10期第3页上说："据检查，最脍炙人口的文学译本，往往在两三千字中发现一个错。"但能不能说这些文学译本的译者也是"不自量力"呢？何况翟理士所译的诗，到底是他翻译得"不确切"，还是评论者"理解不够深透"，其实还是一个可以商榷的问题。下面就来举例说明。

《翻译通讯》1983年第9期第11页上说："拿 Herbert A. Giles 为例，他的错译是数不胜数的。张籍的《节妇吟》里有以下几句……'还君明珠双泪垂，恨不相逢未嫁时！'Giles 是这样译的：

With thy two pearls I send thee back two tears；

Tears—that we did not meet in earlier years!

'还君明珠双泪垂'，是说把明珠还给你的时候，两眼直流着眼泪；并不是说还你明珠，同时送给你两滴眼泪。'双泪垂'就是'双泪流'。"《翻译通讯》1984年第8期第18页也对这两句译文做了类似的批评，说："硬译作派人或写信退还，殊有损于原诗的意美。"仔细读读译文，译者的意思不过是说送还明珠的时候，带上两滴眼泪而已。原诗有没有这个意思？"还君明珠"双泪流到什么地方去了？有没有可能流到写诗的信笺上？如果有，那不就是附带送上两滴眼泪吗？怎么能说是译错了？我看译者的理解比评者更深刻，译文不但无"损于原诗的意美"，而且可以说是"掌握了感情的深度"。

再深入研究一下，就会发现张籍的《节妇吟》并不是真正"吟"什么"节妇"，而是"寄东平李司空师道"的。《唐诗鉴赏辞典》第758页上说："李师道是当时藩镇之一的平卢淄青节度使，又冠以检校司空、同中

---

① 译自《汉英对照唐诗一百五十首》第27页。
② 转引自《外国语》1981年第5期，第7页。
③ 同上。

书门下平章事的头衔,其势炙手可热。中唐以还,藩镇割据,用各种手段,勾结、拉拢文人和中央官吏。……这首诗便是一首为拒绝李师道的勾引而写的名作。通篇运用比兴手法,委婉地表明自己的态度。"这样看来,"还君明珠"不过是表示拒绝勾引而已。但勾引者是"权势炙手可热"的节度使,拒绝也不能得罪他,所以要尽可能"委婉",于是就"双泪垂"了。这表明"节妇"自己并不是流水无情,而是罗敷有夫,万不得已。既然如此,"双泪垂"是落到诗笺上,还是落到地上,更能表明"节妇"的情深,更不会得罪勾引者呢?答案不是一清二楚吗?这样分析了原作者的意图之后,更可以看出译者的匠心独具,"掌握了感情的色调和深度",使唐诗"在世界文学史上占有独一无二的地位"了。

退一步讲,即使原作者的意图并不是眼泪落到诗笺上,那这译文就成了译者的再创造,这再创造简直可以说是青出于蓝而胜于蓝,可以算是"超导"。《唐诗鉴赏辞典》第 453 页上谈到杜甫的名诗《春望》时说:"'感时花溅泪,恨别鸟惊心'这两句一般解释是,花鸟本为娱人之物,但因感时恨别,却使诗人见了反而堕泪惊心。另一种解释为,以花鸟拟人,感时伤别,花也溅泪,鸟亦惊心。两说虽则有别,其精神却能相通,一则触景生情,一则移情于物,正见好诗含蕴之丰富。"恰好美国译者宾纳(Bynner)的译文就是"花也溅泪,鸟亦惊心"(petals have been shed like tears/and lonely birds have sung their grief)。如果杜诗原意只是"触景生情",那"移情于物"的译文就可以说是胜过原作,可以算是"超导"。

以上的译例说明:"最根本的问题"不是译者"对汉语理解不够深透",而是评论者对英语的理解不够深透;不是"译文距原文十万八千里",而是评论者距译文十万八千里;不是"译者把意思领会错了",而是评论者把译者的意思领会错了。因此,如果要说"不自量力"的话,到底是译中国诗的翟理士,还是没有理解翟理士的评论者呢?

三、关于庞德(Ezra Pound)

《翻译通讯》1984 年第 9 期第 10 页上说:"美国诗人庞德(Ezra Pound)译的李白《长干行》,就作为创作经常被选入近代英美诗选。庞德不懂中文,他译李白的诗是依照一位日本教授给他译出的大意来进行的,但效果却是意想不到地那么好。我们可以拿几行来对比一下:'……十六君远行,瞿塘滟滪堆。五月不可触,猿声天上哀。门前旧行迹,一一生绿

苔。苔深不能扫，落叶秋风早。八月蝴蝶黄，双飞西园草。感此伤妾心，坐愁红颜老。……'

  At sixteen you departed,
  You went into far ku-to-yen, by the river of swirling eddies,
  And you have been gone five months,
  The monkeys make sorrowful noise overhead.
  You dragged your feet when you went out.
  By the gate now, the moss is grown, the different mosses,
  Too deep to clear them away!
  The leaves fall early this autumn, in wind.
  The paired butterflies are already yellow with August,
  Over the grass in the West garden;
  They hurt me, I grow older. ...

庞德的译文虽不甚贴合原文，有的地方甚至有错误（此处未引），但总的讲来颇有诗味，而且和原诗的味道还很'对等'。这种翻译往往影响很大。……庞德译的中国诗影响了美国现代诗的创造。"

  上文谈到：有人说翟理士译诗"以韵害意"，庞德译诗不用韵，那错误应该比翟理士少了。

  尤其是《长干行》的译文，"错误此处未引""和原诗的味道还很'对等'"，那应该比翟理士的译文好得多。不料对比之后，令人大吃一惊，错误之多，出人意外。"十六君远行"，是说女方16岁时，男方就远行了；译文却说成是男方16岁时远行。"瞿塘滟滪堆"，是指长江三峡中危险的礁石；译文没译出来。"五月不可触"，是说五月里江水上涨，看不出礁石，船碰上去，就要失事；译文却说是男方已经走了五个月。"猿声天上哀"，译文说是就在头上。"门前旧行迹"，译文说是男方离家时拖着脚走。"一一生绿苔"，原来是说门前已经长满了绿苔，看不见男方离家时的足印了；译文却说是门前现在长满了各种不同的绿苔。"苔深不能扫"，译文理解似乎没有问题，但表达是不是用 to be cleared away 好些？"落叶秋风早"，译文总算没有问题。"八月蝴蝶黄"，译文把农历八月译成了公历八月，而公历八月既不是"秋风落叶"的时候，蝴蝶也不会和落叶一样黄，时间一错，这两句诗都说不通了。"双飞西园草"，这句译文总算贴合原文。"感此伤妾心"，译文太简单。"坐愁红颜老"，只译了一个"老"字，原文"老"是"愁"的结果，译文的"老"却可能只是自然现象。这样几乎每句都有问题的译文,怎么可以说是"和原诗的味道还很'对等'"呢?这个例子至少可以说明:译文即使不"用韵",也不一定能不"害意"。译文"从心所欲",而逾了矩,所以不能算是"超导"。

译文"用韵",是不是就一定会"害意",会"因声损义"呢?我想也不见得。请看看香港商务印书馆出版的《唐诗三百首》新译本的诗体译文:

> I was sixteen when you went away,
> Passing Three Gorges studded with rocks gray,
> Where ships were wrecked when spring flood ran high,
> Where gibbons' wails seemed coming from the sky.
> Green moss now overgrows before our door.
> I see your departing footprints no more.
> I can't sweep it away: so thick it grows,
> And leaves fall early when autumn wind blows.
> In the eighth month yellow butterflies pass
> Two by two o'er our western-garden grass.
> This sight would break my heart, I am afraid,
> Sitting alone, my rosy cheeks would fade.

《朱光潜美学论文集》第2卷第104页上说:"'从心所欲,不逾矩'是一切艺术的成熟境界,如果因迁就固定的音律,而觉得心中情感思想尚未能恰如其分地说出,情感思想与语言仍有若干裂痕,那就是因为艺术还没有成熟。"我想,"因声害义"也是翻译艺术还不成熟的表现;而"超导"却是"从心所欲,不逾矩"的艺术。

从《翻译通讯》评论的问题来看,翟理士使中国诗"在世界文学史上占有独一无二的地位",却得到了"不自量力"的批评;庞德几乎每句有错的译文却被说成是"和原诗的味道还很'对等'"。究其原因,这和评论界反对"信、达、雅"中的"雅"字,不能说是没有关系。因此,在理论上,我们应该强调文采(雅)对翻译文学作品的重要性,甚至应强调"超导";在实践上,应该争取"好上加好,精益求精,不到绝顶,永远不停",这样才能打开文学翻译的新局面。

(原载《外国语》1985年第6期)

针对弱点超越论

本文原题名为《自学与研究》。研究要针对前人的弱点，才能超越。作者研究朱译莎剧，发现前后没有呼应；研究美译《荒原》，发现用词不当；研究法译杜甫《登高》，发现对仗不够工整。于是针对这些弱点，作者重新翻译，结果超越了前人，也超越了自己。

无论古今中外，凡是学术上有成就的人，一定是善于自学的人。一个人学术上的成就，就是他自学和研究的成果。其实，研究也可以说是进一步的自学。如果说自学需要辅导的话，那研究需要的却是借鉴。

学好英语，对于使用汉语的人来说，是非常重要的。应该怎样自学英语呢？列宁说过：还原翻译法是自学外语的最好方法。这就是说，把一篇英文文章翻译成中文，过了一段时间，等你把英文原文完全忘记之后，再把你自己的译文还原，译成英文，和原文对照比较，取长补短，这样反复进行，你的英语水平就提高了。

这种还原翻译法强调自学，似乎不用辅导，其实，这是把原文当作辅导材料。在把英文译成中文的时候，如果能有一篇参考的中译文，那会使自学者进步快得多。这篇中译文也是很好的辅导材料。一个自学者开始要把辅导材料当作拐杖；但当他能不用拐杖走路时，他的英语水平就大大提高了，就可以进行研究了。

关于研究，要针对前人的弱点，去做自己的工作，如有突破就能前进一步。如莎士比亚《裘力斯·凯撒》（*Julius Caesar*）中勃鲁托斯（Brutus）的演说词，原文和朱生豪的译文如下：

　　Romans, countrymen, and lovers, hear me for my cause, and be silent, that you may hear. Believe me for mine honour, and have respect to mine honour, that you may believe. Censure me in your wisdom, and awake your senses, that you may the better judge. If there be any in this assembly, any dear friend of Caesar's, to him I say that Brutus' love to Caesar was no less than his. If then that friend demand why Brutus rose against Caesar, this is my answer: Not that I lov'd Caesar less, but that I lov'd Rome more. Had you rather Caesar were living, and die all slaves, than that Caesar were dead, to live all freemen? As Caesar lov'd me, I weep for him; as he was fortunate, I rejoice at it; as he was valiant, I honour him; but—as he was ambitious. I slew him. There is tears for his love; joy for his fortune; honour for his valor; and death for his ambition. Who is here so base that would be a bondman? If any, speak; for him have I offended. Who is here so rude that would not be a Roman? If any, speak; for him have I offended. Who is here so vile that will not love his country? If any, speak; for him have I offended. I pause for a reply.

各位罗马人，各位亲爱的同胞们！请你们静静地听我解释。为了我的名誉，请你们相信我，尊重我的名誉，这样你们就会相信我的话。用你们的智慧批评我，唤起你们的理智，给我一个公正的评断。要是在今天在场的群众中间，有什么人是凯撒的好朋友，我要对他说，勃鲁托斯也是和他同样地爱凯撒。要是那位朋友问我为什么勃鲁托斯要起来反对凯撒，这就是我的回答：并不是我不爱凯撒，可是我更爱罗马。你们宁愿让凯撒活在世上，大家作奴隶而死呢，还是让凯撒死去，大家作自由人而生？因为凯撒爱我，所以我为他流泪；因为他是幸运的，所以我为他欣慰；因为他是勇敢的，所以我尊敬他；因为他有野心，所以我杀死他。我用眼泪报答他的友谊，用喜悦庆祝他的幸运，用尊敬崇扬他的勇敢，用死亡惩戒他的野心。这儿有谁愿意自甘卑贱，做一个奴隶？要是有这样的人，请说出来；因为我已经得罪他了。这儿有谁愿意自居化外，不愿做一个罗马人？要是有这样的人，请说出来；因为我已经得罪他了。这儿有谁愿意自处下流，不爱他的国家？要是有这样的人，请说出来；因为我已经得罪他了。我等待着答复。

原文理直气壮，义正词严，是一篇以理胜情的演说词。剧中市民听后，都发出了欢呼，要为演说人立一座雕像。但是听了译文之后，听众会不会做出相同的反应呢？

首先，原文首尾呼应，逻辑严密，称听众为"罗马人"，是和下文"野蛮人"对立的，表明听众是文明人；接着又称他们为"同胞们"，这是和下文"奴隶"对立的，表明他们是自由的公民；最后还称他们为"lovers"，译文是"亲爱的"，爱什么呢？下文做了回答："有谁不爱他的国家？"所以 lovers 最好译成"爱国者"。"罗马人"是客观的称呼，要激发听众的荣誉感；"同胞们"带有主观的感情，要激发听众的亲切感；"爱国者"更深入一步，要诉诸听众的理智。译文似乎没有领会原作步步深入的意图；尤其严重的，是在单数的形容词"各位"之后，用了复数的"同胞们"，这就是败笔了，所以要针对缺点进行修改，就可超越原译。

演说词前三句的特点，是再三重复：先请大家静静听他解释，因为只有肃静才能听见；再请大家相信他的人格，因为只有尊重人格才会相信；三请大家运用聪明才智来做批判，因为只有耳聪目明，才能做出公正的判断。第一"请"是客观的起码要求，但是译文没有重复"听"字；第二"请"要激发听众的荣誉感，译文说成是"为了我的名誉"；第三"请"要诉诸听众的理智，译文似乎没有领会称呼和前三句的联系。

接着三句，译文没有错误，但是不够精练有力。第一句后半可以改成：我爱凯撒决不在他之下。第二句后半可以改为：不是我对凯撒无情（或薄情），而是我对罗马情深（或情更深长）。

接着两句，原文对仗工整，译文用了"因为""所以"，显得拖拉，不如删掉改为：凯撒爱我，我为他痛哭；他很幸运，我为他高兴；他很勇敢，我对他崇敬；但是他有野心，我就把他杀死。友爱得到的是眼泪；幸运得到的是庆贺；勇敢得到的是崇敬；野心得到的是死亡。后一句译文的结构，比原译更接近原文；原译有的搭配不够自然，如"用尊敬崇扬他的勇敢"。

最后六句，是对仗工整的三对问答。原译用了"自甘卑贱""自居化外""自处下流"，煞费苦心，但是似乎不如"卑鄙""粗野""无耻"更能和上文的自由民、文明人、爱国者对立，遥相呼应。这样针对缺点修改，就是超越了。

不但翻译散文，就是译诗，也可针对弱点，有所超越。如 1994 年举行了一次外国文学中译国际研讨会，美国加州大学杜国清教授在会上宣读了关于英国诗人艾略特的名诗《荒原》的论文。他说："在我看来《荒原》这部作品的主旨和内涵，更是具体而微地包含在开篇这七行之中。"现在把这开篇七行和杜译抄录如下：

April is the cruelest month, breeding

>   Lilace out of the dead land, mixing
>   Memory and desire, stirring
>   Dull roots with spring rain.
>   Winter kept us warm, covering
>   Earth in forgetful snow, feeding
>   A little life with dried tubers.
>
> 四月最是残酷的季节
> 让死寂的土地迸出紫丁香
> 掺杂着追忆与欲情
> 以春雨撩拨着萎顿的根茎。
> 冬天令人温暖，将大地
> 覆盖着遗忘的雪泥
> 让枯干的球根滋养短暂的生命。

《荒原》被认为是"20世纪英美文学的一部划时代的作品"；"这篇凄凉而低沉的作品主旨在于描写现代文明的枯燥和无力"。（见杜国清论文）这首名诗的特点之一是吸取了中国诗词的优点，大量引经据典；但中国典故多半"化合"在诗内，《荒原》的典故引语却只是"混合"在诗中。《荒原》的特点之二在开篇七行之中非常明显，有五行都是以现在分词结尾，这是从形式上模仿中国诗词内容上的言有尽而意无穷，余音绕梁三日不绝。但杜译并没有体现这个特点。

杜译第一行"最是"二字用得很好，但"残酷的季节"却用得不妥，因为"从死寂的土地迸出紫丁香"有如鲜花开在牛粪上，只能算是"忍心"，至多说是"残忍"，不能说是"残酷"；其次四月不能算是一个季节，只能说是春天。第二行的"迸出"用得不错，但"死寂的土地"加了一个"寂"字，反倒削弱了原诗突出的生死矛盾。这个矛盾也表现在第三行："追忆"代表过去、死亡；"欲情"代表未来、新生。这个矛盾还表现在第四行："萎顿的根茎"是死亡的象征，"春雨"却带来了新生。这是本诗的主题思想，但在译文中却没有体现出来。以上四行是第一句。在第二句中，第五行的"冬天"又象征着死亡，"温暖"却蕴含着生命；第六行的"雪泥"是冬天的具体化，"大地"则是"温暖"的载体；第七行的"球根"和第四行的"根茎"遥相呼应，最后衬托出了"生命"，而杜译却在"生命"之前加了"短暂"二字，这又更加削弱了本诗突出的生死矛盾。现在针对杜译弱点，将本诗前七行重译如下：

四月,残忍的春天,死亡

的土地上哺育着紫丁香,

在尚未消逝的记忆里

掺杂着难以满足的欲望,

用清新的甘霖滋润着

麻木不仁,沉睡的草根,

冬天带来了温暖的大地,

用雪把过去埋在遗忘里,

又用干枯的块茎

培植着一线生机。

按照英诗格律,韵要押在重读的音节上;但是按照新的格律,不重读的音节也算押韵。那么,《荒原》前七行结尾的现在分词都可以算韵了。因此,新译的"亡""香""望""里""地""机""根""茎",都可以说是传达了原诗的音美。但是原诗七行,新译却有十行,没有再现原诗的形美,还可以针对这个弱点,进行超越。

翻译理论不但应该适用于外译中,还应该适用于中译外。没有出版过几本外译中和中译外作品的人,很难提得出解决中外互译问题的理论。即使出版了几本译著,还要针对自己的弱点,不断超越。例如杜甫《登高》中的名句:"无边落木萧萧下,不尽长江滚滚来",我的英、法译文如下:

The boundless forest sheds its leaves shower by shower;
The endless river rolls its waves hour ofter hour.

Les feuilles tombent en averse de tristesse;
Le fleuve roule l'eau nostalgique sans cesse.

比较一下英、法译文,可以说英译用叠词来译"萧萧"和"滚滚",胜过法译。于是我就针对没有用叠词这个弱点,把法译修改为:

Feuilles sur feuilles tombent jusqu'à la lisière;
Ondes par ondes roule la grande rivière.

这样一改,新译用的叠词更能再现原诗的音美和形美,胜过旧译;但旧译用了"忧郁""思乡"等词来传达原诗言外的意美,新译中却没有了。这是有得有失,还可针对弱点,看看能否超越。

(前半原载《英语辅导》1986年第6期,
后半原载菲律宾《联合日报》1994年11月3日)

发挥译语优势论

本文原题名为《知之·好之·乐之：三之论》，谈的是文学翻译的目的；发挥译语优势，是达到"三之"的方法。本文是对董乐山批评的答辩，说明董译《第三帝国的兴亡》成功之处，是不自觉地发挥了译语的优势，就是"扬长"，缺点是没有"避短"。本文还举了朱译、卞译莎剧为例，说明两译都发挥了译语优势；朱译多用浅化法，可以使人"好之"；卞译多用等化法，可以使人"乐之"。

发挥译文语言的优势，是我在 1981 年《翻译通讯》第 1 期中提出来的。后来，翁显良教授在《翻译通讯》1982 年第 1 期中说道："英译汉应该因汉语之宜，或分或合，或伸或缩，灵活处理，充分发挥我们在运用本族语方面所固有的优势；这样才有可能做到译文与原文二者艺术效果大致相同，这样才是忠实于原作。"又说："原著的艺术性越高，越要发挥汉语的优势。"最后他说："外国文学作品的汉译，其成败关键，在于得作者之志，用汉语之长，求近似之效。不得作者之志，当然不可以自由；不可自由而自由，那是乱译。既得作者之志就不妨自由；可自由而不自由，一定会影响汉语优势的发挥，得不到应有的艺术效果。汉译的技巧，说到底，无非是摆脱原文表层结构的束缚而自由运用汉语再创作的技巧。"

我完全同意翁显良的意见，用他的话来说，发挥译文语言的优势就是"用汉语之长""自由运用汉语再创作的技巧"。不过我觉得他谈译语的优势，只谈到英译汉，没有谈汉译英；而我却认为发挥优势不是单行道，而是双行线。于是，我又在《翻译通讯》1982 年第 9 期发表了一篇《扬长避短，发挥译文优势》，进一步说明了汉诗英译，也应该发挥英诗音韵格律的优势。发挥优势的提法,得到了翻译界的响应,如《国际关系学院学报》1983年第1期发表了劳陇的《怎样发挥译文的语言优势》;《外国语》1983年第3期又发表了魏培忠的《发挥译文语言的优势》,魏培忠说:"这里所谈的发挥译文语言的优势,是在忠实、通顺的基础上,还要注重修辞,使译文的语言更加规范化和艺术化。"

关于发挥译语优势,也有不同的意见,如董乐山在《翻译通讯》1985年第11期中说:"现在有一种说法,叫作发挥汉语优势,就不是一种科学的提法。我不懂什么叫'汉语优势',如果是滥用中文成语,什么'南柯一梦'、'黄粱美梦'、'寅吃卯粮'等等,一部外国文学作品成了中文陈词滥调的堆砌,这就不可取。至于什么'风流女皇'、'交上了桃花运'也就更是等而下之了。中文成语要用得恰到好处才是。"

董乐山说他"不懂什么叫'汉语优势'",说来也怪,我提出发挥译文语言的优势之前,参考过董译的《第三帝国的兴亡》,并且吸收了他的经验,才得出了这个结论。我读董译,觉得它很有吸引力,如《第三帝国的兴亡》译文第7页有一句"魏玛共和国即将寿终正寝",但是一看原文,却只是 The Weimar Republic was about to expire。这是董乐山文中所说的"准确表达原文含意"吗?不是,因为西方根本没有"寿终正寝"这个生活现实或传统,原文自然不可能有这个含意。这是"不必要地卖弄辞藻文采,甚至添油加醋,弄得不好反而有损原意"吗?也不是,因为译文的表达力显然强于原文。因为两种文化不同,对同一个内容可以有不同的表达方式(如后面提到的"搭凉棚"),而文化历史悠久的表达方式往往胜于历史较短的表达方式。这是中文成语"用得恰到好处"吗?也许是的,但董译中很多好的表达方式并不是成语,如第406页上说:对这个建议"要么接受,要么拉倒"。这样看来,董译的吸引力既不在于表达"准确",也不在于卖弄"文采",又不在于成语用得"恰到好处",那到底在什么地方呢?我总结了一些董译的妙笔,发现他和傅雷、朱生豪、杨必等一样,都是发挥了译文语言的优势。发挥译文语言优势就是"扬长",而"扬长"的另一面是"避短"。我发现董译的妙笔在"扬长",而他的败笔却是没有"避短"。我国文化历史悠久,词汇丰富,表达力强,这是中文的"长";但是我国语文没有关系代词,关系从句不能像英文那样放在所修饰的词之后,而要放到词前,因此关系从句不能太长,这是汉语的"短"。董译的败笔恰恰是没有"避短",如《第三帝国的兴亡》第199页上说:"你们同那个以促使陆军赖以存在的一切基础归于解体为宗旨的哲学有任何共同之处吗?"

虽然董译没有"避短",但他却能"扬长",能发挥译文语言的优势,为什么译者本人却"不懂什么叫'汉语优势'"呢?我想这有两种可能:一种可能是译者虽然富有感性经验,却没有把自己的感性知识上升为理性知识,上升为理论。换句话说,译者还处于"自在"的阶段,没有达到"自为"的境界,也就是培根在《谈读书》中所说的"expert",而不是"learned"。据王佐良的译文说:"练达之士虽然能分别处理细事或一一判别枝节,然纵观统筹、全局策划,则舍好学深思者莫属。"换而言之,译者是个重视"微观"的专家,而不是个具有"宏观"的学者。因此,译者虽然能发挥译语的优势,但因为那是不自觉的,所以并不能利用这个理论来指导自己的实践。董文中说:"不是老王卖瓜,我且举《第三帝国的兴亡》一书扉页上第二句引语为例,那是德军总司令冯·勃劳希契元帅的话,他说,Hitler was the fate of the German people,如果把它译成'希特勒是德国人民的命运',我想也不能算错,但是从中文看,始终没有表达出那种所说'在劫难逃'、'命中注定'的认命的意思,所以反复推敲后来改成了'希特勒是德国人民的劫数',这样原文的含意就充分表达出来了。"如果只看一个单词,这里把"fate"译成"劫数",不但是表达了原文的含意,而且可以说是发挥了译语的优势;但从全句看来,说一个人是"劫数"就不通顺易懂了,如果改成"希特勒给德国人民带来了一场浩劫",不是更"充分表达"了"原文的含意"吗?那才可以算是见木又见林的译法。

董文中把"风流女皇"等说成是"陈词滥调",是滥用中文成语,这也是一种见木不见林的说法,因为一个词是不是陈词滥调,要看它用在什么场合,要看它的上下文是什么。如莎士比亚的《安东尼与克利奥佩特拉》第一幕第二场第一百三十二行谈到"this enchanting queen",如果译成"风流女皇",恐怕也不能算是陈词滥调吧。由此可见,译者不能孤立地翻译一个单词,因为没有上下文,就不可能有译文(No context, no text)。

董乐山说他"不懂什么叫'汉语优势'",还有一种可能是我的提法不妥。1982年中国法语教学研究会在西安召开翻译教学座谈会,我在会上提出过发挥译语优势的问题,当时也有在场人说不懂,可见我用的词不算恰当。但是1985年暑假,我参加北京大学英语系教授讲学团去丹东讲学,又提出了发挥优势的问题,听讲的有一百五十多位从全国各高等院校来的英语教师,却没有一个人说是听不懂的。原因在哪里呢?发挥译语优势到底是不是"一种科学的提法"呢？我回想起来，在丹东讲学时我既讲了中文，又讲了英文，中文我说"发挥译语优势"，但英文并没有用什么 advantage 或 superiority 之类的词，而是说"make full use of the good expressions of the target language"，再翻译为中文，就成了"充分利用好的译语表达方式"。其实，"发挥"就是"充分利用"，"优势"主要是指"好的表达方式"，但是内容更抽象，范围更广泛。这样说来，"发挥优势"就是指"用汉语之长"，应该是比"充分利用好的表达方式"更科学的了。

但董乐山说这"不是一种科学的提法"。我觉得他的说法也对，也不对。因为狭义的科学是自然科学，说发挥优势不合乎自然科学的规律，也许不能算错。我的翻译论文集取名为《翻译的艺术》，可见我把文学翻译看成一种艺术，而不是一门科学，但广义的科学却可以包括社会科学在内，这种提法是不是合乎社会科学的规律，就需要研究了。一般说来，自然科学可以用机器翻译，所以翻译也可以算是科学；文学作品不能用机器翻译，不像照相，而像绘画，所以翻译只能算是艺术。但从理论上说，文学作品都是用最好的表达方式写出来的，那么翻译时是不是也应该充分利用最好的译文表达方式呢？如果应该，那就不能说发挥译文语言的优势是不科学的提法了。何况人的翻译有胜过计算机的地方，正是因为人能充分发挥译文语言的优势。

这个提法是不是合乎科学？我看主要应该通过实践来检验。其实，关于翻译标准的各种提法都是译者实践的总结，又反过来指导译者实践的。如果实践的结果得到读者欢迎，就说明提法是正确的，合乎科学的；如果实践的结果相反，那就说明提法"不科学"。前面已经用董译的例子，说明即使他不自觉地运用了"扬长"的译法，结果还是取得了成功；但在他没有运用"避短"的译法时，结果就是失败。现在再谈谈我自己实践的经验。

在翻译一本文学作品时，我要问自己三个问题：1. 译文是不是忠实于原文？2. 译文语言是不是通顺，有没有避短？3. 有没有发挥译文语言的优势，有没有"扬长"？或者换句话说，有没有充分利用译文语言最好的表达方式？还可以改得更好点吗？下面就举司各特（Scott）的历史小说《昆廷·杜沃德》（*Quentin Durward*）第一章一句为例：

> The jousts and tournaments, the entertainments and revels, which each petty court displayed, invited to France every wandering adventurer; and it was seldom that, when arrived there, he failed to employ his rash

courage, and headlong spirit of enterprise, in actions for which his happier native country afforded no free stage.

这句初稿译成：

> 各个小朝廷都夸耀的比枪演武、饮酒作乐，把每个胆大妄为的流浪汉都吸引到法兰西来了，很少有个流浪汉来后不能显示他鲁莽的勇气和轻率的冒险精神的，而他更幸运的故乡却没有为这些活动提供自由的舞台。

我先问自己第一个问题，回答是译文忠实于原文；再问自己第二个问题，回答是译文的语言通顺，但问到自己第三个问题时，就不敢回答说我已经发挥了译文语言的优势，充分利用了译文语言最好的表达方式，以至不能改得更好了。于是我就进一步来修改译文，寻找更好的表达方式，反复推敲之后，结果把这一句译成：

> 每个小朝廷都引以为荣的比枪演武、饮酒作乐，使四海为家（或流浪江湖）的亡命英雄闻风而来；难得有个好汉到了法兰西不能一显身手，表现他的匹夫之勇和冒险精神的，而他幸运的故国却没有提供这种英雄用武之地。

我觉得"引以为荣""四海为家""亡命英雄""闻风而来""好汉""一显身手""匹夫之勇""英雄用武之地"，都是比初稿更好的表达方式，可以说是发挥了译文语言的优势，自己读后觉得满意，甚至颇为得意，有点读历史小说之感。读者也许会问：这第三个问题不可以说是译文传达了原著历史小说的风格？我要回答说：不是，因为译文的初稿已经传达了原著的风格，而定稿传达的却是我国历史小说的风格。正如董译《第三帝国的兴亡》把"expire"译成"灭亡"已经是忠实于原文的内容和风格，而译成"寿终正寝"却是我国历史学家的史笔，是用了汉语之所长。

孔子在《论语·雍也篇》中说："知之者不如好之者，好之者不如乐之者。"我想这话可以应用到翻译上来，那就是说，忠实的译文只能使读者"知之"，忠实而通顺的译文才能使读者"好之"，只有忠实通顺而又发挥了优势的译文才能使读者"乐之"。王国维在《人间词话》中说："古今之成大事业大学问者，必经过三种之境界。'昨夜西风凋碧树，独上高楼，望尽天涯路。'此第一境也。'衣带渐宽终不悔，为伊消得人憔悴。'此第二境也。'众里寻他千百度，回头蓦见（当作'蓦然回首'），那人正（当作'却'）在灯火阑珊处。'此第三境也。"我想这话如果应用到翻译上来，第一境可以说是"知之"境，第二境是"好之"境，第三境是

"乐之"境。"乐之"是翻译的最高境界，是读者对译者的最高评价，是翻译王国的桂冠。

我在《翻译的艺术》第120页上说过："翻译又可以说是两种文化的竞赛，在竞赛中，要争取青出于蓝而胜于蓝。"我看《第三帝国的兴亡》总的说来，可以说是"青胜于蓝"的译作。也许有人会说："寿终正寝"不过是"陈词滥调"而已。到底是"青胜于蓝"，还是"陈词滥调"？这要取决于读者是"知之"，"好之"还是"乐之"。如果原作只能使原文读者"知之"，而译作却能使译文读者"知之"而且"好之"，或者原作能使读者"知之""好之"，译文却能使读者"知之""乐之"，那就都是"青胜于蓝"；反之就是青不如蓝。如果原作和译作同样能使读者"知之"，或者"好之"，或者"乐之"，那可以说是竞赛不分胜负，但也可以说是"青胜于蓝"，因为译作要取得和原作相等的效果，困难要大得多。不管怎样，在两种文化的竞赛中，想要青胜于蓝，一定要发挥译文语言的优势。

下面我想用前人的译例来说明我的论点。我在《翻译的艺术》第34页引用鲁迅《死魂灵》中的一句译文："当乞乞科夫渐近大门的时候，就看见那主人穿着毛织的绿色常礼服，站在阶台上，搭凉棚似的用手遮在额上，研究着逐渐近来的篷车。"总的说来，这句译文是忠实通顺的，"搭凉棚"的译法可以说是发挥了译文的语言优势。因为俄文原文"в виле зонтика"直译是"遮阳伞似的"；英译文用了"screen his eyes from the sun"，只译了"遮阳"，而没有译出"伞"的形象；法文可以译成 mettre la main en abat-jour（把手像帽檐一样遮住眼睛），那就是用"帽檐"的形象来取代"阳伞"的形象；鲁迅却是用"搭凉棚"的形象取代了"遮阳伞"的形象。在我看来，鲁迅和法译都可以说是发挥了译文语言的优势。但是"研究"二字，俄文原文是 рассмотреть，英译文是 get a better view，汉译应该是"看清楚"，译成"研究"，就没有用汉语之长了。

鲁迅在《二心集·风马牛》一文中批评过赵景深把 the Milky Way 译成"牛奶路"，如果译成"天河"或"银河"，那就可以算是用汉语之长，发挥了译文语言的优势。但是反过来说，如果把"天河"或"银河"译成英文 the Milky Way，是不是发挥了译语的优势呢？答案却不肯定。我曾读到美国译者宾纳（Bynner）把顾况的"水晶帘卷近秋河"译成：

  They have opened the curtain wide, they are facing the River of Stars.
又把李商隐的"长河渐落晓星沉"译为：

  And the River of Heaven slants and the morning stars are low.

如果把"天河"和"星河"都改译成 the Milky Way，那读者只会看到现实主义的景色，译文却减少了浪漫主义的诗情画意。这就是说，"天河"或"星河"和"the Milky Way"表达的虽然是同一事物，但由于两种文化传统不同，我国文化中歌咏牛郎织女渡"银河"的诗词很多，所以"天河"或"银河"可以引起富有美感的联想；而希腊神话中只有宙斯大神的私生子吸了宙斯夫人的乳汁，夫人一推使乳汁飞散天空成了银河的故事，引起的联想富有戏剧性，但却不如"天河"更有诗情画意。换句话说，"天河"这个表达方式优于"the Milky Way"，所以把后者译成前者是发挥译文语言的优势，而把前者译成后者却不一定是。再看上面提到的"搭凉棚"，这是我国农民表达用手遮阳的形象说法，如果按照俄文字面译成"遮阳伞似的"，反而会使我国读者误以为手是放在头上，而不是遮在额上，所以"搭凉棚"也是用了汉语之长。

　　现在，我想再用莎士比亚《哈姆雷特》第三幕第二场中一段话的两种译文，来进一步说明我的论点。

> Full thirty times hath Phoebus' cart gone round
> Neptune's salt wash, and Tellus' orbed ground,
> And thirty dozen moons with borrowed sheen
> About the world have times twelve thirties been,
> Since love our hearts and Hymen did our hands
> Unite comutual in most sacred bands.

朱生豪的译文：

> 日轮已经盘绕三十春秋，
> 那茫茫海水和滚滚地球，
> 月亮吐耀着借来的晶光，
> 三百六十回向大地环航，
> 自从爱把我们缔结良姻，
> 亥门替我们证下了鸳盟。

卞之琳的译文：

> 金乌流转，一转眼三十周年，
> 临照过几番沧海几度桑田，
> 三十打"玉兔"借来了一片清辉，
> 环绕过地球三百又六十来回，
> 还记得当时真个是两情缱绻，

承"月老"作合，结下了金玉良缘。

朱生豪的译文可以说是达到了令人"好之"的第二境，卞之琳的译文却达到了令人"乐之"的第三境。原文用了罗马神话中的太阳神、海神、土地神和希腊神话中的司婚神，朱译除了把司婚神音译成"亥门"外，其他的都采用了"浅化法"；而卞译却用了"等译法"，等化了中文的"金乌""玉兔""沧海""桑田""月老"，这可以算是充分利用了译文语言中的好的表达方式，发扬了译语的优势。有人也许会说："金乌玉兔""沧海桑田"都是陈词滥调。不错，这恰恰是卞之琳的用意，他在《莎士比亚研究》创刊号第11页上说："我在译文里索性更把它庸俗化一点、中国旧曲化一点。"这就证明了我在前面所说的"一个词是不是陈词滥调，要看它用在什么场合"。

这里又出现了一个翻译典故的问题。朱译主要用的是"避短"法，卞译却用了"扬长"法。如果"扬长"法用得恰当，自然更好，否则，我认为不如用"避短"法。尤其是翻译诗词的时候，我觉得更要扬长避短，要更得其精而忘其粗。李商隐是用典出名的诗人，他的《锦瑟》又是用典故最难懂的诗："锦瑟无端五十弦，一弦一柱思华年。庄生晓梦迷蝴蝶，望帝春心托杜鹃。沧海月明珠有泪，蓝田日暖玉生烟。此情可待成追忆？只是当时已惘然。"这首诗里用了几个典故：1.《汉书·郊祀志》："秦帝使素女鼓五十弦瑟，悲，帝禁不止，故破其瑟为二十五弦。"2.《庄子》："昔者庄周梦为蝴蝶，栩栩然蝶也。"3. 望帝名杜宇，古蜀帝，死，其魂化为鸟，名为杜鹃。4.《博物志》："南海外有鲛人，水居如鱼，不废绩织，其眼泣则能出珠。"5.《长安志》："蓝田山在长安县东南三十里，其山产玉，亦名玉山。"八行诗里用了五个典故，如何翻译才好？美籍学者刘若愚教授采用了加注法，我认为这最多只能使读者"知之"，而不能使读者"好之"，所以我用了浅译法：

Why should the zither sad have fifty strings?

Each string, each strain evokes but vanished springs:

A sage dawn-dreamed to be a butterfly;

A king poured out his heart in cuckoo's cry.

Moonlit pearls turn to tears in merman's eyes;

From sunburnt jade in Blue Field vapors rise.

Such feeling cannot be recalled but melt,

It seemed long-lost even when it was felt.

第一行的典故我译出了"悲"字，我认为这可以算是"得其精"；第二行的"一弦一柱"我用了双声词来译，"思华年"也用了双声词，而把"华年"译为"春"，既合原意，又押了韵，用音美来补意美之不足，我觉得自己颇"好之"；第三行的"庄生"我浅化为"哲人"；第四行的"望帝"又浅化为"君王"，如不加注，是无法使读者"知之"的，更不用说"好之"了；第五行的"沧海"我译出了"鲛人"，"月明"和"珠"合译颇有诗意；第六行的"蓝田"直译，"日暖"译得和"月明"对称，颇有形美，但五、六两行译得并不对称，也不能使自己"好之"；第七、八行除译"惘然"用了双声词外，其他无善可陈。综观全诗译文，并不能使自己满意，原因何在呢？反复思考之后，我觉得是译文没有扬长避短，得其精而忘其粗。原诗第三行的"精"是迷梦，不是"庄生"，也不是"生"；第四行的"精"是化鹃，不是"望帝"，也不是"帝"；第五行的"精"是珠化泪；第六行的"精"是玉化烟。全诗的"精"是写"思华年"的悲哀与迷惘。这样思考之后，我就大胆扬长避短，把三至六行改译如下：

  Dim morning dream to be a butterfly;
  Amorous heart poured out in cuckoo's cry.
  In moonlit pearls see tears in mermaid's eyes;
  With sunburnt mirth let blue jade vaporise!

第三行原文"梦迷"二字是 m 的双声词，译文也用 m 双声，这是扬长；"庄生""望帝""沧海"全都删了，这是避短。这样修改之后，自己觉得比初稿更能突出"思华年"的悲感与迷惘之情，所以我认为扬长避短是文学翻译成败的关键，而要开创文学翻译的新局面，我看是应该发挥译文语言优势的。

1987 年于北京大学
（原载《外语与外语教学》1998 年第 6 期）

翻译的哲学

本文是作者1987年在河南大学外语系做的学术报告,可以概括为四个字:"美化之势",指三美、三化、三之、三势(优势、均势、劣势)。一般说来,改变劣势用浅化法,能使读者知之;取得均势用等化法,能使读者好之;发挥优势用深化法,能使读者乐之。这就是翻译哲学的认识论、目的论和方法论。

一、认识论

《英汉翻译教程》绪论中说:"翻译是运用一种语言把另一种语言所表达的思维内容准确而完整地表达出来的语言活动。"其实,无论是英译汉还是汉译英,尤其是文学翻译,都不容易、甚至不可能做到"准确而完整"。因为英文是拼音文字,中文主要是象形文字,两种文字大不相同。翻译只能在"异中求同",不可能在"同中存异"。译文所表达的不是多于就是少于原文,很少有"准确而完整"的时候。这就是说,翻译的"准确"不是绝对的,而是相对的,译文只有一定程度的"准确性",或者干脆说是"准确度"。因此,文学翻译不能算是一门"准确的科学",只能算是有一定"模糊度"的艺术。例如莎士比亚《哈姆雷特》中的名句:

To be or not to be—that is the question:

生存还是毁灭,这是一个值得考虑的问题:(朱生豪译)

活下去还是不活:这是问题。(卞之琳译)

朱生豪和卞之琳都是我国著名的翻译家,但是他们的译文能不能说是"准确而完整地重新表达"了原文的内容呢?比较一下原文和两种译文,可以说是原文的含义大于译文的含义，因为 to be or not to be 既可以用于国家或集体的"生存"或"毁灭"，又可以用于个人"活下去还是不活"下去，因此，译文都不能说是"准确而完整"地表达了原文的内容。但是相对而言，哈姆雷特在剧中自言自语的，不是国家的存亡，而是个人的生死，所以应该说卞译的"准确度"高于朱译。再进一步分析，假如哈姆雷特说的是中国话，此时此地，他会问自己"活下去还是不活"吗？根据下文接连出现两个"to die"来看，他这时考虑的问题，与其说是"活不活"，还不如说是"死不死"吧！如果把"To be or not to be"译成"死还是不死"，那从形式上来看，几乎可以说是最不"准确"，甚至是恰恰相反的了，怎么可能算是"准确而完整"的呢？像 to be 这样最常用的基本词汇都不可能做到"准确"，那就更不用提其他文学翻译了。

其实，不但是译文不能"准确而完整地重新表达"原意，就连原文也未必是"准确而完整地"表达了作者原意的。这就是说，原文的内容和形式（特指语言表达方式）之间也有差距，也有矛盾。例如王之涣的名诗《登鹳雀楼》："白日依山尽，黄河入海流。欲穷千里目，更上一层楼。"仔细分析一下，第一句说的是夕阳西下，用"尽"字似乎并不"准确"。第二句说"黄河入海"，但鹳雀楼在山西，无论多高，也看不见黄河入海处。第三句的"千里目"只是说远，并不是准确的一千里。第四句的"一层楼"也只是说高，并不强调"准确"的"一层"。既然原文的语言形式并没有"准确"地表达原文的内容，那么译文如果要表达原意，就不能使用和原文对等的词汇，因此，文学翻译，尤其是诗词翻译，就不可能"准确而完整"，而只能是带有模糊性的了。

那么，文学翻译是不是根本用不着"准确"，而是越模糊越好呢？却又不然。因为文学翻译从宏观上说可以模糊，从微观上说，反而是应该尽可能"准确"的，不过只是"尽可能"，而不是"准确而完整"。例如彭斯的名诗《我的心呀在高原》的第四行：

My heart's in the Highland wherever I go.
我的心呀在高原，别处没有我的心。（王佐良译）
我的心呀在高原，不管我上哪里。（袁可嘉译）

这两种译文，前半部是"准确"的，后半部却带有模糊性。可以说王译是模糊而不正确。由此可见，文学翻译还是应该尽可能"准确"的。朱光潜在《诗论》中说："从心所欲，不逾矩，是一切艺术的成熟境界"，自然也是翻译艺术的成熟境界。我想，"从心所欲"就是得模糊处不妨模糊，得自由时不妨自由,但是不能超越正确的范围,这就是"不逾矩"。

《英汉翻译教程》给翻译下了定义,要求翻译"准确而完整",那是把翻译(包括文学翻译)当成科学,这个定义本身是不科学的。如果要给翻译下一个比较模糊的定义,那大约可以说:翻译是两种语言文字的统一。一种语言的内容和另一种语言的文字合而为一了,那就可以说是翻译。但是,文学翻译不仅是两种文字的统一,还应该是两种文化的统一,例如李清照的名诗:"生当作人杰,死亦为鬼雄。至今思项羽,不肯过江东。"项羽为什么"不肯过江东"呢?因为他"与江东子弟八千人渡江而西,今无一人还",所以他无面目见江东父老。如果不知道这段历史,不了解这个文化背景,那就不能用英语的文字来表达汉语的内容,那就不能翻译。了解这个历史背景之后,可以把这一首绝句翻译如下:

> Be man of men while you're alive,
> 　And soul of souls if you were dead.
> Think of Xiang Yu who'd not survive
> 　His men whose blood for him was shed.

原文的"人杰"被说成是"人中的俊杰","鬼雄"被说成是"鬼中的英魂","不肯过江东"没有译出来,却说是项羽在他的士卒为他流血牺牲之后,不肯苟且偷生。从两种语言的表达方式看来,这不能算是两种文字的统一;但从两种语言所表达的内容看来,英语的文字却基本上表达了汉语的内容,也就是说,两种文化基本上统一了。

进一步说,文学翻译不但是两种文化的统一,还可以说是两种文化的竞赛。因为两种文化有同有异,各有短长。一种文化的长处就是它的优势,短处就是劣势。如果两种文化的长处相同,优势相等,也就是说势均力敌,那么翻译就不太难,翻译的准确度也比较高。但事实上,两种文化总是各有长短,互为优劣的。如果一种文化有的长处,另一种文化却没有,那要取得均势,就要展开竞赛。竞赛时要发挥优势,要在异中求同。例如李清照《绝句》中的"不肯过江东",就是汉语所有、英语所无的表达方式,但是不肯苟且偷生却是汉语和英语所共有的思想内容。因此,用"苟且偷生"来取代"过江东",就算是在异中求到了同,也算是改变了译文的劣势,发挥了原文和译文所共有的优势。

我国的文化历史悠久,语言的表达方式丰富,这都是汉语的优势,在翻译时,是不是应该充分发挥呢?让我们来看一个例子:司各特在他的历史小说《昆廷·杜沃德》第一段中描写15世纪的欧洲:

> The latter part of the fifteenth century prepared a train of future events...

这半句如果译成:"15 世纪后半部分准备了一系列的未来事件",似乎也可以算是准确的翻译。但是汉语表达方式丰富,就以"准备"二字为例,还可以考虑选用"酝酿""揭开序幕""铺平道路""鸣锣开道"等词。因此,如果把这半句改成:"15 世纪下半叶酝酿着后来的风云变化",也许更能传达历史小说的风格,这就是发挥了译语的优势。以上可以说是翻译哲学的认识论:翻译是两种语言的统一,文学翻译是两种文化的竞赛,竞赛中要发挥译语的优势。

二、目的论

研究翻译理论,目的应该是为了提高翻译实践的能力。一般说来,能够提高翻译能力的理论才是正确的理论,翻译能力提得越高,越说明翻译理论正确。目前世界上约有十亿人用英语,又有十多亿人用汉语,所以英汉互译是全世界最重要的翻译。而使英汉互译能力提得最高的理论,还要算严复提出的"信、达、雅"三字经。比起"信、达、雅"来,西方用语言学来研究翻译的理论,目前只能说是还处在翻译研究的初级阶段。因为他们解决的问题太少,实用价值太小;而"信、达、雅"三原则却对文学翻译起了非常重大的作用。"信",可以使读者"知之";"达",可以使读者"好之";"雅"或者文采,可以使读者"乐之",使译文读者和原文读者一样感到乐趣,那就达到了翻译的最高境界。一个文学翻译工作者应该经常自问:"我的译文能使读者'知之',还是'好之',还是'乐之'?"如果能使读者"乐之",那才算达到了文学翻译的最高目的。"知之,好之,乐之,"这就是翻译哲学的目的论。

现在举王之涣《登鹳雀楼》的译文来做说明。先看美国译者宾纳(Bynner) 的译文:

> Mountains cover the white sun,
> And oceans drain the golden river;
> But you widen your view three hundred miles,
> By going up one flight of stairs.

译文还原后大致是说:山挡住了白色的太阳,海洋吸引着金黄的河流。你可以把眼界扩大三百英里,只要再爬一层楼梯。这个美国人的译文大致可以说是达到了"知之"的境界。下面再看翁显良的译文：

  Westward the sun, ending the day's journey in a slow descent behind the mountains. Eastward the Yellow River emptying into the sea. To look beyond, unto the farthest horizon, upward! Up another storey!

翁译大致是说：西边的太阳结束了一天的旅程，慢慢地落到山背后去了。东边的黄河流入了大海。要想看到山河之外，看到最遥远的天边，那就上去吧！再上一层楼吧。翁译加了"西边"和"东边"两个方向词，使图景更加清晰，词语更加对称，"尽"字的译法准确度很高，后两句译文的气势很大，可以说是达到了"好之"的境界。但把这首著名的五言绝句译成散文诗，总觉得有点美中不足。能不能译成韵文呢？我先试译如下：

  The white sun sinks behind the hill;
  The Yellow River flows into the sea.
  If you want to see farther still,
  Climb to a higher balcony.

我的初稿为了押韵，第一行用了"hill"一词，而且是用单数，比起美译和翁译来，气派就小多了；最后一行也是为了押韵，选了"阳台"一词，似乎又太洋气了一点，读来并不能使自己"乐之"，当然更不能使读者"乐之"了。于是我又重译如下：

  The sun beyond the mountains glows;
  The Yellow River seawards flows.
  You can enjoy a grander sight
  By climbing to a greater height.

新译第一行没有"白"字，但动词却用了"发出白光"，也没有译"尽"字，但状语却说是"山外"，这就是说"白""尽"二字已经融入译文，化得不显痕迹。"好之"的译者还是主客分隔的，"乐之"的译者就该主客合一了。第二行的"入海"合译一个副词，也比初稿精练。最后两行没有逐字翻译"千里"和"一层"，而是用了两个双声词来表示对仗，以音代形。译文每行八个音节，都是四个抑扬格音步，每两行押韵，译后颇能自得其乐。如果读者能和译者共鸣，那就可以算是"乐之"了。但是原文读者和译文读者因为文化背景不同，兴趣爱好往往也有差别，那么，译文应该使哪种读者感到"乐之"呢？我想，不但应该使只懂译文的读者"知之"或"好之"，而且更应该使既懂原文，又懂译文的读者"好之"或"乐之"。

三、方法论

怎样能使文学翻译为读者"知之、好之、乐之"呢？概括地说，可以采用"深化、等化、浅化"三种方法，这就是翻译哲学的方法论。所谓"深化"，包括特殊化、具体化、加词、一分为二等等译法；所谓"浅化"，包括一般化、抽象化、减词、合而为一等等译法；所谓"等化"，包括灵活对等、词性转换、正说、反说、主动、被动等等译法。

先说"深化"：前面把李清照的"不肯过江东"改成"不肯苟且偷生"，就是通过原文的表层形式，进入原文的深层内容，所以说是"深化"译法。翁显良把"白日依山尽"中比较抽象的"尽"字，译成比较具体的"慢慢落下"，可以算是"具体化"的译法。他在"白日"之前加上"西边"，在"黄河"之前又加上"东边"，这用的是"加词法"。把 at all seasons 译成春夏秋冬，就是把季节分为四季了，可以说是"分译法"，也可以叫作"一分为二法"。总之，译文的内容比原文更深刻了，那就是"深化"。

"浅化"和"深化"正好相反，把深奥难懂的原文化为浅显易懂的译文就是"浅化"，例如"黄粱梦"不必说明小米没煮熟，一场好梦就惊醒了，只译成 a golden dream，就可以算是"浅化"。这也可以说是"一般化"的译法，因为是把一个特殊的"黄粱梦"译成一个一般的美梦了。前面说的"欲穷千里目，更上一层楼"，如果改成"若要看得远，就要爬得高"，把具体的"千里"化为抽象的"远"，把具体的"一层"化为抽象的"高"，这都是"抽象化"译法。"楼"字删而不译，也可以算是减词法。鲁迅的诗句"躲进小楼成一统，管他冬夏与春秋！"有人逐字直译，结果毫无诗味；有人不拘形式，把后一句译成 I do not care what season it is（管他什么季节），那就是用了"合译法"，或者说是"合而为一法"。

至于"等化"，把"无风不起浪"译成"无火不生烟"，可以算是"等化"译法。如果译成"有烟必有火"，那就是"正译法"，因为把否定句改成肯定句，把反面的说法换成正面的说法了。在《傲慢与偏见》中，王科一把 you were the last man in the world whom I could ever be prevailed on to marry 译成"哪怕天下男人都死光了，我也不愿意嫁给你"，把肯定句译成否定句，把正面的说法改成反面的说法，这就是"反译法"。关于词性转换，主动译成被动，被动译成主动，因为译文和原文的深浅度基本相等，这里就不一一举例了。

关于"深化"和"浅化"，叶嘉莹教授在《迦陵论诗丛稿》第20页上说："我以为诗人所写之内容，就其深浅广狭而言，一种是属于共相的，一种是属于个相的，……后主所写的词好像能写千古人类所共有的某种悲哀，而道君皇帝所写的则只是一己小我个人之悲哀而已。"这就是说，"共相"更深，"个相"更浅。但是深浅是相对的，也是可以转化的。例如贺知章的《还乡偶书》："少小离家老大回，乡音无改鬓毛衰；儿童相见不相识，笑问客从何处来？"这首诗是贺知章离家五十多年之后，八十多岁回乡时写的，本来"只是一己小我个人"的感伤，但是到了一千二百多年后的今天，台湾同胞回到大陆探亲，还能引起心灵的共鸣，那就是"个相"转化为"共相"，浅显的内容也"深化"了。第三句的"儿童"，究竟是指自己家中的儿女，还是指村中的儿童？一般说来，诗人已经八十多岁，儿女已经有了年纪，不会再是儿童。这样就事论事的解释，只能说是"个相"的。如果解释为自己家中的儿童都"相见不相识"，那就更富于戏剧性，引起的共鸣面更广，也就是说，"个相"深化为"共相"了。所以我翻译时采用了"深化"的译法：

  Old, I come back to my homeland I left while young,
  Thinner has grown my hair though I speak the same tongue.
  My children whom I meet do not know who am I.
  "Where are you from, dear sir?" they ask with beaming eye.

至于"等化"，我想用张祜的《河满子》来说明问题："故国三千里，深宫二十年。一声《河满子》，双泪落君前。"《唐人绝句选》引《剧谈录》说："孟才人善歌，有宠于武宗，属一旦圣体不豫，召而问之曰：'我或不讳，汝将何之？'对曰：'若陛下万岁之后，无复生为。'是日令于御前歌《河满子》一曲，声调凄咽，闻者涕零。及宫车晏驾，哀恸数日而殒。"根据这个注释，我把《河满子》翻译如下：

  Homesick a thousand miles away,
   Shut in deep palace twenty years,
  Singing the dying swan's sweet lay,
   Oh! how can she hold back her tears!

"三千里"译成"一千英里"，这是"等化"；如果只译成 far far away，那就是"浅化"了。Home 后面加了 sick，"深宫"前加了"shut"，这都是加词或"深化"。《河满子》译成天鹅临终时美妙的歌声，也是"等化"；

如果译音加注，那就无法使读者"好之"。歌声之前加了"sweet"，这是以乐衬哀，倍增其哀的译法，也可以算是"深化"。总而言之，文学翻译可以采用"深化、等化、浅化"三种方法，这三种方法也适用于诗词翻译。

诗词翻译应该尽可能传达原诗的"意美、音美、形美"。以上讲的都是"意美"问题。其实传达诗词的"音美"和"形美"，也可以用深化、等化、浅化的方法。例如《河满子》每句五个字，第二、四句押韵，既有音美，又有形美。译文每行八个音节，四个音步，可以说是用"等化"的方法传达了原诗的"形美"；但译文第一、三行押韵，第二、四行也押韵，押韵密度大于原诗，可以说是用"深化"的方法传达了原诗的"音美"。"河满"二字都是"水"旁，具有"形美"；译文用了"swan"和"sweet"两个双声词，既有"形美"，还有"音美"，也可以算是用"等化"或"深化"的方法来传达原诗的"形美"。由此可以看出，"等化"也有深浅度的不同。

总而言之，我提出来的翻译理论可以用四个字来概括，那就是"美化之势"。"美"指"意美、音美、形美"，就是"三美"；"化"指"深化、等化、浅化"，就是"三化"；"之"指"知之、好之、乐之"，就是"三之"；"势"指"优势、均势、劣势"，就是"三势"。换句话说，翻译要发挥译文的优势，改变劣势，争取均势；使读者知之、好之、乐之（或使译文 readable, enjoyable, delectable）；采用的译法基本是深化、等化、浅化；而译诗更要求再现原诗的意美、音美、形美。取得"均势"基本上是"等化"，一般能使读者"好之"；改变"劣势"基本上是"浅化"，一般能使读者"知之"；发扬"优势"基本上是"深化"，一般能使读者"乐之"。这就是翻译哲学的认识论、目的论和方法论。

其实，我所说的翻译哲学就是翻译理论。"认识论"只是谈论我对翻译的认识；"目的论"只是谈论翻译的目的；"方法论"只是谈论翻译的方法。

（原载《河南大学英语学报》1988 年第 1—3 期）

三美·三化·三之

  本文是《中诗英韵探胜》的中文序言。序中用典型的译例说明了中国学派的翻译理论,如用王维《鸟鸣涧》说明"信、达、雅",用王之涣《登鹳雀楼》说明"三似论"和"三美论",用杜牧《赠别》说明"三化论"和"三之论",用杜甫《登高》和《春望》说明"意美论"和"音美论",用欧阳修《蝶恋花》说明"形美论"等。

  《中诗英译比录》是吕叔湘先生在20世纪40年代编选,由上海开明书店出版的。第一版选录了古诗五十九首,英译文二百零七篇,上起《诗经》,下至唐诗。出版之后,受到读者欢迎。1980年上海外语教育出版社影印了五千册,很快销售一空。

  1985年香港三联书店约吕先生和我合编《中诗英译比录》增订本,由我增选了诗词四十一首,共一百首;又补选了近几十年来的英译文一百六十三篇,共三百七十篇。这是该书的第二版。书中有些译文,我在北京大学为英语系研究生开《中英诗比较》课时,已经用作教材。

  80年代是个信息爆炸的时代,对于中诗英译来说,也是如此。我们刚刚编完了《比录》增订本,就读到美国1984年出版华逊翻译的《哥伦比亚大学中国诗选》(*The Columbia Book of Chinese Poetry*, by Burton Watson)。书中说道:西方读者越来越认识到中国传统诗歌的重要意义和魅力。有的评论家甚至说:假如没有中国诗的存在和影响,那就不可能想象本世纪的英文诗是个什么样子。

  而在国内,诗词英译本出版得更多。首先,杨宪益和戴乃迭在1983年翻译出版了《诗经选》,1984年又出版了《唐宋诗文选》,1986年还和人合译了《汉魏六朝诗文选》。1985 年，广东出版了谢文通的《杜诗选译》；四川又出版了李惟建译、翁显良审校的《杜甫诗选》；1986 年北京语言学院出版社出版了徐忠杰的《词百首英译》；1987 年新世界出版社再版了初大告的《中华隽词一〇一首》。最后，1986 年我在香港出版了《唐宋词一百首》英译本，1987 年香港商务又出版了我和陆佩弦、吴钧陶合编的《唐诗三百首新译》；此外，我还有一本英译《李白诗选》在四川出版。短短三四年间，出版了十本诗词英译，真可以说，十一届三中全会以来，诗词翻译的中心也由英美转移到中国来了。

北京大学出版社有鉴于此，约我再出一本《中诗英韵探胜》。《中诗英译比录》第二版第一部分选了《诗经》八首，《楚辞》只选一首，这次增选了《诗经》二首，《楚辞》四首。第二部分汉魏六朝诗增选了《古诗十九首》其一，著名的长诗《孔雀东南飞》等，还有五首陶潜的诗。第三部分原选李白诗多于杜甫诗，这次李白、杜甫各选五首。第四部分唐诸家诗换用了王维的《山中送别》，加选了李商隐的《无题》（相见时难别亦难）等诗。第五部分唐宋词选了李煜的《浪淘沙》（帘外雨潺潺），欧阳修的《临江仙》（柳外轻雷），秦观的《鹊桥仙》（纤云弄巧），李清照的《声声慢》（寻寻觅觅）等。这样，唐以前的诗共选三十首，唐诗共三十五首，唐宋词三十首，元曲五首，共选诗词一百首。

至于译文，一共选了三百篇左右，每一首诗都有两三种译文，可做比较。因此，诗词基本都有前期（40 年代以前）译者的旧译，也有后期（50 年代以后）译者的新译；既有英美学者的译文，也有我国学者的译文；既有不押韵的自由体，也有押韵的格律体。在我看来，前期英美格律体译者的代表是翟理士（H. A. Giles），自由体译者的代表是韦理（Arthur Waley）；后期格律体的代表是登纳（John Turner），自由体的代表是华逊（Burton Watson）。而在我国，前期格律体译者有蔡廷干、杨宪益；自由体译者有初大告；还有林同济、谢文通有时译格律体，有时译自由体。到了后期，杨宪益、戴乃迭却成了自由体的代表，格律体译者有徐忠杰和我；还有一个散文诗体译者翁显良。

前期译者和后期译者，中国译者和外国译者，诗体译文（或格律体）和散体译文（或自由体），到底如何比较？这就有一个标准的问题了。

一、信·达·雅

翻译的标准，一般说来，是"信、达、雅"三个字。但是，"雅"字有人赞成，有人反对。那么翻译，尤其是诗词翻译，要不要"雅"呢？我想，解决理论的问题，最好是通过实践，也就是说，比较翻译的实例，看看哪种译文好些？例如王维的《鸟鸣涧》："人闲桂花落，夜静青山空。月出惊山鸟，时鸣春涧中。"《比录》中选了四种译文，有的更重视"信"，有的更注意"达"，有的更强调"雅"。下面，我们就来逐句分析比较一下。

1. **Bird Call Valley**

    Man at leisure, cassia flowers fall.

    The night still, spring mountain empty.

    The moon emerges, startling mountain birds：

    At times they call within the spring valley. (Pauline Yu)

2. **The Gully of Twittering Birds**

    Idly I watch the cassia petals fall;

    Silent the night and empty the spring hills;

    The rising moon startles the mountain birds

    Which twitter fitfully in the spring gully. (Yang Xianyi)

3. **Stillness Audible**

    Free and at peace. Let the sweet osmanthus shed its bloom. Night falls and the very mountains dissolve into the void. When the moon rises and the birds are roused, their desultory chirping only accents the deep hush of the dale. (Weng Xianliang)

4. **The Dale of Singing Birds**

    I hear osmanthus blooms fall unenjoyed;

    In still night hills dissolve into the void.

    The rising moon arouses birds to sing;

    Their fitful twitter fills the dale with spring. (X. Y. Z.)

第一句"人闲"二字，第一种译文似乎最"信"了，其实只描写了客观的状态。第二种译文把"闲"字解说为"懒懒的"，从字面上看，似乎不如第一种"信"，但却更能传"达"诗人主观的心情。这就是说，以传达诗的"意境"而论，第一种侧重的是"境"，第二种侧重的是"意"。第三种译文把"闲"字解说为"自由自在，心平气和"，似乎距离"信"字更远，但离诗人的心却更近了。第四种译文根本没译"闲"字，却加了一个词："无人观赏"。我们知道，赏花是一种闲情逸致，如果花开花落都听之任之不去欣赏，那种闲情逸致不是不言自明了吗？这可以算是以"不译"为"译"，和原诗的精神正好吻合。

"人闲"和"桂花落"是什么关系呢？第一种译文把"人""花"并列，各不相干，如果分析一下语法，似乎"人闲"成了状语，"桂花落"却是主句。第二种译文加了一个"看"字，这就使读者对作者多了一点了解，知道他是一个有闲情逸致看花开花落的闲人。第三种译文加的不是"看"字，却是"让"字。"看"是客观的描写，通过外部的动作来显示内心的闲适；"让"却是主观的抒怀，直接让人看到"花自飘零人自闲"的听之任之的态度。第四种译文另辟蹊径，加了一个"听"字，因为"无人赏玩"已经写出了人的闲情逸致，所以不必多费笔墨；而如果桂花落地都听得见，那么，夜是多么静呵！这就把第二句的"夜静"和第一句的"人闲"合而为一了。

第二句的"夜静"二字，一般认为是全诗的主题，全诗写的就是"鸟鸣山更幽"，所以"静"字非常重要。第一种译文用了"平静"这个范围比较泛的词。第二种译文用的只是诉诸听觉的"寂静"。第三种译文最妙，把"静"和"空"合而为一，说成是青山都融化到一片空寂中去了，使人仿佛看见青山若隐若现，感觉得到它融化在虚无缥缈之中，大有"山色有无中"之感，这就不仅诉诸视觉，而且诉诸感觉使人看到诗中有画，感到画中有诗了，真是绝妙的译文。第四种译文采取了"拿来主义"，第二句基本借用了前译，但又别具匠心，使第一、二行押了韵，使读者的听觉、视觉、感觉同时得到享受，这可以说是一石三鸟。

第二句的"青山"二字，一作"春山"，第一、二种译文都是这样翻的。但是，译成"春山"，似乎应该回答两个问题：首先，桂花是什么时候落的？是春天还是秋天？一般说来是秋天，加上后面的"月出"，秋天的可能性更大。自然，有人说是春桂。但是译成英文之后，外国人能理解那种"桂花"是春天落的吗？如果不能，那就还是译成"青山"更好。其次，从字面上看，如果第二句说"春山"，第四句又说"春涧"，短短二十个字，居然重复两个"春"字，两个"山"字，这是妙笔还是败笔呢？所以"春山"不如"青山"。在原文有两种版本的时候，更重要的问题不是求"信"或"真"，而是求"美"，这就是说，哪种版本更美，就依据哪种版本。因此，第三、四种译文都没有译"春"字，看来不忠实于原诗的字面，却更忠实于原诗的内容。

第三句的"月出"二字，第一种译文与众不同，译成"出现"，似乎比其他译文更合理。其他三种译文都是月亮升起的时候，而"出现"却既可以指"升起"，也可以指"升起"之后从云中涌现，所以惊起山鸟，就更合乎情理了。但是第一、二种译文的"惊"字都有"吓一跳"的意思，突然性大，不如后两种译文用词妥当。

第四句的"时鸣"二字，第一种译文用词太一般化；第二种译文用了两个双声，一个叠韵，听来颇有啁啁啾啾之感。第三种译文"时"字太文雅，"鸣"字译得不如第二种好听，但是后半句说：鸟鸣加深了山谷的幽静，却把全诗的主题和盘托出，如果没有这后半句，外国读者恐怕很难领会到这诗是写"鸟鸣山更幽"的。由此可见原诗比较含蓄的时候，译文不能也是一样含蓄。"春涧"中的"春"字，第三种译文没有译出来，或许译者认为"春"字和"桂花落"有矛盾，所以用了规避的方法。第四种译文别出心裁，说是鸟鸣使山谷充满了春意，这就巧妙地解决了时间上的矛盾。

总而言之，前两种译文更重视"信"，后两种译文更注意"雅"。如果读者认为前两种译文好，那翻译的标准只要"信、达"二字就够了；如果认为后两种好，那标准就应该是"信、达、雅"。仔细分析一下，第一种译文更重视"形似"，第二种重"意似"，第三种重"神似"，第四种注重的却是"意美""音美"和"形美"。

二、"三似"和"三美"

形似、意似、神似可以说是"三似"；意美、音美、形美可以说是"三美"。"似"是译文的必需条件，最低要求，一般说来，不似就不成其为翻译。"美"是译诗的充分条件，最高要求，一般说来，越能传达原诗"三美"的译文越好。

"形似"一般是指译文和原文在字面上或形式上相似；"意似"是指译文和原文在内容上（有时还在形式上）相似；"神似"却指译文和原文在字面上或形式上不一样，但在内容上或精神上却非常相似。"形似"是"三似"的最低层次，如果原文的内容和形式（即字面，下同）一致，那"形似"就等于"意似"；如果原文的内容和形式有矛盾，那"形似"就成了"貌合神离"。"意似"是"三似"的中间层次，一般说来，要在原文和译文内容和形式上都一致的条件下才能做到。如果内容和形式有矛盾，那就要得"意"忘"形"，得其精而忘其粗，那就成了"神似"，也就是"三似"的最高层次。

"三美"之说,是鲁迅在《汉文学史纲要》第一篇《自文字至文章》中提出来的。鲁迅的原文是:"诵习一字,当识形音义三:口诵耳闻其音,目察其形,心通其义,三识并用,一字之功乃全。其在文章,则写山曰嶙峋嵯峨,状水曰汪洋澎湃,蔽芾葱茏,恍逢丰木,鳟鲂鳗鲤,如见多鱼。故其所函,遂具三美:意美以感心,一也;音美以感耳,二也;形美以感目,三也。"我把鲁迅的"三美"说应用到翻译上来,就成了译诗的"三美"论。这就是说,译诗要和原诗一样能感动读者的心,这是意美;要和原诗一样有悦耳的韵律,这是音美;还要尽可能保持原诗的形式(如长短、对仗等),这是形美。

"三美"和"三似"有什么关系呢?一般说来,"意美"和"意似"、"音美"和"音似"、"形美"和"形似"应该是一致的;但事实上,"三美"和"三似"之间往往又有矛盾。下面,我们举王之涣的《登鹳雀楼》的五种译文来做说明。

1. **The Stork Tower**

   Round the day-hiding hill the sunbeams pour.
   　　The Son of Sorrows melts into the sea.
   　　But would we wish the Farthest verge to see,
   There still is left to mount One Story more.

   　　　　　　　　　　(W. J. B. Fletcher, 1918)

2. **Ascending the Heron Tower**

   　　The sun behind the western hills now glows,
   　　And towards the sea the Yellow River flows.
   　　Wish you an endless view to cheer your eyes,
   　　Then one more story mount and higher rise. (Tsai Tingkan, 1930)

3. **On Top of Stork-Bird Tower**

   　　As daylight fades along the hill,
   　　　　The Yellow River joins the sea.
   　　　　To gaze unto infinity,
   　　Go mount another storey still. (John Turner, 1976)

4. **Upward!**

   　　Westward the sun, ending the day's journey in a slow descent behind the mountains. Eastward the Yellow River, emptying into the sea. To look beyond, unto the farthest horizon, upward! Up another storey!

(Weng Xianliang, 1985)

5. **On the Stork Tower**

The sun along the mountains bows;

The Yellow River seawards flows.

You can enjoy a grander sight

If you climb to a greater height. （X. Y. Z., 1985）

第一句"白日依山尽",第一种译文还原后大致是说:日光喷射在遮蔽了白天的小山周围;第二种说:太阳此刻在西山后面发出白光;第三种说:日光沿着小山渐渐消失了;第四种说:西边的太阳结束了白天的旅程,慢慢地沉到山背后去了;第五种说:太阳沿着山弯沉下去了。在五种译文中,第一种"意似"度较小,第三种最大,第四种最富有"意美",第五种和第三种大同小异,但"山弯"比"山后"的"意美"度更高。由此可见,有不同程度的"意似"和"意美",但"意似度"最高的,"意美度"并不一定也最高。这就是说,"意似"和"意美"之间还有矛盾。

第二句"黄河入海流",第一种译文译错了,其他四种译文的"意似度"和"意美度"都不相上下,这时,"意似"和"意美"基本是一致的。如果要比较译文的高低,那就要看"音美"和"形美"。第四种译文加了"东边"一词,和第一句所加的"西边"对称,这是用加词法再现了原诗对仗的"形美"。不过这种"形美"并不"形似",因为原诗并没有"东边""西边"字样,但译文增加了原诗内容所有、形式所无的词汇,取得了"形美"的效果。其他几种译文都是用押韵的方法,传达了原诗的"音美"。不过这种"音美"也不"音似",因为原诗是第二、四句押韵,第一、三种译文却是第一、四行,第二、三行押韵,第二、五种译文又是第一、二行,第三、四行押韵,这就说明了"音美"并不等于"音似"。

下面两句"欲穷千里目,更上一层楼",是全诗的名句。"千里"和"层楼"两个词,在中国诗词中用得很多,可以引起丰富的联想,产生难以言喻的美感,译文如果只是译得"意似",那是无法传达原诗"意美"的。所以几种译文都没有译"千里",而是用了"辽远""无边""无垠"等词;但是"层楼"二字,前四种译文都用了一个普普通通的"story",使人联想起的只是上楼下楼的日常生活,而不是"凤阁龙楼连霄汉"的高楼,这就大煞风景了。只有第五种译文没有译"楼"字,却用"浅化"的译法,加上两个音近形近的双声词,再现原诗登高望远的意象,虽然译文不够"意似",但却更好地传达了原诗的"意美"。由此可以看出,"意美"和"意似"之间还是有矛盾的,而"意美"和"神似"之间,却可以说是基本一致。如果译文和原文不"似",但是却比原文更"美",那就是"再创造",有可能是青出于蓝而胜于蓝的译文,也可以说是"超导"。

三、"三美"和"三之"

"三似"和"三美"是译文和原作的关系:译文要和原文相似,要传达原诗的"三美"。如果从译者和读者的关系来说,我想引用孔子的一句话:"知之者不如好之者,好之者不如乐之者。"这就是说,译者要使读者知之,好之,乐之。所谓"知之",就是知道原文说了什么;所谓"好之",就是喜欢译文;所谓"乐之",就是感到乐趣。

下面,我们举杜牧的《赠别》来做说明:"多情却似总无情,唯觉尊前笑不成。蜡烛有心还惜别,替人垂泪到天明。"这首七绝有六种译文:三种散体,三种诗体。

1. **Parting**

   How can a deep love seem a deep love?
   How can it smile at a farewell feast?
   Even the candle, feeling our sadness,
   Weeps, as we do, all night long. (Witter Bynner, 1929)

2. **Presented at Parting**

   Great passion seems like no passion at all,
   We only feel, over the cups, that we cannot smile.
   The candle has a heart, it pities our separation,
   For our sake it sheds tears until the sky is light.

   (Hans Frankel, 1976)

3. **Deep Deep Our Love**

   Deep deep our love, too deep to show. Deep deep we drink, in painful silence. Even the candle grieves at our parting. All night long it burns its heart out, melting into tears. (Weng Xianliang, 1985)

4. **A Sad Farewell**

   Who love too much, they think
   　No love to know.

  Still, as farewell I drink,
    No smile I show.
  The candle, as in pity of
    This sad leave-taking
  Sheds its proxy tears of love
    Until day's breaking. (John Turner, 1976)

5. **Parting**

  Though deep in love, we seem not in love in the least,
  Only feeling we cannot smile at farewell feast.
  The candle has a wick just as we have a heart,
  All night long it sheds tears for us before we part. (X. Y. Z.)

6. **Deep Deep Our Love**

  Deep deep our love, too deep to show.
  Deep deep we drink, silent we grow.
  The candle grieves to see us part:
  It melts in tears with burnt-out heart. (X. Y. Z.)

  第二种译文既形似又意似，可以说是达到了"知之"的境界。第一种译文虽然不"形似"，但吕叔湘先生在《英译唐人绝句百首》中做了分析，认为这首诗的译文相当成功，可以算是达到了"好之"的境界。第三种译文还原后大致是："我们深深地相爱着，深得说不出来。我们深深地喝着酒，痛苦得无言相对。连蜡烛看见我们分别也觉得难过，把自己的心都烧掉了，熔出了一片烛泪。"译文一连用了五个"深"字，大有"庭院深深深几许"的意味，句法像是把"关关雎鸠"的叠字应用到英诗中来了，读后令人一唱三叹，可以说是达到了"乐之"的境界。

  以上三种都是散体译文。至于诗体译文，第四种把每句分译两行，单行和单行押韵，双行和双行押韵，每行几乎都是抑扬格，如以"音美"而论，简直可以说是超过原文；可惜第一、二行传达原诗"意美"有所不足。整个看来，可以说是在"知之"与"好之"之间。第五种译文第一行为押韵而加词；第三行说"蜡烛有芯如人有心"，是为了"意似"而加词。总的说来，也可以算是在"知之"与"好之"之间。第六种译文是把第三种改成诗体，第一行全用原译；第二行前半也用原译，后半删了"痛苦"一词，似乎无碍大局；第三行改成四个抑扬格音步，如以"音美"而论，稍胜于原译；第四行也一样，比原译更紧凑，但是为了"形美"，"到天明"没译出来。改完之后,译者倒是自得其乐,但能否使读者"乐之",那就尚未可知了。

一般说来,"信"或忠实的译文能使人"知之";"信达"的译文能使人"好之";"信达雅"的译文才能使人"乐之"。换句话说,"意似"相当于"知之";"意美"相当于"好之";"神似"或"三美"才相当于"乐之"。要使人"乐之",必须先"自得其乐",这是译诗的成败关键。

四、"三之"与"三化"

译诗如何能使读者"知之、好之、乐之"呢?我们先来分析一下前面三首诗的各种译文。

《鸟鸣涧》的第一、二种译文只能使人"知之",第三、四种却能使人"好之",甚至"乐之",原因在哪里呢?我看,第三种把"空"字译成"融化在一片空寂之中",把"鸣"字解说为"加深了山谷的幽静",第四种把"闲"字改成"无人观赏",把"春涧"解释为"使秋天的山谷春意盎然",译文读来都显得比原文更深,可以算是采用了"深化"的译法。

《登鹳雀楼》第二种译文既"意似",又有"音美"和"形美",但是只能使人"知之",却不容易使人"好之""乐之",原因在哪里呢?主要原因是没有传达原诗的"意美"。原诗意美何在?《唐诗鉴赏词典》中说:"诗的前两句'白日依山尽,黄河入海流',写的是登楼望见的景色,写得景象壮阔,气势雄浑。"后两句"欲穷千里目,更上一层楼","诗句看来只是平铺直叙地写出了这一登楼的过程,而含意深远,耐人探索。这里有诗人的向上进取的精神、高瞻远瞩的胸襟,也道出了要站得高才能望得远的哲理"。第二种译文"只是平铺直叙地写出了这一登楼的过程",却没有道出"要站得高才望得远的哲理",所以只能使人"知之",而不能"好之""乐之"。和这相反,第五种译文"道出了要站得高才望得远的哲理",传达了原诗的"意美",再加上双声、押韵的"音美",对仗、长短的"形美",结果却能使译者自得其乐。而译者采用的方法是省略了具体的"一层楼",代之以抽象的、浅显的"高"字,这就是"浅化"的译法。

《赠别》第一句"多情却似总无情","多情"二字,第一种译文译成"deep love",第三种译成"great passion",一个把"多"换译成"深",一个换译成"大",都可以说是"等化"的译法。原句"多情"和"无情"重复了"情"字,第四种译文却重复了"deep"一词,重复的字虽然不同,重复的效果却基本相等,大同小异,也可以算是"等化"的译法。第三句"蜡烛有心还惜别","心"字既指"烛芯",又拟人化而指"人心",第五种译文把"烛芯"和"人心"都译出来了,可以说是"等化"或"深化"的译法。

  分析了三首诗的译文后,可以说译诗除了直译之外,应该多用意译的方法,也就是"深化、浅化、等化"的译法。所谓"深化",应该包括加词、"分译"等法在内。加词如"人闲桂花落"中,有人加"看",有人加"听",有人加"让";"分译"如林语堂把辛弃疾《采桑子》(见《译学与易经》)中的"愁滋味",分开译成"bitter and sour"。所谓"浅化",应该包括减词、"合译"等法在内。减词如翁显良把"夜静青山空"中的"静"字和"青"字都省略了;"合译"如同句中的"静"和"空"融化为一,译成"融化在一片空寂之中"。所谓"等化",应该包括换词、"反译"等法在内。换词如把"多情"换为"深情",又如吕本中《采桑子》中的"南北东西",译文把空间换成时间"all night",那就既用了换词法,又用了"合译"法;至于"反译",如把《采桑子》中的"恨君不似江楼月"译成"我但愿你能像江上的明月",把"恨"说成"愿",把"不似"又说成"像",译文和原文在形式上相反,在内容上却倒相同,这就是"反译"法。在什么情况下用什么译法呢?那译者就要自问:哪一种译法能使读者"知之、好之、乐之"?

五、中英诗的 "意美"

  "深化、浅化、等化"就是"三化",可以说是翻译的方法。"知之、好之、乐之"就是"三之",可以说是翻译的目的。但是,中西读者所好,可能有同有异,如果一个乐山,另外一个乐水,译者能不能使西方读者好中国读者之所好,乐中国读者之所乐呢?这就要研究一下中西诗的异同了。

  朱光潜先生在《中西诗在情趣上的比较》一文中说:"总观全体,西诗以直率胜,中诗以委婉胜;西诗以深刻胜,中诗以微妙胜;西诗以铺陈胜,中诗以简隽胜。"读读英国诗人彭斯的四行诗和两种译文:

    My heart's in the Highlands, my heart is not here,

    My heart's in the Highlands, chasing the deer.

    Chasing the wild deer and following the roe.

My heart's in the Highlands wherever I go.

1. 我的心呀在高原，这儿没有我的心，
   我的心呀在高原，追赶着鹿群；
   追赶着野鹿，跟踪着小鹿，
   我的心呀在高原，别处没有我的心。（王佐良译）
2. 我的心呀在高原，我的心不在这里，
   我的心呀在高原，追逐着鹿麕。
   追逐着野鹿，跟踪着獐儿，
   我的心呀在高原，不管我上哪里。（袁可嘉译）

英诗真是"直率""直抒胸臆""说一是一，说二是二，言尽意穷"，两种中译文也是大同小异。比较一下《鸟鸣涧》或"蜡烛有心还惜别"，那是多么"委婉"，多么"含蓄"，真是"说一指二，一中见多，意在言外"。同是一个"心"字，英译中的两种译文完全一样；中译英却几种译文大不相同，各有千秋。英诗、中诗也有异中之同，那就是都押了韵，都有"音美""形美"。第二篇中译文也押了韵，并没有因声损义；第一篇没押韵，第四行却译错了。这就证明了英诗中译散体也并不如诗体。

中诗含义丰富，试以李商隐的《无题》（见《谈李商隐诗的英、法译》）为例。第一句"相见时难别亦难"，同一个"难"字，却有两种不同的含义：一个是"难得"，一个是"难过"，可以说是字的内容大于形式。第二句"东风无力百花残"，从字面上看，"东风"与"百花"无关；从含义上讲，周汝昌说"东风无力"是"百花残"的原因。第三、四句"春蚕到死丝方尽，蜡炬成灰泪始干"，是传诵千年的名句。其中"丝"字和"泪"字都含义丰富，"丝"字既指蚕丝，又谐音暗指诗人的相思；"泪"字既指烛泪，又指多情人的眼泪。第五、六句"晓镜但愁云鬓改，夜吟应觉月光寒"，含义也很丰富，解释也不一样。《中国翻译》1983年第9期第15、16页上说："诗人想到他钟爱的妇女早起梳妆，很怕年华逝去，添上几根白发；""诗人想象她月夜低吟，一定会觉得月色凄凉，她的心境也一定很冷寞。"《唐诗鉴赏辞典》中说："晓妆对镜，抚鬓自伤，女为谁容，膏沐不废"，"晓镜句犹是自计，夜吟句乃以计人，如我夜来独对蜡泪荧荧，不知你又如何排遣？想来清词丽句，又添几多，——如此良夜，独自苦吟，月已转廊，人犹敲韵，须防为风露所侵，还宜多加保重……"两种解说相同之处，是都认为"愁"的主语是女方；不同之处是：前说认为"夜吟"的也是女方，后说却认为是男方。究竟是男是女？现在我们看看译文。

1. Mornings in her mirror she sees her hair-cloud changing,
   Yet she dares the chill of moonlight with her evening song.
   (Witter Bynner, 1929)

2. Morning mirror's only care, a change at her cloudy temples;
   Saying over a poem in the night, does she sense the chill in the moon-beams? (A. C. Graham, 1965)

3. Grief at the morning mirror—
       cloud-like hair must change;
   Verses hummed at night,
       feeling the chill of moonlight... (Innes Herdan, 1973)

4. At dawn I'd fear to think your mirrored hair turn grey;
   At night you would feel cold while I croon by moonlight.
   (X. Y. Z., 1988)

第一种译文说:"早晨,她在镜子里看见云鬓变色,但她夜吟不怕月光的寒冷。"两句主语都是女方。第二种译文说:"早晨的镜子唯一担心的是她的云鬓改了;夜里吟诗,难道她不感到月光寒冷吗?"前一句的主语是镜子,这就把镜子拟人化了;后一句的主语还是女方。第三种说:"晓镜的忧愁——云鬓不得不改;夜吟的诗句,感到月光寒冷。"两句的主语都物化了,不知是男是女。第四种说:"早晨,我怕想到你镜中的头发变成花白;夜里,我在月下吟诗,你也应该感到月光寒冷吧。"两句主语都是男方。到底哪一种解说对?哪一种译文好呢?我觉得这不是一个对不对而是一个好不好的问题。换句话说,重要的不是"真",而是"美"。那么,究竟哪一种解说更美呢?如果"愁"和"吟"的主语都是女方,那不过表示她是一个担心自己变老、担心自己受寒的普通女人而已,并没有显示双方的爱情。如果男方照镜子的时候,担心的却是女方变老了,男方月下吟诗的时候,女方都感觉得到月光的寒冷,这不是揭示了双方爱情的深度,说明双方是心心相印、息息相通的吗?这种刻骨的相思,和第三句的"到死方尽",和第四句的"成灰始干"才联系得上。李商隐在另一首《无题》中还有"心有灵犀一点通"的名句,更可以用作这一种解说的旁证。因此,我认为第四种是能使人"乐之"的译文。通过这四种不同的译文,可以看出中国诗的含义多么丰富,多么富有"意美"。

六、中英诗的"音美"

袁行霈在《中国古典诗歌语言的音乐美》一文中说:"诗歌和音乐都属于时间艺术。"诗人"既要用语言所包含的意义去影响读者的感情,又要调动语言的声音去打动读者的心灵,使诗歌产生音乐的效果"。"节奏能给人以快感和美感;能满足人们生活上和心理上的要求,每当一次新的回环重复的时候,便给人以似曾相识的感觉,好像见到老朋友一样,使人感到亲切、愉快。""诗歌过于迁就语言的自然节奏就显得散漫、不上口;过于追求音乐节奏,又会流于造作、不自然。只有那种既不损害自然节奏而又优于自然节奏的、富于音乐感的诗歌节奏才能被广泛接受。这种节奏一旦被找到,就会逐渐固定下来成为通行的格律。"

杜甫的《春望》可以说是五言律诗的一个典型,每句分成前后两半,前半两个音节,后半三个音节,节奏合乎格律。音节整齐中又有变化;后半分成两顿,每顿的音节是二一或一二,听来富有"音美"。原诗如下:

国破山河在,城春草木深。
感时花溅泪,恨别鸟惊心。
烽火连三月,家书抵万金。
白头搔更短,浑欲不胜簪。

英译文把每行译成十个音节,分成前后两半,前半四个音节,后半六个,而且押了内韵,可以算是传达了原诗的音美。

On war-torn land　　　streams flow and mountains stand;
In towns unquiet　　　grass and weeds run riot.
Grieved o'er the years,　flowers are moved to tears;
Seeing us part,　　　　birds cry with broken heart.
The beacon fire　　　has gone higher and higher;
Words from household　are worth their weight in gold.
I cannot bear　　　　to scratch my grizzling hair:
It grows too thin　　　to hold a light hair-pin.

袁行霈又说:"除了平仄之外,古典诗歌还常常借助双声词、叠韵词、叠音词和象声词来求得音调的和谐。"英文没有平仄,只好译成轻重音的交替。至于双声叠韵,却是中、英文都有的,如林同济用两个英文双声词 deserted, desolate 来译"寥落古行宫"中的"寥落"二字,就是一例。至于叠音词,中文是单音节,所以叠音用得很多,如《诗经·采薇》(见《译学要敢为天下先》)。叠字原来是连在一起的,译文却分开了;原来是分开的,译文偏偏合在一起。由此可见,译文不必"形似",只要求在传达原诗的"意美"时,尽可能再现原诗的"音美",也就够了。

七、中英诗的"形美"

关于"形美",中国诗词的一个特点是形式简练,意象密集。袁行霈在《中国古典诗歌的意象》一文中说:"一首诗从字面看是词语的连缀;从艺术构思的角度看则是意象的组合。在中国古典诗歌特别是近体诗和词里,意象可以直接拼合,无须乎中间的媒介。起连接作用的虚词,如连词、介词可以省略,因而意象之间的逻辑关系不很确定。""如欧阳修的《蝶恋花》,它写少妇的孤独迟暮之感,其中有这样几句:

雨横风狂三月暮,门掩黄昏,无计留春住。

'门掩'和'黄昏'之间省去了关联词,它们的关系也是不确定的。可以理解为黄昏时分将门掩上(因为她估计今天丈夫不会回来了)。也可以理解为将黄昏掩于门外。又可理解为:在此黄昏时分,将春光掩于门内。或许三方面的意思都有。……"《唐宋词鉴赏辞典》中说:"这句的'春'字涵义深广,耐人寻味。细绎词意,一则实指春天,二则象征美好的青春年华,三则隐喻爱情。"

英文和中文有同有异,一般说来,词汇涵义不如中文深广;但在这里,"spring"却可以有"春"的实指义、象征义、隐喻义。不过英文意象之间逻辑关系确定,起连接作用的虚词不能省略。因此,翻译《蝶恋花》时,要把介词、连词补上。至于补哪些词,我看这不一定是一个"正确"或"真"的问题,而可能是一个"美"的问题。也就是说,哪种理解更美,就用哪种译法。《唐宋词一百首》把这三句和后面的"泪眼问花花不语,乱红飞过秋千去"翻译如下:

The third month now, the wind and rain are raging late,
　　At dusk I bar the gate,
　　But I can't bar in spring.
　　My tearful eyes ask flowers but they fail to bring
　　An answer. I see blossoms fall beyond the swing.

比较一下原文和译文,可以看出译文保存了原词长短句的"形美"。也就是说，原词第一、四、五句长，每句七字，译文也是一样，每行十二音节；原词第二、三句短，只有四、五个字，译文每行也只有六个音节。但是原词简练的"形美"，省略虚词的特点，却是译文所无法保存的。恰恰相反，译者这时要发挥译文语言的优势，把"精练"的原文译得"精确"。

中国诗词"形美"的另一个特点是对偶。袁行霈说："对偶可以把不同时间和空间的意象结合在一起，让人看了这一面习惯地再去看另一面。……'无边落木萧萧下，不尽长江滚滚来。'（杜甫《登高》）上句着眼于空间的广阔，下句着眼于时间的悠长。两句的意象通过对偶连接在一起，表现出一派无边无际的秋色。可见对偶是连接意象的一座很好的桥梁，有了它，意象之间虽有跳跃，而读者心理上并不感到是跳跃，只觉得是自然顺畅的过渡。中国古代的诗人常常打破时间和空间的局限，在广阔的背景上自由地抒发自己的感情。而对偶便是把不同时间和空间的意象连接起来的一种很好的方法。"

英诗中也有对偶，如蒲伯（Pope）的诗句：

　　Be not the first by whom the new is tried,
　　Nor yet the last to lay the old aside.

但是对仗不如中诗工整。吕叔湘说过："中诗尚骈偶，……英诗则以散行为常，对偶为罕见之例外。译中诗对于偶句之处理，有时逐句转译，形式上较为整齐，有时融为一片，改作散行。"对偶到底是译成偶句还是散行好呢？杜甫的《登高》通篇对仗，被誉为"古今七律第一"，我们现在看看"无边落木萧萧下，不尽长江滚滚来"两句的几种译文：

1. Through endless space with rustling sound

    The falling leaves are whirled around.

    Beyond my ken a yeasty sea

    The Yangtze's waves are rolling free. （W. J. B. Fletcher, 1918）

2. Leaves are dropping down like the spray of a waterfall,

    While I watch the long river always rolling on.

    　　　　　　　　　　　　（Witter Bynner, 1929）

3. Everywhere falling leaves fall rustling to

    The waves of the long River onrushing without bound.

    　　　　　　　　　　　　（Hsieh Wentung, 1934）

4. Birds coming home, leaves rustling down—

    And the great river rolls on, ceaseless. （Li Weijian, 1985）

5. The boundless forest sheds its leaves shower by shower;
   The endless river rolls its waves hour after hour (or from hour to hour). (X. Y. Z., 1984)

第一种把一句分译两行,每行押韵,还原后大意是:"在无边的空间,带着飒飒的响声,落叶在到处旋转。在我的视野外,像咆哮的海洋,扬子江的波浪自由地翻滚。"这可以说是用具体形象的"意美"和内韵的"音美"来译对偶。第二种译文是散体,每句译成一行,没有押韵,但用换词法把第一句译成:"叶子落下来像浪花四溅的瀑布",虽然形象也美,但和原句一比,气魄就大不相同了。第三种译文是诗体,每句译成一行,押韵和原诗格律一样,还原后大意是:"落叶到处在飒飒地落下,长江的波浪汹涌澎湃,一望无际。"这是用重复"落"字的方法来译原诗的叠音。第四种译文是散体,把第二句的后半移到第三行的前面来了,还原后大意是:"鸟在回巢,树叶在飒飒落下——长江在滚滚向前,无休无止。"第五种译文是诗体,每句译成一行,两行对仗工整;形容语对形容语,主语对主语,谓语对谓语,宾语对宾语,状语对状语,而且状语"萧萧"的译文和原文不但"形似",而且"音似",两行都用了双声词来增加译文的"音美",所以《中国翻译》《外国语》《四川翻译》等杂志发表的文章,都认为这个译文再现了原诗的"意美、音美和形美"。这样看来,中国诗词的"形美"也不是完全不能移植的。

八、结　论

上面谈到了中国诗词在"意美、音美、形美"三方面的特点和优势,也就等于比较了中、英诗的异同。大致说来,中诗以精练胜,英诗以精确胜;中诗以含蓄胜,英诗以奔放胜;中诗以意境胜,英诗以情境胜。如果分析一下,又可以说:中诗"意美"丰富,有双关义、情韵义、象征义、深层义、言外义,都不容易译成英文。中诗"音美"也很丰富,包括平仄、节奏、双声、叠韵、叠音、形声、押韵等等,但除平仄以外,其他都有可能在不同的程度上译成英文。中诗的"形美"包括简练、整齐、句子长短、对偶、偏旁相同等等。如以简练而论,译诗也是很难做到"形似"的。

译作能不能胜过原作呢?《文艺翻译与文学交流》的编译者说:"作家面对的是自己要反映的生活现实,而译者面对的则是原作的艺术现实,即原作所反映的间接的生活现实。"既然原作和译作所反映的都是生活现实,那就不能排斥间接反映有胜过直接反映的可能。该书第4页上说:"翻译要比'原著的准确写照'多一些东西。……但这个'多'并不是直接来自原著中所反映的客观现实,而是属于现实主义译者的创作个性。"第23页又说:"译者的天赋越高,创作个性特点表现得也就越突出。"这是从理论上说。从实践来看,我们可以读读荷马史诗《伊利亚特》中赫克托别妻的两种英译文:

1. ... only destiny, I ween, no man hath escaped, be he coward or be he valiant, when once he hath been born, ... but for war shall men provide and I in chief of all men that dwell in Ilios. (Leaf)

2. Fix'd is the term to all the race of earth,
   And such the hard condition of our birth.
   No force can then resist, no flight can save;
   All sink alike, the fearful and the brave.
   ...
   Me glory summons to the martial scene,
   The field of combat is the sphere for men.
   Where heroes war, the formost place I claim,
   The first in danger as the first in fame. (Pope)

李夫(Leaf)的译文非常忠实于荷马的原作,我们可以把它当作生活现实的直接反映,比作"原著的准确写照";而蒲伯(Pope)的译文是客观现实的间接反映,突出地表现了译者的创作个性。第一种译文只能使读者"知之",第二种译文却能使人"好之",甚至"乐之"。因此,我看,蒲伯的译文可以当作胜过原作的例子,也可算是"超导"。

日本翻译家河盛好藏说:"我倒愿更加重视具有独创性的误译",使"原作者发现译者把他的作品译得完全出乎他的意料,而对译者的独创性表示赞叹不已"。前面谈到的《鸟鸣涧》的几种译文,可以说是得意的误译,甚至可以说是超过"超导",因为超导体导电不过是无所失而已,而独创性的翻译不仅无所失,还有所得,有所创,这不是超过了"超导"吗?能够超过"超导",那是文学翻译的最高境界。

现在,世界上有十多亿人用中文,也约有十亿人用英文,因此,中文和英文是世界上最重要的两种文字。如果能够建立中英互译的理论体系,开创中国学派的翻译理论,那对东西方的文化交流应该是个重大的贡献。

1988年4月10日
于北京大学畅春园舞山楼

文学翻译与翻译文学

　　文学翻译的最高目标是成为翻译文学，要使翻译作品本身成为文学作品，不但要译得意似，还要译出意美。作者并举朱生豪译莎士比亚，傅雷及许渊冲译罗曼·罗兰为例，指出彭斯诗译得不意似，瓦雷里诗译得形似而不神似，以此作为对照。

　　文学翻译的最高目标是成为翻译文学，也就是说，翻译作品本身要是文学作品。三百年来，在世界范围内，成为文学作品的译作不多。如以英美文学而论，18世纪蒲伯译的荷马史诗《伊利亚特》和《奥德赛》，19世纪费茨杰拉德的《鲁拜集》，20世纪庞德译的李白和雷罗斯译的杜甫，都曾被编入《英诗选集》，翻译作品本身成为文学作品了。但是，一般说来，这些译作多是求真不足，求美有余；而真正的翻译文学应该是既真又美的。

　　外国文学经过翻译成为中国文学的，英国作品有朱生豪译的莎士比亚，法国作品有傅雷译的巴尔扎克和罗曼·罗兰。朱生豪才高于学，所以译文"信"不足而"雅"有余，如他译的《罗密欧与朱丽叶》的最后两行：

　　　　古往今来多少离合悲欢，
　　　　谁曾见这样的哀怨辛酸！

这两行译文如果和曹禺的直译比较：

　　　　人间的故事不能比这个更悲惨，
　　　　像幽丽叶和她的柔密欧所受的灾难。

就可以看出朱译的艺术手法。他把"人间"拆译为"古往今来"，把"故

事"具体化为"离合悲欢",又把"悲惨"拆译为"哀怨辛酸"。如果要用数学公式来表示这种译法,那大致是:

$$4 = 1 + 1 + 1 + 1$$

另一方面,朱译又把不言自明的"幽丽叶和她的柔密欧"删了,这种减词不减意的译法也可以用数学公式来表示:

$$4 - 2 = 4$$

由此可见,朱译能够曲折达意,婉转传情,用词高雅,可以算是一种再创作的译法。

他的"信"不足则表现在误译上,如《安东尼与克莉奥佩特拉》第一幕最后一句,原译为:"他将要每天得到一封信,否则我要把埃及杀得不剩一人。"后来方重教授校正为:"要不然我要把埃及全国的人都打发去为我送信。"朱译有时不一定是误译,但还可以精益求精,如《温莎的风流娘儿们》第二幕第二场中毕斯托尔说:"那么我要凭着我的宝剑,去打出一条生路来了。"在司各特《昆廷·杜沃德》第二章中引用这句话的译文是:"世界就是一个蚌壳,我要用刀剖出珍珠。"朱译把"蚌壳"的形象删去,这就不能算是"减词不减意"了。但总的说来,朱译是瑕不掩瑜的,所以成了翻译文学。

至于傅雷,他的译文"重神似不重形似",如《约翰·克利斯朵夫》第2卷第428页:

克利斯朵夫虽然自己不求名,却也在……巴黎交际场中有了点小名气。他的奇特的相貌……极有个性的那种丑陋,人品与服装的可笑,举止的粗鲁,笨拙,无意中流露出来的怪论,琢磨得不够的,可是方面很广很结实的聪明,……使他在这个国际旅馆的大客厅中,在这一堆巴黎名流中,成为那般无事忙的人注目的对象。

郭麟阁在《当代文学翻译百家谈》中说:这段翻译"有不少地方达到'神似'。……'很结实的聪明'在汉语中不可理解。许渊冲建议改为'溢于言表的才智',可以考虑"。这就是说,傅译既"信"又"雅",只是有时在"达"方面,还可以精益求精。

有人认为傅雷的译者风格盖过了原作者的风格,读傅译的巴尔扎克和罗曼·罗兰时,"原作者不见了,读者看到的是貌似合而神离的译者在说话"。事实果然是如此吗?让我们读读傅雷译的巴尔扎克《幻灭》第22页上的一段描写:

吕西安个子中等,细挑身材。看他的脚,你会疑心是女扮男装的姑娘，尤其是他的腰长得和女性一样，凡是工于心计而不能算狡猾的男人，多半有这种腰身。这个特征反映性格难得错误，在吕西安身上更其准确。他的灵活的头脑有个偏向，分析社会现状的时候常常像外交家那样走入邪路，认为只要成功，不论多么卑鄙的手段都是正当的。世界上绝顶聪明的人必有许多不幸，其中之一就是对善善恶恶的事情没有一样不懂得。

读了这段译文，难道不能看出巴尔扎克冗长、曲折、细致、深刻的描写手法，形象化的语言，和罗曼·罗兰的风格大不相同吗？怎么能说傅译是"貌合神离"而不是"神似"呢？

和傅雷风格不同的有卞之琳，他在《英国诗选》中附译了法国诗人瓦雷里的《风灵》，并在注解中说："瓦雷里以风灵（中世纪克尔特和日耳曼民族的空气精）喻诗人的灵感。它飘忽无定，出于偶然或出于长期酝酿，苦功通神，突然出现，水到渠成。它在诗中出现，易令人莫测高深，捉摸不定；最后一转，神奇地出现了一个形象，一个女子换内衣的一瞥，一纵即逝。"现将卞译合行抄录如下：

　　无影也无踪，　我是股芳香，
　　活跃和消亡，　全凭一阵风！

　　无影也无踪，　神工呢碰巧？
　　别看我刚到，　一举便成功！

　　不识也不知？
　　超群的才智　盼多少偏差！

　　无影也无踪，
　　换内衣露胸，　两件一刹那！

原诗每行五个音节，韵式是 ABBA，ACAC，DDE，AAE。卞之琳把一个法文音节译成一个单音汉字，韵式除第二段改成 ACCA 外，和原诗非常"形似"。但是若以"神似"而论，译文还有可以商榷之处。如第三段"超群的才智盼多少偏差！"就不好懂。其实原文是说：超群的才智也会出多少偏差，犯多少错误，失掉多少抓住灵感的机会，而这却是意中之事。卞译强调"意中之事"，用了一个"盼"字，结果反而出"偏差"了。我认为译诗要得其精而忘其粗，得其神而忘其形，因为译诗总是有得有失的，如

果能"得意忘形",那就不算"得不偿失"了。现在试把这句诗改译如下:

①超群的才智　　出多少偏差!
②超群的才智　　少不了偏差!
③超群的才智　　多次失良机!

①更"形似",③更"神似",②在①和③之间,更加"意似",因为包含了"意料中"的意思。卞译"换内衣露胸,两件一刹那!"更不好懂。现试改译如后:

①更衣一刹那,　　隐约见酥胸!
②脱衣又穿衣,　　瞬间露玉体!

①用了卞译原韵,但是颠倒了韵序,因为我觉得保存原诗"意美"比"音美"更重要。②则改动了原韵,和"多次失良机"押韵了。"酥胸"改译为"玉体",这可能有所失;"玉体"和"良机"押韵,这又是有所得。如果认为所得大于所失,那我觉得可以为了更多的"音美",牺牲少许"意美"。

牺牲"意美",不能超过"意似"的限度。"酥胸"是"玉体"的一部分,二者是"意似"的,所以不妨换用。如不"意似",那换用就成了误译。如《世界抒情诗选》里选了一首彭斯的诗:

呵,如果你站在冷风里,
　　一个人在草地,在草地,
我的小屋会挡住凶恶的风,
　　保护你,保护你。
如果灾难像风暴袭来,
　　落在你头上,你头上,
我将用胸脯温暖你,
　　一切同享,一切同当。
如果我站在可怕的荒野,
　　天黑又把路迷,把路迷,
就是沙漠也变成天堂,
　　只要有你,只要有你。
如果我是地球的君王,
　　宝座我们共有,我们共有,
我的王冠上有一粒最亮的珍珠——
　　它就是我的王后,我的王后。

朱曼华在《彭斯一首诗译文的质疑》中指出：第三行的"小屋"是误译，原文是苏格兰高地人穿的方格花呢子"披风"的意思，所以第七行才说"用胸脯温暖你"。第九行"可怕的"，第十行"天黑又把路迷"都是望文生义，想当然尔；原文是"荒凉的""阴郁的""空旷的"的意思。第十五行"珍珠"也是误译，因为王冠上最亮的是深山中采来的"宝石"，不是海里捞来的"珍珠"。彭斯是苏格兰人，披风，荒凉、阴郁、空旷的草原，甚至宝石，都带有苏格兰地方色彩，译者完全没有理解。这就是说，译文不够"意似"，没有达到文学翻译的最低要求，自然不能算是翻译文学了。

综上所述，可以看出：翻译彭斯这种意在言内的诗歌，只要做到"意似"，也就可以传达原诗的"意美"。但是翻译《风灵》这样意在言外的诗歌，"形似"并不等于"意似"，直译就不容易再现原诗的"意美"。我认为：译诗要尽可能传达原诗的"意美""音美"和"形美"。至于小说和戏剧，傅译和朱译所以能成为文学作品，有一个重要的原因，我看就是他们发挥了译文语言的优势，使读者不仅"知之"，而且"好之"，甚至"乐之"。

如何发挥译文语言的优势呢？说来话长。早在1943年大学毕业的时候，我翻译了英国桂冠诗人德莱顿的诗剧《一切为了爱情》，但是十二年后，经过上海文艺联合出版社一位编辑加工润色，才得以出版。其中有一句埃及女王说的话："我的爱带有超越一切的热情，一开头就飞出了理智的范围，现在更到九霄云外去了，哪里还顾得到理智？""九霄云外"这句就是编辑加工润色的结果，我觉得这几个字是原文内容可有、原文形式所无的词语，正好发挥了汉语的优势。于是在后来的翻译中，我也如法炮制。

我译罗曼·罗兰的《哥拉·布勒尼翁》，第一章初稿有一句主人公哥拉的自白："在这副上过硝的老皮囊里，我们装进了多少快乐和痛苦，坏主意，滑稽事，经验和谬误，多少稻草和干草，无花果和葡萄，青果子，甜果子，玫瑰和蔷薇，……"这样"形似"的译文，有没有达到"意似"的要求呢？恐怕没有。几经斟酌之后，定稿改成："我们装进了多少快乐和痛苦，恶作剧，穷开心，经验和错误，多少需要的和不需要的，情愿吃的和不愿吃的，生的和熟的，醉人的和刺人的东西，……"我认为这样才有可能达到使读者"知之"的最低要求。

哥拉自白的原文中用了许多同韵字，读来很像我国的顺口溜，令人觉得妙趣横生。但是译文只有"痛苦"和"错误","干草"和"葡萄"押了韵,不足以使读者"好之"。第五章中还有另一段顺口溜,译文如下:"你还不知道我是个多坏的坏子,我游手好闲,好吃懒做,放荡无度,胡说八道,疯头癫脑,冥顽不灵,好酒贪饮,胡思乱想,精神失常,爱吵爱闹,性情急躁,说话好像放屁。"在这句译文中,"做"和"度","道"和"脑","灵"和"饮","想"和"常","闹"和"躁",都是叠韵字,所以和原文不但"意似",而且可以算是"音似"了。

哥拉说话还喜欢用双声词,例如他在第一章中形容他的老婆时说:"嘿!她多活跃,……满屋子只看见她瘦小的身子,寻东寻西,爬上爬下,咯吱咯吱,咕噜咕噜,怨天怨地,骂来骂去,从地窖到顶楼,把灰尘和安宁一起赶跑。"这是用重复"寻""爬""怨""骂"等字的方法来译双声,也可以说是发挥了汉语的优势。

哥拉厌恶宗教战争,他在第二章中说:"谁晓得他们为了什么理由打仗?昨天为了国王,今天为了神圣同盟。一会儿为了旧教,一会儿为了新教。所有的教派都是一样,其中没有一个好人;吊死他们,我都舍不得花一根绳子。"这个译文可以算是"意似";如果把后半句改译为"吊死他们,我都怕会玷污我的绳子",那就更神气活现地画出了哥拉的性格,可以算"神似"了。

最近校译法国作家普鲁斯特的巨著《追忆似水年华》,有人提出书名应译《寻找失去的时光》,我觉得那只能使人"知之",现译名却能使人"好之"。秦观有个名句"柔情似水",所以"似水年华"可能引起柔情的联想,不如"流水年华",可以使人联想李煜的名句:"流水落花春去也"。但是"流水年华"可能引起的联想太广泛,如秦观的"流水绕孤村"使人有孤独感,"淡烟流水画屏幽"又有幽静寂寞之慨,都没有一去不复返的意思。所以我看还是《追忆逝水年华》最为"神似",并能使人"乐之",甚至拍案叫绝。有人认为"逝水"是名词,不能用来形容"年华";但"豆蔻"也是名词,"豆蔻年华"不是成了习惯用语吗?"逝水年华"正是可以和原文媲美的"再创作"。

我曾说过:翻译是两种语言的竞赛,文学翻译更是两种文化的竞赛。译作和原作都可以比作绘画,所以译作不能只临摹原作,还要临摹原作所临摹的模特,要临摹"凤灵"在"更衣一刹那"露出的"酥胸"。如果译者能够发挥译文语言和文化的优势,运用"深化、等化、浅化"的方法,使读者"知之、好之、乐之",如果译诗还要尽可能再现原诗的"意美、音美、形美", 那么文学翻译就有可能成为翻译文学。

1989年10月18日于北京大学
（原载《世界文学》1990年第1期）

文学翻译：1+1=3

本文作者第一次提出文学翻译的公式是1+1=3，而科学的公式是1+1=2，所以文学翻译不是科学。作者还举李白《哭纪叟》和李煜《浪淘沙》的英译为例，说明形似而不意似的公式是1+1=1，意似的公式是1+1=2，神似的公式才是1+1=3。

河南大学出版社出版的《文学翻译原理》第1页上说："文学翻译理论是一门研究文学翻译的性质和一般规律的科学。"中国对外翻译出版公司出版的《诗词翻译的艺术》第430页上说："科学包含客观的真理，不受个人的思想和感情的影响。"那么，文学翻译理论受不受个人的思想和感情的影响？是不是一门科学呢？

我个人的意见是：文学翻译是艺术，文学翻译理论也是艺术。科学研究的是"真"，艺术研究的是"美"。科学研究的是"有之必然，无之必不然"之理，艺术研究的是"有之不必然，无之不必不然"的艺。如果可以用数学公式来表达的话，我想，科学研究的是1+1=2；3-2=1；艺术研究的却是1+1=3；3-2=2。因为文学翻译不单是译词，还要译意；不但是译意，还要译味。这也可以用数学公式表达如下：

译词：1+1=1（形似）

译意：1+1=2（意似）

译味：1+1=3（神似）

假如译词而不译意的话，那只能算是翻译了一半，所以说一加一还等于一。如果翻译了原文的意思，那才可以算是一加一等于二。如果不仅传达了原文的意思，还传达了原文内容所有、字面所无的意味，那就是一加一等于三了。反之，如果译了意而没有译词，那可能是三减二等于二；如果还译了味，那甚至可能是三减二等于三。现在举例说明如下：

  李白在天宝十二年（公元753年）到宣城，认识了一位有姓无名的卖酒老人，一说是纪叟，一说是戴老。老人酿的酒名叫"老春"，味道醇厚，李白一尝，就和这家小酒店结下了不解之缘。不料几年之后，李白旧地重游，再到酒店的时候，老人却已经溘然长逝了。李白就在酒店的墙壁上，写下了一首哀悼老人的《哭宣城善酿纪叟》：

  纪叟黄泉里，还应酿老春。

  夜台无李白，沽酒与何人？

这首诗只有短短的四句二十个字，但要译意又要译味，并不容易。首先，这是一首哀悼死者的诗，但李白却把纪叟当作一个活人，说他还在黄泉之下酿酒。这说明李白对美酒多么热爱，对酿酒的老人多么深情，甚至希望他死后还能酿酒。其次，分明是李白怀念纪叟，却反说成是纪叟在黄泉之下也会怀念他这位"知己"，这就使他的怀念之情更加深了一层。最后，李白用了"黄泉""老春""夜台"等带有民族文化色彩的字眼，要用另一种文字来表示这些词汇的意义，传达文字的情趣，那就更困难了。

  我在《文学翻译原理》第19页上读到库珀（Arthur Cooper）的译文：

  Vintner below Fountains Yellow,

  "Spring In Old Age," still do that vintage?

  Without Li Po there on Night's Plateau,

  Which people stop now at your wineshop?

这个译文不说"纪叟"，而说"酿酒的人"，用的是"浅化"或"一般化"的译法，倒能达意；但把"黄泉"说成是"黄色的泉水"，如果不加注解，读者恐怕不会知道酿酒的人已经死了；如果加注，那读诗的趣味又要大受损失。至于"老春"，就是陈年好酒的意思，不必译成"老年的春天"，这样一译反倒不像酒名。"夜台"逐字直译，恐怕也不能使读者知道这是"坟墓"的婉转说法。"李白"是"酒仙"的同义词，这里就有"酒逢知己"的意思，与其译音，不如译意。尤其是第四句，原来是说黄泉之下没有李白这样的老主顾，好酒还能卖给什么人呢？还有什么人能像李白这样识货呢！译文说成是：现在还有什么人停留在你的酒店里？仿佛李白关心的真是喝酒的主顾似的。这就使原文语重情长、意浓如酒的诗味几乎丧失殆尽了。因此，这个译文只译了词，并没有达意，更说不上传情，只能算是"貌合神离"的译文了。

下面再看翁显良在《古诗英译》中翻译李白《题戴老酒店》的散体译文：

A Dirge

Down there, master brewer, you'd still be practising your art. But how you'd miss me, old friend! For where in the realm of eternal night could you find such a connoisseur?

翁译的标题用了"挽歌"一词，把《哭宣城善酿纪叟》中的"宣城"二字删了，这用的是"减词法"；又把"善酿纪叟"这个专门名词换成普通名词"酿酒大师"，这用的是"换词法"；再把这个名词和第一句的"纪叟"（或"戴老"）二字合并，这用的是"合词法"，也可以说是"移位法"或"移词法"，因为把标题中的词汇转移到译文第一、二句中去了。如果要用数学公式来表示这几种翻译法，也许可以说：

减词：$2-1=2$

换词：$2+2=3+1$

合词：$2+2=4$

移词：$1+2=2+1$

"减词法"是"二减一还等于二"，这就是"减词不减意"。"换词法"是原文说"二加二"，译文说"三加一"，总和不变，这也是"换词不换意"。"合词法"是原文说"二加二"，译文说"四"；一个分说，一个合说。"移位法"更简单，只是变换词汇的前后位置，内容并不变化。翁译"黄泉"用的是"浅化法"，把特殊的"黄泉"一般化为"地下"；"酿老春"是酿特殊的好酒，翁译也"浅化"为一般的"干你的老行当"了。翁译"纪叟"二字用的却是"分译法"，把"纪叟"一分为二，分成第一句译文中的"酿酒师傅"和第二句中的"老朋友"。但在第二句中，翁译还画龙点睛地加了"怀念"一词，这用的是"加词法"。"夜台"一词，翁译也用了"加词法"，在"夜"前加上了一个形容词"永恒的"，这就使"夜台"的意义"深化"了。最后，翁译还把"沽酒与何人"中的"人"字"深化"为特殊的、关键性的字眼："知音"。结果译文无论是传情还是达意，都远远胜过了库珀的翻译。如果用数学公式来表示翁译的这些方法，也许可以说：

浅化：$2:4=1:2$

分译：$4=2+2$

加词：2 + 1 = 2

深化：1∶2 = 2∶4

"加词法"和前面说的"减词法"相反："二加一还等于二"，这就是"加词不加意"，也就是说，增加的只是原文内容所有、原文字面所无的词。"分译法"也和前面说的"合词法"相反："合词"是把原文的"二加二"合成译文的"四"，"分译"却是把原文的"四"分成译文的"二加二"。"深化"和"浅化"又是一对矛盾："深化"是把原文的"一比二"扩大加深为译文的"二比四"，比例扩大了，但比值并没有改变。"浅化"和"深化"相反，是把原文的"二比四"缩小简化为"一比二"，比例缩小了，比值也没有改变。如果比值发生变化，那有两种可能，一是译文歪曲了原文，一是译文超越了原文。歪曲原文，那是译文没有"译意"，只是"译味"，而且"味"和原文不同。超越原文，那是译文既"译意"，又"译味"，而且"味"比原文还浓。如果译文能够超越原文，那应该说是对两种文化的交流做出了创造性的贡献。

翁显良的译文用了"加词""减词""分词""合词""换词""移词""深化""浅化"等等译法，是不是可以说是既"译意"又"译味"了呢？是的，如果"译味"只指"意味"而言，在我看来，翁译可以说是超越了古今中外的前人。但是"诗味"并不限于"意味"，还有几乎是同等重要的音韵、节奏、格调等等"韵味"。就以《哭宣城善酿纪叟》而论，原诗四句二十个字，每句字数相等，每逢偶句押韵，读来抑扬顿挫，言有尽而"韵味"无穷。翁译却把全诗分译三句，每句字数不等，长短不一，只有节奏，没有韵律，"黄泉"译得太短，"夜台"却又译得太长，全诗读来，得不到原诗的平衡感，这和原诗的"韵味"就大不相同了。由此可见，把中国诗词译成散体或分行散文，无论传情达意的程度多么高，也是译不出原文"诗味"的。

现在，我们再看看《李白诗选》中的诗体译文：

Elegy on Master Brewer Ji of Xuancheng

For thirsty souls are you still brewing
Good wine of Old Spring, Master Ji?
In underworld are you not ruing
To lose a connoisseur like me?

这个译文把"黄泉"辗转说成是"饥渴的阴魂"居住的"下界"，可以说是比翁译更加巧妙。"饥渴"可以使人联想到泉水，这样来译"黄泉"，几乎可以算是"只可意会,不可言传"的译法。如果要为这种译法取个名字,只好说是"等化法""创译法"或者是"换词法"。同时,译文用的是陈述式,仿佛诗人在对活在"下界"的纪叟说话;翁译用的却是虚拟式,这就是说,诗人知道纪叟已经死了,他只是幻想在和死人说话而已。两相比较,就不难看出哪种译文更能传达原诗的深情。此外,原诗每句五字,译诗每行八个音节;原诗平仄分明,译诗都是抑扬格;原诗每十个字押一次韵,译诗每八个音节有一个韵,用韵的密度也大致相当。因此,无论是"译意"还是"译味",无论是"意味"还是"韵味",这个译文都比翁译更加接近原诗。译文中所用的"等化法",如果要用数学公式来表示的话,也许可以说:

等化:$2+2=2\times 2$

总结以上三种译文,可以说第一种只是"形似",第二种是"神似"而不"形似",第三种既"形似"又"神似"。换句话说,第一种既没有译意,也没有译味;后两种却既译了意,又译了味;第二种只译出了意味,第三种还译出了韵味。从这还可以看出:李白原诗只有一种解释,所以理解了诗意,也就不难译出诗味。

如果原诗不止一种解释,那该如何译意?如何译味呢?例如李煜的名作《浪淘沙》:

帘外雨潺潺,
春意阑珊。
罗衾不耐五更寒。
梦里不知身是客,
一晌贪欢。

独自莫凭栏,
无限江山。
别时容易见时难。
流水落花春去也,
天上人间。

这首词有八种解释不同的译文:①英国剑桥大学30年代的译文,②《外国语》总14期发表的林同济教授40年代的译文,③英国《企鹅丛书》60年代的译文,④《翻译通讯》1981年第5期的译文,⑤美国哥伦比亚大学华逊(Watson)的译文,⑥北京《词百首英译》中的译文,⑦香港《唐宋词一百首》中的译文，⑧北京《唐宋词选一百首》中的法译文。现将八种译文的后半首抄录如下：

1. Alone in the twilight I lean over the balcony;
   Far off lies my native land,
   Which it is easy to part from, but hard to see again.
   Flowing waters and faded flowers are gone forever,
   As far apart as heaven is from earth.

2. Gaze not alone from the balcony,
   For the landscape infinite extends.
   How ever easier parted than met.
   The river flows—
   The blossoms fall—
   Spring going—gone:
   In heaven as on earth!

3. Alone at dusk I lean on the balcony;
   Boundless are the rivers and mountains.
   The time of parting is easy, the time of reunion is hard.
   Flowing water, falling petals, all reach their homes.
   Sky is above, but man has his place.

4. Do not lean on the balustrade alone,
   To gaze at my lost hills and streams.
   It's easy to bid farewell,
   But it's hard to meet again,
   Spring has gone with the fallen petals
   And the waters running.
   What a world of difference
   Between a prisoner and a king!

5. Don't lean on the railing all alone,
   Before these endless rivers and mountains.
   Times of parting are easy to come by, times of meeting hard.
   Flowing water, fallen blossoms—spring has gone away now,
   As far as heaven from the land of men.

6. Alone, I wouldn't rest, on a rail, my hand,
   To scan what was once my limitless land.
   Easy to leave one's hearth and come to this nook.
   Hard to get back to one's home to have a look.
   Flowing water never returns to its sources.
   My country's and mine is a hopeless, lost cause.
   Fallen flowers cannot go back to their stock;
   Chips off the mass revert not to the block.
   One's spring and youth has passed never to return.
   One's destiny is not of Heaven's concern.

7. Don't lean alone on railings and
   Yearn for the boundless land!
   To bid farewell is easier than to meet again.
   With flowers fallen on the waves spring's gone away.
   So has the paradise of yesterday.

8. Tout seul, contre la balustrade ne prends pas appui
   Pour regarder fleuves et monts à l'infini.
   Car ce qui est perdu ne peut être repris.
   Les fleurs tombent, l'eau coule et le printemps s'enfuit,
   Du paradis d'hier au monde d'aujourd'hui.

原词后半首的第一句是"独自莫凭栏"。靳极苍在《李煜词详解》中说："独自一人，可别上高楼凭栏远望呀。'莫'一作'暮'，那就作时间解，亦可。"①③译作"暮"，其他都译作"莫"。到底是"暮"好还是"莫"好呢？我想，"暮"使人看到的形象是后主李煜一个人形单影只，在黄昏时分，登上高楼，凭栏远望，怀念失去的江山。"莫"所提供的意境却是叫任何国破家亡、流落他乡的游子，都不要登高望远，以免见景生情，涕泪涟涟。"暮"是"个相"，引起的是对李后主个人身世的同情；"莫"是"共相"，引起的是普天下飘零人内心的共鸣。两个字的意义不同，诗句的意味也就有浅有深。在这种情况下，我认为译者不但要追究"莫"字的意义，而且还应该译出"莫"字更深的意味。意义是个对不对、真不真的问题，意味却是个好不好、美不美的问题。"真"只是译诗的低标准，"美"才是译诗的高标准。

第二、三句是"无限江山，别时容易见时难。"靳极苍解释说："那可爱的国家呀，离别的时候很容易（就是丢失得很快），要再见，可就难极了（就是恢复无望）。"这个解说不错，①②也是这样译的，②的第三句还译得很简练。但③④⑤⑧没把"江山"译成"国家"，却照字面翻译了。③⑤的译者都把"别时容易见时难"中的两个"时"字也译了出来，意义就和原文貌合神离了。

最后两句是非常著名的绝妙好词："流水落花春去也，天上人间。"《唐宋词鉴赏集》第78页上说："这首词的收尾是别具匠心的。和开头相呼应：有潺潺春雨，流水才更急更盛，流水送走了落花则可说是'春意阑珊'的具体写照。"又说："对于最后一句，曾有过几种不同的解释：一种是说，春天逝去了，归向何处呢？天上还是人间？一种是说，春天逝去比喻国破家亡，对照过去和现在的生活便不啻天上人间（⑦⑧作此解，④⑤也有此意——许注）；还有一种是说，'流水落花春去也'，形容离别的容易，'天上人间'则形容相见的难（①可能有此意——许注）。'天上人间'说的是人天的阻隔（见俞平伯《读词偶得》）。"作者最后还说："我以为'天上'是指梦中天堂般的帝王生活，'人间'则指醒来后回到的人间现实（⑦⑧都有此意——许注）。……梦境和现实，过去和现在，欢乐和悲哀，概括起来便是'天上人间'。"这些解释说明诗句蕴含的意义多么丰富，意味多么深长！但是这些还不足尽其意：①说流水和落花一去不复返了，就像天上和人间一样相距遥远。②说河水在流——花在落——春天在消逝——已经消逝了：天上人间都是一样！林同济先生这个译文独出新意，别有韵味。③说流水落花都到家了。天在上头，人有他的地方。这种逐字硬译，说明译者根本不理解原诗的含义，自然更谈不上"译味"了。④说囚犯和君王真有天渊之隔，理解虽然不错，表达却太露骨，没有保留原诗含蓄的风格。⑥把这十一个字扩展成为五句：流水永远不会回到源头。我的国家和我个人的事业都已失败，前途毫无希望。落花不能回到树上；一块木头削下了一小片再也不能恢复原状。一个人的青春已经一去不复返。一个人的命运是得不到上天眷顾的。这样长篇大论，借题发挥，即使揭示了原诗的含义，恐怕也大大地破坏了原诗的韵味！也许这个译例可以用来说明"译意"和"译味"的矛盾：原诗"言有尽而意无穷"，译者要用有穷的"言"来尽无穷的"意"，结果就难免得"意"失"味"。这看起来似乎是 1+1=3，其实却是 3+3=3，因为加"意"太多，诗"味"反冲淡了。

总而言之，文学翻译最好能够做到"形似""意似""神似"，如果三者不可得兼，可以不必要求"形似"。"意似"和"神似"一般说是一致的，"神似"比"意似"的层次更高，就是我所说的"意美"。如果原文有不同的解释，很难说哪种解释更"意似"，我认为，最富有"意美"的译文是最好的译文。

（原载《外国语》1990年第1期）

诗词·翻译·文化

诗不但表现个人才气，还能显示民族文化，如英国的乔叟和艾略特，中国的杜诗和姜词。译诗也会表现文化精神，如美籍学者译《荒原》重真，中国学者重美。美国诗人的《雪夜过深林》积极乐观，唐诗《风雪夜归人》消极悲观；雪莱的《失伴鸟》写鸟，苏东坡的孤鸿却写人鸟合一：说明中西文化不同。

五十年前，北京大学外国文学系主任是叶公超教授。他在美国求学时，出版了一本英文诗集，得到美国诗人弗洛斯特（Robert Frost）赏识；后来去英国剑桥大学深造，又和英国桂冠诗人艾略特（T. S. Eliot）时相过从。他23岁回国，就在北京大学任教，也许是我国最年轻的英文教授。

他在《叶公超散文集》第220页上谈到艾略特时说："一个人写诗，一定要表现文化的素质；如果只是表现个人才气，结果一定很有限。因为，个人才气绝不能与整个文化相比，这样一来，他（Eliot）认为他的诗超出了个人的经验与感觉，而可以代表文化。"

其实，不仅艾略特的诗表现了文化的素质，即使是表现个人才气的诗也会或多或少地表现文化素质的。不仅他写的诗可以代表文化，即使是翻译的诗也可以代表文化。例如他的名作《荒原》开头四行的原文和两种译文：

> April is the cruellest month, breeding
> Lilacs out of the dead land, mixing
> Memory and desire, stirring
> Dull roots with spring rain.

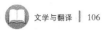

1. 四月是最残忍的一个月，荒地上长着丁香，把回忆和欲望掺和在一起，又让春雨催促那些迟钝的根芽。（赵萝蕤译）
2. 四月是最残酷的月份，迸生着紫丁香从死沉沉的地上，杂混着记忆和欲望，鼓动着呆钝的根须，以春天的雨丝。（叶维廉译）

赵萝蕤说《荒原》"集中反映了时代精神：即第一次世界大战后广大西方青年对一切理想、幻想全部破灭的那种思想境界"。这种幻灭思想可以和乔叟（Chaucer）《坎特伯雷故事集》开头四行对比：

Whan that Aprille with hise shoures sote (showers sweet)
The droghte of Marche hath perced to the roote
And bathed every veyne (vein) in swich (such) licour
Of which vertu engendred is the flour (flower).

1. 当四月的甘霖渗透了三月枯竭的根须，沐濯了丝丝茎络，触动了生机，使枝头涌现出花蕾。（方重译）
2. 夏雨给大地带来了喜悦，
   送走了土壤干裂的三月。
   沐浴着草木的系丝茎络，
   顿时万花盛开，生机勃勃。（范守义译）

对比之下，可以看出乔叟反映的时代，是生气勃勃的民族文化崛起的14世纪，和《荒原》反映的思想境界，大不相同。同是英国的四月，一个给大地带来了喜悦，另一个却是残忍的月份；同是英国大地，一个万花盛开，生机勃勃，另一个却是根芽迟钝，死气沉沉。真有天渊之别。

《荒原》中描写的战后年代，在中国诗词中也可以找到类似的描写。如姜白石在1176年写了一首《扬州慢》，描绘战火洗劫后的扬州。前半首词的原文和两种英译文是：

淮左名都，竹西佳处，解鞍少驻初程。过春风十里，尽荠麦青青。自胡马窥江去后，废池乔木，犹厌言兵。渐黄昏，清角吹寒，都在空城。

1. ...
   Springtime in this capital, for miles around—
   Sees little of wheat, but weeds abound.
   Since the Hu scouts came up the river and left,
   So much have the people been, of hope, bereft.
   Trees are wantonly hewn: gardens lying waste.

No longer is war a topic to their taste.

With eve comes the cold note of a bugle's call,

O'er this city, foredoomed like enough to fall. (Xu Zhongjie)

2. ...

The three-mile splendid road in the breeze I passed by;

It's now o'ergrown with wild green wheat and weeds.

Since Northern shore was overrun by Jurchen steeds,

E'en the tall trees and city walls have been war-torn.

As dusk is drawing near,

Cold blows the horn;

The empty town looks drear. (X. Y. Z.)

姜词中的"竹西佳处",指的是扬州北门外的竹西亭,唐代诗人杜牧在《题扬州禅智寺》中写过:"暮霭生深树,斜阳下小楼。谁知竹西路,歌吹是扬州?"又在《赠别》诗中写过:"春风十里扬州路",因此,"春风十里"指的是扬州载歌载舞的繁华街道。姜词的下半首还曾说道:"纵豆蔻词工,青楼梦好,难赋深情。"那是引用了杜牧《赠别》诗中的"豆蔻梢头二月初",和《遣怀》诗中的"赢得青楼薄幸名"。姜词"二十四桥仍在",却是引了杜诗"二十四桥明月夜,玉人何处教吹箫?"由此可见,姜词写的不仅是个人的经验与感觉,也表现了文化的素质。这和广征博引的《荒原》有类似之处。但当年扬州的歌池舞榭,这时却长满了野生的荠菜和麦子,成了一片废墟;被毁坏的城池,古老的大树,都是战火洗劫的见证;剩下的只有一片荒芜的景象,听到的只有凄凉的黄昏号角。但是姜词并没有直接抒发个人的凄凉感,而是用借物比人、景中见情的手法来描述。从中可以看出,中国文化有含蓄的、内向的传统。《荒原》和这不同,用了四百三十四行诗来"写干旱之地赤土千里,没有水,长不出庄稼,不但大地苦旱,人的心灵更加苦旱,人类失去了信仰、理想,精神空虚,生活毫无意义"(赵萝蕤《介绍艾略特的〈荒原〉》)。相对而言,西方文化是曲折的,外向的。

乔叟诗中描写的春雨,在中国诗中也可以找到杜甫的《春夜喜雨》:

好雨知时节,当春乃发生。

随风潜入夜,润物细无声。

野径云俱黑,江船火独明。

晓看红湿处,花重锦官城。

1. A good rain knows its season

   Comes forth in spring

   Follows the wind, steals into the night;

   Glossing nature, delicate without a sound.

   Clouds on country road, all black,

   Sparks of a lantern from a river boat, the only light.

   Morning will see red-steeped spots;

   Flowers heavy on the City of Brocade. (William H. Nienhauser)

2. Happy rain comes in time

   When spring is in its prime.

   With soft night breeze 'twill fall

   And mutely moisten all.

   Clouds darken rivershore;

   Lamps brighten all the more.

   Saturated at dawn,

   With flowers blooms the town. (X. Y. Z.)

比较一下杜诗和乔诗,可以看出乔叟写的主要是大地的喜悦,杜甫写的却包含了人的喜悦在内;前者着重的是"真",后者着重的是"善",正好代表了东西方文化不同的精神。乔叟写了"土壤干裂的三月",这主要是自然现象;杜甫写了"野径云俱黑",却可能隐射安史之乱的风云变化,而"江船火独明"则可能象征诗人的爱国之心,逢乱世而益彰。乔诗中的"枝头涌现出花蕾",说的是自然界生机勃勃;杜诗中的"花重锦官城",则表达了城中人的喜悦心情。前者侧重的是"物",后者侧重的是"心";前者预告了英国文化的崛起,后者显示了万紫千红的盛唐景象。从杜诗到姜词,可以看到唐宋文化的变迁,正如从乔叟到《荒原》,可以看到英国文化的起落。如果比较一下《荒原》和《扬州慢》,又可以看出宋词写的是家国之恨造成的"心痛",英诗写的却是理想破灭造成的"心死",两者的消沉又有所不同。

中西文化的差异不但体现在诗词中,而且显示在翻译上。简单说来,西方强调直译,体现了现代的科学精神;中国强调意译,显示了古老的艺术传统。具体说来,叶维廉是美国加州大学教授,他译的《荒原》对号入座,一个中文词对一个英文词,词序一点也不变动,可以算是代表了西方文化的求"真"精神。赵萝蕤是中国北京大学教授,她把自己译的《荒原》说成是"比较彻底的直译法"(《当代文学翻译百家谈》第609页),但和叶维廉的译文一比,可以说是不如叶译彻底。原诗说"四月是最残忍的一个月",因为四月使生机勃勃的紫丁香长在死气沉沉的大地上,好像把鲜花插在牛粪上一样,所以说四月最残忍。但是赵译说:"荒地上长着丁香",仿佛是在描写一个客观现象,没有说明丁香和四月的关系,这就不如叶译体现了西方文化的"真"。赵译又说:"让春雨催促那些迟钝的根芽","让"字用得还嫌被动,不如叶译"以春天的雨丝"。但是整个读来,赵译却比叶译更"美",更能显示东方古老的艺术传统。这就是说,叶译虽能使人"知之",却不能使人"好之";赵译虽不能使人"知之"甚确,却能使人"好之"更深。

再看方重译的乔诗,不但能够使人"知之",而且能够使人"好之",这就比赵译更能体现艺术之"美"。最后来谈范守义的译文,每行十个字,每两行押韵,不但传达了原诗的"形美",而且传达了原诗的"音美";虽然不像叶译那样"对号入座",但也不能说它"失真",却比方译更"美";不但使人"知之""好之",而且使人"乐之",这就可以说是"入于化境",把英诗化为中诗,使西方文化成为中国文化,进入了翻译的最高境界,比赵译、方译都更能代表中国文化传统之"美"。综上所述,可以得出结论:叶译最能代表西方文化的科学精神,范译最能代表中国文化的艺术传统,赵译、方译却在二者之间。由此可见,翻译也能体现中西文化的异同。

以上谈的是英诗中译,中诗英译也是大同小异。美国人译的杜诗更能体现西方文化的求"真"精神,中国人的译文更能显示东方文化的求"美"传统。但是姜词《扬州慢》包含的文化典故太多,没有英美人的译文,只有中国人的译作。这又说明了中美文化的一个差异:中国文化更重视过去,美国文化更重视现在。包含文化典故太多的作品不容易译成外国文字,译文只能使人"知之",很不容易使人"好之"。徐忠杰把长短句译成大体整齐的诗,每两行押韵,这是把词化诗,恐怕"化"得过分了,不能像范守义的译文那样使人"乐之",但是,徐译还是显示了中国文化的艺术传统。

《荒原》包括的文化典故也多,它引用了三十五个不同作家的作品,但仅就这一点而言,我觉得它更像中国古代的诗词,而不能代表西方文化的主流。下面我们看看弗洛斯特(Robert Frost)一首不包含文化典故的小诗《雪夜过深林》:

Whose woods these are I think I know.
His house is in the village, though;
He will not see me stopping here
To watch his woods fill up with snow.

My little horse must think it queer
To stop without a farmhouse near
Between the woods and frozen lake
The darkest evening of the year.

He gives his harness bells a shake
To ask if there is some mistake.
The only other sound's the sweep
Of easy wind and downy flake.

The woods are lovely, dark, and deep,
But I have promises to keep,
And miles to go before I sleep,
And miles to go before I sleep.

谁家的树林？我想我知道，
虽然他家在遥远的村郊；
他不会看到我待在这里
看他的树林为白雪笼罩。

我的小马定会觉得稀奇，
待在这渺无人烟的荒地，
在树林边上，结冰的湖旁，
在一年中最黑暗的夜里。

我的马摇晃颈上的铃铛，
问我是不是走错了地方。
微风扫落鹅毛般的雪片

是回答他的唯一的声响。

黑暗的深林真令人留恋，

但我有约会，有约会在先。

路还远着呢，在睡觉之前，

路还远着呢，在睡觉之前。（许渊冲译）

这首诗很容易使人联想起中唐诗人刘长卿的《逢雪宿芙蓉山主人》：

日暮苍山远，天寒白屋贫。

柴门闻犬吠，风雪夜归人。

1. **A Winter Scene**

   The daylight far is dawning across the purple hill.

   And white the houses of the poor with winter's breathing chill.

   The house dog's sudden barking, which hears the wicket go,

   Greets us at night returning through driving gale and snow.

   （W. J. B. Fletcher）

2. **Encountering a Snowstorm, I Stay with the Recluse of Mount Hibiscus**

   Dark hills distant in the setting sun,

   Thatched hut stark under wintry skies.

   A dog barks at the brushwood gate,

   As someone heads home this windy, snowy night. （Dell R. Hall）

3. **Seeking Shelter in Lotus Hill on a Snowy Night**

   At sunset hillside village still seems far;

   Cold and deserted the thatched cottages are.

   At wicket gate a dog is heard to bark;

   With wind and snow I come when night is dark. （X. Y. Z.）

两首诗的主题都是"风雪夜归人"，但是两位诗人的心态却不相同。中国诗人说的"日暮"，想的可能是自己已到垂暮之年；而"苍山"尚"远"，想到的可能是仕途坎坷，前路茫茫，归宿不过是"苍山""白屋""柴门"，因此心情和寒天一样凄凉，一片灰色。美国诗人写的是"一年中最黑暗的夜里"，但这"黑暗的深林"却"令人留恋"，虽然到达目的地的"路还远着呢"，但因为"有约在先"，这一线希望却使漫漫的黑夜呈现出一线光明。"柴门闻犬吠"写出了山村寂寥，"犬吠"似乎并不是友好的欢迎，而是农业社会封闭自守的吠声。美国诗人的小马"摇晃颈上的铃铛"，却打破了深林的沉寂，显示了马对主人的关怀，宣告了驰骋千里、前途无限的工业社会已经来临。"风雪夜归人"，一个"归"字，写出了中国诗人对家的眷恋，反映了中国文化中家庭观念的重要性。美国诗人"有约会在先"，和谁的约会呢？是树林的主人？还是树林外的情人？反正不是诗人的家人，这又反映了西方文化中淡薄的家庭观念和四海为家、独立自主的开拓精神。在英诗中，大自然和诗人的关系不但和谐，而且友好；"微风扫落雪片"，似乎也是自然对小马的善意回答。在唐诗中，大自然和诗人的心情显得很和谐，但是关系并不友好，反而像是对立的。这也反映了中国文化的消极面和西方文化的积极面。

西方文化的积极性甚至在翻译中也有表现。唐诗《逢雪宿芙蓉山主人》的三种英译文，第一种的译者是英国人，第二种的是美国人，第三种的是中国人。第一种英译把"日暮"改成"日出"，把"苍山"改成"紫山"，这就把唐诗中"暮色苍茫"的灰暗情调换成了朝霞满天的紫红色彩，也是把中国古代的文化翻成西方现代的文化了。"夜归人"译成"我们"，这又破坏了原诗的孤寂感；"犬吠"似乎也在欢迎"我们"胜利归来，这就把意气消沉的唐诗译成意气风发的英诗了。第二种美译比第一种英译更能体现西方文化的求真精神，只是最后一行的"归"字译成"归家"，和诗题《逢雪宿芙蓉山主人》有矛盾，破坏了原诗的飘零感。由此可见，英美译者往往自觉不自觉地按照西方文化的精神来解释中国文化。

中国文化的孤寂飘零感，不但表现在唐诗中，也表现在宋词里，如苏东坡的《卜算子》：

  缺月挂疏桐，漏断人初静。
  谁见幽人独往来？缥缈孤鸿影。

  惊起却回头，有恨无人省。
  拣尽寒枝不肯栖，寂寞沙洲冷。

1. Half-moon hangs on sparse wu-t'ung tree;
  The water clock stops, people settle down.
  Who sees the recluse passing by, all alone:
  A haunting shadow of a fugitive swan.

  Then, suddenly startled, it turns its head,

With a grief that no one can know.

   Looking over each wintry bough, it settles on none:

   The lonely sandbank's cold. (Eugene Eoyang)

2. From a sparse plane tree hangs the waning moon;

   The water clock is still and hushed is man.

   Who sees a hermit pacing up and down alone?

   Is it the shadow of a swan?

   Startled, he turns his head,

   With a grief none behold.

   Looking all over, he won't perch on branches dead

   But on lonely sandbank cold. (X. Y. Z.)

这首词中孤寂飘零的既是孤鸿，又是词人自己。第一种译文的译者是美籍华人，从中可以看出美国文化的科学精神；第二种的译者是中国人，从中可以看出中国文化的艺术传统。第一行的"缺月"译成"半边月"只是客观的形象；译成"残月"却包含了词人主观的感伤情绪。第二行的"漏断"译成"漏声停止"又是客观叙述；译为"漏声静了"却包含了词人的主观感觉。第三行的"往来"，第一种译成"有往无来"，削弱了下文"无枝可依"的飘零感。第四行承上启下，第二种译成问句，巧妙地使词人与孤鸿合而为一，体现了中国文化的艺术精神。下半首的主语，第一种译文是"它"，只指"孤鸿"；第二种是"他"，既可指鸿，又可指人。最重要的是最后两句，画龙点睛，说明词人和孤鸿一样寂寞漂泊，无枝可依，但是不肯随波逐流，还要保持自己的清高品格。中文是一种艺术的语言，非常精简，主语、介词、连词，都可省略，但是根据上下文又可以理解字中所无、句中所有的含义，因此非常适于表达这种亦人亦鸿的朦胧诗意。英文却是一种科学的语言，非常精确，主语、介词、连词，都不可或缺。简单说来，英文说一是一，说二是二；中文却可以说一是二，意在言外。美籍学者用科学的方法来译最后两句，结果看不出两句之间有什么关系；中国译者用艺术的方法来译，加上原文内容所有、形式所无的连词和介词，原诗言外之意才能和盘托出。从这两种不同的译文中，也可以看出中西文化的差异。

苏东坡的孤鸿很容易使人联想起雪莱的失伴鸟：

   A widow bird sate mourning for her love

>   Upon a wintry bough;
> The frozen wind crept on above,
>   The freezing stream below.
> There was no leaf upon the forest bare,
>   No flower upon the ground,
> And little motion in the air
>   Except the mill-wheel's sound.

有鸟伥离枯树颠,
　　哭丧其雄剧可怜;
上有冰天风入冻,
　　下有积雪之河川。
森林无叶徒权桠,
　　地上更无一朵花,
空中群动皆熄灭,
　　只闻呜咽有水车。(郭沫若译)

雪莱的诗比起苏词来,似乎是客观的抒情。两首诗都写了孤鸟、寒枝,都充满了诗人对鸟的同情。雪莱的同情是从外部注入的,他先把鸟拟人,然后将心比心,以诗人之心度鸟之心,于是发出了失伴的哀鸣,不过诗人和鸟并没有合而为一。苏东坡的同情却更发自内心,看不清到底是诗人在怜悯鸟,还是鸟在怜悯诗人,二者已经难解难分了,因此比雪莱更加主观。在雪莱诗中,寒风、水车似乎都在呜咽,衬托了孤鸟的悲哀;在苏词中,缺月疏桐,寒枝沙洲,都寂寞无言,却衬托出了诗人的清高。由此可见,中西文化是同中有异,异中有同的。

郭沫若是我国著名的诗人,他把这首诗译成七言古体,并且模仿李白《长相思》中的"上有青冥之高天,下有绿水之波澜",表现了译者的文化素质。但是雪莱原诗用语平易,诗行一长一短,更接近我国的词体;郭译用词古奥,长短一律,读来更像前面徐忠杰译的《扬州慢》,而不如范守义译的乔诗。由此可见,把外国文化归化为本国文化,也有一个"度"的问题,过犹不及。有人说:诗的译者一定要是诗人。我没有读过范守义写的诗,他的知名度自然远远不如郭沫若;但是如以译诗而论,我却认为他是胜过了诗人郭沫若的。

雪莱更是世界闻名的诗人,他认为诗是不可译的;但在济慈去世时,他却把柏拉图的诗从希腊文译成英文:

> Thou wert the morning star among the living,
>   Ere thy fair light had fled—
> Now, having died, thou art as Hesperus, giving
>   New splendor to the dead.

> 明丽的光辉消逝以前,
>   你是人间的启明,
> 死了,给死者新的光,
>   你似夜空的长庚。(江枫译)

雪莱的译诗实践否定了他的翻译理论。这四行诗有韵有调,不但使人"知之",而且"好之",甚至"乐之",使希腊诗化成了英诗,使希腊文化和英国文化融合成为西方文化。而江枫的译文没有说清"明丽的光辉"是启明星清晨发出的光辉,没有反映西方文化的科学精神,而是代之以中国文化的朦胧艺术手法,结果不能使英诗归化为中诗。

雪莱哀悼济慈的挽诗,很容易使人联想起唐代诗人崔珏的《哭李商隐》:

> 虚负凌云万丈才,
> 一生襟抱未曾开。
> 鸟啼花落人何在?
> 竹死桐枯凤不来。
> 良马足因无主踠,
> 旧交心为绝弦哀。
> 九泉莫叹三光隔,
> 又送文星入夜台。

> In vain you could have soared up to the azure sky,
> Before you could fulfil your ambition you die.
> The birds bewail with fallen flowers: "Where are you?"
> The phoenix won't alight on dead tree or bamboo.
> A horse'd be crippled if not trained by riders good;
> The lutist broke his lute for one who understood.
> In nether world not sun or moon or stars in sight,
> But you're the brightest star in the eternal night. (X. Y. Z.)

《哭李商隐》的最后一句,和雪莱的挽诗真有异曲同工之妙,这不说明千古诗人一样爱才吗?崔珏诗中有"凤栖梧""伯牙碎琴"等文化典故,雪莱的译诗和《阿多尼》中，引用的神话传说更多。可见诗和翻译，都"超出了个人的经验与感觉，而可以代表文化"。文化中的典故最难翻译，如果直译，即使能够存真，也往往不能存美；如果意译，即使能够存美，又往往难免失真。存真的译文可以使读者"知之"，存美的译文可以使读者"好之"，只有既不失真又能存美的译文才能使人"乐之"。孔子说过："知之者不如好之者，好之者不如乐之者。"所以诗词翻译应该在尽可能少失真的前提下，尽可能多保存原诗的美。存真的翻译可以介绍外国的文化，存美的翻译才能使外国文化归化为本国文化。介绍外国文化的目的似乎不是为介绍而介绍，应该是为了提高本国文化，而归化正是提高的结果。外国文化无论多好，如果不能为本国文化所吸收，也是不能提高本国文化的。归化一般说来是指进化，但有时退化也可能是进化，例如人的尾巴退化了，人不是因此而进化了吗？典故也是一样，有时也可以退为进的，例如雪莱在译诗中把"启明星"浅化为"晨星"，不是既不失真，又能存美吗？其实，"文化"二字本身就包含了由野蛮进化为文明，由低级向高级转化的意思。最高级的文化并不一定是最高深的，而是最美的文化。

（原载《北京大学学报》1990 年第 5 期）

译 诗 六 论

（1）译者一也：翻译是译文和原文矛盾的统一（理想）；（2）译者依也：文学翻译要依其精而异其粗（常道）；（3）译者异也：文学翻译可以创新立异（变道）；（4）译者易也：翻译要换易语言形式（方法论）；（5）译者艺也：文学翻译是艺术，不是科学（认识论）；（6）译者怡也：文学翻译要能怡性悦情（目的论）。

一、译者一也（Identification）

译者易也。古人说过："译即易，谓换易言语使相解也。"（见《翻译论集》第1页）在我看来，也可以说译者一也，因为翻译要使两种语言统一，要在多中求一。

统一有不同的层次：在词汇和词组的层次上统一比较容易，在句子的层次上统一就要难些，在段落或全文或全诗的层次上统一，那就更难了。

例如雪莱的诗 *Ode to the West Wind*，有郭沫若、卞之琳、查良铮、王佐良、江枫、俞家钲、丰华瞻七人的译文。除郭译是《西风歌》之外，其余六人都译为《西风颂》。可见"the West Wind"和"西风"完全统一，"Ode"和"颂"统一的程度就不如"西风"高。这就是说，在词汇层次上的统一，也有高低不同。

在句子层次上的统一，可以比较《西风颂》最后一句的七种译文：

O, wind,

If Winter comes, can Spring be far behind?

1. 严冬如来时，哦，西风哟，

阳春宁尚迢遥？（郭译）

2. 风啊，你看，
   冬天要来了，春天难道会太远？（卞译）

3. 要是冬天
   已经来了，西风呵，春日怎能遥远？（查译）

4. 呵，西风，
   如果冬天已到，难道春天还用久等？（王译）

5. 哦，风啊，
   如果冬天来了，春天还会远吗？（江译）

6. 啊，西风，冬天来了，春天还会远吗？（俞译）

7. （请你把我的诗篇，散播在普天之下，
   像从未灭的火炉，吹出热灰和火花！
   请把我的醒世预言，传播到地角天涯！）
   哦，西风啊，冬天来了，春天还会远吗？（丰译）

七种译文都用了"风""冬""春"三个名词，可见这三个字和原文的统一程度最高。六种译文用了"来"这个动词，五种译文用了"远"这个形容词，这是统一程度较高的字。从句子的层次上来看，七种译文都是和原文统一的。但是哪一种译文的统一程度最高？是不是统一的词汇用得越多，句子也就越和原文统一？这要具体分析。例如卞译加了"你看"二字，在词汇的层次上这不统一；但从全句来看，"看"字和"远"字押韵，这和原诗用的韵倒是统一的。又如俞译、丰译只说"冬天来了"，没译"如"字，在词汇的层次上也不统一；但从全句来看，"如"字不译反更合乎汉语习惯。由此可见，词汇统一度高并不等于句子的统一度也高。

原诗用韵是 ABA, BCB, CDC, DED, EE。郭译用韵没有规律，有时不用。卞译第五段的韵脚是："林成音，声做神，合生播，纷间唇，看远"，和原韵的统一度很高。查译第五段的韵脚是："林系音，意我一，落命歌，星散唇，天远"，和原韵的统一度也高，略低于卞译。王译的韵脚是："般妨烂，响头芒，宙发咒，花中叭，风等"，统一度又略低于查译。江译的韵脚是："琴谢情，乐灵你，宙命咒，星家境，啊吗"，统一度又低于王译。俞译加了三行，韵脚是："琴林零，情音馨，哟灵一，地新力，境星角，吧吗"。丰译减了两行，韵脚是："样妨，声音，魂身，上长，下花，涯吗"。俞、丰用韵的统一度似乎更低，但都高于郭译。在段落的层次上，卞译用韵的统一度最高，郭译最低。是不是统一度越高的译文就越

好呢？这还要在全诗或全文的层次上来研究。

再举两个例子，也许更能说明问题。先看彭斯（Robert Burns）的《不管那一套》（A Man's a Man for A'That）的第一段和两种译文：

> Is there, for honest poverty,
> That hings his head, an' a' that?
> The coward slave, we pass him by,
> We dare be poor for a' that!
>   For a' that, an' a' that,
>   Our toils obscure, an' a' that,
> The rank is but the guinea's stamp,
>   The man's the gowd for a' that.

1. 有没有人，为了正大光明的贫穷
 而垂头丧气，挺不起腰——
这种怯懦的奴才，我们不齿他！
 我们敢于贫穷，不管他们那一套，
  管他们这一套那一套，
   什么低贱的劳动那一套，
 官衔只是金币上的花纹，
  人才是真金，不管他们那一套！（王佐良译）

2. 穷只要穷得正直，有啥不光彩？
 干吗抬不起头来，这是为什么？
对这号软骨头，咱们不理睬，
 咱们人穷腰杆直，不管怎么说！
  不管他这么说，那么说，
   说咱们干的是下贱活；
 等级不过是金洋上刻的印，
  人，才是真金，不管他怎么说。（飞白译）

两种译文和原文的统一程度都高，第一种译文用词更文雅，第二种更口语化，还押了韵。因为原诗是民歌体，从风格的层次上来看，可以说第二种的统一度高于第一种。

再看拜伦（Byron）的短诗《我们已经不再有游兴》（So, We'll Go No More a Roving）和两种译文：

> So, we'll go no more a roving

So late into the night,
Though the heart be still as loving,
　　And the moon be still as bright.

For the sword outwears its sheath.
　　And the soul wears out the breast,
And the heart must pause to breathe,
　　And love itself have rest.

Though the night was made for loving,
　　And the day returns too soon.
Yet we'll go no more a roving
　　By the night of the moon.

1. 我们将不再徘徊
　　　在那迟迟的深夜,
　尽管心儿照样爱,
　　　月光也照样皎洁。

　利剑把剑鞘磨穿,
　　　灵魂也磨损胸臆;
　心儿太累,要稍喘;
　　　爱情也需要歇息。

　黑夜原是为了爱,
　　　白昼转眼就回还,
　但我们不再徘徊,
　　　沐着那月光一片。(杨德豫译)

2. 我们已经不再有游兴
　　　去欣赏良宵美景,
　虽然心里还溢出爱情,
　　　月亮还溢出光明。

　因为利剑会磨损剑鞘,

> 灵魂会折磨肉体，
> 心不能永远激烈地跳，
> 爱情也需要休息。
>
> 虽然情人爱良宵美景，
> 但白天来得太快，
> 我们已经不再有游兴，
> 在月下谈情说爱。（许渊冲译）

原诗每行大致七个音节，第一种译文每行七个字，形似的统一度很高。原诗隔行押韵，两种译文也是一样，音似的统一度都高。至于意似的统一度，第一种译文在词汇的层次上比较高，但在全诗的层次上，"徘徊"不如"游兴"，"回还"不如"快来"；"胸臆""稍喘""沐着"显得太文，和全诗的风格不够协调。因此，总的说来，第一种译文和原诗的统一度不如第二种高。

现在，比较一下《西风颂》的七种译文，以音似和形似的统一度而论，都要算卞译最高；但意似却不如丰译。我在英语系研究生班做过调查，多数学生认为丰译在全诗的层次上最高。所以前面抄了四行丰译，以便比较。

比全诗层次更高的，是在文化层次上的统一。但是中英文化传统不同，要在同中见异，异中求同，更不容易做到，那就不是译者一也，而是译者异也。但是异不能脱离原文的依据，所以又可以说译者依也。艺术的最高境界是从心所欲而不逾矩。从心所欲是"异"，矩就是"依"。

二、译者艺也（Re-creation）

翻译不能"逾矩"，而"矩"就是规律，所以有人说翻译是科学。但译文和原文不可能没有"异"，而"异"就是创新，所以翻译与其说是科学，不如说是艺术。简单说来，就是译者艺也。前面举《西风颂》为例，卞译加了"你看"二字，丰译的"普天之下""醒世预言""地角天涯"，都可以说是从心所欲而不逾矩的典型。英文是比较科学的文字，说一是一，说二是二，比较精确，但是译成中文的时候，并不可能完全统一。而中文是比较艺术的文字，往往说一是二，说东指西，比较模糊，译成英文的时候，那就更难统一，更需要译者创新，更需要翻译的艺术了。

关于中文的多义性，袁行霈在《中国诗歌艺术研究》中提出了两个新的概念：宣示义和启示义。"宣示义，一是一，二是二，没有半点含糊；启示义，诗人自己未必十分明确，读者的理解未必完全相同，允许有一定范围的差异。""一首诗艺术上的优劣，在一定程度上取决于启示义的有无。一个读者欣赏水平的高低，在一定程度上也取决于对启示义的体会能力。关于中国古典诗歌的启示义，我大致分为以下五类：双关义、情韵义、象征义、深层义、言外义。"在我看来，英诗的宣示义比较丰富，例如前面举的英文例子，基本都是说一是一，说二是二，没有半点含糊。即使是说一指二，如"冬天来了，春天还会远吗？"既有宣示义"冬去春来"，也有启示义"苦尽甘来"，但诗人自己是明确的，读者的理解也基本相同，差异不大。而中诗却是启示义比较丰富，读者的理解也不一致，所以说是诗无达诂。既然理解都有差异，翻译如何能统一呢？那时恐怕不是译者一也，而是译者异也。

启示义可以分五类，第一类就是双关。双关义可以借助同音词造成，例如李商隐《无题》第三句："春蚕到死丝方尽"，"丝"和"思"同音，双关义是：情人相思到死方休。双关义在诗的多义性里是最简单的一种，但是翻译却最困难。这句诗有四种译文：

1. The silkworms of spring will weave until they die, (Bynner)
2. Spring's silkworms wind till death their heart's threads; (Graham)
3. The silkworm dies in spring when her thread is spun; (Herdan)
4. Spring silkworm till its death spins silk from lovesick heart; (X. Y. Z.)

第一种和第三种译文都只译了宣示义，没有译启示义；第二种译文加了个heart，有点启示的意思，但算不上双关；第四种既译了"丝"，又译了"思"，而且"相思"中的"sick"和"silk"不但音似，而且形似，可以说是有点双关的意思了。这就是译者艺也。

不但字音，有时字形也可以造成双关义。如吴文英的"何处合成愁？离人心上秋"既可以说是"心"上加个"秋"字就合成"愁"字，也可以说是秋天心上思念离人而发愁了。如果译成：

  Where comes sorrow? Autumn on the heart
  Of those who part.

那就没有译出双关义来，可见字形双关比字音双关还难翻译。是不是一点也不能翻译呢？钱歌川在《翻译漫谈》第74页上说："拆字为汉文特有的玩意，绝不可能翻译，下联实其代表作：

人曾为僧，人弗可以成佛。

女卑是婢，女又何妨成奴。

如照字面译为：

The man who has been a monk cannot become a Buddha.

The girl who is a bond maid may be called a slave.

则汉文的妙处完全丧失，因人曾合为僧字，人弗合为佛字，女卑合为婢字，女又合为奴字，英文都无法译出。"在我看来，应该说是汉文的妙处无法完全译出，但并不是一点也不能曲尽其妙的。如把这副对联的译文改成：

A Buddhist cannot bud into a Buddha.

A maiden may be made a house maid.

那么，bud 和 Buddhist, Buddha 前半形似，maid 和 made, maiden 前半音似，也就算差强人意了。

双关义不但可以借助同音词或字形造成，还可以借助多义词。例如《古诗十九首》之一中的"相去日已远，衣带日已缓"，其中的"远"字，就既可能表示空间距离之长，也可能表示时间距离之久。更妙的是，据叶嘉莹在《迦陵论诗丛稿》第 24 页上说，这首诗每句都可以作两种不同的解释：诗中的说话人可以是远行人，也可以是送行人；可以是男方，也可以是女方。"行行重行行"写的是离别的动态，对远行人和送行人都可以说。"与君生别离"的"君"字，既可以指远行的男方，也可以指送行的女方。"相去万余里，各在天一涯。道路阻且长，会面安可知？"这四句一句比一句遥远，一句比一句更绝望，无论远行人或送行人都是有这种哀伤之情的。"胡马依北风，越鸟巢南枝"，既可以指远行人对家乡的怀念，也可以是女方对男方不恋家的怨言，还可以是写双方一南一北，相隔万里，不得团聚的悲哀。"相去日已远，衣带日已缓"两句更进一步，说双方不但空间上相隔万里，在时间上也相会无期，因此，这既可以是写男方的一往情深，也可以是写女方的缠绵柔情。"浮云蔽白日，游子不顾返"两句还进一步，说双方不但是时空阻隔，感情上也发生了隔阂。从男方来说，"不顾返"可以理解为环境逼得自己做出违心的事；从女方来说，却是游子负心了。"思君令人老，岁月忽已晚"两句，可以理解为男方违心是不得已，真心还是思念女方的；自然更可理解为女方思念男方。"弃捐勿复道"，可以理解为女方被抛弃的事不必再提了，也可以把"弃捐"理解为"丢开一边"。最后一句"努力加餐饭"，有人说是劝对方加餐；有人说是女方劝自己，因为在"思君令人老"和"岁月忽已晚"的情况下，如果不愿放弃重聚的希望，那就只有"努力加餐饭"了。两种解释哪一种更好呢？看看翻译能否帮助解决问题。

> You travel on and on.
> Leaving me all alone.
> Away ten thousand li,
> You're at the end of the sea.
> Severed by a long way,
> Oh! can we meet some day?
> Northern steeds love the breeze
> And southern birds the trees.
> The farther you're away;
> The thinner I'm each day.
> The cloud has veiled the sun;
> You won't come back, dear one.
> Missing you makes me old;
> Soon comes the winter cold.
> Alas! of me you're quit.
> I hope you will keep fit.
> (I will try to keep fit.)

如果把译文中的"我"改成"你"，"你"改成"我"，就可以看出诗中说话人是男方还是女方更好。朱自清在《古诗十九首释》中说过："像本诗这种缠绵的口气，大概是居者思念行者之作。本诗主人大概是个'思妇'。"由此可见，理解有助于翻译，翻译也可以有助于理解异中求同，多中求一。

三、译者异也（Innovation）

前面谈到：中文是比较艺术的文字，往往说一是二，说东指西，比较模糊，译成英文的时候，很难做到高度统一，需要译者创新，而创新就难免标新立异，所以又可以说译者异也。

袁行霈在《中国诗歌艺术研究》第 9 页上说："中国古典诗歌的语言，经过无数诗人的提炼、加工和创造，拥有众多的诗意盎然的词语。这些词语除了本身原来的意义之外，还带着使之诗化的各种感情和韵味。这种种感情和韵味,我称之为情韵义。情韵义是对宣示义的修饰。词语的情韵是由于这些词语在诗中多次运用而附着上去的。凡是熟悉古典诗歌的读者,一见到这类词语,就会联想起一连串有关的诗句。这些诗句连同它们各自的感情和韵味一起浮现出来,使词语的意义变得丰富起来。"翻译这种情韵义的时候,就需要创新立异的艺术。

例如温庭筠的《望江南》:"梳洗罢,独倚望江楼。过尽千帆皆不是,斜晖脉脉水悠悠,肠断白苹洲。"如果把"梳洗"改成"梳头","望江"改成"望河","千帆"改成"千船",或把"脉脉""悠悠"改掉,那这首词的情韵义就丧失殆尽了。例如"楼"字,很容易使人联想起王之涣的"欲穷千里目,更上一层楼"和李白的"故人西辞黄鹤楼,烟花三月下扬州"等诗句的情韵,如果简单译成 storey 或 floor,那就像把"望江楼"改成"看河楼"一样,诗味损失大半了。而要保存原诗情趣,可把"梳洗罢,独倚望江楼"译成:

> After dressing my hair,
> Alone I climb the stair.
> On the railings I lean
> To view the river scene.

把"楼"译为"stair"本来太俗,这里因为和"hair"押韵,增加了一点诗意。把"望江"和"楼"分开,说是上楼倚栏去观江景,这又是标新立异了。下面"斜晖脉脉水悠悠"一句最难翻译,因为"脉脉""悠悠"这两对叠字意思比较模糊,不容易掌握得恰到好处。"脉脉"常和"含情"同用,"悠悠"既可以指时间的"悠久",又可以指空间的"悠长",还可以指人的"悠闲",并且可以使人联想起白居易《长相思》中的"思悠悠,恨悠悠"。因此,两个"悠"字加起来并不是一加一等于二,而是一加一等于三或四。这句诗有六种译文:

1. The slanting sun
   Reddens the waters many a mile: (John Turner)

2. Calmly shone the setting sun and the water ceaselessly flew on.
   (Chu Dagao)

3. She stares and stares at the slanting sunshine, the water flowing far away. (Burton Watson)

4. The slanting sunrays cast a lingering glow:
   The broad river in its continuous flow; (Xu Zhongjie)

5. O how tender the sun's parting look, how melancholy the stream's languid flow! (Weng Xianliang)
6. The slanting sun sheds sympathetic ray;
The carefree river carries it away. (X. Y. Z.)

六种译文都可以用来说明译者异也。第一种译文说：斜阳把万里流水都染红了。把"脉脉"具体化为"染红"，把"悠悠"具体化为"万里"，画出了长江落日的客观景象，但没有写出诗中人的主观感情，这自然和原文有"异"了。第二种译文说：落日静静地照着，江水不断地流着。用"静静"译"脉脉"，似乎带有感情色彩，其实却是"道是有情却无情"。用"不断"译"悠悠"，可能不但表示时间"悠久"，而且表示空间"悠长"，似乎比"万里"进了一步，但是还没进入诗中人的内心世界。第三种译文开门见山，直说诗中人凝视着、凝视着西斜的阳光，不断流向远方的江水。表面上看来，似乎进入了内心世界；但原文是借景写情，借物写人，译文却是直写其人，直抒其情，化委婉为直率，化曲线为直线，风格未免太不同了。第四种译文说：斜阳投下了依依不舍的光辉，宽阔的河在不断地流着。用"依依不舍"来译"脉脉"，可以说是用不同的词汇，表达了相同的感情，朝统一的方向，迈进了一大步；可惜"悠悠"的译法却不能和"脉脉"相提并论。第五种译文说：太阳临别的目光多么温柔，没精打采的流水多么忧郁！这样就把"思悠悠、恨悠悠"的心情也表达出来了。第六种译文更进一步，说是斜阳洒下了温情脉脉的光辉，无忧无虑的江水却把相思之情带走，并且一去不复返了。还有"carefree"和"carry"既是双声，又有叠韵，用来翻译叠字，似乎和原文更接近统一了，但翻译的方法还是创新立异，所以说是译者异也。

有时若不创新立异，诗就无法翻译。例如唐朝雍陶送客到城外"情尽桥"，问起桥名的来由，回答是："送迎之地止此。"雍陶听了不以为然，就在桥柱上题了"折柳桥"三个字，并且写下了一首诗："从来只有情难尽，何事名为情尽桥？自此改名为折柳，任他离恨一条条。"古人折柳告别，所以折柳又是离恨的象征。这种中国独有、西方所无的文化传统，如何能够译成简练的英文，又能为英文读者所理解呢？那就只好创新立异了。

Why should this bridge be called "Love's End".
Since love without an end will last?
Plant willow trees for parting friend,
Your longing for him will stand fast.

"情尽"原来是指友情,译文改成爱情,其异一也。桥名改为"折柳",译文相反,说成是植柳,其异二也。原诗是说"离恨",译文却说相思,其异三也。原诗"条条"柳枝,译文成了棵棵柳树,其异四也。这首译诗可以算是创新立异的典型。

翻译的诗越古,可能越需要创新立异。例如《诗经·周颂》中有一篇《酌》,是三千年前周成王歌颂周武王伐纣灭商的舞乐。这篇诗名"酌"字到底是什么意思?谁也不能确定。如要翻译,就非创新不可。全诗如下:"於铄王师,遵养时晦。时纯熙矣,是用大介。我龙受之,蹻蹻王之造。载用有嗣,实维尔公允师。"这首诗的解释又是同中有异。《诗经全译》的语体译文是:"啊!真英武,武王的进攻,帅兵讨伐那昏君。顿时光明照天空,成大事呀立大功。我周家应天顺人有天下,威风凛凛兴一番事业呀。一代一代的相传下,武王秉公心,不虚假,大众信服他。"《诗经楚辞鉴赏辞典》中的译文是:"呵,光荣的王师!率领你们消灭了殷商。顿时天下重见光明,从此上天永垂吉祥。我顺承天意继承帝业,赫赫的功勋归武王,大周帝业后继有人,先公永远是榜样。"两种译文只有二、三、五句大意相同,一、四、六、七、八句都异。译成英文何去何从呢?这就要选择了,还要参考其他注释创新。

The Martial King

The royal army brave and bright

Was led by King Wu in dark days

To o'erthrow Shang and bring back light.

And establish the Zhou House's sway.

Favored by Heaven, I

Succeed the Martial King.

I'll follow him as nigh

As summer follows spring.

诗题《酌》译成"武王",其异一也。"武王"二字有时译音,有时译意,其异二也。最后一句译成周成王继承其父功业,如夏继春,其异三也。还有其他大同小异之处,就不一一列举了。

译中国诗以创新立异而著名的,可能要算美国意象派诗人庞德(Ezra Pound)。他翻译了汉武帝刘彻(前156—前87)的《落叶哀蝉曲》,原诗和译文如下:"罗袂兮无声,玉墀兮尘生。虚房冷而寂寞,落叶依于重扃。望彼美之女兮安得?感余心之未宁。"

> The rustling of the silk is discontinued,
> Dust drifts over the courtyard.
> There is no sound of foot-fall and the leaves
> Scurry into heaps and lie still,
> And she the rejoicer of the heart is beneath them:
> A wet leaf that clings to the threshold.

译文把汉武帝的亡妃比作门前依依不舍的湿树叶，这是他的创新，有人认为译文胜过原作。

不但中诗英译，有时英诗中译也要创新立异，才能传达原诗情韵，如下面一首思乡诗：

> Four ducks on a pond,
> A grass-bank beyond,
> A blue sky of spring,
> White clouds on the wing;
> What a little thing
> To remember for years—
> To remember with tears!

最后两行可以译成：相思情绵绵，相思泪涟涟。如果不用这种原文所无、译文特有的叠字，恐怕是很难表达原诗思乡之情的，所以说译者异也。

四、译者依也（Imitation）

前面说过：译者异也，但是异不能脱离原文的依据，所以又可以说译者依也。从反面说，"异"就是译文脱离原文的程度；从正面说，"依"就是接近原文的程度。如果两者之间没有距离，那就是统一了。前面举了几个译例，距离原文远近不同，"楼"字几种译法距离原文较近，"脉脉""悠悠"的译文稍远，"情尽""折柳""如夏继春"更远，"人曾为僧""女又是奴"还要远些，而以"感余心之未宁"的译文距离最远，几乎可以说是达到了翻译的上限，脱离了原文的依据，成为译者的创作了。广义地说，创作也是一种翻译，不过不是把一种文字译成另一种文字，而是把思想译成文字。庞德翻译的《落叶哀蝉曲》虽然缺少文字上的依据，但和原作思想上还是有联系的，所以可算在翻译范围之内。如果思想上也没有依据，那就成了误译。所以说译者依也，就是说译文可以和原文有"异"，但是不得有误。

《外国语》1984年第9期第10页上说："庞德译的李白《长干行》，就作为创作经常被选入近代英美诗选……效果却是意想不到地那么好。"《等效翻译探索》第28页上说："他译的《长干行》曾被评论家赞为20世纪美国最美的诗篇。"现在摘录《长干行》四句和两种译文如下："十六君远行，瞿塘滟滪堆。五月不可触，猿声天上哀。"

1. At sixteen you departed,
   You went into far ku-to-yen, by the river of swirling eddies,
   And you have been gone five months,
   The monkeys make sorrowful noise overhead. (Ezra Pound)

2. I was sixteen when you went away,
   Passing Three Canyons studded with rocks gray,
   Where ships were wrecked when spring flood ran high,
   Where gibbons' wails seemed coming from the sky. (X. Y. Z.)

原诗说女方16岁时男方远行，庞德的译文说成男方16岁时远行；原诗说五月份船容易触礁，庞德说是男方走了五个月。这种译文和原文在思想上也没有联系，所以只能算是创作，不是翻译。作为创作，原诗写触礁沉船，是一般人共有的悲哀；译诗写生离死别，却是个别人特有的悲哀，更容易感动美国的读者，所以成了"20世纪美国最美的诗篇"。作为翻译作品，庞德的《落叶哀蝉曲》如果还可以算是"从心所欲，不逾矩"的话，他的《长干行》却是随心所欲而逾矩了。这两首译诗可以看作翻译的一种分界线：前者还以原诗的思想为依据，后者却脱离了原诗的依据。所谓译者依也，就是要尽量缩小译文和原文思想上的距离。这话看来似乎简单，但是在实践中还是问题不少。所以我要提出"译者依也"和"译者异也"的理论来，这就是说：依者依其精也；异者异其粗也。

袁行霈在《中国诗歌艺术研究》第13页上谈到"象征义"时说："象征义和宣示义之间的关系是指代与被指代的关系，宣示义在这时往往只起指代作用，象征义才是主旨之所在。"用我的话来说，象征义是精，宣示义是粗；翻译的时候，需要"依"据原文的象征义，却可以有"异"于原文的宣示义。例如杜鹃在中国象征悲哀，在英国却象征快乐，如果只"依"据宣示义，就有"异"于象征义了。李商隐的"望帝春心托杜鹃"有两种译文：

1. Emperor Wang consigned his amorous heart in spring to the cuckoo.

(James J. Y. Liu)

2. Amorous heart poured out in cuckoo's cry. （X. Y. Z.）

第一种译文把宣示义和盘托出，说望帝在春天把他的爱恋之心都托付给杜鹃了；但是没有译出原诗的象征义，使英美读者不知道望帝的悲哀，反而误以为望帝的恋爱是快乐的。第二种译文认为"望帝"是宣示义，象征诗人自己，所以可以不译；"春心"就指爱恋之心，"春"也是宣示义，可以不译；"杜鹃"象征悲哀，所以译成杜鹃的悲啼，既译了宣示义，又译了象征义。全句说是一颗爱恋之心倾吐在杜鹃的悲啼声中。从字面形式上看，第二种译文比第一种距离原文更远，但从思想内容来看，第二种却近得多，这就是得其精而忘其粗，依其精而异其粗的译法。

至于原文的"历史色彩"，或者不如说是历史文化传统，我看倒是应该尽可能保存的。例如《诗经·召南》有一篇《小星》："嘒彼小星，三五在东。肃肃宵征，夙夜在公。寔命不同。嘒彼小星，维参与昴。肃肃宵征，抱衾与裯。寔命不犹。"《诗序》中说："《小星》，惠及下也。夫人无妒忌之行，惠及贱妾，进御于君，知其命有贵贱，能尽其心矣。"不管这种小妾"进御于君"的说法是不是作诗的本意，两千多年以来，"小星"这个名词已经是"小妾"的象征，已经成为历史文化传统的一部分了。胡适在《谈谈诗经》一文中甚至说："嘒彼小星是写妓女生活的最古记载。我们试看《老残游记》，可见黄河流域的妓女送铺盖上店陪客人的情形。再看原文，我们看她抱衾裯以宵征，就可知道她为的何事了。"但是余冠英的译文却不同："小小星儿闪着微微亮，三颗五颗出现在东方。急急忙忙半夜来赶路，为了官家早忙晚也忙。人人有命人人不一样！//小小星儿闪着微微亮，旎头星儿挨在参星旁。急急忙忙半夜来赶路，被子帐子都得自己扛。人人有命人人比我强！"这个译文就和传统的解释不同了。我看不妨把"赶路"改成"陪寝"或"荐枕席"，把"官家"改为"官人"，只改三个字，就和历史文化传统一致了。所以我把全诗英译如下：

    The starlets shed weak light,
    Three or five o'er east gate.
    Having passed with my lord the night.
    I hurry back lest I'd be late;
    Such is a concubine's fate!

    The starlets shed weak light
    With the Pleiades o'erhead.

Having passed with my lord the night.
I hurry back with sheets of bed.
What else can I do instead?

我觉得这个英译文不但译了《小星》的宣示义,而且译出了"小星"的象征义。这样可以算是"依"其精而"异"其粗的译法。

我国有历史悠久的文化传统,译成英文时要尽可能保存。西方也有丰富的传统文化,译成中文时也要尽可能再现。例如布莱克(W. Blake)写了一首《向日葵》,第五行的原文和三种译文是:

Where the Youth pined away with desire,

1. 那儿,少年因渴望而憔悴早殇,(飞白译)
2. 那里害相思病而死的少年郎,(宋雪亭译)
3. 怀着欲望而憔悴的钟情少年,(张德明译)

《世界名诗鉴赏辞典》第 123 页上说:诗中"少年"的原型是那喀索斯。这位古希腊美少年因拒绝回声女神的求爱而遭到爱神的惩罚。他在泉水中看到自己的倒影而爱上了它,最后怀着不能实现的爱而"憔悴早殇"。他死后变成了一朵洁白的水仙花。这个神话故事是西方传统文化的一部分,但是三种译文都只依据原文的宣示义,译成"渴望而憔悴早殇""害相思病而死""怀着欲望而憔悴",没有再现原诗的文化内容。其实,如果译成"顾影自怜消磨了他的青春",那才可以算是"依"其精的译法,那才是译者依也。

五、译者怡也(Recreation)

译者怡也,换句话说,翻译应该怡性悦情,使人得到乐趣。前面提到:"一首诗艺术上的优劣,在一定程度上取决于启示义的有无。"那么,一首译诗给人带来的乐趣,在一定程度上也取决于启示义译得如何了。启示义可分五类,已经谈了双关义、情韵义、象征义,现在谈谈深层义和言外义。

深层义隐藏在字句的表面意义之下,有时可以一层一层地剖析出来。如欧阳修《蝶恋花》的最后两句:"泪眼问花花不语,乱红飞过秋千去。"《古今词论》引毛先舒云:"因花而有泪,此一层意也;因泪而问花,此一层意也;花竟不语,此一层意也;不但不语,且又乱落,飞过秋千,此一层意也。人愈伤心,花愈恼人,语愈浅而意愈入,又绝无刻画费力之迹。

谓非层深而浑成耶？"欧词语浅意深，内容形式是统一的，所以译文只要能和原文尽量统一，也许可以或多或少做到"译者怡也"。现将欧词下半阕和英译文抄录如后："雨横风狂三月暮，门掩黄昏，无计留春住。泪眼问花花不语，乱红飞过秋千去。"

  The third moon now, the wind and rain are raging late;
    At dusk I bar the gate,
    But I can't bar in spring.
  My tearful eyes ask flowers, but they fail to bring
    An answer; I see red blossoms fly o'er the swing.

  深层义在以下两类诗里比较丰富：第一类是感情深沉迂回，含蓄不露的。如杜甫的《江南逢李龟年》："岐王宅里寻常见，崔九堂前几度闻。正是江南好风景，落花时节又逢君。"从字面上看，"落花时节"是点明与李龟年相逢的时令，但李龟年当初是红极一时的乐师，如今他流落江南，是他的"落花时节"，这是第二层意思。"落花时节"又暗指（杜甫）自己不幸的身世，这是第三层意思。此外还有更深的意义，对于唐王朝来说，经过一场"安史之乱"，盛世的繁荣已经破坏殆尽，也好像是"落花时节"。杜诗感情深沉而又含蓄不露，这就是说内容大于形式（词语），译文即使和原文表层形式统一了，也不能传达原诗的深层内容。所以译时只能以原诗为依据，而且"译者怡也"的程度也不高。现将两种英译抄录如下：

1. **Meeting Li Kuei-Nien in Chiang-Nan**

  I often saw you in the mansion of Prince Ch'i,
  And many times I heard you play in the hall of Ts'ui the ninth.
  Just now in Chiang-nan, the scene is so lovely,
  But the flowers are falling now that I meet you again.

              （Innes Herdan）

2. **Coming Across a Disfavored Court Musician**

  How oft in princely mansions did we meet!
    As oft in lordly halls I heard you sing.
  The South with flowers is no longer sweet;
    We chance to meet again in parting spring. （X. Y. Z.）

第一种译文是根据"译者一也"的思想翻译的。"李龟年""岐王""崔九""江南"，都用了音译的方法，有没有保存原诗的民族色彩、历史色彩呢？第二种译文是根据"译者依也"的思想翻译的。"李龟年"译成"失宠的宫廷乐师","岐王宅"只"依"其精而译成"王公宅第","崔九堂"也只"依"其精而译成"大臣府邸","江南"则只译成"南方"。哪种译文带给读者的信息和乐趣更多？哪种译文"译者怡也"的程度更高呢？

又如杜牧的《秋夕》："银烛秋光冷画屏，轻罗小扇扑流萤。天阶夜色凉如水，卧看牵牛织女星。"袁行霈说："这首诗写一个失意宫女的孤独生活和凄凉心情。……第一，……在宫女居住的庭院里竟然有流萤飞动，宫女生活的凄凉也就可想而知了。第二，从宫女扑萤可以想见她的寂寞与无聊。……第三，……从这把秋扇可以联想到持扇宫女被遗弃的命运。……牵牛织女的故事触动她的心，使她想起自己不幸的身世，……这首诗没有一句抒情的话，但宫女那种哀怨与期望交织的复杂感情蕴含在深层，很耐人寻味。"牛郎织女是中国的故事，不能触动西方读者的心，这时译者就要创新立异，使读者知道宫女的哀怨。也就是说，要根据"译者异也"的思想来翻译，才能得到一点"译者怡也"的效果：

  The painted screen is chilled in silver candlelight;
    She uses silken fan to catch passing fireflies.
  The steps seem steeped in water when cold grows the night;
    She lies watching heart-broken stars shed tears in the skies.

第二类深层义是在自然景物的描写中寄寓了深意的。如柳宗元《江雪》："千山鸟飞绝，万径人踪灭。孤舟蓑笠翁，独钓寒江雪。"在这渔翁身上，诗人寄托了他理想的人格。这渔翁对周围的变化毫不在意，鸟飞绝，人踪灭，大雪铺天盖地，这一切对他没有丝毫的影响，依然钓他的鱼。他那种悠然安然的态度，遗世独立的精神，正是谪居在外的柳宗元所向往的。但对柳宗元谪居在外毫无所知的西方读者，能不能看出这寄寓的深意呢？如果不容易看出，也可以根据"译者异也"的思想，用以得补失的方法来翻译。

1. From hill to hill no bird in flight,
   From path to path no man in sight,
   A straw-cloak'd man afloat, behold!
   Fishing in snow on river cold.

2. From hill to hill no bird in flight,
   From path to path no man in sight,
   A straw-cloak'd man afloat, behold!

　　　　Is fishing snow on river cold.

第一种译文最后一句说渔翁在寒江钓鱼，第二种却改成在寒江钓雪，是不是更能表现与世无争、遗世独立的精神呢？

　　最后，言外义是诗人未尝言传，而读者可以意会的。……如元稹的《行宫》："寥落古行宫，宫花寂寞红。白头宫女在，闲坐说玄宗。"红色的宫花和白头的宫女，色调形成鲜明的对比。红的宫花让人联想到宫女们已经逝去的青春，而宫花的寂寞又象征着宫女们当前的境遇。说"白头宫女在"，言外之意昔日行宫的繁华已不复存在，反正已经把那种凄凉寂寞的气氛和抚今追昔的情调表现出来了，其他也就不言而喻。但是不知道玄宗历史的西方读者能不能体会到这种言外之义呢？我们读读下面的译文：

　　　　Deserted now the imperial bowers
　　　　Save by some few poor lonely flowers...
　　　　　　One white-haired dame,
　　　　　　An Emperor's flame,
　　　　　　Sits down and tells of bygone hours. （H. A. Giles）

英国译者体会到的言外义是：白头宫女曾受过唐玄宗恩宠，这样就加重了抚今追昔的情调和凄凉寂寞的气氛，用以得补失的方法，取得了"译者怡也"的效果。

　　前面说道：一首译诗给人带来的乐趣，在一定程度上取决于启示义译得如何；后来举的例子，又是深层义和言外义的翻译。但这并不是说宣示义的翻译不能给人带来乐趣。例如宋代名妓聂胜琼和她的情人话别的时候，用白描的手法写了一首《鹧鸪天》："玉惨花愁出凤城，莲花楼下柳青青。尊前一唱阳关曲，别个人人第五程。// 寻好梦，梦难成，有谁知我此时情？枕前泪共阶前雨，隔个窗儿滴到明。"后半阕的译文是：

　　　　I seek again
　　　　Sweet dreams in vain.
　　　　Who knows how deep is my sorrow?
　　　　My teardrops on the pillow
　　　　And raindrops on the willow
　　　　Drip within and without the window till the morrow.

这半阕词译的都是宣示义，译后译者自得其乐。有的读者说：这诗不像译文，倒像创作。那就是取得了"译者怡也"的效果了。

六、结论：译者易也（Rendition）

　　以上谈了五个翻译问题，这翻译五论之间有什么关系呢？当原文的深层内容和表层形式完全一致的时候，译文才有可能和原文高度统一，这就是"译者一也"。中诗英译这种情况不太多见，我只记得两个例句，一是《古诗十九首》中的"思君令人老"：

　　　　Missing you makes me old.

原句五个字，译文也是五个词，排列顺序一样，可以说是"译者一也"。还有一个例子是毛泽东《如梦令·元旦》词中的"风展红旗如画"：

　　　　The wind unrolls red flags like scrolls.

原句六个字，译文七个词，多了一个冠词，排列次序也和原文一样，统一的程度就不如第一个例子了。其实，"统一"也可以说是"形似"的"直译"。

　　当原文的深层内容和表层形式有矛盾时，译文就不能和原文在形式上统一，而只能以原文为依据，这就是"译者依也"。例如李商隐的一首《无题》中有两句："金蟾啮锁烧香入，玉虎牵丝汲井回。"格雷厄姆（A. C. Graham）按照原文形式翻译如下：

　　　　A gold toad gnaws the lock. Open it, burn the incense.
　　　　A tiger of jade pulls the rope. Draw from the well and escape.

"金蟾"是门上的金蛤蟆，门上的蛤蟆咬住锁就是门锁上了；烧香是中国古代的文化传统，古人早晚烧香敬天祭祖，这里烧香就暗示夜来临了；"入"的主语是诗人自己。这一句的深层内容是：夜里锁门烧香的时候，诗人赴情人的约会来了。"玉虎"是井辘轳上的装饰品；"牵丝汲井"是用井绳打水，中国劳动人民有晨起汲水的习惯；"回"的主语也是诗人自己。这一句的深层内容是：人们黎明打井水的时候，诗人离开情人回家了。此外，这两句诗还有双关义："香""丝"谐音"相思"，暗示诗人赴约会，以了相思之情。因为诗的内容大于表层形式，翻译就需要"依"其精（夜来晨归）而"异"其粗（金蟾玉虎），也可以说是需要"意译"：

　　　　When doors were locked and incense burned, I came at night;
　　　　I left at dawn when windlass pulled up water cool.

　　当原文的深层内容和译文的表层形式有矛盾的时候，换句话说，当"形似"的译文不能表达原文的深层内容时，那就需要创新立异，这就是

"译者异也"。例如杜牧《秋夕》中的牛郎织女，无论"直译"或是"意译"，都不能表达宫女的哀怨，那就只好创新，加上"伤心落泪"字样，才能传神，也可以说是才能"神似"。

自然，译者"一也""依也""异也"，并不是截然分开的，高度的"依"也可以说是低度的统一，或是低度的创新立异。所以文学翻译不是科学，而是艺术，这就是"译者艺也"。翻译的艺术是要使译文和原文统一，不能统一就要去粗存精，得"意"忘"形"，再不能就要创新立异，以得补失。"译者艺也"是文学翻译的认识论；"译者怡也"是文学翻译的目的论。无论"一也""依也""异也""艺也""怡也"，都要换易文字，所以说"易也"是总论。

亚伯拉姆斯（M. H. Abrams）在《镜与灯》中提出了艺术四要素：作品、艺术家、宇宙、观众。结合到翻译艺术上来讲，可以有六要素：世界、作者、作品、译者、译作、读者，他们的关系如下图：

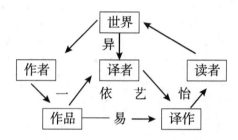

世界影响作者，作者反映世界，创造出作品来。译者依据作品，同时受到世界影响，创造出译作来，影响读者。读者受译作影响，做出反应，也会影响世界。当然作者、译者也会影响世界，但那不是翻译艺术的主要关系。所谓"译者一也"，可以包括作者把自己的思想翻译成为文字，即作者和自己作品统一的关系。"译者依也"，指译者对作品的依附关系。"译者异也"，指译者受世界的影响而能创新立异。"译者艺也"，指译者对译作的关系。"译者怡也"，指译作使读者在理性上"好之"、在感情上"乐之"的关系。"译者易也"，就是作品和译作换易文字的关系。译者"一也""依也""异也"是翻译的方法论；"一也"是翻译的理想，"依也"是常道，"异也"是变道；"艺也"是翻译的认识论；"怡也"是翻译的目的论；"易也"是翻译的总论。

翻译的方法可以简化为"等化""深化""浅化"，所以翻译学也可以说是一种"化学"。刚才说道，"等化"基本上是"译者一也"；"深化"和"浅化"却既可能是"译者依也"，又可能是"译者异也"。例如把

《诗经·采薇》中"杨柳依依"深化为杨柳洒下了难分难舍的泪水是"依也",说牛郎织女洒下了难分难舍的泪水却是"异也"。把"载渴载饥"译成 Hard, hard the day,可以算是"译者异也"。(详见《译学要敢为天下先》)

翻译理论来自翻译实践,又要受实践的检验。如果理论和实践有矛盾,就该修改理论,而不是改变实践。翻译理论的目的是提高翻译实践,能够提高翻译实践的理论就是好的翻译理论。

(原载《中国翻译》1991年第5、6期)

译学与《易经》

　　本文是《译诗六论》的续篇，在六论外，加了"译者意也"、"译者益也"，一共八论，可和《易经》八卦相比，说明译文在各种不同程度上和原作统一，或以原作为依据，或标新立异，换易语言，以求传情达意，目的在于开卷有益，怡性悦情，使读者知之，好之，乐之。

　　我在《中国翻译》1991年第5、6期发表了《译诗六论》，后来又补充了两论，一共是八论，和《易经》的八卦有相通之处。古人说过："译即易，谓换易语言使相解也。"所以我想，翻译学也可以说是《易经》，"换易语言"之经。自然，译学的八论和《易经》的八卦是形同实异的，现在解释如下：

　　一论：译者一也（☰），译文应该在字句、篇章、文化的层次上和原文统一。

　　二论：译者依也（☱），译文只能以原文字句为依据。

　　三论：译者异也（☲），译文可以创新立异。

　　一至三论是翻译的方法论。

　　四论：译者易也（☳），翻译要换易语言形式。

　　五论：译者意也（☴），翻译要传情达意，包括言内之情、言外之意。

　　六论：译者艺也（☵），文学翻译是艺术，不是科学。

　　四至六论是翻译的认识论。

　　七论：译者益也（☶），翻译要能开卷有益，使人"知之"。

　　八论：译者怡也（☷），文学翻译要能怡性悦情，使人"好之""乐之"。

七、八两论是翻译的目的论。

现在,我举唐玄宗《经鲁祭孔子而叹之》的几种英、法译文为例来做说明。原诗是:"夫子何为者?栖栖一代中。地犹鄹氏邑,宅即鲁王宫。叹凤嗟身否,伤麟怨道穷。今看两楹奠,当与梦时同。"前两句的三种英译文和两种法译文是:

1. O Master, how did the world repay

   Your life of long solicitude?(Bynner)

2. How is it with you, Master K'ung,

   Who strove for your beliefs a whole age long?(Herdan)

3. How much have you done, O my sage,

   All for the good for all the age!(Xu)

4. Qu'en est-il de vous, Maître

   qui vous êtes dévoué pendant si longtemps?(Jaeger)

5. Combien avez-vous fait, cher maître,

   De toute votre vie pour notre bien-être!(Xu)

题目中"孔子"二字的五种译文都是Confucius,这可以说是"译者一也",也就是说,译文和原文统一了。一般说来,在词汇的层次上统一比较容易,但是统一的程度还有高低的不同。例如"夫子"二字,第一、四种译文基本和原文统一了,第二种译文加了一个"孔"字,第五种译文加了一个客套的形容词,可见Master或Maître和"夫子"的统一度,就不如"孔子"译文的统一度高。第三种译文更把"夫子"解释为"圣人",这就不是"译者一也",而是"译者依也"或"艺也";换句话说,译文没有在词汇的层次上和原文统一,而只是以原文的字句为依据。这是从方法论的观点来说的。如果从认识论的观点来看,第三种译文传达了唐玄宗对孔子的情意,这是"译者意也";但是把"夫子"改成了"圣人",这是"译者易也";改变语言形式而不改变内容,这是"译者艺也"。

上面谈了词汇层次上的统一。如果从句子的层次上来看,那统一要困难得多。我们把五种译文还原为中文:

1. 夫子呵,这个世界是怎么报答

   你这勤勤恳恳的一生的?

2. 你现在怎么样了,孔夫子?

   你为你的信念奋斗了整整一个时代!

3. 人中的圣贤，你为整个时代
   做了多少事呵！
4. 你这样长期奉献，夫子，
   现在怎么样了？
5. 你做了多少事呵，老夫子！
   整个一生都为了人们的幸福！

"栖栖"两字到底是什么意思？一般解释说是"忙碌不安"，这里指的是"周游列国"。第一种译文是"勤勤恳恳"，第二种是"奋斗"，第三种是"做好事"，第四种是"奉献"，第五种是"为人们的幸福做事"，没有一种译文是和原文统一的，几乎都只是以原文为依据，只能说是"译者依也"或"异也"，而且"依"和"异"的程度也不相同：从第一种到第五种，"依"的程度似乎越来越小，也就是说，"异"的程度越来越大。"栖栖"是这两行诗中最重要的字眼，诗眼不能统一，全句自然无法做到统一了。"一代"二字，也只有第二种译文可以说是"译者一也"；第一、五种都说"一生"，第四种说"长期"，都是"译者依也"或"异也"。但从目的论的观点来看，能使人"知之"，这些译文是"译者益也"；原文"栖栖"二字重复，第三种译文第二行重复了"all for the"三个词，原文"中""宫""穷""同"押韵，第三种 sage 和 age 押韵，第五种 maître 和 bienêtre 也押了韵，都传达了原诗的"音美"和"形美"，能够使人"好之"，又可以说是"译者怡也"了。

上面谈了句子层次上的统一，现在我们再来看看篇章或全诗层次上的统一。下面举辛弃疾《采桑子》的几种英、法译文为例，原词如下：

少年不识愁滋味，
爱上层楼。
爱上层楼，
为赋新诗强说愁。

而今识尽愁滋味，
欲说还休。
欲说还休，
却道"天凉好个秋！"

1. In my young days, I had tasted only gladness,
   But loved to mount the top floor,

But loved to mount the top floor,
To write a song pretending sadness.

And now I've tasted sorrow's flavours, bitter and sour,
　　And can't find a word,
　　And can't find a word,
But merely say, "What a golden autumn hour!" (Lin Yutang)

2. In youth, ere Grief to me was known
　I loved to climb on high. I loved to climb on high:
　　In many a laboured lay
　　Grief would I there portray.

　But now, with Grief familiar grown,
　Slower to speak am I, slower to speak am I.
　　At most, I pause and say,
　　"What a fine autumn day!" (John Turner)

3. When I was green and hadn't seen
　The bitterness of sorrows,
　　And upper floors
　　I loved to gain:
　　And upper floors
　　I loved to gain,
　To put in odes, très à la mode,
　　My sorrows, I sought 'em!

　Now all there's been, so that I've seen
　The bitterness of sorrows,
　　I long to tell,
　　But I refrain:
　　I long to tell,
　　But I refrain,
　And only say: "Cooler today,
　　Quite a nip of Autumn!" (Arthur Cooper)

4. I am young,

   And much too much in love with pleasure

   To know anything of love;

   And yet I force myself to tell of "lyric" sorrows.

   You are old,

   And they say (you hold your peace)

   That you've been "through the mill"

   Strange, you never seem to speak of anything but weather.

   (John Cayley)

5. When I was young, to sorrow yet a stranger, I loved to go up the tallest towers, the tallest towers, to compose vapid verses simulating sorrow. // Now that I am to sorrow fallen prey, what ailes me I'd rather not tell, rather not tell, only saying: It's nice and cool and the autumn tints are mellow. (Weng Xianliang)

6. While young, I knew no grief I could not bear;

    I'd like to go upstair.

    I'd like to go upstair

   To write new verses with a false despair.

   I know what grief is now that I am old;

    I would not have it told.

    I would not have it told,

   But only say I'm glad that autumn's cold. (Xu)

7. Dans ma jeunesse, ignorant le goût de la mélancolie,

    Je cherchais l'inspiration dans les hauts pavillons;

     Dans les hauts pavillons,

   Composais de beaux vers, très, très mélancoliques.

   Maintenant que je n'ignore plus rien du goût de la mélancolie,

    Je ne veux plus rien en dire.

     Ne veux plus rien en dire,

   Sinon: "Le temps est frais; quel bel automne!"

   (T'ang et Kaltemark)

8. Jeune, ne sachant pas ce qui crevait le cœur,
　　　J'aimais monter sur la hauteur.
　　　J'aimais monter sur la hauteur,
　　Faisant des vers, je me plaignais de mon malheur.

　　Maintenant ce qui crève le cœur, je le sais,
　　　Mais je m'en tais.
　　　Mais je m'en tais,
　　Ne parlant que du bel automne et du frais qu'il fait. (Xu)

要比较这首词的八种译文，还是要先从词汇入手。第一行的"少年"二字，第一、四、五、六、八种译文都用了形容词 young 或 jeune，第二、七种译文用了名词 youth 或 jeunesse，这七种译文都可以说是"译者一也"；只有第三种译文用了 green，不但表示年轻，并强调不成熟，还和 seen 押了内韵，这就可以算是"译者艺也"了。

　　原文第一行的"愁"字，第二、三、五、六、七种译文用了 grief, sorrow 或 mélancolie，可以说是程度不同的"译者一也"；第八种用"拆词法"译成了"伤心事"，第一、四种却用"反译法"，把"不识愁滋味"说成是"只识乐滋味"，这样换易语言形式而不改变原文内容，都可以说是"译者易也"。

　　第二行的"楼"字，在中文是个情韵词，可以引起很多联想，如王之涣的"欲穷千里目，更上一层楼"，李白的"故人西辞黄鹤楼"，李煜的"无言独上西楼"等。第一、三种译文用了 floor，显得太俗，没有诗意，第五种用 tower 未免太高，第七种用 pavillon，却又太低，都只能算是程度很低的"译者一也"。第二、八种译文用了"浅化法"，说成是"登高"，倒比较有诗意，但这只能算是"译者意也"。第六种用了 upstair，译文也俗，但译者用了"补偿法"，加了一个 bear，换了一个 despair，来和它押韵，这就可以算是"译者艺也"。第四种译文把第二、三行都删掉不译，这又是"译者异也"了。

　　原文第四行的"新诗"二字，第一、四、八种译文都没有译"新"而只译"诗"；只有第六种是"译者一也"；第七种把"新"译成"美"，这是"译者易也"；第二种把"新"改成"吃力写成的"，传达了词人的深层意思，可以说是"译者意也"或"艺也"；第三种说成"流行歌曲"，而且押了内韵，那更是"译者艺也"；第五种把"新诗"译成"毫无新意的陈词滥调",这是"译者异也"。

辛词下半段第一行又有一个"愁"字,各种译文还是程度不同地和原文统一;只有第一种用了"拆译法",把"愁"字拆成又"苦"又"酸",加深了原文的意思,可以说是"译者意也"或"艺也";第四种译成形象化的片语:久经磨炼,饱尝辛酸,也可以算是"译者艺也"。

下半段第二、三行"欲说还休",只有第三种译文基本上是"译者一也"。其实,所有译文都可以说是程度不同的"译者依也"。

最后一行"天凉好个秋",只有第七、八两种法译文基本上是"译者一也"。其实,各种译文都可以算是程度不同的"译者意也"。因为如果仔细分析一下,第一、二种译文只译了"好"而没有译"凉",第四种却连"好""凉"都没有译,而只译了"天气",这都是用"浅化法"来译原文的大意,所以可以算是"译者意也";第三种译文说"今天更凉,颇有一点秋意!"这也是"译者意也",而和上一段最后一行押了险韵,这又是"译者艺也";第五种把"好个秋"具体化为"成熟柔和的秋色",深化了原文的情意,也可以说是"译者意也"。由此可见,"意也"包括"深意"和"大意",也就是"深化"和"浅化"。第六种译文说"我很高兴秋天凉快了",把"好"字换成"高兴",既没有"深化",也没有"浅化",这就可以算是"等化",也就是接近"译者一也"的"译者意也"。

以上是在词汇的层次上做的分析,下面再在句子的层次上来做比较。第一种译文把上半段译成一句,把下半段又译成一句,这样,上下段第二、三行完全重复,似乎没有什么意义,是否符合"译者一也",可以研究。第二种译文用"合句法"把原文第二、三行合成一行,又用"分句法"把原文第四行分成两行,译文第一、四、五、六行都用了"倒译法",颠倒了词序,读起来不够通顺,这就只能算是"译者易也"。第三种译文没有第二种的"倒译",它不用"合句法",只用"分句法",把原文每行分译成两行,读来像现代诗,但是格律严谨,既有节奏,又有内韵、尾韵,可以算是"译者艺也"。第四种译文更现代化,但是格律不如第三种严谨,没有用韵,也没有重复,可以说是"译者异也"。第五种译文干脆不分行,译成散体,但有诗的节奏,并且突出诗意,可以算是"译者意也"。第六种译文把上半段和下半段都分别译成两句,这样,"爱上层楼"和"欲说还休"就不是简单的重复,而是更加强调,并且把上下文联系得更紧密,但上下段的第一行都只是依据原文,增加了原文内容所有、形式所无的词汇,所以只能算是"译者依也"。第七种译文没有重复全行,但能使人"知之",可以说是"译者益也"。第八种译文押了韵,用词更口语化,符合原作风格,比第七种更能使人"好之",那就算"译者怡也"吧。

分析了八种译文在句子的层次上和原文统一的程度,就会发现:①句子的统一比词汇的统一更难;②句子的统一是相对的;③句子的统一度往往可以代表篇章或全诗的统一度。既然八种译文中都只有基本统一的句子,所以在篇章的层次上,也只有基本统一的诗篇;也就是说,全诗"译者一也"是相对的。八种译文之中,没有一种完全和原文统一,第一种的统一度高于其他译文,就算是"译者一也"了。"一也",英文勉强译成 identification,用乾卦(☰)来表示,说明内容和形式基本统一。第六种译文的统一度低于第一种,高于其他,可算是"译者依也"。"依也"英文勉强译成 imitation,用离卦(☲)来表示,这就是说,上下都统一了,中间还不统一。统一度最低的是第四种译文,从内容上看,它把词人的自白改成少年和老年的对话,并把"爱上层楼"和"欲说还休"删了;从形式上看,它把原词四行改成六行,把韵文改成散文,所以这是"译者异也"。"异也"英文译成 innovation,用坤卦(☷)来表示,这就是说,从内容到形式都不统一。以上是翻译的方法论,可以简化为"三 I"(Identification, Imitation, Innovation)。

如果从认识论的角度来看,第二种译文换易了语言形式,可以说是"译者易也"。"易也"译成英文 transformation 或 rendition,用巽卦(☴)来表示,这就是说,上面两层统一,下面一层不统一。第五种译文传达了原文的深情深意,可以算是"译者意也"。"意也"译成英文 representation,用兑卦(☱)来表示,这就是说,上面一层看来不统一,下面两层的深意却是统一的。第三种译文的"音美"和"形美",甚至超过了原文:原文上下段第二、三、四行一韵到底,译文上下段第一、七行都押内韵,上段四、六、八行和下段四、六、八行押尾韵,上下段二至六行都有重复,所以真是"译者艺也"。"艺也"译成英文 re-creation,用坎卦(☵)来表示,也就是说,上下看来似乎都不统一,其实中心是统一的。认识论可以简化为"三 R"(Rendition, Representation, Re-creation)。

从目的论的角度来看,第七种译文可以使人"知之",这就是"译者益也"。"益也"可以译成 information 或 instruction,用艮卦(☶)来表示,意思是说,只要能使人"知之",不妨改变形式来传达原文的内容。如果第八种译文能怡性悦情,那就是"译者怡也"。"怡也"可以译成 recreation,用震卦(☳)来表示,意思是说,只要译文能使人"好之""乐之",表层形式可以不同，深层内容却是一致的。目的论可以简化为"IR"（Information, Recreation）。

从译者和作者、读者的关系来看，"一也"是作者和作品的关系，"依也"是译者和原作的关系，"异也"是世界对译者的影响，"意也"是译者和作者的关系，"易也"是原作和译作的关系，"艺也"是译者和译作的关系，"益也"是译者和读者的关系，"怡也"是译作和读者的关系。现在列表图解如后：

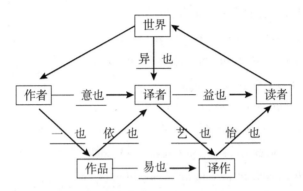

前面说了，译文和原文的统一，可以有各种不同的程度，只用八卦恐怕表示不清楚，需要用六十四卦。现在就来举例说明，先看"译者一也"（☰）：

☰ "孔子"译 Confucius　　☷ "层楼"译 floor
☰ "夫子"译 Master　　　☷ "层楼"译 tower
☰ "少年"译 Young　　　 ☷ "层楼"译 Pavillon
☰ "少年"译 Youth　　　 ☷ "层楼"译 upstair

第二，我们来看"译者依也"（☱）。"欲说还休"有八种"依也"程度不同的译文：

☱ I long to tell, But I refrain.　　☱ Slower to speak am I.
☱ I'd rather not tell.　　　　　　 ☱ Mais je m'en tais.
☱ I would not have it told.　　　 ☱ And can't find a word.
☱ Je ne veux plus rien en dire.　☱ You hold your peace...

第三，我们再来看"译者异也"（☲）。"栖栖一代中"等句有八种"异也"程度不同的译文：

☲ ... Who strove for your beliefs
☲ ... Your life of long solicitude
☲ ... All for the good for all the age

☷ ... qui vous êtes dévoué pendant si longtemps

☷ ... De toute votre vie pour notre bien-être

☷ "新诗"译 vapid verses

☷ "而今识尽愁滋味"译 You are old, and they say...

☷ "爱上层楼" 删而不译。

第四，我们来看看"译者易也"（☲）。"易也"包括换易语言和换易语序。"少年不识愁滋味"句中有八种"易也"程度不同的译文：

☰ ... I had tasted only gladness

☰ ... ere Grief to me was known

☰ ... hadn't seen the bitterness of sorrows

☰ ... to sorrow yet a stranger

☰ ... I knew no grief I could not bear

☰ ... ignorant le goût de la mélancolie

☰ ... ne sachant pas ce qui crevait le cœur

☰ ... too much in love to know anything of love

第五，我们再来看看"译者意也"（☳）。"意也"包括传达原文的大意和深意。"却道天凉好个秋"句中有八种达意程度不同的译文：

☳ ... I'm glad that autumn's cold

☳ ... Le temps est frais ; quel bel automne !

☳ ... parlant du bel automne et du frais qu'il fait

☳ ... the autumn tints are mellow

☳ ... Quite a nip of Autumn !

☳ ... What a golden autumn hour !

☳ ... What a fine autumn day !

☳ ... you never speak of anything but weather

第六，我们来看"译者艺也"（☴）。"艺也"包括深化、浅化、分译、合译、加词、减词、重复、押韵等。现在举例说明如下：

☴ "夫子"深化译为 sage of sages

☴ "新诗"深化译为 a laboured lay

☴ "少年"形象化译为 green

☴ "尝尽愁滋味"形象化译为 through the mill

☴ "愁滋味"分译为 sorrow's flavors, bitter and sour

☴ "而今"加词译为 now that I am old

☷ "新诗" 押内韵译成 odes très à la mode
☷ "栖栖" 重复译成 all for the good for all the age

至于"译者益也"（☷）和"译者怡也"（☷），可能各人意见不同，那就只好仁者见仁，智者见智了。例如辛弃疾词的八种译文，各人可以根据译文使自己"知之"的程度，将其排成顺序，"知之"程度最高的用（☰）来表示，其次用（☱），依此类推，"知之"程度最低的用（☷）来表示。"译者怡也"也是一样，各人根据译文使自己"好之""乐之"的程度，将其排成顺序，"乐之"程度最高的用（☰）来表示，"好之"程度最低的用（☷）来表示。一篇译文的高下，往往取决于它使人"知之""好之""乐之"的程度。

总而言之，"译者一也"是翻译的理想，在词汇的层次上有时还能做到，在句子和篇章的层次上就很少能够统一，只能做到"译者依也"。"依也"有时还要换易语言，那就是"译者易也"；有时不但是换易语言，还要传达语言之外的情意，那就是"译者意也"。传情达意不是科学，而是艺术，所以说"译者艺也"。而艺术的高下，要看它是否能怡性悦情，使人理性上怡悦，先要使人"知之"，这是"译者益也"；使人感情上怡悦，就要使人"好之""乐之"，这就是"译者怡也"。只要能使人"知之""好之""乐之"，翻译甚至可以创新立异，这就是"译者异也"。从"一也"经过各种不同程度的"依也"直到"异也"，这种同中存异、异中求同的理论就是翻译学的《易经》。

（原载《北京大学学报》1992 年第 3 期）

宣示义与启示义

本文原题为《翻译对话录》，记录了作者与四位教授的笔谈，主要内容是宣示义与启示义的问题。"宣示义说一是一，说二是二；启示义，作者自己未必十分明确，读者理解未必完全相同，允许有一定范围的差异。一首诗艺术上的优劣，在一定程度上取决于启示义的有无。一个读者欣赏水平的高低，在一定程度上也取决于对启示义的体会能力。"（袁行霈语）

台湾文化学院外国语文研究所所长祝振华教授访问了北京大学，这是海峡两岸四十多年来的第一次翻译对话：他重视"宣示义"，我强调"启示义"，现将交流情况摘抄如下。

一

A woman is as old as she looks.

A man is old when he stops looking.

他说：这两句话是典型的不能翻成中文的一类作品。原文的大意说，女人可以从她的容貌看出她的年龄，而男人不再看女人的时候就是老了。

我说：你对翻译要求太高，要把原文的宣示义和启示义百分之百地译出来，那不但是这两句不能翻，就是苏曼殊说的"'思君令人老'英译作'To think of you makes me old'"，在我看来，也不能算百分之百"相符"，因为"思"译think of 不如long for 或 miss；但这几种译文，都在不同的程度上翻出了原文，所以我认为翻译是个"度"的问题。你的译文已经在相当的程度上翻出了原文的宣示义,如果要译出原文的启示义或幽默味,那恐怕要改头换面说:"女人怕照镜子就老了;男人不看女人也老了。"

二

California: a state that's washed by the Pacific on one side and cleaned by Las Vegas on the other.

他说:加州一边是靠太平洋,另一边与美国赌城拉斯维加斯紧邻,因此,加州西边由太平洋的水冲洗,东边却在赌城"输个精光"。换句话说,加州一边靠太平洋,另一边靠赌城,一边"冲洗",另一边"洗劫"。

我说:你用"冲洗"和"洗劫",既译出了这两个动词异中之同,又译出了它们同中之异,很好。但是我想,还有其他方法也可传达原文的启示义,比如说:加州西有太平洋浴场,把它洗得干干净净;东有拉维加赌场,使它输得干干净净。

三

What you see
What you hear
When you leave
Leave it here

他说:这是保密防谍的标语,如何翻译成像原文一样的打油诗,而且押韵?真不容易。我们很勉强地可以译成下面这个样子:"君何所见,君何所闻,君离去时,留给我们。"

我说:作为押韵的打油诗,你的译文已经很不错了。作为标语,是否可以精简一半:"君之见闻,留给我们。"其实,第一行重要的是"见",第二行是"闻",第三行是"离"(即第四行的"留"),第四行是"此",所以不妨再精简为:"见闻留此"或"留下见闻"。这个例子可以说明中文多么精练(concise),而英文却更加精确(precise)。

四

Nothing except a battle lost can be half so melancholy as a battle won. —The Duke of Wellington

他说：这句俏皮而深富哲理的名言，从击败拿破仑的英国名将威灵顿公爵口中说出来，正译应当是："打胜仗跟打败仗一样地损失惨重！"大意是五八四十，两败俱伤！

我说：你刚才说的女人那两句话是"典型的不能翻成中文的一类作品"，我却觉得公爵这句名言的可译度，和那两句不相上下。如果你认为这句名言的译文是"正译"，我则认为你那两句话的译文也可以算是"正译"。自然，如果要译出原文的启示义，那不妨翻成：都道战败苦，谁知战胜惨！

五

A celebrity is a person who works hard all his life to become known, then wears dark glasses to avoid being recognized. —Ferd Allen

他说：原文主要的意思是：出名不易，隐名也难。如果顺着这个方向中译，不妨翻译如下："所谓名人，就是费尽平生之力出了名，却又戴上墨镜怕人认出来的人。"当然也可以译作："名人乃是费了九牛二虎之力出名却又怕人认出来的人。"

我说：我觉得你重视译意超过译味。你的第二种译文一句之内用了三个"人"字，如果给注重修辞的文体学家看到，可能要提出批评了。其实要译出这句的味道，三个"人"字都可以删掉，改为：终生奋斗为成名，名成反爱戴墨镜。不过，这就不是"名人"的定义了。

六

There are only two lasting bequests we can hope to give our children. One of these is roots, the other, wings. —Hodding Carter

他说：原文的 wings 应该译成"培养子女独立奋斗的能力"，也就是"把他们自己的翅膀培养硬"的含义。照此，"传统与自力更生的本领"就是留给子孙唯一的、不致"破产"的"产业"。

我说：你的解释很有趣味，如"破产的产业"，"出名"与"隐名"，但是你的翻译四平八稳，往往牺牲了原文的形象，如根与翅膀。我想，能否形义兼顾，译成"我们只有两条可以传之千秋万代的遗训：一是不忘根本，二是直上青云"？

他说："直上青云"很好。我认为这是译了启示义。

七

The more one gardens, the more one learns; and the more one learns, the more one realizes how little one knows.

—Victoria Sackville West

他说：原文中的 gardens 宜作"建树"或"成就"解释，由"经营园艺"之类的意义转义而得。因此，不妨把全文译为："人越有成就，学习的越多；学的越多，才明白他知道的太少。""多"与"少"前后"呼应"较好。

我说："经营园艺"的形象最好能译出来，可以考虑译成："耕而后有所得；学然后知不足。"这既译了宣示义，又译了启示义。

八

When ideas fail, words come in very handy. —Goethe

他说：由于人类乃是唯一会找借口的动物，所以歌德的原文大意应当是："计划一失败，借口跟着来。"

我说："计划"不如改成"想法"，前半句可以改为："想法落了空"，全句为了押韵，可以改成："想法不兑现，借口太方便。"

九

A man without tears is a man without heart.

他说：这是美国前副总统韩福瑞的一句名言，本义是：没有眼泪的人缺乏同情心。

我说：译文不妨移花接木，一分为二，译为：不流伤心泪，不是有情人。

十

他说：英国皇家空军的原文是 Royal Air Force，缩写是 RAF。可是，美国空军却把它"译"成 Run Away First（"先溜"），气坏了英国空军。一位英国空军军官谈起美国空军时，也幽了一大默。他说道：

We can cover it in three overs.

They are over drunk. They are over fed. And they are over here!

这位 RAF 的军官说，他们可以用三个 over 把 USAF "一言以蔽之"（cover）！朋友最初把这三句译作：1. 他们"过量酗酒"；2. 他们"过量暴食"；3. 他们"过海来此"！我们觉得应该简化中译。因此，第一次改译如下："他们酗酒；他们暴食；他们过分！"我们再经推敲，仍不满意，于是再作第二次改译："他们过饮、过食、过界！"我们对于"过界"比较欣赏。可是，又做了第三次改译，文曰："他们酒过量；他们食过饱；他们捞过界！"这才算勉强"完稿"。

我说：若在大陆，我们大约会说：他们有三"太"：喝得太多，吃得太饱，手伸得太长！总而言之，我觉得你们继承了传统，我们更重视创新。你们多翻译宣示义，我们多翻译启示义。海峡两岸合作，就可以继往开来了。

* * * * *

一

杨周翰教授（1915—1989）在《当代文学翻译百家谈》中说："翻译诗歌几乎不可能'信'。""一种语言中的某个词往往不能同另一种语言中的某个词完全吻合。这种现象在诗歌里尤为突出。"谈到"神似"，他说："神跟形是分不开的，无形何来神？原作既是那个形，才有那种神，译作的形已走了样（必然走样），神也跟着走样，何来神似？不如老老实实说是再创造。文学翻译就是知其不可为而为之的事，在'不可能'和'必须为'之间讨生活。最上乘只能近似。"简单说来，他认为"信"就是"完全吻合"；译诗不能"形似"，也不能"神似"，只能"近似"。在我看来，这就是说，译诗的"宣示义"和"启示义"都做不到"信"，而只能做到

"近似"。但是,"近似"不是一定程度的"形似"或"神似"吗?"走样"只要不是百分之百"走样",不也总有百分之几的"近似"吗?而且,两种语言的文化背景不同,词语的"宣示义"和"启示义"也有多有少,如果把"启示义"少的译成多的,那不是译文胜过原文,再创造超越创造吗?那么,最上乘的翻译也就不止是"近似"了。《当代文学翻译百家谈》第334页上说:《追忆流水年华》译本中的"流水"二字,"暗示出普鲁斯特的意识流创作方法,可谓曲尽其妙。"这就是译文的"启示义"比原文更丰富,译文可以胜过原文的例子。

杨周翰在《唐诗三百首新译》中,曾把祖咏的《终南望余雪》译成英文,现将原诗和两种译文抄录于下:"终南阴岭秀,积雪浮云端。林表明霁色,城中增暮寒。"

1. How lovely is this northern slope of Zhongnan!
   Piled with fresh snow, above the clouds it leaps;
   The sun emerging, the trees regain their colour,
   But to the city a colder evening creeps. (Yang)

2. How fair the gloomy mountainside!
   Snow-crowned peaks float above the cloud.
   The forest bright in sunset dyed,
   With evening cold the town's overflowed. (Xu)

比较一下杨译和新译,可以说杨译的"终南"和"积雪",新译的"阴"和"浮"更和原文"形似";新译的"积"虽然"形似",却可说是"神似",杨译的"浮"用的是"跃上葱茏四百旋"的"跃"字,把原文的静态改成动态,就既不"形似"也不"神似"了。第三行杨译更散文化,新译更形象化。第四行的"增"字,杨译为"爬",强调其慢,新译为"泛滥",强调其广,两种译文都形象化,可算是再创造,都在不同程度上和原文"神似"。这些问题,在译者生前没有对谈过,只好现在补记下来,作为纪念了。

二

李赋宁教授在《浅谈文学翻译》中说:翻译"可以归纳出五种对立的提法:(1)译文必须译出原文的词(words)——译文必须译出原文的意(ideas)。(2)译文应该读起来和原文一样——译文不应该读起来像原文,而应该地地道道像一篇译文。(3) 译文应该反映原文的风格 (style) ——译文应该具有译者自己的风格。(4) 译文应该读起来像与原文同时代的作品一样——译文应该运用与译文同时代的语汇 (idiom)。(5) 译文可以对原文有所增减——译文绝不可对原文有所增减"。李赋宁是怎样解决这五种矛盾的呢？我们可以看看他在《唐诗三百首新译》中翻译的张旭《桃花溪》。原诗是："隐隐飞桥隔野烟，石矶西畔问渔船。桃花尽日随流水，洞在清溪何处边？"译文如下：

  Dimly an arching bridge arose,
   Veiled in moorland haze.
  On the west bank, by the rock close,
   I asked a fisher boat about the maze:
  "All day long the peach petal flows
   On the stream that attracts my gaze.
  In which place, as I come and doze,
   Is found the cave that stays?"

原诗第一句的"飞桥"译成"拱桥"，"隔"字译成"笼罩"，可见李译在"词"和"意"统一的时候，就既译"词"，又译"意"，如"桥"字的译文；在"词"和"意"有矛盾的时候，就舍"词"而取"意"，如"飞"字译成"拱"字；在原文的启示义不如译文丰富的时候，也可以舍原文的"词"而取译文的"意"，如"隔"译成 veiled，这就是发挥译语优势，统一就是提高。原诗第一、二、四句押韵，译文第一、二、四句也押韵，这是译文反映了原文的风格；李译还把每句分译两行，第一、三、五、七行也押韵，这就是译者自己的风格了。其实，译文都是既反映原文的风格，又具有译者自己的风格的。李译第六行增加了 that attracts my gaze，第七行又加了 as I come and doze，可见他认为译文可以对原文有所增减。原诗是一千多年以前写的，译文不可能读起来像与原文同时代的作品，而只能运用与译文同时代的语汇。总起来说，翻译原文的宣示义，译文读起来大致和原文一样；翻译原文的启示义，读起来就可能像译文了。例如李译第八行加了 that stays 两个词，作为编者，我觉得可以删改，但译者不同意，因为他认为，原诗第三句说：桃花已随流水流走，第四句说：洞却还在原处，如果把 that stays 删去，那就有损于原诗的启示义了。由此可见译者对原诗启示义体会之深。

三

《外语教学与研究》1991年第3期第65页转载了王佐良教授的翻译理论："一、辩证地看——尽可能地顺译，必要时直译，任何好的译文总是顺译与直译的结合；二、一切照原作，雅俗如之，深浅如之，口气如之，文体如之。"这里提出了"顺译"的概念。"顺译"是什么？是不是"意译"？既然"顺译"是"直译"的辩证对立面，那"顺译"就不是"直译"，"直译"也应该指不顺的翻译了。这样理解对不对？还是来看看王译吧。《英语世界》1989年第1期第6页登载了王译的杜诗。原诗是："王杨卢骆当时体，轻薄为文哂未休。尔曹身与名俱灭，不废江河万古流。"两种译文如下：

1. Wang, Yang, Lu, Luo wrote the style of their time,
   Have since been sneered as vulgar and shallow.
   Ye scoffers shall perish body and name,
   While rivers pursue their eternal flow. (Wang)

2. Our four great poets have their own creative style;
   You shallow critics may make your comments unfair.
   But you will perish with your criticism while
   Their fame will last just as the river flows fore'er. (Xu)

如果第一种译文是"顺译"，那第二种就是"意译"。第一行"顺译"基本上也是"直译"，传达了原文的"宣示义"；"意译"却把"王杨卢骆"换为"四杰"或"四大诗人"，又把"当时体"换为"创造性的新文体"，这就表达了原文的"启示义"。如果用李赋宁的话来说，那"顺译"只译出了原文的"词"，"意译"却译出了原文的"意"，尤其是言外之意。原诗第二句有两种解释：一种说："'轻薄为文'是时人讥哂'四杰'之辞，"另一种认为"轻薄为文"指的是批评者。"顺译"按照前说，并且没有重复主语，也没有用连词，这或许是"口气如之"，但严格说来，就不合乎语法，不太"顺"了；"意译"按照后说，读来反倒前后更加连贯，比"顺译"还更"顺"，如按前说，原诗后两句反倒显得突如其来了。第三行"顺译"用了一个古字来译"尔曹"，这也许是"文体如之"；但全诗译文只有这一个古体，其他都是今体，从全局看来，是否文体反不"如之"，不如李赋宁说的应该"运用与译文同时代的语汇"呢？此外，"身与名"的"顺译"是宣示义,"意译"是启示义。最重要的是第四句,"不废江河万古流"的启示义是:你们的评论不能使江河不奔流万年,也不能使四杰的名声不流传千古,"顺译"没有翻出"不废"二字,结果就让江河的水永远白白地流掉了。由此可见,"一切照原作"的理论和"近似"的理论一样,都只看到表层现象,没有进入诗的深层实质,只知"宣示义"而不知"启示义";不知道译诗只"近似"不够,还要尽可能传达原诗的"意美""音美"和"形美"。

最后,我想讲个笑话:从前有个士兵中了毒箭,去找外科医生,医生只把箭杆切断,说取出箭头是内科的事。我看,译诗如果只译宣示义而不译启示义,那就有点像这位外科医生。

(原载《北京大学学报英语专刊》1992 年第 2 期)

语言文化竞赛论

本文是《红与黑》新译本的序言,序中说:"译作和原作都可以比作绘画","译作不能只临摹原作,还要临摹原作所临摹的模特"。所以译作可以和原作竞赛,看译者能否发挥译语优势,用译语最好的表达方式来传达原作的内容;并看新译能否超越旧译,甚至超越原作。

《红与黑》是 19 世纪欧洲文学中第一部批判现实主义杰作。高尔基说过:《红与黑》的主角于连是 19 世纪欧洲文学中一系列反叛资本主义社会的英雄人物的"始祖"。

《红与黑》中译本至少已有四种:第一种是 1944 年重庆作家书屋出版的赵瑞蕻的译本,第二种是 1954 年上海平明出版社出版的罗玉君的译本,第三种是 1988 年北京人民文学出版社出版的闻家驷的译本,第四种是 1989 年上海译文出版社出版的郝运的译本。就我所知,江苏译林、浙江文艺、广东花城还要出版新译,加上湖南这本,共有八种,是我国译本最多的一部世界文学名著。

我在《世界文学》1990 年第 1 期第 277 页上说过:"文学翻译的最高目标是成为翻译文学,也就是说,翻译作品本身要是文学作品。"那么,《红与黑》的几种译本是不是文学作品呢?第一种译本我没有见到,现在将第二、三、四种译本第一章第三段中的一句抄录于下(附原文):

> Ce travail, si rude en apparence, est un de ceux qui étonnent le plus le voyageur qui pénètre pour la première fois dans les montagnes qui séparent la France de l'Helvétie.

2. 这种工作（把碎铁打成钉），表面显得粗笨，却是使第一次来到法兰西和瑞士交界的山里的旅客最感到惊奇的一种工业呢。
3. 这种操作看起来极其粗笨，却是使初次来到法兰西和瑞士毗连山区的旅客最感到惊奇的一种工业。
4. 这种劳动看上去如此艰苦，却是头一次深入到把法国和瑞士分开的这一带山区里来的旅行者最感到惊奇的劳动之一。

比较一下三种译文，把碎铁打成钉说成是"工作"，显得正式；说成是"操作"，更加具体；说成是"劳动"，更加一般。哪种译文好一些呢？那要看上下文。下文如用"粗笨"，和"工作""操作"都不好搭配，仿佛是在责备工人粗手笨脚似的；如把"劳动"改成"粗活"，那就两面俱到了；但把"粗活"说成是"工业"，又未免小题大做，不如"手工业"名副其实。三种译文只有一个地方基本一致，那就是："旅客（旅行者）最感到惊奇的"几个字。仔细分析一下，"旅客"指过路的客人，"旅行者"更强调旅游，那就不如"游客"更常用了。"惊奇"指奇怪得令人大吃一惊，把碎铁打成钉恐怕不会奇怪得到那种地步，所以不如说是"大惊小怪"，以免言过其实，不符合原作的风格。以上说的是选词问题。至于句法，法国作家福楼拜说过：一句中连用三个"的"（de）字，就不是好句子。第二、四种译文都一连用了三个"的"字，第三种译文虽然只用两个，但是读起来也不像一个作家写出来的句子。因此，无论是从词法或是从句法观点来看，三种译文都不能说是达到了翻译文学的水平，也就是说，译文本身不能算是文学作品，所以需要重译。试读本书译文：

5. 这种粗活看来非常艰苦，头一回从瑞士翻山越岭到法国来的游客，见了不免大惊小怪。

我在《世界文学》1990年第1期第285页上说过："翻译是两种语言的竞赛，文学翻译更是两种文化的竞赛。译作和原作都可以比作绘画，所以译作不能只临摹原作，还要临摹原作所临摹的模特。"比较一下以上四种译文，可以说第二至第四种都在"临摹原作"，而第五种却是"临摹原作所临摹的模特"；换句话说，前几种是"译词"，后一种是"译意"；前者更重"形似"，后者更重"意似"，甚至不妨说是"得意忘形"。例如第四种译文用了"深入"二字，这和原文"形似""意似"；第二、三种译文用了"来到"，后面还说是"旅客"，意思离原文就远了，强调的是过路的客人，没有"深入"的意思；第五种译文也用了"到""来"二字，不能算是"形似"，但把"旅客"改成"游客"，强调的就不是"过路"，而是"旅游","旅游"当然比"过路"更"深入",这就可以算是"舍形取义""得意忘形"的一个例子。更突出的例子是"翻山越岭"四字,这四个字所临摹的不是原文的关系从句,而是原文关系从句所描绘的"模特"(场景),所以译文可以说是脱胎换骨,借体还魂,青出于蓝而胜于蓝,发挥了译语的优势了。关系从句是原文的优势,是法文胜过中文的地方,因为法文有关系代词,而中文却没有;四字成语却是译语的优势,也就是中文胜过法文的地方,因为中文有四字成语,而法文却没有。法国作家描绘法瑞交界的山区,用了关系从句,这是发挥了法文的优势;中国译者如果亦步亦趋,把法文后置的关系从句改为前置,再加几个"的"字,那就没有扬长避短,反而是东施效颦,在这场描绘山景的竞赛中,远远落后于原文了。如果能够发挥中文的优势,运用中文最好的表达方式(包括四字成语),以少许胜人多许,用四个字表达原文十几个词的内容,那就好比在百米竞赛中,只用四秒钟就跑完了对手用十几秒钟才跑完的路程,可以算是遥遥领先了。竞赛不只是个速度问题,还有高度、深度、精确度等等。如果说"惊奇"在这里描写了人心的深处,那么,"大惊小怪"的精确度至少是"惊奇"的一倍。从这个译例来看,可以说文学翻译是两种语言文化的竞赛,是一种艺术;而竞赛中取胜的方法是发挥译语优势,或者说再创作。

什么是再创作?我想摘引香港《翻译论集》第66页上胡适的话:"译者要向原作者负责。作者写的是一篇好散文,译出来也必须是一篇好散文;作者写的是一首好诗,译出来的也一定是首好诗。……所谓好,就是要读者读完之后要愉快。所谓'信',不一定是一字一字地照译,因为那样译出来的文章,不一定好。我们要想一想,如果罗素不是英国人,而是中国人,是今天的中国人,他要写那句话,该怎样写呢?"我想,如果《红与黑》的作者司汤达不是法国人,而是今天的中国人,他用中文的写法就是"再创作"。例如第四十四章中于连想到生死问题,原文和第四种译本的译文如下:

... Ainsi la mort, la vie, l'éternité, choses fort simples pour qui aurait les organes assez vastes pour les concevoir...

Une mouche éphémère naît à neuf heures du matin dans les grands jours d'été, pour mourir à cinq heures du soir; comment comprendrait-elle le mot *nuit*?

Donnez-lui cinq heures d'existence de plus, elle voit et comprend ce que c'est que la nuit.

4. ……因此死、生、永恒,对器官大到足以理解它们者是很简单的……

一只蜉蝣在夏季长长的白昼里,早晨九点钟生出,晚上五点钟死亡,它怎么能理解"黑夜"这个词的意思呢?

让它多活上五个小时,它就能看见黑夜,并且理解是什么意思了。

对照一下原文,可以看出译文基本上是"一字一字地照译"的。但假如司汤达是中国人,他会说出"器官大到足以理解它们者"这样的话来吗?如果不会,那就不是再创作了。因为法文可以用代词来代替生、死、永恒等抽象名词,中文如用"它们"来代,读者就不容易理解;代词是法文对中文的优势,译者不能亦步亦趋,而要发挥中文的优势,进行再创作。后两段译文问题不大,但两段最后都有"意思"二字,读来显得重复,不是好的译文,还可加工如下:

5. ……就是这样,死亡,生存,永恒,对人是非常简单的事,但对感官太小的动物却难以理解……

一只蜉蝣在夏天早上九点钟才出生,下午五点就死了;它怎么能知道黑夜是什么呢?

让它多活五个小时,它就能看到,也能知道什么是黑夜了。

钱锺书在《林纾的翻译》中说:"文学翻译的最高标准是'化'。把作品从一国文字转变成另一国文字,既能不因语文习惯的差异而露出生硬牵强的痕迹,又能完全保存原有的风味,那就算得入于'化境。'"在我看来,再创作就应该入于"化境"。仔细分析一下,"化"又可以分为三种:深化、等化、浅化。第四种译文"理解它们者"显得"生硬牵强"。第五种译文把"它们"删了,用的是减词法,也可以算是"浅化"法;把"者"字一分为二,分译成"人"和"动物",用的是加词法或分译法,也可以算是"深化"法;第一例的"粗活"一词,是把原文分开的"粗"和"活"合二为一,可算是合译法或"等化"法。第四种译文说"器官大到足以理解它们者",是从正面说。第五种译文说"感官太小的动物却难以理解",是从反面来说,把"大"换成"小",把"理解"改成"难以理解",负负得正,大得足以理解,就是小得不足以理解,这是正词反译法,也可以算是"等化"法。总之,加词、减词、分译、合译、正说、反说、深化、等化、浅化,都是译者的再创作,都可以进入"化境"。

但"化"是不是"文学翻译的最高标准"呢？我们来看《红与黑》最后一章于连的遗言，原文和第四种译本的译文为：

J'aimerais assez à reposer, puisque reposer est le mot, dans cette petite grotte de la grande montagne qui domine Verrières. Plusieurs fois, je te l'ai conté, retiré la nuit dans cette grotte, et ma vue plongeant au loin sur les plus riches provinces de France, l'ambition a enflammé mon cœur: alors, c'était ma passion... Enfin, cette grotte m'est chère, et l'on ne peut disconvenir qu'elle ne soit située d'une façon à faire envie à l'âme d'un philosophe...

4. 我很喜欢在俯视维里埃尔的高山上的那个山洞里安息——既然安息这个词用来很恰当。我曾经跟你讲过，我在黑夜里躲进那个山洞，我的目光远远地投向法兰西的那些最富饶的省份，野心燃烧着我的心；那时候这就是我的热情……总之，那个山洞对我来说是宝贵的，没有人能否认，它的位置连一个哲学家的灵魂都会羡慕……

这段译文没有"露出生硬牵强的痕迹"，不能算是没有"化"的译文吧。但还要更上一层楼，我们不妨读读本书的译文：

5. 我喜欢长眠，既然人总是用长眠这个字眼，那就让我在高山顶上那个小山洞里长眠，好从高处遥望玻璃市吧。我对你讲过，多少个夜晚我藏在这个山洞里，我的眼睛远望着法兰西的锦绣河山，雄心壮志在我胸中燃烧；那时，我的热情奔放……总而言之，那个山洞是我钟情的地方，它居高临下，哪个哲学家的灵魂不想在那里高枕无忧地安息呢？……

比较一下两种译文，不难看出"安息"这个字眼，既可用于生者，又可用于死者，不如"长眠"用得恰当；而"灵魂""安息"，却只能用于死者，不能说"灵魂长眠"了。"俯视"二字是书面语，不如"居高临下"更口语化。"富饶的省份"像是地理教科书中的术语，不如"锦绣河山"更像文学的语言。"野心"含有贬义，这里于连是在回顾，而不是在作自我批评，所以不如说"雄心壮志"。后面的"热情"也不明确，不如"热情奔放"。"宝贵的"更重客观，"钟情的"更重主观。"它的位置"又像地理术语，不如"居高临下"移后为妙。"羡慕"自然译得不错；但"高枕无忧"说出了羡慕的原因，似乎更深一层。从某种意义上来讲，这就是中西文化的竞赛，用中国语文来描绘于连的心理，看看能否描写得比法文更深刻，更精确。总之，这就是再创作。两种译文都不能说没有"化"，第五种译文还发挥了中文的优势。如果认为第五种译文优于第四种，那就是说，文学翻译的最高标准是"化"还有所不足，还要发挥译语优势。如果我的说法不错，那我就要打破一条几乎是公认的规律：能直译就直译，不能直译时再意译。我的经验却是：文学作品的翻译，尤其是重译，能意译就意译，不能意译时再直译。前几种译文遵照的可以说是前一条公认的规律；第五种却是后一种未经公认的译法，只是我个人五十年翻译经验的小结。

世界上的翻译理论名目繁多，概括起来，不外乎直译与意译两种。所谓直译，就是既忠实于原文内容，又尽可能忠实于原文形式的译文；所谓意译，就是只忠实于原文内容，而不拘泥于原文形式的译文。自然，由于忠实的程度不同，所以又有程度不同的直译，如第二例第四、五种译文的后两段；也有程度不同的意译，如第三例第五种译文意译的程度，就高于第四种译文。所以直译意译之争，其实是个度的问题。因为两种语言、文化不同，不大可能有百分之百直译的文学作品，也不大可能有百分之百意译的文学作品，百分之百的意译与其说是翻译，不如说是创作。因此，文学翻译的问题，主要是直译或意译到什么程度，才是最好的翻译作品。比如说，第三例的译文到底是直译到第四种译文，还是意译到第五种译文的程度更好呢？

在我国翻译史上，主张"宁信而不顺"的鲁迅是直译的代表；"重神似不重形似"的傅雷是意译的代表。茅盾也主张直译，他在《直译·顺译·歪译》一文中说："有些文学作品即使'字对字'译了出来，然而未必就能恰好表达了原作的精神。假使今有同一原文的两种译本在这里，一是'字对字'，然而没有原作的精神，又一种并非'字对字'，可是原作的精神却八九尚在，那么，对于这两种译本，我们将怎样批判呢？我以为是后者足可称'直译'。这样才是'直译'的正解。"在我看来，茅盾说的"直译"和鲁迅的忠实程度不同，是另一种"直译"，甚至可以说是"意译"，至少是介乎二者之间的翻译，这样一说，直译和意译就分别不大了。在国际译坛上，奈达大概可以算个意译派，因为他说过："为了保留信息内容，形式必须加以改变。"[①] 纽马克则自称"多少是个直译派"，还说："好的译者只有当直译明显失真或具有呼唤、信息功能的文章写得太蹩脚的时候才放弃直译，而一个蹩脚的译者才常常竭尽全力避免直译。"又说：

---

① 转引自《中国翻译》1992年第6期，第2页。

"翻译的再创作的成分常常被夸大,而直译的成分却被低估,这尤以文学作品为甚。"① 这和我的看法是截然不同的。到底谁是谁非呢?检验真理的标准是实践,最好是论者本人的实践,可惜这两位英美学者都不懂中文。而中英互译是今天世界上最重要的翻译,因为世界上有十多亿人用中文,也有约十亿人用英文,所以不能解决中英互译问题的理论,实际上不能起什么大作用。还有一个原因,中英文之间的差距远远大于英法等西方文字之间的差距。我曾做了一个独一无二的试验,就是把中国的诗经、楚辞、唐诗、宋词、元曲中的一千多首古诗,译成有韵的英文;再将其中的二百首唐宋诗词译成有韵的法文,结果发现一首中诗英译的时间大约是英诗法译时间的十倍,这就大致说明了,中英或中法文之间的差距,大约是英法文差距的十倍,中英或中法互译,比英法互译大约要难十倍,因此,能够解决英法互译问题的理论,恐怕只能解决中英或中法互译问题的十分之一。由于世界上还没有出版过一本外国人把外文译成中文的文学作品,因此,解决世界上最难的中西互译问题,就只能落在中国译者身上了。

20世纪80年代,刘重德提出了"信达切"的翻译原则,他说信是"信于内容",达是"达如其分",切是"切合风格"。从理论上说,"切"字没有提出来的必要,因为"切"已经包含在"信"和"达"之中。试问有没有"信于内容"而又"达如其分"的译文,却不"切合风格"的?从实践上说,《红与黑》的几种译文,哪种更符合"信达切"的标准呢?恐怕前几种都比第五种更"切"吧,但更"切"是不是更好呢?什么是"好"?胡适讲:"好,就是要读者读完之后要愉快。"用孔子的话来说,就是要使读者"知之""好之""乐之"。《红与黑》的几种译文之中,到底是"切合风格"的前几种,还是"发挥优势"的后一种译文,更能使读者理智上"好之",感情上"乐之"呢?如果是后一种,我就要提出"信、达、优"三个字,来作为文学翻译的标准了。

我在《翻译的艺术》第4页上说过:所谓"信"就要做到"三确":正确,精确,明确。正确,如《红与黑》第三例的"长眠"和"安息"都算正确;精确,如第一例的"大惊小怪",要比"惊奇"精确度高;至于明确,第二例的"人"和"动物"就远比"理解它们者"容易理解。我在该书第5页上还说过:"所谓'达',要求做到'三用':通用,连用,惯用。这就是说,译文应该是全民族目前'通用'的语言,用词能和上下文'连用',合

---

① 转引自《中国翻译》1992年第6期,第3页。

乎汉语的'惯用'法。换句话说，'通用'是指译文词汇本身，'连用'是指词的搭配关系，'惯用'既指词汇本身，又指词的搭配关系。"如以《红与黑》的三个译例来说，第二例的"理解它们者"就不是"通用"的词汇；第一例的"工作"和"粗笨"不好"连用"，"翻山越岭"却合乎汉语的"惯用"法。最后，刚才已经说了，所谓"优"，就是发挥译语优势，也可以说是"三势"：发扬优势，改变劣势，争取均势。这是指译散文而言，如果译诗，还要尽可能传达原诗的"三美"：意美、音美、形美。简单说来，"信、达、优"就是"三确""三用""三势"（或"三美"）。

这种简单的翻译理论，可能有人认为不够科学。我却认为文学翻译理论并不是科学，而是艺术，和创作理论、音乐原理一样是艺术。我在《英汉与汉英翻译教程》第1页上说过："文学翻译不单是译词，还要译意；不但要译意，还要译味。只译词而没有译意，那只是'形似'：$1+1<2$；如果译了意，那可以说是'意似'：$1+1=2$；如果不但是译出了言内之意，还译出了言外之味，那就是'神似'：$1+1>2$。"根据这个理论去检查《红与黑》的几种译本，就可以看出哪句译文是译词，哪句是译意，哪句是译味，对译文的优劣高下，也就不难做出判断了。如果《红与黑》的八种中译本出齐后，再做一次更全面的比较研究，我看那可以算是一篇文学翻译博士论文。如果把世界文学名著的优秀译文编成一本词典，那对提高文学翻译水平所起的作用，可能比西方语言学家的翻译理论要大得多。

总而言之，我认为文学翻译是艺术，是两种语言文化之间的竞赛，这是我对文学翻译的"认识论"。

著名物理学家杨振宁说过："中国的文化是向模糊、朦胧及总体的方向走，而西方的文化则是向准确而具体的方向走。"在我看来，中国传统的翻译理论也是走向总体，更重宏观；西方的翻译理论却是走向具体，更重微观。杨振宁又说："中文的表达方式不够准确这一点，假如在写法律是一个缺点的话，写诗却是一个优点。"[①] 我却觉得，用中文翻译科学作品，如果说不如用英法等西方文字准确的话，翻译文学作品，提出文学翻译理论，却是可以胜过西方文字的。检验真理的唯一标准是实践，检验翻译理论的标准是出好的翻译作品。希望《红与黑》新译本的出版，新序言的发表，能够为中国翻译走上21世纪的国际译坛，添上一砖一瓦。

---

① 见《杨振宁访谈录》第83页。

试看明日之译坛,
竟是谁家之天下!

(原载《外国语》1993 年第 3 期)

文学翻译何去何从?

本文是作者在1994年文学翻译国际研讨会上的发言稿。发言指出翻译有内科和外科两条路线：外科路线如医治箭伤只把箭杆切断的医生，内科路线如把脉开方治病救人的御医，并举瓦雷里的《风灵》、秦观的《泗州东城晚望》、马致远的《天净沙》等译文为例，提出文学翻译何去何从的问题。

一

《中国翻译》1993年第2期发表了《在海峡两岸外国文学翻译研讨会上的发言》，发言人一再赞扬法国诗人瓦雷里《风灵》最后一段的译文（为了对事不对人，本文不提人名）：

　　无影也无踪，（Ni vu ni connu,）
　　换内衣露胸，（Le temps d'un sein nu,）
　　两件一刹那！（Entre deux chemises!）

原诗把灵感比作来无影、去无踪的一阵香风，比作美人更衣一刹那裸露出来的胸脯，真是妙喻；但是译文不好理解，没有传达原意，所以早先我在《世界文学》1990年第1期发表了一篇评论，提出了新译文如下：

　　无影也无踪，
　　更衣一刹那，
　　隐约见酥胸！

但在那次研讨会上该发言人却认为本人"……所追求的，恰是作者——还有译者——所竭力避免的。'酥胸'是滥调，是鸳鸯蝴蝶派的辞藻，而原作是宁从朴素中求清新的"；"这个例子说明的是：高雅的作者，体贴的译者，趣味不高的评者。"

"原作是宁从朴素中求清新的"吗？《世界文学》1983 年第 2 期中引用瓦雷里本人的诗论说："诗歌须予字意、字音、甚至字形以同等价值，这些字同艺术相搏或相融，构成文采洋溢、音色饱满、共鸣强烈、闻所未闻的诗篇。"这就是说，诗歌要有意美、音美、形美！"文采洋溢"，怎么可能说是"朴素"呢？原诗每行五个音节，上二下三，新译也是一样，"换内衣露胸"却是上三下二了，哪种译文更"音色饱满"呢？"两件一刹那"不好理解，怎么能引起"强烈共鸣"呢？

"酥胸是滥调，是鸳鸯蝴蝶派的辞藻"吗？"酥胸"一般是指美人的胸脯，而旧译"露胸"却可以指男子的胸膛，也可以指女装晚礼服露出的胸口。如果把灵感比作男子换内衣，或女子露胸口，那灵感有什么可稀罕的呢？如果说"酥胸"是滥调，那法文 un sein nu 岂不是更"滥"了？但发言人却说"高雅的作者"，这岂不是自相矛盾吗！

什么是鸳鸯蝴蝶派？从内容上说，大约是卿卿我我；从形式上说，大约是对对双双。《中国比较文学通讯》1992 年第 4 期上说："瓦雷里曾提到《道德经》中'有无相生，长短相成'的这种对称排比的表达方式，还肯定对称是人类高度文明的表现。"请看！发言人批评的鸳鸯蝴蝶派对称排比的辞藻，却正是瓦雷里肯定的"人类高度文明的表现"。这听起来又是陈词滥调了，但是"滥调"只要用得恰到好处，倒是可以化腐朽为神奇的；而"从朴素中求清新"，如果用得牛头不对马嘴，反而变成八股滥调了。

我讲过一个笑话："从前有一个士兵中了毒箭，去找外科医生，医生只把箭杆切断，说取出箭头是内科的事。"我看，"两件一刹那"就是"外科医生"式的译文，"隐约见酥胸"却是"内科医生"式的译文，两种译文体现了两条路线的斗争。这虽是个笑话，但在学术会议上赞扬"外科"，批评"内科"，那就不是小事，而是文学翻译何去何从的大问题了。因此，一定要分清是非，不能颠倒黑白；真理越辩越明，真金不怕火烧，而"两件一刹那"，却是一烧便成灰的。

伏尔泰也讲过一个笑话，说有人左眼失明，去看眼科医生，医生说左眼不能治，右眼才能治；不料左眼不治而愈了，医生又写了一篇论文，证明左眼不该痊愈。在国际研讨会上说"两件一刹那"是文学语言，是贴切的翻译，也有点像这个眼科医生的论文。

二

国际上也有"外科"和"内科"两条翻译路线。美国匙河诗歌出版社在 1985 年出版了中美学者合译的《唐诗》和《宋诗》，并且译者写了一篇论文《论中国古诗词英译》，于 1987 年 12 月在香港举行的当代文学翻译国际研讨会上宣读。论文中说：

……在翻译理论的研究上却出现了困境，这一点在中国古诗词英译方面表现尤为突出。

困境产生的主要原因是同时强调两个方面："再创造"和"忠实原文"。因而可以通过的夹缝越来越小。……

中国翻译界长期以来受"信、达、雅"三字的困扰："达与雅"明显表示"再创造"，"信"表示忠实原文。……

……纵观世界翻译史，往往是那些在当时就为欣赏群体所接受的译本才具有较为持久的价值。……

这篇论文的第一个问题是只看到"再创造"和"忠实原文"之间、"信"和"达雅"之间的矛盾对立，却没有看到二者之间的辩证统一。试问：难道"再创造"的译文就不"忠实原文"吗？难道不"达"不"雅"的译文能算"信"吗？其实，"信、达、雅"应该是统一的：原文"达"，译文不"达"，这不能算是"信"，可见"信"可以包括"达"在内；原文"雅"，译文不"雅"，也不能算是"信"，可见"信"也可以包括"雅"在内。

第二个问题：译者说是"再创造"和"忠实原文"之间，"可以通过的夹缝越来越小"。我没有"纵观世界翻译史"，但根据我自己把诗词译成英、法韵文的经验，却发现"再创造"和"忠实原文"之间的夹缝越来越大了，甚至大到了这种程度：没有一首诗词不能"再创造"成忠实于原文内容的译文。这点后面再举译例说明。

第三个问题，也是两位中、美译者理论的核心，那就是"在当时就为欣赏群体所接受的译本才具有较为持久的价值"。而据这两位译者说：他们合译的《唐诗》和《宋诗》"在当时就为欣赏群体所接受"。但是不是"具有较为持久的价值"呢？让我们来看一首他们合译的宋诗，秦观的《泗州东城晚望》："渺渺孤城白水环，舳舻人语夕霏间。林梢一抹青如画，应是淮流转处山。"

**looking out in the evening
from east of sizhou city**
—qin guan

the lonely city is so far away
it is almost invisible

the river is a band of white circling the town
and sunset clouds fill with big ships and
people talking

above this scene the forest
looks like a green stroke painted on the sky

that should be the place
where huai river turns around the mountain

这个译文没有标点，没有大写，随意把原文分译两行或三行，这是"当时为欣赏群体所接受的"形式。但内容是不是忠实于原文呢？原诗是说：诗人傍晚站在泗州东城城楼上，俯视远眺，只见烟霭笼罩之下，波光粼粼的淮河像一条蜿蜒的白带，绕过屹立的泗州城，静静地流向远方；河上白帆点点，船上笑语依稀；稍远处是一片丛林，而林梢的尽头，有一抹淡淡的青色，那是淮河转弯处的山峦。（据《宋诗鉴赏辞典》）

原诗名分明是《东城晚望》，译文却改成《城东晚望》，这真是差之毫厘，失之千里了。因为译者误以为诗人在城东，所以把"渺渺孤城"理解为：孤城如此遥远，几乎看不见了。其实，"渺渺"二字并不是形容"孤城"，而是形容"白水"的，因为从内容上看，诗人站在东城城楼上，怎么可能说出"孤城如此遥远，几乎看不见了"之类的话来呢？从形式上看，"渺渺"形容"白水"，正如李白《送友人》中的"萧萧斑马鸣"，"萧萧"形容的并不是"斑马"，而只是"鸣"；再从修辞上看，"渺渺"二字既扣住了题目中的"晚望"，又与第二句的"夕霏"呼应，然后托出淮水如带，同孤城屹立相映衬，构成了画面上动和静、纵和横的对比。看来译者对这三方面的妙处毫无了解，所以把"白水环"移到第二句去了。原诗三、四两句着重写山，但在第三句中，诗人不从"山"字落笔，而是写出林后天际的一抹青色，暗示了远处的山峦；但译者却误以为一抹青色是写树林，并且错把树林放在"夕霏"之上，这简直是天翻地覆了。短短的四句诗，却犯了四个不可原谅的大错："东城"错成"城东"，一也；"渺渺"写水误为写城，二也；"白水环"移下句，三也；"青如画"写山又误以为是写林，四也。这种译文如果"当时为欣赏群体所接受"，那只能说是读者受了译者的欺骗；如果说"具有较为持久的价值"，那只能说是译者在欺骗自己。检验真理的唯一标准是实践。译者自己的实践，说明了译者的理论绝对没有"持久的价值"；这种论文如能入选，说明了研讨会没有达到国际水平。

这两位中、美译者都是"外科医生"，他们的错误比"两件一刹那"还更严重。"两件一刹那"只是不"达"，词不达意而已；他们却是不"信"，不忠实于原文。他们只看到"再创造"和"忠实原文"在形式上的矛盾对立，却看不到"再创造"和"忠实原文"在内容上的辩证统一。所以他们认为两者之间的夹缝越来越小，结果他们的译文既不忠实于原文，又不是"再创造"，因为"再创造"的前提就是忠实于原文的内容，而不是忠实于原文的词汇。现举我翻译的《泗州东城晚望》英、法韵文本为例：

> The lonely town is girt by a long river white
> Patched with happy fore-and-aft sails in twilight.
> In a stretch of picturesque blue the forest's drowned;
> It should be the hills where the River Huai turns round.

> Le fleuve s'étend d'ici à perte de vue,
> Parsemé de voiles où l'on parle à la nue.
> Le bois est couronné d'un bleu comme un tableau,
> Qui serait la montagne au tournant du cours d'eau.

"孤城""舳舻""一抹"的英译胜过法译，"渺渺""人语""林梢"的法译胜过英译，但都在不同的程度上忠实于原文的内容，都是有所取舍，得意忘形的。"人语"法译成了"和云谈天"，是"再创造"。英译、法译都有韵有调，忠实于原诗的格律形式。

三

最近《外国语》1993年第2期又登了一篇《马致远〈天净沙〉英译

赏析》，现将《天净沙》原文和三种英译抄录如后："枯藤老树昏鸦，小桥流水人家，古道西风瘦马。夕阳西下，断肠人在天涯。"

1. Withered vines, olden tree, evening crows;
   Tiny bridge, flowing brook, hamlet homes;
   Ancient road, wind from west, bony horse;
   The sun is setting,
   Broken man, far from home, roams and roams.

2. Crows hovering over rugged old trees wreathed with rotten vine—the day is about done. Yonder is a tiny bridge over a sparkling stream, and on the far bank, a pretty little village. But the traveller has to go on down this ancient road, the west wind moaning, his bony horse groaning, trudging towards the sinking sun, farther and farther, away from home.

3. At dusk o'er old trees wreathed with withered vine fly crows;
   'Neath tiny bridge beside a cot a clear stream flows;
   On ancient road in western breeze a lean horse goes.
   Westward declines the sun;
   Far, far from home is the heartbroken one.

这首思乡曲前三句每句写了三种事物，但这三种事物并不是并列，而是有主次轻重的。第一句主要是写"昏鸦"，会使人联想起曹操的《短歌行》："月明星稀，乌鹊南飞，绕树三匝，无枝可依。"《天净沙》中的乌鸦到了黄昏时分绕树飞行，总有一棵枯藤缠绕着的老树可依；而天涯游子却有家归不得，比乌鸦都不如，这就倍增其哀了。这两句诗还会使人想起秦观的《满庭芳》："斜阳外，寒鸦数点，流水绕孤村。"孤村可能就像游子的家乡，游子怎能不见景生情呢！《天净沙》第二句主要是写"人家"，"小桥流水"只是陪衬。看见乌鸦有枝可栖，路人有家可归，这更增加了游子的乡愁。第三句主要是写"瘦马"，"瘦马"象征乡愁，早在《诗经·周南·卷耳》中就有"我马瘏矣"；在《离骚》中更有"忽临睨夫旧乡，仆夫悲余马怀兮"二句。这也可能使人想起杜甫的《病马》来："尘中老尽力，岁晚病伤心。"而游子的"瘦马"却在"古道"上，在"西风"中，离家越来越远，和"昏鸦""人家"形成对照。因此可以说第三句比第一、二句更重要。但后两句又比前三句更重要：第四句说不但是人和乌鸦有家，就连没有生命的"夕阳"也有一个归宿，比第一、二句又深了一层；第五句最重要，是全诗的主句，比第三句更进了一步，因为瘦马走"古道",还是"尘中老尽力",而游子远在"天涯"海角,只能令人"肠断"。

《外国语》的评者认为第一种译文"简练",是"上乘"之作。我却认为这是"外科医生"式的评论。因为"枯藤老树昏鸦",写的是乌鸦绕树觅枝之景("绕""觅"是诗句形式所无、诗句内容却有的动词,就是"言外之意"),传的是游子思家之情。第一种译文并列三种事物,既没有画出原文的景,更没有传达原文的情,只是"外科医生"式的翻译,因此远不如第二种"内科医生"式的译文,用一个 hovering,更能绘形画影,传情达意。第一种译文把"老树"译成 olden tree,那就成了一棵当时已经不再存在的古树,形似而意不似了;又把"断肠人"译成 broken man,那又成了一个心灰意懒的人,似是而非了。总之,译者造句不分主次轻重,用词形似意非,虽然"行文简练",但是没有传达原作的诗情画意,其实只是下乘之作。评者认为第二种译文在"西风瘦马"之后加了两个现在分词,"损伤了原作的意味";我却认为这两个分词是原作形式所无、内容可有的修饰语,并无损于诗意;倒是"流水"之前加了一个形容词,和全诗气氛不协调,评者却没有指出来。第三种译文五行都押了韵,是第二种译文的诗化,可以算是"内外科"结合的译法,我认为这是文学翻译应该走的道路。

四

《外国语》1993 年第 4 期第 9 页有赫里克(Herrick)的一首《临终诗》,译文还有斧凿痕迹,可动"内科"手术如下:

Thus I	(外)我如此	(内)这样
Pass by	就消逝	死亡
And die,	而去世,	下葬,
As one	像一个	无名
Unknown,	无名者	幽灵
And gone:	死去了;	归阴,
I'm made	我变成	像是
A shade,	一个魂	影子
And laid	被埋进	消失,
I'th (In the) grave,	坟墓里,	坟墓

There have	我有穴	有如
My cave	在此地。	归宿。
where tell	这地点	悠悠
I dwell,	我长眠,	永久
Farewell.	我再见。	分手。

第 12 页还有一首 40-Love，可以译成"打网球三比零"，但那网球就没打完，不如译为"四十岁的爱情"，现将原诗和两种译文抄下：

40-Love		3:0		四十岁的爱情	
middle	aged	中年	夫妇	中	年
couple	playing	打着	网球	夫	妻
ten –	nis	待	到	打	网
when	the	打	完	球	打
game	ends	球	回	完	后
and	they	家	那	回	家
go	home	网	网	走	球
the	net	仍	将	网	依
will	still	隔	在	旧	把
be	be –	他	们	人	分
tween	them	中	间	左	右

原诗第一、二行都是双音节词，但重音都在前一音节，后一音节在诗中句末可以不算，所以前译每行四字，反不如后译每行两字，用网把夫妻分开，更有象征意义。原诗 ten – 和 when，will 和 still，be 和 be – 都算同韵；前译完全散体，后译"球"和"旧"押韵，"后""走"和"右"押韵，更有音美。前译像"外科"，后译像"内科"，何去何从？要看哪种译文使人好之，乐之。

（原载《外国语》1994 年第 4 期）

谈"比较翻译学"

研究"比较翻译学"目的是要提高翻译水平,解决理论问题。本文比较了西方的"对等"论和中国的"再创"论,"形似"论和"神似"论;认为"对等"论或"形似"论只能解决低层次的翻译问题,高层次的问题要用"再创"论或"神似"论才能解决。本文比较了法国《红与黑》的中、英译文,英国雪莱诗的四种中译文,说明比较翻译学是"创造美"的竞赛。

我在英国出版的《宏观语言学》1993年第4期上提出过"比较翻译学"的理论。我认为比较不同的译文不但可以提高翻译的水平,而且可以解决翻译理论上有争议的问题。因为有比较就有鉴别,有鉴别就可以把感性认识上升为理性认识。"比较翻译学"不是为比较而比较,而是为了促进国际文化交流,为了建立21世纪的世界文化。20世纪的世界,一直是西方文化占统治地位,在翻译理论方面也是一样。但西方文化并不能解决国际上的经济、政治问题,所以不少学者转向东方,认为21世纪将是东方发挥文化优势的世纪。因此,促进东西方的文化交流,提高翻译水平,比较翻译理论,就是具有国际意义的大事了。

东西方文化的差别,体现在翻译理论方面的,如以中国和美国而论,大致是中国传统文化更重宏观,美国当代文化更重微观;中国译论家把翻译尤其是文学翻译当作艺术,所以提出"信、达、雅"的原则;美国译论家把翻译当成科学,所以提出"动态对等""等效""等值"等等理论。其实,西方译论家的理论出自于他们的翻译实践,他们的实践多是西方语文之间的翻译;由于西方语文都是拼音文字,而且多有历史渊源,所以不

难做到"对等""等值"或"等效"。我们不妨比较一下《红与黑》第一章中一句法文和它的英译文:

1. Ce travail, si rude en apparence, est un de ceux qui étonnent le plus le voyageur qui pénètre pour la première fois dans les montagnes qui séparent la France de l'Helvétie.

2. This work, apparently so arduous, is one of the things which most astonish the traveler making his first visit to the mountains that separate France from Switzerland.

法文和英文的主语、谓语、表语、宾语、定语、状语甚至两个定语从句,几乎都可以说是"对等"的,所以不难做到"等值"或"等效",也可以用"对等"的理论来进行检验。下面我们再比较一下这句法文的上海和湖南的两种中译文:

3. 这种劳动看上去如此艰苦,却是头一次深入到把法国和瑞士分开的这一带山区里来的旅行者最感到惊奇的劳动之一。(上海)

4. 这种粗活看来非常艰苦,头一回从瑞士翻山越岭到法国来的游客,见了不免大惊小怪。(湖南)

从微观的角度来看,第三种译文比第四种更"对等";但和第二种比起来,"对等"的程度就差得多,定语从句都放前了。从宏观的角度来看,第四种译文却比第三种更"等效"。我说"等效",其实是说效果更好,因为从微观的角度看,很难说第三种或第四种译文产生的效果和原文"对等";而第四种的"翻山越岭"四字内涵丰富,产生的效果甚至比原文更好。所以"对等""等值""等效"的理论如果应用到西方语文之间的翻译上,也许还行得通;但要用到中西互译上,结果就会适得其反,因为"对等"的译文(如第三种)并不好,好的译文(如第四种)既不"对等",又不"等效"。如果用中国传统译论的"信、达、雅"三原则来检验,则可以说第三种译文"信"而欠"达",根本不"雅";而第四种译文既"信"又"雅";第二种译文既"信"又"达"。这就是说,中国传统译论不但可以用于中西互译,也可用于西方语文之间。不过后者只有"信"和"达"的问题,前者却多了一个"雅",也就是"优雅"或"文采",用我的话来说,是"发挥译语优势"的问题,而发挥"优势",却不是用"对等"或"等效"能解释的,因为后者着重的是一个"等"字,而"优"却不是"等"就算够了。高健在《外国语》1994年第2期第3页中说得好:"等值等效说比较更适合于以资料、事实为主的科技翻译,而不太适用于语言本身在其中起着重要作用的文学翻译；换句话说，它更适合于整个翻译阶程中较低层次的翻译（在这类翻译中一切似乎都有其现成的译法），而不太适合于较高层的翻译（其中一切几乎全无定法，而必须重新创造）。"①

我国主张"形似"的译者不少，江枫就是其中之一。他在《中国翻译》1990年第2期发表了一篇《形似而后神似》。从题目看来，他认为先要"形似"，然后才能"神似"；换句话说，如不"形似"，也就不能"神似"。他在第17页上说："译诗，不求形似，单求神似而获得成功者，我敢断言，绝无一例！"这个"断言"很武断。"译诗，不求形似，单求神似而获得成功者"，最著名的例子，是菲茨杰拉德英译的《鲁拜集》，英文学者几乎无人不知，而江枫却断言"绝无一例"。台北书林公司出版了黄克孙衍译的《鲁拜集》，也是"不求形似，但求神似"的，如："一箪疏食一壶浆，一卷诗书树下凉。卿为阿侬歌瀚海，茫茫瀚海即天堂。"钱锺书教授读后说："黄先生译诗雅贴比美Fitz-Gerald原译。Fitz-Gerald书札中论译事屡云：'宁为活麻雀，不作死老鹰'，况活鹰乎？"难道这还不算成功？难道要宁为"形似"的死麻雀？

江枫只见"形似"与"神似"的统一，而不见二者之间的矛盾。如以中文、英文而论，"形""神"之间的矛盾是远远多于统一的。再从实践来看，江枫译《雪莱诗选》是怎样"形似而后神似"的？我在北京大学英语系为研究生开文学翻译课时，批评过江枫译的《云》，现将原诗、江译、新译摘抄一段如下，以便比较。

  The sanguine sunrise, with its meteor eyes,
    And his burning plumes outspread,
  Leaps on the back of my sailing rack,
    When the morning star shines dead,
  As on the jag of a mountain crag,
    Which an earthquake rocks and swings,
  An eagle alit one moment may sit
    In the light of its golden wings.

  血红的朝阳，睁开他火球似的眼睛，
    当启明熄灭了光辉，
  再抖开他烈火熊熊的翎羽，跳上我

---

① 高健《论翻译中一些因素的相对性》，《外国语》1994年第2期，第3页。

    扬帆疾驰的飞霞脊背；
  像一只飞落的雄鹰，凭借金色的翅膀，
    在一座遭遇到地震
  摇摆、颤动的陡峭山峰巅顶
    停留短暂的一瞬。 （江译）

  朝阳睁开眼睛，像血红的流星，
    它展开燃烧的翅膀，
  跳到我扬帆远航、随风飘荡的背上，
    晨星已经暗淡无光。
  我像被地震震动的一座陡峭山峰，
    峰顶有一片巉岩，
  旭日有如雄鹰，两翼灿烂如金，
    暂时落在巉岩上面。① （新译）

  江译把启明星从原文的第四行移到第二行，于是第三行的两个动词"抖开"和"跳上"本来是写朝阳的，江译却变成写启明星了。江译为了追求"形似"，把六至八行译成生硬的长句，读者不免要问，雪莱的诗怎么这样差？原诗一、三、五、七行都押内韵，读来有平衡感；江译没有内韵，停顿或前或后，读来就不平衡。这样"形似"的译文难道能算是"神似"？再看新译，在"形"和"神"能统一的时候，就要求"形似"，所以一、三、五、七行都用了内韵；第四行的"晨星"（即启明星）既没有移前，也没有移后。但当"形""神"有矛盾时，就不要求"形似"。如第七行的"旭日"二字，就是原文形式所无、内容可有的主语，加上去虽不"形似"，但是却更通顺达意。也许孤证不足为凭，再看雪莱的《哀歌》（A Lament）及梁遇春、王佐良和江枫的译文：

  O World! O Life! O Time!

  On whose last steps I clime,

    Trembling at that where I had stood before;

  When will return the glory of your prime?

    No more—Oh, never more!

    Out of the day and night

---

① 见辜正坤主编《世界名诗鉴赏词典》，北京：北京大学出版社，1990 年 2 月。

A joy has taken flight;
　　Fresh spring and summer, fall and winter hoar
Move my faint heart with grief, but with delight
　　No more— Oh, never more!

　　呵世界！呵人生！呵光阴！我踏着我的残年上登，看到了以前站足的地方，我浑身发颤，青春的光荣那时回来？再也不——呵，绝不再来！
　　朝朝夜夜欣欢渐渐地远走高飞，阳春，夏天同皓冬使我微弱的心儿感到悲哀，但快乐之感是再也不——呵，绝不再来！① （梁译）

啊，世界！啊，人生！啊，时间！
登上了岁月最后一重山！
回顾来路心已碎，
昔日荣光几时还？
啊，难追——永难追？

日夜流逝中，
有种欢情去无踪。
阳春隆冬一样悲，
心中乐事不再逢。
啊，难追——永难追！② （王译）

哦，时间！哦，人生！哦，世界！
我正登临你最后的梯阶，
战栗着回顾往昔立足的所在，
你青春的绚丽何时归来？
不再，哦，永远不再！

从白昼，从黑夜，
喜悦已飞出世界；
春夏的鲜艳，冬的苍白，
触动我迷惘的心以忧郁，而欢快，
不再，哦，永远不再！③ （江译）

---

①　转引自江枫《形似而后神似》，《中国翻译》，1990年3月。
②　王佐良《英国诗文选译集》，北京：外语教学与研究出版社，1983年8月。
③　《雪莱诗选》，江枫译，长沙：湖南人民出版社，1982年8月。

比较一下三种译文，可以说梁译用词比较陈旧；王译也是白话里夹文言，但是可以使人"知之"；江译却是在"形"和"神"可以统一的时候（如第一行是从空间到人，再到时间），偏偏译得不"形似"（第一行反其道而行之，译成从时间到人，再到空间）。第二行可能是为了凑韵，把"阶梯"改成"梯阶"，读来非常别扭，不如"台阶"。第三行译成"立足的所在"，太散文化，没有诗味，可能是不了解原文 that 是代 step 的缘故。第四行"绚丽"也不如梁译、王译。只有第五行可以算是"形似"。第六行又只"形似"而不"神似"，"从白昼，从黑夜"和第七行的"世界"不知什么关系，显得不合逻辑。第八行又是可以"形似"而不"形似"，把两个形容词译成名词了。第九、十行连使人"知之"的最低要求都没达到，更不要说使人"好之"或"乐之"了。从江枫自己的译诗实践看来，他所谓的"形似而后神似"可以说是站不住脚的。

比较不是为了比较，而是为了提高。如果从前面三种译文取长补短，那就可以超越前译了。现试改译如下：

啊！世界！人生！光阴！
对我是山穷水尽，
往日的踪影使我心惊。
青春的光辉何时能再回？
不会啊！永远不会！

欢乐别了白天黑夜，
已经远走高飞
春夏秋冬都令人心碎，
赏心事随流水落花去也，
一去啊！永远不回！

原诗第一行用了三个"O"，从内容上讲，可能表示世界、人生、时间三位一体，因为人生是在空间和时间中存在的；从形式上讲，可能因为这"三位一体"都是单音节词。译成中文，"呵"字音似，"啊"字意似，"哦"字音似而意不似，因为表示的不是感叹，而是领会、顿悟的意思。而第一行译成中文，"呵"字最好放后；如要"形似"放前，则不如用"啊"更意似。"啊"用三个过于强调，不容易理解到"三位一体"，所以我认为只用一个就够了。第二行的 steps 梁译成"残年"强调了时间，王译成"最后一重山"强调了空间，不如模糊的"山穷水尽"，还可以应用到人生上。

第三行我本想译成"回顾走过的脚印使我胆战心惊",后来觉得用字太多,就改成现译了。这说明一个句子并不止有一个译法,为了宏观可以牺牲微观。第五行王译不如江译,但江译"不再"也不自然,所以改"不会"。有一种版本第八行原诗只提"春、夏、冬",而没提"秋",梁译"形似",王译省略了"夏",我却根据另一版本增加了"秋",正好说明翻译有"等化""浅化""深化"三种方法。梁、王都用"阳春",梁译"皓冬"更加形似,意似,但不如王译"隆冬"自然,而原诗用 hoar 主要为了和 more 押韵,并不是非"皓"不可,所以"隆冬"也好。我却把 hoar 和 fresh 都移到第九行去译,因为阳春鲜花盛开,隆冬白雪皑皑;但春天一去,花就落了,冬天一过,雪也化为流水。所以我说:赏心事随流水落花去也。"对等"派的评论家也许要说这是陈词滥调,我却自得"再创作"之乐,简直觉得像春回大地一般。创造美是世界上最大的乐事,也是文学翻译的最高目标,而比较翻译学则是创造美的竞赛。

(原载《外语与翻译》1994 年第 3 期)

从诗的定义看诗词的译法
——韵体译诗弊大于利吗?

作者在本文中列举出诗的定义十条:(1)诗是把乐趣和真理融合为一的艺术。(2)好诗是强烈的感情自然的流露。(3)诗是绝妙好词的绝妙安排。(4)诗记录了最美好、最幸福的心灵度过的最美好、最幸福的时光。(5)诗是音乐性的思想。(6)诗是对生活的批判。(7)诗用有限显示无限。(8)诗说一指二。(9)诗是心血、想象、智慧的交流。(10)散文是走路,诗是跳舞。作者根据这些定义,说明韵体译诗利大于弊。

1994年是中国翻译界丰收的一年。6月,重庆大学出版社出版了《中国当代翻译百论》;7月,湖北教育出版社出版了《翻译新论》;8月,中国文学出版社推出了《诗经》三百零五篇英译本;9月,新世界出版社推出了《中国古诗词六百首》英文韵译本,其中三百二十首还由英美加澳企鹅集团出版公司编入《企鹅丛书》。这是企鹅国际书社第一次出版中国人英译的诗词,出版者推荐说:译文绝妙(excellent);国内《文艺报》11月12日曾发表"书讯";香港《大公报》10月12日曾发表评论:《英伦新版不朽诗》。短短的四个月之内,每个月出版了一本重要著译,不能不算是中国翻译界的大事。

但对诗词英译这件大事,评论是各种各样的。如《翻译新论》中收入的《关于"音美"理论的再商榷》提出了三个问题:1. 不押韵就不是诗吗?2. 韵体译诗是利大于弊,还是弊大于利?3. 应该走《鲁拜集》的翻译道路吗?这篇论文曾登在《现代外语》1989年第2期上,可惜我当时没看到，评者也没有告诉我，只好现在来做迟到的答复了。

　　第一个问题："不押韵就不是诗吗？"评者说："许先生认为：如果丢掉了音韵，翻译出来的东西，还能算是诗词吗？"由此可见，我并没有说过"不押韵就不是诗"，只是认为不押韵不能算"诗词"。直到目前，我还没有见过一首不押韵的"诗词"，评者也举不出一个例子来。他只是引用美国译者林同端的话说："大势是免韵"；还引用法国苏珊娜的话："许多清规戒律已被扬弃。"但"免韵"的林译和"扬弃"了"清规戒律"的苏译能算是"诗词"吗？林同端是我大学时代的同学，苏珊娜是外文局的法国专家，我们在北京都曾当面讨论过，讨论的情况已收入《翻译的艺术》论文集。1993年毛泽东一百周年诞辰时，中国翻译公司要重新出版英译《毛泽东诗词选》，但并没有选用"免韵"的林译，而是选用了全部押韵的许译。英国里茨大学出版的《宏观语言学》的编者来信说：许译把"不爱红装爱武装"译成"To face the powder and not to powder the face"，可以算是胜过原文的典型。1987年外文局出版法译《唐宋词选一百首》，苏珊娜译了几首扬弃"清规戒律"的词，我却译成韵文，结果法文专家组组长丹妮丝认为许译胜过苏译，出版了韵译本。国际比较文学会第一任会长、巴黎大学艾江波教授对许译作了高度评价。（见《中国古诗词六百首》封底）北京大学闻家驷教授说：把《长相思·雨》中的"一声声，一更更"译成"Ronde après ronde, /Et goutte à goutte, /La pluie inonde/La belle voûte..."，译文可和原文比美。由此可见，无论是在理论上或是实践上，林、苏都不能证明诗词可以"免韵"。

　　评者谈到诗的定义，恰巧南京师范大学吴翔林教授的《英诗格律及自由诗》中，收集了欧美诗人对诗的看法，现在大致摘译如下：1. 约翰逊博士说：诗是把乐趣和真理融合为一、用想象来支持理性的艺术。2. 华兹华斯说：好诗都是强烈的感情自然的流露。3. 柯尔律治说：诗是绝妙好词的绝妙安排。4. 雪莱说：诗记录了最美好、最幸福的心灵度过的最美好、最幸福的时光。5. 卡奈尔说：诗是音乐性的思想。6. 亚诺德说：诗是对生活的批判，诗人的伟大在于他能应用美好的理想，对现实进行有力的批判，教人应该如何生活。7. 布朗宁说：诗用有限显示无限（"一粒沙中见世界"——许注）。8. 弗洛斯特说：诗说一指二（"意在言外"——许注）。9. 叶芝说：诗是心血、想象、智慧的交流。10. 瓦雷里说：散文是走路，诗是跳舞。我看，这十位诗人都说诗要"意美"，卡奈尔更说到诗要"音美"，柯尔律治则说诗要"形美"。这些关于"三美"的说法，既可应用于英诗，又可应用于中国诗词，但并没有说诗词可以不用韵。瓦雷里说诗是跳舞；在我看来，把像跳舞的诗词译成走路般的分行散文，是不成其为诗词的。

第二个问题："韵体译诗是利大于弊，还是弊大于利？"评者在论文中引用了吕叔湘先生的话，说诗体译诗，"稍一不慎，流弊丛生"。但他不知道在80年代，我对吕先生提出过不同的意见，吕先生当面表示接受，并约我修订他编的《中诗英译比录》，将诗由五十多首增加到一百首，其中收录了五十多首我的韵体译文，书也改成两人合编，1988年由香港三联书店出版，1990年又在台北重印。吕先生这种接受意见的学者风度，真是令人钦佩。

评者又引用了阿瑟·韦理的话，说用韵"不可能不因声损义"，所以"韵体译诗是弊大于利"。最近，中国文学出版社出版了我的《诗经》英译本，湖南又出版了汉英对照本，我在湖南本的序言中比较了韦理译的《关雎》和我的译文。据《诗经鉴赏集》说：《关雎》第一段写水鸟叫春，男子求爱；第二、三段写夏天荇菜浮出水面，男子热恋；第四段写秋天收获荇菜，男女订婚；第五段写冬天食用荇菜，男女结合。这《诗经》的第一篇说的是：人要模仿自然界外在的秩序（"礼"）和内在的和谐（"乐"），小则可以修身、齐家，大则可以治国、平天下。这种"礼乐"治国的思想，在不用韵的韦译中无影无踪，可见不用韵也会"损义"，而用韵的许译反倒没有"因声损义"。《诗经》三百零五篇英译，篇篇如此，中国文学出版社的编辑在前言中说："自豪地"（proudly）推出这个英译本。怎能说我"因声损义"呢？但评者又从六个方面来"解剖"：

（一）"超码翻译，添枝加叶"。在我看来，超码加词，在翻译中是难免的，问题是加什么词。如果加的是原文表层虽无、深层却可以有的词，那就不是"弊大于利"了。评者举了王建的《新嫁娘》为例，头两句是："三日入厨下，洗手作羹汤。"我前一句译文加了个"shy-faced"（羞答答的），后一句"手"后面加了"still fair"两个词。评者说这是"任意枝蔓"。"枝蔓"是有之，"任意"却非也。因为西方的新嫁娘一般比较大方，中国古代的新娘却比较娇羞。王建写诗是给中国人读的，不言自明；译成英文不加"羞"字，外国读者就可能以为新娘很大方地下厨房，那诗意就要大受损失，因不加词而损义了。"手"后面加上"还好看的"也是一样，如果不加，外国读者也可理解为粗手笨脚的新娘，干惯了粗活的新娘下厨房有什么诗意呢？加词之后，新娘的形象却更加鲜明了。前面引用布朗宁的话说：诗用有限显示无限。在我看来，有限和无限是指具体和抽象，个性和共性。在王建诗里，就是用一个新娘的形象，来写唐代的婆媳姑嫂关系，显示如何修身、齐家才能过美好的生活。在这个意义上，《新嫁娘》可以看作《关雎》的续篇。加词如能增添这方面的诗意，那就不是"弊大于利"，而是利大于弊了。

评者举的第二个例子是贺知章《回乡偶书》中的"儿童相见不相识"，我加了"on the way"（在路上）三个词。评者说是"水分过多"，我却认为加的是原诗表层虽无、深层却有的词。因为如果不是"在路上"，难道是在家里吗？在家就不会"笑问客从何处来"了。华兹华斯说：好诗都是强烈的感情自然的流露。而"少小离家老大回"的游子，例如海外归侨，都是在路上流露这种感情的。如把这三个词删掉，读起来就不自然了。

（二）"减码翻译，削足适履"。评者举的例子是李白《下江陵》中的"朝辞白帝彩云间"，我的译文是"I leave at dawn the White Emperor crowned with cloud"，评者认为我删去了"彩"字没译，"云"字应该译成复数。我却认为译文把彩云比作金光灿烂、五彩缤纷的王冠，不译"彩"字而彩自见，白帝城戴上彩云构成的王冠不是在"彩云间"吗？王冠单数比复数好。雪莱说过：诗记录了最美好、最幸福的心灵度过的最美好、最幸福的时光。用戴上王冠来形容李白在白帝城遇赦、死里逃生的心情，不是最恰当吗？

第二个减码的译例是李白《渡荆门送别》中的"月下飞天镜"，评者认为是指江中的月影，我却没译"下"字，译成天上的明月了。安旗在《李白的名篇赏析》第16页上说："月下，无非是月出的意思。李白另有诗句：'萝月下水璧'，写山间初升的明月，像水璧一样又圆又亮。两处'下'字正可互相印证。"所以"月下飞天镜"就是月亮像明镜飞来悬在天上的意思。我没有错，错的是评者。叶芝说：诗是心血、想象、智慧的交流。李白看见江上明月，心潮澎湃，用他的智慧，把月亮想象成飞来的明镜。安旗用他的智慧，解释"月下"为"月出"。评者只有想象没有智慧，所以就上下颠倒，混淆是非了。

（三）"破坏原诗的含蓄美"。评者举的例子是李商隐《巴山夜雨》中的"共话巴山夜雨时"，许译是"And talk about this endless dreary night of rain"，评者认为endless（漫长的）、dreary（冷清的）使得"诗无言外之意"。美国诗人弗洛斯特说过：诗要说一指二（即意在言外）。但原文是单音节字，重复"巴山夜雨"四个字可以使读者感到漫长、凄清；译文是多音节词,重复并不能取得相同的效果,甚至相反,有人还以为巴山夜雨是件乐事。我看为了避免误解,含蓄不如说破。

评者还举了张九龄的《自君之出矣》为例,原诗和两种译文如下:"自君之出矣,不复理残机。思君如满月,夜夜减清辉。"

1. Since my lord from me parted,
   I've left unused my loom.
   The moon wanes, broken-hearted
   To see my growing gloom.

2. Ever since you left, my lord.
   The loom I have so long ignored.
   I yearn like the moon full-bright,
   And grow more pale with each night.

评者认为第一种译文用了 broken-hearted(心碎)和 gloom(忧郁),不如第二种含蓄。我却认为不说人"心碎"而说月"心碎",正是高度的含蓄,和杜甫在《月夜》中不说自己思家,反说家人思念自己一样;而且碎心很像残月,真是一举两得的绝妙好词。柯尔律治说过:诗是绝妙好词的绝妙安排。反过来看第二种译文,用了 pale 一词,这词用于古人,表示黄色变白,而清辉是白的,黄色变得越白,清辉加得越多,这和原文"减清辉"(变残缺)的意思恰恰相反。

(四)"抑义就辞,更易原文"。评者认为我"随意添加形象"。例如陆游《钗头凤》中的"红酥手,黄藤酒,满园春色宫墙柳",我译成"Spring paints green willows palace walls cannot confine",评者说:"柳喻唐婉。她这时已嫁人,有如宫禁里的杨柳,可望而不可即。"而我却认为"红酥手"正是写唐婉就在面前,既可望又可即,就像宫禁关不住的杨柳一样。亚诺德说:诗是对生活的批判。陆游说宫墙关不住柳色,正说明封建制度扼杀不了他们的爱情,是对现实的有力批判。原诗比较含蓄,只说"宫墙柳",而没说宫墙关得住或关不住柳色,但从上文的"手"和"酒"看来,自然是关不住,否则就不连贯。由此可见含蓄有时需要说破,评者不就误解为关得住吗?

评者举的第二个例子是李商隐《无题》中的"东风无力百花残",许译是:The east wind is too weak to revive flowers dead. 评者认为 revive(起死回生)是"误译",但周汝昌在《唐诗鉴赏辞典》1173 页的解释,却和我不谋而合。约翰逊博士说:诗是把乐趣和真理融合为一,用想象来支持理性的艺术。如把"起死回生"删掉,那就只有真理,没有乐趣,只有理性,没有想象了。

(五)"译文重复累赘"。评者说我在苏东坡《赤壁怀古》中不该重复用两个 air,两个 fair 押韵;但他没有说明:air 和 fair 一次用在上段,一次用在下段。两段诗用同韵,英诗中不乏其例,不值得一驳。卡奈尔说:诗是音乐性的思想。只要译文有音乐性,就随人批评好了。

(六)"译文风格同原文背道而驰"。原文押韵,译文也押韵,风格怎么算背道而驰呢?难道不押韵的译文反倒符合原文风格吗?评者举不出例子来。其实,现成的例子倒有一个,就是评者自己译的《自君之出矣》。评者对我的六点批评,我都可以用来批评评者的译文:1. 第二行加了 so long,这是"超码翻译,添枝加叶"。2. "不复理残机"的"残"字没译,这是"减码翻译,削足适履"。3. 把"减清辉"译成"加清辉",这是"破坏原诗的含蓄美"。4. "不复理残机"中用了 ignore(不理),而原文是不再用织布机的意思,这是"抑义就辞,更易原文"。5. 原文没有"我"字,译文用了两个,照评者的评法,这也是"译文重复累赘"。6. 瓦雷里说:散文是走路,诗是跳舞。原文像跳舞,评者的译文却像走路,这是"风格和原文背道而驰"。

第三个问题:"应该走《鲁拜集》的翻译道路吗?"回答:是的。据人民大学出版社新出的《怒湃译草》统计,《鲁拜集》有五百种不同版本,汉译也有二十种之多,大部分都是根据英译本转译的。我英译的《诗经》《楚辞》《唐诗三百首》《宋词三百首》《李白诗选》《苏东坡诗词选》《西厢记》《毛泽东诗词选》《中国古诗词六百首》(包括英国《企鹅丛书》的三百首)都是走这条路。自然也有人同意评者的观点,认为韵体译诗弊大于利(见《翻译新论》第 74 页)。但我要引用杜甫的两句诗来作结:"尔曹身与名俱灭,不废江河万古流。""三美译论"是会"与名俱灭",还是会像"江河万古流"呢?历史会做出公正的结论。

1995 年 1 月 15 日于北京大学

谈 重 译

重译应该胜过原译,需要发挥译语优势,也就是要用译语最好的表达方式。一流作家不会写出的文句,不该出现在世界文学名著的译本中。重译如能胜过原译,甚至胜过原作,那传达原作风格就是次要的问题。如果妙译和原作风格有矛盾,那可以舍风格而取妙译。

"重译"有两个意思:一是自己译过的作品,重新再译一次;二是别人译过的作品,自己重复再译一遍,这也可以叫作"复译",但我已经用惯了"重译"二字,所以就不改了。正如"矮"字是"委矢"两个字组成的,拿起箭来应该是"射",怎么成了"矮"呢?而"射"是"寸身"两个字组成的,一寸高的身子应该是"矮",怎么成了"射"呢?于是有人认为"矮"和"射"两个字应该互换,言之成理;但是这两个字已经用了千百年,约定俗成,结果"委矢"放箭还是"矮"的意思,三寸丁的个子还是"射"的意思。这个问题我们中国人司空见惯,不以为奇;但是落到外国人眼里,他们却如获至宝。如英国诗人庞德和洛威尔读了中文,结果竟创立了意象诗派,影响之大,美国哥伦比亚大学出版社1984年出版的《中国诗选》封底上说:"假如没有中国诗词的存在和影响,我们不可能想象出本世纪英诗的面目。"因此,无论翻译也好,重译也好,不但要引进好的外国表达方式,还要输出好的本国表达方式,不论是外译中还是中译外,都是一样。尤其是对只知有美国,不知有中国,只知道今天,不知道历史的美国人,更是如此。试想,假如美国人都像庞德和洛威尔一样对中国文化有所了解,有所爱好,那今天的中美关系会发展到什么地步?世界文化会得到多少提高?因此,我认为要建立21世纪的世界文化,主要是把东方文化输出到西方去;即使是输入西方文化，也要使之适合中国的国情。所以翻译工作者要传播双向的文化，翻译的地位不应该在创作之下，翻译的质量也不应该低于创作的质量，换句话说，翻译的文句和创作的文句应该没有什么分别。

至于重译，我认为新译应该尽可能不同于旧译，还应该尽可能高于旧译，否则，就没有什么重译的必要。我自己中译英重译过《诗经》《楚辞》《汉魏六朝诗选》《唐宋诗选》《唐宋词选》《李白诗选》《苏东坡诗词选》《西厢记》《元明清诗选》《毛泽东诗词选》等；中译法重译过《古诗词三百首》《唐宋词选一百首》等；法译中重译过雨果的《艾那尼》、司汤达的《红与黑》、巴尔扎克的《入世之初》、福楼拜的《包法利夫人》、莫泊桑的《水上》，现在正重译罗曼·罗兰的《约翰·克里斯托夫》；英译中则只有花城出版社约我重译的萨克雷的《名利场》。如果没有出版过这两种文字互译的作品，恐怕很难提得出解决中英互译问题的理论。积五十多年中英、中法互译的经验，我得到的一条结论是：文学翻译，尤其是重译，要发挥译语的优势，也就是说，用译语最好的表达方式，再说具体一点，一个一流作家不会写出的文句，不应该出现在世界文学名著的译本中。20世纪文学翻译作品能够传之后世的不多，而我认为21世纪的翻译文学应该是能流传后世的作品。

古代流传到今天的文学名著，首先要推希腊的荷马史诗。据中国译协副会长刘重德在《浑金璞玉集》第112页上说：荷马史诗至少有珂伯、蒲柏、查普曼、纽曼等的英文重译本，其中蒲柏和查普曼的两种译本最为重要。沃顿在《英国浪漫派散文精华》第21页上说："蒲柏较之荷马有着更多闪光的比喻和动情的描写，总体上也显得更内容丰富、文采飞扬、细腻深入和绚丽多彩。这样，蒲柏的译文反倒比希腊文的原著更受人欢迎了。"查普曼的译文则得到了英国诗人济慈的高度赞扬。但英国评论家阿诺德却说：他们都不符合荷马的风格，蒲柏太典雅，如：

  No force can then resist, no flight can save;
  All sink alike, the fearful and the brave.
  ...
  Where heroes war, the foremost place I claim,
  The first in danger as the first in fame.

但译文胜过了原作，再现原作风格就是次要的了。英国诗人艾略特说过："个人才智的影响有限，民族文化的力量无穷。"

到了20世纪，出现了汉武帝哀悼李夫人的《落叶哀蝉曲》的几个重译本，原诗如下："罗袂兮无声，玉墀兮尘生。虚房冷而寂寞，落叶依于重扃。望彼美之女兮安得？感余心之未宁？"英译者有翟理斯、庞德、韦理、洛威尔等。一般认为，韦理的译文比较接近原文的风格，但最成功的却是庞德的译文，甚至已经选入了英国诗集。现将庞德译文抄下：

  The rustling of the silk is discontinued.
  Dust drifts over the courtyard,
  There is no sound of foot-fall, and the leaves
  Scurry into heaps and lie still,
  And she the rejoicer of the heart is beneath them:
  A wet leaf that clings to the threshold.

庞德的英译文可以还原为白话如后："罗衣不再索索作响，尘埃在庭院中漂浮。听不见脚步声，枯叶纷纷落下，静静地堆在门前，而她这个令人心荡神怡的美人却躺在枯叶下面：一片风雨中飘零的树叶依恋着门槛。"比较一下原诗和白话译文，可以看出用词的风格大不一样："罗袂"浅化为"罗衣"；"无声"深化为"索索响"；"玉墀"浅化为"庭院"；"尘生"等化为"尘埃漂浮"；"虚房"句具体化为"听不见脚步声"；"落叶"句最重要，原文只是借景写情，庞德却创造了一个意象，把李夫人的英灵比作一片落叶，依依不舍地恋着门槛，使得情景交融了；"彼美之女"也深化为"令人心荡神怡的美人"；最后一句"感余心之未宁"，原文是说汉武帝思念李夫人，心不平静，庞德却把诗人心中的美人和落叶合成三位一体，心不平静又换成风雨飘零的意象。于是英美评论界认为庞德的译文胜过了原诗。从以上两个译例看来，蒲柏和庞德的译文胜过了原作，都是不考虑原文风格的。

  后来，我把汉武帝悼念李夫人的哀歌重译成英、法文。英译用的蒲柏的译法，全部押韵，风格比庞德更接近原文，但意象远不如庞德，不能算是胜过庞译，由此可见意象比风格更重要。但庞德没有译"感余心之未宁"，我的法译把这一句译成"心潮起伏"，用了一个波浪的形象，觉得只以这句而论，可以算是胜过庞德的。现将我的法译抄下，可见重译可以推进文化的发展。

  Je n'entends plus, oh! froufrouter sa soie;
   Je vois croître, oh! la poussière à sa porte.
  Sa chambre est froide, désertée par la joie;
   Au vantail clos s'attachent les feuilles mortes.

> Cherchant ma belle, oh! mon cœur ondoie
> Comme une mer forte.

以上谈的是中译外。外译中我也重译过几本:《红与黑》参考了郝运译本,觉得很容易超过;《包法利夫人》参考了李健吾译本,大约有5%不容易超过;《约翰·克里斯托夫》参考了傅雷译本,大约有10%不容易超过。我参考郝译时,觉得译文只能使人"知之",不能使人"好之"。他选用的词汇,几乎都是法汉词典上找得到的。我不记得他有什么独到的译法,读了使人叫绝,觉得自己译不出来的。我参考李健吾译文时,觉得译文不但使人"知之",而且使人"好之",甚至使人"乐之"。这种使人"乐之"的译文约占全书5%,我一读到就查法汉词典,如果词典中有,我就用在自己的译本中,因为那不是李先生的独创;如词典中没有,那我就不敢掠美,尽量寻找其他表达方式。如能胜过李译,那是乐何如之;即使不如李译,只要相差不算太远,我还是用自己的译文;如果相差太远,那只好承认李译不可超越,甘拜下风了。在参考傅译时,我觉得使人"乐之"的译文比李译还多,约占10%。我的处理方法,还和对待李译一样。这样一来,我觉得重译才是真正的文学翻译,因为不必费力去解决理解问题,而可以集中精力去解决表达问题,看怎样表达得更好。一般说来,我不太费力气去再现原作风格,因为风格问题不容易有共识。我惨痛的经验是:费力去传达原作风格,结果把好译文改坏了。如果妙译和原文风格有矛盾,我是舍风格而取妙译的。

傅雷说过:"理想的译文仿佛是原作者的中文写作。"最近《英语世界》百期专刊要我写一篇中、英文的专稿,我就模仿老子《道德经》第一篇写了一章《译经》。中、英文都是作者的写作,是不是"理想的译文"呢?现将原文抄录于下:

> 译可译,非常译:忘其形,得其意。得意,理解之始;忘形,表达之母。故应得意,以求其同;故可忘形,以存其异。两者同出,异名同理:得意忘形,求同存异;翻译之道。

> Translation is possible: it is not transliteration. Neglect the original form; get the original idea. Getting the idea, you understand the original; neglecting the form, you express the idea. Idea and form are two sides of one thing. Be true to the idea common in two languages and free from the form peculiar to the original. That is the way of translation.

三个"译"字,译法各不相同;"得意忘形""求同存异",在不同的上下文中，有不同的译法；"两者同出"，干脆译成"意"与"形"。我译时没有考虑保存原作风格问题，但是能说这个译文没有再现原作风格吗？

李政道在《名家新见》中说得好："艺术，例如诗歌，……用创新的手法去唤起每个人的意识或潜意识中深藏着的已经存在的情感，情感越珍贵，唤起越强烈，反响越普遍，艺术就越优秀。"（见1996年6月24日《光明日报》）我看，艺术当然包括翻译的艺术在内。

优秀的艺术应该在全世界交流，优秀的翻译艺术也应该在全世界进行交流。我认为文化交流并不是为交流而交流，而是为了双方得到提高，为了共同建立新的世界文化。因此我们应该欢迎译文胜过原文，重译胜过原译。庞德把汉武帝的哀歌译成意象派的新诗，得到了国际声誉；我们也就应该把"魂归离恨天"送上国际文坛（杨宪益夫妇在《红楼梦》中译成 return in sorrow to Heaven，我在《西厢记》中把"休猜做了离恨天"译为... is this a paradise or a sorrowless sphere?），这样，重译就可以使国际文坛变得越来越丰富多彩，越来越灿烂辉煌！

（原载《外语与外语教学》1996年第6期）

名著·名译·译风

本文原题名为《译家之言》，指出名著、名句越是模糊朦胧，译文越可丰富多彩，如《尤利西斯》的译文。名译要能联系实际，有吸引力，如《哈姆雷特》的名句。傅雷好的译文像原作者的中文写作，但他保存原文句法，往往成了败笔。四字成语不是陈词滥调，即使是，也可以化腐朽为神奇。

一

日本《读卖》月刊1994年1月号说："20世纪在文化方面没给我们这一代留下多少有益的东西。"在文学方面呢，符家钦《记萧乾》第40页上说："《尤利西斯》是乔伊斯的传世名著，与《约翰·克里斯托夫》、《追忆逝水年华》等被公认为20世纪的奇书。"这三本奇书是不是20世纪给我们留下的传世名著呢？说来也巧，我和这三本书多少都有一点关系。我曾参加过《追忆逝水年华》第三本的校译，现在正重译《约翰·克里斯托夫》，只有《尤利西斯》这本"天书"，因为已有萧乾和金隄的两种译本，所以还没有硬碰过。

《记萧乾》第47页上说："乔伊斯故意把英文中 yes（是）、no（不是）开头字母互相调换。表面是文字游戏，但钱锺书在《管锥篇》里却破译为'中国有唯唯否否的说法，nes, yo 正表达了辩证中你中有我、我中有你的对立关系，很有哲学意味。'旨哉斯言。"据说萧乾和文洁若的译文就是"唯唯否否"；金隄如何翻译？我不知道。但我想到，还可以有几种不同的译法。第一，原文既是文字游戏，故意把 yes, no 开头的字母互相调换，那么，翻译也可以用形似的方法，把"是""否"两个字的上半和下半互相调换，创造两个新字："歪"（"否"头"是"尾）和"昌"（"是"头"否"尾）。原文是天书，译文也是天书；原文唯唯否否，译文也"是"中有"否"，"否"中有"是"。第二，yes, no 也可译成"有"和"无"，那么 nes, yo 就可译成"无头有尾，有头无尾"。第三，如嫌"头尾"哲学意味不重，可以考虑译成"无始有终，有始无终"，或"有始有终，无终无始"。第四，还可考虑用合词法译成"有无相生相灭"，或再用分词法译为"无中生有，有中存无"。第五，如果认为"有无"不如"是否"或"是非"，也可考虑译成"似是而非，似非而是"，或"是是非非，非非是是"，甚至套用成语："此亦一是非，彼亦一是非"。这样看来，原文越是模糊朦胧，译文越可丰富多彩，这也可以看作两种文字的竞赛吧。

二

如果说 20 世纪在世界文学方面给我们留下了三本奇书，那么，在中国翻译方面有没有留下什么传世名著呢？根据我一家之言，我认为也有三部名译，那就是朱生豪的《莎士比亚全集》，傅雷的《巴尔扎克选集》和杨必的《名利场》。我和这三部名译也多少有一点关系，我写过研究《罗密欧与朱丽叶》《安东尼与克柳芭》的论文，译过一本巴尔扎克的小说，现在有出版社问我"敢不敢重译《名利场》？"

关于朱生豪，我的一家之言是"才高于学"。据《朱生豪传》的作者告诉我，朱生豪夫人认为这一语中的。钱锺书先生在《林纾的翻译》中说："最近，偶尔翻开一本林译小说，出于意外，它居然还没有丧失吸引力。"我读朱译就和钱先生读林译有同感。这说明"忠实"只是文学翻译的低标准，"有吸引力"才是高标准。换句话说，"学高于才"的人可以译得"忠实"，"才高于学"的人却可以译得"有吸引力"。如果才学都高，译得既"忠实"，又"有吸引力"，既不"失真"，又能"存美"，那自然更好。但事实上，这是很难做到的，下面就来举例说明。

莎士比亚《哈姆雷特》中的名句"To be or not to be; that is the question"有十几种译法，如：

1. 生存还是毁灭，这是一个值得考虑的问题。（朱生豪译）
2. 是生存还是消亡，问题的所在。（孙大雨译）

3. 存在，还是毁灭就这问题了。（林同济译）

这三种译文大同小异，将 to be 译成"生存"或"存在"，将 not to be 译成"毁灭"或"消亡"。但这些词汇，更适宜用于集体，不适宜用于个人，因此，我认为不够"忠实"。

4. 死后还是存在，还是不存在，——这是问题。（梁实秋译）
5. "反抗还是不反抗"，或者简单一些"干还是不干"。（陈嘉译）

这两种译文的理解与众不同，不是翻译界的共识，只能作为一家之言。梁实秋的译文，我早在1939年读过，当时的印象是："觉得宁可读原文"。

6. 是生，是死，这是问题。（许国璋译）
7. 生或死，这就是问题所在。（王佐良译）

这两种译文非常简练，但听起来像是哲学家在讲台上讨论问题，不像是剧中人在舞台上吐露衷情，与原文风格大不相同。许国璋研究语言，王佐良研究文体，但理论都没有联系实际。

8. 生存还是不生存，就是这个问题。（曹未风译）
9. 活下去还是不活，这是问题。（卞之琳译）
10. 活着好，还是死了好，这是个问题……（方平译）
11. 应活吗？应死吗？——问题还是……（黄兆杰译）

这四种译文代表了主流，但有没有联系舞台的实际、生活的实际呢？生活中会不会问"活下去还是不活"呢？如果想"活下去"，那就不会这样问；如果不想活下去，或是有问题，那就该问："死还是不死？"所以结合下文 to die，我认为译文应该是：

12. 死还是不死？这是个问题。

前十一种是译莎士比亚；最后一种是译哈姆雷特，和前五种的分别是说什么的问题，和后六种的分别是怎么说的问题。

三

20世纪三大奇书之一是《约翰·克利斯朵夫》，中国三大名译之一是傅雷，那傅雷译的《约翰·克利斯朵夫》真是名著名译了。傅雷的译论言简意赅：第一，"翻译应当像临画一样，所求的不在形似而在神似"。第二，"理想的译文仿佛是原作者的中文写作"。（以上见《高老头》重译本序）第三，"在最大限度内我们是要保持原文句法的，但无论如何要叫人觉得尽管句法新奇而仍不失为中文"。第四，"只要有人能胜过我，就表示中国还有人，不至于'廖化当先锋'，那就是我莫大的安慰"。（以上见《翻译论集》，第548—549页）用我的话来说：第一，翻译要"得意忘形"；第二，翻译是再创作；第三，反对"洋泾浜"译文；第四，欢迎后继有人。傅雷的理论是否联系实际？让我们来读读他的译作：

> 他的相信社会主义是把它当作一种国教的，——大多数的人都是过的这种生活。他们的生命不是放在宗教信仰上，就是放在道德信仰上，或是社会信仰上，或是纯粹实际的信仰上，——（信仰他们的行业，工作，在人生中扮演的角色），——其实他们都不相信。可是他们不愿意知道自己不相信：为了生活，他们需要有这种表面上的信仰，需要有这种每个人都是教士的公认的宗教。

傅译第一句前半"他的相信社会主义"是"保持原文句法"的，如果是"原作者的中文写作"，大约不会说"他的相信……"。第一句的后半"过的这种生活"不够明确，过的哪种生活？"原作者的中文写作"可能要说清楚。第二句"他们的生命"放在信仰上，也不像"原作者的中文写作"，尤其是"信仰上"重复了四次之多；后半句甚至"行业""工作""角色"，都说成是"信仰"了，用词可能不当，不如后来改用的"相信"。最后一句"这种每个人都是教士的公认的宗教"又是"保持原文句法"，所以不像"原作者的中文写作"。总而言之，从以上的例子看来，傅雷的译文不是"理想的译文"，原因就是他"最大限度内"要"保持原文句法"。因此，如果要使译文比较理想，那就要把像"原作者的中文写作"放在第一位，"保持原文句法"如果不像"原作者的中文写作"，那就不必"保持原文句法"。根据这一家之言，我把这段改译如下：

> 他对社会主义的信仰就像一种宗教信仰。——大多数人都是靠信仰过日子，他们不能没有信仰，不管是宗教上，道德上，社会上，或实际上的信仰，——（例如相信自己的行业好，工作好，自己在生活中扮演的角色是有用的），——其实，他们哪样也不相信。不过，他们不愿了解自己的真面目，因为他们需要信仰的假象才能生活下去，每个人都需要冠冕堂皇的宗教，才能成为信徒。

我觉得新译不如傅译"形似"，但更"神似"。

四

《中国翻译》1996年第2期发表了罗国林的《风格与译风》，文中引用林语堂的话说:"译艺术文最重要的,就是应以原文之风格与其内容并重。不但须注意其说什么,并且注意怎么说法。""凡译艺术文的人,必须先把其所译作者之风度神韵预先认出,于译时复极力发挥,才是尽译艺术文之义务。"但是,如果"怎么说法"和"风度神韵"有矛盾怎么办?例如刚才讲的傅译和新译,如以"怎么说法"而论,那是傅译更近原文风格;如以"神似"而论,却是新译更近原文风格。罗国林自己也承认:翻译界对风格问题"争论不休,难以达成共识"。那与其争论傅译与新译哪种更近原文风格,不如直接问哪种译文更能使读者知之、好之、乐之。所谓"知之",就是知道原文说了"什么";所谓"好之",就是喜欢译文这种"说法";所谓"乐之",就是读来感到乐趣。自然,要使读者"知之、好之、乐之",首先要译者自己"知之、好之、乐之";自己"知之、好之、乐之",能否引起读者共鸣,那就要实践来检验了。

其次,罗国林反对"美文风",反对"四字词组",说"小说语言里使用那么多四字词组,总让人疑心是要掩盖表现手段的贫乏"。四字词组是"表现手段的贫乏"吗?本文开头译 nes,yo 时,用了"是中有否,否中有是""无头有尾,有头无尾""有始无终,无始有终""无中生有,有中存无""似是而非,似非而是"等十几个四字词组,表现手段多么丰富!如果不用四字词组,能译得出这本"天书"中的哲学意味吗?早在本世纪初,英国哲学家罗素就说过:中国文化在三方面胜过西方文化:第一,在艺术方面,象形文字(包括四字词组)高于拼音文字;第二,在哲学方面,儒家的人本主义优于宗教的神权思想;第三,在政治方面,"学而优则仕"胜过贵族世袭制。法国诗人瓦雷里也说过:"有无相生,长短相成的这种对称排比的表达方式……是人类高度文明的表现。"(转引自《中国比较文学通讯》1992 年第 4 期)这种"人类高度文明的表现",却被有些人说成"陈词滥调"。即使是"陈词滥调",只要使用得当,也是可以化腐朽为神奇的。

(原载《出版广角》1996 年第 6 期)

美化之艺术

本文是《毛泽东诗词集》英译本的新序,总结毛泽东诗词英译的经验为"美化之艺术"五个字,就是"三美""三化""三之"的艺术。其中"三美"是本体论,"三化"是方法论,"三之"是目的论,艺术是认识论。作者并将"译诗八论"归入文学翻译十论之中:"艺也"是艺术论,"一也"是矛盾统一论,"依也""意也"是三似论,"易也"是三化论,"异也"是再创论,"益也""怡也"是目的论。

1958年,外文出版社出版了《毛泽东诗词》第一个英译本,只有十九首英译文,把诗词译成自由诗,不符合毛泽东说的诗要"精练,大体整齐,押韵"的原则(见1977年12月31日《人民日报》)。1958年《人民日报》又发表了毛泽东的《蝶恋花·答李淑一》,我就按照诗人的要求,译成"大体整齐,押韵"的英、法文,这是我翻译的第一首毛诗。第一句"我失骄杨君失柳","杨柳"既是人名,又是树名,如何翻译这个双关语呢?一种方法是译音加注,另一种是译意加注;前一种只译了人名,后一种却译了树名,还可以指人,所以我就采用了意译。第二句"杨柳轻飏直上重霄九",我结合下文的"忠魂"二字,译成"杨柳的灵魂",这样就使人名和树名结合起来了。"九重霄"是天的最高处,诗人为了押韵,颠倒了词序,改成"重霄九"。后来我译《沁园春·长沙》中的"独立寒秋",为了押韵,也颠倒了词序,改为"秋寒",我认为这是符合诗人原意的。

1962年,《人民文学》发表了毛泽东的《词六首》,我又立刻译成英、法韵文。说来也巧,《清平乐·蒋桂战争》的上阕:"风云突变,军阀重开战。洒向人间都是怨,一枕黄粱再现。"我的英译用了 rain, again, pain, vain, 和原诗的韵脚相近。《渔家傲·反第二次大围剿》的最后三句,"唤起工农千百万,同心干,不周山下红旗乱。"我用了 gun, one, run 押韵和"干""万""乱"几乎音似。如果说第一次译毛诗尝到了传达"意美"的甜头,那第二次就得到了再现"音美"的乐趣。

1963 年,《人民文学》又发表了毛泽东的《诗词十首》,但我直到 1966 年才开始翻译。这时,除了"意美""音美"之外,我更注意到了再现原诗对仗的"形美",如《冬云》中的第二联:"高天滚滚寒流急,大地微微暖气吹。"

    In the steep sky cold waves are swiftly sweeping by;
    On the vast earth warm winds gradually growing high.

原诗对仗工整,译文也主语对主语,谓语对谓语,状语对状语;原诗重复了"滚滚"和"微微",译文没有重复词语,却用重复头韵 sw 和 gr 的方法来传达。"滚滚"和"微微"是叠词,译文用了双声来译。

1976 年外文出版社出版了《毛泽东诗词》第二个英译本,共有三十七首散体译文,听说是钱锺书教授定的稿。钱先生在西南联大是我的英文老师,我就写了一封信给他,同时寄去我的韵体译文。他回信说:"你戴着音韵和节奏的镣铐跳舞,灵活自如,令人惊奇。"(原信是用英文写的)这是我第一次得到外文界的鼓励,使我对"以诗译诗"有了信心。

1978 年洛阳外国语学院出版了我的《毛泽东诗词四十二首》英法文格律体译本。在序言中,我引用鲁迅在《汉文学史纲要》第一篇《自文字至文章》中的话:"诵习一字,当识形音义三:口诵耳闻其音,目察其形,心通其义,三识并用,一字之功乃全。其在文章,……遂具三美:意美以感心,一也;音美以感耳,二也;形美以感目,三也。"我把鲁迅的话应用到译诗上,提出了译诗的"三美论",也即是说,译诗要尽可能传达原诗的意美、音美、形美。

关于意美,我在序言中说:"三美的基础是'三似':意似、音似、形似。'意似'就是要传达原文的内容,不能错译、漏译、多译。"我还举了《减字木兰花·广昌路上》中的"风卷红旗过大关"为例,说"卷"是"风卷红旗冻不翻"的意思,可以译成 wind-frozen;如译 flutter 就是错译。后来,我的看法有所改变,认为诗人先说"冻不翻",那是改用唐人岑参《白雪歌》中的"风掣红旗冻不翻";后又改为"风卷红旗过大关",那红旗就只是"卷",而不一定是"冻",如果是"卷",那风也不会永远卷住红旗，一过大关，红旗也可能迎风飘扬，所以译成 flutter 也不一定是误译。在对正误对错有不同看法的时候，那就不必拘泥正误问题，不妨看看哪种译文更美。如果认为"冻不翻"更美，就用 frozen；如果认为"飘扬"更美，也可以用 flutter。更美的就是更好的。如果不知道"风卷红旗"是指"冻不翻"而译成 flutter，那可以说是误译；如果知道"卷"是指"冻不翻"，但认为"飘扬"更美，更能鼓舞战士的斗志，那就不一定算是错译了。有时，有意的误译甚至可能胜过原文。至于漏译、多译，我的看法也有发展。如果漏的只是原文的词语，而不是原文的内容，那不一定是漏译。如果多译的是原文形式虽无，原文内容可有的东西，那也不能算是多译。这是我对"意美"和"意似"的新看法。

朱光潜在《诗论》中说："从心所欲，不逾矩，是一切艺术的成熟境界。"在我看来，"从心所欲"可以指"意美"，"不逾矩"指"意似"，前者积极，后者消极；也就是说，只要不违背"意似"的原则，可以尽量传达原诗的"意美"，如把"不爱红装爱武装"译为"不涂脂抹粉，而面对硝烟"，就是一个例子。《吴冠中谈艺录》第 25 页上说："从生活中来的素材和感受，被作者用减法、除法或别的法，抽象成了某一艺术形式，风筝不断线，不断线才能把握观众与作品的交流。"在我看来，"风筝不断线"这个比喻，也可以应用于文学翻译，风筝指"意美"，线指"意似"。只要风筝不断线，只要译文不违背原文，那就可以用加词法、减词法、换词法等来传达原文的"意美"，使风筝飞得越高越好。只要风筝不断线，加词不是"多译"，减词也不是"漏译"，换词更不是"错译"。

仔细分析一下，"意似"又有几种，低级的只是"形似"，高级的却是"神似"。例如《人民解放军占领南京》中的"人间正道是沧桑"有三种译法：

1. But in man's world seas change into mulberry fields.

2. The world goes on with changes in the fields and oceans.

3. The proper way on earth is full of ups and downs.

第一种译文比较"形似"，译出了沧海变桑田；但原文"沧桑"指变化，并不一定指沧海变桑田，这就是说，原文的内容和形式（词语）之间有矛盾，如果只译了形式而没有传达原文的内容，那就只是"形似"而不"意似"。如果要用数学公式来表达，那就是 $1+1<2$。第二种译文只译了陆地上和海洋上的变化。看来不如第一种"形似"，却更"意似"，数学公式是 $1+1=2$。第三种译文根本没有"沧桑"，只是提到"盛衰""浮沉"，虽

不"形似",而更"意似",甚至可以说是"神似"（1+1＞2）。"形似、意似、神似",这是我的"三似新论"。

在我看来,形似和神似的矛盾,基本上是直译和意译的矛盾。直译上乘的可以做到意似,下乘的只能做到形似,甚至成了硬译;意译上乘的可以做到神似,下乘的也可做到意似,但是风筝不能断线,断了线就成为滥译或者乱译,而硬译却是风筝给线缠住了,根本飞不起来。自然,直译和意译也有不矛盾的时候,那多半是在原文的内容和形式统一的情况下。例如《如梦令·元旦》中的"风展红旗如画",原诗的内容和形式没有矛盾,所以译成:

    The wind unrolls red flags like scrolls.

这既可以说是直译,也可以说是意译。即使原文的内容和形式统一,还是可能有程度不同的直译和意译,例如《沁园春·长沙》中的第一句"独立寒秋",至少有四种不同的译法:

1. Alone I stand in cold autumn.
2. Alone I stand in autumn cold.
3. In the keen autumn alone stood I.
4. Against the chill of autumn I stand alone.

第一种译文最形似,但也不是百分之百形似,因为加了主语和介词 in,如果不加这两个词,那就不是直译,而是硬译了。第二种就是本书的译文,不如第一种形似,因为"寒秋"颠倒为"秋寒"了。第三种是北京1958年的译文,比第二种更不形似,把"独立寒秋"颠倒为"寒秋独立"。第四种是香港1980年的译文,不但是说"寒秋独立",而且把介词 in 改为 against,读来可以看出诗人不怕"秋寒"的精神,这就简直是神似了。四种译文都是意似的,但直译的程度却是前一种高于后一种,意译的程度倒是后一种高于前一种,最后一种达到神似的高度。这就是我的"直译、意译新论",也可以说是"三似补论"。

"三似论"谈的是译文和原文的关系。那么,译语和原语的关系呢? 在西方翻译家看来,西方的译语和原语基本上是对等的,所以西方的语言学家提出了对等的翻译理论。但中国语言和西方语言大不相同,对等的词语不太多,因此,对等的翻译理论不一定能应用于中西互译。在我看来,中西语言各有优势,各有劣势。（由于世界上用中文和英文的人最多,所以这里只谈中英互译。）《杨振宁访谈录》第83页上说:"总的来讲,中国的文化是向模糊、朦胧及总体的方向走,而西方的文化则是向准确与具体的方向走。"又说:"中文的表达方式不够准确这一点,……写诗却是一个优点。"这就是说:中文的优势是模糊性和总体性,劣势是不准确;英文的优势是具体性和准确性,劣势呢,杨振宁说:"西洋诗太明显,东西都给它讲尽了,讲尽了诗意也没有了。"因此,在我看来,翻译的时候,要发挥译语的优势,扭转劣势,争取均势,这就是我提出的"三势论",也是原语、译语关系的认识论。例如"独立寒秋""人间沧桑",内容比较模糊,含义比较丰富,发挥了汉语的优势;译成英语,在"寒秋"前加上介词against,这样就更具体,更准确,可以说是发挥了英语的优势。但"沧桑"二字,原文内容模糊、丰富,形式却很具体,如果译成准确的英文,那就只译出了明显的形式,而没有译出深层的内容,反倒使译语处于劣势,所以要扭转劣势,改译"盛衰浮沉",才能争取均势。汉语的优势是内涵丰富,一中见多,说一指二,这还体现在四字词组上,在叠字的运用上……例如前面提到的"高天滚滚"和"大地微微"。英文的叠词用得不如中文多,这是英文的劣势,翻译的时候就不一定要用叠词译叠字,而可以改用双声、头韵等,这就是扭转劣势,争取均势。汉语说一指二,如《沁园春·长沙》中的"万山红遍",说的是"万",指的是"多",这时"万"就不必译成九千九百九十九加一,而可以利用叠词,译为:

    Hills on hills all in red

这就是化劣势为优势了。英文的优势是准确,说一是一,说二是二,这还体现在介词、关系代词等的运用上。关系代词是英文的优势,汉语没有关系代词,处于劣势。如果把英语的关系从句译成"剪不断、理还乱"的汉语长句,那就不能争取均势。不过英译汉的问题,这里不详谈了。简单说来,发挥译语优势就是运用译语最好的表达方式。原语一般都是最好的表达方式,如果译文对应的词语也是最好的表达方式,那两种语言就处于均势。但译文对应的词语往往不是最好的表达方式,而是处于劣势,所以需要转换成为译语最好的表达方式,才能取得均势,甚至优势。这就是原语、译语的"三势论"。

  原语和译语的表达方式不同,但表达的内容却应该是相同的,或者至少是相似的,也就是说,风筝不能断线。还拿"独立寒秋"来说吧,原文内容可以说是在寒冷的秋天,也可以说是不怕秋天的寒冷,因为表达方式模糊,内容反倒更丰富了。而从十种已出版的英译文看来,九种都理解为在寒秋,只有一种理解为不怕秋寒,也就是说,原文使人想到秋天时间的多,使人想到不怕秋寒的少;而用against的译文,却更使人想到不怕秋寒的独立精神。从某种意义上来说,这是模糊的原语和准确的译语在竞赛;甚至可以说,是中国艺术性的文化和西方科学性的文化在竞赛,看哪一种文化的优势更大。杜朗特在《哲学史》的"亚里士多德"一章中说:语言促进交流,交流发展智力,智力建立秩序,秩序建立文明。由此可见,语言文字是社会文明或文化的基础。所以两种语言的竞赛可以说是两种文化的竞赛,这就是我提出的"文化竞赛论"。一般说来,译语是赛不过原语的,但是也有例外,如前面提到的"不爱红装爱武装"的译文,就有不少人认为胜过原文。而胜过原文的方法,是要发挥译语的优势,用译语最好的表达方式。所谓最好,不是对等、对应,而是取得最好的效果。这是我的文学翻译认识新论。

如果译语和原语对等的表达方式就是译语最好的表达方式,例如前面提到的"风展红旗如画",那从方法论的观点来看,是译者用了"等化"的方法。又如前面提到的"人间正道是沧桑","沧桑"指变化,是汉语中的典故,汉语占有优势;英语没有这个典故,"沧桑"不指变化,英语处于劣势。而要改变劣势,就要把深奥的"沧桑"改为浅显的"变化",或"盛衰",或"沉浮"。从方法论的观点看来,这是用了"浅化"的方法。即使汉语不占优势,例如"不爱红装爱武装",也可以用"等化"法译成:

    They love
    To be battle-dressed, and not rosy-gowned

但这不是英语最好的表达方式,不如把"红装"具体"深化"为"涂脂抹粉",把"武装"具体"深化"为面对硝烟弥漫的战场。这样,"浅化"扭转劣势,"等化"争取均势,"深化"发挥优势,就是我提出来的"三化论",也是文学翻译的方法论。

杜甫说过:"文章千古事,得失寸心知。"关于文学翻译的得失,意见也不是一致的。有人认为翻译总是得不偿失。我的看法却是翻译有得有失,只要得多失少,就不能算得不偿失。例如"沧桑"那句,没译"沧桑"是有所失,但浅化成"盛衰"或"浮沉"是有所得,如果得失相当,那就可以算是不相上下。又如"红装"那句,没译"红装"是有所失,但深化为"涂脂抹粉"却是有所创,如果所创的效果比原文更好,那就可以算是"以创补失"了。这是我的"三化补论",也可以算是"方法新论"。

文学翻译的目的,在我看来是使读者"知之""好之""乐之"。所谓"知之",就是知道原文说了什么,所谓"好之",就是喜欢译文怎么说的;所谓"乐之",就是对"说什么"和"怎么说"都感到乐趣。一般说来,扭转译语劣势用浅化法，可以使人"知之"；争取均势用等化法，可以使人"好之"；发挥优势用深化法，可以使人"乐之"。这就是我提出来的"三之论"，也是文学翻译目的论。

我在《英汉与汉英翻译教程》第1页上说过："科学研究的是'真'，艺术研究的是'美'。科学研究的是'有之必然，无之必不然'的规律；艺术研究的却包括有之不必然，无之不必不然的理论。如果可以用数学公式来表示的话，科学研究的是 $1+1=2$，$3-2=1$；艺术研究的却是 $1+1>2$，$3-2>1$。因为文学翻译不单是译词，还要译意，不但要译意，还要译味。只译词而没译意，那只是'形似'：$1+1<2$；如果译了意，那可以说是'意似'：$1+1=2$；如果不但译出了言内之意，还译出了言外之味，那就是'神似'：$1+1>2$。"今天，我还要补充说：电子计算机能翻译的是科学，也可以说是艺术；计算机不能翻译的却是艺术，不是科学。电脑可以和国际象棋大师比赛，并且取得胜利；但是若和国际翻译大师比赛译诗，那就只能甘拜下风，这就是艺术胜过科学的地方。如果要说文学翻译也是科学，那只能是"超导论"一样的科学，因为在原文指导下产生的译文，可以超越原文。文学翻译是化原文为译文的艺术，用的方法又是等化、浅化、深化，在这个意义上，翻译可以算是"化学"。其实，文学翻译理论主要是由"三美""三化""三之"组成的艺术，所以可以简化为"美化之艺术"。这是我提出的"艺术论"。

1981年香港商务印书馆出版了我英译的《中国当代革命家诗词选》，其中包括毛泽东诗词四十三首。1993年中国对外翻译出版公司又出版了我英译的《毛泽东诗词选》五十首。以上提出的"美化之艺术"就是四十年来我翻译毛泽东诗词经验的总结。

1996年中央文献出版社出版了《毛泽东诗词集》，共选诗词六十七首。1997年江西百花洲文艺出版社约我将其译成诗体英文，我就按照"美化之艺术"，补译了十七首。现将《屈原》一首翻译情况简述如下：第一句"屈子当年赋楚骚"，"屈子"意译"屈原"；"当年"如果直译 that year，反而不知哪年，不如意译"深化"为 long, long ago；"赋"是"赋诗"的意思，译成 rhyme，可以算是"等化"；"楚骚"指楚国的《离骚》，Sorrow after Departure 音节太多，"浅化"为一个词 grief。全句译成：

  Qu Yuan had rhymed his griefs long, long ago.

第二句"手中握有杀人刀"，可以"等化"译为：

  He had his sword in hand to kill the foe.

这句注说:"喻指屈原作《离骚》所发挥的战斗作用。"但有杀人刀为什么要自杀呢?即使"艾萧太盛"也不必呀。作为译者,我觉得是"手中无有杀人刀",读者才好理解,于是就把 his 改成 no,并在英文注中加以说明,这就是"浅化"了。第三句"艾萧太盛椒兰少",花草都用"浅化"法,"太盛"和"少"用"等化",但"少"后加了一个"开"(blow),这就算为韵而"深化"了。全句翻译如下:

    Wild weeds o'ergrown, few sweet flowers could blow.

最后一句"一跃冲向万里涛","跃"和"冲"两个字合译成一个词 plunge,这是"浅化"。如果把"跃"译成 leap,那是"等化",但 leap 向上,plunge 向下,显得矛盾,不如"浅化"合译。"万里涛"如译成 ten thousand miles of billows,也是"形似"而意不似,不如"浅化"译为 endless waves。但"浅化"太多容易冲淡诗味,所以最后加上 to end his woe,既"深化",又押韵,end 和 endless 具有相反的"意美"、重复的"音美"和"形美",woe 和第一句 griefs 具有前后呼应的"意美",和 ago,foe,blow 押韵,具有"音美"。这就以"三美"来弥补"浅化"的损失,"以创补失"了。全句译文如下:

    He plunged in endless waves to end his woe.(和 to kill the foe 对称,意义相反,具有"三美"。)

  全诗译完之后,自己觉得前三句译文只能使人"知之",第四句却能使我"好之",甚至有点"乐之",因为译文发挥了英语的优势,而风筝又没有断线,可以算是"美化之艺术"。翻译理论来自翻译实践,又要受到翻译实践检验。如果实践受到欢迎,但不符合理论,那理论就需要修改,而不是修改实践。这是文学翻译的"实践论"。

  总而言之,我提出的"三美论"(意美、音美、形美)是诗词翻译的本体论;而文学翻译的本体论,则是把原语的美转化为译语的美,换句话说,文学翻译就是再创造美,这是我的"三美补论",也可说是新本体论。"三似新论"(形似、意似、神似)是我对文学翻译的认识论;"直译、意译新论"则是我的"三似补论",也可说是认识新论。"三势论"(优势、均势、劣势)是我对原语、译语关系的认识论;"文化优势竞赛论"或"文化竞赛论"是我的"三势补论"。"三化论"(深化、等化、浅化)是文学翻译的方法论;"发挥优势,以创补失"则是我的"方法补论"。"三之论"(知之,好之,乐之)是我的文学翻译目的论。总的说来,文学翻译应该提高到和文学创作同等的地位,以便建立新世纪的世界文学,这是目的新论。以上是我的文学翻译十论。

此外,关于译论,我认为文学翻译理论不是科学,而是艺术,这是文学翻译的艺术论。其次,译论和实践如果有矛盾,应该以实践为准,这是文学翻译的实践论。最后,文学翻译有高低层次的矛盾(低层次如直译,形似等,高层次如意译,神似等),应向高层次统一,换句话说,统一就是提高,这是文学翻译的矛盾统一论。

1991年我在《中国翻译》第5、6期上发表了《译诗六论》,1992年又在《北京大学学报》第3期补了两论,一共八论。现在看来,八论可以归入"文学翻译十论"之中。1."译者艺也"就是艺术论;2."译者一也"是矛盾统一论,包括"均势""等化"在内;3."译者依也"可以归入三似新论;4."译者意也"可以归入"直译、意译新论";5."译者易也"可以归入"三化论";6."译者异也"就是以创补失论;7."译者益也"是文学翻译目的论;8."译者怡也"是目的论中的"好之""乐之"论。

以上是我翻译《毛泽东诗词》四十年的经验总结,概括成一句话,我的文学翻译论就是"美化之艺术"。

(原载《中国翻译》1998年第4期)

译学要敢为天下先

本文总结了严复、鲁迅、郭沫若、林语堂、朱光潜、傅雷、钱锺书等人的论点，所以可算中国学派译论。

一、前　言

《杨振宁传》封面上说："我一生最重要的贡献是帮助改变了中国人自己觉得不如人的心理。"杨振宁是科学家，他得到诺贝尔物理学奖开始改变了中国人的自卑感。我觉得在文化方面，尤其是在译学方面，也应该改变不如外国人的心理。

季羡林在《中国翻译词典》序言中说："现在颇有一些人喜欢谈论'中国之最'。……然而，有一个'最'却被人们完全忽略了，这就是翻译。无论是从历史的长短来看，还是从翻译作品的数量来看，以及翻译所产生的影响来看，中国都是世界之'最'。"

世界上没有一个外国人出版过中英互译的作品；而在中国却有不少能互译的翻译家，成果最多的译者已有四十种译著出版。因此，以实践而论，中国翻译家的水平远远高于西方翻译家。而理论来自实践。没有中英互译的实践，不可能解决中英互译的理论问题。因此，能解决中英（或中西）互译实践问题的理论，才是目前世界上水平最高的译论。面临即将来到的 21 世纪，如果要对 20 世纪的翻译研究做出总结，对未来的发展趋势做出估计，首先就要克服自卑心理，译学要敢为天下先。

二、严复的"信、达、雅"

20 世纪初对中国译论贡献最大的,是严复提出的"信、达、雅"。这三个字的影响之大,可以说是"世界之最"。因为 20 世纪的中国译者几乎没有不受这三字影响的。自然,也有不少人反对"雅",如有人认为"原作如不雅,又何雅之可言?"这句话有几个问题:第一,"雅"是指古雅、文雅、高雅,还是优雅?第二,原作雅或不雅,谁来作出决定?有没有绝对的雅和不雅?第三,即使原作不雅,译作就应该不雅吗?雅或不雅的程度能相等吗?由于对理论问题意见分歧,不好解决,所以最好不从理论而从现象出发,更容易解决问题。

现在,我举莎士比亚《罗密欧与朱丽叶》最后两行曹禺和朱生豪的译文为例:

> For never was a story of more woe
> Than this of Juliet and her Romeo.

> 人间的故事不能比这个更悲惨,
> 像幽丽叶和她的柔密欧所受的灾难。(曹译)

> 古往今来多少离合悲欢,
> 谁曾见这样的哀怨辛酸!(朱译)

首先,莎氏原作是雅还是不雅?说古雅吧,原作文字并不古老;说文雅吧,原作两行押韵,每行都是五音步抑扬格,不能说是不雅。再看译文,如以信、达而论,曹译是既信又达的;但如以雅而论,曹译第一行十三个字,第二行十五个,比起原作每行十个音节来说就不够雅了。再看朱译,以信而论,形似派可能认为不信,而神似派则认为信;以达、雅论,那朱译既达又雅,既高雅又优雅。因此,如果认为译文只要信、达,那曹译已经可以说是合格;如果认为还要雅,那只有朱译才达到了标准。

但事实上,不但"雅"字有人反对,就是"达"字也有人认为不必要;理由是因为原文是"达"的,译文如果做到了"信",就一定能"达"意。这又是从理论到理论。如果读读法国诗人瓦雷里《风灵》的译文(见《文学翻译何去何从?》),就会发现,即使被认为是"信"的译文,也可能并不"达"。信和达还可能有矛盾。因此,"达"还是必要的。

有人提出用"信、达、切"代替"信、达、雅",那就是认为曹译比朱译好。但我认为"切"不如"雅"。如果要改,我认为"雅"可以改为"优"。"信"是翻译的本体论(What?),"达"是方法论(How?),"雅"或"优"是目的论(Why?)。

三、鲁迅的直译

20世纪第二个对中国译论有重大影响的是鲁迅。《中国翻译词典》第439页上说:鲁迅"更正了自己一度提出的'宁信而不顺'这一偏颇的说法。1935年他指出:翻译必须兼顾两面:一是求其易解,另一是原作的丰姿。后来行家们把鲁迅这一主张概括为'以信为主,以顺为辅'"。鲁迅是如何实践的呢?《外国语》1995年第4期第38页转载了鲁迅和傅雷对《约翰·克利斯朵夫》的译文,现将原文、鲁译、傅译和我的新译抄录如下:

Que c'est bon de souffrir, quand on est fort!

人为了要强有力而含辛茹苦,多么好呢!(鲁译)

坚强而能受苦多么好!(傅译)

强大得不怕痛苦更是多么好!(许译)

鲁译既信且顺,"含辛茹苦"一词还可以说是"雅"。仔细分析一下,三种译文都可以说是"信",但也都有不信之处。原文用的是时间状语从句:等到强大了再受苦多好呵!鲁译改为目的状语从句,傅译改为并列主语从句,仿佛不受苦反倒不好!许译改为结果状语从句。如用鲁迅的话,可说三种译文都保存了原作的丰姿;也就是说,虽然不够形似,却还是神似的。

鲁迅虽然更正了翻译"宁信而不顺"的说法,但"信而不顺"的影响并没有消除。从罗新璋编的《翻译论集》第347页上引傅雷的话:"照原文字面搬过来(这是中国译者百分之九十九以上的人所用的办法)",可见一斑。直到现在,"信而不顺"的译文已经成了一种"翻译腔",而且受到部分读者欢迎。1995年《文汇读书周报》征求读者对《红与黑》沪译、宁译、杭译、湘译本的意见,现举一例如下:

Ce travail, si rude en apparence, est un de ceux qui étonnent le plus le voyageur qui pénètre pour la première fois dans les montagnes qui séparent la France de l'Helvétie.

这种劳动看上去如此艰苦,却是头一次深入到把法国和瑞士分开的这一带山区里来的旅行者最感到惊奇的劳动之一。(沪译)

> 这种粗活看来非常艰苦，头一回从瑞士翻山越岭到法国来的游客，见了不免大惊小怪。（湘译）

从"信达雅"或"信顺"的观点来看，沪译本都远远不如湘译本。但《文汇读书周报》征求意见的结果却是沪译本最受欢迎，由此可见"翻译腔"已成主流。

其实，鲁迅不但更正了"宁信而不顺"的说法，还提出了"三美"的观点（见《汉文学史纲要》第一篇《自文字至文章》）。我把鲁迅提出的关于文章的"三美"，应用到中国古诗词的英译、法译上来，就提出了译诗要尽可能传达原诗的意美、音美、形美的理论，可见鲁迅影响之大。

四、林语堂的美学

鲁迅之后，林语堂更把"三美"扩大成为"五美"。《中国翻译词典》第420页上说：在林语堂看来，"文字有音美、意美、神美、气美、形美"。第1058页上又说："译者或顾其义而忘其神，或得其神而忘其体，决不能把文义、文神、文气、文体及声音之美完全同时译出。"第1057页上还说："译书无所谓绝对最好之译句；同一句原文，可有各种译法，……翻译所以可称为艺术。"

林语堂是如何尽可能传达原文"五美"的呢？我们看看他英译的李清照《声声慢》前十四个字：

寻寻觅觅，	So dim, so dark,
冷冷清清，	So dense, so dull,
凄凄惨惨戚戚。	So damp, so dank, so dead!

原文十四个字，译文十四个单音词，可以说是传达了原文的形美。原文是七对叠字，译文重复了七个So，用了七个双声词，可以说是传达了一部分音美。但最重要的意美却没有译出。林语堂在《论译诗》中说：《声声慢》"全阕的意思，就在梧桐更兼细雨那种怎生得黑的意境"，"所以我用双声方法，……确是黄昏细雨无可奈何孤单的境地"。这就是说，他认为译文表达了原文的意境（或意美，或神美）。我却认为这个译文是"顾其神而忘其义"的。好在林语常说："同一句原文，可有各种译法。"现在，我把我的两种译法抄在下面：

1. I look for what I miss,
   I know not what it is,

I feel so sad, so drear,

   So lonely, without cheer.

2. I seek but seek in vain,

   I search and search again

   I feel so sad, so drear,

   So lonely, without cheer.

我觉得两种译文传达原文的意美都胜过了林译。如以音美而论，林译用了双声，我却用了韵脚，不在林译之下；只有形美，林译用四个词译原文四个字，我却用了六个词，似乎不如林译。第二种译文重复了"寻寻觅觅"，比第一种更形似；第一种第二行说"不知寻觅什么"，似乎又更神似，可以算是"得其神而忘其体"了。

林语堂谈到《声声慢》中"守着窗儿，独自怎生得黑？梧桐更兼细雨，到黄昏点点滴滴。这次第怎一个愁字了得！"的意境，但是没有译成英文。现将我的译文抄下：

   How could I but quicken

   The pace of darkness that won't thicken?

   On plane's broad leaves a fine rain drizzles

   As twilight grizzles.

   O what can I do with a grief

   Beyond belief!

"怎生得黑"很难传达原文意境，我解释为："夜色不肯变浓，怎能加快黑暗的脚步呢！"这用的是"得其神而忘其体"的译法，我觉得表达了原词的意美或神美。原文"点点滴滴"又是两对叠词，我用了 quicken, thicken 和 drizzles, grizzles 两对韵脚，既传达了原文的形美，又用短音〔i〕传达了"滴滴"的音美。最后，还用 grief 中的长音〔i〕韵来加强音美。林语堂的"气美"不知何指，"神美"可以归入"意美"之中，所以还是鲁迅提的"三美"就够了。

五、郭沫若的创作论

郭沫若是鲁迅和林语堂的同代人。《中国翻译词典》第 257 页上说："郭沫若最突出的翻译观点之一是，'好的翻译等于创作'。他曾说'翻译是一种创作性的工作'，'有时翻译比创作还困难'。他本人的译作，就往往把原作的精神实质和艺术风格溶注在自己的笔端,进行了思想与艺术的再创造'。"

北京大学出版社出版的《世界名诗鉴赏词典》第 29 页谈到郭沫若译的《夜》,现将原诗和词典中郭沫若和辜正坤的译文抄录如下:

  Fainter, dimmer, stiller each moment,
  Now night.(Max Weber)

  愈近黄昏,
  暗愈暗,
  静愈静,
  每刻每分,
  已入夜境。(郭译)

  一刻比一刻缥缈,晦暗,安宁,
  于是夜来临。(辜译)

比较一下两种译文,可以说辜译更形似,郭译更神似。"愈近黄昏"表示越来越模糊,比"缥缈"好;"愈暗""愈静"也比"晦暗""安宁"更能传达原诗的视觉和听觉的意美。"每刻每分,已入夜境"更说明越来越模糊、越来越暗、越来越静的夜不知不觉就来临了,使模糊感融入全诗,这就是郭沫若"进行了思想与艺术的再创造",是他对译诗作出的贡献。前面提到《声声慢》的英译,用的同样是"再创造"的译法。

关于"再创造",林语堂也有论述,他在《翻译》中说:"Croce 谓艺术文不可'翻译',只可'重作',译文即译者之创作品,可视为 production,不可视为 reproduction。"又说:"艺术文亦有二等,一发源于作者之经验思想,一则艺术之美在文字自身,……前者如古人之《孔雀东南飞》,后者则如南唐后主之词。前者较不依赖作者之本国文字,后者则与本国文字精神固结不能分离。"(见《翻译论集》第 430—432 页)在我看来,翻译后者就可以用"重作"或"再创造"的方法。例如林语堂提到的南唐后主的名句"流水落花春去也,天上人间"可以有八种解释。《唐宋词鉴赏集》第 78 页上说:"梦境和现实,过去和现在,欢乐和悲哀,概括起来便是'天上人间'。"这两句词有八种英、法译文,现在把初大告的英译文和笔者的英、法译文抄录如下:

  Flowing waters and faded flowers are gone forever,
  As far apart as heaven is from earth.(初译)

With flowers fallen on the waves spring's gone away, So has the paradise of yesterday.

Les fleurs tombent, l'eau coule et le printemps s'enfuit Du paradis d'hier au monde d'aujourd'hui. (许译)

"天上人间",初大告理解为像天离地一样遥远;我的英译理解为昨日的人间天堂已经一去不复返了,法译则为昨日是天堂,今天是人间。三种译文都用了"再创造"的译法。因为"艺术之美在文字自身",所以译文自身也要有"艺术之美"。英文 away 和 yesterday 押韵,法文 s'enfuit 和 aujourd'hui 押韵,英、法文的音美不同,所以"再创造"的意美也就不同了。

六、朱光潜的艺术论

朱光潜是郭沫若和林语堂的同代人。《中国翻译词典》第 1131 页上转载了朱光潜的话:"好的翻译仍是一种创作。"译者"须设身处在作者的地位,透入作者的心窍,和他同样感,同样想,同样地努力使所感所想凝定于语文"。第 1132 页上又说:"说诗能翻译的人大概不懂得诗。""想尽量表达原文的意思,必须尽量保存原文的语句组织。"关于最后两点,我有不同的意见。因为朱先生说好的翻译是创作,又说诗不能翻译,那不等于说诗不能创作吗?下面就来举例说明。

朱先生在《诗论》第五章第四节中谈到了《诗经·采薇》的翻译问题,现将原诗最后一段、余冠英的语体译文和我的英、法译文列后:

昔我往矣,杨柳依依。
今我来思,雨雪霏霏。
行道迟迟,载渴载饥。
我心伤悲,莫知我哀!

想起我离家时光,杨柳啊轻轻飘荡。
如今我走回家乡,大雪花纷纷扬扬。
慢腾腾一路走来,饥和渴煎肚熬肠。
我的心多么凄惨,谁知道我的忧伤!(余译)

When I left here,
Willows shed tear.
I come back now;

Snow bends the bough.
Long, long the way;
Hard, hard the day.
My grief o'erflows.
Who knows? Who knows?

A mon départ,
Le saule en pleurs.
Au retour tard,
La neige en fleurs.
Lents, lents mes pas;
Lourd, lourd mon cœur.
J'ai faim j'ai soif.
Quelle douleur！（许译）

余译、英译、法译都用"再创造"法，没有保存原文的语句组织，如余译的"煎肚熬肠"；英译、法译都把"依依"不舍译成杨柳流泪；"霏霏"的英译是大雪压弯了树枝，象征被战争压弯了腰肢的兵士，法译则用了"千树万树梨花开"的形象，都传达了原诗的意美。原诗每句四字，英、法译每行四音节，形美相同。原诗、译诗都押了韵，都有音美。后来，朱先生也说："意美、音美、形美确实是作诗和译诗所应遵循的。"

关于艺术，朱先生有精辟的论述。他在《谈文学》第 352 页上说："艺术（art）原意为'人为'，自然是不假人为的；所以艺术与自然处在对立的地位，是自然就不是艺术，是艺术就不是自然。说艺术是'人为的'就无异于说它是'创造的'，创造也并非无中生有，它必有所本，自然就是艺术所本。艺术根据自然，加以熔铸雕琢，选择安排，结果乃是一种超自然的境界。换句话说，自然需通过作者的心灵，在里面经过一番意匠经营，才变成艺术。"这话应用到文学翻译上来，可以说翻译的艺术也是"创造的"，原作就是翻译所本。译者根据原作加工，结果就有可能超过原作。如《采薇》中的"依依""霏霏"，就经过译者"熔铸雕琢"；"载渴载饥"，又经过法译者重新安排，成为"载饥载渴"，虽不能说超越原作，但却是翻译的艺术。

朱先生在《诗论》第 104 页上又说："'从心所欲，不逾矩'是一切艺术的成熟境界。"《采薇》的英、法译文虽然经过译者雕琢安排，但并没有"逾矩"，所以可以算是艺术。

七、傅雷的神似

朱光潜之后，中国最重要的翻译家是傅雷。在《中国翻译词典》第1024—1025页上，傅雷说："以效果而论，翻译应当像临画一样，所求的不在形似而在神似。""第一要求将原作（连同思想、感情、气氛、情调等等）化为我有，方能谈到迻译。""外文都是分析的、散文的，中文却是综合的、诗的。这两个不同的美学原则使双方的词汇不容易凑合。""以甲国文字传达乙国文字所包括的那些特点，必须像伯乐相马，要'得其精而忘其粗，在其内而忘其外'。而即使是最优秀的译文，其韵味较之原文不免过或不及。翻译时只能尽量缩短这个距离，过则求其勿太过，不及则求其勿过于不及。"傅雷的见解很精辟，应用到《采薇》上来，可以说"依依""霏霏"等是综合的、诗的文字，英、法译文是分析的、散文的。所以译时要"得其精而忘其粗""将原作化为我有"，不求形似而求神似。但英、法译文是否太过了呢？

屠岸在《外语与翻译》1995年第2期第33页上说："第二行和第四行确把'依依'和'霏霏'所蕴含的意义译出了，但我觉得又过分了。'依依'是蕴藉含蓄的，shed tear 则太具体、太实。杨柳流泪是拟人化——暗示柳梢滴着雨水？原文没有这样具体。'依依'有一种内在的韵味，译成 shed tear 便失去了。'霏霏'是雪下得大，暗示行旅的艰苦，译作 bends the bough 可以，但也有太实、太具体之病。我受到您的译文的启发，试改如下：

    When I left here, Willows leaned near,
    I'm back at last, Snow's falling fast.

这里 lean near 也是拟人化，表示杨柳依在'我'身旁，舍不得我走，'依依'不舍。falls fast 表示雪很大，下得紧，路难走的意思也包含在内了。"

我却觉得屠译只是达意，传情即嫌不足。英文有 weeping willow 的说法，流泪不能算太具体，lean near 反倒没有传达原诗韵味。fall fast 更是散文气重，没有诗意，没有传达原诗的意美。总之，我看我和屠岸的分歧是"美"与"切"的矛盾。译文只要"不逾矩"，我觉得越美越好。

傅雷在《致林以亮论翻译书》中说："我并不说原文的句法绝对可以不管，在最大限度内我们是要保持原文句法的。"我却觉得傅雷成功的译文是不管原文句法，"神似"的译文。如《约翰·克利斯朵夫》原文第

108 页有一句：Il marchait sur le monde. 鲁迅和傅雷的译文如下：

  他踏着全世界直立着。（鲁译）

  他顶天立地的在世界上走着。（傅译）

"顶天立地"是原句内容所有、形式所无的译文，非常"神似"，虽然不管原文句法，却远远胜过了鲁迅"形似"的译文。又如同书第 1227 页有一句：C'est une mort vivante.

  那简直是死生活。（傅译）

  那就是虽生犹死。（许译）

傅雷在最大限度内保存原文顺序，把 mort 译成"死"，把 vivante 译成"生活"，虽然"形似"，却远不如"神似"的"虽生犹死"。我看我和傅雷的分歧是：他认为"过则求其勿太过"，我却认为只要"不逾矩"，从心所欲就不算"太过"。

八、钱锺书的化境

  钱锺书是傅雷的同代人。《中国翻译词典》第 1076 页上说："钱锺书认为：'文学翻译的最高理想可以说是'化'。把作品从一国文字转变成另一国文字，既能不因语文习惯的差异而露出生硬牵强的痕迹，又能完全保存原作的风味，那就算得入于'化境'。……译本对原作应该忠实得以至于读起来不像译本，因为作品在原文里决不会读起来像翻译出来的东西。"《翻译论集》第 19 页上说："化境"与傅雷所说"仿佛是原作者的中文写作"，有异曲同工之妙。钱锺书"入于化境"的名译举例如下：

1. 吃一堑，长一智。

  A fall into a pit, a gain in your wit.

2. 三个牛皮匠，合成一个诸葛亮。

  Three cobblers with their wits combined

  Equal Zhuge Liang the master mind.

我觉得钱译第一例是"等化"；第二例是"深化"，可以"浅化"如下：

  Three cobblers' wits combined

  Equal the master mind.

这样把"诸葛亮"浅化为 master mind，可能更有"意美"，译文每行六个音节，更有"形美"；每行三个音步都是抑扬格，更有"音美"。我把"化境"发展成为"三化"（等化、深化、浅化），这是我提出的方法论。

《毛泽东诗词》有钱锺书定稿的英译本和我翻译的韵体本,现将《为女民兵题照》中最后两行的原文及三种译文抄录如下:

中华儿女多奇志,不爱红装爱武装。
China's daughters have high-aspiring minds,
They love their battle array, not silks and satins. (京译)
Most Chinese daughters have a desire strong
To be battle-drest and not rosy-gowned. (港译)
Most Chinese daughters have a desire strong
To face the powder and not to powder the face. (许译)

原诗最后一行重复了"爱"和"装",京译、港译没有重复,只能使人"知之";港译有韵,可以使人"好之";许译重复了 face 和 powder,可以使人"乐之"。"三之论"(知之,好之,乐之)是我提出的翻译目的论。

九、优势竞赛论

英国诗人柯尔律治(Coleridge)说过:文学作品是 the best words in the best order(最好的文字,最好的排列)。但最好的原文变成对等的译文,并不一定是最好的译文。因为西方文字比较接近,对等的译文容易取得最好的效果。中西文字距离较大,各有优势,对等的译文往往不能取得最好的效果,这时就要发挥译语的优势。现以狄更斯《大卫·科波菲尔》第一章第一段最后一句的三种译文说明:

It was remarked that the clock began to strike, and I began to cry, simultaneously.

据说,钟开始敲,我也开始哭,两者同时。(董秋斯译)

据说那一会儿,当当的钟声,和呱呱的啼声,恰好同时并作。(张谷若译)

据说,钟声当当一响,不早不晚,我就呱呱坠地了。(许译)

董译对等,只能使人"知之";张译用了"当当""呱呱",发挥了汉语叠字的优势,可以使人"好之";许译用了"不早不晚",发挥了汉语四字词组的优势,可以使人"乐之",还可以说是最好的译文表达方式。因此,我提出了发挥译语优势论;也就是说,翻译时要用译语最好的表达方式,而不一定是对等的译文。

此外,我认为董译、张译、许译是在竞赛,看哪一种译文能更好地表达原文的内容。如果说董译和原文对等，那甚至可以说是三种译文在和原文竞赛，竞赛的结果应该是提高，这是我提出的竞赛论（文学翻译是两种语言、两种文化的竞赛）。前面举的译例都可以说明语言文化竞赛论，不过竞赛的结果一般是译文不如原文，有时可以并列冠军，有时甚至可以胜过原文。

我提出的发挥优势论得到好评，如中山大学出版社出版的《实用翻译教程》第 26 页上说："严复以来，如果说傅雷的'重神似不重形似'是我国翻译理论研究的第一次飞跃的话，许渊冲的扬长避短，发挥译文语言优势便是第二次飞跃。"

对我的优势竞赛论也有持不同观点的，如陆谷孙在《中国翻译》1998 年第 1 期第 46 页上说："我更反对'发挥汉语优势'，以译本和原著'竞赛'……"他还提出"译者必须穿'紧身衣'"的说法。但是他把"精明而不聪敏"译成 penny-wise but pound-foolish 并不是穿"紧身衣"的译法，恰恰是发挥了英语"优势"，并且是在用英语和汉语"竞赛"。他的实践和理论的矛盾，从反面说明了"优势竞赛论"是经得住考验的，并且是可以在 21 世纪和西方译论竞赛的中国学派译论。

十、结论："美化之艺术，创优似竞赛"

总之，我从鲁迅提出的"三美"论中选了一个"美"字，从钱锺书提出的"化境"说中选了一个"化"字，从孔子说的"知之者不如好之者，好之者不如乐之者"中选了一个"之"字，加上朱光潜的"艺术"二字，把文学翻译总结为"美化之艺术"五个字。这就是说，"三美"（意美、音美、形美）是本体论，"三化"（等化、浅化、深化）是方法论，"三之"（知之、好之、乐之）是目的论，"艺术"是认识论。

此外，我又从郭沫若提出的创作论中选了一个"创"字，从傅雷提出的神似说中选了一个"似"字，从我提出的发挥优势论中选了一个"优"字，再加上我提的"竞赛"二字，又把文学翻译总结为"创优似竞赛"五个字。这就是说，创造美是文学翻译的本体论，发挥优势是方法论，神似是目的论，竞赛是认识论。"创优似竞赛"和"美化之艺术"并不矛盾，因为本体论是创造"三美"，方法论的"三化"都要发挥译语优势，目的论的"神似"才能使人知之、好之、乐之，认识论的"竞赛"也是一种艺术，这样总结前人的经验，再联系自己的实践，我就把中国学派译论概括为:"美化之艺术,创优似竞赛。"①

中国也有语言学派译论研究,但都可以从属于西方学派。西方学派的代表人物奈达1991年在《翻译:可能与不可能》一文中说:我们不能使翻译成为一门科学;出色的翻译是创造性的艺术。可见奈达也由科学派转向艺术派了。因此,到了21世纪,中国学派的译论要走向世界,如果不是东风压倒西风,至少也是东西并立,共同创建未来世纪的全球文化。

1998年于北京大学畅春园
(原载《中国翻译》1999年第2期)

---

① "美化之艺术,创优似竞赛"可以译成英文:Art of beautifulization and creation of the best as in rivalry. 分开来看,"三美"指 beautiful in sense(意美),in sound(音美),and in form(形美)。"三化"指 generalization(浅化),equalization(等化),particularization(深化)。"三之"指 comprehension(知之),appreciation(好之),admiration(乐之)。"艺术"译成 art。"美化"不能译 beautification,因为"三化"都用了词尾 ization,所以只好造一个词 beautifulization,其中 beautiful 译"美",iza 译"化",tion 译"之"。这是拆词合译法。至于"创优似竞赛"比较好译,"创"译 creation,"优"译 the best,"似"译 as,"竞赛"译 rivalry,再加两个介词,就算译出来了。

再创作与翻译风格

文学翻译要使读者愉快,得到美的享受,犹如原作者在用译语写作,这就是再创作。翻译风格有"形似"与"神似"之分,在"形似"的译文和原文的内容有矛盾时,翻译只能"神似",也就是再创作。再创作有高低程度的不同,如"倾国倾城"理解为"失国、失城、失职、失色",就是由低而高的再创作。再创作要发挥译语优势,和原文竞赛,才能建立新的世界文化。

《中国翻译词典》第476页上说:茅盾"创造性地指出再现意境是文学翻译的最高任务;翻译要讲求效果,让译语读者能够像读原作一样得到美的享受"。香港出版的《翻译论集》第66页上说:胡适认为翻译必须要"好","所谓好,就是要读者读完之后要愉快"。"我们要想一想,如果罗素不是英国人,而是中国人,是今天的中国人,他要写那句话,该怎么写呢?"北京出版的《翻译论集》第18页上说:钱锺书认为"译本对原作应该忠实得以至于读起来不像译本";傅雷则说:译本应该"仿佛是原作者的中文写作"。在我看来,翻译要使读者愉快,得到美的享受,仿佛是原作者在用译语写作,这就是再创作。例如香港出版的《中国现代革命家诗词选》第一首孙中山的《起义歌》,后两句是:"顶天立地奇男子,要把乾坤扭转来。"英译文是:

  Heroes of indomitable spirit, arise!
  Let us transform the old world and reverse the tide!

"顶天立地"是汉语中的成语,严格说来,英文中没有一个完全相等,或者完全等值,或者完全等效的表达方式。这里译成 indomitable spirit(不屈不挠的精神），只是"顶天立地"的一部分，而且没有"天地"的形象，从某种意义上说来，这不能使读者得到读原文的美感享受，因此只能说是一种低级的"再创作"。我把这句改译成：

Heroes who would move heaven and earth, arise!

保留了"天地"的形象，是"移天动地"或"翻天覆地"的意思，比起"顶天立地"来，似乎又太过了；但比"不屈不挠"能给读者更多的美感享受，所以这是一种更高级的"再创作"。换句话说，再创作的译文在和原文竞赛，看哪种文字能更好地表达原作的内容。在这次竞赛中，"不屈不挠"有所不及，失败了；"翻天覆地"有所超过，既失败也胜利了。有人会说：过犹不及，"翻天覆地"是超额翻译，不能算是胜利。我却认为孤立地看一句，"翻天覆地"是超译；但从下文"扭转乾坤"来看，"翻覆"不正是"扭转"、"天地"不正是"乾坤"的意思吗？所以从全文看，"翻天覆地"更好地表达了原作的内容（不是形式）。有人又可能说：原文先说"顶天立地"，再说"扭转乾坤"，先轻后重，次序井然；译文却重复"翻天覆地"，不是和原文的风格不同吗？我却认为译文并没有说 turn heaven and earth upside-down，而是 move heaven and earth，轻则可以理解为"想方设法"，重也可以理解为"移天动地"；而下文的"扭转乾坤"却用分译法，同时用借代法，用"水土"来代"乾坤"，译成"改造旧世界"和"力挽狂澜"了。这种译法并没有重复"翻天覆地"，也是前轻后重，先后有序，不是正符合原诗的风格吗？

还可以举一个例子，罗曼·罗兰在《约翰·克里斯托夫》法文本108页上有一句：Il marchait sur le monde. 鲁迅译成："他踏着全世界直立着。"傅雷译为："他顶天立地的在世界上走着。"（引自《外国语》1995年第4期）哪一种译文更符合原作的风格呢？如果认为鲁译更合，那么，风格指的就是"形似"；如果认为傅译更合，那风格指的却是"神似"。在这种情况下，我觉得不必问哪种译文符合原作风格，而应该问：哪种更能给人以美的感受，更能使人愉快？或者说，假如罗曼·罗兰是中国人，他会怎么说呢？我想，假如我是罗兰，我是会用"顶天立地"的。至于作者风格的问题，罗兰在《约翰·克里斯托夫》法文本1565页上说过：Qu'importe celui qui crée? Il n'y a de réel que ce qu'on crée.（管他作者是谁？只有作品才是真实的。）这就是说，作者不如作品重要。应用到翻译上来，就可以说，译者与其斤斤计较如何保存原作者的风格，不如尽力使译文能给人美的享受，就像原作一样。因为法文没有"顶天立地"这个成语，所以罗兰在创作时不能用这个表达方式;但假如他生在今天的中国,知道这个成语,在写这句话时,他大约也会像傅雷一样用"顶天立地"的。这个例子也说明了文学翻译是两种语言文化的竞赛,在竞赛时要发挥译语的优势,使再创作胜过创作,这就是我的"再创作论"。

和孙中山一同领导辛亥革命的黄兴也爱写诗词,如他的《咏鹰》最后一句是:"木落万山空",意思是说树木落叶,雄鹰飞渡沧海,山都显得空了。我把这句译成英文如下:

> Leaves fall and mountains sigh.

"木"字我既没有译成 wood(木或树木),也没有译为 tree(树木),而是用了 leaves(树叶);"万"在我看来只是"多"的意思,并不真是九千九百九十九加一,所以只译多数;最后一个"空"字,如果译成 empty,那是描写客观现实,说明雄鹰一去,山都显得空了,我却用了一个 sigh(叹息),说明空山落叶仿佛发出了惋惜的声音,这样更能再现原诗的意境,用的是"再创作"的方法。有人提出要先"形似"而后"神似",那有一个条件,就是原文和译文的形和神都是统一的。如果形和神之间有矛盾,那"形似"之后如何能"神似"呢?如把"木"字译成 wood 是形似,但 wood falls 能不能显示诗人惋惜雄鹰飞去的感情呢?有人也许会说:原诗的感情含蓄不露,译文说明叹息,破坏了原诗含蓄的风格,应该让读者自己去体会诗人的感情。我却认为译者是译文的第一个读者,如果自己都读不出原诗的言外之意,怎能希望读者读出来呢?所以我还是舍"形似"而取"神似",采用再创作的方法。

有时,甚至在原文形神统一的情况下,也要用再创法。如黄兴的《笔铭》:"朝作书,暮作书,雕虫篆刻胡为乎?投笔方为大丈夫!"头六个字可以说是形神统一的。如果译成 You write by day, you write by night,可以算是形似了,但能不能说是神似呢?我看不能,因为原诗"书""乎""夫"押韵,而译文 day 和 night 并不押韵,只能用再创法改成:

> You write and write
> By day and night.

这样既重复了 write,又和 night 押了韵,才可以算是和原文神似;而形似的译文怎么可能再现原诗的意美、音美、形美呢?至于后面两句,原文形神就有矛盾:"雕虫"是指小技,"投笔"是指从戎,也可用再创法译成:

> Why should I practise calligrapher's trifling art?
> I'd better give you up and play a hero's part.

223 | 再创作与翻译风格

这样把"雕虫"译成小技，把"篆刻"译成书法家，都可以算是浅化的换译法；把"投笔"译成放弃，把"大丈夫"译成英雄，则可以算是等化的换译法，再创的程度低于"雕虫篆刻"的浅化译文。而"朝作书，暮作书"中的两个"作书"合成了第一行译文，分开的"朝"和"暮"合成了第二行，用的都是合译法，再创的程度又低于等化的译文。只有《咏鹰》中的"空"字译成叹息，可以算是深化的创译，再创的程度高于浅化和等化的译法。

再举一个例子，黄兴为追悼22岁英勇就义的革命烈士刘道一写了一首挽诗，最后一句是"万方多难立苍茫"。我先译成：

The country in distress, I stand long in twilight.

这是个形似的等化译文，只是客观描写诗人站在苍茫暮色之中，却没有传达诗人等待天明的苍茫心情，所以我又用深化再创法改译如下：

The country in distress, when will day replace night?

简而言之，再创的译法就是原作者用译语的创作，或者说，译者设身处地，假如自己是原作者会怎么用译语来写，自己就怎么译，这就是再创作。

林语堂在《论翻译》一文中说："一作家有一作家之风度文体，此风度文体乃其文之所以为贵。Iliad（《伊利亚特》）之故事，自身不足以成文学，所以成文学的是荷默（荷马）之风格。杨贵妃与崔莺莺的故事虽为动人，而终须元稹、白居易之文章，及洪昉思与《西厢记》作者之词句，乃能为世人所传诵欣赏。故文章之美，不在质而在体。体之问题即艺术之中心问题。所以我们对于所嗜好之作者之作品，无论其所言为何物，每每不忍释手，因为所爱是那作者之风格个性而已。凡译艺术文的人，必先把其所译作者之风度神韵预先认出，于译时复极力发挥，才是尽译艺术文之义务。"这话说得很有道理，我认为文学翻译除了应该质体并重之外，所谓"极力发挥"，就是发挥译语优势，进行再创作。但是，再创作应该再现原作的文体美，使"读者能够像读原作一样得到美的享受"。

《外语与外语教学》1998年第12期发表的《汉诗英译中的"炼词"》一文中说，要"再创出形神兼备的译品"。下面我们就来看看文中的一个译例：

窗含西岭千秋雪，……（杜甫《绝句》）

My window does enframe the West Ridge clad in thousand-year snows clean;...

译者说：enframe 有"为画配框"或"置画于框中"之意，"生动地烘托出了窗外如画的景致"。这个译文有没有再现原作的文体美呢？光以炼字而论，"含"字译得不错；但从全句来看，原诗非常精练，译文却在动词前加了一个不必要强调的 does，又在最后加了一个不必要的 clean，读起来就不能使人像读原作一样得到美的享受。在我看来，这是一个见木不见林的译文。再看一个例子：

夜来风雨声，花落知多少？（孟浩然《春晓》）

　　A. The winds shatter'd and the rains splatter'd yesternight;
　　　How many flowers have dropp'd in a wretched plight?
　　B. After one night of wind and showers
　　　How many are the fallen flowers?

译者说："A 译采用拟声词 shatter'd（哗啦哗啦响）和 splatter'd（淅沥作响）译'风雨声'，比 B 译只说 wind and showers 要生动些。"译者认为"哗啦哗啦响"的风声和"淅沥作响"的雨声，再现了原作的文体美。但是《唐诗鉴赏辞典》第 95 页上说："《春晓》这首小诗，……艺术魅力不在于华丽的辞藻，不在于奇艳的艺术手法，而在于它的韵味。整首诗的风格就像行云流水一样平易自然，然而悠远深厚，独臻妙境。"而 A 译用的拟声词不如 B 译平易自然，说明译者不知道原作者的风格，所以译不出他的风度神韵来。译者在文中还举了很多例子，这两个有代表性，都不能再现原作的意境，不是我所说的"再创作"。

　　我所说的"再创作"是要既见木又见林，而不画蛇添足，却能使人像读原作一样得到美感享受的译法。例如，笔者最近译了李清照的存疑词《生查子》（译存疑词的好处是不必考虑原作者的风格，可以就词论词），下片头两句是："酒从别后疏，泪向愁中尽。"英译文是：

　　Since he left, I have drunk less and less wine;
　　Tears melt into grief, more and more I pine.

第二行的 more and more 是不是画蛇添足呢？不是，因为原文有对仗，译文如果没有，就不能使人像读原作一样感到对仗之美了。

　　再举一首汉武帝的内兄李延年（卒于公元前 87 年）的《北方有佳人》为例。原诗如下："北方有佳人，绝世而独立。一顾倾人城，再顾倾人国。宁不知倾城与倾国？佳人难再得！"这首诗流传了两千多年，"倾国倾城"已经成了形容美人的习语，如白居易在《长恨歌》中说："汉皇思色重倾国"；《西厢记》中张生说莺莺："怎当你倾国倾城貌！"但翟理士（Giles）

和宾纳（Bynner）却把白居易这句诗译成：

  A. His Imperial Majesty, a slave to beauty,

   Longed for a "subverter of empires"; (Giles)

  B. China's Emperor, craving beauty that might shake an empire,

              （Bynner）

第一种英译文把"倾国"译成"倾覆帝国的人"，第二种译成"动摇帝国"，都可以说是形似而不意似的译文，所以译李延年的"倾城"与"倾国"时不能采用。我用再创作法把后四句英译如下：

  At her first glance, soldier would lose their town;

  At her second, a monarch would his crown.

  How could the soldiers and monarch neglect their duty?

  For town and crown are overshadowed by her beauty.

在第一行中，我把"倾城"译成"士兵不愿守城"；在第二行中，我把"倾国"译成"国王宁愿失掉王冠"；在第三行中，我没有重复"倾城与倾国"，而是问：为什么士兵和国王都失职呢？第四行回答说：因为城池和王冠比起美人来都相形失色了。第一、二行都是创造性的翻译，但和"城""国"还有形似的联系；第三行说"失职"，创造性就更高；第四行说"失色"，又比第三行还要高。这就是程度不同的"再创作"。

  短诗比较容易再创作，长诗呢？《汉魏六朝诗一百五十首》中有一首苏伯玉妻的《盘中诗》，共四十八行，现将原诗和英译抄录如下：

山树高，	Atop trees high
鸟鸣悲；	Sadly birds cry;
泉水深，	In water deep
鲤鱼肥。	Fatted carp leap.
空仓雀，	In empty house
常苦饥。	Would starve a mouse.
吏人妇，	A poor clerk's wife
会夫稀。	Leads lonely life;
出门望，	Outdoors I sight
见白衣，	A man in white;
谓当是，	But it's not he
而更非。	So dear to me.
还入门，	I come indoor

心中悲。	And I deplore.
北上堂，	West I step forth
西入阶。	To the hall north.
急机绞，	I play my loom.
杼声催。	To dispel gloom.
长叹息，	Long, long I sigh.
当语谁？	Who would reply?
君有行，	Since our adieu
妾念之。	I long for you.
出有日，	You went to roam.
还无期。	When to come home?
结中带，	Like girdle's knot
长相思。	You're not forgot.
君忘妾，	You forget me.
天知之。	Heaven can see.
妾忘君，	If I forget you,
罪当治。	Punishment's due.
妾有行，	My conduct's fit,
宜知之。	You should know it;
黄者金，	Like gold it's bright,
白者玉。	Like silver white;
高者山，	High as hills steep,
下者谷。	Low as vale deep.
姓为苏，	I write to Su
字伯玉，	Whose name's Bo-yu.
作人才多智谋足。	He's talent wise,
	Which none denies.
家居长安身在蜀，	His home is in Chang'an
	But himself in Sichuan.
何惜马蹄归不数。	Why should he spare his steed
	And not come home with speed?
羊肉千斤酒百斛，	I've kept for him sheep fine
	And many jars of wine.

令君马肥麦与粟。	I've kept millet and wheat
	For his horse to eat.
今时人，	Men of today,
知不足；	—What can I say?—
与其书；	Can see no light
不能读。	In what I write.
当从中央周四角。	I begin from the core
	And end in corners four.

原诗写在盘中（见《汉魏六朝诗鉴赏辞典》第432页），几乎是不可译的。但用了再创法，如"鲤鱼肥"加了leap，"空仓雀"换译成mouse，"会夫稀"正译为lonely，"北上堂"用了颠倒法，"当语谁"改为"谁回答？""君有行"改成"自别后"，"长相思"反译为"不忘记"，"黄者金"换为bright，"智谋足"后加了"无人不知"，"羊肉千斤"用了减词法，"酒百斛"换成many，这样就基本上传达了苏伯玉妻相思之情的意美、三字句的形美、韵律的音美。由此可见，再创作的译文是可以传达原作的风格，使人像读原作一样得到美感享受的。

总之，这首长诗内容和形式基本统一，翻译时形似就是神似，求真也是求美，所以再创法用得不多，用时再创的程度也不高。而李延年的短诗内容和形式（意和言）却有矛盾，"倾国倾城"并不是倾覆国家城池的意思，所以译文形似并不意似，更不神似，求真而不求美，需要用再创作的"失国、失城、失职、失色"等词来翻译，用词再创的程度也更高。"先形似后神似"论者，只见形似与神似的统一，不见二者的矛盾，所以在《中国翻译》1998年第6期上把狄金森的majority（成熟之年）误译成形似的"多数"，再误译为神似的"决定"，结果既不形似，也不神似。《春晓》的A译者恰恰相反，在"风雨"形似和神似统一的时候，他却加上"哗啦""淅沥"，这都是"再创作"的对立面。

举个总结性的例子。我在北京三联书店出版了一本回忆录，书名是《追忆逝水年华》。后来我又把书译成英文，其实是再创作，甚至根本就是创作，书名叫作 *Vanished Springs*（"消逝了的春天"或"逝水年华"）。如果我再把书译成法文，或用法文再创作，书名大约会是 *A la recherche du printemps perdu*（"寻找失去了的春天"或"追忆逝水年华"）。举这个例子想要说明：同一作者在用不同的文字创作时，风格会有所不同。因此，译者在再创作时，不必把再现原作者的风格放在第一位；更重要的是使读者像读原作一样得到美的感受,用我的话来说,就是要使读者知之、好之、乐之。

(原载《解放军外国语学院学报》1999年第3期)

新世纪的新译论
——优势竞赛论

文学翻译是两种语言，甚至是两种文化之间的竞赛，看哪种文字能更好地表达原作的内容。文学翻译的低标准是求似或求真，高标准是求美。译者应尽可能发挥译语优势，也就是说，尽量利用最好的译语表达方式，以便使读者知之、好之、乐之。创造性的翻译应该等于原作者用译语的创作。本文主要谈"创优似竞赛"。

一、真与美·美与似

20世纪中国文学翻译的主要矛盾，在我看来，是直译与意译，形似与神似，信达雅（或信达优）与信达切的矛盾。如以译诗而论，我认为主要是真（或似）与美的矛盾。翻译求似（或真）而诗求美，所以译诗应该在真的基础上求美。这就是说，求真是低标准，求美是高标准；真是必要条件，美是充分条件；译诗不能不似，但似而不美也不行。如果真与美能统一，那自然是再好没有；如果真与美有矛盾，那不是为了真而牺牲美，就是为了美而失真。如译得似的诗远不如原诗美，那牺牲美就是得不偿失；如果译得"失真"却可以和原诗比美，那倒可以算是以得补失；如果所得大于所失，那就是译诗胜过了原诗。钱锺书《谈艺录》第373页上说："译者驱使本国文字，其功夫或非作者驱使原文所能及，故译笔正无妨出原著头地。克洛岱尔之译丁敦龄诗是矣。"

《杨振宁文选》英文本序言中引用了杜甫的两句诗："文章千古事，得失寸心知。"英译文是：

1. A piece of literature is meant for the millennium.

   But its ups and downs are known already in the author's heart.

"文章"二字很不好译，这里译得不错，也可译成 a literary work，但是都散文化，不宜入诗。其实杜甫写的文章不多，说是文章，指的是诗文，甚至不妨就译成 verse or poem（诗）。"千古"二字也不能直译，这里译得很好，自然也可以译成具体的 a thousand years（千年），那就是"深化"；也可以译成更抽象的 long, long（很久很久），那就是"浅化"。"事"字可以直译为 affair，这里意译为 is meant。全句的意思是：文章是为了流传千秋万代的。译文可以说是准确。下句的"得失"二字，这里意译为 ups and downs（高低起伏，浮沉），比直译为 gain and loss 好得多，指的是文章的命运。"寸心"二字也不能直译为 an inch of heart，这里解释为作者之心，十分正确。只有一个"知"字，可以算是直译。

由此可见，在这两句诗的译文中，意译多于直译，意似重于形似，达到了"信达切"的标准，符合"求真"的要求，但从"求美"的观点来看，却显得有所不足。原诗每句五字，富有形美；"事"和"知"押韵，富有音美。而译诗却两句长短不齐，音韵不协，所以我又把这两句译成诗体如下：

2. A poem may long, long remain,

   Who knows the poet's loss and gain (joy and pain)?

3. A verse may last a thousand years.

   Who knows the poet's smiles and tears?

这两种译文如以"求真"而论，都不如第一种译文；如以"求美"而论，则又都有过之而无不及。但是后两种译文"求美"所得，是否大于求真"所失"呢？以"文章"而论，从字面上看，改成"诗"似乎有所失，但从内容来看，所失甚微。以"得失"而论，第二种译文 loss and gain 似乎有所得，但从内容来看，所得并不比 joy and pain 更多。第三种译文的"千古"所得不比第一种少，"得失"的译文所得更比第二种译文多，因此可以算是得多于失的。

总而言之，原诗具有意美、音美、形美，是 best words in best order（最好的文字，最好的形式）。第一种译文最为意似，这是所得；但没有传达原诗的音美和形美，这是所失。"求真"论者认为译文只要意似，越近似越好，音和形都是次要的，不能因声损义，更不能以形害意，所以认为第一种译文最好。"求美"论者却认为译诗的结果应该是一首诗，如果原诗具有"三美"而译诗只是意似，那无论多么近似，也不能算是好译文。具体来说，第二、三种译文虽然不如第一种意似，但一样传达了原诗的意美；而从音美、形美来看，则远远胜过第一种。原诗是 best words，意似的文字或对等的文字却不一定是最好的文字。如以"得失"二字而论，gain and loss 是最意似的、最对等的文字，但却远远不如其他译文，可见最意似、最对等的文字，并不一定是最好的译文。因此在"对等"和"最好"有矛盾时，应该舍"对等"而取"最好"，舍"意似"而取"意美"。以传达原诗意美而论，第二、三种译文不在第一种之下，而音美、形美却在第一种之上。

孔子说过："知之者不如好之者，好之者不如乐之者。"我觉得这话也可应用到译诗上来。所谓知之，就是使人理解；所谓好之，就是使人喜欢；所谓乐之，就是使人愉快。在我看来，第一种译文使读者了解原文的内容，这是知之；第二种译文用了浅化的方法，不但使读者了解，还具有意美和形美，可以使读者喜欢，这是好之；第三种译文用了深化的方法，用具体的笑和泪取代了抽象的苦乐，又有音美、形美，可以使读者愉快，这是乐之。知之是译诗的最低要求，好之是中等要求，乐之是最高要求。一般说来，译诗要在不失真的条件下，尽可能传达原诗的意美、音美、形美，使读者知之、好之、乐之。意美、音美、形美，这"三美论"是译诗的本体论；知之、好之、乐之，这"三之论"是译诗的目的论；等化、浅化、深化，这"三化论"是译诗的方法论。所谓等化，指形似的译文，如"得失"译为 gain and loss；所谓浅化，指意似的译文，如"得失"译为 joy and pain；所谓深化，指神似的译文，如"得失"译为 smiles and tears。这就是"三美、三化、三之"的艺术，或"美化之艺术"。

二、优势论

根据"三美""三化""三之"的翻译理论，我把《诗经》《楚辞》、唐诗、宋词等译成了英、法韵文，现在就来看看理论能否用于实践。

《毛泽东谈文学》中说："《诗经》是中国诗歌的精粹，……这种诗感情真切，深入浅出，语言很精练。"（见《光明日报》1996 年 2 月 11 日）例如《邶风·击鼓》中有四句张爱玲认为是"最悲哀的一首诗"："死生契阔，与子成说，执子之手，与子偕老。"首先这诗需要"知之"。第一句中的"契阔"，"契"就是合，"阔"就是离，全句是说：不论生死离合。

"与子成说"，是说我和你发过誓，说好了要携手同行（"执子之手"），和你白头到老（"与子偕老"）。这四句诗的确感情真切，语言精练。张爱玲在《倾城之恋》中借柳原之口解释说："生与死与离别，都是大事，不由我们支配的。比起外界的力量，我们人是多么小，多么小！可是我们偏要说：'我永远和你在一起；我们一生一世都别离开。'——好像我们自己做得了主似的！"这四句诗有两种英译文：

1. My wife's my life's companion;
   We're bound in marital union.
   I grasped her hand and say,
   "Together we'll always stay."

2. Meet or part, live or die,
   We've made oath, you and I.
   Give me your hand I'll hold!
   And live with me till old.

第一种英译文可以还原为中文如后：我的妻子是我的终身伴侣；我们由婚姻结合，我握住她的手说："我们要永远在一起。"这个译文可以使读者知之。第一句"死生"浅化为"终身"，第二句"成说"理解为"结合"，第三句是等化，第四句"偕老"又浅化为"永远"。浅化只能避短，一般说来，不能扬长。扬长就是发扬译语的优势，充分利用译语最好的表达方式。例如"死生"在英语中最好的表达方式是 live or die，第一种译文却浅化为 my life（终身），没有传达原诗的意美，所以虽有押韵的音美和整齐的形式，却不能使人好之，更不用说乐之。

再看第二种译文，第一句"死生契阔"并没有译成形似的 die or live，meet or part，因为那虽然是对等的文字，却不是最好的次序；而把"死生"颠倒为"生死"，再把"契阔"的译文放在"生死"之前，那却是最好的译文表达方式，发挥了译语的优势，所以可以使人好之，甚至乐之。同样的道理，第二句原诗"与子成说"的优势是精练，省略了主语"我"字；但英译文的优势是精确，如果不用主语，那就等于省略了"你"字，反而会引起误解，只有补充主语，译成 you and I，才算发挥了英语精确的优势，用了英文最好的表达方式。最后一句的"偕老"二字，在英文中最好的表达方式应该用 till old，第一种译文浅化为 always，显得太散文化，而第二种译文却发挥了译语的优势。由此可见，发挥译语优势是使读者知之、好之、乐之的关键。读者也许会问，"得失"的最好表达方式不是 gain and loss 吗？为什么不算发挥优势呢？答案是在具体情况下，得则喜，失则忧；喜则笑，忧则泪，所以"得失"不如译成"喜忧"，更不如"笑泪"。这就是我提出的"发挥译语优势论"或"优势论"。

三、竞赛论

翻译《诗经》需要发挥译语优势，这个理论能不能应用于《楚辞》？《九歌·湘夫人》中有个名句："袅袅兮秋风，洞庭波兮木叶下。"湖南汉英对照本的白话译文是："秋风吹来啊阵阵生凉，洞庭起浪啊落叶飘扬。"英译文也有两种：

1. The autumn breeze sighs as it flutters slow;
   The lake is ruffled, and the leaves drift low.
2. The autumn breeze, oh! wrinkles and grieves
   The Dongting Lake oh! with fallen leaves.

原文"袅袅"二字，发挥了汉语运用叠字的优势，含义丰富而朦胧，使人浮想联翩，如白话译文就解释为"阵阵生凉"。第一种英译既把秋风拟人化，说是风在叹息，又把秋风拟鸟化，说是风在慢慢地拍翅膀，这都是创造性的翻译法；而第二种英译又别出心裁，把秋风比作一缕袅袅秋烟，吹起了一湖涟漪，又把涟漪比作愁容，而这愁容却是落叶画在湖面上的，这也是创造性的译法。两种英译都发挥了英语精确的优势，在和精练的中文竞赛，看哪种文字更能表达原诗的内容。既然两种英译都发挥了译语的优势，采用了尽可能好的表达方式，但是哪一种英译更好呢？这就是把诗词翻译看作一场优势竞赛了。如果白话译文再现了原诗的意美、音美和形美，那英译也可以说是在和语体译文竞赛，甚至不妨认为在和原文竞赛，看哪种文字能更好地表达原文的内容。

从某种意义上看，创作也可以算是一种翻译，是把作者自己的思想翻译成为文字。而中外翻译则是把作者的思想从一种文字转化为另一种文字。既然两种文字都在表达作者的思想，那就有一个高下之分，这就是两种文字在竞赛了。如果说"袅袅兮秋风"是原作的思想，那白话文的"阵阵生凉"虽然发挥了汉语叠字"阵阵"的优势，但以意美而论，显然不如两种英译。第一种译文虽然精确，但是用词繁复，而且起浪与落叶之间并无联系，显得松散。第二种译文每行八音节，比第一种译文少两个，更加精练；而且译了"兮"字，更加精确；秋风、湖水、落叶三者连成一气，关系紧凑，更有意美。

总而言之，白话译文和两种英译都发挥了原语或译语的优势，都具有意美、音美和形美，但比较一下，或者说在竞赛中，就可以发现白话译文在"意美"方面不如英译，只能使人知之；第一种英译在"三美"方面都不如第二种英译，但能使人好之；只有第二种英译在"三美"方面都占了上风，可以使人乐之。如果将来还有一种译文在竞赛中胜过第二种译文，那又可以使翻译的艺术向前发展，使人类的文化变得更加光辉灿烂。这就是我提出的"竞赛论"。

发挥了译语优势和原文竞赛的《诗经》英译，得到美国加州大学东语系主任韦斯特教授的好评，说"读来是种乐趣"（a delight to read）。清华大学中外文化班学生和美国留学生共同把《蒹葭》的英译文配乐演奏。墨尔本大学美国学者柯华利斯（Kowallis）说《楚辞》"当算英美文学里的一座高峰"。英国智慧女神出版社甚至认为英译《西厢记》在艺术性和吸引力方面"可和莎士比亚媲美"。（见1999年8月31日《中国图书商报·书评周刊》）可见"优势论"和"竞赛论"已在国内外产生影响。

四、再创论·创与译

创造性翻译应该等于原作者用译语的创作。如我写了一本《追忆逝水年华》，英文译成 *Vanished Springs*（消逝了的春天），法文译成 *A la recherche du printemps perdu*（寻找失去了的春天），其实都是创作。

王佐良在《谈诗人译诗》一文中谈到法国的纪德、美国的庞德等诗人时说："他们的译作是好的文学作品，丰富了各自的本国文学。庞特的译作也许不算忠实的翻译，却是无可争议的英文好诗。"例如庞德把汉武帝的《落叶哀蝉曲》译成英文，最后加了原诗所没有的一行：

　　　　A wet leaf that clings to the threshold.

把汉武帝宠妃的阴魂比作一片依恋门槛的湿树叶，结果使这首译诗成了意象派的名作。在我看来，这也可以理解为外国诗人翻译时在和原诗竞赛，发挥了本国语的优势，为了求美，甚至不妨失真。这种译法解释了求真和求美的矛盾，甚至打破了创作和翻译的界限，可以说是一种创造性的翻译。不过这有一个先决条件，那就是译作应该"是好的文学作品，丰富了"译语的文学。前面提到《谈艺录》中说的"克洛岱尔之译丁敦龄诗"，"译笔正无妨出原著头地"，也可以作为"优势论"和"竞赛论"的说明。

以上谈的是中译英。至于英译中呢，王佐良在上文中谈到拜伦的《唐璜》和穆旦的译本时说："《唐璜》原诗是杰作，译本两大卷也是中国译诗艺术的一大高峰。"又说穆旦的"最好的创作乃是《唐璜》"。把译本说成是创作，这更是明白无误地打破了创作和翻译的界限。下面我们来看看穆旦是如何化翻译为创作的，先看《唐璜》第一章第七十一段原诗和两种译文：

> Yet Julia's very coldness still was kind,
>   And tremulously gentle her small hand
> Withdrew itself from his, but left behind
>   A little pressure, thrilling, and so bland
> And slight, so very slight that to the mind
>   'Twas but a doubt.

但朱丽亚的冷淡却含有温情，
  她的纤手总是微颤而柔缓地
脱开他的掌握，而在脱开以前，
  却轻轻地一捏，甜得透人心脾，
那是如此轻，轻得给脑子留下
  恍惚惚的疑团。（穆译）

朱丽亚冷淡却含情，
  她的小手颤抖，轻轻
从他的手中抽出来，
  却又轻轻一捏，唉！
捏得令人心醉神迷，
  仿佛是一个谜。（许译）

比较一下两种译文，可以看出第一种仿佛是原诗人用译语的创作，用词准确，如"含有温情""轻轻地一捏""透人心脾""恍惚惚的疑团"，都发挥了译语的优势。原诗每行十个音节，隔行押韵；译文每行十二个字，押韵也是一样，可以说是基本上做到了音似、形似。第二种译文在和第一种竞赛，每行只八个字，更加精练；译文两行一韵，虽不音似、形似，却有音美、形美。总起来说，第一种译文求似，求真，第二种译文求美。现在再看《唐璜》第一章第七十三段的三行诗：

But passion most dissembles, yet betrays,
　　Even by its darkness as the blackest sky
Foretells the heaviest tempest,

热情力图伪装，但因深文周纳，
　　反而暴露了自己；有如乌云蔽天，
遮蔽越暗，越显示必有暴风雨。（穆译）

有情装成无情，
　总会显出原形，
正如乌云蔽天，
　预示风暴将临。（许译）

这三行的第一种译文还是做到了意似、音似、形似。但"力图伪装"有贬义，似乎不如"有情装成无情"（这是发挥了中文的优势，在和原文竞赛）；"深文周纳"不容易懂，不如"显出原形"；"乌云蔽天越蔽越暗"，重复"蔽"字，不宜入诗。第二种译文把原诗三行改译四行，每行六字，一、二、四行押韵，还是一样精练，具有音美。如果说前面六行的两种译文难分高下的话，这三行似乎是第二种译文在竞赛中占了上风。再看看《唐璜》第一章第七十四段的三行诗：

Then there were sighs, the deeper for suppression
And stolen glances sweeter for the theft,
And burning blushes, though for no transgression.

何况还有叹息，越压抑越深，
　　还有偷偷一瞥，越偷得巧越甜。
还有莫名其妙的火热会脸红。（穆译）

叹息越压抑越沉痛，
　　秋波越暗送越甜蜜，
不犯清规也会脸红。（许译）

在这三行诗的译文中，"越压抑越深"是形似，"越沉痛"却是意似；"越偷得巧越甜"则远不如"秋波暗送"发挥了译语的优势；"莫名其妙的火热"又不如"不犯清规"精确，也是在和原文竞赛；而且第二种译文和原诗一样是隔行押韵的。这就是说，在竞赛中，无论是意似、音似、形似，还是意美、音美、形美，都是第二种译文胜过了第一种译文。我在1999年全国暑期英汉翻译高级讲习班上征求意见，结果举手的人都说第二种译文好，没有一个人举手称赞第一种译文的，我认为这是"竞赛论"和"优势论"开始取得的胜利。

为什么说开始取胜呢？因为在我看来，20世纪的中国译坛还是反对"优势竞赛论"的人更多。上面举的《唐璜》译例都选自《红与黑》，第一种译文选自南京译本，第二种选自湖南译本。上海《文汇读书周报》做过读者调查，认为喜欢南京译本的多于喜欢湖南译本的，这就是说，从实践的结果来看，"求似"胜过了"求美"。从理论上来看，《中国翻译》一年之内，就有三篇文章反对"发挥优势论"，反对"竞赛论"。为什么反对呢？发挥了优势，得到了国际好评的《诗经》《楚辞》《唐诗三百首》《宋词三百首》《西厢记》的英译本不该继续发展吗？

幸好我得到《和谐说》（见《中国翻译》1999年第4期）的作者郑海凌教授12月25日来信，信中说："我认为，'竞赛论'是'纲'，'和谐说'是'目'，纲举才能目张。'竞赛论'的贡献在于它突破了翻译'以信为本'的传统观念，标举译者的创新意识。同时，'优势竞赛论'也揭示了文学翻译的客观规律，与西方语言相比，汉语文学语言的确有优势，它可以美化和弥补原作的不足，有的外国作品语言并不精彩，但译成汉语却很感人，这显然是汉语帮了它的忙。相反，中国文学作品译成西文却往往苍白无力，所以需要翻译者发挥创造，妙笔生花。我赞同您所创导的'求美'的译风，因为'求真'、'求信'只是一种理想，译者不可能做到。'神似'与'化境'的局限也正在于此。'优势竞赛论'是20世纪中国翻译理论研究的重大突破，对文学翻译的发展有导向意义，所以我说它有'超前意识'。'竞赛论'统帅全局，有竞赛才有翻译的艺术。艺术是自然的美化，翻译是原作的美化。……正如您所指出的，'和'中有异，'同'中无异，'异'就是译者的创新，所以，我在《和谐说》中提到，好的译文，与原文'和'而不同，平庸的译文与原作'同'而不和。"（详见郑海凌《文学翻译学》第112页）

郑海凌是年轻的一代，所以我认为21世纪的新译论只有寄希望于一代新人了！

（原载《中国翻译》2000年第3期）

再谈优势竞赛论

忠实并不等于保留原语表达形式，文学翻译更要保存原作的艺术魅力。译者要尽可能利用最好的译语表达方式，以便更好传达原作内容。译者要有敏锐的感觉才能鉴赏，要有独到的表现力才能创造。独创并不是生造新词，而是巧妙利用旧词。

《中国翻译》2000年第3期发表了我写的《新世纪的新译论》，文中根据中英互译四五十本文学作品的经验，提出了"优势论"和"竞赛论"，并在《摘要》中说明：优势论是指"尽量利用最好的译语表达方式，以便使读者知之、好之、乐之"；竞赛论是指"看哪种文字能更好地表达原作的内容"。《中国翻译》同年第6期又发表了《忠实是译者的天职——评〈新世纪的新译论〉》。我认为"新译论"和"忠实"并不矛盾，因为优势论明白无误地提出了要"使读者知之"，而能使读者知之的译文应该是忠实的。竞赛论明白无误地提出了要"表达原作的内容"，表达原作内容的译文怎么会是不忠实的呢？我在《新译论》中举了《诗经》《楚辞》、杜诗、拜伦诗的译文为例，评者并没有指出译例有任何不忠实的地方，那么，分歧在哪里呢？

评者在第50页上说："如果我们想要尽可能地保存原作的艺术魅力，就当尽可能地保留原语的表现形式，尽量做到'原汁原味'地传译原作。"可见评者所谓的"忠实"主要是指"保留原语的表现形式"，我说的忠实却指传达原作的内容。评者认为要保存原作魅力，就要保留原语形式，换句话说，不保留原语形式，就不能保存原作魅力。我却认为如果保留原语形式能够保存原作魅力，自然可以保留原语形式，但如保留形式而不能保存魅力，或不保留形式却能保存魅力，那就应该舍形式而取内容，舍原语形式而取艺术魅力。再举《诗经》中"死生契阔，与子成说"的英译为例：

  Meet or part, live or die,

  We've made oath, you and I.

如要保留原语形式，那就应该改成：Die or live, meet or part, /With you I've made oath. 这样的译文有没有艺术魅力呢？我看没有。但这是我举的例子，评者并没有表态，不过根据他的理论，可以得出这个推论。刚好《中国翻译》第6期第22页举了王佐良译的雪莱《哀歌》，最后两行英文和译文是：

  Deep caves and dreary main,—（洞深，海冷，处处愁——）

  Wail, for the world's wrong!（哭嚎吧，来为天下鸣不平！）

译文没有保留原语形式，因为英文并没有"处处愁"三字，是译者加上去的，就像前例中的 you and I 一样；"鸣不平"也没有保留原语形式，而是评者所谓的"用中国习惯的思维定式和抒情达意的方式"，评者认为"那就等于差不多取消了原作的艺术魅力"。而我则恰恰相反，认为这两个译例都发挥了译语的优势，在和原语竞赛，看哪种文字更能表达原作的内容，更能保存原作的魅力。这就是我和评者的主要分歧。

  评者在第52页上说："精确的西语比精练的汉语更好地表达了《诗经》和《楚辞》里的文化思想。这到底是让中国文学在国际上灿烂夺目，还是黯然失色？"我认为是"灿烂夺目"。因为《诗经》和《楚辞》是我国两千多年前的作品，即使今天的中国学生也要译成语体，才能理解。在我看来，这就是用语体和文言竞赛，看哪种文字更能表达原作的思想内容。所以《诗经》中的"死生契阔，与子成说"，陈子展译成："记否誓同死生离合，和你约定的话可确！"程俊英却译成："死生永远不分离，对你誓言记心里。"我认为两种译文在竞赛，也可以说是在和原文竞赛。陈译第一句较好，程译第二句较好，所以两种译文都没胜过原文。既然文言译成语体都要现代化，那译成英文自然要现代化了。在我看来，英译第一句比陈译更好，第二句又比程译更好，可以说是在竞赛中取得了胜利。1999年我在清华大学中外文化班讲解这几句的时候，学生认为比原文好理解，甚至有外国学生认为胜过原文。这不是使中国文化思想在国际上灿烂夺目吗？怎能说是"黯然失色"呢？

  评者在第49页上说："语言可以作为比较的对象，但不可以作为竞赛的角色。"但是比较总要分出优劣,或者不分高下,这不就是竞赛了吗?

在评论的第二部分,评者引用钱锺书先生的话来反对"竞赛论"和"优势论",说二论不符合读者的审美期待。但钱先生在读了我的唐诗英译和译论之后却说:"二书如羽翼之相辅,星月之交辉,足征非知者不能行,非行者不能知。空谈理论与盲目实践,皆当废然自失矣。"①

评者在评论的第三部分说:"'竞赛论','优势论'变'译意'为'创意',变'桥梁'为'跳板';与翻译活动的本质不相符,与文化交流的宗旨相抵触。"在我看来,他的"译意"和"桥梁"指的只是"保留原语形式";而上面举的《诗经》和雪莱诗的译例,是"译意"还是"创意"呢?我认为是"译意",因为译文虽然没有保留原语形式,却表达了原文的内容,与翻译活动的本质毫不矛盾。至于文化交流的宗旨,是为交流而交流,还是为了双方都能得到提高呢?我认为应该是提高。中国新文化能够提高到今天的地步,难道与中西文化交流没有关系吗?那为什么不应该使中国文化走向世界,使全球文化都得到提高呢?我认为有了优势论和竞赛论,文学翻译才能提高全球文化,共同提高才是文化交流的真正目的。

在评论的第四部分,评者谈到"忠实是译者的天职"时,举了英国诗人费茨杰拉德(Fitzgerald)译的《鲁拜集》为例,并且提到荷马史诗,但他不知道《鲁拜集》的译文是最不忠实于原文内容的,英国有人甚至把它当作创作。说来也巧,我提出优势论和竞赛论正是受了《鲁拜集》和荷马史诗译文的启发。如荷马《伊利亚特》中的英雄赫克托有句名言,现将两种英译和我的汉译抄录如下:

1. For war shall men provide and I in chief of all men that dwell in Ilios.（Leaf）
2. Where heroes war, the foremost place I claim,
   The first in danger as the first in fame.（Pope）
3. 冲锋陷阵我带头,论功行赏不落后。

第一种英译是保存了原文形式的译文,第二种却是发挥了英语优势,在和原文竞赛的译文。我认为第二种远远胜过了第一种,所以汉译也发挥汉语优势,又和英译竞赛。香港《文汇报》2000年10月22日评论说:汉译"实在贴切透了"。由此可见优势论和竞赛论可以提高全球的翻译水平,也

---

① 见《记钱锺书先生》第341页。

就提高了全球的文化水平。

《忠实是译者的天职》一文通篇多是引语,没有一个译例。这样的文章能算是在评《新世纪的新译论》吗?几百年来,翻译界的争论主要是直译或意译,形似或神似的问题。评者所谓的"忠实"其实不过是形似而已。但是直到今天,全世界没有出版过一部形似的文学杰作,而神似的名著则有荷马史诗和《鲁拜集》的英译本。所以要谈新世纪的新译论,只谈"忠实"是远远不够的,根据我翻译文学名著的经验,我才提出要用最好的译语表达方式,以便更好地表达原作的内容,这就是优势论和竞赛论。

最后,我要举个例子来说明二论和文化的关系。毛泽东《昆仑》词中说:"而今我谓昆仑:不要这高,不要这多雪!安得倚天抽宝剑,把汝裁为三截:一截遗欧,一截赠美,一截还东国!"词中三个"一截",中国译者译成 one piece,美国译者译成 one part,都可以算是"保留了原语形式",但是没有"艺术魅力"。我在香港中文大学讲学时就发挥英语优势,来和中美译者竞赛,把后三句译成:

  I would give to Europe your crest,
  And to America your breast,
  And leave in the Orient the rest.

香港《文汇报》2000 年 10 月 22 日报道:"许老总算有点幽默感。演讲结束前,他将三个押韵的英文字,分赠欧美中三地——鸡冠(crest)送欧洲,乳房(breast)赠美国,安宁(rest)留回给中国。"我原来把三个"一截"译成"顶峰或顶部、胸部、余部",这就丰富了英语文化;《文汇报》记者把"余部"理解为"安宁",反过来又丰富了汉语文化,这样就使全球文化更加丰富多彩了。

《傅雷论艺札记》中说:"任何学科,中人之资学之,可得中等成就,对社会多少有所贡献;不若艺术特别需要创造才能,不高不低,不上不下之艺术家,非特与集体无益,个人亦易致书空咄咄,苦恼终身。"我认为这话可以应用到翻译上来:一般译者可对社会做出贡献,但文学翻译却需要创造才能,因为文学翻译是艺术。傅雷又说:"艺术乃感情与理智之高度结合,对事物必有敏锐之感觉与反应,具备了这种条件,方能有鉴赏;至若创造,则尚须有深湛的基本功,独到的表现力。"① 在我看来,保留原语表现形式只要理智,不用感情,所以中美译者只把"一截"译成 one

---

 转引自《文汇读书周报》820 号。

piece，one part，可以算是尽到了忠实于原文的天职；但是译者没有敏锐的感觉，不能发现原文重复之美在英文中并没有重现，也就是说，鉴赏能力不够高。即使译者或评者能分辨高下美丑，如果没有独到的表现力，也不能保存原作的艺术魅力。所以把三个"一截"分别译成 crest，breast（or chest），the rest，这就是有艺术魅力的译文，这就是再创造，甚至可以说是创造。

罗丹说得好："独创性，就这个字眼儿的肯定意义而言，不在于生造出一些悖于常理的新词，而在于巧妙使用旧词。旧词足以表达一切。旧词对于天才来说已经足够。"① 巧妙使用旧词就是发挥旧词的优势，如 crest，chest or breast，rest 都是旧词，用来翻译"一截"就是发挥了英文的优势，就是艺术创造，在和中文竞赛，看看哪种文字能更好表达原作的内容。这就是我说的"优势竞赛论"。

贺麟在《论翻译》中说："译文与原文的关系，在某意义上，固然有似柏拉图所谓抄本与原型的关系，而在另一意义下，亦可说译文与原文皆是同一客观真理之抄本或表现也。就文字言，译文诚是原著之翻抄本，就义理言，译本与原著皆系同一客观真理之不同语文的表现。故译本表达同一真理之能力，诚多有不如原著处，但译本表达同一真理之能力，有时同于原著，甚或胜过原著亦未尝不可能也。"在我看来，译文和原文不但可以表现同一客观真理，也可表现同一主观思想，描写同一客观事物，虽然一般说来，译文不如原文，但如果发挥了译语优势，有时也可接近原文，有时甚至可能胜过原文，如三个"一截"译成 crest，breast，rest。贺麟是哲学家，从他的《论翻译》中，我找到了"优势竞赛论"的哲学理论基础。

叶君健在《翻译也要出精品》一文中说："'精品'是指一部作品被翻译成另一种文字后，能在该文字中成为文化财富，成为该文字所属国的文学的组成部分，丰富该国的文学宝藏。从这个意义上讲，'翻译'不单是一个'移植'问题了，它是再创造，是文学的再创造。"又说："只有文学性强的作品才能成为一个国家的文化财富，具有永恒的价值，因为这类作品起作用于人的感情，人的心灵，掀动人的喜怒哀乐，最终给人提供艺术的享受。"还说："译本的所谓'精品'是译者的学识，思想感情和文学修养与原作相结合的结晶，这种结合本身是一种再创造，是通过译者对原

---

① 转引自《大浴女》第158页。

作的彻底消化而再创造成为本国文字中的'精品',这种'精品'说是译者的创作,我想也不为过。"最后他说:"我们也要把尽量多的世界文学名著变成中国文学的一部分……这里要展开竞争。"这又为我的"再创论"和"竞赛论"提供了理论基础,所以我认为"优势竞赛论"是站得住脚的。

(原载《中国翻译》2001年第1期)

文学翻译克隆论

在生物学上，克隆就是无性生殖或把新基因引入机体，使新机体或复制品等同甚至超越原机体或元件。在文学翻译上，克隆论则是再创造，有时甚至是创造一个等同原文或超越原文的文本，方法是充分利用语言的优质基因，把原语所无而译语所有的最好表达方式引入译文。本文举例说明克隆论为什么优于其他理论。

20世纪可能改造未来人类面目的伟大成就是克隆技术。所谓克隆就是把一个生命机体的优质基因移植到另一个生命机体中去，使后者变得更完美，甚至超越原来的机体。这种克隆可以应用到文学翻译上来，那就是把一种语言文字的优质基因移植到另一种语文中去，使后者得到新生命，甚至超越原文。例如英国诗人雪莱（Shelley）《哀歌》（*A Dirge*）的最后一段和王佐良的译文：

> Rough wind, that moanest loud
>   Grief too sad for song;
> Wild wind, when sullen cloud
>   Knells all the night long;
> Sad storm, whose tears are vain,
> Bare woods, whose branches strain,
> Deep caves and dreary main, ——
>   Wail, for the world's wrong!

号啕大哭的粗暴的风，
  悲痛得失去了声音；

> 横扫阴云的狂野的风，
> 　　彻夜将丧钟打个不停；
> 暴风雨空把泪水流，
> 　　树林里枯枝摇个不停，
> 洞深，海冷，处处愁——
> 　　哭嚎吧，来为天下鸣不平！

比较一下译文和原文，可以说"号啕大哭""悲痛失声""横扫阴云""打个不停""处处愁""鸣不平"都是中文的优质基因，王佐良移植到雪莱诗中去，用的可以说是克隆的方法，使英诗在中国得到了新生命。至于是否超越原文，可能各人意见不同，在我看来，"为天下鸣不平"包含了中国文化基因，是胜过了英文的。再举李白的诗《自遣》为例："对酒不觉暝，落花盈我衣。醉起步溪月，鸟还人亦稀。"翁显良和我的译文分别如下：

1. Didn't know night had fallen—flowers too—fallen all over me.
   Sobering up now. Up and take a stroll, along the gleaming stream.
   Not a bird out, hardly anyone, just the moon and me. The moon and me. (Weng)

2. I'm drunk with wine
   And with moonshine.
   With flowers fallen o'er the ground
   And o'er me the blue-gowned.
   Sobered, I stroll along the stream
   Whose ripples gleam;
   I see not a bird
   And hear not a word. (Xu)

翁译可以还原如后："不知道夜已降临——花也落了——落满了我一身。现在酒醒了，起来走走，沿着月光闪烁的小溪走着。没有一只鸟飞出来，几乎没有一个人。只有月和我。只有月和我。"比较一下，可以看出翁译没有"对酒"二字，但是暗藏在后面的"酒醒"中。"暝"字说成"夜已降临"，而"降临"和花"落"在英文中是同一个字，这就巧妙地利用了英文的优质基因。"衣"字也没有译，但暗藏在"我"字里，和最后两个"我"遥相呼应，又很巧妙。第三句的"月"字也没有译，暗藏在"闪烁"中。最后重复了两次"月和我"，这又是引进英文散文诗的优质基因，突出了全诗孤独的主题。我的译文却突出了"醉"的主题，不但醉酒，月光也醉人，落花也令人陶醉，这是引进了英诗的优质基因。"衣"字我把《诗经》的"青青子衿"引入英文。此外，我还把莎士比亚用字具体的优质基因引入唐诗，把"溪月"说成"波光月影"，把"鸟"和"人"特殊化为鸟语人声。最后，我又借用英诗的内韵来译李白，以便传达李诗的意美和音美。这些都是用了克隆的方法。

我把《楚辞》译成韵体英文和法文，得到国内外的好评，如美国学者柯华利斯（Jon Kowallis）说：许译《楚辞》"非常了不起，当算英美文学里的一座高峰。"法国驻华大使毛磊（Morel）也说是"非常好的作品"（travail exceptionnel）。译文能够得到母语读者这样高的评价，原因就是用了克隆法。例如《湘夫人》中的名句："帝子降兮北渚，目眇眇兮愁予。袅袅兮秋风，洞庭波兮木叶下。"我的英、法译文如下：

> Come down on northern shore, oh! my princess dear!
> Your dreaming eyes, oh! have made me sad and drear.
> The autumn breeze, oh! ripples (or wrinkles) and grieves
> The Dongting Lake, oh! with fallen leaves.

> Descends au nord, oh! à l'île vide!
>   Nul chagrin, princesse, oh! ne m'apporte!
> Le vent d'automne, oh! souffle et ride
>   Le lac de Dongting, oh! de feuilles mortes.

这四句诗有不同的解释：第一句有人说是陈述句，那就平淡无奇，有人说是祈使句，那感情要强烈得多，所以英文法文都译成祈使句。第二句的"目眇眇"有人说是诗人的眼睛，那就是放眼远望的意思，不足为奇；有人说是帝子的眼睛，那却带有渺渺茫茫，如梦如幻的含义，更有诗意。第三、四句的英译文还原是：秋风吹皱了洞庭湖面，用落叶画出了湖水的愁容。"吹皱"（ripples）和"愁容"（grieves）都是英文的优质基因，用克隆的方法引进到《楚辞》中来，更能表达作者对湘夫人的哀思。下面再看看《西厢记》中名句"露滴牡丹开"的两种英译文：

1. And the drops of dew make the peony open. （Hsiung）
2. The dewdrop drips,
   The peony sips
   With open lips. （Xu）

比较一下两种译文，可以看出第二种译文中的 drips（滴），sips（吸），

lips（唇）是第一种所没有的。这三个同韵词是英文的优质基因，我用克隆法引进到《西厢记》中来。英国智慧女神出版社说：许译《西厢记》在吸引力和艺术性方面，可以和莎士比亚的《罗密欧与朱丽叶》比美。莎士比亚是一千年来世界文学的高峰，许译可和莎剧比美，可见译本已使中国文学进入世界名著之列，由此也可看出克隆法的重要。

克隆法要引进优质基因，为我提出的发挥译语优势论提供了科学依据。其实，克隆的结果是要出更好的译作，而更好的译作就要发挥译语的优势，所以我提出过文学翻译的标准是信、达、优，也就是"信达优论"。自然也有反对的意见，如"信达切论"① "最佳近似度论"② "辩证统一论"③ "紧身衣论"④ 等，最后二论公开表示反对"优势论"。检验理论的标准是实践。用上面最后二例来检验，哪种译论能出更好的译作呢？第一例译文符合信达切论，是最佳近似度，符合辩证统一论，也可以算是穿了"紧身衣"；第二例的译文不切，不是最佳近似度，不符合辩证统一论，也没穿"紧身衣"，但是发挥了汉语的优势。所以如果认为第一例更好，那就支持"信达切论"；如果认为第二例更好，那就支持"信达优论"；如果认为二译难分高下，那就只好百花齐放了。不过《楚辞》和两首诗的译例却都是发挥了译文优势的，如果信达切派翻不出更好的译文，那就只能承认"信达优论"和克隆论是站得住脚的。

《外语与翻译》2000年第4期发表了《论中国古典诗歌的不可译性》和《关于译韵的讨论》。前者认为古诗的形式与音韵不可译，古诗的三美更不可能再现，并举我译的杜甫《登高》为例，说译诗两行一韵，换四次韵，不符合律诗一韵到底，逢双句押韵的格式。我认为他说的是音似，而不是音美的问题。两行一韵虽不音似，却是可以再现原诗音美的。所谓音美，就是说和原诗的音韵格式虽不相同，却和原诗的音韵一样美。这就是用了克隆的方法，引进优质基因，使译文可以和原文比美，甚至可以超越原作。意美和形美也是一样。现在就举《登高》中的"无边落木萧萧下，不尽长江滚滚来"的英译为例：

  The boundless forest sheds its leaves shower by shower;
  The endless river rolls its waves hour after hour.

---

① 见刘重德《文学翻译十讲》，北京：中国对外翻译出版公司，1991年，第14页。
② 见《中国翻译》2001年第1期，第13页。
③ 见孙致礼《我国英美文学翻译概论》，南京：译林出版社，1996年，第5—16页。
④ 见《中国翻译》1998年第1期，第46页。

这两句英译如果还原成中文,大约可以说:无边无际的树林一阵一阵地洒下了树叶;无穷无尽的长江时时刻刻波涛滚滚而来。如果认为意美是指字字对等,那落木和树林洒下树叶,萧萧和一阵一阵都不相同;时时刻刻和波涛更是原诗中没有的文字。但是能说这个译文没有再现原诗的意美吗?原文落木如果译成 falling wood 能算意似吗?不尽可以指空间,也可以指时间,加上时时刻刻正是用了克隆法,引进了优质基因。这说明了用克隆法是可以再现原诗意美的。

余光中在《谈文学与艺术》第 93 页记录了他和瑞典文学院院士马悦然的对话:"像杜甫《登高》里面这两句:无边落木萧萧下,不尽长江滚滚来。无边落木,木的后面接萧萧,两个草字头,草也是木;不尽长江呢,江是三点水,后面就滚滚而来。这种字形,视觉上的冲击,无论你是怎样的翻译高手都是没有办法的!"可见余光中也认为这两句的形美是不能再现的。但是上面的译文用了克隆法,引进了优质的音美基因,用 sh & sh,r & r 的双声或头韵来译草字头和三点水,而且 shower by shower 和萧萧的音义都很相近,这说明音、形、意三美都是有可能再现的。

评者又举杜甫《春望》为例,说我"译诗的节奏,音律却离原诗更远……'烽火连三月'与'白头搔更短'是典型的'以韵害义'"。是这样吗?现在看看"烽火连三月,家书抵万金"的英译:

    The beacon fire has gone higher and higher;
    Words from household are worth their weight in gold.

原诗每句五字:前二后三;译文每行十个音节,前四后六,正好是原诗的一倍,怎能说离原诗的节奏音律更远呢?可见评者重的是音似,我重的是音美。再看意美,三月有两种解释:一种说是三个月,一种说是从前一年的三月到这一年的三月,我说烽火越来越高,两个意思都可以包括在内,这能算是以韵害义吗?再说家书抵万金,万金根本不能字对字译,我用克隆的方法,译成一字重一金,这能说没有再现原诗的意美吗?

我看评者所谓的意美,其实只是形似;他所理解的翻译,只是字对字的翻译,所以就说中国古典诗歌不可译了。我却认为文学翻译可以用克隆法,可以引进优质的基因,那不但是意美,就连原诗的音美和形美也不是不可再现的。

评者再举王勃《送杜少府》为例,说我"牺牲原诗的意美就是改变原来的说法"。改变原来的说法会牺牲原诗的意美吗?先看"城阙辅三秦,风烟望五津"的英译:

You'll leave the town walled far and wide
For mist-veiled land by riverside.

评者认为译文"不能指明京城长安"和目的地蜀川。但是有人考证，王勃当时不在长安，而在成都，英译两地都可包括，正好传达原诗的意美。地名如果音译，那有什么意美呢？评者是中国人，以为形似的音译有意美；其实译文主要是给英美人读的，英美读者会喜欢形似的音译吗？美国哥伦比亚大学伊生博士在中国教大学英语教师的英文，来信说我译的《送杜少府》最好，原信如下：

I have found your books and translations amongst the best I've encountered. Even when you offer several other translators' renderings, I feel most pale by comparison to your ability to capture not only the meaning but also, what I believe from reading the Chinese, is the "mood" and "feel" of the poem. Your translations are always "balanced" and even when your choice of words strays far from the literary meaning, I feel (as you express in your 1+1>2 formulation) that you manage to add something that wasn't there to the "space" occupied by the original poem. The best example I can find of this is in your translation of Wang Bo's "Farewell to Vice-Prefect Du" where you translate "海内存知己，天涯若比邻" as "If you have a friend who knows your heart, Distance can't keep you two apart." Even though the translation should probably read, "If there exists someone in the sea of life who truly understands you, the edges of Heaven are closer than neighbors," while literal, this translation fails to capture the mood and rhythm of the original poem, or all the subtleties and shades of meaning—and so something is lost rather than gained (as Frost suggested). However one does not feel that loss upon reading your rendering. In fact, you not only translate but also create—and so I am doubly indebted to your books, not only for helping me to understand the original poems, but also for creating "new (?)" poems to enjoy as well.

美国读者的信是否可供考虑？《傅雷论艺札记》中说："艺术乃感情与理智之高度结合，对事物必有敏锐之感觉与反应，具备了这种条件，方能有鉴赏；至若创造，则尚须有深湛的基本功，独到的表现力。"我认为译论家需要有敏锐的感觉和反应，才能有鉴赏力；文学翻译家需要有独到的表现力，才能有创造性的翻译作品和翻译理论。

我提出的译论是把科学应用到文学翻译上来的艺术。在数学方面，我提出了文学翻译的公式是 1+1>2①；在物理方面，我提出了文学翻译等于超导②；在化学方面，我说过翻译是把一国文字化为另一国文字的"化学"；现在，在生命科学方面，我又提出文学翻译的克隆论，我认为这是 20 世纪具有创造性的文学翻译理论。

（原载《外语与翻译》2001 年第 2 期）

---

① "1+1>2"见《外国语》1990 年第 1 期，第 6—10 页。
② "超导论"就是导体或译文传递的信息多于原文，见《外国语》1988 年第 3 期，第 1 页。

下 编

谈《诗经》英、法译

西方新的译论提出:"偏离原文是翻译的必然现象。"林语堂说:"离了达与雅,也就没有了艺术。"本文举了《诗经》中的五个英、法译例,说明译文如何"无中生有",如何偏离原文,为何偏离原文,如何为了"达"和"雅",不得不牺牲一点"信"。百分之百的"信"既不可能,只能尽量做到 best words in best order。

《外国语》1995年发表了两篇有启发性的文章:第3期的《走出死胡同,建立翻译学》和第5期的《林语堂前期中文作品及其英文原文的关系》。《走出》一文介绍了西方的翻译新论,提出:"偏离原文是翻译的必然现象,分别只在于有的距离大,有的距离小,有的是自觉的偏离,有的是不自觉或者不那么自觉的偏离而已。"因此,"研究重点不是译文如何达到最大限度的等值,而是译文如何并且为何偏离原文"。《林语堂》一文说:"信为了达而不能不做出一定的让步乃至牺牲。……译文才有可能在达与雅上达到通常的译文所难以向往和企及的高度。……离了达与雅,也就没有了艺术。……即使是那最重要的信,其实也还有其主次轻重之分,个别细节上的信有时不是很重要的,……"这些译论和我译《诗经》的经验不谋而合,下面就来分别谈谈。

关　雎

关关雎鸠,
在河之洲。

关　雎

关雎鸟关关和唱,
在河心小小洲上。

窈窕淑女，	好姑娘苗苗条条，
君子好逑。	哥儿想和她成双。
参差荇菜，	水荇菜长短不齐，
左右流之。	采荇菜左右东西。
窈窕淑女，	好姑娘苗苗条条，
寤寐求之。	追求她直到梦里。
求之不得，	追求她成了空想，
寤寐思服。	睁眼想闭眼也想。
悠哉悠哉，	夜长长相思不断，
辗转反侧。	尽翻身直到天光。
参差荇菜，	长和短水边荇菜，
左右采之。	采荇人左采右采。
窈窕淑女，	好姑娘苗苗条条，
琴瑟友之。	弹琴瑟迎她过来。
参差荇菜，	水荇菜长长短短，
左右芼之。	采荇人左捡右捡。
窈窕淑女，	好姑娘苗苗条条，
钟鼓乐之。	娶她来钟鼓喧喧。

（余冠英译文）

《关雎》是《诗经》的第一篇。但"雎鸠"到底是什么鸟？有人以为是鹫类或鹭鸶，有人以为是斑鸠或水鸟。如果是斑鸠，那"关关"的鸣声应该是"咕咕"；如果是水鸟，那鸣声应该是"刮刮"。而"荇菜"又是什么菜？一般人认为是食用植物，也有人认为是水草，还有人甚至认为是睡莲。"左右流之""左右采之""左右芼之"，有人认为三个动词都是"采"的意思；有人却认为"流之"是水流过荇菜左右，"采之"才是采摘荇菜，"芼之"却是熟食的意思。理解如此不同，译文如何能"达到最大限度的等值"？看来，"偏离原文"真是"翻译的必然现象"了。下面看看我的英、法译文如何偏离原文。

| **Cooing And Wooing** | **La Belle Amie** |

By riverside are cooing
    A pair of turtledoves;
A good young man is wooing
    A fair maiden he loves.

Water flows left and right
    of cresses here and there;
The youth yearns day and night
    For the good maiden fair.

His yearning grows so strong,
    He cannot fall asleep;
He tosses all night long,
    So deep in love, so deep!

Now gather left and right
    The cresses sweet and tender;
O lute, play music bright
    For the bride sweet and slender!

Feast friends at left and right
    On cresses cooked tender;
O bells and drums, delight
    The bride so sweet and slender!

Au bord de l'eau
Crient deux oiseaux;
L'homme a envie
De belle amie.

Le cresson roule
Dans l'eau qui coule;
On fait la cour
De nuit et jour.

L'amie refuse,
L'amant s'abuse;
Il tourne au lit
De-là, de-ci.

Quand l'amant cueille
De longues feuilles!
Qu'il joue la lyre,
L'amie de rire.

Qu'on mange longs
Ou courts cressons!
La cloche sonne;
L'amie se donne.

首先，我对"关雎"的英译觉得满意，因为"关"是求偶的鸣声，我译成cooing；"雎"是求偶的雎鸠，我译成wooing，舍"雎鸠"而译"求偶"，可以说是半"偏离了原文"，但cooing和wooing押韵，甚至可以算是胜过原文，所以译后几乎有点"得意忘形"。"在河之洲"，英文译成"河边"，法文译成"水边"，都有一点偏离，但却是若即若离的，因为"在河之洲"也是在河边、水边。"窈窕淑女"，英文采用了分译法，也就是说，第一、二段只译"淑女",第四、五段才译"窈窕"。"参差荇菜",法译见第四、五段;英译原来是 Of cress long here, short there,虽然偏离原文更少,但读起来不如现译好听,意美就为音美让步了。"悠哉悠哉"本来是说"夜长",英译却改成了"情深",但重复了 deep,和原文重复"悠哉"一样,这又是意美为形美而让步了。"琴瑟友之""钟鼓乐之",英译用祈使句,觉得很妙;"淑女"改成"新娘",更能传达婚歌之意。法文"瑟""鼓"都没有译,但"友之"改成淑女"笑了","乐之"改成淑女"献身",也能传达婚歌之美。总之,意美、音美、形美并不是从单方面来考虑的。

葛　生

葛生蒙楚,
蔹蔓于野。
予美亡此,
谁与独处?

葛生蒙棘,
蔹蔓于域。
予美亡此,
谁与独息!

角枕粲兮,
锦衾烂兮。
予美亡此,
谁与独旦!

夏之日,
冬之夜。
百岁之后,
归于其居!

冬之夜,
夏之日。
百岁之后,

葛　生

葛藤爬满荆树上,
蔹草蔓延野外长。
我爱已离人间去,
谁人伴我守空房!

葛藤爬满枣树上,
蔹草蔓延墓地旁。
我爱已离人间去,
谁人伴我睡空房!

角枕晶莹作陪葬,
敛尸锦被闪闪光。
我爱已离人间去,
谁人伴我到天亮!

夏嫌白昼长,
冬季夜漫漫。
但愿百年我死后,
到你坟里再相见!

冬季夜漫漫,
夏嫌白昼长。
但愿百年我死后,

归于其室！	到你墓里共相傍！

（程俊英译文）

《葛生》可能是我国第一首悼亡诗。余冠英在《诗经选》注中说："首句言葛藤蔓延，覆盖荆树。上古死则裹之以葛，投诸沟壑，其后仍有以葛缠棺之俗。"《诗经楚辞鉴赏辞典》中说："作品以葛攀附于荆树，蔹草在地上蔓延，暗喻了夫妻互相依存的关系，以及丈夫生前夫妻之间的恩爱。"两说同中有异，但对翻译都有帮助。第一、二、三段最后一行，余冠英标点如后："谁与？独处！""谁与？独息！""谁与？独旦！"语体译文是："谁伴他呀？独个儿待！""谁伴他呀？独个儿息！""谁伴他呀？独个儿睡！"对原诗理解不同，所以英、法译文不可能不偏离原文。

An Elegy	L'élégie
Vine grows o'er the thorn tree;	Le buisson fort
Weeds in the field o'erspread.	De vigne est ivre.
The man I love is dead.	Mon mari mort,
Who'd dwell alone with me?	Avec qui vivre?
Vine grows o'er jujube tree;	La vigne encor
Weeds o'er the graveyard spread.	Couvre le bois.
The man I love is dead.	Mon mari mort,
Who'd stay alone with me?	Qui reste à moi?
How fair the pillow of horn	L'oreiller d'or
And the embroidered bed!	Est mis en lit.
The man I love is dead.	Mon mari mort,
Who'd stay with me till morn?	Qui veille ici?
Long is the summer day;	Quand l'été dort
Cold winter night will loom.	En hiver froid,
I'd meet him in his tomb	Après ma mort,
When I have passed away.	Je viens à toi.
Cold winter night will loom;	En hiver froid

```
Long is the summer day.                Quand l'été dort,
    When I have passed away,              Je reste à toi
We would dwell in same tomb.              Après ma mort.
```

《葛生》原诗基本上是每行四字,英译每行六个音节,不如法译每行四个音节"形似",但比法译更"意似"。法译根本没有译"蔹蔓于野(域)",因为"个别细节上的信有时不是很重要的",就为"形似"而牺牲"意似"了。

苏东坡早就说过:"诗画本一律。"所以看看画家的意见,对译诗也许会有启发。《吴冠中谈艺集》第 20 页上说:"美术,本来就是起源于模仿客观对象吧,但除了描写得像不像的问题之外,更重要的还有个美不美的问题。'像'了不一定美。"第 22 页上又说:"似与不似之间的关系其实就是具象与抽象之间的关系。……太拘泥于物象,过多受了物象的拖累,其中隐藏着的,或被物象掩盖着的美的因素就没有被充分揭示出来,……优秀者是把握了具象抽象的契合的。"用于译诗,具象或物象可以指言内之意,抽象则指言外之意。如《葛生》中"夏之日,冬之夜",有的语体译文是"夏日绵绵,冬夜长长","绵绵""长长"就是言外之意。我的英译意思是"漫长的夏日,寒冷的冬夜";法译意思是"我的夏日有如冬眠",言外之意就更深了。《葛生》第一行的言外之意,据《诗经楚辞鉴赏辞典》说是"暗喻了夫妻互相依存的关系,以及丈夫生前夫妻之间的恩爱",法译用了 ivre(醉),就是不拘泥于物象,将其中隐藏着的美的因素揭示出来了。

```
    蒹  葭                               蒹  葭

蒹葭苍苍,                          芦苇苍苍密匝匝,
白露为霜。                          晶晶露水凝霜花。
所谓伊人,                          我的人儿我的爱,
在水一方。                          河水那边像是她。
溯洄从之,                          逆流而上去找她,
道阻且长;                          道路崎岖长又长;
溯游从之,                          顺流而下去找他,
宛在水中央。                        宛然在那水中央。

蒹葭凄凄,                          芦苇苍苍密又密,
```

白露未晞。	露珠未干清滴滴。
所谓伊人，	我的人儿我的爱，
在水之湄。	她在河边水草地。
溯洄从之，	逆流而上去找她，
道阻且跻；	道路险阻诚难登；
溯游从之，	顺流而下去找她，
宛在水中坻。	像在河心小沙坪。
蒹葭采采，	芦苇密密片连片，
白露未已。	晶晶露珠还未干。
所谓伊人，	我的人儿我的爱，
在水之涘。	她在河水那一岸。
溯洄从之，	逆流而上去找她，
道阻且右；	道路险阻弯又弯；
溯游从之，	顺流而下去找她，
宛在水中沚。	像在河心小沙滩。

（袁梅译文）

这是一首情诗。写一个秋天的早晨，芦苇上的露水还没有干，诗人来找他的心上人，她所在的地方有流水环绕，好像在一个小沙滩上，但是可望而不可即。这首诗属于《秦风》，但是读起来没有陕北黄土高原的粗犷气息，倒像是江南水乡的缠绵情调。第一段的"所谓伊人，在水一方"两句流传千年。但在水一方并不是一个具体的方位或地点，有点像虚无缥缈的仙山，诗人虽然望穿秋水，也看不到伊人的踪影，只好发出心灵的叹息了。这首诗表现的不是具体的爱情故事，而是诗人的心灵追求。所以钱锺书认为此篇所赋，即企慕之象征。现将全诗译成英、法韵文如下：

The Reed

Green, green the reed,
　　Frosted dews gleam.
Where's she I need?
　　Beyond the stream.
Upstream I go,
　　The way's so long.

Joncs et Roseaux

Joncs et roseaux
　　Sont blanc de givre.
Au bord de l'eau
　　Elle m'enivre.
Quand je la suis
　　Au fil de l'eau,

Downstream I go,	Elle me fuit
She's thereamong.	A mi-ruisseau.
White white the reed,	Roseaux et joncs
Dews not yet dried.	Sont blancs de givre.
Where's she I need?	Va en amont!
On other side.	Elle m'enivre.
Upstream I go,	Quand je la suis,
Hard is the way.	La voie est dure.
Downstream I go,	Elle me fuit
She's far away.	Dans l'eau si pure.
Bright bright the reed,	Joncs et roseaux,
With frost dews blend.	Sont blanc de givre.
Where's she I need?	Dans le ruisseau
At river's end.	Elle m'enivre.
Upstream I go,	Quand j'y arrive
The way does wind.	Par voie sinueuse,
Downstream I go,	Elle m'esquive.
She's far behind.	Ô qu'elle est rieuse!

袁行霈在《中国诗歌艺术研究》第6页上"提出两个新的概念：宣示义和启示义。宣示义是诗歌借助语言明确传达给读者的意义；启示义是诗歌以它的语言和意象启示给读者的意义。宣示义，一是一，二是二，没有半点含糊；启示义，诗人自己未必十分明确，读者的理解未必完全相同，允许有一定范围的差异。……一首诗艺术上的优劣，在一定程度上取决于启示义的有无。一个读者欣赏水平的高低，在一定程度上也取决于对启示义的体会能力。"我要补充一点。一首古诗流传几千年，本来是明确的语言，后来也可能变得含糊；本来就含糊的语言，那宣示义就不明确，读者更需要体会它的启示义了。一个古诗译者翻译水平的高低，在很大的程度上取决于他对启示义的体会能力和表达能力，也可以说是他的再创造能力。例如这首《蒹葭》，英国里格（Legge）第一段的英译如下：

    The reeds and rushes are deeply green,
    And the white dew is turned into hoarfrost.

> The man of whom I think
> Is somewhere about the water.
> I go up the stream in quest of him,
> But the way is difficult and long.
> I go down the stream in quest of him,
> And lo! He is right in the midst of the water.

这段译文传达了原诗的宣示义,但原文"所谓伊人"到底是男是女?这里译成男子。那么诗人是男是女?如果是男,感情怎么这样缠绵?如果是女,当时已是男性社会,女性会不会这样追求?总之,原文"伊人"比较含糊,可男可女。这就要看译者的体会能力了。换句话说,这与其说是一个"真"的问题,不如说是一个"美"的问题。而从美的观点来看,今天的中国译者多把这首诗看成是写男女恋情的,所以"伊人"在这里说成是我需要的意中人,法译说成是令我陶醉的人儿。其次,这首诗不是描写具体场景的,所以"水中央"等不一定要译得真实具体;而从"美"的观点看来,原诗有韵,每句四字(末句除外),富有音美和形美。里格的译文没有韵,每行长短不一,那就不如这里的英法译文,每行都是四个音节,隔行押韵。至于场景,这里也没有具体说沙滩沙洲,而只泛泛说在河那边、对岸、尽头等。但有时又具体,如说白露和霜融合为一,这就说出了译者体会到的启示义,可以算是一种再创作了。

月　出　　　　　　　　　　　月　出

月出皎兮，　　　　　　　　月儿出来亮晶晶，
佼人僚兮，　　　　　　　　月照美人撩人心，
舒窈纠兮。　　　　　　　　姗姗细步苗条影。
劳心悄兮。　　　　　　　　一夜相思神不宁!

月出皓兮，　　　　　　　　月儿出来白皓皓，
佼人懰兮，　　　　　　　　月照美人更多娇，
舒忧受兮。　　　　　　　　姗姗细步仙姿飘。
劳心慅兮。　　　　　　　　一夜相思梦魂劳!

月出照兮，　　　　　　　　月儿出来照四方，
佼人燎兮，　　　　　　　　月照美人闪银光，

舒夭绍兮。

劳心惨兮。

姗姗细步柔腰荡。

一夜相思思断肠！

(周更生译文)

The Moon

The moon shines bright;
My love's snow-white.
She looks so cute.
Can I be mute?

The bright moon gleams;
My dear love beams.
Her face so fair,
Can I not care?

The bright moon turns;
With love she burns.
Her hands so fine,
Can I not pine?

La Lune

La lune brille;
Belle est ma fille.
Dès son abord
Mon cœur bat fort.

La lune luit;
Elle me suit
Et me sourit;
Mon cœur bondit.

La lune éclaire
M'amie légère.
Elle va vite;
Mon cœur palpite.

余冠英《诗经选》中说：《月出》"这诗描写一个月光下的美丽女子。每章第一句写月色，第二句写她的容色之美，第三句写行动姿态之美，末句写诗人自己因爱慕彼人而骚然心动，不能自宁的感觉。"又说："'窈纠'、'忧受'、'夭绍'都是形容女子行动的曲线美，就是曹植《洛神赋》所谓'婉若游龙'。"按照余冠英的说法，语体译文，英、法译文都偏离了原文，英译的距离大，法译的距离小，都是自觉或不自觉的偏离。为什么偏离呢？因为不知道"窈纠""忧受""夭绍"有什么分别。

《吴冠中谈艺集》第9页上说："现代美术家……扬弃了今天已不必要的被动地拘谨地对对象的描摹，……尽情发挥和创造美的领域。"如果用到译诗上来，那么译者就不必拘谨地翻译"窈纠"等字，而要尽情发挥和创造美的领域。因此，英译形容女子的美就包括眼睛、脸和手；法译却形容女子的来去，跟随，微笑，"婉若游龙"了。《吴冠中谈艺集》第31页上说："艺术贵在无中生有。酒是粮食或果子酿的，但已不是粮食和果子，酒也可说是无中生有吧！"又说："美术有无存在的必要，依赖于形式美能否独立存在的客观实际。"从某种意义上说,《月出》的英译、法译都可以算是"无中生有"。如果译文能够独立存在,那就说明它有美的因素了。

<table>
<tr><td>

伐　柯

伐柯如何?
匪斧不克。
取妻如何?
匪媒不得。

伐柯伐柯,
其则不远。
我觏之子,
边豆有践。

</td><td>

伐　柯

怎样去砍那斧柄?
没有斧头不可能。
怎样娶取那妻子?
没有媒人可不行。

砍斧柄哪砍斧柄,
这个法则在近旁。
见到我娶的这人,
她把餐具摆成行。

</td></tr>
</table>

（袁愈安译文）

叶舒宪在《诗经的文化阐释》第609页上说:"《伐柯》一诗用'斧'对于伐木的不可或缺之作用来起兴,对应'媒'对于婚娶的不可或缺作用。这究竟是为什么呢?"第615页上说:"斧是原始的男性社会首领所享有的对本部落所有处女的'初开权'（即初夜权）的神圣象征。"第632页上说:"诗中先咏的他物与后咏的此物之间,绝不是风马牛不相及的纯粹起兴,而是具有象征等值意义的相关隐语:

斧＝媒　　伐柯＝性爱

把诗意译解为现代语言就是:没有经过由社会性的教父（即'媒'之原始所指）所主持的'初开'礼,青年男女是不得擅自结合的。……最早的媒人不是以三寸不烂之舌为能事的媒婆,而是拥有以斧为象征的……男性酋长或祭司王。"第636页上说:"新郎为娶妻不得不事先拜托好一位德高望重的行媒者,届时为新娘做初开手术。"这样来看,语体译文偏离原文太远,所以我的英、法译文修改如下:

To Cut The Wood　　　　　　　　**La Hache**[①]

To cut the wood,　　　　　　　　La hache est fière

---

① La hache est le symbole du chef de la tribu qui avait le droit de déflorer une pucelle pour la purifier, pour ainsi dire.

You need ax keen;	De déflorer;
For husbandhood,	L'intermédiaire
A go-between.	Peut vous marier.
How to be wed?	Pour déflorer,
Peg and hole near.	La hache est près;
You go to bed;	Pour vous marier,
Let us feast here!	Dresse un buffet!

叶舒宪在《诗经的文化阐释》第 648 页上说:"斧的制作自石器时代的原始石斧就已形成特定的制作传统,即用斧柄和斧头两部分组合而成。组合的方式通常是在斧头上打孔后插入斧柄。这一种孔与柄的结合自然会类比为男女性器的结合方式,……用斧头伐木以造斧柄,所需的斧柄形状和规格就在伐者手中的斧上,所以才有其则不远之说。"语体译文"这个法则在近旁"似乎"等值",其实不知所云。英译"孔与柄近",法译"斧在近旁"似乎偏离原文,其实反更达意。

吴冠中《谈艺集》第 40 页上说,"我自己每作了新画,一定挂上墙,天天看,看它能挂多久!"我译诗词也常常改。如法译《采薇》① 中的"行道迟迟"原译 Long le chemin, 没译叠字"迟迟",后改 Lents, lents mes pas;"我心伤悲"原译 Triste mon cœur, 后改 Lourd, lourd mon cœur。总之,画要耐看才是好画,诗要耐读才是佳译。

1996 年于北京大学

---

① 英译已由中国文学出版社和湖南出版社出版;法译已由北京大学出版社出版。

谈陶诗英、法译

王安石说:"陶诗有奇绝不可及之语",如"心远地自偏"超越人境,所以能闹中见静;"悠然见南山"融情于景,所以能与山共鸣;"飞鸟相与还"爱山及鸟,所以能投入自然;"此中有真意"不足为外人道也,结果是天人合一。《时运》一诗"称心""易足",更是与古人同乐了。

一

《菲华文艺》第 26 卷第 4 期刊登了符家钦的《我爱陶潜饮酒诗》《古今奇绝话陶诗》,文中介绍了施颖洲和我的英译,文后附的施颖洲注认为:施许"译法大体上相似,但亦稍有不同";"许教授有时避重就轻,爱惜思力"。施译用抑扬四音步译五言诗,许译用五音步。施译一韵到底,许译共押五韵。施译"模仿原诗语气,文体。许译有时用反语,或加解释"。我看,比较一下施译和许译,对提高译诗的质量,也许不无好处。

符家钦在文中引用王安石的话说:"陶诗有奇绝不可及之语,如'结庐在人境,而无车马喧。问君何能尔?心远地自偏'四句,自有诗人以来无此句。"这四句诗为什么"奇绝不可及"呢?因为诗人在"车如流水马如龙"的客观环境里,居然听不见"车马喧"。这就说明诗人的主观修养,已经超越了客观环境,能够闹中见静了。下面我们看看"而无车马喧"施和许的译文:

  No noise of coach or horse sounds here. (施译)
  There's noise of wheels and hoofs, but I hear not. (许译)

比较一下两种译文，可以说施译的"无车马喧"，译得"字字精确"。许译把"车"译成 wheels（车轮），把"马"译成 hoofs（马蹄），是不是"避重就轻，爱惜思力"呢？我的看法是：车轮、马蹄更重动态，施译相形之下，反倒更重静态。所以我不是"避重就轻"，反倒是避易就难，再"思"而译的。这句诗最重要的是个"无"字，"无"有两种解释：一是客观上真没有"车马喧"，一是主观上听不见"车马喧"。施译强调客观，许译强调主观。如果是前者，那么下一句"问君何能尔"的意思就是：问你怎么可能在"人境"而没有"车马喧"呢？这个"能"字指客观的可能性。如果是后者，那意思却是：问你怎能听不见"车马喧"呢？"能"字指"君"的主观能力。到底是指主观还是指客观？还要再看下一句："心远地自偏"。如果"地自偏"指客观环境偏僻，没有"车马喧"，那和"心远"有什么关系呢？心在远方或不在远方，偏僻的地方不是一样没有"车马喧"吗？如果是指主观，那意思却是：只要你心高意远，即使是"车马喧"的"人境"，也会"自"然而然变得像"偏"僻的"地"方一样了。现在再看看施和许这句的译文：

    The mind's remote, the earth'll be bare. （施译）
    Secluded heart creates secluded place. （许译）

施译强调客观，说心在远方，地上自然没有"车马喧"。许译强调主观，说心静地自静。到底哪种译法更接近这四句"奇绝不可及之语"呢？

  陶诗五六句："采菊东篱下，悠然见南山。"是全诗名句。如果说"心远地自偏"写诗人的主观思想超越了客观环境，那这两句却写诗人和"南山"共鸣，一样"悠然"，超越了主观自我，达到了忘我境界，忘了个人的祸福成败，与南山同生死，进入了人与自然合而为一的最高境界，所以这两句诗传诵千古。陶诗七八句："山气日夕佳，飞鸟相与还。"写诗人不但思想上与"南山"一致，情感上也与"飞鸟"一致，与鸟同乐，也达到了"天人合一"的境界。最后两句："此中有真意，欲辩已忘言。"在我看来，所谓"真意"，是指人应静如南山，动如飞鸟，指诗人所向往的游乐于天地自然之道而忘怀人世的境界。这六句，施译和许译"大体上相似"。"真意"二字，施译是 true sense，更加形似；许译是 revelation，更加神似。不同之处是：施译"一韵到底"，更加音似；许译共押五韵，更重音美。这里我要指出：施译 here 和 clear 是一韵，bare, there 和 pair 又是一韵，不能算是"一韵到底"，其实是每隔十六个音节才有一韵的。陶诗原文每隔十字一韵，许诗也是每隔十个音节一韵，用韵密度反比施译更加接近原文。总之，施译更重微观意似、音似、形似，许译更重宏观意美、音美、形美。

现将这首《饮酒》诗的施译和许译抄录于后，以便比较。

I built my hut in peopled world,
No noise of coach or horse sounds here.
You ask me how could it be so?
The mind's remote, the earth'll be bare.
Chrysanthemums picked by east hedge,
I see at ease the south hills there.
The mountain air's fair day and night.
The flying birds come home in pair.
In all these things there is true sense,
I lose the words to make it clear. （施译）

Among the haunts of men I build my cot;
There's noise of wheels and hoofs, but I hear not.
How can it leave upon my mind no trace?
Secluded heart creates secluded place.
I pick fenceside chrysanthemums at will
And leisurely I see the southern hill,
Where mountain air is fresh both day and night,
And where I find home-going birds in flight.
What is the revelation at this view?
Words fail me even if I try to tell you. （许译）

比较一下施译和许译，我看施用四音步译五言诗，更加精练，于是也把译文改成八音节：

In people's haunt I build my cot;
Of wheel's and hoof's noise I hear not.
How can it leave on me no trace?
Secluded heart—secluded place.
I pick fenceside asters at will;
Carefree, I see the southern hill.
The mountain air's fresh day and night;
Together birds go home in flight.

What revelation at this view?

Words fail if I try to tell you.

"心远地自偏"原来用了一个动词 makes, 那就多了一个音节; 如果把 secluded 改成 seclud'd, 那又破坏了抑扬格的节奏; 最后就把动词删了。这个名句如何译成法文呢? 我想到利用一个法国成语: Loin des yeux, loin du cœur(眼不见, 心不想; 或: 人远情疏), 把眼睛改成耳朵, 再颠倒一下次序, 变成 Loin du cœur, loin des oreilles, 再把成语加词变成诗句:

Ce qui est loin du cœur est loin des oreilles.

这样多了一个音节, 可把 ce 省略, 那节奏又不是抑扬格, 于是把第二个 loin 改成中性代词 le 放在 est 前, 合成 l'est, 这样全句就译好了。译后自得其乐, 觉得可以和原文及英译媲美了。但是前面一句"问君何能尔?"怎么翻译才好呢? 我想到和 oreilles 押韵, 最好用 éveille, 于是就把全诗译成法文如下:

Au lieu peuplé j'ai bâti ma chaumière;

Du bruit des voitures je n'entends guère.

Comment est-ce qu'au bruit on ne s'éveille?

Ce qui est loin du cœur l'est des oreilles.

Cueillant sous la haie d'est des chrysanthèmes,

A l'aise on voit les monts du sud qu'on aime.

L'air s'y exhale frais nuit comme jour;

Les oiseaux volent ensemble de retour.

Il y a quelque chose de vrai qui m'inspire;

La parole manque pour vous le dire.

二

《中国翻译》1995 年第 4 期第 17 页上说:"翻译方法学不应由一系列的规范组成, 而应该描述翻译者能够采用而且已经采用过的一切可能的策略。"现在, 我要谈谈国内外译者已经采用的陶渊明的诗《时运》英译的方法。译文分别选自 20 世纪 70 年代美国版的《葵晔集》, 80 年代香港版的《陶渊明诗文选译》, 90 年代北大版的《汉魏六朝诗》。下面是《时运》第一段原文、语体译文和三种英译。

迈迈时运,　　　天回地转, 时光迈进,

穆穆良朝。	温煦的季节已经来临。
袭我春服，	穿上我春天的服装，
薄言东郊。	去啊，去到东郊踏青。
山涤余霭，	山峦间余剩的烟云已被涤荡，
宇暧微霄。	天宇中还剩一抹淡淡的云。
有风自南，	清风从南方吹来，
翼彼新苗。	一片新绿起伏不停。①

1. By and by, the seasons come and go,
   My, my! What a fine morning!
   I put on my spring cloak,
   And set out east for the outskirts.
   Mountains are cleansed by lingering clouds;
   Sky is veiled by fine mist.
   A wind comes up from the south,
   Winging over the new sprouts.

2. Rolling, rolling, nature moves in its course;
   Mildly, mildly smiles this fair day.
   I put on my garment of the season,
   And go eastwards to greet the spring.
   The hills emerge from the dispersing clouds,
   While a thin mist hangs over the horizon.
   Up from the south a wind is risen
   To skim over the fresh fields of green.

3. Seasons pass by;
     Smiles this fine day.
   In spring dress, I
     Go eastward way.
   Peaks steeped in cloud.
     In mist veiled spring.
   South wind flaps loud
     O'er sprouts like wing.

---

① 语体译文选自《陶渊明集全译》，贵州人民出版社。

陶诗叠字很不好译，第一、二句"迈迈""穆穆"，美译用了 by and by 和 my, my，前者重复 by，可以说是形似，后者重复 my，可以说是音似；港译重复了 rolling 和 mildly，可以说是意似；北大版译文没用叠字，从词的观点来看，既不形似，也不音似，只用一个 by 传达"迈迈"之意，只用一个 smile 传达"穆穆"之情，也许可以算是神似。第三句的"春服"，美译、北译都用 spring，可以算是直译；港译却用 season，可以算是意译。第四句的"东郊"，美译最为形似；港译、北译都只译"东"而不译"郊"，并且港译加了 to greet the spring（迎春），更能传达原诗的意美，这也是译"春服"二字没有直译，而用意译的原因（为了避免重复 spring）。第五句的动词"涤"字很形象化，美译用了 cleanse（洗净），可以说是正译；港译用了 emerge（涌现，尤其是从水中涌现），那就是把云比作水，而从水中涌现不是洗涤了吗？所以港译可以算是反译，也就是从反面说；北译用了 steep，本义是"浸沉"，引申义是"笼罩"，用在这里，本义和引申义都合，可以算直译兼意译。第六句的"暧"字，美译、北译都用 veil（盖上面纱），比港译更形象化。第七句"有风自南"的动词，美译用 come，港译用 rise，都不如北译 flap（拍拍翅膀）形象化。第七句原文并没有形象化的字眼，北译是不是不符合原诗风格呢？从句的观点来看也许不符合，但联系第八句的"翼"字来看，北译和美译可以说都胜过了港译。由此可见，可以从字、词、句、段几个不同的角度来评论。如果微观和宏观有矛盾，一般说来，可以为宏观而牺牲一点微观，也就是舍卒保车。

现在再看陶诗《时运》第二段的原文、语体译文、美译、港译和北大版译文。

洋洋平津，	长河已被春水涨满，
乃漱乃濯。	漱漱口，再把脚手冲洗一番。
邈邈遐景，	眺望远处的风景，
载欣载瞩。	看啊看，心中充满了喜欢。
称心而言，	人但求称心就好，
人亦易足。	心满意足并不困难。
挥兹一觞，	喝干那一杯美酒，
陶然自乐。	自得其乐，陶然复陶然。

1. Bank to bank, the stream is wide;
   I rinse, then douse myself.
   Scene by scene, the distant landscape;

I am happy as I look out.

People have a saying:

"A heart at peace is easy to please."

So I brandish this cup.

Happy to be by myself.

2. Wide and deep the leveling fords;

I rinse my mouth, I wash my feet.

Lovely in the haze the distant scene.

With glee I smile, with joy I gaze.

As the common saying runs:

Self-content brings us peace of mind.

Thus I quaff off my cup of wine,

To find myself drunk with delight.

3. In wide lake green

    I steep my knee.

On happy scene

    I gaze with glee.

As people say,

    Content brings ease.

With wine I stay,

    Drunk as I please.

第二段第一句"洋洋平津","津"是河、渡头的意思,也有说是"平泽"的,那就是湖了。美译是河,港译是渡头,北译是湖。"洋洋"二字,美译重复 bank,说两岸之间河流宽阔。以词而论,"洋洋"和 bank 并不意似,重复只是形似;以句而论,美译却是意似。译文没有重复"洋洋",这是有所失;但重复了 bank(河岸),这是有所创,也就是说"失之东隅,收之桑榆""以创补失"了。港译把"洋洋"译成 wide and deep(宽而深),以词而论,比美译更意似;但没有叠词,又不如美译形似。港译把"津"译为渡头,渡头一般比较浅,译文说"宽而深",那又不够意似了。第二句"乃漱乃濯",重复"乃"字,句子平衡。港译加词则译成漱口洗脚,既意似,又形似,胜过美译。北译减词,没译漱口,不如港译;但把"濯"字译成"浸到膝盖",似乎更能传达暮春水滨洗濯、祓除不祥的意思。第三、四句原文和第一、二句对称,美译重复 scene,只是形似而不意似；港译第四句句内对称，句外又和第二句译文对称，既意似，又形似，可以说是远远胜过美译和北译。第五、六句可能是全诗中心思想，港译似乎比美译更能传达原诗"知足常乐"的内容，而北译却更精练。如果说第五、六句是抽象的理论，那么第七、八句饮酒自乐就是具体的事实，三种译文各有千秋。由此可见，以句而论，有些译文可见高低，有些却是难分上下。

下面再看陶诗《时运》第三段的原文、语体译文和三种英译：

延目中流，	放眼望河中滔滔的水流，
悠想清沂。	遥想古时清澈的沂水之湄，
童冠齐业，	有那十几位课业完毕的莘莘学子，
闲咏以归。	唱着歌儿修禊而归。
我爱其静，	我欣羡那种恬静的生活，
寤寐交挥。	清醒时，睡梦里时刻萦回。
但恨殊世，	遗憾啊！已隔了好多世代，
邈不可追。	先贤的足迹无法追随。

1. Peering into the depths of the stream,
   I remember the pure waters of the Yi,
   There students and scholars worked together,
   And, carefree, went home singing.
   I love their inner peace,
   Awake or asleep, I'd change places,
   But, alas, those times are gone—
   We can no longer bring them back.

2. I direct my eyes to the midstream,
   And think of the waters of the limpid Yi,
   Where once gathered many a goodly youth,
   Singing freely on their homeward way.
   I love their easy tenor of life；
   Walking or asleep the scene comes to me.
   O how I regret to be born much belated,
   And the light of other days ever receding!

3. I gaze mid-stream
      And miss the sages

```
            Singing their dream
                    Of golden ages.
            How I adore
                    Their quiet day!
            Their time's no more
                    And gone for aye.
```

第三段包含了一个典故。《论语》中说:"莫春者,春服既成,冠者五六人,童子六七人,浴乎沂,风乎舞雩,咏而归。"译成语体就是:暮春三月,春天衣服都穿定了,我同五六个成年人,六七个青年,在沂水旁边洗洗澡,在舞雩台上吹吹风,一路唱歌,一路回来。诗中的"清沂""童冠""咏归"都指《论语》中的故事。美译者可能不知道这个典故,所以第三句"童冠齐业"译成 worked(工作),这和原意恰恰相反,第六句译文也有问题,可以算是误译。港译是直译,但对不知道典故的读者来说,还是读不出春游之乐。北译联系第四段第七句的"黄唐莫逮"(赶不上黄帝和唐尧的盛世,即黄金时代),这才不但传达了原诗的言内之意,还传达了言外之意。由此可见,从字、词、句、段的观点来看,北大版译文仿佛都不似原文,但从全诗的观点来看,北译却比美译和港译都更能传达原诗之美。

最后,我们看看《时运》第四段的原文、语体译文和三种英译:

斯晨斯夕,	这样的早晨,这样的夜晚,
言息其庐。	我止息在这简朴的草庐。
花药分列,	院子里一边药栏,一边花圃,
林竹翳如。	竹林的清荫遮住了庭院。
清琴横床,	横放在琴架上的是素琴一张,
浊酒半壶。	那旁边还置放着浊酒半壶。
黄唐莫逮,	只是啊,终究赶不上黄唐盛世,
慨独在余!	我深深地感慨自己的孤独!

1. In the morning and at night
    I rest in my house.
    Flowers and herbs are all in place;
    Trees and bamboos cast their shadows.
    A clear-sounding lute lies on my bed,
    And there's half a jug of coarse wine.

　　　　Huang and T'ang are gone forever:
　　　　Sad and alone, here I am.

2.　This morn, and also this night,
　　　　A quiet heart within a quiet cot.
　　　　I see the flowers and herbs, row by row,
　　　　And the trees and bamboos, thick and shady.
　　　　The pure-toned zither before my knee,
　　　　And half a pot of unstrained wine.
　　　　Then my fancy roves to the age of gold.
　　　　But O, why am I left here all alone!

3.　In light or gloom,
　　　　　　I rest at ease
　　　　'Mid grass and bloom,
　　　　　　Bamboos and trees,
　　　　A lute on bed,
　　　　　　A jug of wine.
　　　　Golden age's fled;
　　　　　　Alone I pine.

　　第四段第一句"斯晨斯夕"重复了"斯"字，美译没有重复，只是意似而不形似；港译不但重复 this，而且在第二句重复了 quiet（静），说是庐静心也静，是创造性的翻译；北译则把"晨夕"改为"晨昏"（白日黄昏），可以算是意译。原文第三、四句对称，美译不如港译，港译用的是加词法，北译用的是减词法。第五、六句原文还是对称，美译、港译都不如北译形似，北译读来，简直有点像《怒湃集》（*Rubaiyat*）第十二首。第七句"黄唐"指黄帝、唐尧，美译音似而不意似，远远不如港译和北译的"黄金时代"（意译）。

　　比较一下三种英译文，基本上可以说美译是直译，港译是意译，北译是韵译。从词的观点来看，直译可能更接近原文，更符合原文用词的风格；从句的观点来看，意译更接近原文，更符合原文造句的风格；从全诗的观点来看，韵译更接近原诗，更符合原诗有韵律的风格。原诗每句四字，美译和港译却每行字数多少不一，只有北译每行四个音节，更能传达原诗的形美。原诗每两句押一韵，美译和港译都不押韵，只有北译隔行用韵，更能传达原诗的音美。至于意美，以词而论，北译可能不如美译；以句而论，北译可能不如港译；但以全诗而论，北译却又胜过美译和港译。总之，从意美、音美、形美的"三美"观点来看，我觉得韵译比直译、意译更能使人知之、好之、乐之。如从对等原则来看，可能直译比意译和韵译更对等，更符合原文的风格。但我认为：原则来自实践，如果符合对等原则的译文不如符合"三美"原则的译文能使人知之、好之、乐之，那应该修改的是对等原则，而不应该把"三美"的译文改成"对等"。

（原载《外语与外语教学》1995年第6期及1997年第1期）

谈《唐诗三百首》英译

　　本文是高等教育出版社《唐诗三百首》英译本的序言。文中举了李白和杜甫诗句的不同英译为例，说明科学派更重"真"（或"似"），艺术派更重"美"；西方学派多数译论家更重"等"，中国学派有的译论家更重"优"（发挥译语优势）。本文说明"再创论"如何解决唐诗英译的问题。

　　21世纪是全球化的世纪。新世纪的新人不但应该了解全球的文化，而且应该使本国文化走向世界，成为全球文化的一部分，使世界文化更加灿烂辉煌。

　　如果说20世纪是美国世纪的话，那么，19世纪可以说是英国世纪，18世纪则是法国世纪。再推上去，自7世纪至13世纪，却可以说是唐宋世纪或中国世纪，因为中国在唐宋六百年间，政治制度先进，经济繁荣，文化发达，是全世界其他国家难以企及的。

　　唐代的全盛时期可以说是"礼乐"治国的盛世。根据冯友兰先生的解释，"礼"模仿自然外在的秩序，"乐"模仿自然内在的和谐；"礼"可以养性，"乐"可以怡情；"礼"是"义"的外化，"乐"是"仁"的外化；做人要重"仁义"，治国要重"礼乐"。这是中国屹立于文明世界几千年不衰的重要原因。

　　就以唐玄宗而论，他去泰山时祭奠了孔子，写下了《经鲁祭孔子而叹之》的五言律诗，可见他对礼教的尊重，对知识分子的推崇。就是他宠爱的杨贵妃也能诗善舞，写下了《赠张云容舞》这首七言绝句，诗中把舞乐比作"轻云岭上乍摇风，嫩柳池边初拂水"，可见舞乐模仿自然外在的秩序，内在的和谐；也可以看出"天人合一"的思想在唐代是如何深入人心了。

因此，唐代文化昌盛，诗人辈出，唐诗成了中国文化的瑰宝。不但是在中国，就是在全世界，正如诺贝尔文学奖评奖委员会主席埃斯普马克说的："世界上哪些作品能与中国的唐诗和《红楼梦》相比的呢？"（《诺贝尔文学奖内幕》第306页）

早在19世纪末期，英国汉学家翟理士（Giles）曾把唐诗译成韵文，得到评论家的好评，如英国作家斯特莱彻（Strachey）说：翟译唐诗是那个时代最好的诗，在世界文学史上占有独一无二的地位。但20世纪初期英国汉学家韦理（Waley）认为译诗用韵不可能不因声损义，因此他把唐诗译成自由诗或散体，这就开始了唐诗翻译史上的诗体与散体之争。一般说来，散体译文重真，诗体译文重美，所以散体与诗体之争也可以升华为真与美的矛盾。

唐诗英译真与美之争一直延续到了今天。例如李白的《送友人》就有两种不同的译法，现将原诗和两种译文抄录于下："青山横北郭，白水绕东城。此地一为别，孤蓬万里征。浮云游子意，落日故人情。挥手自兹去，萧萧斑马鸣。"

1. Green hills range north of the walled city,
   The White River curves along its east.
   Once we part here you'll travel far alone
   Like the tumbleweed swept by the autumn wind.
   A floating cloud—a wayfarer's feeling from home,
   The setting sun—the affection of an old friend.
   Waving adieu, as you now depart from me,
   Our horses neigh, loath to part from each other.

   （摘自《外语教学与研究》1991年第3期）

2. Blue mountains bar the northern sky;
   White water girds the eastern town.
   Here is the place to say goodbye;
   You'll drift like lonely thistledown.
   With floating cloud you'll float away;
   Like parting day I'll part from you.
   You wave your hand and go your way;

　　　　　　　Your steed still neighs, "Adieu, adieu!"

（摘自香港《中诗英诗比录》第 133 页）

　　比较一下两种译文，可以说第一种更重真，第二种更重美；第一种更形似，第二种更神似。自然，真和美是相对而言的，往往可以仁者见仁，智者见智。如以第一句而论，"青山"二字，第一种说是绿色的小山，第二种说是蓝色的大山；"北郭"二字，第一种说是城郭的北面，第二种为了避免重复"城"字，把"小城"移到第二行去了，说是北边的天空。由此可见，第一种写的是近景，第二种写的是远景。到底哪种译文更真呢？如以"青山"而论，第二种更形似，如以"北郭"而论，却是第一种更形似。全句最重要的是动词"横"字，第一种译文用了 range，是"排列"的意思，读起来像是地理教科书中的术语，重的是真；第二种译文用了 bar，作为名词，是"横木"的意思，作为动词，却是像横木一样横在天边，这个词形象生动，气势雄伟，合乎李白的诗风；加上英国诗人济慈在《秋颂》中用过这个词形容云彩，用在这里，更使全句显得诗意盎然，甚至有画龙点睛之妙，可见第二种译文重的是美。

　　再看第二句，原诗两句对称，"青山"对"白水"，"北郭"对"东城"，具有平衡的形美。第一种译文要求真，"青山"的译文只有两个音节，"白水"却有四个，这就不如第二种译文对称；"北郭"和"东城"的第一种译文也不平衡，没有传达原诗的形美。更重要的还是动词"绕"字，第一种译成 curve，作为名词，是曲线的意思，作为动词，则是呈曲线形，这又是一个几何教科书中的术语，读起来仿佛在测量地形，未免大煞风景；第二种译文求美，用了 gird 一词，使人如见一衣带水的形象，又比第一种译文更有诗情画意了。

　　原诗第一、二句写景是"起"，第三句"此地"二字是"承"，"为别"二字"转"入叙事，全句是时空状语从句，第四句才是主句，转为写情。第一种译文把三、四句合译，把"万里"浅化为 far（远），"孤"字等化为 alone（孤独）移到第三句去；第四句译文只把"蓬"字等化为 tumbleweed，却把"征"字深化为 swept by the autumn wind（秋风横扫），这是求真，还是求美呢？可以商榷。据第一位译者研究，这首诗是李白为送崔宗之写的。"崔家在嵩山之南，邀李同往，李因急于回家未从。李送走崔……"这样看来，友人并不是被迫离乡背井的，用秋风扫落叶的形象来描写，是译者自己的创造，恐怕不能算真了。能不能说比第二种译文更美呢？第二种译文的第四句借景抒情，把友人比作要"万里征"的"孤蓬",惜别之心已经形象化了,可以说意美胜过第一种译文。至于音美,第一种译文没有押韵,各行音节数目不等,有长有短;第二种译文却隔行押韵,每行八个音节,都是抑扬格音步,没有"因声损义",而第一种反倒不押韵而损义了!

第五、六句是全诗的高潮,是抒写离情别恨的妙句。李白善于借景写情,如"请君试问东流水,别意与之谁短长?""桃花潭水深千尺,不及汪伦送我情",都是借流水、深潭来抒写离别的深情厚意的。在《送友人》中又把惜别之心形象化为浮云和落日,更加显得依依不舍。第一种译文把"意"字译成 feeling,把"情"字译成 affection,译文形似,似乎忠实于原文。但"情""意"在中文是单音节,在诗词中常用,所以具有一种情韵美或意美;译成英文的对等词,因为在英诗中不如在中国诗词中常用,不能引起情韵的美感。例如"别意与之谁短长""不及汪伦送我情"等句的英译文是:

1. O ask the river flowing to the east, I pray,
   Whether its parting grief or mine will longer stay!
2. However deep the Lake of Peach Blossoms may be,
   It's not so deep, O Wang Lun! as your love for me.

如把 grief("意")换成 feeling,把 love("情")换成 affection,那散文味就太重,诗意却消失了。

第二种译文没有译"情意"二字,却重复了 float 和 part 两个词,说成你和浮云一同飘然而去,我像落日一样离开了你。译文虽不形似,却说出了诗人的离情别意,可以说是一种创造性的翻译,"落日"也换成"正在消逝的白日"了。有人也许会说:"孤蓬万里征"中的"征"解释为"秋风横扫"不也是创造性的翻译吗?朱光潜《诗论》第104页上说:"'从心所欲,不逾矩'是一切艺术的成熟境界",我看也是翻译艺术的成熟境界。创造性的翻译"从心所欲",但是不能超越作者的原意。"浮云"和"落日"的第二种译文只是超越了原文的形式,却没有违反原诗的内容,并没有"逾矩";"秋风横扫"却超越了原文的内容和形式,"逾矩"了,所以我看不能算创造性的翻译。

最后一句"萧萧斑马鸣",第一种译文说是两匹马,第二种说是一匹,到底是几匹马呢?我看这不是"真"而是"美"的问题。试问到底是两马齐鸣,难舍难分,还是人已萧然而去,只闻萧萧马鸣,更加意味深远悠长,仿佛余音在耳,久久不绝呢?我觉得两马更像"教坊犹奏别离歌",

不如一马"黯然魂销者,唯别而已矣"。还有"萧萧"二字,第一种译文说是难舍难分,马犹如此,人何以堪!第二种却重复了 adieu(再见),这是不是"从心所欲",将马拟人,"逾矩"了呢?我觉得译诗要使读者"知之,好之,乐之",如果读者理解了原诗的内容,喜欢译诗的表达方式,读来感到乐趣,那么,"从心所欲"的翻译就不算"逾矩",甚至可能成为"青出于蓝而胜于蓝"的译文。这样一来,译文就可以说是在和原文竞赛,看哪种形式更能表达原文的内容了。

真与美的矛盾可以说是科学与艺术的矛盾。自然,科学和艺术也有统一的时候,那翻译的问题不大。我和科学家杨振宁1938年在西南联大同学;六十年后,我们在清华大学会面,他问我有没有翻译晏几道《鹧鸪天》中的"从别后,忆相逢",我就给他看"歌尽桃花扇影风"的英译文,他说不对,他记得是"扇底风"。在我看来,"扇底风"是实写,"扇影风"是想象,这就是真与美的矛盾,可以看出科学和艺术的不同。

《杨振宁文选》英文本序言中引用了两句杜甫的名诗:"文章千古事,得失寸心知",他的英译文是:

1. A piece of literature is meant for the millennium.
　　But its ups and downs are known already in the author's heart.

译文精确,是典型的科学家风格,但是音节太多,不宜入诗。如果要按艺术风格来译,可以翻译如下:

2. A poem may long, long remain.
　　Who knows the poet's loss and gain!

3. A poem lasts a thousand years.
　　Who knows the poet's smiles and tears!

比较一下三种译文,"文章"二字,第一种译得最正确;但杜甫并没有写过多少文章,他说的是"文",指的是"诗",所以第二、三种就译成 poem 了。"千古"二字,也是第一种最精确;第三种说"千年",也算正确;第二种只说 long(长久),就太泛了。"千古事"是流传千古的事,以意美而论,是第一种译得好;以音美和形美而论,却是第二、三种更合音律。"得失"二字,第二种译得最形似,但是并不明确;第一种译成 ups and downs,更注意文章的客观作用;第三种译成笑和泪,更强调主观的感受。"寸心知"三字,第一种理解为作者有自知之明,第二、三种却理解为有谁知诗人之心了。

从李白、杜甫诗的译例来看，可以说科学派的译文更重"三似"：形似、意似、神似；艺术派的译文更重"三美"：意美、音美、形美。科学派常用对等的译法；艺术派则常用"三化"的译法：等化、浅化、深化。科学派的目的是使读者知之；艺术派则认为"知之"是低标准，高标准应该是"三之"：知之、好之、乐之。一般说来，诗是具有意美、音美、形美的文字，就是英国诗人柯尔律治（Coleridge）说的 the best words in the best order（见《英诗格律及自由诗》扉页，下同）。美国诗人弗洛斯特（Frost）却认为诗是"说一指二"的（saying one thing and meaning another），这就是说，原诗是最好的文字，译成对等的文字，却不一定是最好的诗句，这时就要舍"对等"而求"最好"，也就是要发挥译语的优势，即充分利用译语最好的表达方式，而不是对等的表达方式。如"得失"的对等词是 gain and loss，但 ups and downs 或 smiles and tears 却是更好的表达方式。换句话说，在原文说一指一的时候，对等的译文不但形似，而且意似，甚至可以神似。如果原文说一指二，那形似或等化的译文就不可能神似，应该试用浅化或深化的译法，才有可能传达原诗的意美、音美、形美。总而言之一句话，就是要用再创的译法，例如把"得失"说成"啼笑"。这种"再创"不是内容等于形式，或一加一等于二的科学方法，而是内容大于形式，一加一大于二的艺术方法。所以我认为文学翻译，尤其是译诗，不是一种科学，而是一种艺术。从某种意义上来讲，文学翻译甚至可以看成是译语之间或译语和原语之间的竞赛，看哪种语文更能表达原语的内容。其实，这种竞赛在人类文化史上是不断进行的。如三千年前的特洛亚战争，经过多少行吟诗人竞相歌唱，最后荷马取得胜利。两千年前，查普曼、蒲伯等诗人把荷马史诗译成英文，这是新的竞赛，又取得了新的胜利。从更广泛的意义来说，有一些莎士比亚的作品也是英语和原语的竞赛，例如《哈姆雷特》原是丹麦的故事，《罗密欧与朱丽叶》是威尼斯的故事，但是莎士比亚的英语赛过了原语的传说。到了 17 世纪，德莱顿把莎士比亚的《安东尼与克莉奥佩特拉》改写成《一切为了爱情》，这又是在和莎士比亚竞赛，当时的贵族观众认为胜过莎剧，后世的平民观众却认为不如莎剧宏伟。不管谁胜谁负，或者难分高下，这不都是竞赛吗？而人类的文化就在不断的竞赛中不断前进了。

《唐诗三百首》是中国文化的精粹。早在 1929 年，美国就出版了宾纳（Bynner）的译本，基本上用的是艺术译法。到 1973 年，台北又出版了英国译者赫尔登（Herdan）的译本，基本上用的是科学译法。但是两种译本都没有用韵，不能传达唐诗的意美、音美、形美。到1987年，香港才出版我和陆佩弦、吴钧陶等合译的《唐诗三百首新译》，基本上是韵文，得到国内外的好评和批评。如《记钱锺书先生》第341页上说：《唐诗》及《翻译的艺术》"二书如羽翼之相辅，星月之交辉，足徵非知者不能行，非行者不能知"。菲律宾《联合日报》1994年2月3日评论说：《唐诗三百首》中许译"一百多首，炉火纯青；其他译者，多数译法与他相似，程度参差"。对于"程度参差"的译者，《外国语》1991年第5期《谈中诗英译与翻译批评》一文，指出了"以词害意""以音害意""不合文法及无中生有"的杜诗译文。因此，我觉得香港本《唐诗三百首》有修订甚至重译的必要。

中国学派的翻译原则在20世纪初是严复提出的"信、达、雅"；到了本世纪末，大致可以分为"信、达、切"和"信、达、优"两派，基本上是直译派和意译派，或形似派和神似派。在我看来，"信、达、切"是文学翻译的低标准，如李白《送友人》的第一种英译；"信、达、优"是高标准，如第二种译文。但形似派有人不同意，认为"再创"的译文有损原作者的风格。什么是风格？这是一个仁者见仁、智者见智的问题。《文学翻译原理》第96页上说，李白的风格是"飘逸"。但从《送友人》的两种译文来看，哪一种传达了"飘逸"的风格呢？从内容上来看，可以说两种译文都不能算是不"飘逸"的；从形式上来看，可以说第一种译文的字句更切合原文，而第二种译文则传达了原诗的意美、音美、形美，难道能说"三美"不符合原诗的风格吗？所以研究文学翻译理论，不能从抽象的"风格"概念出发，而要分析具体的实例，只要译文能使读者知之、好之、乐之，就不必多考虑作者的风格。罗曼·罗兰在《约翰·克里斯托夫》法文本第1565页上说："作者有什么重要？只有作品才是真实的。"英国诗人艾略特（Eliot）更说过："个人的才智有限，文化的力量无穷。"[①] 在我看来，这就是说，民族文化比个人风格重要得多，如果能对人类文化做出贡献，作者的风格应该是次要的。

法籍作家程抱一2002年当选法兰西学院院士，他在获奖作品《天一说》（*Le Dit de Tianyi*）第267页上说："艺术并不模仿自然，结果反倒迫使自然模仿艺术。"这话说得耐人寻味。思索一下，人类从四足有毛的爬

---

① 转引自《追忆逝水年华》第43页。

行动物进化到两足无毛的直立动物,不就是自然模仿艺术(手艺)的过程吗?同样的道理,翻译开始模仿创作,最后创作反而模仿翻译,"五四"以来新文学的发展不就提供了范例吗?所以文学翻译应该发展为创作的范例,这就是和原作竞赛,甚至超越原作,提高人类的文化。

这本新编《唐诗三百首》就是我用"再创"法重译的选集,所选的篇目和流行的《唐诗三百首》有所不同,主要是我喜欢的并能译成韵文的作品;特别是增选了唐代第一长诗,韦庄的《秦妇吟》,这首反战的史诗当时广为流传,但是失传千年,直到本世纪初才在敦煌石窟中发现。希望这个新译本和我英译的《楚辞》《西厢记》一样,能使国外读者"知之,好之,乐之",能使中国文学走向世界,使新世纪的文化更加光辉灿烂。

荣获诺贝尔奖的七十五位科学家1988年在巴黎发表宣言说:"人类要继续生存下去,就必须回过头来学习孔子的智慧。"在我看来,孔子的智慧主要表现在"礼乐之治"或"己所不欲,勿施于人"的"礼治"上,这从热爱和平、热爱人生、热爱自然的唐诗中也可以看出。到了20世纪,"礼治"先后变成了官僚主义的"吏治",阶级斗争的"力治",市场经济的"利治"。孔子是"圣之时者也",结合时代,"回过头来学习孔子的智慧",我认为应该把"礼治"发展为"天下为公,人尽其才"的"理治"(即社会主义)。其实,我国提出的和平共处五项原则,就是"己所不欲,勿施于人"发展到今天的国际政治原则。而"知之、好之、乐之"三之论和"从心所欲,不逾矩"的艺术,正是孔子的"礼、乐"应用于文学翻译的理论。希望孔子的智慧、唐诗的智慧,能丰富21世纪的全球文化,使全世界都能享受和平、繁荣、幸福的生活。

1999年9月于北京大学
(原载高等教育出版社《唐诗三百首》第2—17页)

谈王勃《滕王阁诗》英译

《滕王阁诗》有两种解释：一说是伤今思古；一说是时不我待，应该及时建功立业。西方译文有两种：一种诗体，一种散体。本文作者指出前人不足之处，自译三遍：第一遍多浅化，只能使人知之；第二遍多等化，如"画栋"句，可以使人好之；第三遍有深化，如"罢歌舞""珠帘"等句，可以使人乐之。

滕王高阁临江渚，佩玉鸣鸾罢歌舞。
画栋朝飞南浦云，珠帘暮卷西山雨。
闲云潭影日悠悠，物换星移几度秋。
阁中帝子今何在？槛外长江空自流。

王勃（650—676）是"初唐四杰"之一，也是一个神童，6岁能写文章。他14岁路过江西南昌，碰到都督在滕王阁举行宴会，就当场写了《滕王阁序》，其中有不朽的名句，如："落霞与孤鹜齐飞，秋水共长天一色。"英译文为：

The rainbow clouds with lonely bird together fly;
The autumn water blends with the endless blue sky;

这首《滕王阁诗》可以说是序的概括和缩写。

《唐诗鉴赏辞典》中说："滕王阁的形势是这样的好，但是当今阁中有谁来游赏呢？想当年建阁的滕王已经死去了，……那种豪华的场面，已经一去不复返了。第一句写空间，第二句写时间，第一句兴致勃勃，第二句意兴阑珊，两两对照，……使读者自然产生盛衰无常的感觉。寥寥两句已把全诗主题包括无余。"翟理士（Giles）的诗体译文是：

>　　Near these islands a palace was built by a prince,
>
>　　But its music and song have departed long since.

这个译文非常简洁,可以说是基本传达了原诗的意美、音美、形美。但是原诗"高阁"下临赣江,可以远望、可以俯视的形象没有译出来;坐着鸾铃马车,挂着琳琅玉佩,来到阁上举行宴会的盛况也没有译出来。所以哈特(Hart)译成散体如后:

>　　The high pavilion
>
>　　Of the king of Teng
>
>　　Stands on the riverbank.
>
>　　The tinkle
>
>　　Of jade ornaments,
>
>　　The songs of birds,
>
>　　The strains of music,
>
>　　And the rhythm of the dance
>
>　　Are hushed forevermore.

这个译文把"高阁""佩玉""鸣鸾"都译出来了,但"滕王"是指唐高祖李渊的儿子李元婴,译成"king"不如译"prince";"鸣鸾"是指刻有鸾鸟形的铃铛,这里译成鸟的歌声,就是望文生义,形近而实远了。

《辞典》中接着说:"三四两句承第二句,更加发挥。阁既无人游赏,阁内画栋珠帘当然冷落可怜,只有南浦的云,西山的雨,暮暮朝朝,与它为伴。"翟理士和哈特的译文分别是:

>1. The hill-mists of morning sweep down on the halls,
>
>　　At night the red curtains lie furled on the walls. (Giles)
>
>2. On their southern course
>
>　　The mists of morning
>
>　　Drift past its painted beams,
>
>　　And the rains
>
>　　From the western hills
>
>　　At sunset sweep by its lacquered screens. (Hart)

第一种译文还是过于简洁,"画栋""南浦""西山雨"都没有译出来;"珠帘"译成"红帘",可能误以为是"朱帘"了。第二种译文好一点,但把"珠帘"译成涂了漆的帘子,似乎也有损诗意。

《辞典》接着写道:"云在天上,潭在地下,一俯一仰,还是在写空间,但接下来用'日悠悠'三字,就立即把空间转入时间,点出了时日的漫长,不是一天两天,而是经年累月,很自然地生出了风物更换季节,星座转移方位的感慨。"五六两句翟理士的诗体译文和哈特的散体译文分别是:

1. The clouds o'er the water their shadows still cast,
   Things change like the stars: how few autumns have passed. (Giles)

2. The lazy clouds
   Still cast their shadows
   On the pool,
   And the same sun
   Looks sadly down from heaven.
   How all has changed!
   For how many autumns
   Have the brilliant stars shone out! (Hart)

"闲云"二字,第一种译文不如第二种。"日悠悠"三字,第一种几乎没有译。"物换星移",第一种译成"风物像星斗一样变化",理解也有问题;第二种却简化为一切都变化了,而把"星移"和"几度秋"联系起来。更有意思的是"几度秋",一个说多,一个说少,恰恰相反。

最后两句的两种译文如下:

1. And yet where is that prince? Where is he? —No reply,
   Save the plash of the stream rolling ceaselessly by. (Giles)

2. Where is the emperor's son
   Who dwelt within these walls?
   Out the balcony
   The long river flows ceaselessly, in silence. (Hart)

"阁中""槛外",翟理士都没有译,但却加了一问一答。这问答加得好,把"空自流"的神韵都译出来了,几乎可以将功补过。而哈特把"空"字译成"静静地",相形之下,就不如"空"在那里不译。据说王勃当年即席赋诗之后,就上马走了,"槛外长江"和"自流"之间,的确留了一个空白。大家不知道该填什么字,七嘴八舌,莫衷一是,最后还是快马加鞭,把王勃追了回来,王勃一笑,填上这个"空"字,至今传为千古美谈。

一般认为这首诗是"伤今思古""抚今追昔"之作。《唐诗鉴赏集》

却认为不妥,因为滕王和王勃是同时代的人,王勃死于676年,滕王死于684年,王勃写诗时,滕王正在贬谪之中。因此,"诗的内容,除了颂扬参与宴会的宾主外,主要抒写的是时不我待,应该及时建功立业的慷慨激越之情"。第一、二句"写阁上宴罢客散,歌舞停歇,平平叙事,并没有什么感慨"。第三、四句"写滕王阁辉煌富丽,环境幽美,可以说是写景的佳句,何来'冷落'之感"!第五、六句"闲云、潭影是自然物,是不变的,而太阳却不停地东升西落,积累而成'物换星移'的岁月。诗人用此抒岁月不羁之情,而以'几度秋扣紧滕王阁'的题目"。最后两句写"楼阁无恙,流水依然,而建楼的帝子已不知去向。《古文观止》笺释末句为:'伤其物是而人非也',基本上是可信的。"我觉得这是独到的见解,所以根据这种解释把全诗重译如下:

> By riverside Prince Teng's Pavilion towers high,
> Guests gone, bells ring, none dance nor sing in banquet halls.
> Painted doors opened at dawn, o'er Southern Beach clouds fly;
> Pearl screens uprolled at dusk, on Western Hills rain falls.
> Free clouds are reflect'd in the pool from day to day,
> Things changed, stars moving, so many years have gone!
> Where is the prince who in the pavilion did stay?
> In vain beyond the rails the long river rolls on.

第二句把"佩玉鸣鸾"译成"客去铃响",又加了"宴会厅"一词,似乎是因韵损义了。为了和第四句的"珠帘暮卷"对称,第三句的"画栋朝飞"改成了"画门朝开",这又是为了形美而牺牲了意美。全诗译得并不满意,也无得意之笔。这也许可以说明:"时不我待""及时建功立业"之感,不如"伤今思古""抚今追昔"之情深刻。于是我又发思古之幽情,把全诗改译如下:

> By riverside towers Prince Teng's Pavilion proud,
> But gone are cabs with ringing bells and stirring strains.
> At dawn its painted beams bar the south-flying cloud;
> At dusk its curtains furled invite west-going rains.
> Free clouds cast shadows in the pools from day to day;
> The world and seasons change beneath the starry sky.
> Where is the prince who in this pavilion did stay?
> Beyond the rails the silent River still rolls by.

这个译文删掉了"宴会厅",恢复了"画栋"的本来面目;第三、四行的两个动词运用得比较满意,但是"南浦""西山"中的两个名词却都割爱了。翻译总是有得有失的,如能得其精而失其粗就好了。第六行又多有所失;但第八行用 silent 译"空"是以得补失,用了两个双声词"rails"和"rolls",却是意外的收获。英国译者吉福德(H. Gifford)说得好:翻译好比飞行,译文和原文要到达同一个终点,但是飞行的道路可以不同,只要不遗漏沿途的风光就行了。

但遗漏的风光如"佩玉""西山"能不能补偿呢?"佩玉"一句信息量太多,只好分一点到第七行去,同时在第二行换用一个动词 punctuate(加标点,不时打断),这就是用标点的形象来代替"佩玉",也许可以算是"以创补失"了。"珠帘"一句,我想是珠帘面对西山雨景,迷迷蒙蒙,分不清是珠是雨,珠帘一卷,仿佛是把西山雨也卷起来了,于是我又在第四行换用了一个动词 mingle(混成一片)。"物换"一句是说岁月更换,我在第六行加了一个 changeless sky,表示大自然不变,使"日悠悠"和"几度秋"的对比更加突出,无论是"时不我待",或是"伤今思古",都说得过去了。现将新译抄录如下:

    By riverside towers Prince Teng's Pavilion proud;
    No more ringing bells punctuate the dancers' refrain.
    At dawn its painted beams bar the south-flying cloud;
    At dusk its uprolled screens mingle with west hills' rain
    Leisurely clouds hang o'er still waters all day long;
    The world and seasons change beneath a changeless sky.
    Where is the prince who once enjoyed here wine and song?
    Beyond the rails the silent river still rolls by.

1984 年于北京大学

谈白居易《长恨歌》英译[①]

本文比较了《长恨歌》四种英译：两种诗体，两种散体，得出下列结论：(1) 表层形式与深层内容有矛盾时，直译不如意译。(2) 韵体译文意美不如散体译文时，应取散体之长，以补诗体之短。(3) "意似"与"意美"如有矛盾，应舍"意似"而取"意美"。(4) 主观抒情比客观叙事更能带来美感。并且作者自己英译一遍，"悠悠生死别经年，魂魄不曾来入梦"的译文得到美国读者好评，说写情已达极致。

白居易的《长恨歌》是我国文学史上最著名的长篇爱情诗。早在20世纪20年代，已有英国学者翟理士（Herbert A. Giles）的散体译文、弗莱彻（W. J. Fletcher）的诗体译文和美国学者宾纳（Witter Bynner）的散体译文。1973年又出版了英国学者赫尔登（Innes Herdan）的散体译文。现在，我想对这几种译文进行比较研究，看看如何翻译更好。

汉皇重色思倾国，御宇多年求不得。

1. His Imperial Majesty, a slave to beauty,
   　　longed for a "subverter of empires"; (Giles)

2. The Lord of Han loved beauty;
   　　In love's desire he pined. (Fletcher)

3. China's Emperor, craving beauty that might shake an empire,
   　　　　　　　　　　　　　　(Bynner)

[①] 本文是作者为北京大学英语系研究生所做"唐宋诗词英译廿讲"之一。

4. Ming Huang, the great lover, longed for a peerless beauty; (Herdan)
《唐诗一百首》解释说:"汉皇——唐朝人写本朝皇帝的事,不便直说唐朝,所以借汉来代唐。"这就是说,原诗的内容和形式有矛盾,内容是说唐明皇,形式上却说是"汉皇"。第二种译文忠实于原文的形式,不忠实于原文的内容;第四种译文忠实于原文的内容,却不忠实于原文的形式。看来还是第一、三种译文好些,而第三种译文又比第一种更现代化,不如把China's一词去掉。"倾国——指的是极美的美女,典故出在古诗的'再顾倾人国'中。"这就是说,原文的内容和形式又有矛盾:内容是指美女,形式却是倾覆国家。第一种译文还原是"颠覆帝国的人",只是直译了原文的形式,虽然加了引号,我想读者恐怕还是难以理解的,说不定会误以为皇帝陛下是个疯子,因此不如第三种直译。第二种译文是意译,"倾国"二字几乎没有译出来,这就不如第四种意译了。第三种译文可以说是更接近意译的直译,第四种译文则可以说是更接近直译的意译。在原文的表层形式和深层内容有矛盾的时候,解决的办法是用最接近直译的意译,或者最接近意译的直译,如果这两者能合而为一,那就可能是最好的译文了。

　　杨家有女初长成,养在深闺人未识。
　　天生丽质难自弃,一朝选在君王侧。
　　回头一笑百媚生,六宫粉黛无颜色。

第二、三行的译文:

1. A lovely form of Heaven's mould
　　　　Is never cast aside.
　And so this maid was chosen
　　　　To be a Prince's bride.
　If she but turned her smiling,
　　　　A hundred loves were born.
　There are no arts, no graces,
　　　　But by her looked forlorn. (Fletcher)

2. But with graces granted by heaven and not to be concealed,
　At last one day was chosen for the imperial household.
　　If she but turned her head and smiled, there were cast a hundred spells,
　And the powder and paint of the Six Palaces faded into nothing.
　　　　　　　　　　　　　　　　　　　　　　(Bynner)

"天生"两句，两种译文都差不多，但是第一种译文把每句分译两行，隔行押韵，第二种译文却每行都是十四五个音节，读起来就不如第一种译文好听。"回头"两句是描写美人的名句，第一种译文前半直译，后半意译，"粉黛"二字译得距离原文较远，虽然也是隔行押韵，但以"意美"而论，显得不如第二种直译的译文。由此可见，如果两种译文传达原文的"意美"不相上下，那么，能传达原诗"音美"的韵体译文自然胜过散体译文；如果韵体的"意美"不如散体，那就是在主要方面逊色，应该取散体之长，补韵体之短，才可能成为更好的译文。

> 春寒赐浴华清池，温泉水滑洗凝脂，
> 侍儿扶起娇无力，始是新承恩泽时。
> 云鬓花颜金步摇，芙蓉帐暖度春宵，
> 春宵苦短日高起，从此君王不早朝！

第二、三行的译文：

> Supported by her handmaids, bewitching in her frailty,
> This was when she first received the Emperor's love.
> With her cloudy hair, her flower-like face,
> 　　and twinkling golden headdress,
> Warm within the hibiscus bed-curtain
> 　　she spends the Spring nights. (Herdan)

第三、四行的译文：

> With cloud-like hair and flower-like face
> 　　Her tinkling footsteps ring.
> How warm in her pure curtains
> 　　To pass a night of Spring!
> The nights of Spring are short, alas!
> 　　Too soon the sunlit dawn!
> From then no longer held the prince
> 　　His court at early morn. (Fletcher)

"娇无力"三字，第一种译文译得很好，"始是"一句也比其他译文正确，但是因为缺少"音美"，所以读起来诗味不浓。比较一下"云鬓"两句的两种译文，可以看出内容大致相同，但是第二种译文押了韵，读起来就胜过第一种译文。"芙蓉"二字，第一种译文虽然译得"意似"，但并没有传达原文的"意美"。在"意似"和"意美"有矛盾的时候，还是应该舍

"意似"而取"意美"的。

> 承欢侍宴无闲暇,春从春游夜专夜。
> 后宫佳丽三千人,三千宠爱在一身;
> 金屋妆成娇侍夜,玉楼宴罢醉和春。

She shared his pleasure, attended at his feast, no moment idle;
Companion of his spring roaming, despot of his nights.
Three thousand beauties dwelt in the inner courts,
But his love of all three thousand was lavished on one body,
Adorning herself in a Gold Chamber, she waited for night to come;
Feasting in the Jade Tower, they grew drunk with wine and spring.

(Herdan)

第一、二行的译文:

But steeped in love, at banquet's side,
　No other business knew.
One Spring behind another came.
　One night the next renew,
Although within his palace
　Three thousand beauties dwelt,
His love for these three thousand
　Did on one bosom melt. (Fletcher)

"承欢"二字,第二种译文译得很好;但是"夜专夜"的动词时态用得不对,可能是为了凑韵的缘故,而且动词放在宾语之后,读起来也不顺口,如果可能,最好还是不颠倒。第一种译文的"专"译得太重,可以说是"形似",其实并不"意似"。"三千"一句的动词,两种译文都译得好,第二种译文更形象化,诗味更浓一点,"一身"二字也译得更入诗,第一种译文就太散文化了。"金屋"二句,第一种译文译得基本对称,传达了一点原诗的"形美","醉和春"三字译得很有新意。

> 姊妹弟兄皆列土,可怜光彩生门户,
> 遂令天下父母心,不重生男重生女!
> 骊宫高处入青云,仙乐风飘处处闻。
> 缓歌慢舞凝丝竹,尽日君王看不足。

第一、二行的译文:

Her sisters and her brothers, one and all,

　　　　were raised to the rank of nobles.
　　Alas! for the ill-omened glories
　　　　which she conferred on her family.
　　For thus it came about that fathers and mothers
　　　　through the length and breadth of the empire
　　Rejoiced no longer over the birth of sons,
　　　　But over the birth of daughters. (Giles)

这几句的译文都无足称道,所以只选了一种为例,这种译文有节奏美,但是用词不够精练。

　　渔阳鼙鼓动地来,惊破霓裳羽衣曲!
　　九重城阙烟尘生,千乘万骑西南行。
　　翠华摇摇行复止,西出都门百余里,
　　六军不发无奈何,宛转蛾眉马前死。

第一、二、三行的译文:

　　When like an earthquake came the boom
　　　　Of drums and war's alarms,
　　To shatter that sweet rainbow song
　　　　Of Beauty in Love's arms.
　　The clouds of dust rolled gloomily
　　　　About the palace doors,
　　As chariots, troops of horsemen,
　　　　Went westward to the wars.
　　That lady fair would go with him,
　　　　And then she stayed again.
　　At last she came for forty miles;
　　　　And lodged her on the plain. (Fletcher)

"渔阳"二字没译出,如能指明这是安禄山造反,读者也许容易理解一些。"动地"和"惊破"译得都不错,但"霓裳羽衣曲"译得啰唆,似不必要。"千乘"一句,译成西行作战,说明译者不了解历史事实,把逃难说成打仗,与原意相悖。"翠华"两字,译者不知道是指皇帝的车盖和旌旗,而误以为是杨贵妃欲行复止,所以这两句译得与原文面目全非,不如其他译文。其他译文"渔阳"二字译音,如果不加注解,读者也不容易明白。

　　花钿委地无人收,翠翘金雀玉搔头,

君王掩面救不得，回看血泪相和流。
黄埃散漫风萧索，云栈萦纡登剑阁。
峨眉山下少人行，旌旗无光日色薄。
蜀江水碧蜀山青，圣主朝朝暮暮情。
行宫见月伤心色，夜雨闻铃肠断声。

最后一行的译文：

1. Travelling along, the very brightness
      of the moon saddens his heart,
   And the sound of a bell through the evening rain
      severs his viscera in twain. (Giles)
2. When from his tent the Moon he sees,
      His breast is charged with woe.
   The rain of night, the watches' bell,
      Like torments through him go. (Fletcher)
3. He stared at the desolate moon from his temporary palace,
   He heard bell-notes in the evening rain, cutting at his breast. (Bynner)
4. He sees the moon over the Travelling Palace,
      painful in its loveliness;
   He hears the bells in the night rain
      tinkle with a heartbreaking sound. (Herdan)

"行宫"两句是情景交融、对仗工整的名句，富有意美、音美、形美，读后余音萦耳，久久不绝，但是四种译文都不能传达原诗的"三美"。"行宫"二字，第四种直译，第一种意译，第三种半直译，第二种半意译，各有千秋。"伤心"二字，第一种直译，第二、三种意译，第四种意译，还有创新，有点像"娇无力"的译法，显然比第二、三种强。"夜雨闻铃"四字，第四种直译，其他三种译文都有误。"肠断"二字，只有第一种直译，但是这种译法太露太直，不宜入诗。

天旋地转回龙驭，到此踌躇不忍去，
马嵬坡下泥土中，不见玉颜空死处。
君臣相顾尽沾衣，东望都门信马归。
归来池苑皆依旧，太液芙蓉未央柳。
芙蓉如面柳如眉，对此如何不泪垂！
春风桃李花开日，秋雨梧桐叶落时。

> Time passes, days go by, and once again
> he is there at the well-known spot,
> And there he lingers on, unable
> to tear himself wholly away.
> The eyes of sovereign and minister meet,
> and robes are wet with tears,
> Eastward they depart and hurry on
> to the capital at full speed.
> There is the pool and there are the flowers,
> as of old.
> There is the hibiscus of the pavilion,
> there are the willows of the palace.
> In the hibiscus he sees her face,
> in the willow he sees her eyebrows:
> How in the presence of these
> should tears not flow, —
> In spring amid the flowers
> of the peach and plum,
> In autumn rains when the leaves
> of the wu t'ung fall? (Giles)

第一、二行的译文：

> And when heaven and earth resumed their round and the dragon-car
> faced home,
> The Emperor clung to the spot and would not turn away
> From the soil along the Ma-wei slope, under which was buried
> That memory, that anguish. Where was her jade-white face?
>   (Bynner)

"天旋"二句是原诗转折的地方，两种译文转得都好，尤其是第一种，虽然没有押韵，却富有抒情意味，读来有点像英国浪漫诗人华兹华斯（Wordsworth）的《廷腾寺》。"玉颜空死处"，第二种用意译法，颇有诗意。"信马归"是随着马走的意思，第一种恰恰译反了。"太液"是汉朝宫里的大池，"未央"是汉朝的宫名，这里都是借汉朝说唐朝。第一种译文没有译出，但忠实于原文的内容；有两种译文译得"音似"，结果却不

"意似"。"春风"两句,第一种译文采用"合译法",和上面"芙蓉"两句合而为一,虽然译得不"形似",甚至可能不够"意似",但是富有"意美",而且这样处理显得精练,所以我后面的译文也用了这种译法。

> 西宫南内多秋草,落叶满阶红不扫,
> 梨园弟子白发新,椒房阿监青娥老。
> 夕殿萤飞思悄然,孤灯挑尽未成眠,
> 迟迟钟鼓初长夜,耿耿星河欲曙天。
> 鸳鸯瓦冷霜华重,翡翠衾寒谁与共!
> 悠悠生死别经年,魂魄不曾来入梦!

第二、三行的译文:

> The hair of the Pear-Garden musicians
> 　　is white as though with age;
> The guardians of the Pepper Chamber
> 　　seem to him no longer young...
> Slowly pass the watches,
> 　　for the nights are now too long;
> And brightly shine the constellations,
> 　　as though dawn would never come. (Giles)

第三、四、五行的译文:

> The firefly flitting the room
> 　　Her spirit seemed to be;
> The whole wick of his lamp he trimmed,
> 　　Yet sleep his eyes would flee.
> How slowly through the dreary night
> 　　The bell the watches tolled.
> How sleepless blinked the Milky Way,
> 　　Ere dawn the light unrolled!
> When chill the roof where true love dwelt,
> 　　How thick the frost flakes form!
> When cold the halcyon's coverlet,
> 　　Who then can make it warm? (Fletcher)

"梨园"是培养歌舞艺人的地方,原意是说学艺的年轻人如今新添了白头发,第一种译文却加了"似乎"二字,说艺人白头似乎是上了年纪,其实未必真是老了，可能是因为唐明皇思念杨贵妃，在他眼里，年轻人也显得衰老。这样一来，原文只是客观叙述事，译文却变成了主观抒情，反比原文更加深刻。"椒房"是汉朝未央宫里皇后居住的地方，这里也是借汉朝说唐朝，译文直译字意，结果只是"形似"而不"意似"。"阿监"是指太监，"青娥"是指宫女，译文却理解错了。但是译文加了"看来"二字，又把原文的客观叙事，深化为主观抒情了。如果把误译的地方改正，那就可以说是"青出于蓝而胜于蓝"。"夕殿"一句原来也是借景写情，第二种译文却说"萤飞"，好像是杨贵妃的孤魂回来，这样又把思念之情深化了。"迟迟"二句原诗对仗工整，两种译文都注意保持"形美"。第一种译文把"欲曙天"说成是曙光仿佛永远不来，这样就使耿耿长夜显得更长；第二种译文说"耿耿星河"眨着眼睛彻夜不眠，这也加深了思念人的孤寂之感。两种译文各有千秋。当然，也有人反对这种译法。我认为，如果这种译法能给读者带来更多的美感，那就不妨试用；如果不受读者欢迎，那自然会被淘汰。

> 临邛道士鸿都客，能以精诚致魂魄，
> 为感君王辗转思，遂教方士殷勤觅。
> 排空驭气奔如电，升天入地求之遍，
> 上穷碧落下黄泉，两处茫茫皆不见。
> 忽闻海上有仙山，山在虚无缥缈间，
> 楼阁玲珑五云起，其中绰约多仙子。
> 中有一人字太真，雪肤花貌参差是。
> 金阙西厢叩玉扃，转教小玉报双成；
> 闻到汉家天子使，九华帐里梦魂惊。
> 揽衣推枕起徘徊，珠箔银屏迤逦开，
> 云鬓半偏新睡觉，花冠不整下堂来。
> 风吹仙袂飘飘举，犹似霓裳羽衣舞。
> 玉容寂寞泪阑干，梨花一枝春带雨。
> 含情凝睇谢君王，一别音容两渺茫。
> 昭阳殿里恩爱绝，蓬莱宫中日月长。

最后三行的译文：

> Her features are fixed and calm,
> though myriad tears fall,
> Wetting a spray of pear-bloom,

as it were with the raindrops of spring.
Subduing her emotions, restraining her grief,
    she tenders thanks to his Majesty,
Saying how since they parted
    she has missed his form and voice;
And how, although their love on earth
    has so soon come to an end,
The days and months among the Blest
    are still of long duration. (Giles)

最后三句的译文：

"My voice," she said, "since parting,
    My face my sorrows wear.
In Chao-yang Court my love remains.
    It knows no other sway.
Through palaces of Fairyland
    But slowly drags the day..." (Fletcher)

最后两句的译文：

Since happiness had ended at the Court of the Bright Sun,
And moons and dawns had become long in Fairy-Mountain Palace.
                                    (Bynner)

倒数第三行的译文：

Her jade-like face so pitiful, criss-crossed with tears—
A spray of pear blossom in the spring rain. (Herdan)

"玉容"两句，第一种译文译得不好，不如第四种译文。"一别音容两渺茫"，原文富有诗意，第一种译文却有散文味；第二种译文虽然有诗意，但和原文并不"意似"，所以不能算是"深化"。"深化"一般应该是译出原作深层内容可有、原作表层形式所无的东西，或者是原作内容虽无、原作形式却可有的东西。"昭阳"二字，第一种译文没有译，第二种译音，第三种译意，我觉得还是译意好。"恩爱绝"三字，第二种似乎译反了，但却是原文深层内容可能有的，所以可不算错。而"日月长"三字，要算第二种译文好，因为第一、三种译文都是客观叙事，第二种却译出了杨贵妃恨时光过得太慢的寂寞心情，这就是说，"神似"重于"形似"。

回头下望人寰处，不见长安见尘雾。

唯将旧物表深情，钿盒金钗寄将去：
钗留一股盒一扇，钗擘黄金盒分钿。
但教心似金钿坚，天上人间会相见。
临别殷勤重寄词，词中有誓两心知：
七月七日长生殿，夜半无人私语时，
"在天愿作比翼鸟，在地愿为连理枝。"
天长地久有时尽，此恨绵绵无绝期！

最后两行的译文：

1. "I swear that we will ever fly
      like the one-winged birds,
   Or grow united like the tree
      with branches which twine together."
   Heaven and Earth, long-lasting as they are,
      will some day pass away;
   But this great wrong shall stretch out for ever,
      endless, for ever and ay. (Giles)

2. "We swore that in the heaven above
      We never would dispart:
   One tomb on earth enclose of us
      The frail and mortal part."
   The heaven is vast; and earth is old;
      And Time will wear away.
   But this their endless sorrow
      Shall never know decay. (Fletcher)

3. "That we wished to fly in heaven, two birds with the wings of one,
   And to grow together on the earth, two branches of one tree."
   ... Earth endures, heaven endures; some time both shall end,
   While this unending sorrow goes on and on for ever. (Bynner)

4. "In heaven we shall be two birds with the wings of one;
   On earth two trees with branches intertwined."
   Heaven and earth are long enduring, but they will pass away,
   This sorrow will go on and on—it will never end. (Herdan)

"在天"四句是富于意美、音美、形美,千古传诵的名句。第一种译文基本传达了原诗的意美,最后两句还押了韵,但是"比翼"译得有误。第二种译文传达了原诗的音美,但是"比翼鸟"和"连理枝"的形象完全没有译出,显得反而不如其他三种译文。由此可见,只有韵美而无意美的译文,还不如只有意美而无韵美的译文。自然最好是要既有意美,又有韵美。第三、四种译文改正了前两种译文的错误,但是没有吸收第二种译文的长处,所以读起来并不能使人得到读原诗的美感。由此可见,只有意美而无韵美的译文,也不能使人领略读原诗的乐趣。因此,译诗不但要传达原诗的意美,还要传达原诗的音美(包括押韵),如果可能,最好还能传达原诗的形美(例如对仗)。现在,我试取四种译文之长,补四种译文之短,将《长恨歌》全诗改译成诗体,附在后面。

Everlasting Regret

The beauty-loving monarch longed year after year
To find a beautiful lady without a peer.
A maiden of the Yangs to womanhood just grown,
In inner chambers bred, to the world was unknown.
Endowed with natural beauty too hard to hide,
She was chosen one day to be the monarch's bride.
Turning her head, she smiled so sweet and full of grace
That she outshone in six palaces the fairest face.
She bathed in glassy water of warm-fountain Pool
Which laved and smoothed her creamy skin when spring was cool.
Without her maids' support, she was too tired to move,
And this was when she first received the monarch's love.
Flower-like face and cloud-like hair, golden headdressed,
In lotus-adorned curtain she spent the night blessed.
She slept till sun rose high for the blessed night was short,
From then on the monarch held no longer morning court.
In revels as in feasts she shared her lord's delight,
His companion on trips and his mistress at night.
In inner palace dwelt three thousand ladies fair,
On her alone was lavished royal love and care.

Her beauty served the night when dressed up in Golden Bower,
She was drunk with wine and spring at banquet in Jade Tower.
Her sisters and brothers all received rank and fief
And honors showered on her household, to the grief
Of fathers and mothers who would rather give birth
To a fair maiden than to any son on earth.
The lofty palace towered high into blue cloud,
With divine music borne on the breeze, the air was loud.
Seeing slow dance and hearing fluted or stringed song,
The emperor was never tired all the day long.
But rebels beat their war drums, making the earth quake
And "Song of Rainbow Skirt and Coat of Feathers" break.
A cloud of dust was raised o'er city walls nine-fold;
Thousands of chariots and horsemen southwestward rolled.
Imperial flags moved slowly now and halted then,
And thirty miles from Western Gate they stopped again.
Six armies would not march—what could be done? —with speed
Unless the Lady Yang be killed before the steed.
None would pick up her hairpin fallen on the ground
Nor golden bird nor comb with which her head was crowned.
The monarch could not save her, hid his face in fear,
Turning his head, he saw her blood mix with his tear.
The yellow dust widespread, the wind blew desolate,
A serpentine plank path led to cloud-capped Sword Gate.
Below the Eyebrows Mountains wayfarers were few,
In fading sunlight royal standards lost their hue.
On Western waters blue and Western mountains green,
The monarch's heart was daily gnawed by a sorrow keen.
The moon viewed from his tent shed a soul-searing light;
The bells heard in night rain made a heart-rending sound.
Suddenly turned the tide: returning from his flight,
The monarch could not tear himself away from the ground

Where' mid the clods beneath the Slope he couldn't forget

The fair-faced lady Yang who was unfairly slain.

He looked at his courtiers with tears his robe was wet,

They rode east to the capital but with loose rein.

Come back, he found her pond and garden in old place,

With lotus in the lake and willows by the hall.

Willow leaves like her brows and lotus like her face,

At the sight of all these, how could his tears not fall

Or when in vernal breeze were peach and plum full-blown

Or when in autumn rain parasol leaves were shed?

In Western as in Southern Court was grass o'ergrown,

With fallen leaves unswept the marble steps turned red.

Actors although still young began to have hair gray;

Eunuchs and waiting-maids look'd old in palace deep.

Fireflies flitting the hall, mutely he pined away,

The lonely lamp-wick burned out, still he could not sleep.

Slowly beat drums and rang bells, night began to grow long;

Bright shone the Milky Way, daybreak seemed to come late.

The love-bird tiles grew chilly with hoar frost so strong;

His kingfisher quilt was cold, not shared by a mate.

One long, long year the dead and the living were parted,

Her soul came not in dreams to see the broken-hearted.

A Taoist magician came to the palace door,

Skilled to summon the spirit from the other shore.

Moved by the monarch's yearning for the deceased fair,

He was ordered to seek for her everywhere.

Borne on the air, like flash of lightning he flew,

In heaven and on earth he searched through and through.

Up to the azure vault and down to deepest place,

Nor above nor below could he e'er find her trace,

He learned that on the sea were fairy mountains proud

Which now appeared now disappeared amid the cloud

Of rainbow color, where rose magnificent bowers
And dwelt so many fairies as graceful as flowers.
Among them was a queen whose name was "Ever True",
Her snow-white skin and sweet face might afford a clue.
Knocking at western gate of palace hall, he bade
The porter fair to inform the queen's waiting maid.
When she heard that there came the monarch's embassy,
The queen was startled out of dreams in her canopy.
Pushing aside the pillow, she rose and got dressed,
Passing through silver screen and pearl shade to meet the guest.
Her cloud-like hair awry, not full awake at all,
Her flowery cap slant'd, she came into the hall.
The wind blew up her fairy sleeves and made them float
As if she danced the "Rainbow Skirt and Feathered Coat",
Her jade-white face criss-crossed with tears in lonely world
Like a spray of pear blossoms in spring rain impearled.
She bade him thank her lord, love-sick and broken-hearted,
They knew nothing of each other after they parted.
Love and happiness long end'd within palace walls;
Days and months appeared long in the Fairyland halls.
Turning her head and fixing on the earth her gaze,
She saw no capital 'mid clouds of dust and haze.
To show her love so deep, she took out keepsakes old
For him to carry back, hairpin and box of gold.
Keeping one side of the box and one wing of the pin,
She sent to her lord the other half of the twin.
"If our two hearts as firm as the gold should remain,
In heaven or on earth some time we'll meet again."
At parting, she confided to the messenger
A secret vow known only to her lord and her.
On seventh day of seventh month when none was near,
At midnight in Long Life Hall he whispered in her ear:

"On high, we'd be two love-birds flying wing to wing;
On earth, two trees with branches twined from spring to spring."
The boundless sky and endless earth may pass away,
But this vow unfulfilled will be regrett'd for aye.

（原载《外语学刊》1984 年第 3 期）

谈李商隐诗的英、法译
——兼谈钱锺书的译论与诗论

  李商隐可能是全世界第一个朦胧诗人，他的诗句如雾中花，很难译成英文，因为英文更科学化，需要精确，而朦胧诗往往意在言外，不能译得忠于原文形式。中诗英译犹如超导，译出言内之意不能失真，译出言外之意则有所创。忠于原诗是低标准，创造美才是高标准。

一

  李商隐也许是全世界第一个朦胧诗人，比法国19世纪的朦胧诗人马拉美早了一千多年。要把我国诗词译成英文很不容易，要把李商隐的朦胧诗译成英文更是难上加难，因为中文是一种文学的语言，英文却是一种科学的语言。科学要求精确，说一是一，说二是二，言尽意穷；文学却要丰富，要能说一指二，一中见多，意在言外。我国的诗词更是如此，而李商隐的无题诗可以说是典型。
  我们先来看看李商隐的一首无题诗："昨夜星辰昨夜风，画楼西畔桂堂东。身无彩凤双飞翼，心有灵犀一点通。隔座送钩春酒暖，分曹射覆蜡灯红。嗟余听鼓应官去，走马兰台类转蓬。"据刘学锴在《唐诗鉴赏辞典》中说："李商隐的无题往往着重抒写主人公的心理活动，事件与场景的描述常常打破一定的时空次序，随着心理活动的流程交错展现。这首诗在这方面表现得相当典型。起联明写昨夜，实际上暗含由今宵到昨夜的情景联想与对比；次联似应续写昨夜，却突然回到今夕相隔的现境；颈联又转为对对方处境的想象，末联则再回到自身。这样大幅度的跳跃，加上实境虚写（如次句），虚境实写（如颈联）等手法的运用，就使得这首采用赋法的无题诗也显得断续无端，变幻迷离，使读者感到困惑了。其实，把它看成古代诗歌中的'意识流'作品，许多困惑和歧解原是不难解决的。"现在，我们看看格雷厄姆（Graham）的译文：

> Last night's stars, last night's wind,
> By the West wall of the painted house, East of the hall of cassia.
> For bodies no fluttering side by side of splendid phoenix wings,
> For hearts the one minute thread from root to tip of the magic horn.
> At separate tables, played hook-in-the-palm. The wine of spring warmed.
> Teamed as rivals, guessed what the cup hid. The candle flame reddened.
> Alas, I hear the drum, must go where office summons,
> Ride my horse to the Orchid Terrace, the wind-uprooted weed my likeness.

原诗第一、二句"暗含由今宵到昨夜的情景"，译文却按照原文字面翻译，只写了昨夜，不能使读者联想到今宵。原诗的第三、四句写"今夕相隔的现境"，用了"彩凤"和"灵犀"两个形象，译文却把"灵犀"译成 magic horn，两句都没有用现在时的动词，使读者看不出这是写今夕的现境。第五、六句是"对对方处境的想像"，是虚境的实写，译文却变成了实境实写，完全没有理解这首古代"意识流"的作品。因此，我把这首无题诗改译如下：

> As last night twinkle stars, as last night blows the breeze
> West of the painted bower, east of Cassia Hall.
> Having no wings, I can't fly to you as I please;
> Our hearts at one, your ears can hear my inner call.
> Maybe you're playing hook-in-palm and drinking wine
> Or guessing what the cup hides under candle red.
> Alas! I hear the drum call me to dutes mine,
> Like rootless weed to Orchid Hall I ride ahead.

现在，我们看看李商隐的第二首无题诗："来是空言去绝踪，月斜楼上五更钟。梦为远别啼难唤,书被催成墨未浓。蜡照半笼金翡翠,麝熏微度绣芙蓉。刘郎已恨蓬山远,更隔蓬山一万重!"刘学锴说:"这首无题写一位男子对远隔天涯的所爱女子的思念。'梦为远别'四字是一篇眼目。全诗就是围绕着'梦'来抒写'远别'小情的。不过它没有按照远别—思念—入梦—梦醒的顺序来写,而是先从梦醒时的情景写起,然后再将梦中和梦后、实境与幻觉糅合在一起抒写,最后才点明蓬山重隔,归结到远别之恨。这样的构思,不只是为了避免艺术上的平直,而且是为了更好地突出爱情阻隔的主题。"下面我们看看格雷厄姆的译文:

> Coming was an empty promise, you have gone, and left no footprint,
> The moonlight slants above the roof, already the fifth watch sounds.
> Dreams of remote partings, cries which cannot summon,
> Hurrying to finish the letter, ink which will not thicken.
> The light of the candle half encloses kingfishers threaded with gold,
> The smell of musk comes faintly through embroidered waterlilies.
> Young Liu complained that Fairy Hill is far.
> Past Fairy Hill, range above range, ten thousand mountains rise.

第一句的"踪"译成 footprint,把虚字译得太实。第二句的"五更"译得准确,但却不能使人想到这是"梦醒时的情景"。第三句"梦为远别"是全诗最重要的四个字,译文"远别"用了复数,那就看不出男子是在思念这一次远别的女子了。第四句主句又没有动词,使读者想不到这是写梦后的实境。第五、六句写人去楼空的实境,译文中却有楼无人。最后两句用了典故,译者按照字面翻译,不能使读者明白"蓬山重隔"所引起的"远别之恨"。因此,我把这首诗改译如下:

> You said you'd come but you are gone and left no trace,
>   I wake to hear in moonlit tower the fifth watch bell.
> In dream my cry couldn't call you back from distant place;
>   In haste with ink unthickened I cannot write well.
> The candlelight illumines half our feathered bed;
>   The smell of musk still faintly sweetens lotus-screen.
> Beyond my reach the far-off fairy mountains spread,
>   But you're still farther off than fairy mountains green.

李商隐的第三首无题诗是:"飒飒东风细雨来,芙蓉塘外有轻雷。金蟾啮锁烧香入,玉虎牵丝汲井回。贾氏窥帘韩掾少,宓妃留枕魏王才。春心莫共花争发，一寸相思一寸灰！"刘学锴说："这首无题写一位深锁幽闺的女子追求爱情而失望的痛苦，是一篇刻意伤春之作。"又有人说：这首诗的主题是写一次幽会，最关键的字眼是第三句的"烧香入"和第四句的"汲井回"。"烧香"是写晚上，"入"字是写诗人来赴约会；"汲井"是写第二天早上，"回"字是写诗人离开女方回家。现在我们来看看格雷厄姆是如何译成英文的：

> The East wind sighs, the fine rains come;
> Beyond the pool of water-lilies, the noise of faint thunder.
> A gold toad gnaws the lock. Open it, burn the incense.
> A tiger of jade pulls the rope. Draw from the well and escape.
> Chia's daughter peeped through the screen when Han the clerk was
>   young,
> The goddess of the river left her pillow for the great Prince of Wei.
> Never let your heart open with the spring flowers;
> One inch of love is an inch of ashes.

从译文看来，不知道原诗是写"伤春"还是幽会。第三、四句还原成中文就是："一只金蛤蟆咬着锁。开锁烧香吧。一只玉虎拉着井绳。打上井水逃走吧。"也不知道主语究竟是指男方还是指女方。句中"香""丝"谐"相思"，看来译者并不知道。原诗第五、六句是借古写今，借晋朝贾充的女儿和年少的韩寿私通的故事，借曹植和洛神梦中相会的传说，来写诗人和情人的一次幽会。这种借古说今的写法，是中国特有的文化传统，译者按照字面只译出了古代的传说，但西方读者并不知道这两个典故，自然不会联想到诗人的幽会，而只会觉得莫名其妙。因此，我不得不把这首诗改译如下：

> The rustling eastern wind came with a drizzle light,
>   And thunder faintly rolled beyond the Lotus Pool.
> When doors were lock'd and incense burned I came at night
>   And went at dawn when windlass pulled up water cool.
> You peeped at me first from behind a curtained bower;
>   I'm left at last but with the cushion of a dame.
> Let my desire not bloom and vie with vernal flower!
>   For inch by inch my heart is consumed by the flame.

总而言之，中国诗的特点是朦胧，诗句往往没有主语，读者可以想象，主语是男方，或是女方，或是双方。中文的动词可以写实，也可以写虚；可以写现在，可以写过去，也可以写将来，但在形式上往往看不出分别。这就是说，中文的内容大于形式，可以说一指二，一中见多。此外，中国的文化传统丰富，往往可以借此说彼，这是中文所有而英文所无的言外之意。而英文的特点是精确，一般说来，句子都有主语、动词；动词时态分明，写实要用陈述语气，写虚要用虚拟语气。这就是说，英文的内容和形式相等，只能说一是一，说二是二。因此，把中文译成英文的时候，要用英文之所长，避英文之所短，也就是说，要发挥译语的优势。英文的优势是精确：主语、谓语、时态、语气都有一定的形式；而中文诗的特点恰恰相反：主语、谓语、词性、时态、语气都不分明。如果把中文诗译得形式上和原诗一样朦胧，那就是舍己之长，用己之短，不但不能吸收中文的优点，反而使译文变得晦涩难懂了。

二

钱锺书《管锥编》第 1 页上说："黑格尔尝鄙薄吾国语文，以为不宜思辨；……其不知汉语，不必责也；无知而掉以轻心，发为高论，又老师巨子之常态惯技，无足怪也；然而遂使东西海之名理同者如南北海之马牛风，则不得不为承学之士惜之。"钱先生对前人的"高论"，只做了委婉的批评，这是学者的风度。

后来的"老师巨子"，虽然"不知汉语"，却居然"鄙薄"起中国学者来了。例如英国伦敦大学格雷厄姆教授，就在他翻译的《晚唐诗》序言中说：我们几乎不能让中国人去翻译唐诗。而《翻译论集》第 836 页上又说：《晚唐诗》的"译文和解说都很出色。"这就是说，中国学者中也有人认为：英国学者译诗的理论和实践，都高于中国译者。

钱先生在《林纾的翻译》中说："一国文字和另一国文字之间必然有距离，译者的理解和文风跟原作品的内容和形式之间也不会没有距离，而且译者的体会和他自己的表达能力之间还时常有距离。"这就是说，翻译的高下并不取决于译者的国籍，而是取决于：1. 译者的理解和文风与原作之间的距离；2. 译者的体会与表达能力之间的距离。一般说来，理解诗词的能力，中国译者远远高于外国译者，如果说中国译者能理解十之八九，那外国译者只能理解十之六七。而用外文表达的能力，外国译者一般高于中国译者，如果说外国译者能表达十之八九的意思，中国译者也只能表达十之七八。外国译者表达能力再高,总超不过他的体会,如果中国译者也能表达十之八九的原意,那他的译文就可能胜过外国译者的译文了。下面让我们来看看实例!

《晚唐诗》选择了李商隐的《无题》,其中有两句写诗人赴情人约会的诗:"金蟾啮锁烧香入,玉虎牵丝汲井回。"现将格雷厄姆的译文、美国译者、英国译者、法国译者、中国译者的译文抄录如下:

1. A gold toad gnaws the lock. Open it, burn the incense.

    A tiger of jade pulls the rope. Draw from the well and escape.

2. ... Round the golden-toad lock, incense is creeping;

    The jade tiger tells, on its cord, of water being drawn...

3. A gold toad bites on the lock—incense drifts through;

    A jade tiger hauls on the rope when you draw well-water.

4. dans le brule-parfum d'or en forme de crapaud, l'encens se consume

    on tire de l'eau au puits, le tigre de jade glisse le long de la corde

5. When doors were locked and incense burned, I came at night;

    I went at dawn when windlass pulled up water cool.

第一种译文还原成中文大致是:"一只金蛤蟆咬着锁。开锁烧香吧。一只玉虎拉着井绳。打上井水逃走吧。"为什么要烧香?为什么要逃走?烧香和逃走和全诗的主题有什么关系?看来译者自己也莫明其妙,读者只好坠入五里雾中了。第二种译文大致说:"香烟绕着金蟾锁爬进来;玉虎拉的井绳能说明拉上了多少井水。"完全描写诗人和情人约会的客观环境,似乎比第一种译文更能自圆其说。第三种译文大致说:"一只金蛤蟆咬住锁——香烟从锁孔里飘流进来;当你打井水的时候,一只玉老虎拉住井绳。"似乎比第二种译文更加客观。第四种译文大致说:"在金蛤蟆形状的香炉里,香烧完了;人们从井里打水,玉虎沿着井绳溜下去。"这位译者加了"形状"字样,使读者更容易了解,但把"锁"译成"香炉",和前三种译文理解不同;第二句译文也不如第三种正确。四种译文的动词,用的都是现在时态,动词"入"的主语,多以为是香烟;动词"回"的主语,多以为是玉虎。四位译者都不知道"烧香"的"香","牵丝"的"丝",是暗指"相思"两个字,而"相思"是全诗的主题。"入""回"二字是这两句的诗眼,这两个动词的主语不是香烟和玉虎,而是诗人自己,因为诗词的主语是常常省略的,所以这两句主要是说:我进来了,我回去了。

前四种译文的动词都用现在时态,诗人怎么可能又进来,又回去呢?

所以第五种译文用了过去时态。进来到什么地方？"金蟾啮锁"是古代富贵人家的门环，这里用门环代指门，就是说，诗人进了富贵人家的大门，赴情人的约会来了。什么时候赴约？唐代风俗，早晚都要烧香敬天地，这里说锁门时烧香，就是说诗人晚上来赴约了。"玉虎"是唐代富贵人家水井辘轳上的装饰品，"牵丝"就是拉井绳，说"丝"而不说绳索，是隐射"相思"；唐代人民的生活习惯，是早起打井水，所以"汲井"其实是说：早晨打井水的时候，诗人离开富贵人家的情人，回家去了。至于"入"与"回"之间一刻千金的良宵，则尽在不言之中。第五种译文没有"金蟾""玉虎"字样，只说夜里烧香锁门时我来了，第二天清晨用辘轳打井水时我才回家，可以说是得原诗之意而忘其形，得其精而略其粗，是"得意忘形"之作。如果它算是得了原意十之八九的话，那前四种译文都只译了原诗的表层结构，没有理解深层内容，也就是说，得其粗而忘其精，作为翻译，恐怕都不能及格。

以上谈的是理解的距离，下面再来看看表达的距离。《晚唐诗》中选了李商隐的另一首《无题》："相见时难别亦难，东风无力百花残。春蚕到死丝方尽，蜡炬成灰泪始干。晓镜但愁云鬓改，夜吟应觉月光寒。蓬山此去无多路，青鸟殷勤为探看。"现将英、中译者的英译文，法、中译者的法译文，依次抄录于后，看看中国译者用外国语表达思想的能力，是不是不如外国译者。

1. For ever hard to meet, and as hard to part.
   Each flower spoils in the failing East wind.
   Spring's silkworms wind till death their heart's threads；
   The wick of the candle turns to ash before its tears dry.
   Morning mirror's only care, a change at her cloudy temples；
   Saying over a poem in the night, does she sense the chill in the moonbeams?
   Not far, from here to Fairy Hill.
   Bluebird, be quick now, spy me out the road.

2. It's difficult for us to meet and hard to part；
   The east wind is too weak to revive flowers dead.
   The silkworm till its death spins silk from lovesick heart；
   The candle but when burnt up has no tears to shed.
   At dawn I'm grieved to think your mirrored hair turns grey；

At night you would feel cold while I croon by moonlight.

　　To the three fairy hills it is not a long way.

　　Would the bluebird oft fly to see you on the height!

3. Il fut difficile de nous rencontrer, plus difficile encore de nous quitter

　　le vent d'est est sans force, les cent fleurs se fanent

　　le ver à soie meurt au printemps lorsque son cocon est tissé

　　la bougie coule, ses larmes ne tarissent que lorsqu'elle est consumée

　　tristesse le matin, devant le mirror, voyant changer le nuage de ses cheveux

　　vers chantonnés la nuit, bravant le froid au clair de lune

　　le mont des Immortels n'est pas si loin d'ici

　　oiseau bleu, je te prie, apporte-moi de ses nouvelles!

4. Joie de nous rencontrer! douleur de nous quitter!

　　Le vent d'est ne peut raviver cent fleurs fanées.

　　Le ver meurt de soif d'amour, sa soie épuisée;

　　La chandelle ne pleure plus à cœur brûlé.

　　J'ai peur que vos cheveux grisonnent à la brune.

　　Sentez-vous la nuit dans mes chants le froid de lune?

　　Le chemin n'est pas long d'ici au mont des Belles;

　　Je prie l'Oiseau bleu de m'apporter vos nouvelles.

《管锥编》第2页上说："一字多意，粗别为二。一曰并行分训，……两义不同而亦不倍。二曰背出或歧出分训，如'乱'兼训'治'，'废'兼训'置'……"《无题》第一句中两个"难"字，可以说是"并行分训"，"相见时难"的"难"，是说"难得"，"别亦难"的"难"，是说"难舍难分"，两个"难"字意义有所不同，但是也不矛盾。第一种译文两个"难"字都用的第二种意义，第三种译文却用的是第一种意义，只有第二种译文是"并行分训"的，第四种译文则更进一步，译成"相见时乐别时悲"，简直是"背出分训"了。除了理解的深度不同之外，就以表达能力而论，能说第一、三种的英、法译者高于第二、四种的中国译者吗？第二句"东风无力百花残"，第一种译文说：每一朵花都在无力的东风中凋残了；第三种说：东风无力，百花残了；第二、四种却说：东风不能使凋残的百花重新欣欣向荣。中国诗词多是借景写情的，英、法译者只写了客观的"景"，中国译者却表达了诗人的"情"。

第三句"春蚕到死丝方尽"是传诵千古的名句，"丝"字谐相思之"思"，这种双关语即使理解了，也很难用外文表达。《诗词翻译的艺术》第 428 页上说："'丝'、'思'同音，这类词只好（不译）算了。"所以第三种译文就只译"丝"而没译"思"，第一种译文加了一个"心"字，表达能力高于第三种。第二种译文把"丝"翻成 silk，又把"思"译为 lovesick，silk 和 sick 不但和原文意似，而且两字音似，表达能力又高于第一种；第四种译文把"丝"译成 soie，又把"思"译为 soif，也是既意似，又音似，表达能力也不低于第二种，而第二、四种英、法文的译者，却是同一个中国人。《管锥编》第 4 页上说："语出双关，文蕴两义，乃诙谐之惯事，固词章所优为，义理亦有之。"第 2 页上又说："然二义在此句不能同时合训，必须拈一弃一。"从以上两个译例看来，翻译双关语也不一定要拈一弃一了。

第五、六句"晓镜但愁云鬓改，夜吟应觉月光寒"，谁愁？谁吟？是诗人自己还是他的情人？第一种译文说：发愁的是镜子，夜吟的是女方；第三种译文把"愁"和"吟"译成名词，不知道是谁愁谁吟；第二、四种译文却说：发愁的是诗人，夜吟的也是诗人。如果"愁"和"吟"的主语都是女方，那不过说明她一照镜子就担心自己变老，一在月下吟诗就感到寒冷，这不过是一个普通女人而已，怎么值得诗人相思到死方尽呢？如果诗人一照镜子，就担心情人变老了，一在月下吟诗，情人都能感到月光寒冷，这不说明两人心心相印，息息相通吗？这才是"心有灵犀一点通"的爱情哩！因此，无论是从理解还是从表达的角度来看，都不能说中国人不如外国人。

三

译诗有三训：依也，意也，怡也。"依"指依据原文字句；"意"指传达原诗情意；"怡"指怡悦读者性情，性指理性，情指感情。现在，看看这"三训"能否用于李商隐《锦瑟》的翻译。

钱先生在《谈艺录》第 435 页上说："《锦瑟》之冠全集，倘非偶然，则略比自序之开宗明义，特勿同前篇之显言尔。……首二句'锦瑟无端五十弦，一弦一柱思华年'，言景光虽逝，篇什犹留，毕世心力，平生欢戚，'清和适怨'，开卷历历，所谓'夫君自有恨，聊借此中传'。三四句'庄生晓梦迷蝴蝶，望帝春心托杜鹃'，言作诗之法也。心之所思，情之所感，寓言假物，比喻拟象；如庄生逸兴之见形于飞蝶，望帝沉哀之结体为啼鹃，均词出比方，无取质言。举事寄意，故曰'托'；深文隐旨，故曰'迷'。……五六句'沧海月明珠有泪，蓝田日暖玉生烟'，言诗成之风格或境界，……'日暖玉生烟'与'月明珠有泪'，此物此志，言不同常玉之冷、常珠之凝。喻诗虽琢磨光致，而须真情流露，生气蓬勃，异于雕绘泐性灵、工巧伤气韵之作。……七八句'此情可待成追忆，只是当时已惘然'，乃与首二句呼应作结，言前尘回首，怅触万端，顾当年行乐之时，即已觉世事无常，搏沙转浊，黯然于好梦易醒，盛筵必散。登场而预有下场之感，热闹中早含萧索矣。"

钱先生依据原文字句，抒发诗人情意，立论非常精辟，自成一家之言。但是，这首名诗流传千古，如果只是诗集"自序"，只言"作诗之法"，只言"诗成之风格或境界"，只言"前尘回首，怅触万端"，那么，它能不能使读者理智上"好之"，情感上"乐之"呢？换句话说，从文化的层次看来，这种解释能不能怡悦读者的性情呢？下面，我们来比较一下几种不同的解释或译文：1. 美国《葵晔集》中的英译文，2. 香港《唐诗三百首新译》中的英译文，3. 比利时译者在《唐诗三百首》中的法译文，4. 中国译者的法译文。

1. The richly painted zither, for no reason, has fifty strings;
   Each string, each bridge, recalls a burgeoning year.
   Master Chuang, dreaming at dawn, was confused with a butterfly;
   Emperor Wang consigned his amorous heart in spring to the cuckoo.
   By the vast sea, the moon brightens pearls' tears;
   At Indigo Field, the sun warms jade, that engenders smoke.
   This feeling might have become a memory to be cherished,
   But for that, even then, it already seemed an illusion.

2. Why should the zither sad have fifty strings?
   Each string, each strain evokes but vanished springs:
   Dim morning dream to be a butterfly;
   Amorous heart poured out in cuckoo's cry.
   In moonlit pearls see tears in mermaid's eyes;
   From sunburnt jade in Blue Field let smoke rise!
   Such feeling cannot be recalled again;
   It seemed long-lost e'en when it was felt then.

3. Par hasard, cette cithare précieuse a cinquante cordes
　　chaque corde avec sa cheville évoque une belle année
　　Zhuangzi rêvant en plein jour qu'il est un papillon
　　le cœur de l'empereur Wang s'exprimant au printemps par la voix
　　　　du coucou
　　les vastes mers, les clairs de lune, les larmes de perles
　　le soleil pâle de Lantian, la brume s'élevant du jade
　　états d'âme qui attendent que la mémoire les suscite
　　ils se présentent, ils disparaissent, le tout en un instant

4. Pourquoi la lyre a-t-elle tant de cordes dont
　　Chacune me rappelle les années en fleurs,
　　Le rêve à l'aube d'être un libre papillon
　　Et le cœur du coucou qui verse amour et pleurs?
　　La perle est larme de la lune sur la mer;
　　Le crystal s'évapore au soleil, disparu.
　　Comment met-on ces vagues souvenirs en vers?
　　En vain fait-on la recherche du temps perdu.

钱先生说："'锦瑟'喻诗。"如果从词汇的层次上来看，那第四种译文用了"lyre"，既可指琴，又可指诗，也许和原文统一度较高。第一种译文用了"richly"（富丽的），第三种用了précieuse（宝贵的），那和钱先生说的"异于雕绘泪性灵，工巧伤气韵之作"，就恰恰相反了。第二种译文加了"sad"（悲哀的）一词，从全诗的层次上来看，倒可以说是和原文统一的，和钱先生的解释既不相同，也不相背。钱先生说："《锦瑟》一诗借此器发兴，亦正睹物触绪，偶由瑟之五十弦而感'头颅老大'，亦行将半百。'无端'者，不意相值，所谓'没来由'，犹今语'恰巧碰见'或'不巧碰上'也。"第一种译文把"无端"解释为"没来由"，第三种解释为"恰巧碰见"；第二、四种译成问句"为什么"，从句子的层次上看，统一度反比第一、三种更高。

第三、四句"庄生晓梦迷蝴蝶，望帝春心托杜鹃"，从字句的层次上看，都是第一种译文统一度最高。钱先生说："举事寄意，故曰'托'；深文隐旨，故曰'迷'。"第一种译文把"托"字和"迷"字都忠实地译出来了，其他三种几乎都没有译。但是第一种译文读来只在"举事"，却看不出"寄意"的痕迹，更看不出"深文隐旨"，这就是中西文化的差异了。

第二、四种译文没有译"庄生""望帝"等文化典故，第二种用了"dim"（迷离恍惚），仿佛倒有"深文隐旨"，第四种用了"libre"（自由），似乎也像"庄生逸兴之见形于飞蝶"，第二、四种都用了"cry"或"pleurs"（啼哭流泪），却可能象征"望帝沉哀之结体为啼鹃"。这就是说，第二、四种译文在文化层次上的统一度反而更高了。

第五、六句"沧海月明珠有泪，蓝田日暖玉生烟"，据钱先生的解释，"喻诗虽琢磨光致，而须真情流露，生气蓬勃"，那就是把诗比作"珠""玉"，而"泪"是"真情"的象征，"烟"是"生气"的象征了。这个解释能够自圆其说，但是若从全诗的角度来看，"珠有泪"不是"望帝沉哀"的继续，"玉生烟"不也是"迷蝴蝶"的延伸吗？再加上第八句的"惘然"，可以发现全诗贯穿着"迷惘"之情，到底是什么"深文隐旨"呢？如果只是诗集"自序"，只"言作诗之法"，只"言诗成之风格或境界"，那何必这样"琢磨光致"，岂不成了钱先生自己批评的"雕绘泪性灵，工巧伤气韵之作"吗？如果按照这种解释，《锦瑟》这首诗只能怡读者之性，而不能悦读者之情，只能使人理智上"好之"，却不能使人情感上"乐之"，恐怕不能脍炙人口，长达一千年之久了！再看几种译文，第一、三种又是"举事"而不"寄意"；第二种依据《博物志》记载的人鱼"泣则能出珠"的传说，加了"mermaid"（美人鱼）一词，说是看到月下的珍珠，就会想到美人鱼的眼泪，多少可以看出诗人寄托的"深哀"；第四种译文没有加"人鱼"，却说海上明月流下的泪水就是珍珠，这也可以看出一点月下怀人的哀思。第二种译文把"月明"和"日暖"译成对仗工整的"moonlit"和"sunburnt"，这是想用"形美"来加强"意美"，使第六句表达的迷惘可以比得上第五句表达的哀思。

第七、八句"此情可待成追忆，只是当时已惘然"。钱先生在《谈艺录》第435页引用汪韩门的话说："追忆谓'后世人之追忆'，可待犹言'必传于后无疑'；当时'指现在'，言'后世之传虽可自信，而即今沦为可叹耳'。"第一、三种译文对于第七句的理解，是把"可待"译成"可以等待"；第二种译文把"可待"译为"不可待"，在字句的层次上和原文相异（"译者异也"），在全诗的层次上倒表达了抚今追昔的"深哀"；第四种译文把"可待"理解为"可待吗？"第八行又借用了法国小说《追忆逝水年华》的文字，表达迷惘之情，似乎胜过了其他译文，而在文化层次上的统一度，也高于其他译文。

总之，《锦瑟》第一句"无端"已开"惘然"之端，第二句"思华年"已启抚今追昔之"哀"思,三、六、八句续写"惘"然之感,四、五、七句续写"思华年"之"哀",全诗主要是写哀惘之情。至于为何哀惘?是咏物还是"悼亡"?是"以古瑟自况"或是"自序之开宗明义"?那就仁者见仁,智者见智了。但从文化层次上来看,哪种解说结果最能怡性说情,哪种译文最能使人理智上"好之",感情上"乐之",那就是统一度最高的译文。大致说来,第一种译文在词汇的层次上,第三种译文在句子的层次上,第二种译文在全诗的层次上,第四种译文在文化的层次上,高于其他译文。而所谓"译者一也",是指字、句、篇章、文化四个层次上的统一度,所以就成了翻译"所向往的最高境界"了。

(第一部分原载《外语学刊》1997年第3期,
第二、三部分原载《钱锺书研究》第3辑)

谈《唐宋词三百首》英译

本文是《唐宋词三百首》英译本的序言，文中举了白居易的《长相思》和李煜的《乌夜啼》为例，说明符合"信达切"或"最佳近似度"的译作出不了精品，所以需要发挥译语优势，用最好的译语表达方式来进行创造性的翻译。

> 美色消逝，神殿坍塌，
> 帝国崩溃，妙语永存。
> ——艾·桑代克

20世纪过去了。两三千年来，多少绝代佳人烟消玉殒，如辛弃疾说的"君不见玉环飞燕皆尘土？"多少龙楼凤阁，成了断壁残垣，如《桃花扇》中说的"俺曾见，金陵玉殿莺啼晓，秦淮水榭花开早，谁知道容易冰消？"多少王国土崩瓦解，如英国诗人拜伦说的"希腊，罗马，迦太基，而今在哪里？海洋的波涛一视同仁，使它们分崩离析"。但是华夏文化的瑰宝唐宋诗词，经历了一千多年的劫难，却依然闪烁着智慧的光芒，陶冶着人们的性情，提高了人们生活的乐趣，增加了人们前进的动力。

回忆起自己对唐宋诗词的感情，却是16岁在中学时培养起来的。那时日本侵略军占领了南京，进行了大屠杀。我所在的南昌第二中学奉命解散，我们不得不离开家乡，开始流亡的生活。那时读到南唐后主李煜《乌夜啼》中的词句："剪不断，理还乱，是离愁。别是一般滋味在心头"，觉得一千年前李后主国亡家破的痛苦，和一千年后莘莘学子离乡背井的哀愁，几乎是一脉相承的。李煜"仓皇辞庙日，挥泪对宫娥"的故宫，正在今天的南京，而南唐中主宫殿的遗址就在南昌第二中学的校址皇殿侧。因此，我更感到和这两位南唐国主心心相印，息息相通，有着千丝万缕、剪不断的联系。这又更增添了我对故园依依难舍的离愁别恨。

我从南昌逃到赣州，看到章、贡二水汇合处的八境台，不禁想起辛弃疾词中的"郁孤台下清江水，中间多少行人泪"。那时郁孤台虽然改名八境台，但清江水中的旧泪未干，而今又添新泪了。读到白居易《长相思》中的"汴水流，泗水流，流到瓜洲古渡头，吴山点点愁"，我想，如果改成"章水流，贡水流，流到赣州古渡头，青山点点愁"，不就写出了我当时的眼中之景和心中之情吗？尤其是《长相思》下半阕："思悠悠，恨悠悠，恨到归时（或何时）方始休，月明人倚楼"，简直可以一字不改，就写出了国难期间流亡学子收复失地，还我河山的心情。后来，我在香港出版的《唐宋词一百首》中把这首《长相思》译成英文如下：

  See the Bian River flow

  And the Si River flow!

By Ancient Ferry, mingling waves, they go;

  The Southern hills reflect my woe.

  My thought stretches endlessly;

  My grief wretches endlessly.

Oh, when will my husband come back to me?

  Alone I lean on moonlit balcony.

词中的"汴水流，泗水流"和"思悠悠，恨悠悠"基本上是直译或形似的译法。但是原文的汴水和泗水可以引起历史和地理的联想，增加诗词的美感，使原文的意大于言，也就是内容大于形式，而形似的译文却不能够。尤其是"悠悠"二字，可以引起文学的联想，如《诗经》中的"悠哉悠哉"，意味深远，韵味无穷，不是形似的译文所能表达的。因此，我在《唐宋词三百首》中就改用意译的方法，发挥译语的优势，采用最好的译语表达方式。自然，如果直译就是译语最好的表达方式，那也可以采用直译。如《一百首》中把"吴山点点愁"意译成"反映了我的愁思"，虽然达意，却没有译出"点点"的形象，所以在《三百首》中我又把全词改译如下：

  See Northern River flow

  And Western River flow!

By Melon Islet, mingling waves, they go.
The Southern hills dotted with woe.

O how can I forget?
How can I not regret?
My deep sorrow will last till with you I have met,
Waiting from moonrise to moonset.

新译把"汴水""泗水""吴山"等专门名词译成"北水""西水""南山"等普通名词,可以说是用了浅化的译法,虽然不能传达原诗的联想所产生的韵味,但是传达的意义比旧译多,可以说是创造了新的意义。"流到瓜洲古渡头"一句,旧译只说渡头,新译只说瓜洲,各有得失。如果瓜洲渡头都译,那又太长;如果不译两水合流,那就损失更大,可以说是得不偿失。考虑之下,觉得瓜洲的形象比渡头更具体,所以就舍渡头而取瓜洲了。这是我翻译时的心理过程,写下来也许可以供后人参考。至于"思悠悠,恨悠悠",我说成是"叫我如何能够忘记?叫我如何能不悔恨?"这是先把"相思"从反面说成"不能忘记",再用重复 How can I 三个词的方法来传达原文重复"悠悠"的音美和形美。译后我读起来觉得朗朗上口,不像形似的旧译那样散文味重。至于最后的"月明人倚楼",我用深化的方法译成"从月出等到月落",觉得意美、音美、形美都胜过了旧译,就自得其乐了。

关于李煜的"剪不断,理还乱,是离愁,别是一般滋味在心头",我曾有过两种不同的译法,但都不算满意现在写在下面:

1. Cut, it won't break;
   Ordered, a mess 'twill make.
   Such is the grief to part—
   An unusual flavor in the heart.

2. Cut, it won't sever;
   Be ruled, 'twill never.
   What sorrow 'tis to part!
   It's an unspeakable taste in the heart.

两种译文的第二行都不满意。第一种多了两个音节,主语和宾语颠倒了次序;第二种更散文化,读来也不上口。在《唐宋词三百首》中,我又改译如下:

>   Cut, it won't break;
>   Ruled, it will make
>   A mess and wake
>   An unspeakable taste in the heart.
>   Such is the grief to part.

新译加了"唤醒"一词，我认为是原文内容可有而形式所无的文字，可以说明语言不但表达意义，还可创造意义，因此，这也可以算是创译。有人可能认为创译和原词的风格不同。我却觉得从一个词的观点来看，译文和原文也许有出入；但从下半阕词的整体观点来看，原词前三行每行三个字，而且押韵，非常凝练；译文每行四个音节，也押了韵，应该算是符合原文风格的了。如果从局部的观点来看有所失，而从整体观点来看却有所得，应该说是得大于失。所以我在《唐宋词三百首》中用了创译。

中国知识分子经历了八年的抗日战争，看到了日本军国主义的覆灭；又经历了四年的解放战争，看到了蒋家王朝的崩溃。到了50年代，再经历了"一三五七九，运动年年有"的时期；60年代，更经历了登峰造极的"文化大革命"，唐宋诗词也受到了"破四旧"的劫难。到了70年代，总算看到了"四人帮"的垮台；80年代，更迎来了改革开放的春天，唐宋诗词也得到了新生。1986年，香港出版了我英译的《唐宋词一百首》；1987年，北京出版了我的《唐宋词选一百首》法译本；1990年，北京大学出版社又出版了我的《唐宋词一百五十首》英译本；1996年，湖南再出版了我英译的《宋词三百首》。这不禁使我想起了杨慎的《临江仙》：

> 滚滚长江东逝水，
> 浪花淘尽英雄。
> 是非成败转头空。
> 青山依旧在，
> 几度夕阳红！
> 白发渔樵江渚上，
> 惯看秋月春风。
> 一壶浊酒喜相逢。
> 古今多少事，
> 都付笑谈中！

唐宋诗词就像文化长江中的滚滚波涛，汹涌澎湃，不断东流，融入了世界文化的汪洋大海。军国主义，反动王朝，虽然气势汹汹，不可一世，但是曾几何时，却已转眼烟消云散。知识分子则犹如江上的渔樵，既看到了春花秋月，也经历了炎夏寒冬。记下这些人世的沧桑，可以增添人生的智慧，于是我就把这首《临江仙》译成英文如下：

  Wave on wave the long river eastward rolls away;
  Gone are all heroes with its spray on spray.
  Success or failure, right or wrong, all turn out vain;
    Only green mountains still remain
    To see the setting sun's departing ray.

  The white-haired fishermen sail on the stream with ease,
  Accustomed to the autumn moon and vernal breeze.
  A pot of wine in hand, they talk as they please.
    How many things before and after
    All melt into gossip and laughter!

这首词是用再创法翻译的。原文第一句重复了"滚滚"二字，译文却重复了波浪，这虽然和原文不形似，却传达了重复的形美，并且创造了新的意义。第二句"浪花淘尽英雄"也是一样，"淘"字没译出来，却说多少英雄都随浪花滚滚而去了。第三句的"是非成败"为了译成抑扬格，把"是非"放到"成败"之后，这是为了音美而牺牲了形似。第四句"青山依旧在"用的是等化的译法，可见形似和意美能统一的时候，创译是并不排斥形似的。第五句的"夕阳红"深化为落日残辉，一是为了押韵，二是更好象征英雄的日暮途穷，这又是创译。最后一句译成"融入笑谈"也是创译。

  创译的特点是要发挥译语的优势，也就是说，要用最好的译语表达方式，概括成三个字，可以说是"信达优"。我用创译法把中国十大古典文学名著译成英法韵文，得到国内外的好评，有的美国学者甚至认为许译已经成了英美文学高峰。但在国内，创译法却受到形似派的反对。形似派的纲领可以概括为"信达切"三个字，而所谓"切"，又可以说是"最佳近似度"。因此，矛盾的焦点是：文学翻译到底是应该最近似于原文形式呢，还是应该用最好的译语表达方式呢？在理论上，形似派的主张只能应用于外译中，而不能应用于中译外，因为翻译腔严重的译文在国外根本没有销路，而正确的翻译理论应该是能用于中外互译的。在实践上，形似派出不了文学翻译精品。因此，我认为新世纪的中外文学互译应该走创译的道路，希望创译能使我国的优秀文化融入世界文化之中，使世界文化越来越丰富多彩，越来越光辉灿烂。

(原载《外语论坛》2002年第2期)

谈李璟词英译

南唐中主和后主都多情善感,长于诗词。将他们父子的作品译成英文,可以弥补西方现代文学缺少感情,放纵情欲的弊病。

(1) 应天长

一钩初月临妆镜,蝉鬓凤钗慵不整。
重帘静,层楼迥,惆怅落花风不定。

柳堤芳草径,梦断辘轳金井。
昨夜更阑酒醒,春愁过于病。

李璟(916—961)是一千年前的南唐国主。为什么一千年后,还要把他的词译成英文呢?

1988年全世界获诺贝尔奖的七十五位科学家在巴黎聚会,发表了一个宣言说:21世纪的人类如果要过太平幸福的生活,就应该回到两千五百年前的孔子时代去寻找智慧。孔子的智慧是什么?只要读了一千年前受过孔子诗教熏陶的南唐二主多情善感的小词,再比比本世纪的桂冠诗人艾略特的《荒原》中描写的有欲无情的庸俗生活,就不难发现这些世界著名的科学家说的话有多么深远的意义了。

李璟的儿子李煜说:"先皇(李璟)御制歌词墨迹在晁公留家。"他说的歌词包括这首《应天长》,内容是写春愁,也可能反映了南唐国势日弱,奉表称臣于周世宗的愁恨。

上片第一句的"一钩初月"可以是写时间，也可以比作一弯愁眉，那就是用美人比自己了。美人懒于梳妆，不整理蝉翼形的鬓发，不插好凤头玉钗，也可以影射国主无心处理国事。因为周世宗一再征伐南唐，李璟迁都洪州（今江西南昌），看到帘幕低垂、鸦雀无声、鳞次栉比的楼阁深闭，一片衰败气象，而自己则好比风中落花，在周兵压境的威逼之下，怎能不兴惆怅之感呢？

下片第一句"柳堤芳草径"，如写美人，那就是回忆当年的赏心乐事；如写国主，则是怀念迁都之前金陵芳草如茵的柳堤，故宫金碧辉煌的井栏。第三句"昨夜更阑酒醒"，如写美人，只是说夜深人静，酒醒之后，发现丈夫不归，春光虚度，不免悲从中来，非干病酒，实乃伤春；如写国主，则春愁还可以暗指国仇家恨，而自己无能为力，不得不俯首称臣，悲哀之深，自然远在病痛之上。即使退一步讲，这首词是写美人，从中也可以看出国主的多情善感了。

TUNE: "ENDLESS AS THE SKY"

Before her mirror where a crescent moon peeps in,
She's too weary to dress her hair with phoenix pin.
From bowers to bowers
　　Curtains hang down with ease;
She's grieved to see flowers
　　Wafting in the breeze.

Dreaming of willow banks green with sweet grass,
She wakes to find no golden well with its windlass.
Sobered from wine at the dead of night still,
She feels more sad with spring than ill.

这首词既可以说是写美人，又可以说是暗指南唐中主自己，能不能翻译得两全其美呢？我们现在先把词的英译文还原成中文，再来进行比较研究。

上片的英译文可以回译如后："一弯新月偷偷地窥视着她的镜台，她太疲倦了，也懒得用凤头钗插上头发。一座座楼阁的帘幕都满不在乎地垂下，她看着花在风中摇来摆去，一片片地落下，不禁感到惆怅悲哀。"下片从回忆往事写起，说她"梦见芳草绿遍了杨柳堤岸，醒过来却看不到辘轳金井。夜深人静的时候酒也醒了，她感到春天离去引起的哀愁，甚至比生病还更难受"。第一句原文可以说是美人"临妆镜"，那"一钩初月"是描写客观环境，和美人关系不大；也可以理解为"初月临妆镜"，那就把新月拟人化了。既可以暗指南唐中主憔悴犹如新月，也可以隐射南唐国势衰微，不是如日中天，真是一举两得，所以译文就采用后说了。第三句译文加了"满不在乎"字样，这是以物衬人，帘幕看见花落春去，无动于衷，更衬托出美人的难受，国主的难堪。这两句都是以哀景写哀。下片第一句的译文加了"绿遍"，更显出了以乐景写哀，倍增其哀的作用。第二句"梦断"有两种解释，一说梦醒看见金井，一说不见。如说看见，那是见物思人；如说不见，那是因今思昔，和上句以乐写哀一致，因此也采用了后说。最后一句"春愁过于病"是全词的警句，说物质上的病不如精神上的愁更痛苦。译文用了 more...than 来比较愁和病，愁既可是伤春，也可是为国势忧伤；字面上指美人，又可以指国君，可算是两全其美了。

（2）望远行

玉砌花光锦绣明，朱扉长日镇长扃。
夜寒不去寝难成，炉香烟冷自亭亭。

残月秣陵砧，不传消息但传情。
黄金窗下忽然惊，征人归日二毛生。

这首《望远行》和前一首《应天长》都是南唐中主李璟的作品，但也有人说是后主李煜所作，还有人在冯延巳或欧阳修的词集中发现了这两首词。但从后主所说"先皇墨迹"的题注看来，这两首词应该是中主的作品。词的内容是写美人怀念远人，但也可以理解为借美人写中主对远人的怀念。

上片第一句"玉砌花光锦绣明"是写白天的宫景，宫中的台阶如同玉石砌成的，鲜花盛开，在阳光照耀下，花影在雕栏玉砌上婀娜多姿，花团锦簇，有如精工制作的刺绣，光明美丽。这一句是从正面写；第二句"朱扉长日镇长扃"忽然一转，说大红门整天关闭，从不打开。为什么呢？如果是写美人，那是因为丈夫远行不归，自己独守空房，无心欣赏户外的春景；如果是写国主，却是因为南唐国势日弱，北周大军压境，不得不迁都洪州，让太子李煜留守金陵，在这种情况下，哪里还有什么闲情雅兴来欣赏景色呢？白天如此，到了夜里就更冷清凄凉了：寻好梦，梦难成，只有瞪着眼睛，望着香炉里的一缕寒烟袅袅上升。说"烟冷"自然有移情作用，因为"鸳鸯瓦冷霜华重"，"孤灯挑尽不成眠"（白居易《长恨歌》），所以无论是国主还是美人，都因为自己形单影只而觉得空房孤烟寒了。

下片第一句"残月秣陵砧"，秣陵就是南唐的都城金陵，今天的南京；"砧"声是妇女洗衣捣衣的声音。李白的诗说："长安一片月，万户捣衣声。"这说明月下捣衣最能引起古人对家乡和亲人的思念，何况月残声断，相思就像"断续寒砧断续风"呢！更令人难堪的是，砧声不能传来远人的消息，只能增加词人的相思之情，正是"残月闻砧断肠声"了。最后，词人忽然一眼看到了黄金窗下的铜镜，不免吃了一惊，因为镜中的头发已经花白，等到远人归来的时候，头发不是更白了吗！这样就使思念之情一波高似一波了。这里远人可能是指留守金陵的太子李煜，江北已经割让给周世宗，金陵也岌岌可危，叫南唐国主怎能不挂念呢？

如果上一首《应天长》是写春情，那这一首《望远行》就是写离思。无论是离情或亲情，都说明词人是个多情善感的人，而这正是今天的西方所缺少的。

TUNE: "GAZING AFAR"

Bright flowers on the steps of jade

Look like brocade,

The crimson doorway

Oft closed all day.

The cold won't leave when night is deep.

How can I fall asleep?

From the censer of gold

Rises wreath on wreath of smoke cold.

Under the waning moon the washerwomen who pound

Bring no message but a longing sound.

The golden windows suddenly start

My longing heart.

> When you come back from far away,
> My hair has already turned grey.

这首《望远行》上片的英译文可以还原为中文如后:"玉石台阶旁的花看起来和锦绣一样明丽;朱红的门廊却经常整天关闭。深夜的寒冷逐之不去,教我如何能入睡?一缕一缕寒烟从金炉中升起。"上片从白天写到黑夜,下片从南京写到南昌:"在残月下洗衣妇的捣衣声没有带来你在秣陵(南京)的消息,却传来了你的思念之情。金碧辉煌的窗户忽然惊动了我的相思之心。等你从远方(南京)回来时,我的头发都已花白了。"以意美而论,译文用了第一人称,比第三人称更能暗示是国君。"征人"用了第二人称,更能暗示是远在秣陵的李煜。以音美而论,全词除第五、六句外,都用内韵。第四句的"亭亭"二字不能直译,这里译成"一缕一缕",既有意美,又有重复的音美和形美。但以形美而论,为了内韵而把一句分开,这就是为音美而牺牲形似了。

(3)浣 溪 沙

> 手卷真珠上玉钩,依前春恨锁重楼。
> 风里落花谁是主?思悠悠!
>
> 青鸟不传云外信,丁香空结雨中愁。
> 回首绿波三楚暮,接天流。

这首《浣溪沙》和后面一首又名《摊破浣溪沙》,因为《浣溪沙》调上下片各三句,每句七字,这里上下片各添了一句三字,所以说是"摊破",就是摊开,破句的意思。《历代诗余》更说这是《南唐浣溪沙》,"称南唐者,以李璟'细雨'、'小楼'二句脍炙人口得名也"。

这首词和前一首《应天长》都写春愁春恨,都写重楼落花,但前一首先写"临妆镜",这一首写妆后卷帘。为什么要卷起珠帘,挂上玉钩呢?为了观景解闷。第二句的"依前"是说和从前一样,"春恨"就是《应天长》中的"春愁过于病","锁重楼"却和《望远行》中的"朱扉长日镇长扃"遥相呼应。第三句"风里落花谁是主"更是《应天长》中"惆怅落花风不定"的深化:"风不定"还可能是写景,"谁是主?"则分明是说自己身不由己，由景入情了，所以加上"思悠悠"三个字，显得是"此恨绵绵无了期"。

下片第一句"青鸟不传云外信"，青鸟是《山海经》神话中的传信使者，云外指遥远的地方，这里可能是说留守金陵的太子李煜，在风雨飘摇之中，没有传来平安的消息，令人愁思悠悠。下面是写愁的名句："丁香空结雨中愁"。丁香的花蕾看起来好像郁结于心的哀愁，如李商隐诗中所说："芭蕉不展丁香结，同向春风各自愁。"雨中丁香更是泪眼看花，愁上加愁了。第三句"回首绿波三楚暮"，三楚指南楚江陵，东楚金陵，西楚彭城，这里可能是指东楚。词人回头一看，但见长江绿波滚滚东流，仿佛要把愁思带去金陵，而金陵也沉浸在苍茫暮色之中，反增加了词人无可奈何之情。更有甚者，绿波带着愁思，不但流过金陵，还一直流向天边。这就启发了李煜写出后来的名句："问君能有几多愁？恰似一江春水向东流。"

TUNE："SILK-WASHING STREAM"
LENGTHENED FORM

My hands have rolled pearl-screens up to their jade hooks.
Locked in my bower as before, how sad spring looks!
Who is reigning over flowers wafting in the breeze?
　　I brood over it without cease.

Blue birds bring no news from beyond the cloud; in vain
The lilac blossoms knot my sorrow in the rain.
I look back on green waves in twilight far and nigh:
　　They roll on as far as the sky.

这首《浣溪沙》上片的英译文可以回译如后："我的手把珠帘卷到玉钩上，锁在楼中的春天和从前一样，看起来充满了多少愁恨。是谁在主管风中飞舞的落花？我悠悠不断地思念着。"上片是写楼内所见所思，下片则写楼外："青鸟没有从云外给我带信来。丁香花却徒然使忧愁在雨中凝结。我回过头看到绿色的波涛在暮色中由近而远，滚滚流向天边去了。"这首词和第一首《应天长》都写春愁，但第一首更重落花之景，这一首更重思念之情。这首词和第二首《望远行》都用第一人称，都思念远人，但第二首更具体，明说"征人"；这一首更空灵，只用落花象征。至于翻译，"悠悠"只说是"不断"，不如第二首的"亭亭"译得好；"丁香"那句非常难译，这里说丁香花把忧愁打成了结，倒形象化；把"三楚"说成是由近而远，也可算是独出心裁。

（4）浣 溪 沙

菡萏香消翠叶残，西风愁起碧波间。
还与韶光共憔悴，不堪看。

细雨梦回鸡塞远，小楼吹彻玉笙寒。
多少泪珠多少恨！倚阑干。

马令《南唐书》卷二十五《王感化传》中说："元宗（李璟）嗣位，宴乐击鞠不辍。尝醉命感化奏水调词，感化惟歌'南朝天子爱风流'一句，如是者数四。元宗辄悟，覆杯叹曰：'使孙陈二主得此一句，不当有衔璧之辱也。'感化由是有宠。元宗尝作《浣溪沙》二阕，手写赐感化。"《浣溪沙》二阕就是指这两首《浣溪沙》。所以词的内容应该是借美人迟暮，思念远人，来写南唐国势衰落的。

上片第一句的"菡萏"，说的就是荷花。秋天一来，荷花落尽，香气消失，绿叶也凋零了。第二句说西风吹过荷塘，吹起一池绿波，好像美人脸上的皱纹，仿佛美人、西风、荷池都发愁了。这样把西风、碧波拟人化，使得景象富有感情，结果成了千古名句。第三句说美人发愁是因为美好的时光容易消逝，美好的容颜容易变老。自从屈原以来，诗人就把国君比作美人，所以这里"憔悴不堪看"的美人，是国势衰败的南唐中主李璟的象征。

如果上片是见景生情，下片却是用形象写情。第一句的"鸡塞"指遥远的边关，美人梦见远隔关山，防守边塞的丈夫，醒来却只见细雨蒙蒙，于是"枕前泪共阶前雨"，隔着窗子滴起来了。流泪不能消愁，又在小楼中吹起笙来，表达她对远人的思念。"吹彻"就是吹到最后一曲，连笙都吹冷了，可见思念之深。笙吹不尽相思之情，泪珠又落下来，一滴眼泪一寸相思，便做秋江都是泪，也流不尽许多愁，于是又去凭栏远望，思念征人了。这里写的是美人怀远，指的却可能是国主的忧思，而这个远人还可以包括远在金陵，隔江据守的太子李煜，词意就更深了。李煜不是在词中也说"独自莫凭栏！无限江山，别时容易见时难"吗！

《雪浪斋日记》中记载王安石问黄山谷：南唐词"何处最好？"山谷以"一江春水向东流"为对。王安石说："未若'细雨梦回鸡塞远，小楼吹彻玉笙寒'"。由此也可以看出：这两首词都有家国之恨。

TUNE: "SILK-WASHING STREAM"

The lotus flowers fade with blue-black leaves decayed;
　　The west wind ripples and saddens the water green
As time wrinkles a fair face. Oh, how can it bear
　　To be seen, to be seen!

In the fine rain she dreams of the far-off frontiers;
　　Her bower's cold with music played on flute of jade.
Oh, with how much regret and with how many tears
　　She leans on balustrade!

这首《浣溪沙》最著名，上片的英译文可以回译如后："荷花谢了，绿叶也凋残了。西风吹得绿水起波，露出了愁容，就像时间在美人脸上划下了皱纹一样，怎么经得起看，怎么经得起看呢？"下片主要写人："在微雨中她梦见了遥远的边塞，就吹起玉笙来，悲凉的声音把小楼都吹凉了。啊！她多么想念（在边塞的）丈夫，流了多少眼泪！最后只好倚栏远望去了。"这首词中最难译的是"还与韶光共憔悴"，直译是：（Lotus blooms）languish together with time.（荷花和时间一同憔悴。）那就看不出荷花、碧波和美人的关系了。这篇译文巧妙地把荷花的凋谢、绿水的波澜、美人的皱纹合而为一，又把西风吹起波澜和时光划下皱纹联系起来，使画面生动活泼了。这可以说是创造性的翻译，但是并不符合"信达切"或"最佳近似值"或"辩证统一论"或"形似而后神似"的标准，究竟谁是谁非呢？那就可以研究了。

（译于南昌二中李璟故都遗址，
1998年写于北京大学畅春园）

谈李煜词英译

李煜贵为南唐国主,后沦为阶下囚。一生经历世所罕见,发而为词,独步千古。作者初读李后主词,正值日本侵略中国之时,痛感国难深重,欢乐不再,流落他乡,离散为苦。译词四十首,以志不忘。

(1) 渔父词

一

浪花有意千重雪,桃李无言一队春。
一壶酒,一竿纶,快活如侬有几人?

二

一棹春风一叶舟,一纶茧缕一轻钩。
花满渚,酒盈瓯,万顷波中得自由。

《古今诗话》中说:"张文懿家有春江钓叟图,上有李煜《渔父词》二首。"可见这两首词是题在画上的。第一首第一句是"浪花有意千重雪",这就是说画上的春江卷起了白浪,好像层层雪花。有的选本说是"千里雪",那就是指画中的江水很长;"千重雪"却指浪花高。浪花怎么会"有意"呢?那是把浪拟人化了,仿佛有心要成为漫天雪似的。如果译成 aspire,那就既有渴望,又有高升的意思。

第二句"桃李无言一队春"是和第一句对称的:"无言"对"有意","一队春"对"千重雪",可见春江岸上画着盛开的桃树和李树,一株接着一株，好像排成了队，虽然不说话，却用缤纷的色彩来展示春天的美丽。这里又用拟人法把桃李和春天都比作美人了。译文可用 display，把春天拟人，展示了脉脉含情的一行行桃树和李树。

下面的"一壶酒"和"一竿纶"也对称。有的选本说是"一竿身"，那就是说：身边带着一根钓竿，或者钓竿和身子一样高。可能还是"一竿纶"好，"纶"指比丝粗的钓线。

第一首最后一句是"快活如侬有几人？"有的选本作"世上如侬"，可能不如"快活"的形象具体。"侬"字在江南方言中指"我"，那就是词人自比为渔父了。

这首词有几种版本，很难断定哪种更"真"，只好按照更"美"的解释翻译。

第一首《渔父词》先写春江和岸上的花树，后写渔父垂钓、饮酒的乐趣，这是由远而近。第二首却是由近及远：第一句"一棹春风一叶舟"特写渔船，第二句"一纶茧缕一轻钩"特写渔竿；然后才写远景"花满渚"，和第一首的"桃李无言"遥相呼应，"酒盈瓯"又和"一壶酒"呼应，是远景中的特写；最后一句"万顷波中"和"浪花千重"对应，"得自由"则是"快活"的原因，也是两首词的小结了。

有人认为这两首词的风格不像李煜的作品，我却觉得和他前期的词风格相似。并且我认为词只要"美"就值得译，"真"是次要问题。

TUNE：" A FISHERMAN'S SONG"

I

White-crested waves aspire to a skyful of snow;
Spring displays silent peach and plum trees in a row.
  A fishing rod,
  A pot of wine,
Who in this world can boast of happier life than mine?

II

The dripping oar, the vernal wind, a leaflike boat,
A light fishhook, a silken thread of fishing line,
  An islet in flower,
  A bowl of wine,
Upon the endless waves with full freedom I float.

《渔父词》是李煜早期的作品。第一首英译文可以还原为中文如后："滔天的白浪渴望着成为漫天的白雪；春天展示了一行一行默默无言的桃树和李树。一根渔竿和一壶酒（陪伴着我），世界上有谁能夸口说比我过得更快活呢？"第一句原文的"有意"说成是"渴望"，"千重雪"说成是"满天雪"，从"信达切"的观点看来，是非常不切的，但是如果把"千重"译成 a thousand fold，倒是切了，却没有一点诗意。因为中文是单音节语言，数字容易入诗。其实"千重"并不真是九百九十九加一，不过是"重重"的意思，所以译出"千"来，虽然形似，并不意似；说成"满天"或"漫天"，虽不形似，反倒是意似，甚至是神似。有人主张"形似而后神似"，但是译出"千重"后，怎么可能神似呢？后面的"一竿纶"也是一样。如果要切，是不是要把"纶"说成是比丝粗的钓线呢？那样形似，反而不如一根钓竿意似了。

第二首《渔父词》的英译文也可回译如后："船桨划水，在春风中划着一叶扁舟；一个轻轻的钓钩系在粗丝的钓线上。看着鲜花盛开的小岛，喝着满满的一碗酒，在无边无际的波涛上我自由自在地漂流着。"第一句英译文中并没有"划"字，但回译时如不加个动词，语意就显得不完整。第二句又出现了"纶"，这次却说成是形似的"粗丝线"，因为第一首说到纶，主要是说钓竿；这次再说到纶，却是和钓钩并列的。钓竿和纶是主从关系，说钓竿就包括钓丝在内，所以纶可以不译；钓钩和纶却是平行关系，说钓钩并不能包括钓丝，所以纶字就要译了。由此可见，翻译不能孤立谈字，而要联系上下文来谈。这里译纶，因为形似和神似是统一的，所以可以形神兼顾。但是最后一句中的"万顷波"和"千重雪"一样，并不真指九千九百九十九加一，所以译文不必形似，说成"无边无际"反倒是神似了。

（2）菩萨蛮

寻春须是先春早，看花莫待花枝老。
缥色玉柔擎，醅浮盏面清。

何妨频笑粲？禁苑春归晚。
同醉与闲平，诗随羯鼓成。

这首词又名《子夜歌》，写的是春天里在御花园中饮酒赋诗的闲情逸趣。开首由人生应该及时行乐说起，第一句的"寻春"并不是寻找春天的意思，而是应该寻欢作乐，不要辜负了大好春光。第二句很像唐诗《金缕衣》中的"花开堪折直须折，莫待无花空折枝"。后面两句是写嫔妃或宫女斟酒："缥色"是青白色，"玉柔"指宫女洁白而又柔嫩的纤纤玉手，"擎"就是"举起"，"醅"是没有滤过的酒。原文最后一个字磨灭了，看不清楚，"清"字是《历代诗余》加上去的。这两句的意思是：玉手把盏，盏面清澈，让我们饮酒吧。

后段开头两个字又看不清，"何妨"二字也是《历代诗余》加的。"频笑粲"是粲然大笑，笑得往往露出了牙齿，表示非常欢乐的意思。"禁苑"是帝王的花园，禁止别人进去。"春归晚"是把春天拟人化，说春天流连忘返，舍不得离开御花园。最后两句话中的"闲平"也作"闲评"，是随便评论的意思。"羯鼓"是匈奴的一种乐器，形状像个漆桶，下面有个牙状支承，两头都可以用鼓杖敲击。诗人作诗时开始奏乐，击鼓时要交卷，没有作完诗的要受罚。这就是一千年前的诗酒生活。

翻译这首词时，头两句用了反译法，说观赏春景，不能等到春天过去，看花要在百花盛开的时候，两句译文都用了内韵。后面两句用了合译法，把两句合而为一，"清"字不一定是原文，所以没译，用的是减词法。第二段"何妨"也不是原文，但不能减译，因为一减就上下文不连贯，"笑粲"却可浅化译成寻欢作乐。最后一句用了分译法，把"诗成"分开，"成"字移到上句，说羯鼓一敲，诗已经完成了。

TUNE："BUDDHIST DANCERS"

Enjoy a vernal day ere it passes away;
Admire the lovely flowers at their loveliest hours!
    Drink cups of wine undistilled,
    By white jadelike hands filled!

Why not make merry while we may?
In royal garden spring will longer stay.
    We drink, talk freely and complete
    Our verse as drums begin to beat.

（3）阮郎归

东风吹水日衔山，春来长是闲。
落花狼藉酒阑珊，笙歌醉梦间。

珮声悄，晚妆残，凭谁整翠鬟？
留连光景惜朱颜，黄昏独倚栏。

这首词是李后主"呈郑王十二弟"的。据《李璟李煜词》第49页上说：郑王"从善使宋被留，后主手疏放归，不许"。后主思念郑王，就写了这首词。前段情绪消沉，有人以为后段是"以宫人不见皇上比自己不见郑王"。但《李璟李煜词》第50页上说："这是独居无欢的生活和心情的表白。前段写一任芳春虚度，无心欣赏取乐。后段写幽独无偶，对景自怜。"我觉得这两种说法可以结合起来，两段都写郑王妃思念郑王，那就前后连贯了。

前段第一句"东风吹水"一作"东风临水"，"临"是静态，"吹"是动态，自然比"临"更好；还可以使人想到把"东风"比作郑王，把"水"比作南唐，东风把春天吹到水上，郑王为什么不随东风回到南唐呢？这样见景生情，景越美，情也就越深了。后半句"日衔山"有两种解释，一是把"日"比作鸟嘴，日光侵蚀山头，就像鸟嘴衔着山一样；二是把山谷比作张开的鸟嘴，落日像是衔在鸟嘴之中，象征宋吞南唐，那就是山衔日了。不管哪种解释，都是把郑王比作风和日，希望他能回到故国，但是不管日出日落，从早等到晚，也不见郑王回来。下面几句是说，春来春去，花开花落，郑王还是不见踪影，王妃也无可奈何，只好在笙歌声中醉生梦死了。

《李璟李煜词》第52页上说："从善妃屡诣后主号泣。后主闻其至，则避去。妃忧愤而卒。"那后段更是写郑王妃了。在夜临人静时，王妃不再梳妆，独自凭栏，感叹流光易逝，红颜易老，而郑王兮"不来归"（李煜《却登高文》）！一天又一天，"东风吹水日衔山"，周而复始！

TUNE: "THE LOVER'S RETURN"

To Prince of Zheng, My 12th Younger Brother①

Beyond wind-rippled water hills swallow the sun;
Spring's come, still nothing can be done.
Fallen blooms run riot; wine drunk,
Drowned in flute songs, in dream the princess is sunk.

  Without a word,
  No tinkling heard,
  Her evening dress undone,
  For whom has she to dress her hair?
  With fleeting time will fade the fair.
Alone she leans on rails before the dying sun.

《阮郎归》的上片英译文可以还原为中文如后:"在东风吹皱了的湖水之外,远山把落日吞下去了;春天已经来到,还是一事无成。落花满地乱堆,酒已喝完,郑王妃只好沉醉在笙歌梦幻之中。"下片则是:"她默默无言,佩环也没有响声,晚妆已经卸了。叫她为谁梳妆打扮呢?时光流逝,红颜易老,她只好独自倚着栏杆去看夕阳落山了。"第一句的"日衔山"和最后一句的"黄昏"都译成落日,可以首尾照应。第二句的"闲"字从反面译为"一事无成",可以理解为李后主请求宋王放郑王回来,宋王不准,所以后面就写郑王妃只好独对落花,饮酒听歌来消愁解闷了。下片第一行英译文说郑王妃默默无言,是从原文"悄"字推论出来的,因为既听不到佩环声,自然没有人声。"留连光景"也是从反面翻译的,说成时光易逝了。这首词反译法用得多。

（4）采桑子

    辘轳金井梧桐晚,几树惊秋。

---

① The prince of Zheng was detained as a hostage in the capital of the empire of Song.

昼雨新愁，百尺虾须在玉钩。

琼窗春断双蛾皱，回首边头，
欲寄鳞游，九曲寒波不溯流。

《李璟李煜词》第 53 页上说：这首词和《虞美人》（风回小院庭芜绿）"二词墨迹在王季宫判院家"。第 54 页上说："这词是抒写秋愁无限，离情难寄。前段用一些具体景物勾画出秋愁，并实写客居独处，愁心紧闭，无从排遣的环境。"后段承上意更进一步说："断送了美好生活，已觉难挨，想把这心情写上书信，寄给远人，路途曲折遥远，更无从达到。"我却觉得这首词有可能是李后主在汴京的忆旧之作。

前段第一句"辘轳"是井上汲水的工具，"金井"指井栏有金碧辉煌的雕饰，这说明所写的地方是宫苑中；"梧桐晚"表明季节和具体的时间。"几树惊秋"是说秋风惊动了多少树木，使树叶簌簌发抖。"昼雨"一作"旧雨"，"新愁"一作"如愁"；"旧雨"可和"新愁"对比，"如愁"却把绵密的雨丝比作愁。"虾须"指帘子，因为长帘的形象看起来像虾须，"玉钩"指用玉琢成的帘钩，这句等于说"一任珠帘闲不卷"，只等时间过去，明天到来。总之，前段是用金井、珠帘、梧桐、秋雨等景物来写愁情。

后段第一句"琼窗"中的"琼"指美玉，"琼窗"就是精致华美的窗子；"春断"中的"春"字，可以实指过去了的春天，也可以象征美好的景物和情事；"双蛾"就是双眉，这里词人可能是借宫女之名，写自己之实。第二句的"边头"是指偏远的地方。第三句的"鳞游"指的是书信，因为古代有鲤鱼传书的故事，所以就用"鳞游"来代传书了。最后一句"九曲"一作"九月"，"九月"是指秋天，"九曲"却是指黄河；"溯流"就是逆流的意思。总而言之，后段是借一个宫女的形象，来实写自己的离情别恨，故人远在黄河上游，即便要请鲤鱼带信，鲤鱼也不能逆流而上啊。

TUNE: "SONG OF PICKING MULBERRIES"

Beside the windlassed well at dusk the lonesome trees
Are trembling in the autumn breeze.
A shower brings new sorrow;

The hooked curtain hangs up, waiting for the morrow.

She frowns before the window at departing spring,
　　Her longing on the wing.
　　She'd send to him her dream;
The winding river's cold waves won't bear it upstream.

《采桑子》的上片英译文可以回译如后:"傍晚时分,辘轳金井旁的寂寞梧桐在秋风中索索发抖。一阵急雨带来了新的愁闷,挂在玉钩上的长帘仿佛在等待明天。"下片则是:"她在窗前看着春天离去,不禁皱起了眉头,她的相思也长上了翅膀。她想把梦寄给远方的他,但是弯弯曲曲的黄河向东流去的寒冷波浪,怎能逆流而上给她把信带去西边呢?"这首词中的她,也可以理解为郑王妃,那么他就指郑王,恰好郑王那时在汴京做人质,在黄河的上游,所以说送信不能逆流而上,也正合适。不过词中人究竟是谁并不重要,那是个"真"的问题,是个性的问题;而离愁别恨却是人多有之的共性,是个"美"的问题。我认为在翻译时,"真"是低标准,"美"是高标准。所以原文第三句的"昼"字(和第一句的"晚"矛盾),第四句的"百尺",下片第一句的"琼"字,最后一句的"九"字,都没有译,用的是减词译法,也可以说是浅化法。

(5) 清 平 乐

　　别来春半,触目愁肠断。
　　砌下落梅如雪乱,拂了一身还满。

　　雁来音讯无凭,路遥归梦难成。
　　离恨恰似春草,更行更远还生。

据说,这首词和《阮郎归》都是李后主怀念他的入宋不归的弟弟从善的作品。《阮郎归》是借从善妃子的口气,写从善被宋太祖扣留在汴京后,妃子独居的忧愤心情。这首《清平乐》却是写后主自己的离愁别恨。陆游《南唐书》卷十六中说:从善"留京师,赐甲第汴阳坊。……后主闻命,手疏求从善归国。太祖不许。……而后主愈悲思,每凭高北望,泣下沾襟。……尝制《却登高文》曰:原有鸰兮相从飞,嗟予季兮不来归。空苍苍兮风凄凄,心踯躅兮泪涟涟。……"可见兄弟情深。

前段第一、二句是说离别的时间不短,已到春之半了,所以见景生情。"砌下"两句极力借景写情,写出撩乱情怀的景物,景物写得越突出,情绪也就显得越饱满。"雪乱"是多的意思,梅花落了一身,拂去又落一身,由此可见梅花落得快,人站得久;春天随着梅花一去不复返,后主对弟弟的思念也越来越殷切。这是写景,更是写情,情胜于景。

后段先说雁是传书信的,但却没有带来弟弟从善的音讯,也许因为路途太遥远了,从善连在梦中也回不了南唐。路是实的,梦是虚的,路无论多么远,梦中总可回家。现在后主却说"归梦难成",可见他写的不是客观的路遥,而是自己主观的情深,情深得到了虚实不分的地步。最后,词人又用虚实结合的手法,用春草随处生长的形象,来描写看不见、摸不到的离愁别恨,使人如见离情绵绵不断之形,如闻愁恨萋萋不尽之声,甚至可以看到漫山遍野伤心的青青之色,这就是李后主的《清平乐》为什么能传诵千古的原因。更妙的是"路遥归梦难成",离愁却像青草,不管路多么远,也"更远还生",这就是说,愁深超过梦了。由此可见"春草"既是比喻,又是景象,还抒写了心情,真是一唱三叹。

TUNE: "PURE SERENE MUSIC"

Spring has half gone since we two parted;
I can see nothing now but broken-hearted.
Mume blossoms fall below the steps like whirling snow;
They cover me still though brushed off a while ago.

No message comes from the wild geese's song;
In dreams you cannot come back for the road is long.
The grief of separation like spring grass
Grows each day you're farther away, alas!

《清平乐》是李煜早期词中最著名的一首。现将上片的英译文还原为中文如下:"自从我们两人分离之后,春天已经过了一半。我现在无论看到什么,都只会觉得心碎。台阶下的梅花纷纷飘落,就像飘飘扬扬的雪花,落在我的身上,我刚把花轻轻刷掉,又落满了我一身。"上片把离愁比作梅花；下片却把别恨比作春草，说"雁声没有带来你的信息，即使在梦中也不见你归来，因为路太远了。离恨就像春天的青草，唉！无论你走到哪里，它都在哪里生长"。翻译这首情景交融的作品时，第一句加了主语"我们"，用的是加词法。第二句把"触目"换为"看到"，是把主语化为宾语；又把"肠断"归化为"心碎"，用的是换词法或等化法。第三句基本上是直译。第四句颠倒了原文的顺序，把"满"放到"拂"前去了，用的还是换词法。下片第一句把雁声具体化为歌声，可以算是深化法。第二句又颠倒了原文的顺序。第三句却是直译。最后两句传诵千古，但译文把"行"和"生"两个动词换了位置，还加了一个感叹词"唉"。总之，翻译用了加词、减词、换词（或深化、浅化、等化）的方法，不求和原文形似，但求传达原文的意美、音美、形美。当形似和三美统一的时候，我也采用直译；有矛盾时，那就只好舍形似而取三美了。

（6）谢 新 恩

樱花落尽阶前月，象床愁倚熏笼。
远似去年今日恨还同。

双鬟不整云憔悴，泪沾红抹胸。
何处相思苦？纱窗醉梦中。

这是一幅美人相思图。前段第一句写外景，"樱花"满地，表示春天就要过去，阶前只剩月光。第二句写内景，美人坐在象牙床上，斜靠着熏炉的笼子。第三句从空间转到时间，说明相思不止一年，更增加了愁恨的深度。

后段第一、二句是对美人外形的特写：头发没有梳妆，好像乱云一般，眼泪流得把贴身的内衣都沾湿了。第三句点明主题是"相思苦"。最后人和景物合而为一，仿佛纱窗也和美人一样，因愁而酒，因酒而醉，因醉而梦，梦中还为相思而苦，可以说是把相思写活了。

靳极苍在《李煜、李清照词详解》中说："这该是后主代宫中美人抒写想念意中人的无可奈何之情。"如果是的，那第三句为什么说"远似去年今日恨还同"呢？难道美人会把"去年今日"这样具体的恨告诉后主吗？如果不会，那后主怎么知道这个日期呢？如果是猜测之辞，那感情就不够深，不至于"泪沾红抹胸"了。所以在我看来，这个美人可能是嘉敏（即小周后），或者是后主借小周后的形象，写自己的相思之情。如果可以这样理解，那后段美人的形象就不是客观的描写，而是后主主观想象中的小周后。最后一句"纱窗醉梦中"的人，既可能是指小周后，也可能是指后主自己。但翻译成英文，却只能指美人；如果译成后主，那就显然突兀，前后不相连贯了。这是中文胜过英文的地方，诗词往往没有主语，可以有不同的解释，既可以说"睡梦中"的是美人，也可以说是词人，甚至不妨把"纱窗"拟人化，说连"纱窗"也仿佛在"醉梦中"了。由此可见，古典诗词给英译者留下了再创造的广阔天地；而英诗却往往只能非此即彼。

TUNE: "GRATITUDE FOR NEW BOUNTIES"

On moonlit steps, oh, all
The cherry blossoms fall.
Lounging upon her ivory bed, she looks sad
For the same regret this day last year she had.

Like languid cloud looks her dishevelled head;
With tears is wet her corset red.
For whom is she lovesick?
Drunk, she dreams with the window curtain thick.

（7）采桑子

庭前春逐红英尽，舞态徘徊。
细雨霏微，不放双眉时暂开。

绿窗冷静芳音断，香印成灰。
可奈情怀？欲睡朦胧入梦来。

据高阳说，这首词是李后主怀念大周后的作品。高阳在《金缕鞋》第230页上说："一年的暮春时节，风风雨雨，落红狼藉，正又是他（李后主）多愁善感的时候。往往每到此时，昭惠后（大周后）知道他听不得春雨潺潺，见不得落花片片，总是着意安排歌筵舞席，为他遣愁破闷。而今年却无人来管他的心境了！由此感触，想起昭惠后的许多好处，悼亡之悲复起，终于有一天在午睡时梦见了昭惠后，却又隐隐约约，看不真切，更莫说梦中得一叙生离死别的相思！醒来益增惆怅，焚香静坐，依旧难解中怀郁结，唯有发泄在吟咏之中。他不费什么推敲的功夫，写景抒情，直书所见所感，写成了一首《采桑子》。"

前段第一句"庭前"一作"亭前"，"红英"就是红花。考虑到"春逐"落花的画面，自然是"亭前"更好；但下面说到细雨迷蒙，在亭中赏雨的可能性不大，加上后段的"绿窗"，"庭前"的可能性就更大了。第二句"舞态徘徊"，写的是落花飞舞，可以使人联想到大周后安排的歌筵舞席，悼亡之情就更深一层。再加上蒙蒙的小雨，似乎也在为大周后而哭泣，又使哀思再加深一层。所以"此情无计可消除，才下眉头，却上心头"了。

后段第一句的"绿窗"就是绿纱窗，可以指大周后的寝宫，也可以指李后主的画堂。考虑到下面的"芳音断"，就是不再有大周后的音讯，那自然是指后主的画堂更好。第二句的"香印"指的是打上印的香，香都烧成灰了，可见后主哀思的时间多么长。后主无可奈何，甚至蒙眬入睡，不料梦中却出现了大周后的身影，由此可见李后主是多么一往情深！这首词也可理解为春思，那愁情就更浅，但译成英文，却更容易理解。

TUNE："SONG OF PICKING MULBERRIES"

Red blooms are driven down by the departing spring,
  Dancing while lingering.
  Though in the drizzling rain
I try to unknit my eyebrows, they're knit again.

No message comes to lonely windows all the day,
  The incense burned to ashes grey.
  How can I from spring thoughts be free?
I try to sleep, but to my dream spring comes to me.

《采桑子》的英译文可解释如后："即将离去的春天催促红花纷纷落下，红花依依不舍地跳着离别之舞。在蒙蒙细雨中，虽然我想放松皱紧的眉头，眉头却又皱起来了。在我孤寂的窗下，整天音信渺茫。炉香烧成了灰。叫我如何能摆脱这春天的愁思？我想逃入睡乡，哪里知道春愁也进入了我的梦中！"译文中的春愁既可以实指，也可以联想起大周后，这就可以表达原词的意美。原词上下片各四句，四句的字数分别是7，4，4，7，后三句押韵。英译文前后段各四行，四行的音节数分别是12，6，6，12。押韵的格式是AABB，虽然和原词的韵式不同，却可以说是传达了原词的音美。原文和译文的句式都是长短短长，如果不算形似，也可说是传达了原词的形美。

（8）菩 萨 蛮

铜簧韵脆锵寒竹，新声漫奏移纤玉。
眼色暗相钩，秋波横欲流。

雨云深绣户，来便谐衷素。
宴罢又成空，魂迷春梦中。

据高阳说，这是李后主写他和小周后幽会的作品。前段第一句中的"铜簧"是乐器中的铜片，吹起来会发声；"韵脆"是说声韵清脆；"寒竹"指的是笙，"锵"形容笙发出的铿锵声。笙是十三根竹管编成的乐器，管底有薄铜片，"声朗而清，字字真切"（高阳语）。《金缕鞋》第238页上说：小周后"觉得用'脆'与'铿'来形容铜簧竹管的笙韵，已是道人所未道，更妙的是金石铿然，偏说'铜簧韵脆'，而丝竹清脆，却又说寒竹铿然，究其实际，是铜簧得竹而韵脆，竹因铜簧而铿锵。此方是确切不移地写尽了笙之为笙"。

第二句"新声"指小周后吹笙奏出的新乐曲，"移纤玉"是说她移动尖细的玉指。第三、四句，高阳又有解说："在李煜更是意乱神迷，让她的眼色勾起好些温馨的回忆。尤其是梦蝶斋中恣意相怜的千金一刻，令人渴望着重现。"

后段第一句的"雨云"就是云雨。宋玉《高唐赋》中说楚怀王曾游高唐，梦与巫山神女幽会，神女临去时说自己"且为朝云，暮为行雨"。后来旧小说中就用"云雨"来指男女合欢。"深绣户"指的是"梦蝶斋中恣意相怜的千金一刻"。"谐衷素"就是"了心愿"，就是实现了渴望已久的相思情。"来便"一作"未便",却是说心愿未了,云雨之情只是梦蝶斋中的往事,所以下面说"宴罢又成空"。不管心愿了或未了,结果都是"魂迷春梦中",后主也像庄生一样"晓梦迷蝴蝶"了。梦耶?真耶?反正留下了一段千古风流韵事。早在一千年前,我国就有这样坦率描写爱情生活的文学作品,即使在标榜爱情自由的西方,恐怕也不容易见到这种珍品吧。而"云雨"二字,可以借用雪莱《云》中云和花的形象,也可算是沟通中西文化了。

TUNE:"BUDDHIST DANCERS"

The crisp bamboo with brass reeds tinkles in cold air;
New music is slowly played by her fingers fair.
In secret we exchange amorous looks;
Like autumn waves desire o'erflows its nooks.

Clouds bring fresh showers for the thirsting flowers
And gratify the sweet desire of ours.
After the feast all vanishes, it seems;
Still is my soul enchant'd in vernal dreams.

这首《菩萨蛮》写李后主背着大周后,和她的妹妹(小周后)私通的情景。上片先写笙歌传情,说乐器竹管中的铜片振动,在寒冷的空气中发出了清脆铿锵的乐声。小周后的纤纤玉指慢慢移动,随意奏出了新的乐曲。他们两个人偷偷地眉目传情,情欲随着眼色像秋天的波浪一样从眼角流露出来。下片回忆他们的幽会,说李后主在绣房的深处兴云布雨,小周后如饥似渴地像花朵一样承受着后主的雨露之恩,总算满足了他们朝思暮想的凤愿。但是酒宴之后,似乎一切都成了空,只有后主的迷魂沉醉在春梦之中。上片第四句的"秋波"就是第三句的"眼色",这里译成传情的眼色如秋波泛滥,是把"秋波"的本义和隐义都译出来了。尤其是下片第一句,说云把甘霖带给如饥似渴的花朵,灵活运用了英国诗人雪莱的名诗《云》中的第一句。不过雪莱诗中的"云雨"并没有中国诗中"云雨"所包含的男欢女爱的意思;但是用在这里,却非常巧妙而婉转地表达了李煜词中的含义。后来我译《西厢记》第四本第一折《酬简》时也借用了这个新典。在我看来,新典用得多,也会给旧词带来新意,就可以使英美文字得到发展，使世界文学更丰富多彩。

（9）长相思

云一绢，玉一梭。
淡淡衫儿薄薄罗。轻颦双黛螺。

秋风多，雨相和。
窗外芭蕉三两窠。夜长人奈何！

这首《长相思》和《谢新恩》一样，也是一幅美人相思图。何其芳在《李煜词讨论集》第 126 页上说："'云一绢，玉一梭'大概是写一个女子的相思，也写得好。……不妨当做一幅古代的图画看待。"

前段第一句的"云"指头发，"绢"是紫青色，靳极苍说："'一绢'是动态，就是把发弯一下。"第二句的"玉一梭"是指扎头发用的玉簪，靳极苍说："'玉'指美人手，'一梭'是动态，就是发一绢时，手指很快的贯穿。"头两句到底是动态还是静态？第三句"淡淡衫儿薄薄罗"是静态，所以头两句还是静态好一些，只要译成英文，就可以看得出来。第四句的"轻颦"是说微微皱眉，这才是动态。"黛螺"是青绿色的颜料，古代妇女用来画眉，这里就用来指眉毛。詹安泰《李璟李煜词》第 36 页上说："前段勾画了一个乖巧玲珑、丰韵很好的女子的形象。后段从一个秋夜里风雨打动了芭蕉的特殊环境中表达出怀念这女子的难堪的心情。抒情重点在结句。由于先塑造了足以触动情怀的周遭景物，然后才归结到无可奈何的情况，这情况更具有足够的感染力量。有人认为只是客观的描写，前半写一个值得爱慕的女子，后半是写她的环境和心情，也可通。"这就是说，后段也可以有两种解释：既可能是写美人，也可能是词人写自己对美人的相思。我觉得还是写美人更好，这也只要译成英文，就可以看得出。

高阳在《金缕鞋》第 6 页上说：这首《长相思》是为大周后写的，不过她的"云一绢"早就梳成宫妆高髻，如今正该移赠比她年轻 14 岁的小周后了。这是小说家言，自然不一定可信。

TUNE："EVERLASTING LONGING"

Her cloudlike hair

>   With jade hairpin,
>   In dress so fair
>   Of gauze so thin,
>   Lightly she knits her brows dark green.
>
>   In autumn breeze
>   And autumn rain,
>   Lonely banana trees
>   Tremble outside the window screen.
>   Oh! How to pass a long, long night again!

这首《长相思》是李煜写美人的小词。上片写她的形象：头发如云，插着玉簪，穿着淡色的薄罗衫，微微皱起双眉。为什么呢？下片就说：在秋风秋雨中，窗帘外有几棵寂寞的芭蕉在索索发抖。叫她如何度过这漫漫的长夜啊！最后点明了相思的主题。原词第一句没有说明是头发，译文如只形似，那就不能意似，所以这时应该舍形取意。原词上下片各四句，四句字数分别是3，3，7，5，一韵到底，既有音美，又有形美。译文前后段各加了一行，行式先短后长，韵式是ABABC，DEDCE，和原词虽不音似，形似，却传达了原词的音美和形美。

（10）蝶 恋 花

> 遥夜亭皋闲信步。乍过清明，渐觉伤春暮。
> 数点雨声风约住，朦胧淡月云来去。
>
> 桃李依稀春暗度。谁上秋千，笑声低低语？
> 一寸芳心千万缕，人间没个安排处。

《尊前集》等认为这首词是李后主的作品，《乐府雅词》说是欧阳修的，《花庵词选》等却说是李世英的，并且题作《春暮》。所以这首词的作者到底是谁？现在不能断定。

前段第一句的"遥夜"就是长夜；"亭皋"一作"庭皋"，"皋"指水旁地，所以"庭"不如"亭"；"信步"就是散步。第二句的"乍过"一作"才过",一作"过了",差别不算太大;"渐觉"一作"早觉","伤春暮"一作"春将暮",似乎还是"渐觉伤春暮"好些。下面一句的"风约住"就是风来雨止的意思。"朦胧淡月云来去"是把云拟人化了,译成 unveil the dreaming moon(朦胧如梦的月亮),则连月也拟人化了,这是创造性的翻译。有人说张先的名句:"云破月来花弄影",宋祁的名句"红杏枝头春意闹",都受到这句的启发,可见这首词可能是李后主的作品。

后段第一句"桃李依稀"一作"桃李依依",那又是把桃李拟人化了,说成"依依不舍"的意思;而"依稀"却只是客观的描写,说桃李稀疏,模模糊糊;"桃李"一作"桃杏",这个关系不大;"依依"一作"无言",那也是拟人化,但似乎不如"依依"多情;"春暗度"一作"香暗度",那就是写桃李,和春的联系少了。第二句"谁上秋千"一作"谁在秋千",一作"人在秋千",都不如"上"字好:"上"是动态,意思是问在这暮春时节,谁还有心情去打秋千呢?"谁在"却是静态,是问谁在秋千上低声笑语?"人在"更差,连问句都不是,仿佛人在低声笑语,毫无伤春之感,这就和全词的情意不协调了。"低低语"一作"轻轻语","低低"更重客观,"轻轻"更重主观,但是差别不大。最后两句"一寸芳心"一作"一片芳心","一片"似乎不如"一寸",和下文的"千万缕"更形成强烈的对比;"芳心"一作"相思",那就更加具体,但和上文的伤春联系少;而从全词看来,主题应是伤春,所以译文第二、三行重复了 mourn 和 pass 等词;如作"相思",则"千万缕"可作"千万绪",表示千头万绪,"剪不断,理还乱"的意思。

TUNE: "BUTTERFLIES IN LOVE WITH FLOWERS"

In long long night by waterside I stroll with ease.
  Having just passed the Mourning Day[①],
Again I mourn for spring passing away.
  A few raindrops fall and soon
  They're held off by the breeze.
The floating clouds veil and unveil the dreaming moon.

Peach and plum blossoms can't retain the dying spring.

---

① The fourth or fifth day of April when Chinese people used to visit their ancestral burial mounds.

Who would sit on the swing,
　　Smiling and whispering?
Does she need a thousand outlets for her heart
　　So as to play on earth its amorous part?

（11）喜迁莺

晓月坠，宿云微，无语枕频欹。
梦回芳草思依依，天远雁声稀。

啼莺散，余花乱，寂寞画堂深院。
片红休扫尽从伊，留待舞人归。

詹安泰在《李璟李煜词》第32页上说："这是抒写怀念一个欢爱的女子的小词。前半是说通宵梦想，消息沉沉，很觉难过。后半更从冷静堂院同时又是满地艳红的极不调和的氛围中描绘出矛盾冲突的心境。这样，尽管有触目伤心的落花（过去的人是把花象征美人，落花象征美人的遭遇的），也就索性不扫了。"靳极苍在《李煜、李清照词详解》第24页上说："这是后主在国时，代孤处少妇抒写盼所爱者归的闲愁之作。"主人公到底是李后主还是孤处的少妇呢？下面我们就来分析这一首词。

前半第一句"晓月坠"一作"晚月堕"，就是说天快要亮了，"宿云"是昨夜的云，"微"就是快要消散了。"无语枕频欹"是说谁无人共语，多次翻转靠在枕头上呢？这要看下一句"梦回芳草思依依"。"芳草"指所怀念的人，牛希济的《生查子》"记得绿罗裙，处处怜芳草"，把罗裙和芳草并提，可见芳草是指穿罗裙的女子，那频倚枕的人就是李后主了。最后说"天远雁声稀"，雁是传递音信的，飞得越远，音信也就越少了。

后半第一句"啼莺散"就是鸟散声断，"余花"是春后的花，"乱"是落得太多了。下一句"寂寞画堂深院"，"画堂"是彩画装饰的厅堂，"深院"是指后主住的地方（如《捣练子》中的"深院静"）。"片红休扫尽从伊"，"尽从伊"就是随她去吧。"留待舞人归"是说留着等跳舞回来的人看吧（"舞人"一般是指女子）。为什么不扫落花呢？詹安泰说得好："第一，要留给欢爱的人看看，好花到了这个地步是多么可惜，来引起她的警惕；第二，要让欢爱的人明白：惜花的人对此又是多么难堪，来引起她的怜惜。总之，希望从这里来感动她，以后不再远离。说来虽很简单，意义却是很深长的。"

TUNE: "MIGRANT ORIOLES"

The morning moon is sinking;
　　Few clouds are floating there.
　　　　I lean oft on my pillow with no word.
E'en in my dream I'm thinking
　　Of the green grass so fair,
　　　　But no wild geese afar are heard.

No more orioles' song,
　　Late vernal blooms whirl round.
　　　　In courtyard as in painted hall
Solitude reigns the whole night long.
　　Don't sweep away the fallen petals on the ground!
　　　　Leave them there till the dancer comes back from the ball!

　　李煜词从第十一首到第十六首都是写美人的作品。这首《喜迁莺》上片的英译文可以还原为中文如后："清晨的残月落下去了，几片残云还在天上飘浮。李后主倚着枕头默默无言，他和梦中怀念的芳草美人依依不舍地分离了，却听不见远方鸿雁的鸣声。"下片说："黄莺不再歌唱，晚春花在风中飘荡。堂皇富丽的画堂深院整夜都显得冷静寂寞。地上的片片红花不要扫掉，让残红留在那里等待能歌善舞的人儿回来吧！"从译文看来，前段的美人远在他乡，后段的舞人却似乎近在宫中。她们是一个人还是两个人呢？如果是一个人，那前后段的时间距离可能很长，才有可能等待一个远方的舞人归来踏红，就像韦庄在《清平乐》中所说的："去路香尘莫扫，扫则郎去归迟。"这样解释，舞人有可能是小周后，因为大周后为了不让李后主接近妹妹，曾要妹妹回娘家去，所以后主依依不舍。不过这样说来，解释总还显得牵强，舞人的出现显得突兀。如果说是两个人，那"梦回芳草思依依"的还指小周后，"片红休扫尽从伊"指的却可能是李后主垂爱的另一个舞女了。从翻译的观点看来，一个人或两个人的问题不大，只要一个译成"芳草"，一个译成"舞人"就行。究竟是谁？可以留待读者见仁见智。其实，在"真"的问题不好解决时，可以考虑哪种解释更美，就用哪种解释。无论哪种解释，都可以看出作者是个多愁善感的词人。

（12）捣练子

云鬓乱，晚妆残，带恨眉儿远岫攒。
斜托香腮春笋嫩，为谁和泪倚栏杆？

据高阳说，这首《捣练子》是李后主为嘉敏（小周后婚前名）写的。《金缕鞋》第65页上说："向晚时分，花匠又送了花来。等他一走，嘉敏如所预期地在花瓶底下取到了一封信，拆开来看，是一首《捣练子》。……另外有两行注：'知卿近日光景如此！怜痛无已。咫尺蓬山，可望而不可即，尤觉怅惘不甘。此日三更月下，画堂南畔，犹冀云中有仙驭下降也。'看完这一词一注，嘉敏心头又酸又甜又热地不知是好过还是难受。她现在才知道，自己的一言一动，无不在李煜关切之中。那首词（指《捣练子》）正写的是她前一天黄昏的感触，想娘想李煜，没有人可以吐露一句知心话，也没有人可以给她一句切切实实的安慰之词，只觉得孤零零地凄凉万状。'为谁和泪倚栏杆'，连她自己都不分明了。不想独自吞声的幽恨，居然他亦会知道！自然是下了深心，暗中买了人在留心的结果。"

这虽然是小说家之言，但如果照这样解释，把词中的美人看成小周后，那诗意就要丰富得多。"云鬓"是指嘉敏乌云般的鬓发，"晚妆残"则指花开堪摘无人摘，所以"带恨眉儿"紧紧皱起，好像耸起的山峰。"斜托香腮"是美人相思的特写，"春笋"比美人的手指，又尖又细又柔嫩。但美人含泪倚栏，相思的是谁呢？这就像李白《怨情》中说的："美人卷珠帘，深坐颦蛾眉。但看泪痕湿，不知心恨谁？"不过李白画的是坐着的美人，愁眉不展，泪痕未干，道具只有内景珠帘。后主画的是站着的美人，愁眉有如远山，还有云鬓晚妆陪衬，泪眼盈盈，又有香腮玉指烘托，道具则有外景栏杆，看来形象要比李白的美人鲜明多了。

如果这首《捣练子》写的是小周后，那么《喜迁莺》中的"舞人"也很有可能是指她。至于后主信中说的"画堂南畔"，更是指《菩萨蛮》（花明月暗笼轻雾）无疑了。

TUNE: "SONG OF THE WASHERWOMAN"

  Disheveled cloudlike hair,
   The evening dress undone,
Like distant hills arch the frowning brows of the fair one.
Her fragrant cheeks lean to one side
   Against her tender hands.
For whom glisten her tears undried?
   Against the balustrade she stands.

  这首词除第四句的"春笋"浅化译成hands（手）外，其他译文多是用等化法。第二、三行译文用韵还和原文音似。原文第四、五句却用一分为二法译成四行了。

（13）柳 枝 词

  风情渐老见春羞，到处芳魂感旧游。
  多见长条似相识，强垂烟穗拂人头。

  高阳在《金缕鞋》第241页上说："这首词，实在不是词，是一首七绝，题目叫作《柳枝词》，咏的就是柳枝。李煜写来赐给庆奴（宫女），倒是一片惋惜之意，庆奴自负绝色，少所许可，到了放出宫去的年龄，却不肯出宫，任凭圣后（太后）如何劝说，只是不从，口称愿意服侍圣尊后一辈子。就为了这一分忠心，圣尊后拿她另眼看待。李煜因孝母而敬其人，才特以上用（御用）的黄色罗扇相赐（上面写了这首柳枝词）。……庆奴别有衷曲。她的本意是自顾颜色，必能邀得君王一盼。'飞上枝头作凤凰'。而李煜晨昏定省之余，跟庆奴见得面多了，自亦未免有情。无奈昭惠后（大周后）早具戒心，而且应付的手段，较之施之于嘉敏（小周后）的，大有高下之分，她一方面不断夸奖庆奴端庄稳重，拿礼仪来拘束，以至于到得后来，庆奴当着圣尊后的面，对李煜竟不苟言笑了。另一方面她又屡次暗示李煜，庆奴是圣尊后面前最得力的人，不宜夺老母之所爱。当然，防范极严，更是不消说得的。为此，庆奴成了自误青春。如今三十将到，已近迟暮。李煜为她惋惜，才写了这首《柳枝词》喻义。"

  第一句的"风情"是指风月之情，就是喜爱春风秋月的心情；"渐老"

是说随着年华增长，风月之情也衰退了；"见春羞"是因为春光正好，而自己却年华渐衰，所以感到羞愧。第二句说"到处"都是"旧游"之地，但旧日的花月只有"芳魂"还在；"芳魂"一作"消魂"，那就是说今非昔比，忧伤得令人魂消了。第三句"多见"一作"多谢"："多见"是客观描写，"多谢"却是写宫女的心情，因为花月不在，只有柳枝还似曾相识。"烟穗"是茂盛得成了穗状的柳条，"强垂"是说勉强低下柳丝来抚摩宫女的头，表示同情；写的是柳枝，也流露了李后主对宫女的怜惜之心。

TUNE："WILLOW BRANCH SONG"①

Oldened by wind and moon, at sight of spring she's shy;
She sees in every falling bloom an old friend die.
Thanks to the branches long that nod to her with grace,
She feels their cloudlike tips caress her still fair face.

　　前一首《捣练子》据说是写小周后的，如果理解为写宫女，我看也无不可。这首《柳枝词》则说明了是写给宫女庆奴的。英译文可以解释如后："在春风秋月中，她的年华逐渐增长，现在再看到鲜艳的春花，她也不好意思再去争艳比美了，反会自惭形秽。每看到一朵落花，就会觉得是一个死去了的老朋友的芳魂。只有杨柳婀娜多姿的长条绿枝还会低下头来招呼她，用那如烟似云的柳梢来抚摩她那仿佛不减当年的脸颊。"比较一下原文和译文，可以看出译文比原文具体多了。原文第一句的"风情"意思比较模糊，一般是指风月之情，译文则具体说是春风秋月使她变老了。第二句的"芳魂"和"旧游"解释也不明确，译文却明确指出是曾经赏心悦目而现已死去的花魂，并且把花拟人，说成是死去的老朋友。第三句把柳枝也拟人化，说它婀娜多姿地向她点头，这就生动地点明了主题是柳枝。第四句再把柳枝拟人，把原文的"拂人头"具体化为抚摩不减当年的脸颊，就使宫女庆奴也进入主角的地位。这些用的都是深化的翻译方法，可以看出李后主是个多情善感、温存体贴的词人。

（14）浣溪沙

红日已高三丈透，金炉次第添香兽。

---

① Written for an old palace maid.

红锦地衣随步皱。

佳人舞点金钗溜；酒恶时拈花蕊嗅。
别殿遥闻箫鼓奏。

    这是李后主描写自己在位期间的寻欢作乐图。前段第一句的"红日"一作"帘日"，那就是说，透过三丈高的门帘往外看，太阳已经升得很高了。"透"是超过的意思，一说"三丈"指三丈高的旗杆，那全句就是说：太阳已经高高地照耀在三丈多高的旗杆上，表示李后主通宵狂欢，夜以继日了。俗话说"日上三竿"，是太阳升起来离地已有三根竹竿那么高；这里说日高三丈，也是这个意思。第二句的"香兽"指做成兽形的香料或燃料，这句是说宫女们还在接二连三地把香料加到金制的香炉中去燃烧，使舞庭中香气氤氲。第三句中的"地衣"就是地毯，全句是说红色丝织的地毯随着舞女的步子起皱。前段三句：第一句写外景，兼写时间，第二、三句写内景，第三句兼写主角；"金炉香兽""红锦地衣"写出了宫廷的豪华。

    后段前两句是主角的特写。第一句中的"舞点"是舞乐中表示节奏的鼓点，一作"舞急"，那就更容易理解，是说舞女跳得太急，连头上的金钗也溜下来了。第二句中的"酒恶"，就是喝酒喝到带醉的时候，舞女时时拈起花来闻闻，可以解醉。最后一句说：从其他宫殿也传来了吹箫击鼓，欢乐达旦的声音。这说明歌舞升平不是个别的现象，而具有概括集中的典型意义。读这首小词，就像看韩熙载《夜宴图》一样，对古代的宫廷生活可以有具体的了解。李后主前期纵情酒色，后期做阶下囚，终日以眼泪洗脸，前后对比，更可以看出一代才子的悲剧。

TUNE："SILK-WASHING STREAM"

Above the thirty-foot-high flagpole shines the sun；①
Incense is added to gold burners one by one；
Red carpets wrinkle as each dancing step is done.

Fair dancers let gold hairpins drop with rhythm fleet；
Drunk, maidens oft inhale the smell of flowers sweet；

---

① The court danced all night long till the sun rose high.

From hall to hall flute's heard to play and drum to beat.

《浣溪沙》的内容前面已经解释清楚，这里只谈译文的表达方式。上片第一句"红日已高三丈透"中的"三丈"等化为 thirty-foot（三十英尺），第二句"金炉次第添香兽"中的"次第"等化为 one by one（一个接着一个），第三句"红锦地衣随步皱"中的最后一字等化为 wrinkle（划下皱纹）；下片第一句"佳人舞点金钗溜"中的"舞点"等化为 rhythm（跳舞的节奏），第二句"酒恶时拈花蕊嗅"中的最后一字等化为 inhale（吸入），第三句"别殿遥闻箫鼓奏"中的最后三字等化为 play and beat（吹箫打鼓）。这些用的都是等化译法，在这首词中，等化法用得多一些。

（15）一斛珠

晚妆初过，沈檀轻注些儿个。
向人微露丁香颗，一曲清歌，暂引樱桃破。

罗袖裛残殷色可，杯深旋被香醪涴。
绣床斜凭娇无那，烂嚼红茸，笑向檀郎唾。

这首《一斛珠》是李后主描绘一个歌女的名作。《草堂诗余》别集题作《咏佳人口》，《历代诗余》题作《咏美人口》。

前段第一句"晚妆"一作"晓妆"。如果是晓妆，那唱歌喝酒都是白天的事，可能还是晚上更好。第二句中的"檀"是浅绛色的唇膏，"沈檀"是深绛色的唇膏；"轻注"是轻轻注入，就是涂上唇膏；"些儿个"是"一点点"的意思。第三句中的"丁香颗"指的是美人舌，这句是说微微向人露出舌头。最后一句说的是美人张开了樱桃小口。前段描绘的是美人唱歌的神态。

后段第一句的"罗袖"是罗衣的袖子，"裛"是沾染，"残"指残酒，"殷色"是深红色，"可"是"不算什么""不在乎"的意思。全句说：歌女的衣袖给打翻了的残酒染成了深红色，可是她并不放在心上，表示她已经喝醉了，这是描绘醉酒的第一层。第二句中的"香醪"指汁和滓混成一片的甜酒，"涴"是"弄脏""倒满"的意思。全句说：歌女虽然醉了，还要喝酒，把甜酒倒满了深深的酒杯，这是描绘醉态的第二层。第三句中的"斜凭"就是斜倚,倚靠,"娇无那"写歌女无可奈何,不能自主的娇态。她喝醉了,本来应该上床去睡,她却不肯,还要再喝,只肯歪歪倒倒,斜靠在床上撒娇,这是描绘美人醉酒的第三层。最后两句中的"红茸"指刺绣用的红色绒线;"檀郎"本来指古代的美男子潘安,因为他的小名叫"檀奴",后来泛指女子爱慕的郎君,这里具体指的就是李后主。这两句是一个放大了的特写镜头,写歌女酒醉到了不顾尊卑上下的地步(也有可能是借酒撒娇),竟咬碎了红色绒线,笑着吐向李后主。这是描绘美人醉态的最深层,简直可以和京剧中的《贵妃醉酒》相媲美。

TUNE:"A CASKET OF PEARLS"

Donning her evening dress, she drips
Some drops of sandalwood stain on her lips,
Which, cherry-red, suddenly open flung,
Reveal her tiny clovelike tongue;
She sings a song in her voice clear.

Careless about her gauze sleeves soiled with crimson stain,
She fills her cup with fragrant wine again.
Drunken and indolent, she leans across her bed,
And chewing bits of bastings red.
She spits them with a smile upon her master dear.

《一斛珠》是李后主写宫中歌女的艳词。这首词的特点是雅字、俗字并用。雅词如沈檀、丁香颗、樱桃破、香醪、檀郎等;俗词如"殷色可"中的"可",还有"娇无那","笑向檀郎唾"中的"唾"等。这些雅词、俗词只好用浅化的方法来翻译,如丁香浅化为舌头,樱桃浅化为嘴唇,香醪浅化为香酒,檀郎浅化为亲爱的主子,"可"译成careless(不在乎),"娇无那"译成indolent(懒洋洋),这种译法自然不如原文传神,但是如不浅化,读者可能很难理解,所以只好不得已而求其次了。

(16) 玉楼春

晚妆初了明肌雪,春殿嫔娥鱼贯列。

笙箫吹断水云间,重按霓裳歌遍彻。

临春谁更飘香屑?醉拍栏杆情味切。
归时休放烛光红,待踏马蹄清夜月。

《玉楼春》一名《木兰花》。《李璟李煜词》第 18 页上说:"已后二词,传自曹公显节度家,云墨迹旧在京师梁门外李王寺一老尼处,故蔽难读。"这首词是李后主写宫廷歌舞生活的代表作。

前段第一句一说是写大周后,一说是写宫女。从文字上看来,可能是大周后晚妆完了,露出了明洁如雪的肌肤,同后主去春殿观赏歌舞;但从翻译观点来看,可能是写宫女更好,好和下文连接,以免孤零零的一句,显得突兀。第二句的"鱼贯列"是按次序排列的意思,像鱼游水一般一条接着一条,连成一串,所以说是"鱼贯"。第三句中的"水云间","云"代表天,"水"代表地,全句是说:笙歌之声充满了天地之间。最后一句中的"霓裳",指白居易《长恨歌》中的《霓裳羽衣曲》。陆游《南唐书》中说:"唐盛时,《霓裳羽衣》最为大曲。乱离之后,绝不复传。(大周)后得残谱,以琵琶奏之,于是开元、天宝之遗音复传于后世。"至于"歌遍彻",有人说"遍、彻"都是音乐术语,这里不妨理解为一遍又一遍地都唱完了。

后段第一句的"临春",高阳在《金缕鞋》第 4 页上说是"临春阁"。"月下凭栏,悄悄为遥度的歌声按拍。不道有善解人意的宫女,暗暗跟了来,临风飘下香屑,为他解醉,那番情味,倒比身在急管繁弦之中,更来得令人难忘"。但是"临春"二字也可按字面理解,那头两句是说面临春天,哪里用得着锦上添花,飘香散屑呢?春意已经令人陶醉,心荡神怡,遍拍栏杆了。这样解释可能更有诗味。加上最后两句:归时不要烛光锦上添花,而要骑马踏月,更是诗情画意洋溢纸上,可以说是这首词的妙笔,余音萦回,不绝如缕。

TUNE:"SPRING IN JADE PAVILION"

In spring the palace maids line up row after row,
Their evening dress revealing their skin bright as snow.
The tunes they play on the flutes reach the waves and cloud;
With songs of "Rainbow Dress" once more the air is loud.

Who wants to spread more fragrance before fragrant spring?
When drunk, I beat on rails as vibrates my heartstring.
Don't light on my returning way a candle red!
I'd like to see the hoofs reflect moonlight they tread.

这首《玉楼春》也写南唐宫中的歌舞生活。英译文把原文第一、二句的次序颠倒了，第一句说在春天的宫殿里，宫女们一行接着一行地排列着，第二句才说她们的晚妆露出了她们雪白的肌肤。第三、四句说她们吹奏的笙箫传到了云涛之间，《霓裳羽衣曲》响彻了天际。这里"响彻"（loud）用的是深化翻译法。下片第一句译得妙，说花香鸟语的春天来临了，谁还在那里飘洒香气？重复了"香"字，用的也是深化法。第二句"醉拍栏杆情味切"译成英文意为：醉后我随着心弦的振动而拍起栏杆来，用的还是深化法。最后两句的译文是说归去时灯笼里不要点蜡烛，我更喜欢马蹄踏着月色，迸出银光来。这最后一句再创的译法活画出了一个善于及时行乐而又重情爱美的李后主。

（17）菩萨蛮

花明月暗笼轻雾，今朝好向郎边去。
刬袜步香阶，手提金缕鞋。

画堂南畔见，一晌偎人颤。
奴为出来难，教郎恣意怜。

《雨村词话》卷二中说："此南唐李后主为小周后而作也，脍炙人口已久。"马令《南唐书》卷六《女宪传》说："后主继室周氏（小周后），昭惠（大周后）之母弟也，警敏有才思，神采端静。昭惠感疾，后常出入卧内，而昭惠未之知也。一日，因立帐前，昭惠惊曰：'妹在此耶？'后幼未识嫌疑，即以实告曰：'既数日矣！'昭惠恶之，返卧不复顾。昭惠殂，后未胜礼服，待年宫中。明年，钟太后殂，后主服丧，故中宫位号久而未正。至开宝元年，始议立后为国后。"

这首词是李后主用小周后的口气写他们二人幽会的名作。前段第一句写外景,兼写约会的时间。"花明"是说花开得正好,"月暗"指出是夜晚,"笼轻雾"是倒装,全句是说月色朦胧,仿佛有轻雾笼罩着。第二句"今朝"指这个时刻,"郎"指后主,全句是说这是千金难买的时光,别人看不清楚,正好溜出去赴后主的约会。下面两句是著名的美人夜行图:"划袜"是只穿袜子不穿鞋,踮着脚走下台阶的意思;"金缕鞋"是鞋面用金线绣成的鞋,但没有穿在脚上,而是提在手里,怕人听见脚步声。

后段第一句"画堂南畔见",如果联系《喜迁莺》中的"寂寞画堂深院",是不是可以说李后主在画堂等待小周后("舞人")来呢?这句是约会的地点。下一句的"一晌"是刹那间,"偎人颤"是像小鸟依人似的全身颤抖,这句是著名的特写镜头。如果说这是绘形的照片,那最后两句就是绘声的录音带。"奴"是小周后自称,"出来难"是因为她姐姐大周后怕她和李后主见面,"恣意"是"随心所欲","怜"是"怜香惜玉"的意思。这首词是一千年前描写真实爱情的绝妙好词。

TUNE:"BUDDHIST DANCERS"

Bright flowers bathed in thin mist and dim moonlight,
'Tis best time to steal out to see my love tonight.①
With stocking feet on fragrant steps I tread,
Holding in hand my shoes sown with gold thread.

We meet south of the painted hall,
And trembling in his arms I fall.
"It's hard for me to come o'er here,
So you may love your fill, my dear!"

这首和第十八首都是《菩萨蛮》,都是写李后主和小周后婚前偷情的浪漫史。这首写嘉敏(小周后)背着姐姐大周后偷偷出来和李后主幽会。第一句"花明月暗笼轻雾","笼"字可以译成 envelop, shroud, enmesh, steep, bathe。envelop 表示"笼罩",只是描写客观环境,不带主观感情;shroud 表示像尸布一样覆盖,情感色彩太阴暗了;enmesh(美国译者用了这个词)表示陷入一片混乱之中,用在幽会的场合不太适合;steep 表示沉

---

① A tryst between the poet-king and the younger sister of the queen.

浸在水气中，比前面三个词好；bathe 更拟人化，说花月都沐浴在轻雾中，用于偷情的场合，似乎最为恰当。这首词最著名的是最后两句："奴为出来难，教郎恣意怜。"最后一句译成 So you may love your fill, my dear（亲爱的，你可以尽情地爱我），用口语译口语，把"奴"和"郎"都现代化为"我"和"你"，可以说是绘声写情，言有尽而意无穷。

（18）菩萨蛮

蓬莱院闭天台女，画堂昼寝人无语。
抛枕翠云光，绣衣闻异香。

潜来珠锁动，惊觉银屏梦。
脸漫笑盈盈，相看无限情。

靳极苍在《李煜李清照词》第 36 页上说："根据这首词第一句的'闭'和第二句'闭'的地方是画堂，'闭'用的是珠锁，而被'闭'的人，发美衣香笑盈盈，并不苦恼，可知这'闭'，不是因过失而被关闭。再结合后主和大周后、小周后的关系，可断知这'闭'是管束严，被管束的就是小周后，管束她的是大周后。大周后因病，召小周后入宫服侍汤药，时十五岁。在后主词中，她是个热情大胆极被后主喜爱的少女。依此，这首词当是小周后初入宫，大周后管束她时的情况。"同时，这首《菩萨蛮》也说明了上一首小周后为什么"出来难"。

前段第一句的"蓬莱"是仙山，这里指南唐后妃居住的宫院；"天台"也是山名，相传晋朝有人入天台山采药，遇二仙女，这里的"天台女"指美如天仙的小周后；"闭"就是门上加锁，使小周后"出来难"。第二句写小周后在画堂深院午休，一片静寂。下两句是一幅美人午睡图，"抛枕"有两种说法：一说枕头被抛到一边，一说头发被抛散在枕上，"翠云"就指碧玉簪住的头发，光彩照人，可能后一种解释好一些。这一句写形写色，下一句写衣写香。

后段第一句"潜来"是说后主悄悄来了；"珠锁"一作"珠琐"，那就指后主身上的饰物，似乎不如门上的珠锁，珠锁是用玉环勾连制成的，所以后主进不去。第二句中的"银屏"指白色而有光泽的屏风。这两句是说后主悄悄推门，珠锁一响，惊醒了在屏风后午睡的小周后。但是她也出不来，所以只露出了一张天真烂漫的笑脸，"漫"一作"曼"，是修长的意思。最后一句说两人咫尺千里，可望而不可即，只好眉目传情了。这是一幅绝妙的秋波寄恨图，一曲"此时无声胜有声"的恋歌。

TUNE："BUDDHIST DANCERS"

An angel's kept secluded in the fairy hill;①
She naps in painted hall, so quiet and so still.
Beside the pillow spreads her cloudlike hair pell-mell;
Her broidered dress exhales an exotic sweet smell.

I come in stealth and click the locked pearly door,
　　Awaking her behind the screen from lovely dreams.
I can't get in but gaze at her face I adore;
　　She smiles at me, her eyes send out amorous beams.

这首《菩萨蛮》写李后主背着大周后来看嘉敏。词的第一句"蓬莱院闭天台女"中用了两个典故：一个是蓬莱仙岛，一个是刘阮误入天台遇仙，所以译文就把嘉敏比作仙女，把蓬莱浅化为仙岛了。这首词最著名的也是最后两句："脸漫笑盈盈，相看无限情"，和第八首《菩萨蛮》中的第三、四句（眼色暗相钩，秋波横欲流）可以比较。最后一句的"无限"如果译成 boundless，"情"字如果译成 feeling，虽然看起来形似，其实并不意似，所以这里译成 her eyes send out amorous beams（她的眼睛发射出情爱的光芒），用的就是化虚为实（化无限情为情爱的光芒）的深化译法。

（19）谢 新 恩

秦楼不见吹箫女，空余上苑风光。
粉英金蕊自低昂。东风恼我，才发一衿香。

琼窗梦笛留残日，当年得恨何长！
碧栏杆外映垂杨。暂时相见，如梦懒思量。

---

① The angel refers to the younger sister of the queen who locked her up lest she have a tryst with the poet-king.

王国维校勘记："此首实系《临江仙》调。"内容是悼念大周后的。

前段第一句的"秦楼"，指秦穆公女儿弄玉住的凤楼。弄玉下嫁萧史，两人吹箫，引凤下凡，夫妇随凤飞去。后人因此就把"凤去楼空"作为楼中人去，见物伤人的代语。李白《忆秦娥》词中有"箫声咽，秦娥梦断秦楼月"之句。这里"秦楼"指大周后住的王宫内院，"吹箫女"指大周后，大周后已病故，李后主还没有续娶小周后，所以见景伤情。第二句的"上苑"是帝王饲养禽兽的林园，景色美好，但因物是人非，园林也黯然失色了。第三句的"粉英金蕊"是说粉红色的花瓣，金黄色的花蕊，指的是各色花卉；"低昂"是把花拟人化，说花一会儿低下头去，一会儿抬起头来，可是大周后不能再同李后主来观赏了。第四句"东风恼我"，又把东风拟人化，可能是因为大周后已死，李后主居然忍心一个人来赏花，所以东风也怨恨了。最后一句中的"一衿"指的是衣襟，衣襟是成双的，比喻后主夫妇比翼齐飞；而现在后主失伴，花也只开一半，不肯尽吐芬芳。

后段第一句的"琼窗"是美玉装饰的窗户，指的是窗后的人，但也不妨把窗拟人化，说琼窗在梦中听见笛声，连残阳也听得不忍离去。回想当年夫妇两人一同吹箫作乐，此情此景，多么令人留恋！此时此刻，多么遗恨绵绵！但是醒来之后，只见窗外垂泪的杨柳在轻轻拂着碧玉栏杆，仿佛也在和残阳依依惜别似的。回想自己和大周后，正是相见时短别时长，往事如梦，令人不忍思量！

这首词借景写情，情景交融，但是哀而不伤，可能词中最后已有小周后的影子了。

TUNE："GRATITUDE FOR NEW BOUNTIES"①

In our pavilion my flutist can't be found,
  Leaving the scene of royal garden unenjoyed,
The pink and golden flowers nodding to the ground.
  By the east wind I feel annoyed;
It brings but half spring fragrance round.

The dreaming window keeps the sun's departing rays.

---

① Perhaps written after the death of the queen referred to as the flutist and before the poet-king's second marriage with her younger sister.

How I regret those bygone days!
With railings green a weeping willow plays.
We met only to part;
It's like a dream in vain to keep in heart.

这首《谢新恩》和第二十首《虞美人》据说都是悼念大周后的作品。这首词中多用拟人法，如第三、四句"粉英金蕊自低昂。东风恼我"，把风和花都比作人，译文也就说粉红色和金黄色的花都点起头来（nodding）。但是"东风恼我"有两种可能：一是东风恨我薄情，一是我怨东风没有把香花全都吹开。这里的译文用反宾为主法，把我译成主语；如以东风为主，也可译成 The east wind feels annoyed。下片第一句"琼窗梦笛留残日"，又把"琼窗"和"残日"都拟人化，所以说窗子会做梦（the dreaming window），日光也会依依不舍地离去（the sun's departing rays）。最后两句"暂时相见，如梦懒思量"，译文说成李后主和大周后"相见仿佛只是为了分离，像个留不住的梦"。这样如梦如真，把真事比作梦，把梦说成真，真真假假，虚虚实实，写出了李后主对大周后绵绵不断的情意。

（20）虞 美 人

风回小院庭芜绿，柳眼春相续。
凭栏半日独无言，依旧竹声新月似当年。

笙歌未散尊前在，池面冰初解。
烛明香暗画堂深，满鬓清霜残雪思难任。

这首词前段第一句的"风回"，应该是指春风回来，所以小院庭中的草才变绿了。第二句的"柳眼"，指初长出来的柳芽；"春相续"是说今年的春天接上去年的春天。春回大地，当年与李后主同赏春光的大周后却一去不复返了，所以第三句说："凭栏半日独无言"。"凭栏"可能是因为当年曾和大周后同赏栏外风光；"半日"是说时间不短；"独无言"是因为大周后已死，无人可以共语，不免思念当年共语的人。尤其使后主难过的是不但风景依旧，而且笙歌之声也和当年一样，甚至曾经照过旧时人的一钩新月也挂上柳梢头，叫人怎能不见景生情，悲从中来！

后段第一句的"笙歌"就是前段的"竹声";"尊前"一作"金尊",是指当年曾和大周后共饮的酒杯。这一句写内景,第二句回到栏外:"池面冰初解",和前段第一句"风回"遥相呼应。因为春风吹皱池水,冰已开始溶解,而李后主心中的思念,却无法排解,这一句是借外景写人,形成对比。第三句却是借内景写人:回到室内,只见明烛高照,却不见当年的大周后;炉香暗淡,有如大周后的一缕芳魂;画堂空荡荡的,更加显得幽深。这一"明"一"暗"一"深",写的既是客观的景物,也是李后主内心的感觉。最后一句是对人物特写的大镜头:"满鬓清霜残雪"。霜雪都是白的,这里是说满头鬓发都花白了,正如李白在《秋浦歌》中所说:"白发三千丈,缘愁似个长。不知明镜里,何处得秋霜。"这句前六个字写的是外形;最后三个字"思难任"是写内心,此情此景,叫李后主如何受得了!

TUNE: "THE BEAUTIFUL LADY YU"

The vernal breeze returns, my small courtyard turns green;
Again the budding willows bring back spring. I lean
    Alone on rails for long without a word.
As in the bygone years the crescent moon in seen
    And songs of flute are heard.

The banquet not yet closed, music floats in the air;
    Ice on the pond begins to melt.
In deep paint'd hall with candles bright, dim perfume's smelt.
    The thought of age snowing white hair
    On my forehead is hard to bear.

在这首《虞美人》中,用得多的是词性变换法,如名词译成动词,动词译成名词等。第二句中的"柳眼"是名词,译成 budding willows(发芽的柳树)却是把名词译成形容词了。最后一句中的"残雪"也是名词,这里译成 age snowing white hair(岁月使白发像白雪一般落在我头上),是把"雪"由名词变动词,再变成动名词。而岁月和白发却是用了加词法。上一句的"香暗"译成 dim perfume's smelt(闻到了暗香),用的也是加词法,以便和再上一句的 Ice begins to melt(冰初解)押韵。这些都是为了意美或音美而加词的。

(21) 临江仙

樱桃落尽春归去，蝶翻金粉双飞。
子规啼月小楼西。画帘珠箔，惆怅暮烟垂。

门掩寂寥人散后，望残烟草低迷。
（何时重听玉骢嘶？扑帘飞絮，依约梦回时！）

《西清诗话》说："后主围城中作此词，未就而城破。尝见残稿，点染晦昧，心方危窘，不在书耳。"这就是说，宋军兵临城下，李后主正在写这首《临江仙》，词还没有写完，宋军就破城了，所以最后十六个字是后人补写的。也有人说：最后三句的原文是："炉香闲袅凤凰儿，空持罗带，回首恨依依！"后面还有苏子由的题词："凄凉怨慕，真亡国之声也。"但如译成英文，"炉香"等句反而不如"何时"三句更像亡国之音，所以这里就照"何时"等句译了。还有人说这词不是后主作的，这里记下作为参考。

前段第一句写景，说春天归去，好时光一去不复返。可能是城破国亡的象征。第二句的"金粉"指蝴蝶的金色翅膀，说蝴蝶"不知亡国恨"，还在比翼双飞呢。第三句的"子规"就是杜鹃，在西方是快乐的鸟，在我国却只发出哀鸣，所以常说"杜鹃啼血"，这里和蝴蝶形成对比。李商隐的《锦瑟》中也有"庄生晓梦迷蝴蝶，望帝春心托杜鹃"的名句。第四句的"珠箔"就是珠帘，表示王宫的华贵，和第五句的"暮烟"也形成了对比。珠帘、暮烟都戴上了惆怅的面纱。

后段第一句写近景，和前段第四句呼应，说不但珠帘垂下，门也掩上，因为人已散了，剩下的只有寂寥。第二句写远景，和前段第五句呼应，说暮烟沉沉，芳草萋萋，迷离恍惚，象征前途渺渺茫茫。往事不堪回首，什么时候才能再听到自己的骏马嘶鸣呢？最后看到帘外的飞絮，随风飘荡，无枝可依，有家难归，象征着自己的命运，要回故园只有在梦中了。如照"炉香"三句讲，则可以说香还可以上下自由飘荡，自己却要脱下袍带，肉袒投降，"此恨绵绵无了期"。

（以上二十一首词都是李后主亡国前的作品，欢乐多于忧伤。这首词是转折点，从此以后，他的词除了存疑的之外，就有哀无乐了。）

TUNE: "IMMORTALS AT THE RIVER"

All cherries fallen, gone is spring;
The golden butterflies waft on the wing.
West of the bower at the moon the cuckoo cries;
The screen of pearls sees dreary evening smoke rise.

Loneliness reigns behind the closed door
  When the court is no more.
  I gaze on mist-veiled grass.
When may I come back to hear my steed neigh? Alas!
The willow down clings to the screen, it seems.
  My soul could only come in dreams.①

  这首《临江仙》是李后主亡国前最后的作品。词中多半借景写情，如上片第一句的"樱桃落"（All cherries fallen），第二句的"蝶翻飞"（butterflies waft），第三句的"子规啼"（the cuckoo cries），最后一句的"暮烟垂"等，都是用哀景来写亡国之情的。翻译时基本可以直译，只有最后一句的"垂"字，主语可能是前面的珠帘，说珠帘看到惆怅的暮烟升起，就惆怅地垂下。下片最后一句也有人说是"回首恨依依"，最后两个叠字如何译呢？这里译成（what regret clings）to me, to me！没有重复 cling（依），却重复了 to me，而且中英文的元音相同，这可以算是以重复译重复。

（22）破阵子

  四十年来家国，三千里地山河。
凤阁龙楼连霄汉，玉树琼枝作烟萝。几曾识干戈！

---

① It is said that the poet-king was writing this lyric when his capital fell to the besieging army. The last three lines were completed by another poet. Another version reads as follows:
  The incense rises from the phoenix burner free.
   In vain I hold my belt in hand, alas!
  On looking back, what regret clings to me, to me!

一旦归为臣虏，沈腰潘鬓消磨。

最是仓皇辞庙日，教坊犹奏别离歌，垂泪对宫娥。

公元975年，宋太祖灭南唐，李后主肉袒出降，同小周后去汴京（今开封），在渡口回首望京城（今南京），流泪赋了一首诗："江南江北旧家乡，四十年来梦一场。吴苑宫闱今冷落，广陵台殿已荒凉。云笼远岫愁千片，雨打归舟泪万行。兄弟四人三百口，不堪回首细思量。"这首《破阵子》大约是他到汴京后写的。

前段回忆往事：第一句说时间，南唐开国是937年，到填词时大约有四十个年头；封建帝王是家天下，以家为国，国属于家，所以说是"家国"。第二句说空间：南唐"共三十五州之地"，包括现在的江苏、安徽、江西、福建一带，大约三千里。第三、四句特写京城的宫苑："凤阁龙楼"就是用彩色画了龙凤的宫殿楼阁，"连霄汉"是说楼台高耸，直冲九霄云外，如陆游《南唐书》中说："南唐宫中旧有百尺楼、绮霞阁"，可见其高。"玉树琼枝"是形容御花园中的树木浓荫蔽日，万绿丛中露出金碧辉煌的亭台楼阁，连成一片，仿佛是树林中长出来的一般，朦朦胧胧，使人恍惚梦入仙境。最后一句是说在这样美丽的王宫御园内长大的李后主，怎么会用武器打仗呢？

后段前两句写现实：忽然家破国亡，成了俘虏，过着囚禁生活，怎能不折磨得变老变瘦呢？"沈腰"是指沈约的腰，沈约病了一百几十天，腰带常常要"移孔"，所以"沈腰"就是腰身消瘦的意思；"潘鬓"指潘岳斑白的头发，意思是变老了。这痛苦的现实是如何开始的呢？最后三句又回忆城破国亡之日，自己不得不辞别供奉祖先神位的宗庙，而"教坊"的乐队却"不知亡国恨"，还照旧演奏起"别离歌"来，叫人听了怎能不心碎肠断，当着宫女的面，就流下了眼泪呢！

TUNE: "DANCE OF THE CAVALRY"

A reign of forty years
O'er land and hills and streams,
My royal palace scraping the celestial spheres,
My shady forest looking deep like leafy dreams,
What did I know of shields and spears?

> A captive now, I'm worn away:
> Thinner I grow, my hair turns grey.
> O how can I forget the hurried parting day
> When by the music band the farewell songs were played
> And I shed tears before my palace maid!

《破阵子》是李煜亡国后写的第一首词。上片第一句"四十年来家国",一个美国译者 Daniel Bryant 把"家国"译成 our house and our domain,那就太散文化了;这里抽象化为 reign(统治),用的是换词法,可能更有诗意。第二句"三千里地山河",美国译者又把三千里等化为一千英里(a thousand miles),却没有译"地"字,于是就会使人误以为山和河有一千英里长了;这里把数字删了,把"地"译成 land(国土),用的是减词法。第三句"凤阁龙楼连霄汉",后三字美译为 reached up to the stars at night(到达了夜里的星空),可能把"霄"误解为"宵",这里改用摩天大楼的"摩"字(scrape),形象就美得多。第四句"玉树琼枝作烟萝",后二字美译是 a cloud of vines(蔓藤如云),倒也很形象化,但是模糊朦胧之感不如这里译的 a leafy dream(绿叶如梦)。第五句"几曾识干戈"中的"干戈",美译是 weapons of war(战争的武器),又是太散文味,不如用等化法换译成 shields and spears(矛和盾)。下片第一句"一旦归为臣虏",美译用了 slave(奴隶),这里没用,因为只译"虏"字已经足够。第二句"沈腰潘鬓消磨",美译把人名都音译了,这里删去,因为"沈潘"其实是指自己。第三句"最是仓皇辞庙日",美译把"庙"译成 ancestral shrines(祖庙),非常精确;这里删了,因为庙(the temple)是以部分代全体,实指故都。第四句"教坊犹奏别离歌","教坊"的美译是 The Royal Academy of Music(皇家音乐学院),太现代化,其实这里是用全体代部分,所以译成 the music band(乐队)就可以了。最后一句"垂泪对宫娥"中的"娥"字,美译是 woman(女人),太散文化,破坏了全词的诗意;这里改成 maid,还可和上一句的 played 押韵,正是意美、音美兼备。这样逐句比较了美国人和中国人的译文,主要是想说明译诗词和译散文不同。美译多是形似,中译却发挥了译语优势。

（23）梦 江 南

一

多少恨？昨夜梦魂中！
还似旧时游上苑，车如流水马如龙，花月正春风。

二

多少泪，断脸复横颐。
心事莫将和泪说，凤笙休向泪时吹，肠断更无疑。

王夫之《画斋诗话》中说："以乐景写哀益倍增其哀。"第一首《梦江南》就是"以乐景写哀"的典型。第一句"多少恨"可以是问句，也可以不是，但问句感情更强烈；第二句作为回答，就更令人梦断魂消。但第二句也可以和第一句合成一问，那就是说：昨夜梦见什么了？第三句是回答，也可以说，"游上苑"是"梦"的具体化；而第四句又是"游上苑"的具体化："车如流水"是说随从的车辆多得像河中的流水一样连绵不断；"马如龙"则是说随从的马匹像水上的飞龙一般奔腾驰骋。如果说第四句是借车马写人物，那第五句就是借景物写欢情：花好月圆，春风和煦。但那都是"旧时"的事了。如今呢？"门前冷落车马稀""终日谁来？""春花秋月"都已了。今昔对比，乐景反而"倍增其哀"，尽在不言中了。

如果说第一首《梦江南》是借景写恨，那第二首就是借泪写哀。有人说《梦江南》一名《望江梅》，即《梦江南》后加一叠，双调。所以也可以把第一首看作前段，第二首看作后段。后段特写泪脸，"多少泪"呢？"断脸复横颐"。"颐"是面颊，就是眼泪纵横交流，颊下额上泪痕道道，仿佛把脸都划断了，可见眼泪之多。因此，即使有满腔的心事，也不要和着眼泪倾吐，以免泪流不止。"凤笙"是指刻了凤纹的笙箫，因为传说弄玉吹箫引凤下凡，所以后人就称之为"凤箫"和"凤笙"。吹笙本来是为了发泄痛苦，减轻悲哀，但在流泪时吹笙，眼泪只会越吹越多，一定会吹得心碎肠断的。一句话，这两首词写的就是"依旧竹声（后段）新月（前段）似当年"。

TUNE: "DREAMING OF THE SOUTH"

I

How much regret
    In last night's dream!
It seemed as if we were in royal garden yet:
Dragonlike steeds and carriages run like flowing stream;
In vernal wind the moon and flowers beam.

II

How many tears
Crisscross my cheeks between my ears!
Don't ask about my grief of recent years
Nor play on flute when tears come out,
Or else my heart would break, no doubt!

    这首《梦江南》可以算是一首词的上下片，也可以说是两首小令。第一首最后一句"花月正春风"的译文加了一个动词 beam（发出喜悦的光辉），就把花月都写活了。第二首的前两句"多少泪，断脸复横颐"，译文却把两个动词合成为 crisscross（纵横交错），用的是合词法，能使人如见泪脸。这两种都是创造性的翻译法。如果说第二十三首词是从过去的欢乐写到当时的悲哀，下面的第二十四首《子夜歌》却是从当时的悲哀写到过去的欢乐。

（24）子夜歌

人生愁恨何能免？销魂独我情何限？
故国梦重归，觉来双泪垂！

高楼谁与上？长记秋晴望。
往事已成空，还如一梦中！

    这首词又名《菩萨蛮》，是李后主到汴京后抒写亡国哀思的作品。

前段第一句是泛指，说人只要闲着总免不了忧愁，免不了有恨事。第二句具体到词人自己身上，说为什么唯独我的愁恨特别多，多到了无限的地步？为什么我的愁恨特别深，深到了魂销肠断的程度？第三句是间接的回答：因为词人是一个亡国的君主，夜里又梦见回到了失去的故国，或者又在御花园里寻欢作乐，又看见车水马龙，又沉醉在花月春风之中。所以醒来又不免"多少泪，断脸复横颐"！

前段写恨，写梦，写泪；后段头两句写忆，写事。回想自己当君主时，常同后妃登高望远，饮酒作乐；如今"一旦归为臣虏"，还有谁同自己去登"连霄汉"的"凤阁龙楼"呢？只有在记忆中回顾当年秋高气爽、晴空万里的江南景象了。最后说到"往事"不堪回首，"还如一梦"，又从夜里梦游故国回到现实之中，再从现实中发觉人生如梦，写出了词人无可奈何的心情。

TUNE："MIDNIGHT SONG"

From sorrow and regret our life cannot be free.
Why is this soul-consuming grief e'er haunting me!
　　I went to my lost land in dreams;
　　Awake, I find tears flow in streams.

Who would ascend with me those towers high?
I can't forget fine autumn days gone by.
　　Vain is the happiness of yore;
　　It melts like dream and is no more.

这首词第一句的"免"字译成 free（自由，摆脱），似乎更有诗意。第二句的"销魂"可以直译，"情"译成 grief（愁恨）是深化了，"何限"用了 haunting（萦回，缠绕）一词来译，也是把广度化为深度。第四句的"双泪"虽然可以译成 two streams，但复数已经可以表示不是一只眼睛流泪，所以 two 可以省去，这用的是浅化法。后段第二句"长记"译成 can't forget（不能忘记），用的是反译法，把肯定句译为否定句，还可以算是等化。最后两句的"往事"具体化为 happiness（乐事），"还如"具体化为 melt（溶化），用的都是深化法。深化、浅化、等化都是译诗的方法。

(25) 虞美人

春花秋月何时了？往事知多少！
小楼昨夜又东风，故国不堪回首月明中。

雕栏玉砌应犹在，只是朱颜改。
问君能有几多愁？恰似一江春水向东流！

陆游《避暑漫钞》中说："李煜归朝后，郁郁不乐，见于词语。在赐第七夕，命故妓作乐，声闻于外。太宗怒。又传'小楼昨夜又东风'及'一江春水向东流'之句，并坐之，遂被祸。"这就是说，李后主被俘到汴京后，在生日饮酒填词，宋太宗一怒之下，下令用牵机药把他毒死。因此，这首《虞美人》是以生命为代价写出来的。王国维说："后主之词，真所谓以血书者也。"后主的经历概括了人生最深刻的生死之悲，最广阔的兴亡之感。这首词超越了个人的悲痛，具有普遍的意义，成了唐宋词中的珍品。

前段第一句凭空而来，出人意料："春花秋月"是天地间最美好的景物，一般人愿意花常开，月常圆，李后主为什么违反常情，反问花好月圆何时方休呢？有人认为"秋月"应是"秋叶"，那就只表示客观的季节，没表达词人主观的感情；即使后主原文是"叶"，经过千年传诵，"月"也远胜于"叶"，早已取而代之。由此可以看出"真"和"美"的关系，只要是真"美"，传诵千古之后，"美"也就成"真"了。那么，李后主为什么不爱"美"呢？原来"春花秋月"引起他对花前月下的美好回忆，而现在却身为臣虏，在悲痛中回忆欢乐的往事，那就更觉得"故国不堪回首"的悲痛了！

后段第一句是对"故国"南唐宫殿的特写："雕栏"是雕有花彩的栏杆，"玉砌"是用白玉砌成的台阶。南唐的宫殿应该还在，但宫中的美人呢？小周后已经入宋宫随侍了。物是人非，今昔对比，怎不叫李后主悲痛欲绝！最后，只好无可奈何地问自己：你要知道我有多么悲哀吗？那只消看无穷无尽、不舍昼夜、滚滚东流的长江水。真是"天长地久有时尽，此恨绵绵无了期"！

TUNE: "THE BEAUTIFUL LADY YU"

When will there be no more autumn moon and spring flowers
    For me who had so many memorable hours?
The east wind blew again in my garden last night.
    How can I bear the cruel memory of bowers
        And palaces steeped in moonlight!

Carved balustrades and marble steps must still be there,
    But rosy faces cannot be as fair.
If you ask me how much my sorrow has increased,
    Just see the overbrimming river flowing east!

这首《虞美人》和第二十六首《浪淘沙》是李煜最著名的作品。前一首最难译的是上片最后一句"故国不堪回首月明中"。美国译者 Bryant 的译文是：

Oh, lost country, when moon is bright, I can't bear to look back.

（噢，失去了的国家，在月明时，我不忍回头看。）

从字面看，"不堪回首"译得不错，但只达意而没传情，所以我改译为：

It cruelly reminds me of my lost land steeped in moonlight.

把"不堪"译成 cruelly（残酷地使我想起失去了的月明之乡），我颇得意，也得到美国读者的好评。但是一句有十四个音节，未免太长，而原文九个字是可以分为前六后三的，于是我又改成现译的感叹句。最后两句"问君能有几多愁？恰似一江春水向东流"是传诵千古的名句，我用 increased（增多）和 east（东）押韵，觉得也是妙手偶得之。

（26）浪淘沙

帘外雨潺潺，春意阑珊。罗衾不耐五更寒。
    梦里不知身是客，一晌贪欢。

独自莫凭栏，无限江山。别时容易见时难。
    流水落花春去也，天上人间。

《西清诗话》中说:"南唐李后主归朝后,每怀江南,且念嫔妾散落,郁郁不自聊。尝作长短句云(词略),含思凄婉,未几下世矣。"由此可知,这首《浪淘沙》是李后主降宋后,去世前的作品,是一首著名的断肠词。

前段第一句写外景,"潺潺"是连续不断、长而不快的雨声,词人听到的是帘外的雨,感到的是心中的泪:"枕前泪共帘前雨,隔个窗儿滴到明。"李后主只能饮泪吞声,那悲痛之情比流泪要深沉得多!第二句写内心的感觉,因为国亡家破,无心赏春,只能略感春意而已,而春意也随着潺潺的雨水一点一滴地消逝了。第三句写内景:薄薄的丝绸被子怎么受得了五更天的寒冷呢?加上内心的悲痛,更觉得雨露风霜严相逼。于是只好在梦中寻求解脱,暂时忘掉寄人篱下的痛苦。但这苟且偷安的睡梦又被潺潺的雨声、五更的寒意打破。醒来回想梦中贪欢的片刻,觉得更加悲痛,正是以乐衬哀,反倍增其哀!

后段第一句"独自莫凭栏","莫"一作"暮",那就把否定变成肯定,把感慨变成叙事,范围既窄,感情也浅了,所以还是"莫"好得多。为什么不要倚栏杆呢?因为凭栏远望,不免要遥想故国的大好河山,而离开故国容易,再想回去就难上难。故国也像春天,随着流水落花一去不复返了。最后"天上人间"四字有各种解释:一说春天是去"天上"还是"人间"?一说过去是"天上",现在是"人间";一说"春去也"表示"别时容易","天上人间"距离遥远,表示"见时难";一说"天上"指梦中天堂般的帝王生活,"人间"指醒后的现实。"流水"与"雨潺潺","落花"与"阑珊"前后呼应,使这首词成了李后主的千古绝唱。

TUNE:"RIPPLES SIFTING SAND"

The curtain cannot keep out the patter of rain;
Springtime is on the wane.
In the deep night my quilt is not coldproof.
Forgetting I am under hospitable roof,
In dream I seek awhile for pleasure vain.

Don't lean alone on balustrades
And yearn for boundless land which fades!

Easy to leave it but hard to see it again.①
With flowers fallen on the waves spring's gone away,
So has the paradise of yesterday.

这首词的第一句"帘外雨潺潺",我用了三个 K 音（curtain, cannot, keep）来译"潺潺"这对叠字。这是用双声译叠词法。第二句"春意阑珊",抽象得不大好译,我把春比作月,借用 wane（残缺）来译"阑珊",觉得也算巧译。第三句"罗衾不耐五更寒",我用 cold-proof 来译耐寒,美国译者说是不宜入诗,我却说雪莱在《云》中用过 sunbeam-proof,不是很有诗意吗?第四句"梦里不知身是客",我用 hospitable roof（寄人篱下）来译"客"字,可和上句 cold-proof 押韵,也算不错。下片前两句"独自莫凭栏,无限江山",我加了一个动词 fade（消失）,觉得是原文内容所有而形式所无的词。最后两句我在《文学翻译：1+1=3》中已经谈到,这里就不多说了。总之,我的译文发挥了译语的优势。

（27）乌 夜 啼

林花谢了春红,太匆匆!
无奈朝来寒雨晚来风。

胭脂泪,留人醉,几时重?
自是人生长恨水长东。

这是李后主降宋后写的一首情景交融、物我两忘的名作。调名一作《相见欢》。

前段第一句的"林花",说的是树林中开的花;"谢"是辞别的意思,"春红"指的是春天鲜艳的颜色。一个"谢"字,把"花"和"红"都写活了,都拟人化了。试把这句改成"林中红花谢了",全句就显得平淡无奇,可见"拟人"之妙。拟谁呢?"花"自然拟后主本人,"春红"指帝王生活。所以这句看起来是写景,但是景中有人。下面的"太匆匆"三个字

---

① Another version:
It's easy to lose but difficult to regain.

说明了词人的惜春之情，这是夹叙夹议。最后又是人物合一，说春花奈何不了早晚的风雨，因为"风刀霜剑严相逼"，其实是说后主自己受不了朝朝暮暮的风吹雨打。因此，前段都是借景写情。

后段第一句是写人还是写景呢？"胭脂"可能指小周后或南唐的嫔妃宫女，她们脸上搽了胭脂，国破家亡之后，终日眼泪洗脸，就变成胭脂泪了；但也可能是指红花带雨，落英缤纷，犹如胭脂泪一般，那就借人写景，寓情于物了。不管是美人或美景，都令李后主沉醉其中；但是这种赏心乐事，何时能再有呢？可惜美好的生活也像"谢了春红"的落花一样，随着"一江春水向东流"，一去不复返了，剩下的只是"此恨绵绵无尽期"。因此，前段是以花拟人，后段却相反以人拟花，使花和人合而为一，难分物我。最后，又再推进一步，使人的恨和花的恨都融入滚滚东流的江水，无穷无尽地在天地之间奔流；使李后主个人的悲痛冲破了亡国之君的小圈子，冲破了时间和空间的限制，和大自然的落花流水浑成一体，天长地久地传诵人间。

TUNE："CROWS CRYING AT NIGHT"

Spring's rosy color fades from forest flowers
    Too soon, too soon.
How can they bear cold morning showers
    And winds at noon?

Your rouged tears like crimson rain
    Will keep me drink in woe.
    When shall we meet again?
The stream of life with endless grief will overflow.

这首词的上片第一句"林花谢了春红"，英译文反宾为主，说成是"春红谢了林花"，这样，flowers 就可以和第三句的 showers 押韵，为了传达原词的音美而颠倒词序了。第二句"太匆匆"的英译文重复了 too soon，这是用重复译叠字的方法，而且译文和原文音近，可以传达原文的音美。原文第三句"无奈朝来寒雨晚来风"有九个字，但可分为两句，前六字，后三字，格式和第一、二句一样，富有形美和音美；英译文也把这一句分译两行，后一句的"晚"字译为 noon（中午），既和原文音似，又和译文第二行押韵，真是一举两得。有人认为这是因韵害义，我却觉得早晚是表示一天到晚的意思，包括中午在内，如果把"晚"译成 afternoon 或 evening，那就音节太多，和第二行也不相等，有损音美和形美，所以还是现在的译文好。

下片第一句"胭脂泪"暗指桃花雨，英译文把这两个形象都译出来，可以和上面的"寒雨"相呼应。译文传导的信息比原文还多，可以说是用了"超导法"。最后一句"自是人生长恨水长东"，英译文把人生和水合译成 the stream of life，这是合而为一法。最后的"东"其实是向东流的意思，"东"是表层形式，"流"是深层内容，原文为了押韵的音美和字数的形美，牺牲了深层的意美；而译文却舍表层而取深层，译成 overflow（流，泛滥），反倒取得了"三美"的效果。由此可见，翻译诗词需要考虑意美、音美、形美三个方面，有所取舍，牺牲局部，才能取得全面的丰收。还可看出"形似而后神似"是不可能的，因为形似只能译"东"和"流"，怎么可能译得神似呢？因此可以说求"似"（形似）是低标准，求"真"（意似）是中标准，求"美"（三美，神似）才是文学翻译的高标准。

（28）浪淘沙

往事只堪哀，对景难排。
秋风庭院藓侵阶。一任珠帘闲不卷，终日谁来？

金锁已沉埋，壮气蒿莱。
晚凉天净月华开。想得玉楼瑶殿影，空照秦淮。

《草堂诗余》续集眉评中说："此在汴京念秣陵事作，读不忍竟。"这就是说，李后主在汴京思念故都（今南京），写下了这一首《浪淘沙》，令人不忍卒读。

前段第一句的"往事"和《虞美人》中的"往事"可能不同，前者写哀，后者写乐。第二句的"景"也和《虞美人》中不同：一个是"春花秋月"的良辰美景，一个是"秋风庭院"难以排解的悲哀，加上藓苔侵占了台阶，"门前旧行迹，一一生绿苔"，说明台阶好久没有人走了，使得悲哀更难排解，又加深了一层。这一句是客观的描写，下一句写主观的消极态度：不卷珠帘。两句从主客两方面说明了整日没有人出入的事实，而事实又加深了词人的悲哀。

后段第一句的"金锁"有两种解说：一说是李后主穿的黄金锁子甲；一说是三国时吴王锁江的铁链，铁链已沉江，封锁不了敌人的战船，所以城破国亡。第二句的"壮气"指豪情壮志，"蒿莱"是两种杂草，全句是说：抗宋的雄心也埋没在荒烟衰草之间，化为腐朽的枯草了。这两句写过去；下一句回到眼前的现实：感到的是凉爽的天气，看到的是碧空如洗，月色如银，真是良辰美景奈何天。这里的"月华"是把月比作花，英译用了 blooming 一词，也是说如花盛开的明月，可算异曲同工。最后，词人又从眼前的景色，想到遥远的故都："凤阁龙楼""玉树琼枝"，还有秦淮河上的画舫游艇，河畔的歌楼酒肆，好一派繁华景象！但如今自己身为阶下囚，只好"一任"昔日的玉楼瑶殿空对水中的倒影了。

前段写白天，见景生情；后段写月夜，感时怀旧，以乐景写哀，又倍增其哀了。

TUNE："RIPPLES SIFTING SAND"

It saddens me to think of days gone by,①
With old familiar scenes in my mind's eye.
The autumn wind is blowing hard
O'er moss-grown steps in deep courtyard.
Let beaded screen hang idly unrolled at the door.
  Who will come any more?

Sunk and buried my golden armour lies;
Amid o'ergrowing weeds my vigour dies.
The blooming moon is rising in the evening sky.
  The palaces of jade
  With marble balustrade
Are reflected in vain on the River Qinhuai②.

这首《浪淘沙》不如第二十六首著名，翻译问题也不算多。可以提出的只是上片第三句"秋风庭院藓侵阶"和下片第四句"想得玉楼瑶殿影"

---

① The poet-king was a captive in the Song capital.
② The River Qinhuai ran through Jinling, the poet-king's former capital.

都分译成两行。上片是因为秋风紧吹（blowing hard）和庭院（courtyard）押韵，下片则是因为把"玉楼瑶殿"分译为 plalces of jade（玉殿）和 marble balustrade（玉栏）。两句都是为了押韵的音美而牺牲了形似，但还是保存了形美，可以算是舍"求似"而取"求美"的翻译法。另外，最后一句"空照秦淮"的动词不能译成 shine（照耀），因为上一句的"玉楼瑶殿影"是不能发光的，只能反映在秦淮河上，所以就由主动译成被动的"反映"（are reflected）。如果借用生命科学的术语来讲，可以说这是用了"克隆法"，因为克隆是把一种机体的优质基因注入另一机体，而被动态就可以说是译语的优质基因。这样就把最先进的科学技术应用到文学翻译上，使科学和文学结合起来。

（29）乌 夜 啼

无言独上西楼，月如钩。
寂寞梧桐深院锁清秋。

剪不断，理还乱，是离愁，
别是一般滋味在心头。

宋代黄升《花庵词选》中评这首《乌夜啼》说："此词最凄婉，所谓'亡国之音哀以思'。"《乌夜啼》一名《相见欢》，如以词的内容而论，自然是《乌夜啼》更名实相符，写的是李后主国亡家破之后，软禁在汴京时对南唐故园的离愁，对小周后随侍宋王的别恨。

前段第一句写人写地："无言"是没有人共语，"独上"是没有人做伴，"西楼"可以看到日落月沉，是凄婉的环境。第二句写时间，如钩的新月说明是深秋的夜晚，而一弯残月又象征着残破的江山，增加了环境的凄婉和亡国之君的哀思。第三句是环境的特写："寂寞"是"无言独上"的总结，"梧桐深院"是"西楼"的具体环境，而梧桐落叶又是寂寞的象征，冷清的秋天正是梧桐落叶之时，再加一个"锁"字，说的是梧桐落叶埋葬了冷落凄清的残秋，也象征着寂寞深院锁着亡国之君。所以前段写的是景，而一切景语都是情语。

后段直接抒情，但离愁是抽象的情感，只可意会，不可言传，而李后主却用了有形之物来比喻无形之物。后段第一句"剪不断"是把离愁比作流水，和李白的诗句"抽刀断水水更流，举杯消愁愁更愁"有异曲同工之妙。第二句"理还乱"又把离愁比作乱麻，但乱麻还可以用快刀斩，离愁却斩不断，这是用有形之物来衬托无形之物。最后，词人还用无形之物来比无形之物，把离愁比作一种滋味，又用了一个抽象的形容词"别是一般"来形容，说这种滋味既不是酸甜苦辣，也不能算是非酸甜苦辣，只有抽象的"别是一般滋味"才能准确地形容这种抽象的离愁。无怪乎明代沈际飞说："七情所至，浅尝者说破，深尝者说不破。破之浅，不破之深。'别是'句妙。"

TUNE：" CROWS CRYING AT NIGHT"

Silent, I go up to the west tower alone
Ane see the hooklike moon.
The plane trees lonesome and drear
Lock in the courtyard autumn clear.

Cut, it won't sever;
Be ruled 'twill never:
It's grief to part. ①
What an unspeakable taste in the heart!

（译法见《谈〈唐宋词三百首〉英译》）

（30）乌 夜 啼

昨夜风兼雨，帘帏飒飒秋声。
烛残漏断频欹枕，起坐不能平。

世事漫随流水，算来梦里浮生。
醉乡路稳宜频到，此外不堪行。

这首《乌夜啼》，一名《锦堂春》，词调和前面的《乌夜啼》（《相见

---

① Another version：Cut, it won't break；
　　　　　　　　　Ruled, it will make
　　　　　　　　　A mess：'tis grief to part.

欢》）不同，内容也有差异：前一首写一夜的离愁，这一首写一生的感慨。

前段第一句"昨夜风兼雨"，听得见风声雨声；而前一首《乌夜啼》只是"无言独上西楼"，既没有风，也没有雨，只见一钩残月，一片秋光。前一首诉诸视觉，这一首诉诸听觉。不仅此也，第二句再进一层，说风吹雨打，门前的竹帘，窗上的布帘，床上的帐帏，都飒飒作响，仿佛在合唱秋天的哀歌，更增加了词人的哀愁。前一首写的是室外楼上，这一首写的是室内床上。前一首看到的是残月，这一首看到的却是残烛：月残还会再圆，暂亏还会再满；风中残烛烧尽了却不会死灰复燃，风雪残年也不能再度花月春风。词人听到的是更残漏断，只能让时间随着铜壶滴漏，一点一滴地消逝；只能时常靠着枕头，睡也不成，起也不成，坐卧不安，心里不得平静。这是失眠之夜的特写。

前段借景写情，后段由情入思。第一句"世事"既指帝王的享乐生活，也指国亡家破的现实，现在都随着"流水落花春去也"，欢乐一去不复返了。第二句总结了浮生如梦的感慨，无论是"春花秋月"，还是"车水马龙"，现在都"还如一梦中"了。第三句的"醉乡"出自唐代王绩的《醉乡记》，就是曹操"何以解忧？惟有杜康"，只有饮酒可以消愁的意思；不过李后主更形象化，说只有醉酒这一条路最可靠，不妨经常光顾杏花村里，其他解闷忘忧的办法，恐怕都是此路不通了。由此可见李后主无可奈何的心情。"起坐不能平"是用形象写苦的名句；而"剪不断，理还乱"是用形象写愁的名句。

TUNE："CROWS CRYING AT NIGHT"

Wind blew and rain fell all night long;
Curtains and screens rustled like autumn song.
The waterclock drip-dropping and the candle dying,
I lean on pillow restless, sitting up or lying.

All are gone with the running stream;
My floating life is but a dream.
Let wine cups be my surest haunt!
On nothing else now can I count.

这首词上段第三句"烛残漏断频欹枕"中的"残"字译成 dying（熄

灭,死亡),是把蜡烛拟人化了,也可以说是用了"克隆法",因为原文中并没有拟人法这个优质基因。第四句"起坐不能平"却为了和dying押韵而加译了lying(躺下),这可说是用了"超导法",因为原文只说"起来坐下都不能平定",加上"躺下",传导的信息就多于原文,但又是原文内容可有而形式所无的文字,为了"求美"而得到"真",也就是说,不求"形似"而得"神似"。

(31) 望 江 梅

一

闲梦远,南国正芳春。
船上管弦江面绿,满城飞絮滚轻尘。忙杀看花人。

二

闲梦远,南国正清秋。
千里江山寒色远,芦花深处泊孤舟。笛在月明楼。

这两首《望江梅》和《梦江南》一样,词调一名《望江南》或《忆江南》,也有不分为二首的。李后主降宋到汴京后,先封违命侯,后改陇西公,这两首词可能是改封后写的。

第一首回忆江南故国的春天。第一句说"闲",表面上是从侯改封为公,心情比以前闲适了;但内心深处还在梦想着遥远的南国,不言愁而愁自见,这就是"此时无声胜有声"的写法。第二句总领下面三句写春的景象,突出一个"芳"字。第三句写南国名胜秦淮河上的美景:"船上管弦"之声不绝于耳,而吹笛弹琴的是芳龄佳人;"江面绿"三字则会使人想起白居易《忆江南》中的名句:"春来江水绿如蓝"。第四句由江上转写岸上,"车如流水马如龙",柳絮与芳尘齐飞。车马到哪里去?第五句做了回答:去看芬芳盛开的花枝。一个"忙"字和词人的"闲"形成了鲜明的对比,自己心虽然闲,身却不能自由去看花呵!

第二首回忆南国的秋天,突出一个"清"字。第三句写山,第四句写水,第五句写人。山水是清冷的:"三千里地山河""寒山一带伤心碧",远山都绿得人心寒了,这是借山写人,借景写情。水呢,水上一片芦花,也是绿得令人伤感,偏偏在芦花深处还有一叶扁舟,这扁舟象征着李后主的孤独，而芦花深处也象征了他的幽居。这第四句和第一首第三句又形成了鲜明的对比。最后，"笛在月明楼"使人想起唐代张若虚《春江花月夜》中的"谁家今夜扁舟子，何处相思月明楼？"说明李后主也随着清远的笛声，回到"不堪回首月明中"的故园百尺楼里去了。

TUNE："GAZING ON THE SOUTH"

I

My idle dream goes far:
In fragrant spring the southern countries are.
Sweet music from the boats on the green river floats;
Fine dust and willow down run riot in the town.
It is the busy hours for admirers of flowers.

II

My idle dream goes far:
In autumn clear the southern countries are.
For miles and miles a stretch of hills in chilly hue,
Amid the reeds is moored a lonely boat in view.
In moonlit tower a flute is played for you.

《望江梅》可以算是一首词的上下片，也可以算是两首词。第三句"船上管弦江面绿"的英译文是：Sweet music from the boats on the green river floats. 原文没有内韵，英译文的 boats 却和同一行内的 floats 押韵，从音美的观点来看，传导的信息和情感都多于原文，也可算是"超导"。由此可见"超导"并不限于意美，还可包括音美和形美在内。第四、五句的英译文也是一样。

（32）捣练子

深院静，小庭空，断续寒砧断续风。
无奈夜长人不寐，数声和月到帘栊。

据高阳说，这首词是李后主思念嘉敏（即小周后）写的。大周后病了,嘉敏来探视。《金缕鞋》第 126 页上说:李煜和嘉敏"在沉默中,隐隐听得哒、哒、哒地一声又一声,忽高忽低,而极沉着、极有韵律的声音。骤听不解,细听才知究竟。正要动问,李煜却先开口了。

'你听见没有?是宫女在东池捣练。'

'听见了!'每到秋天,江南水乡,处处可以听见贫家妇女在河边用木棒锤捣击练绸,除去杂质的声音。嘉敏所奇怪的是,宫中居然亦有这样的情形。但细想一想,也就不足为奇。宫女既可以自己染丝,创出'天水碧'的新色,自然亦可以自己捣练,千锤百炼成柔软洁白的好熟绢。"

"正在这样想着,李煜说道:'我念首词你听!'接着,他用清朗的声音,慢慢念道:深院静,小庭空,断续寒砧断续风。无奈夜长人不寐,数声和月到帘栊。"

"这首词,浑成自然,嘉敏一个字、一个字听得清楚,眼前就仿佛看到李煜深夜不寐,辗转反侧,听西风断续传这捣练的砧杵之声,烦躁而无奈的情况。不言愁而愁自见,嘉敏又为他隐隐心痛了。"

高阳的解释不但说明了词的本事,也说明了词牌的意思:"捣练"就是"用木棒捣击练绸,除去杂质"。这首词很短,描写的客观环境是:院静庭空,寒风袭人,砧声不断,月照帘栊。"砧"就是捣衣石,"帘栊"是挂着竹帘的格子窗。词人用"无奈夜长人不寐"一句把景物都联起来了,就像一根金线把珍珠联成一串一般。院静所以听到砧声,庭空所以响起风声,夜长不寐,所以看到月照窗上。"数声和月"中的"数"字,一般理解为形容词,是"几"的意思;但也不妨理解为动词,当"计算"讲。失眠之夜,只好计算断续的砧声,计算月光照到几个窗格子上,不是更说明思念之苦吗?这就是"从心所欲"地解释而"不逾矩"。

TUNE:"SONG OF THE WASHERWOMAN"

Deep garden still,

Small courtyard void.

The intermittent beetles① chill

And intermittent breezes trill.

What can I do with sleep destroyed

But count the sound, in endless night,

---

① The washerwoman's tool.

Brought through the lattice window by moonlight?

　　这首《捣练子》最后一句"数声和月到帘栊"中的"数"字，到底译成形容词还是动词好呢？如果译成"几"，那只是描写客观环境；如果译成"计算"，那却写出了词人失眠无奈的主观心情。由此可见求"真"如有问题，可以看哪种译文更"美"。

（33）谢 新 恩

　　冉冉秋光留不住，满阶红叶暮。
　　又是过重阳，台榭登临处。

　　茱萸香，紫菊气，飘庭户，晚烟笼细雨。
　　雍雍新雁咽寒声，愁恨年年长相似。

　　李煜词中有六首《谢新恩》，在第一首调下有注："巳下六词墨迹在孟郡王家。"孟郡王是宋哲宗皇后的哥哥，1137 年封信安郡王。《词律拾遗》中注："此词不分前后叠，疑有脱误。叶本（指叶中芗《天籁轩词谱》）于'处'字分段。"这里根据叶本分段，根据高阳纠正脱误。

　　高阳在《金缕鞋》第 335 页上说："李煜走到移风殿外，但见满庭落叶，两行新雁，天色灰蒙蒙的，不辨是晚烟还是细雨。那苍凉萧瑟的景色，顿时将他的心境染得灰暗了。天过雁字，阶前茱萸，处处均使他兴起怀念远人的愁绪，不吐不快。于是徘徊吟哦，直到日暮。"由此可见，高阳认为这首词是李煜降宋前的作品，但靳极苍却说是"失国后期，在赐第中所作"。

　　前段第一句的"冉冉"是慢慢消逝的意思，秋天的时光就要无可奈何地过去，谁能留得住呢？到了黄昏，满地红叶堆积，又是重阳登高的节日了。但一登上高处的亭台楼阁，又不免要怀念远人。远人是谁呢？如果是在降宋之前，那怀念的可能是扣押在汴京做人质的兄弟；如是在降宋后，那就是"独自莫凭栏"或"高楼谁与上"了。从内容看来，降宋前的可能性更大。

　　后段第一句的"茱萸"是种植物，据说在重阳登高时插上一枝，可以避邪，所以王维在思乡诗中说："遥知兄弟登高处，遍插茱萸少一人。"第二句的"紫菊",一说是花,一说是酒,据说饮紫菊酒和插茱萸一样可以避灾,所以这两句是点明节令。这里说香气飘浮在庭院中,加上晚烟漫漫,细雨蒙蒙,更增加了愁思。又听见"雍雍"叫的飞雁,却没有带来远人的音信,雁声一断,仿佛把令人寒心的鸣声都咽下去。而年复一年,都见不到远人,正是"每逢佳节倍思亲"。

（从这首词起,以下八首词是有问题的作品:有的作者不知是否李煜,有的作品残缺不全,有的写作时期不定,如此等等。）

TUNE: "GRATITUDE FOR NEW BOUNTIES"

Who could retain the autumn light fading away?
    At dusk the marble steps are strewn with withered leaves.
The Double Ninth Day① comes again;
    The view from terrace and pavilion grieves.

Fragrance of dogwood spray
    And smell of violet flowers
    Waft in courtyards and bowers
Veiled in the grizzling mist and drizzling rain.
New-come wild geese cackle old songs chilly and drear.
Why should my longing look alike from year to year?

这首《谢新恩》有三处用了叠字:开头一句中的"冉冉秋光",最后两句中的"雍雍新雁"和"年年长相似"。这些叠字翻译起来总有所失,因此翻译其他地方应有所创,才能以创补失。如下片第四句"晚烟笼细雨",这里译成 veiled in the grizzling mist and drizzling rain（笼罩在蒙蒙灰雾和淋淋细雨之中）,就是用双声叠韵来译晚烟和细雨,弥补译"冉冉"等叠字的损失,这可以叫作以创补失法,也是合乎原作整体风格的。

---

① On the Double Ninth Day or the ninth day of the ninth month by the lunar calendar, the Chinese used to climb up mountains, carrying dogwood spray and drinking violet chrysanthemum wine to drive away evil spirits, it was believed. On that mountain-climbing day, the poet-king was longing for his younger brother detained for years as hostage in the Song capital.

（34）谢新恩

庭空客散人归后，画堂半掩珠帘。
林风淅淅夜厌厌。小楼新月，回首自纤纤。

春光镇在人空老，新愁往恨何穷！
金窗力困起还慵。一声羌笛，惊起醉怡容。

据王国维校勘，李煜的六首《谢新恩》第一句次序如后：1. 金窗力困起还慵；2. 秦楼不见吹箫女；3. 樱花落尽阶前月；4. 庭空客散人归后；5. 樱花落尽春将困；6. 冉冉秋光留不住。第一首只遗留一句，第四首却缺了一句，《花草粹编》和《历代诗余》都说缺的这句就是"金窗力困起还慵"，音韵也合，这里就照补了。

从内容上来看，这第四首词写的是聚散离合、春光消逝的愁恨之情。前段第一句的"庭空客散"是倒装句，应该是说宴会散了，客人走了，庭院空了，只剩下了自己，不禁兴起悲欢离散之感。第二句"画堂半掩珠帘"又是倒装句，应该是说珠帘半掩画堂。这句是写堂内的环境，自己在空荡荡的画堂中，因为客人刚散，珠帘没有完全放下，只是半垂半卷。这和降宋后写的"一任珠帘闲不卷"对比，就不胜今昔之感了。第三句从室内转到室外庭中的环境，林中吹来断断续续的清风，在漫漫的长夜里，就像淅淅沥沥的雨一般，更增加了人的愁思。再回过头来看帘外，一弯眉月斜照在小楼上，又不免兴起月有圆缺，人有离合这种淡淡的哀愁。

后段第一句抒情，说春光常在，人却随着时光变老，无可奈何。第二句的"新愁往恨"可以泛指时光流逝，青春不在，也可有所特指。第三句是补上的，可能不大衔接，说困了，就在金碧辉煌的窗子后面昏昏入睡，起来时还是懒洋洋的。忽然听见羌笛美妙的乐声才从醉梦中完全惊醒过来，脸上露出了一丝笑容。这就是说音乐可以解忧。

TUNE："GRATITUDE FOR NEW BOUNTIES"

The courtyard is deserted when the guests are gone;
 I'm left alone,
The painted hall half veiled by pearly screen.

A gentle breeze blows from the woods on a night tender;
As I turn back, a crescent moon so slender
　　Over my little tower can be seen.

Though spring still reigns, man will grow old in vain.
　　　　How long
Will sorrow old and new remain?
Behind the golden window I feel weary;
Awake, I still feel drowsy and dreary,
But my drunk face is gladdened by a flutist's song.

这首词用的叠字也多，如上片后三句："林风淅淅夜厌厌，小楼新月，回首自纤纤。"这里把"夜厌厌"译成 a night tender，把"纤纤"译成 slender，是用尾韵来译叠字的方法。下片第三句"金窗力困起还慵"中的"慵"字译成 weary（倦），"困"字译成 drowsy and dreary，是用双声或尾韵来译这两个形容词的方法。如果从对等论的观点来看，这些译文都不能说和原文对等，也不合乎"信达切"中的"切"，但却符合柯尔律治（Coleridge）说的 Poetry is the best words in the best order（诗是排列得最好的绝妙好词）。所以我得出的结论是：译诗不一定要选择对等字，但一定要译出绝妙好词来。

（35）谢 新 恩

　　樱花落尽春将困，秋千架下归时。
　　漏暗斜月迟迟花在枝。

……

　　彻晓纱窗下，待来君不知。

这是王国维辑补的《谢新恩》中的第五首。第一句"樱花落尽"四个字和第三首第一句"樱花落尽阶前月"前半完全一样，写的都是暮春时节。所不同的是：第三首写的是美人相思图，可能是李后主想象中的小周后；而这一首写的，却可能是李后主对美人的相思。第三首第二句"象床愁倚熏笼",写的是室内景;这一首第二句"秋千架下"写的却是室外景,"秋千"应该是指美人打过的秋千,"归时"却可能是指词人走过秋千架下,触景生情,想起了打秋千的美人,不免情思绵绵。词人什么时候归来的呢?下面一句做了回答:"漏暗"二字可能是指铜壶滴漏,在暗处一点一滴地报着时辰;而一弯斜月依依不舍地照着花枝。这就说明词人是月夜归来。但斜月还知道爱美,对着花枝流连忘返,更何况多情善感的词人呢?

　　后段开始缺了十二个字。从第三首《谢新恩》后段前两句来看,应该是第一句缺了七个字,第二句缺了五个。第三首后段前两句是对美人的特写,或是李后主想象中的美人相思图。因此,这一首缺的两句,也可能是词人想象中的美人特写镜头;但从下文看来,更可能是词人借景写情之句,所以最后两句是:"彻晓纱窗下,待来君不知。"既然"彻晓"不眠,那前面两句就很可能是写自己归来之后,拂晓之前的情景了。"纱窗"是指谁的纱窗呢?既有可能是指美人窗下,那词人就在窗外月下,徘徊等待;也有可能是词人回到室内,在纱窗下等待美人,"花明月暗笼轻雾,今宵好向郎边去"。在这种情况下,问题就不是哪种解说更真,而要看哪种翻译更美了。

TUNE: "GRATITUDE FOR NEW BOUNTIES"

All cherry blossoms fallen, weary will be spring,
　　Coming back, I pass by your swing.
The hidden waterclock still punctuates late hours;
The slanting moon sheds light on the branches with flowers.

. . .

Under your window I am waiting all night long.
But have you heard my heart sing its love song?

　　这首《谢新恩》的原文残缺不全。最后两句"彻晓纱窗下,往来君不知",开头二字译成 all night long,放到句尾;后一句译为 But have you heard my heart sing its love song?(你有没有听见我的心唱情歌呢?)我觉得这弥补了残缺的原文,是词人心中所有而笔下所无的现代化译文,用的是"无中生有"法,也是一种创译。

(36) 长 相 思

一重山，两重山，
山远天高烟水寒，相思枫叶丹。

菊花开，菊花残，
塞雁高飞人未还，一帘风月闲。

《花草粹编》《历代诗余》等书都认为这首词是李后主的作品，也有书说不是，因此，詹安泰把《长相思》列入《李璟李煜词补遗》之中，有存疑的意思。本书后面选择的李煜词也是如此。如果认为这一首是后主的词，那大约是降宋前写的，"人未还"中的人指的是后主在汴京做人质的兄弟从善。如果认为这首词是降宋后的作品，那也不是没有可能，但"人未还"中的人就是指入宋侍奉太宗的小周后了。

前段第一、二句"一重山，两重山"，大有一生二，二生三，三生万物的意思，第三句没有再重复下去，而是一下说成了千山万水，一直绵延到遥远的天边，而千重山之间，升起了碧水化成的寒烟，高入云霄，仿佛害了相思病似的，想化为天上的云。最后一句点题，说这千山万水隔开了词人和他相思的亲人，一直等到枫叶都变红了，两人还不能相见。同时，红叶还可以象征流血的心，说明相思的痛苦。亲人如果是指后主的弟弟从善，那山水就实指汴京和南唐京城之间的千山万水。如果是指小周后，那山水就只是虚写，等于说咫尺天涯了。

后段从枫叶写到菊花："菊花开，菊花残"，这既说明时间已是深秋，也暗示词人的心情，像耐寒的菊花一样凋零了。花木如此，飞鸟呢？下一句"塞雁高飞"，就是说塞外的雁也飞离天寒地冻的北方，回到温暖的南方去了。据说雁是能传书的飞鸟，但"塞雁"并没有带来亲人的信息，只是高高地飞走了，这又增加了词人心情的凄凉。最后一句回到自然，写风"声和月到帘栊"，但"一任珠帘闲不卷"，亲人何时能归来呢？于是词人借山水烟树、菊雁风月之景，写出了自己相思之情。

TUNE: "EVERLASTING LONGING"

Hill upon hill,

>Rill upon rill,
>They stretch as far as sky and misty water spread;
>My longing lasts till maple leaves grow red.
>
>Now chrysanthemums blow;
>Now chrysanthemums go.
>You are not back with high-flying wild geese;
>Only the moonlit screen waves in the breeze
>And in moonlight with ease.

这首《长相思》是一首存疑之作，所以翻译时不必太拘泥原文。开头两句"一重山，两重山"译成 Hill upon hill 已经传达了原文的意美；再加一行 Rill upon rill（一重水，两重水）更传达了原词的音美和形美。上片最后一句"相思枫叶丹"译成 My longing lasts till maple leaves grow red（我的相思绵绵不断，一直想到枫叶变红了），既是形似，又是意似，可以使人"知之"；如再改成 My longing's made maple leaves red（我的相思使枫叶变红了），那不但说相思的时间长，而且程度也更深了，这就可以使人"好之"；如果再把 made 改成 dyed（相思把枫叶染红了），那更是把相思形象化为血泪，简直可以使人"乐之"。"知之、好之、乐之"是欣赏诗词翻译由低而高的三种境界，也可以说是文学翻译的目的。

（37）后庭花破子

>玉树后庭前，瑶草妆镜边；
>去年花不老，今年月又圆。
>莫教偏，和月和花，天教长少年。

陈氏《乐书》中说："《后庭花破子》，李后主、冯延巳相率为之，其词如上，但不知李作抑冯作也。"高阳在《金缕鞋》第 337 页上谈到"李煜的那首《后庭花破子》"，所以这里译出，作为李后主的存疑作品。关于《后庭花》，最著名的是亡国之君陈后主（553—604）写的《玉树后庭花》，现将陈诗抄录于下：

丽宇芳林对高阁，新妆艳质本倾城。
映户凝娇乍不进，出帷含态笑相迎。
娇姬脸似花含露，玉树流光照后庭。

陈诗是写美人如花似玉，李词却祝愿花好月圆，青春常在。

李词第一句"玉树后庭前"，是从陈诗最后一句脱胎而出的。陈后主的"玉树"既可以实指后庭开花的玉兰，也可以借指美人光彩夺目的丽影，从陈诗上一句"娇姬脸似花含露"来看，陈后主既然把美人的娇脸比作含露的鲜花，那露水一流不就光彩照人了吗？所以是写美人的可能性更大，也可以说是美人和玉树合而为一了。而李词呢？因为是第一句，前面没有"娇姬"字样，我觉得写玉树的可能性更大；加上后面第三句"去年花不老"，还是写花而没写人，所以用玉树写美人的可能性就更小，至多只能说是借景写人。

第二句的"瑶草"是指什么草呢？有好几种解释：仙草、灵芝、香草等等。李白《清平调》中有一句"会向瑶台月下逢"，可见瑶台是月中仙子居住的地方，因此"瑶草"可能是指月中仙草。"妆镜"是仙子梳妆用的铜镜，镜是圆的，可以用来代指圆月，所以下面第四句是"今年月又圆"。去年花开花残，今年玉兰花并不老；月亮虽然缺过，现在却像妆镜一样暂亏还满。看到玉树妆镜，花好月圆，词人就祝愿天神不要偏爱花月，而要一视同仁，让青春岁月长驻人间。

TUNE："FLOWERS IN THE BACKYARD"
BROKEN FORM

The jadelike trees in flower
Stand still before the inner bower;
The moonlit jasper grass
Reflected in the mirror of brass.
The flowers of last year
Still fresh now reappear;
The moon this year won't wane
But wax as full again.
Do not favor alone
The flowers and the moon!

O Heaven should have told
The young not to grow old.

这首词翻译时我用了一分为二法，把一句分译成两行，如"天教长少年"译成 O Heaven should have told/The young not to grow old（但愿天能叫人不变老），把"长少年"用反译法说成"不变老"，加了押韵的音美，不但能使人知之、好之，甚至还可乐之。

（38）三台令

不寐倦长更，披衣出户行；
月寒秋竹冷，风切夜窗声。

沈雄《古今词话》（《词辨》卷上）中说："三台舞曲，自汉有之。唐王建、刘禹锡、韦应物诸人有宫中、上皇、江南、突厥之别。《教坊记》亦载五、七言体，如'不寐倦长更，……'传是李后主《三台词》。"

这首五言舞曲《三台令》可以和李后主的《捣练子》（深院静）同读，一动一静，都可能是前期的作品。第一句"不寐倦长更"似乎是《捣练子》中的"无奈夜长人不寐"的先声，前者只是倦，后者却是苦。倦还可以"披衣出户行"，苦却只得"数声和月到帘栊"。《三台令》中也有"声和月"："月寒秋竹冷"，"秋竹"可能象征李煜因长兄太子的妒忌迫害而心寒；"风切夜窗声"则不像"断续寒砧断续风"，仿佛寒风和夜窗在窃窃私语，诉说李煜内心的苦处。

TUNE：" SONG OF THREE TERRACES"

Sleepless, I'm tired of long, long night,
And go outdoors in garment light.
Bamboos shiver 'neath the cold moon;
The wind whistles and windows croon.

这首《三台令》最后一句"风切夜窗声"译成 The wind whistles and windows croon，意为风吹口哨窗吟诗，把风和窗都拟人化了。如果说风吹得窗子响，那是 $1+1=2$（译文等于原文）的翻译法；现在却是 $1+1>2$

（译文大于原文），用的是"超导法"。

（39）开元乐

心事数茎白发，生涯一片青山。
空林有雪相待，野路无人自还。

《苏东坡集》题跋卷二中有这首词，东坡题云："李主好书神仙隐遁之词，岂非遭遇世故，欲脱世网而不得者耶？"这就是说，李后主喜欢佛教，但生长在帝王之家，父亲兄弟争权夺位，矛盾重重，长兄毒死叔父，一个月后，自己也不得善终，后主才能继承国君之位。但为了要奉宋正朔称臣，所以不免有忧患之心。这首词中的"心事"可能包括国事、家事，因此年纪轻轻，就已经长出几根白头发，也可以说是忧患迸发，化成白发了吧。第二句"生涯一片青山"，大约是说生活有起有落，宛如遥远的朦胧青山：起如继位，新婚；落如称臣，子殇。所以不如遁入空门，图个干净，这就是"空林有雪相待"。因为荒野世界不是久留之地，还不如"归去来兮"呢！

TUNE："HAPPY TIMES"

The sorrow in my mind bursts into a few hairs white;
  My life has ups and downs as a stretch of hills blue.
In trackless forest snow waits for me with delight;
  I come back from the wild path with no man in view.

这首《开元乐》第一句"心事数茎白发"，如果说是心事使我长了几根白发，那是 $1+1=2$。这里用了 burst 一词，说是心事迸发出来，变成了几根白头发，这又是 $1+1>2$ 了。

（40）浣溪沙

转烛飘蓬一梦归，欲寻陈迹怅人非。
天教心愿与身违。

待月池台空逝水，映花楼阁漫斜晖。

登临不惜更沾衣！

据《花草粹编》说，这首词的作者是冯延巳；据《全唐诗》《历代诗余》说，则是李煜。

前段第一句的"转烛"，是说世事变化像转动走马灯一样；这里可能是暗指他的父亲和四个弟弟争位，他的长兄又和三叔争位，结果一个一个死去。"飘蓬"是说随风飘动的枯草，可能是指自己，虽然继承了国君之位，但是降宋称臣，国势不稳，常在风雨飘摇之中。幸亏他18岁时，和大周后结了婚，夫妇感情很好，两人都好读书，善音律，过了十年恩爱生活；但大周后一死，他又如大梦方醒，回到现实中来。第二句的"欲寻陈迹"，可能是指和大周后的恩爱往事，"怅人非"则是指大周后已经仙逝，所以第三句慨叹不能天从人愿了。

后段具体描写"陈迹"：第一句的"待月池台"，大致是写池畔台前，他曾和大周后一同等待月出于东山之上；但是如今物是人非，只剩下台前江水空自流了。第二句的"映花楼阁"，可能是说龙楼凤阁和红花绿叶相映成趣，也可以说是盛开的红花和耸立的楼阁在水中的倒影；但是如今人去楼空，只剩下"斜晖脉脉水悠悠"。所以旧地登临，又感慨系之，不免泪沾巾了。

TUNE："SILK-WASHING STREAM"

O flickering candle! O wafting tumbleweed!
  I wake from a dream like a reed.
I try to find the traces of the past,
  But I regret nothing can last.
Heaven would not fulfill
  My wish and will.

The running water passes by the bowers
  Where we waited for moonbeams.
The slanting sun sheds light on houses strewn with flowers
  Reflected in the streams.
  Alone on the height I appear.

How can my sleeves not be wet with tear on tear!

　　这最后一首《浣溪沙》的第二句"欲寻陈迹怅人非",我用一分为二法译成: I try to find the traces of the past,/But I regret nothing can last. (我要寻找过去的痕迹,但可惜什么也找不到。) 把"怅人非"浅化为"什么也找不到"可以算是 1＋1＜2 (译文小于原文)。但是因为有押韵的音美,还是可以使人知之、好之,由此可见"三美"的重要。

(译于 1978 年,写于 1998 年)

谈李清照词英译

中国词人男有李煜，女有李清照，他们用血和泪写下了各自的悲欢离合，使宋词和唐词同成为世界文化的高峰。一千年来，西方举莎士比亚为文化巨人；若以女性而论，则无人可与李清照相比。今译清照词六十首，为全球文化增辉添彩。

（1）点绛唇

蹴罢秋千，起来慵整纤纤手。
露浓花瘦，薄汗轻衣透。

见有人来，袜刬金钗溜。
和羞走，倚门回首，却把青梅嗅。

明代《词林万选》说这首词是李清照的作品，《草堂诗余》却说是苏东坡的词。但是唐末韩偓写过一首内容和这首词大同小异的《偶见》：

秋千打困解罗裙，指点醍醐酒一樽。
见客入来和笑走，手握梅子映中门。

韩偓的诗写他偶然看见一个少女打完秋千累了，回家解开罗衣，要人拿一杯乳酒来解渴，忽然看见客人来了，因为衣服没有穿好，不好意思地笑着走开，走到中门又露出了搓梅子的姿态。这首诗的内容和《点绛唇》差不多，加上李清照的《如梦令·昨夜》（见后首）显然和韩偓的《懒起》有关，因此说《点绛唇》更可能是李清照少女时代的作品。

前段第一句"蹴罢秋千"，"蹴"就是"足蹬"，这里是打完了秋千的意思。第二句"慵整纤纤手"，"慵"是懒懒的，"整"是拂和擦的动作，"纤纤手"就是十指尖尖柔嫩的双手。第三句"露浓花瘦"，既是借景写时，又是人的象征：露浓说明是早上，又可以象征下一句的"薄汗"；花瘦说明是春天，又和上一句的"纤纤手"相呼应，画出了少女的形象。

后段第一句"见有人来"，是口语入词，很像清照的口气，和韩偓的"见客入来"一比就可看出。第二句的"袜划"可以参考李后主的"划袜步香阶"，一说是只穿袜子不穿鞋，一说是袜子落到鞋上，我看后说好些。第三句"和羞走"说明来人很可能是她的未婚夫赵明诚。最后两句就是羞答答的具体画像：不好意思不走，又舍不得不看明诚，只好倚门回头，假装嗅青梅。这首词是情人初见时留下的千秋佳话。

TUNE: "ROUGED LIPS"

The lass gets off the swing, too tired to clean her hands
   So fair, she stands
Like slender flower under heavy dew;
With sweat her robe's wet through.

Seeing a guest come, she feels shy;
Her stockings coming down, away she tries to fly.
   Her hairpin drops;
   She never stops
But to look back. Leaning against the door,
She pretends to sniff at mume blossoms once more.

李清照词有五个特点：1. 口语入词，2. 形象生动，3. 富有形美，4. 音乐性强，5. 借景写情。

这首《点绛唇》下片第一句"见有人来"就是口语入词，但是不难翻译。第二、三句的"金钗溜""和羞走"，都形象生动，译成 Her hairpin drops, /She never stops/But to look back, 就既是口语，又用 stops 和 drops

押韵，译出了她欲走还停的生动形象，而且音乐性强，体现了李词的三个特点。

（2）如梦令

昨夜雨疏风骤，浓睡不消残酒。

试问卷帘人，却道海棠依旧。

知否？知否？应是绿肥红瘦。

唐末韩偓写了一首五言律诗《懒起》，前四句是："昨夜三更雨，今朝一阵寒。海棠花在否？侧卧卷帘看。"《草堂诗余别录》中说：李清照这首《如梦令》是在韩诗基础上加工写成的。我却觉得，如果前面那一首《点绛唇》和韩诗是大同小异的话，这一首却是小同大异。

首先，第一句"昨夜雨疏风骤"和韩诗的"昨夜三更雨"是同中有异：同的是"昨夜雨"三个字；异的是韩诗只写时间（三更），重点是第二句的"寒"，而李词却既有雨，又有风，而且是稀疏的大雨点和一阵阵的急风，对海棠花来说，破坏性自然比"三更寒"大多了。这同时说明了两个诗人不同的心情：李清照惜春爱花之情自然深于韩偓。

第二句韩诗"今朝一阵寒"只是客观的描写，李词"浓睡不消残酒"却是借主观的叙事来抒情。"浓睡"就是睡得很熟。为什么睡得熟？因为喝醉了酒。为什么要喝醉？因为酒可浇愁。有什么愁？是愁花落，是愁春归，是愁人去不还。一句话，是离愁，原来是新婚燕尔，丈夫赵明诚就离家了。

第三句韩诗"海棠花在否？"是诗人问自己，问得直截了当；李词"试问卷帘人"却是词人问卷帘的侍女，问什么呢？没说出来，非常含蓄，问题包含在下一句的答案中："却道海棠依旧"。这是以答作问。韩诗直抒惜花之情，李词化为一问一答，曲折迂回。

第四句韩诗"侧卧卷帘看"是直接以动作来答问；李词"知否？知否？"却是以问作答，间接用两句问话来回答侍女没有提出的问题："海棠花不还是老样子吗？"真是一波三折。最后一句是全词的高峰："应是绿肥红瘦"。绿指绿叶，红指红花，这是以色代物；肥瘦是用于人的形容词，如燕瘦环肥，这里却把花和叶拟人化，同时又用花瘦象征女词人因离愁而消瘦，花和人合而为一，分不清是春愁，是离愁，无怪乎有人说这句词"大奇"了。

TUNE: "LIKE A DREAM"

Last night the wind blew hard and rain was fine;
Sound sleep did not dispel the aftertaste of wine.
I ask the maid rolling up the screen.
"The same crab-apple tree," she says, "is seen."
　　"But don't you know,
　　O don't you know
The red should languish and the green must grow?"①

这首《如梦令》借海棠之景,写惜春之情。著名的是最后一句"应是绿肥红瘦"。徐忠杰的英译文是:Now leaves should be large and flowers should be small.(叶子应该大,花应该小。)这个译文比较好懂,但只是客观的描写,太散文化,没有传达原文形象生动、别出心裁的特点,不如用拟人化的 languish(憔悴)更能传达原词的惜春之意。

(3) 怨 王 孙

湖上风来波浩渺,秋已暮,红稀香少。
水光山色与人亲,说不尽无穷好。

莲子已成荷叶老,清露洗,蘋花汀草。
眠沙鸥鹭不回头,似也恨人归早。

这首词可能是李清照未婚时游大明湖的作品。据《大明一统志》说:"大明湖占府城三分之一,弥漫无际。"府城指历城,就是今天的济南。湖这样大,秋风一起,波光粼粼,一碧万顷,渺无边际,所以第一句说"波浩渺",这主要是写湖上风光。第二句"秋已暮"点明时间。第三句"红稀香少"写暮秋景色:"菡萏香消翠叶残","红"指菡萏,就是荷花,到了晚秋,荷花已经香消叶残,这也是湖上风来的结果,更突出了湖。红稀

---

① The red refers to the flowers and the green to the leaves.

香少都景色宜人，更不用说花红柳绿时了，这前三句是从反面落笔。下面从正面来写：第四句"水光山色"，既可以指真山真水，也可指湖上倒影，倒影自然包括残红稀绿在内，这些残荷败叶仿佛在凝视水中荡漾的倒影，依依不舍，所以水光山色分外可亲了。第五句的"说不尽"，既可以是词人在说秋色无限好，也可以是水光山色在说："一年好景君须记，最是红稀香少时。"所以前段主要是写宏观的湖上秋色：红花黄叶，青山绿水。

后段转写微观的湖中景色：第一句说明为什么"红稀"，因为"莲子已成"，荷花已谢，结成莲蓬，红色变成绿色；荷叶已老，绿色变成黄色。这一句似乎又是从反面落笔，下面立刻转入正面：荷叶老了吗？不要紧，还有白色的苹花，青青的水边草呢；不仅如此，白苹和青草沾上了清凉的露珠，连露水也变成青色的了。再加上沙鸥和白鹭羽毛上的杂色，真是一幅五彩斑斓的湖上秋色图。最妙的是最后两句画龙点睛之笔："眠沙鸥鹭不回头，似也恨人归早"，把水鸟拟人化，怪游人早早归去，不会欣赏这"说不尽无限好"的水光山色。

TUNE: "COMPLAINT OF THE PRINCE"

The wind blows on the lake, raising waves far and near;
In autumn late few fragrant flowers red appear.
But mountains mirrored in water become my friend,
Revealing tenderness without an end.

The lotus seeds are ripe and leaves grow old;
In dew are steeped the reeds and duckweeds cold.
The gulls and herons on the sand bar seem to hate
Those sight-seers who will not linger late. ①

这首《怨王孙》是一幅五彩斑斓的湖上秋色图。词中多用句内对仗，富有形美，又有音美，如"红稀"对"香少"，"水光"对"山色"，"莲子"对"荷叶"，"苹花"对"汀草"等，所以译时可用句内对 far and near 来译"浩渺"。第二个特点是拟人化，如上片第四句"水光山色与人亲"把山水比作人，下片最后两句写鸥鹭"似也恨人归早"，把水鸟也比

---

① This lyric might be written before the poetess' marriage.

成人了,形象显得生动,情意也更委婉。"与人亲"译成 become my friend
(成了我的朋友),"恨人归早"用反译法说成是 seem to hate/Those sight-
seers who will not linger late(似乎怪游人不肯流连忘返),更是妙趣横生。
late 和 hate 押韵,还符合音乐性强的特点。

(4) 减字木兰花

> 卖花担上,买得一枝春欲放。
> 泪染轻匀,犹带彤霞晓露痕。
>
> 怕郎猜道,奴面不如花面好。
> 云鬓斜簪,徒要教郎比并看。

五代词人欧阳炯词中有"同在木兰花下醉"的名句,词牌就叫作《木兰花》,分上下两段,每段四句,每句七字。《减字木兰花》是《木兰花》调的减体,也就是说,从原词牌两段的一、三句各减去三个字,使原词由五十六字减为四十四字。

有人认为这首《减字木兰花》"词意浅显",不似李清照的作品。有人却认为词风明丽婉约,像清照早期的《如梦令·常记溪亭日暮》,观察生活细腻,刻画少妇心理真切,提炼口语入词,都不是别人能做的,所以断定是清照早期作品。

前段第一、二句中"卖花担上,买得一枝"的确是口语入词的典型;但下面的"春欲放"三字就有不同的解释了:一说是指含苞欲放的春花;另一说"一枝春"指梅花,因为陆凯《赠范晔诗》说:"折梅逢驿使,寄与陇头人,江南无所有,聊赠一枝春。"由此可见春指梅花。还有一种解释说春指春光,译成英文,看来也无不可。第三句"泪染轻匀",是用人面来比花,一般诗人都用花比人面,清照却别出心裁,用泪脸来比带露的花,"轻匀"应该是指美人脸上的脂粉,所以下句才说:"犹带彤霞晓露痕"。"彤霞"就是红霞,指美人脸上沾了轻匀的胭脂;晓露是早晨的粉妆。

后段第一、二句"怕郎猜道,奴面不如花面好",又是口语入词,刻画少妇心理真切,有人认为这是清照新婚后的作品。最后两句"云鬓斜簪,徒要教郎比并看",是说不把花插在头上,而是斜插在鬓角边如云的发髻上，要丈夫比比看：是不是人面比花面美，花面使人面更美？这不禁使人想起张先的《菩萨蛮》："牡丹含露真珠颗，美人折向帘前过。含笑问檀郎：'花强妾貌强？'"

TUNE: "MAGNOLIA FLOWERS"
SHORTENED FORM

Just from a flower vendor
I've bought a sprig about to display spring's splendor.
Sprinkled with tears of rosy hue,
It bears the trace of rainbow cloud and morning dew.

Afraid my lord might think
My face is not so fair as that of flowers pink,
I pin it aslant in my hair
So that he may at once look at both and compare.①

这首《减字木兰花》雅语、俗语并用。如上片第一、二句，下片第一、二、四句，都有口语入词；其他各句却比较雅。所以译文也该兼容并包，如上片前两句用了 vendor 和 splendor，就是俗中有雅，还有 sprig, spring, sprinkle 等双声词，更加强了音乐性。为了押韵，第三句加了 rosy hue（玫瑰色），下片第二句加了 pink（粉红色），都是原文内容可有而形式所无的文字，可以说是用了"超导"的翻译法。

（5）一剪梅

红藕香残玉簟秋。轻解罗裳，独上兰舟。
云中谁寄锦书来？雁字回时，月满西楼。

花自飘零水自流。一种相思，两处闲愁。
此情无计可消除，才下眉头，却上心头。

---

① This lyric might be written after the poetess' marriage.

周邦彦《片玉词》的起句是"一剪梅花万样娇",词牌就叫作《一剪梅》。这首词相传是李清照初结婚时的作品。婚后不久,丈夫赵明诚出守莱州,李清照就写了这首词。

前段第一句的"红藕",指粉红色的藕花,就是荷花,"香残"是说清香消散,也就是花凋谢了,这是写户外的景色;"玉簟"是用细竹条编的席子,"秋"是有了秋意,这是写室内,既点明了时令,又说明人感到凉了。第二、三句叙事,写女词人自己轻轻地解开了丝绸的裙子,提起裙脚,因为思念丈夫,一个人上了黄色的楠木小船。第四句起写词人所思,因为看见云中飞雁飞成"一"字或者"人"字,就想到鸿雁传书的传说,所以问道:雁阵有没有带来丈夫写在锦帛上的书信呢?等到大雁飞回来时,又该是秋去春来,自己在西楼月下等待,"思悠悠,恨悠悠,恨到归时方始休,月明人倚楼"(白居易《长相思》)。

后段抒情:第一句"花自飘零水自流"有几种解释:一说落花流水是自然的事,夫妻相思也是一样自然;一说"花自飘零"写女词人的愁情,"水自流"写丈夫远游的离愁;还有一说落花比喻女词人的红颜易老,流水比喻赵明诚的青春消逝。不管哪种解说,写的都是一种相思之情,都是"三更同入梦,两地谁梦谁"的离愁别恨。前三句是用比喻来写愁,后三句却用具体的形象来写。"此情无计可消除",是"剪不断,理还乱"的抽象化;最后两句"才下眉头,却上心头",则是范仲淹词句("都来此事,眉间心上,无计相回避")的口语化。这种写法使人仿佛看到词人的眉头一皱,心头一震,无怪乎有人说此词"只起七字已是他人不能到,结更凄绝"。

TUNE: "A TWIG OF MUME BLOSSOMS"

When autumn chills my mat, the fragrant lotus fade.
    My silk robe doffed, I float
    Alone in orchid boat.
Who in the cloud would bring me letters in brocade?
    When wild geese come, I'll wait
    At moonlit bower's gate.

    As flowers fall on running water here as there,

I am longing for thee①

Just as thou art for me.

How can such sorrow be driven away fore'er?

From eyebrows kept apart,

Again it gnaws my heart.

这首《一剪梅》是李清照写离愁的名作。下片前四句"花自飘零水自流。一种相思,两处闲愁。此情无计可消除"可以改译成:As fallen flowers drift and water runs its way, /One longing leaves no traces/But overflows two places. /O how can such lovesickness be driven away?(落花和流水各走各的路,相思没有留下痕迹,却在两地泛滥。啊!这种相思怎能驱逐得了?)第一、四句比原译更形似,第二、三句却各有千秋,因为原译说:"我想念你,就和你想念我一样",似乎比新译更具体。最后两句"才下眉头,却上心头"非常精彩,一上对一下,一心对一眉,又重复两个"头"字。怎能传达这种妙处呢?译文没有用上和下,却用了两个更具体的动词,译成:From eyebrows kept apart, /Again it gnaws my heart. (才离开我的眉头,又咬起我的心来了。)这可以说是发挥了译语的优势,也可以说是用了"克隆"的译法,把英文的优质基因 kept apart 和 gnaws my heart 引进到诗词中来。

(6)醉花阴

薄雾浓云愁永昼,瑞脑销金兽。

佳节又重阳,玉枕纱橱,半夜凉初透。

东篱把酒黄昏后,有暗香盈袖。

莫道不消魂,帘卷西风,人比黄花瘦!

李清照结婚后不久,赵明诚出守莱州,她一个人在青州。到了农历九月九日重阳节,她写了这首词寄给明诚。明诚和了五十首,但是没有一首

---

① The poetess was longing for her husband who had left home not long after their marriage. The wild geese were supposed to bring letters from afar in ancient China.

比得上这首词。

　　这首词前段第一句的"薄雾浓云"指阴沉的天气，隐射词人思念丈夫忧郁的心情，所以愁白天太长了，愁是这首词的词眼。第二句的"瑞脑"是一种波斯出产的香料，"金兽"是形状像禽兽的铜香炉，"销"就是铜炉香已经烧完，甚至烟消云散了，所以有人认为前一句的"薄雾浓云"也指炉中燃烧的香烟。这样，阴沉压抑的外景，烟雾缭绕的内景，就增加了词人怀念丈夫的愁思，是一个愁的典型形象。若是平日倒也罢了，偏偏又是重阳佳节，"每逢佳节倍思亲"，这又使词人的愁思更加深了一层。白天整日对着香炉已经孤寂难忍，到了夜里，放下轻纱织的罗帐，睡上磁制的枕头，开始感到初秋的凉意，再想到远在莱州的丈夫，心里就更凉。所以凉是这一句的词眼，以凉衬愁，愁更愁。

　　如何消愁解闷呢？只有借酒浇愁，赏花消遣。所以后段第一句说："东篱把酒黄昏后"。"东篱"来自陶渊明的《饮酒》诗："采菊东篱下"，因此，"东篱"成了菊园的代称。但赏菊饮酒能不能消愁呢？偏偏赏菊回来，又"有暗香盈袖"，就是说：不知不觉地在衣袖里带回了菊花的幽香和幽思。这是因为《古诗十九首》中有两句："馨香盈怀袖，路远莫致之。"就是说满袖的幽香可惜不能寄给远人！最后三句是说不要以为赏菊可以消愁，西风卷起帘子的时候，看看词人是不是比"路远莫致之"的菊花还瘦呢！后段写的是菊，指的是人，词眼是个"瘦"字。就是这样，李清照用"凉"的感觉，"瘦"的形象，生动地画出了"这次第怎一个愁字了得"！

TUNE: "TIPSY IN THE SHADE OF FLOWERS"

Veiled in thin mist and in thick cloud, long, long the day,
　　Incense from golden censer melts away.
The Double Ninth[①] comes now again:
　　Alone I still remain
In silken bed curtain, on pillow smooth like jade,
　　Feeling the midnight chill invade.

　　At dusk I drink before chrysanthemums in bloom;

---

① On the ninth day of the ninth lunar month when the Chinese people used to climb up mountains and drink wine before the chrysanthemums, the poetess felt lonely, her soul consumed by the separation from her dear husband.

My sleeves are filled with fragrance and with gloom.
　　　　Say not my soul
　Is not consumed. Should the west wind uproll
　　　　The curtain of my bower,
You'll see a thinner face than yellow flower.

这首《醉花阴》著名的是下片。第一句"东篱把酒黄昏后"中的"东篱"指的是菊园，所以这里译成 before chrysanthemums，用的是"超导"法。最后三句："莫道不消魂，帘卷西风，人比黄花瘦"，译成四行，虽不形似，却有形美；用 uproll（卷）和 soul（魂），bower（闺房）和 yellow flower（黄花）押韵，把"帘卷西风"颠倒为"西风卷帘"，可以说是改变了原文的形式，却传达了原词的意美、音美和形美，所以译文可以和原文比美争辉。

（7）凤凰台上忆吹箫

　　香冷金猊，被翻红浪，起来慵自梳头。
　　任宝奁尘满，日上帘钩。
　　生怕离怀别苦，多少事欲说还休。
　　新来瘦，非干病酒，不是悲秋。

　　休休！这回去也，千万遍阳关，也则难留。
　　念武陵人远，烟锁秦楼。
　　惟有楼前流水，应念我终日凝眸。
　　凝眸处，从今又添一段新愁。

凤凰台是春秋时期秦穆公为女儿弄玉盖的高楼，也叫秦楼。弄玉结识了仙人箫史，两人吹箫引来凤凰，双双乘凤飞去，所以秦楼又名凤楼或凤凰台。李清照借弄玉的故事写自己对丈夫的思念。这首词是婉约派的代表作。

前段第一句的"金猊"是铜香炉，炉盖形如狻猊（就是狮子）。夜里焚香，早上香灰都已冷了。词人思念丈夫，在床上翻来覆去，使红绫被子起伏如浪。起来了也懒得梳妆，让妆台铺上了一层灰尘，让阳光照射在帘钩上。这几句是借物写人，借景抒情。下面点题：因为恐怕想起离别的痛苦，多少事想说也不说了。说什么呢？自己近来瘦了，既不是喝多了酒，也不是伤春悲秋。那有什么好说的呢？这样婉转曲折，真是"此时无声胜有声"。

后段开始"休休"二字是"算了吧"的意思。这回丈夫是奉命而去，词人即使唱千万遍《阳关曲》，也不能留住丈夫不去赴任啊。下面的"武陵人"是陶渊明《桃花源记》中迷路的渔夫，也是《幽明录》中误入天台遇仙女的刘晨、阮肇，这里用来代指远出在外的丈夫。丈夫已去，自己仿佛锁在烟雾笼罩的高楼之中，"此情无计可消除"，只好一天到晚，目不转睛地注视着楼前流水，仿佛要托流水把相思之情带去武陵，使无情的流水也有情了，所以说"应念我终日凝眸。凝眸处，从今又添一段新愁"。就是这样，流水不断，相思也不断，真是言有尽而意无穷！

TUNE: "PLAYING FLUTE RECALLED ON PHOENIX TOWER"

  Incense in gold
  Censer is cold;
  I toss in bed,
  Quilt like waves red.
Getting up idly, I won't comb my hair,
Leaving my dressing table undusted there.
Now sunlight seems to hang on the drapery's hook,
I fear the parting grief's sad look.
I've much to say, yet pause as soon as I begin.
  Recently I've grown thin,
  Not that I'm sick with wine,
  Nor that for autumn sad I pine.

  Be done, be done!
  Once you are gone,
Whatever parting songs we sing anew,
  We can't keep you.
Far, far away you pass your days;

My bower here is drowned in haze.
In front there is a running brook
Which could never forget my longing look.
　　From now on where
I gaze all day long with a vacant stare,
　　A new grief will grow there.

这首《凤凰台上忆吹箫》是李清照婉约词的代表作。上片借景写情，最后两句"非干病酒，不是悲秋"的英译文是：Not that I'm sick with wine, /Nor that for autumn sad I pine. 其中用 not that 和 nor that 来译原文的对仗，传达了原文的形美；又用 pine 和 wine 押韵，既有音美，又有意美，可以算是具有"三美"的译文。

（8）小重山

春到长门春草青，红梅些子破，未开匀。
碧云笼碾玉成尘，留晓梦，惊破一瓯春。

花影压重门，疏帘铺淡月，好黄昏。
二年三度负东君，归来也，着意过今春！

据王仲闻《李清照事迹编年》说：清照十八岁归赵氏，二十岁明诚出仕，两年后回京，授鸿胪少卿。从"二年三度负东君"这句来看，他们夫妇在两年前的春天别离，到了第三年的春天，还没归来，已经是三度没有共赏春光了。所以这首词应该是等待丈夫回京时写的作品。

前段第一句取自薛道蕴《小重山》中的"春到长门春草青"。"长门"是汉代陈皇后失宠时居住的别宫，这里用来指夫妻分别后，清照独居的闺房。现在春天一到，丈夫就要回来，春草一片青绿，红梅含苞欲放，有些已裂开了，有些正要裂开，正等明诚回来共赏。前三句写春景，后三句写春茶和春梦。"碧云笼碾玉成尘"，是说把一笼碧如烟云的香茶碾得像碎玉一般。一边碾茶，一边滞留在如烟似云的春梦中，一直等到碾好的春茶煮得滚开了，方才从春梦中惊醒过来。梦见了什么呢？裂开的红梅，滚开的绿茶，都可以给人启示。

后段前三句可以是写黄昏的景色，也可以是写惊破的晓梦。第一句"花影压重门"，说的是明月把花影投在门上，"花影"和前段的"红梅"遥相呼应，"重门"则可以暗指前段的"长门"，同时，"花影"还可以使人联想到明诚的身影，而裂开的"红梅"又可以使人想起《西厢记》中的"露滴牡丹开"，再加上一个画龙点睛的"压"字，如烟似云的"晓梦"就依稀可见了。这一句写影写门，下一句"疏帘铺淡月"写月写窗，门窗光影是从主动、被动两个不同的角度来写良宵美景，写一刻值千金的"好黄昏"。春光如此美好，夫妻二人已有两年没有共赏，所以这次丈夫回来，一定要好好共度这个花好月圆的春天了！

TUNE："HILL ON HILL"

Spring comes to my long gate and grass grows green;
Mume flowers bursting into partial bloom are seen
  From deep red to light shade.
Green cloudlike tea leaves ground into powder of jade
  With boiling water poured in vernal cup
  From morning dream have woke me up.

Mume blossoms lay their heavy shadows on my door;
  The pale moon paves my latticed floor
    With lambent light.
    What a fine night!
Thrice o'er two years spring has passed unenjoyed. ①
  Come back and drink this delight unalloyed!

这首《小重山》可能是李清照借晓梦写春情的作品。上片后三句"碧云笼碾玉成尘，留晓梦，惊破一瓯春"，英译文还原成中文可以是："像碧云似的绿茶叶碾成碎玉，用开水一冲，形成了笼罩在茶杯上的春雾，惊醒了我的晨梦。"下片第一句中的"负"字译成 unenjoyed（辜负，不被欣赏），第三句中的"着意"译为 unalloyed（一心一意，不被打扰），两个词

---

① The poetess wrote this lyric to her husband who had left home for two years and would come back in spring.

押了韵，发挥了译语优势，可以算是 1 + 1 > 2 的译文，因为译文表达的意思深于原文。

（9）鹧鸪天

枝上流莺和泪闻，新啼痕间旧啼痕。
一春鱼雁无消息，千里关山劳梦魂。

无一语，对芳樽，安排肠断到黄昏。
甫能炙得灯儿了，雨打梨花深闭门。

《鹧鸪天》词调名取自唐人诗句："春游鸡鹿塞，家在鹧鸪天。"明代汲古阁本《漱玉词》收录了这首词，但《草堂诗余》没有注作者的姓名，所以是不是李清照的作品，还有疑问。

前段第一句的"流莺"，指飞来飞去的黄莺儿，也可以指歌声流利婉转的黄莺。歌声动听，词人为什么听得流泪泥？这是因为思念远人的缘故。而且思念不止一天，流泪不止一次，所以第二句说："新啼痕间旧啼痕"；这就是说，上一次的泪痕还没有干，这一次又流下了新的眼泪，可见思念之深，流泪之多。有多久呢？第三句"一春鱼雁无消息"做了回答。相传古代认为鱼和雁能传递书信，但是一个春天过去了，鱼雁都没有带来远人的消息。于是第四句说："千里关山劳梦魂"。远人在千里之外，有关隘山川阻隔，词人只有在梦中才能不辞劳苦，魂飞千里去见远人。这一段前两句写眼泪，后两句写时间和空间是流泪的原因，可以看作是怀远之作，也可以说是清照思念丈夫的作品。

前段写流泪的原因，后段写思念的结果。第一句"无一语"，是没有人可以谈心。第二句"对芳樽"，是说只好一个人空对着一樽美酒，想要借酒浇愁；但是"酒入愁肠，化作相思泪"，所以又"安排肠断到黄昏"。不料到了黄昏，面对孤灯残烛，"蜡烛有心"，似乎也在"替人垂泪到天明"。"甫能炙得灯儿了"，"甫"就是方才，"炙灯"一说是佛家苦修的方法，另一说是灯油点尽，我看后说好些；也就是说，好不容易烛残泪干，人面却还像雨打梨花一样。南宋《观林诗话》中说：王安石"酷爱唐乐府雨打梨花深闭门之句"。这句用在这里，情景都合。全词以流泪始，以流泪终了。

TUNE "THE PARTRIDGE SKY"

In tears I hear'mid trees the orioles'merry song;
　　The tear traces old and new mingle like fountains.
Nor fish nor swans have brought his news all the spring long.
　　How can my dreaming soul go miles on miles o'er mountains?

　　Silent, before
　　　　A cup of wine,
Ready to pass with broken heart the evening hours,
I wait until the burned-out lamp no longer shine,
　　But behind deep-closed door
The rain beats on pear flowers.①

这首《鹧鸪天》是存疑之作，特点是句内对仗多。如上片第二句"新啼痕间旧啼痕"，其中新旧相对，啼痕重复。这句译成英文是 The tear traces old and new mingle like fountains（泪如泉涌的新旧啼痕混成一片），增加的 fountains 可以算是英文的优质基因，所以翻译可以说是用了"克隆"法。第四句"千里关山劳梦魂"中的"千里"译成 miles on miles，是用叠词译数字，合乎原词重复的风格，可以算是"浅化"译法；"关山"也浅化为 mountains，和 fountains 押韵，传达了原文的音美。

（10）蝶 恋 花

　　暖雨晴风初破冻，柳眼梅腮，已觉春心动。
　　酒意诗情谁与共？泪融残粉花钿重。

　　乍试夹衫金缕缝，山枕斜倚，枕损钗头凤。
　　独抱浓愁无好梦，夜阑犹剪灯花弄。

---

① The authenticity of this lyric is questionable. In the last line, the pear flowers may symbolize the poetess'cheeks and the rain her tears.

《蝶恋花》词牌本名《鹊踏枝》,又名《凤栖梧》。《蝶恋花》一名取自梁简文帝诗句:"翻阶蛱蝶恋花情"。这首词是李清照在春天怀念丈夫的作品,可以和《小重山》比较,一愁一喜。

前段第一句和《小重山》第一句"春到长门春草青"一样,都是写春来了,和风细雨,河水解冻。第二句和《小重山》的"红梅些子破"也有相同之处,都写梅花;但这里用美人的脸颊来比红梅,形象更加生动,又用美人的媚眼来比含苞欲放的柳枝吐出的嫩芽,使早春的景象如在目前,所以第三句就说"已觉春心动"了。"春心"在这里有两种解释:一说是把春天拟人化,一说是词人的春心动了,其实两说并不矛盾,李商隐不是说过"春心莫共花争发,一寸相思一寸灰"吗?再看下面一句:"酒意诗情谁与共?"相思之情已经跃然纸上,和《小重山》中的春茶惊梦大不相同,无怪乎最后一句说"泪融残粉",连金花首饰似乎都压得她抬不起头来了。后段由写首饰转为写衣饰:金钿太重,冬衣自然也太重了,所以第一句说:"乍试夹衫金缕缝"。夹衣上用金线绣成了各种花鸟纹饰,可见华贵。但华贵的衣物并不能共享"酒意诗情",于是女词人并没有卸妆,就斜倚着两头突起如山、形同凹字的枕头,把金钗顶上的凤凰都枕歪了,可见她是多么百无聊赖。下一句"独抱浓愁无好梦",愁是抽象的情感,抱是具体的动作,愁浓得居然可以抱起来,简直把愁写活了;"无好梦"和《小重山》中的春梦相比,又是天渊之别。最后一句"夜阑犹剪弄灯花",预卜丈夫的归期。这和《小重山》中知道明诚即将归来相比较,更可以看出离愁是如何浓得化不开了。

TUNE:"BUTTERFLIES IN LOVE WITH FLOWERS"

The thaw has set in with warm showers
  And vernal breeze;
Willow leaves and mume flowers
  Look like eyes and cheeks of the trees.
I feel the heart of spring palpitate.
  But who'd drink wine with me
  And write fine verse with glee?
Face powder melt in tears, I feel my hairpin's weight.

  What can I do but try

To put on my vernal robe sown with golden thread?
I lean so long on mountain-shaped pillow my head
　　Until my phoenix hairpin goes awry.
How can I have sweet dreams, my heart drowned in sorrow deep?
I can but trim the wick①, unable to fall asleep.

这首《蝶恋花》的特点是用词具体。如上片第二句"柳眼梅腮",译成英文是 Willow leaves and mume flowers look like eyes and cheeks of the trees(柳叶和梅花看起来像花树的眼睛和脸颊),把树比成美人,这是明喻;加了花叶二词,译文更加具体。下片第四句中的"独抱浓愁"译成 my heart drowned in sorrow deep(我的心沉浸在深深的哀愁中),把具体的"抱"等化为具体的"沉浸",加了一个具体的"心",这是隐喻,用形象换译形象,1+1=2,可以算是一种创译。

（11）浣 溪 沙

淡荡春光寒食天,玉炉沉水袅残烟。
　　梦回山枕隐花钿。

海燕未来人斗草,江梅已过柳生绵。
　　黄昏疏雨湿秋千。

《浣溪沙》一作《浣溪纱》,可能是由于西施在溪中浣纱而得名。这首词有一个题名是《春闺即事》,应该是记叙女词人一天生活的。

前段第一句"淡荡春光寒食天","寒食"是清明节前两天。相传春秋时晋国介之推辅佐公子重耳回国,使公子成了天下最强大的晋文公,但是介子推却隐居山中。晋文公烧山要他出仕,他宁可抱树而死。晋文公为了悼念他,禁止在他被烧死的那天烧火煮饭,只吃冷食。以后相沿成俗,就成了寒食节。"淡荡"二字,杨炯赋中说:"春淡荡兮景物华。"陈子昂诗中说:"春风正淡荡,白露已清泠。"这里结合下文,不妨理解为"淡"如

---

① By trimming the wick, the poetess tried to anticipate the date when her husband might come home.

袅袅残烟,"荡"如飘飘柳絮,因此,"淡荡"二字是全词的词眼。这首词写寒食节,可以和写重阳节的《醉花阴》对比。第二句"玉炉沉水袅残烟","玉炉"是指玉石香炉,《醉花阴》中是"金兽";"沉水"就是沉香,入水能沉,所以叫作"沉水",《醉花阴》中是"瑞脑";"袅残烟"说明沉香已经烧了一夜,只剩残烟了。这一句写室内景。下一句写室中人:"梦回山枕隐花钿",梦中醒来,发现嵌着金花的首饰掉到山形的枕头下了,可见睡时没有卸妆,有人因此说是午睡,可和《醉花阴》中的"愁永昼"对比。

后段写室外事。第一句"海燕未来人斗草",古人以为燕子是春天渡海而来的,所以说是海燕;"斗草"是唐宋少女采摘花草,进行比赛的游戏,可见作者未婚,婚后写的《醉花阴》里就赏菊了。第二句"江梅已过柳生绵",是说江边的梅花已经开过,只剩柳絮飞舞,仿佛象征着女词人的心情。要荡秋千吧,偏偏"黄昏疏雨湿秋千",秋千也打不成,只剩下一片闲愁;而《醉花阴》写的是离愁。离愁的象征是"人比黄花瘦",闲愁的象征却是残烟飞絮。

TUNE:"SILK-WASHING STREAM"

Spring sheds a mild and wild light on Cold Food Day①;
Jade burner spreads the dying incense like a spray.
Waking, I find my hairpin under the pillow stray.②

The swallows not yet come, a game of grass we play③;
Willow down wafts while mume blossoms fade away.
In drizzling rain at dusk the garden swing won't sway.

这首《浣溪沙》是李清照写闲愁的小词。原词一韵到底,译文用了 day, spray, stray, play, away, sway, 也是一韵到底,可以说是既音似,又有音美。上片第一句中的"淡荡"二字是双声词,译成 mild(淡)和 wild(荡)是同韵词,可以说是音义俱合,也可以说是 1+1=2 式的创译。

---

① Cold Food Day marked the end of the three-day period when Chinese families refrained from starting cooking fires at home. This lyric describes the nonchalance of the poetess in her maidenhood.
② The poetess forgot to undress when she went to bed.
③ The game of grass was usually played by maidens.

（12）怨王孙

帝里春晓，重门深院，草绿阶前。
暮天雁断，楼上远信谁传？恨绵绵！

多情自是多沾惹，难拼舍，又是寒食也。
秋千巷陌人静，皓月初斜，浸梨花。

这首《怨王孙》和"湖上风来波浩渺"那一首名同实异。这个词调原名《河传》，从五代韦庄起，才开始改用《怨王孙》的。这首词和《浣溪沙》都写寒食节，但《浣溪沙》可能作于婚前，《怨王孙》则作于婚后。《草堂诗余》说这是秦观的作品。少游和清照都是婉约派的词人：秦词婉中带柔，和雅醇正，迷离幽微；李词婉中见直，明白如话，清疏淡雅。下面就来分析一下，看这首词是秦作还是李作。

前段第一句的"帝里"是皇帝住的地方，就是京城；清照在《渔家傲》中用过"帝所"，指天帝住的地方，所以她也可能会用"帝里"，因为戎昱诗中有过"帝里阳和日"。第二句的"重门深院"，是清照爱用的词，《小重山》《念奴娇》中都有例子。第三句"草绿阶前"写深院的外景，但"萋萋芳草忆王孙"，所以草绿又可以引起对远人的思念，这是承上启下的句子。下面两句"暮天雁断，楼上远信谁传？"就是说天晚了，"雁过也"，词人在楼上写的信，谁来传给远方的丈夫呢？这些更是清照的常用语，一看《一剪梅》《声声慢》就可以知道。最后，"恨绵绵"中的叠字体现了李清照的特长。所以前段看来应该是李作。

后段第一句"多情自是多沾染"，重复"多"字，又是清照爱用的手法，"沾染"就是触景伤情。"难拼舍"更是口语化，既拼不过，又舍不得，"此情"真是"无计可消除"了。"又是寒食也"中的"也"字，和《小重山》中的"归来也"一样，都是清照的常用语。最后三句"秋千巷陌人静"，和"黄昏疏雨湿秋千"一样，都是用秋千无人打的形象来写女词人的离愁。而斜月"浸梨花"，一片雪白，更显得冷静凄凉，和"人比黄花瘦"一样借花写人，明白如话，所以很可能是李清照思念赵明诚的作品。

TUNE: "SYMPATHY WITH THE PRINCE"

  In the capital spring is late;
Closed are the courtyard door and gate.
Before the marble steps the grass grows green;
In the evening sky no more wild geese①are seen.
Who will send from my bower letters for my dear?
  Long, long will my grief appear!

This sight would strike a chord in my sentimental heart.
  Could I leave him apart?
  Again comes Cold Food Day.
  In quiet lane the swing won't sway;
The slanting moon still sheds her light
  To drown pear blossoms white.

这首《怨王孙》是李清照写婚后离愁的作品。上片第二句中的"重门"分译成 door and gate；第三句中的"草绿"译成三个双声词 grass grows green；第六句"恨绵绵"用叠词译叠字，重复了两个 long。下片第一句中的"多情"具体化为心弦的形象；最后一句"浸梨花"中的动词等化为 drown（可和第十首对比），都可以说是 1+1=2 的译法。

（13）浣溪沙

  小院闲窗春色深，重帘未卷影沉沉。
    倚楼无语理瑶琴。

  远岫出云催薄暮，细风吹雨弄轻阴。
    梨花欲谢恐难禁。

这首《浣溪沙》和前一首《浣溪沙》（淡荡春光寒食天）都写春愁。

---

① The wild geese were supposed to bring messages for men.

前一首可能作于婚前，这一首可能作于婚后；前一首色调"淡荡"，这一首色调"深沉"。两首都借物写人，借景写情，但是浓淡深浅略有不同。

前段第一句"小院闲窗春色深"中的"闲"字，是前段的词眼。"闲"有三种解释：一说"闲"是用木条做成的交叉遮拦物，"闲窗"就是带木条方格子的窗户；一说"闲"是闲着不用的意思，就是说女词人好久没有凭窗欣赏景色了；一说"闲"的不是窗，而是人的感觉，是词人无所事事的心情。我看三种说法并不矛盾，就是女词人闲看着木格窗外一片浓绿的小院。第二句的"重帘未卷"是第一句"闲窗"的注解，窗帘都没有卷起来，说明女词人闲散疏懒的心情；"影沉沉"又有两种解说：一说是室内显得阴暗沉闷，一说是小院的树影透过窗帘隐约可见，那就和"春色深"相呼应了。不管室内室外，都反映了女词人的忧郁。第三句"倚楼""无语""理瑶琴"是女词人消愁解闷的三部曲，那就是一看二听三弹琴。前一首《浣溪沙》解闷的方法是斗草，这一首是弹琴；斗草的少女自然年轻，弹琴的人却成熟了。

后段第一句的"远岫"是远处的山洞，全句是说：云好像从遥远的山洞里出来，遮天蔽日，仿佛在催黄昏早点降临，一个"催"字，把云比作有心人了。第二句"细风吹雨弄轻阴"，微风一吹，树影婆娑舞动，雨点一落，绿叶淅沥奏乐，风雨似乎都在和树叶游戏，一个"弄"字，又把风雨拟人了。最后一句却反过来，把人比作梨花，说梨花恐怕经不住风雨，要凋谢了，人哪里经受得了呢？后段三个形象：云、雨、花谢，都是愁的象征。所以后段的词眼是个"愁"字。全词借景写情，写的都是"闲愁"。

TUNE: "SILK-WASHING STREAM"

Leisurely windows show in courtyard spring's grown old;
My bower's dark behind the curtains not uprolled.
Silent, I lean on rails and play on zither cold.

Clouds rise from distant hills and hasten dusk to fall;
The breeze and rain together weave a twilight pall.
I am afraid pear blossoms cannot stand at all.

这首《浣溪沙》上片第一句的"春色深"换译为 spring's grown old（春已老），第二句的"重帘未卷"直译为 curtains not uprolled，第三句的

"瑶琴"后加了一个 cold（凉）。三行一韵，传达了原词的音美。下片第一句的"催薄暮"等化译成 hasten dusk to fall，第二句"细风吹雨弄轻阴"深化译为 weave a twilight pall（织成幽暗的帘幕），可以算是 1 + 1 > 2 的创译。

（14）浣 溪 沙

莫许杯深琥珀浓，未成沉醉意先融。
疏钟已应晚来风。

瑞脑香消魂梦断，辟寒金小髻鬟松。
醒时空对烛花红。

前一首《浣溪沙》（小院闲窗春色深）主要写白天的闲愁，这一首主要写晚来的相思。

前段第一句的"莫许"就是不许，"琥珀"指琥珀色的酒，全句是说：不要把琥珀色的浓酒倒满了酒杯。傍晚独自饮酒，借酒浇愁，这是第一层意思。愁什么呢？丈夫在外出仕，女词人在家相思，这是不言而喻的第二层意思。既要消愁，为什么又不许把酒杯倒满呢？一句话里包含一明、一暗、一反三层意思，曲折地画出了相思的深情。第二句就对问题做出了回答："未成沉醉意先融"，原来是尚未醉酒心已醉了，这是更深的第四层意思，和范仲淹《御街行》中的"愁肠已断无由醉，酒未到，先成泪"可以同看，原来是害怕"酒入愁肠，化作相思泪"啊！这若明若暗的一反一正，已经曲径通幽，画出了愁人的心情。第三句更从外景着笔："疏钟已应晚来风。"原来"疏钟"二字脱漏，这是《乐府雅词》增补的，补得不错：断续"疏钟"断续"风"，正象征着"剪不断，理还乱"的相思之情。

前段写晚来饮酒消愁，后段写深夜梦醒魂销。第一句"瑞脑香消魂梦断"，"瑞脑"就是龙脑香，是睡前烧的香料，等到夜深人静，梦中醒过来时，香已经烧完了，女词人内心感到更凄凉。第二句"辟寒金小髻鬟松"，据说汉武帝时，有人献上神雀，能够吐出金屑，可以制成金钗，但是神雀害怕霜雪，要住在水晶制的"辟寒台"内，所以吐出的金屑叫"辟寒金"；这里辟寒金就指女词人头上戴的金钗，金钗太小，约束不了头发，髻鬟都松开了，可见女词人辗转反侧，睡梦不安。这句是借乱发的外形来显示愁苦的内心。最后一句又用"烛花红"的乐景来写女词人的愁情，加上前面瑞脑香消的哀景，就使李清照愁上加愁，倍增其哀了。

TUNE："SILK-WASHING STREAM"

Don't fill my cup with amber wine up to the brim!
Before I'm drunk, my heart melts with yearning for him.①
The breeze sows intermittent chimes in evening dim.

The incense burned, my dreams vanish in lonely bed;
My golden hairpin can't hold chignon on my head.
Woke up, I face in vain the flame of candle red.

这首《浣溪沙》上片第一句的"杯深"译成 wine up to the brim；第二句的"意先融"等化为 my heart melts with yearning for him；第三句"疏钟已应晚来风"深化为 The breeze sows intermittent chimes in evening dim（幽暗的晚风播下稀稀落落的钟声），把"应"字具体化为 sow（播种），可以说是借景写情的妙笔。

（15）菩萨蛮

归鸿声断残云碧，背窗雪落炉烟直。
烛底凤钗明，钗头人胜轻。

角声催晓漏，曙色回斗牛。
春意看花难，西风留旧寒。

《菩萨蛮》是唐代的词牌。《杜阳杂编》下卷中说："大中初，女蛮国入贡，危髻金冠，缨络被体，号菩萨蛮队，当时倡优遂制《菩萨蛮曲》，文士亦往往声其词。"这样看来，"菩萨蛮队"是女蛮国进贡的歌舞队，舞曲就是《菩萨蛮》，最著名的是李白填的词："平林漠漠烟如织"，敦煌曲

---

① The poetess was yearning for her husband absent from home.

子词中也有几首。李清照这一首写的是"人日"早起的事,古代每年正月初七为"人日"。《问礼答》中说:"正月一日为鸡,二日为狗,三日为猪,四日为羊,五日为牛,六日为马,七日为人。"这一天妇女用金箔镂刻人像或花卉做首饰,叫作"人胜"。从这首词第四句"钗头人胜轻"看来,可以知道是写宋代妇女如何过"人日"的。

前段第一句"归鸿声断残云碧",说的是春天来到,鸿雁飞回北方,叫声听不见了,因为飞到残云之上,飞入碧空去了。第二句的"背窗雪落"是说北边窗子上的积雪因为天气变暖而落到地上,这一句半写室外;下半句"炉烟直"写室内,说香炉里的烟直往上升。第三、四句写人早起梳妆:"烛底凤钗明"是说凤形的金钗在烛光下闪闪发亮,"钗头人胜轻"说钗头上有金箔镂刻的人像或花卉,显得轻巧。总而言之,女词人打扮准备过节了。

后段写梳妆后的外景。第一句"角声催晓漏"是说报晓的号角声响了,仿佛在催铜壶里漏的水快点滴完似的,也就是说,催天快一点亮,人好过节。第二句的"曙色"指黎明时的天色,"斗牛"指北斗星和牵牛星,说的是天一亮,星斗都渐渐消失了,节日快开始了。最后两句忽然一转,"春意看花难"是说大地虽有春意,但要赏花还不容易。为什么呢?"西风留旧寒"。因为西风一吹,冬天的寒冷还没有过去啊!这首词可能是前期也可能是后期的作品,两说都通,反正是写正月七日早起的心情。

TUNE: "BUDDHIST DANCERS"

Returning swans not heard, clouds break in azure skies;
Snow falls from window-sill, straight I see incense rise.
 In candlelight my phoenix hairpin bright
 Can't hold up golden flowers light①.

 The horns announce daybreak is near;
 The twilight wanes, stars disappear.
 Flowers won't bloom in early spring;
 In the west wind cold's lingering.

---

① The poetess put golden flowers in her hair on the seventh day of the first lunar month to pass the holiday, for no flower would bloom in early spring.

这首《菩萨蛮》写的是宋朝的节日。下片第一句"角声催晓漏"中的"催",可以和第十三首《浣溪沙》下片第一句"远岫出云催薄暮"中的"催"字比较。那一句的动词译成 hasten,这句也可以用,那后面就要加 to appear,一来稍长,二来和下句的 disappear 重复,所以这里没用。由此可见,翻译同一个字要看具体情况决定,并不是一个字只有一个翻译法,这叫作同词异译;而第十首的"抱"和第十二首的"浸"都译成 drown,那叫作异词同译法。一般说来,科学需要同词同译,文学往往同词异译,或异词同译。

(16) 点 绛 唇

寂寞深闺,柔肠一寸愁千缕。
惜春春去,几点催花雨。

倚遍栏杆,只是无情绪。
人何处?连天芳草,望断归来路。

这首《点绛唇》是李清照婚后怀念丈夫赵明诚的作品;第一首写的却是她初见明诚的情景。《点绛唇》这个词牌最初见于冯延巳的《阳春集》,取自江淹的诗句"明珠点绛唇"。这个词牌暗示点点珠泪滴在绛红的嘴唇上,用来抒写对丈夫的离情别思,非常适合。

第一句开门见山,直写"寂寞"二字,接着写环境,"深闺"之中,更加深了"寂寞"之感。第二句进入内心深处,写愁肠欲断,但是用字具体,形象生动,"柔肠"而说"一寸",离愁却有"千缕",一多一少,形成了强烈的对比,可见愁情之深。但中文是单音词,"一"可以对"千","寸"可以对"缕";英文是多音节词,"肠"和"千"的英译文都不宜入诗,所以英译把"肠"改成"心弦",说每一根心弦都是一缕愁思,有多少心弦就有多少愁丝,这是用重复法来译对比,也可说是"以同译异"。第三句"惜春春去"中既有对比又有重复,重复的是"春"字,对比的却是主观的"惜春"和客观的"春去"。英译文用反译法来译"去"字,说爱惜之心也留不住春天。第四句"几点催花雨",是说只滴几点雨就可把花打落,可见花也已愁肠寸断。如果雨大,"怎一个愁字了得!"同时,雨点也可暗示泪珠,花又可以隐射嘴唇,这就和词牌《点绛唇》暗合了。

如果说前段主要写伤春，后段主要就是写伤别。第一句"倚遍栏杆"，一个"遍"字（英译重复栏杆），写出了无限的相思。这和第二句"只是无情绪"中的"无"字，又形成了正反对比，"无情绪"就是无以减轻离情别绪（在英译中深化了）。第三句"人何处？"具体指丈夫，"何处"只是泛问。第四句的"连天"却是具体回答"何处"，"草"又和人对比。最后一句"望断归来路"，是说不见丈夫归来，于是只有愁肠寸断了。

TUNE："ROUGED LIPS"

I'm lonely in my room;
Each heartstring is a thread of gloom.
Spring cannot be retained by love at all;
A few raindrops have hastened flowers to fall.

I lean on rail and rail
To lighten my sorrow, but to no avail.
O, where is he?
Sweet grass spreads as far as the sky;
It saddens me
To gaze at his returning way with longing eye.

这首《点绛唇》的译法前面已经谈到。第二句"柔肠一寸愁千缕"，这里把"柔肠"等化为 heartstring（心弦），把"一寸"浅化为 each（每一根），再把"愁千缕"简化为 a thread of gloom（一缕愁），形式变了，内容却没有变。第三句"惜春春去"，译文没有重复 spring（春），却加了一个 love（爱），而把"惜"字反译为 cannot be retained（留不住），表层结构不同，深层结构却相似。第四句"几点催花雨"，"催"字的译法又和第十三首一样。由此可见文学翻译要具体情况具体分析，运用之妙在于一心。

（17）念奴娇

萧条庭院，又斜风细雨，重门须闭。
宠柳娇花寒食近，种种恼人天气。

险韵诗成，扶头酒醒，别是闲滋味。
　　征鸿过尽，万千心事难寄。

　　楼上几日春寒，帘垂四面，玉栏杆慵倚。
　　被冷香消新梦觉，不许愁人不起。
　　清露晨流，新桐初引，多少游春意！
　　日高烟敛，更看今日晴未？

　　这首《念奴娇》可以和上一首《点绛唇》相比：第一句"萧条庭院"是借景写情，上一首的"寂寞深闺"却是直抒情怀。"寂寞"写人，所以接着说："柔肠一寸愁千缕"；"萧条"写景，所以接着说："又斜风细雨，重门须闭"。"须闭"一作"深闭"，那就和"深闺"相同，是说门已经闭上；"须闭"只是该闭，所以看见门外的花柳。《点绛唇》只说"几点催花雨"，风雨能催花落；"宠柳娇花"却是花开得娇艳，柳绿得令人宠爱，以乐景写哀，更显得庭院萧条，斜风细雨的天气恼人。如何消愁解闷呢？只好饮酒赋诗了。作诗要挑最难押的韵，可以多消磨些时光；饮酒要喝醉得抬不起头来的烈酒，可以忘掉烦恼。但酒醒诗成之后，剪不断，理还乱，别是一般滋味的闲愁又涌上心头。那千种心事，万般相思，要托鸿雁带给远方的丈夫，这和《点绛唇》的"人何处？"又是一样，但鸿雁已经飞尽，只剩下了一片寂寞。

　　前段由室外写到室内，后段却由室内又写到室外。第一句的"楼上"，相当于《点绛唇》中的"深闺"；第二句"帘垂四面"是室内景，和前段的室外景"重门须闭"遥相呼应；第三句"玉栏杆慵倚"则比《点绛唇》的"倚遍栏杆"更进一步，不但是"倚遍"，而且懒得再倚栏了。接着第四、五句从景写到人，"被冷"是借物写人孤眠，"香消"是借炉香烧尽写时间不早，"新梦觉"是回到现实中来，只好起床了。起来后看到什么呢？于是又回到室外，只见露水从花叶上滴下，新生的桐叶吐出了嫩芽。这比《点绛唇》中的"连天芳草"更有生机，因为芳草使词人看不见丈夫的归路，而花叶却引起了她春游之意。最后两句是说：红日东升，烟雾四散，如果天气晴朗，那就可以借春游消愁解闷了。

　　有人评论这首词说："词贵开拓，不欲沾滞，忽悲忽喜，乍近乍远，所为妙耳。"

TUNE: "CHARM OF A MAIDEN SINGER"

  Lonely courtyard, once more
Slanting wind, drizzling rain, closed gate and door,
Favorite willows there, coquettish flowers here,
  Cold Food Day①is drawing near
    With every kind of weather annoying.
  Writing ingenious line
  And sobered from strong wine,
    A different leisure I am enjoying.
  All message-bearing swans are gone,
To whom will my teeming messages be borne?

    In my pavilion still
    Cold with spring chill,
  The four walls hung with screen,
    I'm too weary to lean
      On the jade
      Balustrade.
The incense burned, the quilt feels cold, from dreams I wake;
No dallying in bed for one whose heart would ache.
  With dawn descends clear dew,
  Plane trees put forth buds new.
    Many a thing
    I may enjoy in spring.
  The fog dispersed by sunshine,
  See if the day will turn fine.

  这首《念奴娇》忽悲忽喜，乍远乍近，体现在下片第四、五句之中："被冷香消新梦觉，不许愁人不起。""被冷香消"是近，"新梦"是远；"愁人"是悲，"更看今日晴未"是喜。第四句译成 The incense burned,

---

① See note to poem 11.

the quilt feels cold, from dreams I wake，是等化的译法，第五句的"愁人"译成 one whose heart would ache 却是深化的译法。

（18）庆清朝慢

禁幄低张，彤栏巧护，就中独占残春。
容华淡伫，绰约俱见天真。
待得群花过后，一番风露晓妆新。
妖娆艳态，妒风笑月，长殢东君。

东城边，南陌上，正日烘池馆，竞走香轮。
绮筵散日，谁人可继芳尘？
更好明光宫殿，几枝先近日边匀。
金尊倒，拼了尽烛，不管黄昏！

《庆清朝慢》这个词牌的意思，就是欢度清晨的慢调或长曲。词中咏的是牡丹花，是李清照早期的作品。

前段写花。保护牡丹花的帐幕低低地张开，严密得好像宫禁中一样；小巧玲珑的红栏杆围在四周，在中间的牡丹占尽了暮春风光。唐吴融《白牡丹》诗中说："春残独自殿群芳。"写了环境之后，接着写花，美丽的容颜，素妆淡抹，静静地立着，风姿娇柔绰约，露出了天姿国色的本来面目。这是把白牡丹比作美人。等到桃花李花开过之后，经过一番风霜雨露，明媚鲜艳的红牡丹才在清晨开放。看她千媚百娇的姿态，春风都妒忌得羞红了脸，月亮也露出了笑容，连太阳神也看得恋恋不舍，延长了白天的时间。这几句写牡丹之美，继承并发展了《陌上桑》写罗敷的笔法。

后段写赏花，先写赏花的地理环境。在东城边，在往南的大路上，太阳把池边的亭台楼阁晒得暖洋洋的，赏花人都纷纷坐着香车来看牡丹了。他们摆下了豪华的筵席，一边喝酒，一边赏花，一直喝到落花飘香才散，这时，还有谁来欣赏落红缤纷呢？不必担心，赏花自有后来人。下面的"明光宫殿"，一般人说是借汉宫指宋宫，我看牡丹是花王，这里"明光殿"指花宫；"日边"有人说是皇帝身边，我看还是指太阳更好。全句是说：在光明的牡丹宫里，还有几枝先近太阳的花朵开得均匀呢。虽然天晚了，后来人还是不妨秉烛夜游，饮酒赏花，直到烛尽杯倒再说啊！

TUNE: "CONGRATULATIONS FOR CLEAR MORNING"

Beneath the curtain hanging low,
 Behind the railings painted red,
Alone the peonies glow
 In springtime not yet dead.
Discreet and decent looks the flower's face,
 Innocent, tender, full of grace.
When other flowers fade from trees,
 Steeped in the wind and dew,
 In morning dress so fresh and new,
So charming, she would fascinate
 The smiling moon and envious breeze,
And e'en the God of Sun would linger late.

In eastern town, on southern street,
 So many scented carriages run
  So fleet
Towards the poolside pavilions bathed in the sun.
 After the sumptuous feast is o'er,
  Who would adore
The fragrance when the flowers are no more?
 O, better go to the palace bright,
Where several branches still enjoy the sunlight.
 Then let us fill our golden cup
  And drink all night
 Till candles are burned up!

  这首《庆清朝慢》是写牡丹的慢词。上片最后三句中的"妖娆"译成 fascinate（妖艳迷人），是把形容词换译成动词，"妒风笑月"译成 the smiling moon and envious breeze，却是相反，把动词换译成形容词，"东君"直译是 Lord of the East，这里换译成西方的 God of the Sun（太阳神），用的都可以说是等化法。下片最后三句写赏花人"金尊倒，拼了尽烛，不管黄昏",译成英文为:Then let us fill our golden cup/And drink all night/Till candles are burned up!"倒""拚""不管"都没有译,可以说是浅化的译法;但是内容并没有改变,所以可以算是 2 - 1 = 2 的翻译法。

(19) 摊破浣溪沙

揉破黄金万点轻,剪成碧玉叶层层。
风度精神如彦辅,大鲜明。

梅蕊重重何俗甚?丁香千结苦粗生。
熏透愁人千里梦,却无情。

《摊破浣溪沙》是词牌的名字,"摊破"就是摊开,把一句破成两句。《浣溪沙》前后段的最后一句原来是七个字,这里把七个字摊开成十个字,前七后三,所以说是"摊破"。

这首词是咏桂花的,前段第一、二句写外形,第三、四句写内心。第一句写桂花,把花比作万点黄金,但比金子柔软,所以可以揉得破碎;又比金子轻盈,所以可以长在树上。这就是说,花色似金而胜似金,不像金子那样坚硬、沉重。第二句写桂叶,化用了贺知章《咏柳》的诗句:"碧玉妆成一树高,……不知细叶谁裁出?二月春风似剪刀。"不过贺用三句,李只一句,比贺精练。前两句说桂花"金玉其外",其中的精神呢?词人改用以人比物的手法,说桂花的风度像晋人乐广一样,乐广与世无争,那桂花就是不与桃李争艳了,这是非常鲜明的。金玉其外,而其内心胜过金玉,这就是用烘云托月的笔法衬出桂花的高洁。

如果说前段是把桂花比作人和物,来显示他们之间的相同之处,那么后段前两句却是把其他花和桂花相比,以显示它们之间的不同之处。第一句说梅花比起桂花来显得太俗,为什么说"梅蕊连连"太俗呢?那大约是因为梅花色彩鲜艳,和桃李更接近,有和桃李争春之嫌,不像桂花的金黄色与众不同,超凡脱俗,相形之下,连梅花也逊色了。至于丁香花蕊更多,紧紧地结在一起,好像难解的愁思一样,显得粗头笨脑,不能和轻盈的桂花同日而语,所以说梅花和丁香都粗俗。第三句"熏透愁人千里梦",是什么花香得女词人睡不着,梦不见千里之外的丈夫呢?有人说是丁香,有人说是梅花和丁香,也有人说是桂花,还有人说三种花都包括在内。如果只写梅花、丁香,那前后段就截然分开,主题显得不统一;如果说是桂花,那又不相连贯,所以应该是说像梅花和丁香而不粗俗的桂花,这样,又从写花转为写人,说花无情,更显得女词人相思情深。

TUNE:"SILK-WASHING STREAM"
LENGTHENED FORM
To the Laurel Bloom

Your blossoms like ten thousand golden grains so light,
Your leaves seem cut from thin sheets of emerald bright,
Your spirit as a mirror reflecting the sky,
  Lofty and high.

How gaudy look the mume blossoms before your flowers!
From knotty shrubs of lilacs sorrow falls in showers.
Why should your fragrance wake me from my far-off dream?
  Heartless you seem!

这首《摊破浣溪沙》是咏桂花的小词。上片第三句"风度精神如彦辅,太鲜明"用了典故,直译毫无意义,所以浅化为:Your spirit as a mirror reflecting the sky,/Lofty and high.(你的精神像反映天空的镜子,清明高洁。)下片后两句"熏透愁人千里梦,却无情"也浅化为:Why should your fragrance wake me from my far-off dreams?/Heartless you seem!(你的香气为什么唤醒了我的远梦?如此无情!)这两句都可以应用 $2-1=2$ 的公式。

(20)蝶恋花·晚止昌乐馆寄姊妹

泪湿罗衣脂粉满,四叠阳关,唱到千千遍。
人道山长山又断,萧萧微雨闻孤馆。

惜别伤离方寸乱,忘了临行,酒盏深和浅。
好把音书凭过雁,东莱不似蓬莱远。

1121年，赵明诚在东莱。农历八月十日，李清照离开青州，和姊妹们分别，到丈夫的任所去。路上经过昌乐，一个人住在客馆里，偏偏天又下起雨来，不禁使她想起和姊妹们分别时流下的泪水，于是就写下这首《蝶恋花》。这是一首难得的抒写姊妹之情的作品。

词一开始就写惜别之泪把脸上的脂粉都冲淡了，把丝绸的衣服都浸湿了，可见流泪之多。接着写送别的歌声，唱的是王维的《阳关曲》："劝君更尽一杯酒，西出阳关无故人。"据说最后一句要唱三遍，所以叫作《阳关三叠》，又有人说是后三句各唱一遍。这里四句都重唱，所以说"四叠阳关"。重唱四句不知道重复了多少次，可见难舍难分。分别之后，山川阻隔，可恨山多长啊！遥望姊妹们也望不见了，只好一个人孤零零地在客馆里听着淅淅沥沥的雨声，这下不完的雨就像流不尽的眼泪啊！

前段描写离别前后的情景，后段回忆离别时的心情：因为难过，心都乱了，饯行酒也不知道喝了多少杯，也不知道杯中的酒斟满了没有，也不管自己的酒量大小，只知道举杯一饮而尽，以浇愁肠。前段说离歌别泪，主要是写外形；后段说酒无多少只管饮，主要是写内心。最后，只好寄希望于未来。古人相信，鱼雁可以传信，据说汉代苏武出使匈奴，被囚禁在冰天雪地之中，长达十八年之久，最后把信系在雁足上，带给皇帝，苏武才被放了回来，后人就把鸿雁当作信使了。这里，女词人希望姊妹们会托过雁把信带来，因为她要去的莱州并不像蓬莱仙岛那样远，那样可望而不可即啊！

这首短词只用了四个句号，却用了四对叠词，有合有分。合的如"千千遍""萧萧雨"，分的如"山长山断""东莱蓬莱"，使人觉得情长意真，如山长而不断，如雨细而沁人心脾，已经是《声声慢》七对叠词的先声，所以译文也用了四对叠词。

TUNE："BUTTERFLIES IN LOVE WITH FLOWERS"
Written for my Sisters, at a Lonely Inn

My silken robe was wet with rouged and powdered tears.
  The farewell song
 With refrain and refrain
 Was sung again and again.
The mountains barring us from view stretch long.
 How lonely is the drizzling rain

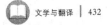

A lonely woman in a lonely hotel hears!
The parting grief disturbed my heart;
I did not know how much I drank before we did part.
"Send me words by wild geese flying for miles and miles!
My place is not so far off as the fairy isles."

这首《蝶恋花》写的是姐妹情,用了四对叠词。这里把"千千遍"译成 again and again 和 refrain and refrain,用了两对叠词;译"萧萧"时,用了三个 lonely;译"蓬莱东莱"时,重复了 for miles;译"山长山断"时却没有用叠词。这可以说是失之东隅,收之桑榆,用的是以得补失法。

(21) 怨 王 孙

梦断,漏悄,愁浓,酒恼。
宝枕生寒,翠屏向晓。
门外谁扫残红?夜来风。

玉箫声断人何处?
春又去,忍把归期负?
此情此恨此际,拟托行云,问东君。

这首《怨王孙》和"湖上风来波浩渺"那一首的词牌同名,但是曲调不同。这首词调原名《河传》,是隋代的词牌,最初创作《河传》的是晚唐的温庭筠,到了五代韦庄才改用《怨王孙》。

暮春时节,丈夫在外,李清照一个人从醉梦中醒来,夜静得连铜壶滴漏的悄悄声都可以听见,这是写听觉。夜越静,对丈夫的思念越深,愁思也就越来越浓;饮酒本来为了浇愁,酒醒后愁反而加了几分,所以恼酒。这是写感觉。孤眠人转过身去,仿佛要逃避愁思,但脸颊碰到枕头,感到冰冰凉的,这是写触觉。睁开眼睛一看,翠绿的屏风上已经微微显现了朦胧的曙色,总算天要亮了,这是写视觉。女词人用四句话,从视、听、感、触四个方面,写出了自己的怨情。起身一看,门外满地落英缤纷,花径不曾缘客扫,是谁把花扫到一边去的呢?低头一想,就想起昨夜的风声了。

前段写女词人所见，所闻，所感，所触；后段写她所思。她先把丈夫比作箫史，把自己比作弄玉，箫声听不见了，丈夫在哪里呢？接着写她所怨：春天又要归去，又是新的一年，丈夫怎么忍心还不归来呢？再写所恨，恨是怨的积累。最后写所望：她只好托天上的鸿雁，带信给远方的丈夫；但是时间太早，鸿雁还没起飞，天上只有几片浮云，正在飘向东方，那就托行云吧！云要飞到东方去，东方不是太阳升起的地方吗？不是春的故乡，春要归去的地方吗？找到了春天，就可以要丈夫像春天一样归来了。"此情此恨此际"一句之内连用三个"此"字，感情更加强烈，心理刻画更加细腻，想象更加奇特。

TUNE："SYMPATHY WITH THE PRINCE"

The mutely dripping waterclock wakes me from sleep;
Wine cannot dissipate my sorrow deep.
  Cold grows my pillow green;
  Dawn peeps in o'er the screen.
Who's swept away the fallen blooms before the door?
  Last night I heard wind roar.

The flute is mute. Where's my dear one?
  Spring's gone again.
Would you not come back at your prime?
This love, this grief, this time
I would confide to floating cloud in vain.
  Would it inform the sun?

这首《怨王孙》的特点是问句多。上片写了词人所见所闻，所感所触；下片写了所思所望，所怨所恨。译文也用了四个问句，问所见（Who's swept away...），所爱（Where's my dear one?），所怨（Would you not come back...），所望（Would it inform the sun?）。可以算是基本上传达了原词的风格。

（22）蝶恋花·上巳召亲族

  永夜厌厌欢意少，空梦长安，认取长安道。

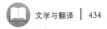

为报今年春色好，花光月影宜相照。

随意杯盘虽草草，酒美梅酸，恰称人怀抱。
醉莫插花花莫笑，可怜春似人将老。

旧历三月三日是上巳节，古人相信那一天在流水中洗濯，可以消灾祛病。1128年赵明诚在江宁任太守，上巳节这天李清照把亲戚请到家中团聚，写下了这首《蝶恋花》。

前段写团聚的原因。第一句的"永夜"就是长夜，长夜既可以实指团聚的前夕，也可以泛指漫漫长夜，因为敌兵占领了北宋的首都汴京，所以女词人打不起精神来，没有心情寻欢作乐。第二句的"长安"实指汴京，夜里梦见京城，城里的大街小巷都记得清清楚楚，但是京城已被金兵占领，再想也没有用，只是一场空梦而已。不过今年春光如此美好，花前月下，光影迷离，交相辉映，怎能辜负大好春光呢？于是就想到团聚了。

后段写团聚的情景。第一句的"随意"，是说没有特意准备，这既可以是客套话，也可以说在战乱年代，宴会不宜铺张，只是好酒一杯，菜肴几盘，不成敬意。话虽如此，但酒还是佳酿，可以开怀畅饮，醉了又有酸梅可以醒酒，不必担心，何妨称心如意享用一番？自然，称心如意并不是放浪形骸之外，喝醉了酒，也不要把花插满一头，否则，花都要笑你了（也可以是笑我）。花啊！你又何必要笑人呢？春天一过，你也不和人一样老了吗？有人认为插花是北宋时洛阳人的习俗，欧阳修在《洛阳风俗记》中说："洛阳之俗，大抵好花，春时城中无贵贱皆插花。"洛阳在这里也指敌军铁蹄下的汴京，那"醉莫插花"的意思，就是怕插花会引起故国之思。最后一句"春似"之后，有人认为应该停顿一下，那就是"年年岁岁花相似，岁岁年年人不同"的意思。

TUNE："BUTTERFLIES IN LOVE WITH FLOWERS"
Feasting my Relatives on the Third Day of the Third Moon

How can I find delight
On such an endless weary night?
I dreamed of the old capital in vain,
Remembering its road and lane.
But spring is beautiful this year.

How bright the flowers under the moon appear!

Drink and eat as you will from these commonplace dishes!
The good wine and sour plums will satisfy your wishes.
Don't laugh when drunk, I pin a flower on my hair!
　　Alas! Spring will grow old with faces fair.

　　这首《蝶恋花》是写亲情的作品。最后两句"醉莫插花花莫笑，可怜春似人将老"重复了两个"莫"和两个"笑"，译文只用了一个 Don't laugh（莫笑），反倒传达了原意，可以说是 2－1＝2。最后一句有两种解释，如果理解为"春依旧，人将老"，那就可以译为：Spring is still young, but old looks my face fair. 这可以算是同句异译法。

（23）青玉案

　　一年春事都来几？早过了三之二。
　　　暗绿红嫣浑可事？
　　垂杨庭院，暖风帘幕，有个人憔悴。

　　买花载酒长安市，又争似家山桃李？
　　　不枉东风吹客泪！
　　相思难表，梦魂无据，唯有归来是。

　　有人说这首词是无名氏的作品，有人说作者是欧阳修，但欧阳修集子中没有收这首词，而《漱玉词》却收了，所以还算是清照词。
　　前段第一句的"春事"，本来是指春耕，或花开花谢，这里以部分代整体，说的是忙于春耕或花开的日子，就是指春天。"都来几"是说：算来算去，春天已经过了多少日子呀？第二句回答说：早过了三分之二，文字很口语化，像清照说话的口气。第三句的"暗绿红嫣"用绿色代树叶，用红色代花，这又是清照常用的修辞手法，如著名的"绿肥红瘦"；"浑可事"一作"浑何事"，就是说：剩下三分之一的红花绿叶又算得了什么呢？于是又从户外转入户内，户内的"暗绿"就是垂柳掩映的庭院，"嫣红"却是暖风吹拂帘幕后的红颜，但红颜也随着春光憔悴了，就像"帘卷西风，人比黄花瘦"一样。"有个人憔悴"也是口语入词。

如果说前段写伤春的话，后段写的就是思乡。第一句的"长安"是指什么地方呢？有人说指北宋的汴京，有人说指南宋的建康。看来建康的可能性更大，因为汴京已经失陷，清照夫妇逃难在外，虽然还可以买花饮酒，但已经远远不如看故国的桃李花开了，所以第二句说："又怎似家山桃李？"下面接着说："不枉东风吹客泪"，意思就是不必枉费东风来吹，逃难在外的客子也会流泪的。这样理解，最后三句的"相思"，就可以解释为思念故国之情，难以表达；"梦魂无据"，也可理解为梦游故国，不足为凭；但是"唯有归来是"如何理解呢？只好理解为想回故乡。

还有一种解释，说这是怨情词。那么，"买花载酒"的是在外不归的丈夫，在"家山"憔悴的是妻子。妻子想念丈夫，魂牵梦萦，只求他早日归家。这样说来，词作者就可能是无名氏。

TUNE："GREEN JADE CUP"

How many spring days are gone in this year?
  Two-thirds already disappear.
What matters if flowers are red and leaves dark green?
  In the courtyard weep willow trees;
  The curtain rolled up by warm breeze,
Someone is languid behind the screen.

In the old capital we drank wine and bought flowers,
Could they surpass peaches and plums in our native bowers?
Blame not the eastern wind for blowing my tears down!
  How to express
  My homesickness?
  My soul in dreams
  Unreliable seems.
O, when can we return to our home-town?

这首《青玉案》中口语用得很多。上片前三句"一年春事都来几？早过了三之二。暗绿红嫣浑可事？"每句的后三字都是口语，分别译成 how many（有多少），two-thirds（三分之二），what matters（有什么关系），也是以口语译口语。第六句"有个人憔悴"又是口语入词。下片最后三句"相思难表,梦魂无据,唯有归来是"分译五行:How to express/My homesickness?/My soul in dreams/Unreliable seems. /O when can we return to our hometown? 用了两个问句,用的翻译法可以公式化为:1+3=2+2。

(24) 菩 萨 蛮

风柔日薄春犹早,夹衫乍著心情好。
睡起觉微寒,梅花鬓上残。

故乡何处是?忘了除非醉。
沉水卧时烧,香消酒未消。

这首《菩萨蛮》和前面那首《青玉案》都是写乡愁的:这首写早春,那首春天却"早过了三之二"。因为是早春,所以不说风和日暖,而说风柔日薄,"薄"是稀薄、微弱的意思,就是不够暖和。《青玉案》写暮春,所以说"暗绿嫣红""暖风帘幕"。绿得发暗,红得像嫣然一笑,可见春天来了很久,感情也很浓烈。这首《菩萨蛮》的乡愁,开始看来却很淡薄,和风光很协调一致。因为春天来了,可以脱下棉衣,换上夹衫,所以心情也好。不料这乍暖还寒的时候,睡觉刚刚起来,还觉得有点寒冷呢!再一看,头发上插的梅花都压残了。昨夜睡觉前怎么没有把花摘下来呢?再一想,原来昨夜自己喝酒喝醉了。为什么喝酒的?这才渐渐接近主题,原来是乡愁啊!

前段叙事,显得平淡无奇,但像剥笋一样,层层深入。后段抒情,却用平常的文字,平常的口气,写出了不平常的相思,不平常的乡愁。第一句"故乡何处是?"就是说故乡被金兵占领了,现在,哪里是我的故乡呢?这五个平平常常的字,加在一起,却产生了十倍、百倍的力量,这是有家归不得的女词人发自内心深处的沉痛呼声!如何回答呢?答不了,但又忘不了,若要忘记故乡,那只有沉入醉乡,深入睡乡了。第三句中的"沉水",就是沉香,这种香料燃烧的时间很长。女词人入睡前,要人把沉香点着,一觉醒来,发现沉香已经烧完,香气已经消散,自己已经睡了多长的时间啊!她要起床,却发现酒意还没有消散,自己到底喝了多少酒呢?为什么会喝这么多酒呢?于是不写"乡愁"二字,乡愁已经不呼而出了。

TUNE: "BUDDHIST DANCERS"

The wind is soft, the sun looks faint, spring's early still;
　　In a lined dress one feels at ease and free from care.
Awake from sleep, I feel a little chill,
　　With faded mume blossoms in my hair.

Where is my native town?
I can't forget it unless drunken down.
I lit the incense when I went to bed;
The taste of wine outlasts the smoke of incense spread.

这首《菩萨蛮》下片第二句"忘了除非醉"译成 I can't forget it unless drunken down（不醉不能忘），把"忘了"说成"不能忘"是正词反译法。最后一句"香消酒未消"，译成 The taste of wine outlasts the smoke of incense spread（香烟消散，酒味还在），把"酒未消"说成"味还在"，是把否定改成肯定，可以说是反词正译法。正反换译的公式是：1+1=3-1。

(25) 鹧鸪天

寒日萧萧上琐窗，梧桐应恨夜来霜。
酒阑更喜团茶苦，梦断偏宜瑞脑香。

秋已尽，日犹长。仲宣怀远更凄凉。
不如随分尊前酒，莫负东篱菊蕊黄。

这首《鹧鸪天》和前面的《菩萨蛮》一样，都是写乡愁的。前一首写的是早春，这一首写的是晚秋。前者用平淡的语气写出了不平淡的感情，后者却用乐景来衬托愁思，使乡愁显得更为深远。

前段第一句写"日上琐窗"，"琐窗"是华丽的雕花窗户，这本来是欢乐的景象，但作者在"日"字前面加了一个"寒"字，使太阳带来的不是温暖，而是寒冷，这就是冷暖的矛盾了。为什么太阳会有寒意呢？因为昨夜风声"萧萧"，落叶飘飘，使得太阳也萧萧瑟瑟。"萧萧"二字使愁胜过了乐；落叶飘飘，应该使凋残的梧桐怨恨夜来的风霜，树犹如此，人何以堪！这又借树写人，使愁恨更深化了。于是作者只好借酒浇愁，这里用了一个"喜"字，说上面印了龙凤花纹的茶饼，虽然味道浓得发苦，但比起乡愁来，反更讨人喜欢，可见乡愁之重。作者酒醉之后，昏昏沉沉进入梦乡，梦中神游故国，一觉醒来偏偏闻到焚烧瑞脑的香气，于是神情恍惚，朦朦胧胧，似乎还在故国流连忘返。一个"香"字，又从反面衬托出了乡愁之苦。

后段前两句继续用矛盾的手法来写愁人。第一句说秋天已经快到尽头，日子应该一天比一天短，那是自然界的客观现实；但在愁人主观上看来，日子还是太长了，这是主客观的矛盾，比平铺直叙说日子难挨要有力得多。下面一句"仲宣怀远"，这才进入主题，但也不是单刀直入，而是借三国时王仲宣（王粲）在荆州写《登楼赋》，登高望远，怀念乡土的典故，来宣泄自己更凄凉的乡思，这又显得更曲折多致了。最后两句再和前段呼应，说是不如随遇而安，借酒浇愁吧，这又是要用饮酒来冲淡乡思。到了结句，作者还引用了陶渊明《饮酒》中"采菊东篱下"的典故，要用赏菊来再度淡化乡愁；但一想起自己当年《醉花阴》中"东篱把酒"的情景，正是"举杯消愁愁更愁"。作者越要冲淡故国之情，越是表明相思的强烈，正是欲淡反浓，而全词就在浓淡、长短、乐愁的矛盾对比中，更显得意味深远。

TUNE："THE PARTRIDGE SKY"

The sun on painted windows sheds a chilly light;
The plane tree should have suffered from the frosty night.
Deeply drunk, I like better to taste bitter tea;
Woken from dreams, the smell of incense pleases me.

  Autumn has passed away,
  But still long seems the day.
I'm more homesick than the ancient, more desolate.
Why not drink up my cup of wine and accept my fate?
  Don't leave the hedgeside golden blooms
  Unenjoyed in the glooms!

这首《鹧鸪天》下片第三句"仲宣怀远更凄凉"用了典故，译文浅化为 I'm more homesick than the ancient（我比古人更怀念故乡），意思不改，公式是 2 − 1 = 2。最后一句"莫负东篱菊蕊黄"又用了典故，译文却加了 in the glooms（在幽暗中），加词而不改意，公式是 2 + 1 = 2。

(26) 渔 家 傲

雪里已知春信至，寒梅点缀琼枝腻。
香脸半开娇旖旎。当庭际，玉人浴出新妆洗。

造化可能偏有意，故教明月玲珑地。
共赏金尊沉绿蚁。莫辞醉，此花不与群花比。

李清照写过六首咏梅词，这一首咏的是早梅，从词中表达的思想感情来看，可能是 1128 年左右同丈夫住在青州时的作品。

前段第一句先写雪，在一片茫茫的白雪中，已经可以看到春天的信息。这就好比京剧的名角出场前，先在幕后唱一句，使人先闻其声，再见其形，唱第二句时主角就亮相了。"梅"字前面加了一个"寒"字，这凸现了梅花在寒冷中生长，不怕霜雪的个性；接着再写梅枝晶莹剔透，给初开的梅花点缀得滑润如脂，这已经开始把梅拟人，把琼枝比作玉臂了。前两句写远景。第三句是近景的特写，更进一步把半开的梅瓣比作美人半掩半露的香脸，显得娇媚柔和，暗藏春光。接着内外合写，庭中的寒梅冰清玉洁，犹如出浴的美人，穿上一身雪装，更是粉雕玉琢，一清如洗。

前段写雪中赏梅，主要把梅花比作美人；后段写月下饮酒，用明月和美酒来衬托梅花。第一句"造化可能偏有意"，是说不但词人爱梅，连天上的造物主对梅花也偏爱。第二句"故教明月玲珑地"，"故"就是"有意"，重复表示强调，冲淡了前一句的"可能"，加强了前一句的"偏"字，要玲珑的明月洒下清澈的光辉，在梅花的雪装之上，加上一身月装，更是粉妆素裹，分外妖娆。天上的造物主都如此垂爱，人间的女词人怎么办呢？怎能辜负这良宵美景呢？那一定要拿出金杯美酒，天上人间共饮赏梅，喝得酒表面上蚂蚁般的绿色泡沫都沉下去，一醉方休啊！不要怕醉就不喝了！为什么呢？因为寒梅不是平常的花，她敢于斗寒傲雪，却不屑于和其他的花争春斗俏啊！

TUNE:"PRIDE OF FISHERMEN"

Herald of spring in winter snow, mume flower, O you
Adorn the crystalline branches with rosy hue
Of your half-open petals, like the profiled face
　　　So full of grace,
Of a sweet bathing beauty in attire so new.

You find a special favor in Creator's eye;
The moon caresses you with pure beams from on high.
Golden wine cup in hand, let us enjoy the fair
　　　And not declare
We're drunken, for her beauty is beyond compare.

这首《渔家傲》是咏早梅的词。上片第一句"雪里已知春信至"译成祈使句：Herald of spring in winter snow, mume flower（梅花啊！你是在雪中宣告春天来到的信使），用的是深化译法，公式是1+1>2。下片前两句"造化可能偏有意，故教明月玲珑地"，用反宾为主法译成You find a special favor in Creator's eye;/The moon caresses you with pure beams from on high（你得到造物主的特别宠爱，月亮也用清辉来抚摸你），造化由主语换成宾语，月亮由宾语换成主语，用公式来表达是：1+2=2+1。

(27) 临江仙

庭院深深深几许？云窗雾阁常扃。
柳梢梅萼渐分明。春归秣陵树，人老建康城。

感月吟风多少事？如今老去无成。
谁怜憔悴更凋零？试灯无意思，踏雪没心情。

在这首词前面，李清照写了几句短序："欧阳公作《蝶恋花》，有'深深深几许'之语，予酷爱之。用其语作庭院深深数阕，其声即旧《临江仙》也。"这就是说，李清照读了欧阳修写的《蝶恋花》，第一句是"庭院深深深几许?"她很喜欢,就用同样的第一句写了几首《临江仙》,这是其中的第一首。

前段第一句借用欧阳修的词句,但欧阳公指的是游乐处的庭院,李清照说的却是自己住的深院大宅。她的住宅有多深呢?窗前云雾缭绕,阁门经常关闭,那就显得更加深了。窗外,柳梢开始发青,梅花开始吐萼,都渐渐看得清楚,春天又回来了。她不禁想起自己和丈夫在南京(秣陵、建康都指南京)度过的春天。现在,丈夫已经去世,葬在建康,而自己也是在丈夫死后开始老的,所以一想建康,就不禁感慨系之。最后一句一作"人客建安城",但清照是否去过建安,并无根据,还是"建康"好些。英文译成东部城市,就建康、建安都包括在内了。这是模糊翻译法。

前段是抚今思昔,后段是今昔对比。第一句回忆同丈夫花前月下,吟诗填词;但是现在丈夫已去,自己已老,还能做什么呢?自己无所作为,形容憔悴,身世飘零,又有谁来同情呢?元宵节前,本来要张灯结彩,现在丈夫已死,又有谁来陪自己观灯赏月呢?所以觉得试灯也没有意思了。宋人《清波杂志》中说:"明诚在建康日,易安(即清照)每值天大雪,即顶笠披蓑,循城远览以寻诗,得句必邀夫赓和,明诚每苦之也。"现在明诚已经去世,还有谁来和她的诗呢?所以踏雪寻句的心情也没有了。

TUNE:"IMMORTAL AT THE RIVER"

Deep, deep the courtyard where I live, how deep?
Cloud and mist veil and close the bower where I sleep.
   I have just seen
Mume buds and willow tips grown green.
When spring to sunny trees comes down,
I am old in the eastern town.

How many times have I sung of the breeze
  And felt the moon at ease?
  Now old, I've nothing done.
Who would pity the languid, dreary one?
  I'd not see the first lantern show
  And have no heart to tread on snow.

这首《临江仙》是李清照抚今思昔之作。下片前三句"感月吟风多少事?如今老去无成。谁怜憔悴更凋零?"分译四行:How many times have I sung of the breeze/And felt the moon at ease?/Now old,I've nothing done. /Who would pity the languid, dreary one?除第二行为了押韵加了两个词以外,基本译法是1+1=2。

(28)如梦令

常记溪亭日暮,沉醉不知归路。
兴尽晚回舟,误入藕花深处。
争渡,争渡,惊起一滩鸥鹭。

这是李清照回忆少女时代游大明湖的一首小词。第一句的"常记"一作"尝记",那就是"曾记得"的意思,因此说这首词是早期作品;有人说"常记"是"时常回忆起",因此定为晚期作品。两说都有可能,但从词中欢乐的口气看来,多数人认为是早期作品,并且把这首《如梦令》放在词集的最前面。"溪亭"一般说是溪边的亭子,也有人说是历城的名泉之一。只有"日暮"二字没有不同的解释。"溪亭日暮"是说:在溪边的亭子里饮酒作乐,一直玩到夕阳西下。

第二句的"沉醉",一般认为是喝酒喝醉了,但也有人说是沉醉于美景之中,乐而忘返。自然,两者并不矛盾,可以说是既秀色可餐,又是酒醉心迷,连归路都不记得了。

第三句的"兴尽",自然是说饮酒作乐,淋漓尽致,直到天色已晚,才划船回去。"晚"字一作"欲"字,那就是兴尽之后,才想到从水上回家,这样可以避免"晚"字和"日暮"在意义上的重复。

第四句"误入藕花深处",和第二句"不知归路"呼应。藕花就是荷花。"不知归路"是从反面写,误入荷花丛中是从正面说。"误入"越深,说明沉醉越深,也说明玩得更加尽兴。

第五、六句两个"争渡"又有两种解释:一说"争"是拼力划的意思;一说"争"就是"怎",那这两句就是作者自问了:"怎么划出去呢?"标点应该改成问号,但和下一句的联系不清楚。

最后一句"惊起一滩鸥鹭",不像是对"怎渡"的回答,而更像是"争渡"的结果。因为拼命划船,水花四溅,把河滩上的水鸟都惊动了,扑啦啦地飞了起来。这幅有声有色的图画就是"常记溪亭日暮"的原因，首尾一气呵成。

有人引用柳永《八声甘州》中的"争知我，倚栏杆处，正凭凝愁！"说"争知我"就是"怎知我"，所以"争渡"就是"怎渡"。但孟浩然的诗"山寺钟鸣昼已昏，渔梁渡头争渡喧"，岑参的诗"渡口欲黄昏，归人争渡喧"，刘禹锡的诗"日暮行人争渡急"，都是争先渡河的意思，所以"争渡"还是比"怎渡"好。再从英译来看，如果加上 how to (get through)，那上下文也不连贯，不如不加为妙。

TUNE: "LIKE A DREAM"

I oft remember what a happy day
We passed in creekside arbour when it was glooming,
　　Drunk, we returned by boat and lost our way
And strayed off in the thicket of lotuses blooming,
　　"Get through!"
　　Get through!
Startled, a flock of herons from the sandbank flew.

这首《如梦令》是回忆旧游之作。翻译问题前面已经谈到，可以补充的是：第一句"尝记溪亭日暮"译成 I oft remember what a happy day，其中 happy 是第三句中"兴"的译文移到前面来的，可以叫作移花接木法。"日暮"具体深化为 glooming，和第四句的"藕花"blooming 押韵，这是用音美来加强意美的译法。

（29）行香子

　　草际鸣蛩，惊落梧桐，正人间天上愁浓。
　　　　云阶月地，关锁千重。
　　　　纵浮槎来，浮槎去，不相逢。

　　星桥鹊驾，经年才见，想离情别恨难穷。
　　　　牵牛织女，莫是离中？
　　　　甚霎儿晴，霎儿雨，霎儿风！

《行香子》或题作《七夕》，可能是1129年阴历七月七日写的，那时赵明诚在湖州，李清照一个人在池阳。南宋初建，时局不定，金兵节节进逼，词人思念丈夫，就写了这首词。

　　前段先说蟋蟀在草丛中叫，梧桐树一听见虫鸣，知道秋天到了，就开始落叶。一个"惊"字，把梧桐拟人化，说的是树，指的是女词人自己，所以接着说"人间天上愁浓"。人间是夫妻分居两地，天上是牛郎织女终年不见，这是借天写人。天上用白云铺台阶，把月光洒地上，真是美丽，但是关卡太多，道路封锁，即使有木筏从海上到天河，来来往往，牛郎织女也不能见面，所以天上愁浓。而人间呢，时局混乱，道路阻隔，夫妻不能团圆，只靠鱼雁传信，所以也是愁浓。这次第怎一个愁字了得！

　　相见时愁别亦愁。前段写离愁别恨，后段写相见时愁。第一句"星桥鹊驾"，是传说七月七日，鸟鹊飞到天河，驾起一座星桥，让牛郎过河去见织女。但一年只见一次，三百六十四天的离情别恨，一天怎能说得完呢？所以相见却似不见，这就是"莫是离中"了。牛郎织女都不免怀疑：莫非还在别离中吗？要不然，为什么天只晴了一会儿，就要下一阵雨，或者刮一阵风呢？这里写的是天有不测风云，自然会使人想起人间的旦夕祸福来，于是又"人间天上愁浓"了。最后三句口语入词，重复三个"霎儿"，就是"一会儿"的意思，这是李清照擅用的修辞手法，对后人影响大，如辛弃疾的《三山作》中有"放霎时阴，霎时雨，霎时晴"，就是仿效清照的句法。

TUNE："SONG OF WAFTING FRAGRANCE"

The crickets sing among the grass;
　　The planes surprised shed leaf on leaf.
Heaven as earth, alas!
　　Is thick with parting grief.
How hard it is to pass
　　The barriers paved by cloud and moonlight!
Although there come fairy rafts fleet
　　And go fairy rafts light,

How could the love-stars①meet?

Across the bridge of stars made by magpies,
They would meet once a year in the skies.
　　Could tears of joy reveal
　　The love and grief they feel?
The Cowherd and Weaving Maid divine,
　　Though reunited, seem parted again,
Or why is it now fine,
　　Now blows the wind, now falls the rain?

　　这首《行香子》是李清照写七夕的作品，译文加词很多。上片第二句"惊落梧桐"译成 The planes surprised shed leaf on leaf，"片片树叶"是加上去的，不加意思反而不全。第五句"关锁千重"前加了 How hard it is to pass（关山多难飞渡），不加联系就不清楚。第六、七句中的"浮槎"译成 fairy rafts（仙槎），不加"仙"字可能会误解为人间的筏子。下片第三句"想离情别恨难穷"分译两行，前五个词 Could tears of joy reveal 是加上去的，不加也可以，但是加了形象更加生动，更能感人。

（30）渔家傲·记梦

　　天接云涛连晓雾，星河欲转千帆舞。
　　仿佛梦魂归帝所，闻天语，殷勤问我归何处？

　　我报路长嗟日暮，学诗谩有惊人句。
　　九万里风鹏正举，风休住，蓬舟吹取三山去。

　　李清照是婉约派的词人，这首《渔家傲·记梦》被认为是她唯一的豪放词。她的词都是写现实生活中的情事，这一首写的却是浪漫主义的梦想。她以口语入词闻名，这一首却是以文（《庄子》《离骚》）入词。

---

① According to Chinese myth, the Cowherd and the Weaving Maid, two love-stars, were to meet once a year, on the seventh day of the seventh lunar month, across a bridge made by magpies.

前段第一、二句写梦境：天上云如波涛，汹涌澎湃，接连不断，和地上的濛濛晓雾混成一片。星河就是银河，天破晓时，银河转淡，云涛看来更像千帆飞舞。这样天上地上，河上海上，一片朦胧，一片渺茫，写出了词人梦中的奇景。第三句写词人的梦魂，迷离恍惚，不知所之，似乎回到了天府。从第四句起，就开始写梦中和天帝的对话。神的语言虚无缥缈，只闻其声，不见其形，所以用间接问句，使人只感到神的态度亲切，有如慈父关心女儿的前途。

概括地说，前段都是陪衬：前两句写天，后三句写天帝；后段女词人的回答是主体，所以用直接句。第一句"我报路长嗟日暮"，是女词人说前路茫茫，这取自《离骚》的"路漫漫其修远兮"；后半句说天又晚了，这取自《离骚》的"日忽忽其将暮"，这是引骚入词。第二句"学诗谩有惊人句"，是说女词人虽然学会了写诗填词，并且语不惊人誓不休，但并不能阻止南宋偏安江左，自己家破人亡，学诗又有什么用呢？第三句"九万里风鹏正举"忽然一转，梦见大鹏鸟乘风飞九万里，这取自庄子《逍遥游》中的鲲鹏"扶摇而上九万里"，是引庄入诗，以文为词。最后两句"风休住，蓬舟吹取三山去"是女词人对风说话，叫风不要停，要把她坐的小船吹到海上三神山去，她也要像大鹏鸟一样，乘风扶摇直上九万里，这就吐露了她的豪情壮志。所以后人说这是李清照的豪放词。

TUNE："PRIDE OF FISHERMEN"
A Dream

The morning mist and surging clouds spread to the sky；
The Silver River[①]fades, sails on sails dance on high.
In leaflike boat my soul to God's abode would fly.
　　It seems that I
Am kindly asked where I'm going. I reply：

"I'll go far, far away, but the sun will decline.
What is the use of my clever poetic line！
The roc will soar up ninety thousand miles and nine.
　　O whirlwind mine,

---

① The Chinese name for the Milky Way.

Don't stop, but carry my boat to the three isles divine!"

这首《渔家傲》是著名的豪放词。上片英译用韵 sky, high, fly, I, reply; 下片用韵 decline, line, nine, mine, divine, 都和原文一样, 一韵到底, 气势豪迈。原词上下片格式都是四句长 (七字), 一句短 (三字), 抑扬顿挫, 读来心旷神驰; 译文也是四长一短, 传达了原词的形美。为了押韵, 译文加了 nine, mine, divine 三个词, 但是加词不改原意, 反而更能达意, 这就是用音美来增加意美。

(31) 浪 淘 沙

帘外五更风, 吹梦无踪。画楼重上与谁同?
记得玉钗斜拨火, 宝篆成空。

回首紫金峰, 雨润烟浓。一江春浪醉醒中。
留得罗襟前日泪, 弹与征鸿。

《浪淘沙》的曲调最早创自唐代刘禹锡的"日照澄洲江雾开"等词, 内容专咏河浪淘沙, 形式和七言绝句相同, 单调四句, 二十八个字; 后来发展成为长短句, 双调十句, 五十四个字。明代杨慎《词林万选》说: 这首《浪淘沙》是李清照的作品, 但又注明一作欧阳修词。从内容上看, 应该是清照悼念亡夫之作。

前段第一句"帘外五更风", 点明时间、地点、人物。五更是黎明时分, 风在帘外, 说明人在帘内, 自然是女词人。如说是欧阳修, 则是借女子之口, 诉怀念之情, 不如说是清照真切。第二句"吹梦无踪", 不说晓风把词人从梦中惊醒, 而说风把晓梦吹得无踪无影, 这是虚实结合, 梦是虚, 风是实, 风吹梦断, 人就回到现实中来了, 于是词人问道: "画楼重上与谁同?" 可能清照梦中和明诚同上画楼, 醒来发现丈夫不在, 已经无人同凭雕栏了。这句也说明词作者是李清照, 不是欧阳修。下面一句"记得玉钗斜拨火", 是说清照看到香炉的火快灭了, 于是回想起当年拨下玉钗, 要把炉火拨旺的情景。最后一句中的"宝篆", 指宝炉中的香烟袅袅升起, 表示吉利的意思。现在丈夫亡故, 吉庆也成空了。整个前段都是今昔对比, 陈廷焯《白雨斋词话》中说: "凄绝不忍卒读。"

后段第一句"回首紫金峰",是回忆从帘内转到帘外,紫金峰应该是昔日同丈夫旧游之地,指建康的紫金山,就是今天南京的钟山,但山却笼罩在一片迷蒙的烟雨之中,仿佛也在流泪悼念她的亡夫。于是雨水渗着泪水,落入滚滚东流的一江春浪;女词人也迷迷蒙蒙,半醉半醒,让自己剪不断的哀思融入流不尽的江水。最后两句"留得罗襟前日泪,弹与征鸿",一说"前日"实指丈夫亡故的日子,一说泛指以前,流泪之多,连罗衣都湿透了,既不能把罗衣投入江水,那就只好把泪珠弹向传书带信的鸿雁,托它带给亡夫在天之灵。这样把想象、比喻和夸张融为一体,融情入景,结果就使景语也成为情语了。

TUNE: "RIPPLES SIFTING SAND"

The wind at dawn outside the window-screen
　　Blows off my dream unseen.
Who would go up the painted bower with me again?
I still remember stoking the censer with my hairpin,
　　But now the incense disappears.

I turn my head towards the Purple Golden Peak
　　Shrouded in mist and rain.
Drunk or awake, I see a riverful of tears.
Tear traces on my silk robe still remain,
But message-bearing swans are far to seek.

这首《浪淘沙》可能是李清照的悼亡词。开头两句"帘外五更风,吹梦无踪","五更"如果直译为 the fifth watch,那就不好理解,不能使人"知之",不如浅化为 dawn(黎明);"无踪"如果直译为 without traces,可以使人知之,但是没有韵美,不能使人"好之",不如现译 unseen,可和上句 window-screen(窗帘)押韵,更有音美。下片第三句"一江春浪醉醒中"译成 Drunk or awake, I see a riverful of tears(不管是醉是醒,我都看见满江泪水),可以说是译文在和原文竞赛,看哪种文字更能使人好之,甚至乐之。这就是"竞赛论"。

（32）孤雁儿

世人作梅词，下笔便俗；予试作一篇，乃知前言不妄耳。

藤床纸帐朝眠起，说不尽无佳思。
沉香烟断玉炉寒，伴我情怀如水。
笛声三弄，梅心惊破，多少春情意！

小风疏雨萧萧地，又催下千行泪。
吹箫人去玉楼空，肠断与谁同倚？
一枝折得，人间天上，没个人堪寄！

《孤雁儿》又名《御街行》。这首《孤雁儿》和前面的《浪淘沙》都是李清照悼念亡夫赵明诚的作品，不过这一首借梅写人，更加委婉。词前有篇短序，说咏梅词很难脱俗，自己试作一篇，没有写梅的香姿品性，只是把梅当作悲欢的见证，但是也不能说已经超越前人了。

前段第一句的"藤床"是藤条编的床，"纸帐"是用藤皮茧纸做的帐子，上面画了梅花，俗称梅花纸帐。这种小床本来是短时间休息用的，女词人居然一直睡到天明，可见心灰意懒，所以第二句就说"无佳思"，心情不好，到了"说不尽"的地步。《浪淘沙》开始是寓情于景，这里却是直抒胸臆。第三句的"沉香烟断"和《浪淘沙》的"玉钗斜拨火"一样，都写香炉；但一个是借回忆来衬托现在的空虚，一个却是直说心寒"如水"。后面三句才回到咏梅的主题，说玉笛吹了三遍《梅花落》，吹得梅花吐蕊，春意盎然。这又是用梅花的乐景来衬托女词人的哀思，以倍增其哀。

后段第一句"小风疏雨萧萧地"，"萧萧"是风雨声，比《浪淘沙》的"五更风"更有声势。第二句"又催下千行泪"，则比"前日泪"的愁苦大得多。第三句"吹箫人去玉楼空"，是把赵明诚比作吹箫人，现在丈夫已死，人去楼空，心碎肠断，有谁来一同凭栏赏梅呢？这两句很像《浪淘沙》中的"画楼重上与谁同"，但是更加具体，更加细致。最后三句又回到咏梅的主题，说即使折得一枝梅花，又能寄给谁呢？《浪淘沙》最后说，要托鸿雁把相思泪带给亡夫在天之灵；这首词却更进一步，说无论是天上还是人间，都找不到亡故的丈夫，绝望之情又超过《浪淘沙》。

TUNE: "A LONELY SWAN"

Writing on mume blossoms, poets cannot be free from
    vulgarity. I find it true while writing this lyric.

Woke up at dawn on cane-seat couch with silken screen,
    How can I tell my endless sorrow keen?
    With incense burnt, the censer cold
Keeps company with my stagnant heart as of old,
    The flute thrice played
Breaks the mume's heart which vernal thoughts invade.

    A grizzling wind and drizzling rain
    Call forth streams of tears again.
The flutist gone, deserted is the bower of jade,
Who'd lean with me, broken-hearted, on the balustrade?
A twig of mume blossoms broken off, to whom can I
    Send it, on earth or on high?

这首《孤雁儿》是借咏梅悼亡之作。词中典故用得多，直译不容易使人知之、好之。下片第一、二句"小风疏雨萧萧地，又催下千行泪"，英译文是：A grizzling wind and drizzling rain/Call forth a stream of tears again.（迷茫的风和迷蒙的雨使人又泪如江流。）这也可以算是竞赛。Grizzling and drizzling 可以和"萧萧"比美，a stream of tears 却可能不如"千行泪"形象化。竞赛的结果自然是原文取得胜利。

（33）诉衷情

夜来沉醉卸妆迟，梅萼插残枝。
酒醒熏破春睡，梦远不成归。

人悄悄，月依依，翠帘垂。
更挼残蕊，更捻余香，更得些时。

这首词有一个题目：《枕畔闻残梅喷香》，写的是闻梅香而思乡，因此产生了孤寂之感。

前段第一句"夜来沉醉卸妆迟"，是说头一天夜里喝醉了酒，没有脱衣服，也没有取下头发上的装饰，就睡着了。为什么喝酒呢？大约是借酒浇愁罢，所以第一句用具体的形象画出了一个"愁"字。第二句"梅萼插残枝"，是"卸妆迟"的特写，因为头上的装饰没有取下来，所以昨天戴的一枝梅花还插在头发上，但花瓣已经压坏了，只剩下梅花最外面一轮呈叶状的绿色小片，这就是梅萼。用梅花的残枝来衬托残妆，正是愁上加愁。第三句"酒醒熏破春睡"，是说酒醒之后，枕边闻到残梅的残香，惊破了残春的残梦。梦见了什么呢？第四句回答说："梦远不成归。"一说是梦见了远方的故乡，但是已为敌兵占领，所以不能归去；另一说是梦已经远远离开了词人，词人再也不能回到梦中了。

如果说前段写的是愁，那后段就是写孤寂。第一句"人悄悄"，从外表看写的是寂静，从内心看是接着写愁。第二句"月依依"，从外表看是写月亮依依不舍词人，流露了无言的同情；从内心看可以说是词人依恋故乡，暗示了无言的乡愁。第三句"翠帘垂"，是说绿色的帘子垂下，把悄悄的人和依依的月隔开，只剩下了一片孤独。怎么办呢？于是女词人只好拣起枕边梅花的碎瓣，放在手中搓搓，这就是第四句"更挼残蕊"。搓搓之后，又拈起没有搓碎的花蕊，放到鼻子下面闻闻，吸进残余的香味，这就是第五句"更捻余香"。而搓的动作，闻的动作，都表示女词人百无聊赖，无法消磨时光，因为要等到天亮，还"更得些时"，这就是以动作写内心。

TUNE: "TELLING OF INNERMOST FEELING"

I undressed late last night, for I was drunken deep;
　Unpetaled mume blossoms upon my hair still stay.
When I feel wine no more, flowers' scent breaks my sleep;
　I can't go back in dream to homeland far away.

　　Silent I grow,
　　　The moon still lingers,
　　Curtains hang low.
　　I rub dried flowers

  With sweetened fingers

  To while away my hours.

  这首《诉衷情》是借梅花写乡愁的作品。下片"人悄悄,月依依,翠帘垂。更挼残蕊,更捻余香,更得些时",前三句都是三个字,后三句都加了一个"更"字,既有形美,又有音美,吐露了无可奈何之情。第二句和后三句的英译文是:The moon still lingers, /I rub dried flowers/With sweetened fingers/To while away my hours. 可以算是多少传达了一点原文的音美和形美。第四、五句的译文用的是合而为一法。

(34)清平乐

  年年雪里,常插梅花醉。
  挼尽梅花无好意,赢得满衣清泪。

  今年海角天涯,萧萧两鬓生华。
  看取晚来风急,故应难看梅花。

  《清平乐》这个词牌是由汉代乐府的《清乐》和《平乐》合成的,最早见于晚唐温庭筠的词。李清照这首《清平乐》和前面的《诉衷情》一样,都可以算是咏梅词,但这一首更侧重今昔对比。

  前段第一句"年年雪里",是回忆宋朝廷南渡之前,年年踏雪赏梅的往事。第二句"常插梅花醉",是说喝醉了酒,就把梅花摘下,插在头上。简单两笔勾画出一幅醉赏雪梅图。但是那时身在福中不知福,不知道爱惜梅花,折下来不但戴在头上,还在手中又搓又揉,使红梅上的白雪都溶化了,滴在衣服上,仿佛是梅花哭泣出来的清澈晶莹的眼泪一般。

  前段写过去,后段写现在,这是时间上的不同。后段第一句"今年海角天涯",不但说明了时间的差别,还强调了空间的不同:过去在故都,现在却国破家亡,远在他乡为异客。第二句"萧萧两鬓生华",不但说明了时空的不同,还强调了人物的变化:过去是风华正茂,饮酒赏梅;现在却是头发稀疏,两鬓花白。最后两句回到咏梅的主题,说女词人对梅花的态度也不相同:过去是"有花堪折直须折",现在却怕"莫待无花空折枝"。第三句的"看取",就是"看"的意思,正如现在说的"听取",其实和"听"没有太大的分别。女词人看到晚来风急，不免提心吊胆，怕梅花经不住风吹雨打，也许会落红满地，很难再看到冰清玉洁、傲雪凌霜的梅花了。这种怜香惜玉的心情，和前段的"挼尽梅花无好意"形成了鲜明对比，今昔大不相同。此外，"晚来风急"还可能象征国势垂危，哪里还有心思踏雪赏梅？而梅花又可能象征冰清玉洁的女词人，人也只好随着落梅残片漂泊天涯了。

TUNE："PURE, SERENE MUSIC"

From year to year I enjoyed snow,
Drunk with a twig of mume blossoms in my hair.
   Crushing their petals, none the happier did I grow;
All that I gained was snow melted in tears here and there,

This year from home I'm far away,
And strand by strand my hair turns grey.
Behold! At dusk the wind is given rein;
It would be hard to find mume blossoms again.

这首《清平乐》还是借梅花抚今思昔之作。词中重复多，如"年年"和"萧萧"，"萧萧"译成 strand by strand（一缕一缕），和第三十二首的译法不同，可见文学翻译不是科学翻译。科学说一是一，说二是二；文学却可以说一指二。因此，文学翻译和文学译论都不是科学，而是艺术。上片第四句的"清泪"译成 snow melted in tears（雪融成泪），和第三十一首的 a riverful of tears，第三十二首的 streams of tears 都不是科学翻译。"清泪"的英译文比原文更形象化，可以说在竞赛中取得了胜利。

（35）满庭芳

小阁藏春，闲窗锁昼，画堂无限深幽。
篆香烧尽，日影下帘钩。
手种江梅更好，又何必临水登楼？
无人到，寂寥浑似何逊在扬州。

从来知韵胜，难堪雨藉，不耐风揉。

更那堪横笛吹动浓愁！

莫恨香消雪减，须信道扫迹情留。

难言处，良宵淡月，疏影尚风流。

《满庭芳》这个词牌由于唐代柳宗元的诗句"满庭芳草积"而得名。李清照的这首《满庭芳》和前面两首词都是咏梅的，但《清平乐》侧重今昔对比，这首词却是借残梅比自己，花和人合而为一。

词开始说"小阁藏春"，春就指藏在闺阁里的梅花，因为女词人无所事事，窗子在白天也没有打开，所以有画栋雕梁的内室显得非常幽静，这前三句写内景。下面说室内刻了篆字的熏香（一说香烟袅袅上升好像篆字）都已烧成灰烬，太阳的影子也留在帘钩上，这两句是写时间的流逝。再下面说"手种江梅更好"，应该是指从江边移植到阁中来的梅花，比在江边还好，免得像陶渊明那样去临水赋诗，或者像王粲那样去登楼作赋，这两句是从反面说。最后三句从正面写："无人到"，自己感到"寂寥"，但为什么不像何逊在扬州那样吟咏花下呢？这样就人梅合一，既咏梅，又咏人了。

后段开始咏残梅："从来知韵胜"，是说梅花的风韵远远胜过其他名花，但是哪里经得起风吹雨打呢？所以就花残叶落了。再加上笛子吹起《梅花落》的曲子，更引起人的浓厚愁情，这里又由梅及人了。接着说"莫恨香消雪残"，就是不要怨恨梅花的香气消失，雪白的花瓣落下，因为要知道，高洁的精神是扫不掉的。如不相信，只要看看月下的残梅疏影，不是还有说不尽的风流蕴藉，令人流连忘返吗！这又是借慰梅而自慰了。

TUNE: "COURTYARD FULL OF FRAGRANCE"
To The Last Mume Blossoms

Spring hidden in my room,
　　My windows shut by day,
My painted hall is drowned in deep, deep gloom.
　　The incense burned away,
The sun has left shadows on my curtain's hook.
Transplanted mume blossoms better stay in my nook.
Why should I mount the riverside towers

To view mume flowers?

No one comes here;

I'm lonely as an ancient poet sad and drear.

O mume! I know you excel in grace.

How can you bear the wind and rain

To wrinkle your snow-white face?

How can you hear again

From the long flute deep sorrow flow?

Do not regret your fragrance melts like snow!

Believe what I say:

Your traces may be swept away,

But your pure spirit will ever stay.

What is more,

On a beautiful moonlit night,

Who won't adore

Your graceful shadow steeped in silvery light?

这首《满庭芳》是女词人借残梅比自己的长词，是说一指二的艺术作品。下片前三句"从来知韵胜，难堪雨藉，不耐风揉"译成英文是：O mume! I know you excel in grace. /How can you bear the wind and rain/To wrinkle your snow-white face?（我知道你风韵无双，怎能忍受风雨吹皱你雪白的面庞？）译文中的"你"既可指花，也可指人，由此可见文学翻译不是说一是一的科学，而是说一可以指二的艺术。

（36）玉楼春

红酥肯放琼苞碎？探着南枝开遍未？
不知酝藉几多香？但见包藏无限意。

道人憔悴春窗底，闷损栏杆愁不倚。
要来小酌便来休，未必明朝风不起。

《玉楼春》是词牌名。五代词人顾敻的词中有"月照玉楼春漏促"，

"柳映玉楼春日晚"的句子,所以就用来作调名了。词调分上下片,每片四句,每句七字,形式上像是两首七言绝句。这首《玉楼春》在明代的《花草粹编》中的题名是《红梅》,是一首咏早梅的词。

上片第一句"红酥肯放琼苞碎","红酥"指娇嫩的红梅,"琼苞"指美玉一般的花苞,碎指破裂,绽开。那么"肯放"呢?一说"肯"字是把红梅拟人化,既写出了梅花含苞待放、含情脉脉的神态,又说出了词人盼望梅花开放的心情。但是也可以把"肯放"当作问话,那就是问红梅肯放任花苞绽开吗?所以第二句又问:看看向南的花枝全开了没有?因为梅花是"南枝向暖北枝寒"的。一看南枝还是含苞欲放,于是第三句接着问:不知道花苞里蕴含着多少香?最后一句回答说:只看见脉脉含情的梅花包藏着无限的春意。从前四句来看,女词人写的是早梅。

下片第一句中的"道人"二字,一说指易安居士,一说就是"说有人"的意思。不管哪种解释,"人"都指女词人自己,说自己闷闷不乐,在春天的窗下日渐憔悴,连栏杆都懒得去凭倚了。最后两句"要来小酌便来休,未必明朝风不起"是对谁说的呢?一说是对"道人"(指自己),劝自己不必"憔悴春窗""愁损栏杆",既然有花可赏,就小饮两杯,不要等到明天风起花落,要赏梅花也无花可赏了。一说是有对方,郑孟彤在《李清照词赏析》第39页上说:"她本来是想念对方的,反而说对方要想来饮酒赏花,把她焦急盼望的心情掩盖得无影无踪,而显得落落大方。她本来是生怕对方不来而让自己的青春虚度,反而说怕风起花落,对方无从欣赏,表示出对对方的关心。"但对方是谁呢?却没有说出来。

TUNE: "SPRING IN JADE PAVILTON"
The Red Mume Blossoms

The red mume blossoms let their jade-like buds unfold.
　　Try to see if all sunny branches are in flower!
I do not know how much fragrance they enfold,
　　But I see the infinite feeling they embower.

You say I languish by the window without glee,
　　Reluctant to lean on the rails, laden with sorrow.
Come if you will to drink a cup of wine with me!
　　Who knows if the wind won't spoil the flowers tomorrow?

这首《玉楼春》上片写早梅,下片写赏梅,也可解释为说一指二的艺术品。下片第二句"闷损栏杆愁不倚"中的"愁"译成 laden with sorrow,这是英文的优质基因,可以算是用了"克隆"法。第四句"未必明朝风不起"的英译文加了 spoil the flowers(损坏花),可以算是"超导"。这些都是创译,在和原文竞赛,看看加词是否胜过不加。

(37)多 丽

小楼寒,夜长帘幕低垂。
恨萧萧无情风雨,夜来揉损琼肌。
韩令偷香,徐娘傅粉,莫将比拟未新奇!
细看取,屈平陶令,风韵正相宜。
微风起,清芬酝藉,不减荼蘼。

渐秋阑雪清玉瘦,向人无限依依。
似愁凝汉皋解佩,似泪洒纨扇题诗。
朗风清月,浓烟暗雨,天教憔悴度芳姿。
纵爱惜,不知从此,留得几多时?
人情好,何须更忆,泽畔东篱?

这首《多丽》是李清照最长的词,主题是咏白菊,手法是以人比花,又以花比自己。词开始说小楼寒冷,无奈夜长人不寐,只看见低垂的帘幕,只听见萧萧的风雨声。一夜之间,白菊如玉的花瓣受到践踏摧残,多少都损坏了,不再像杨贵妃的醉脸,也不像孙寿弯弯的愁眉。即使是偷香窃玉的韩寿,涂脂抹粉的徐娘,比起白菊花来,也没有什么新奇,算不上什么美丽。仔细看来,只有"夕餐秋菊之落英"的屈原,"采菊东篱下"的陶渊明,他们的高风亮节,才比得上白菊的风韵。把人比花之后,词人再总结说,微风一起,白菊清香四散,简直不在野玫瑰之下。

下片写秋深了,如雪似玉的白菊清瘦了,仿佛对人间依依不舍,无限惆怅似的,就像在汉皋台下失去玉佩的郑交甫一样忧郁,又像在秋扇上题诗的班婕妤一样流泪。无论是月明风清之夜,还是烟雨迷蒙之日,白菊都憔悴了,似乎天意要它虚度时光一般。即使有人怜惜,又能留下几天好日子过呢?最后女词人说:只要有人对花有情,那又何必想念泽畔行吟的屈原,或者东篱采菊的陶渊明呢？这可能有两层意思：一层是除自己外，不再有别人像屈原和陶渊明那样对菊花多情；另一层是将白菊比自己，说没有人了解自己像白菊一样高洁的品格。

TUNE：RICH IN BEAUTY
To The White Chrysanthemum

  Cold is my little bower,
Long is the night behind low-hanging screen.
  I hate the insensible wind and shower
Wrinkle and bruine all night long your jade-like skin.
You look unlike the queen's fair drunken face,
  Nor a lady's bewitching frown,
Nor a powder-rejuvenated woman's grace,
  Nor fragrance stolen for a talent of renown.
  Do not compare them with you:
They are nor so uncommon, nor so new.
  If we take a closer view,
  We will find your allure
Just like two ancient poets pure.
  When the breeze blows,
Your fragrance overflows,
No less sweet than wild rose.

  When late autumn days fade,
You're pure as snow and thin as jade.
  Unwilling to part from man,
Like pearls congealed with sorrow gained and lost again,
  And tears shed on the autumn fan.
  When the moon is bright,
  And the breeze is light,
Or when the mist is thick and dark is rain,
Your beauty languishes as Heaven will.
Howe'er I love you, I do not know still

How long you can endure.
If our love should remain,
Why bear in mind the lakeside poets pure?

这首《多丽》是咏白菊的慢词，词中典故很多，如"徐娘傅粉"，深化译为 a powder-rejuvenated woman（涂脂抹粉、妄图恢复青春的女人）；又如"屈平陶令"和"泽畔东篱"，浅化译成 ancient poets pure 和 lakeside poets pure（高洁的古代湖畔诗人）。这几句译文都是在和原文竞赛，看看深化、浅化能否使人知之、好之、乐之。

（38）瑞鹧鸪·双银杏

风韵雍容未甚都，尊前柑橘可为奴。
谁怜流落江湖上？玉骨冰肌未肯枯。

谁教并蒂连枝摘？醉后明皇倚太真。
居士擘开真有意，要吟风味两家新。

《瑞鹧鸪》原来是七言律诗，唐代谱入歌词，就成了词调。这首词是写双银杏的，就是两个并蒂连枝的白果。

上片第一句"风韵雍容未甚都"，是说银杏果风度很好，韵味十足，落落大方，但是不能算很漂亮。第二句"尊前柑橘可为奴"，说白果比柑橘好，柑橘虽然是酒席上的果中佳品，但比起白果来，还是要甘拜下风的。另外一说是柑橘又名木奴，可以摆到酒席桌上；而银杏却只能流落江湖，不能入席，比起木奴来，不免要自惭勿如了。第三句"谁怜流落江湖上？"是说白果不能登大雅之堂，只能流落街头巷尾，但是有谁怜惜它呢？第四句"玉骨冰肌未肯枯"，这里借用了五代蜀主孟昶的《洞仙歌》："冰肌玉骨，自清凉无汗。"不过孟词是写花蕊夫人的，李词却是说白果坚硬如玉，滑润如冰。"未肯枯"三字说明这首词是借银杏写人。作词时赵明诚的父亲失势，清照夫妇受到牵连，屏居乡里，但洁身自好，不甘沉沦，所以说"不肯枯"。

上片泛写银杏，下片才特写双银杏。第一句"谁教并蒂连枝摘？"就是问哪一个人把同根连枝的两个白果摘下来了。第二句"醉后明皇倚太真",说双银杏看起来好像是唐明皇喝醉了酒,倚偎在杨贵妃身上一样。第三句"居士擘开真有意",居士是居家修道的人,这里指易安居士,就是女词人自己,说她剖开白果是有意的。有什么意思呢?最后一句答道:"要吟风味两家新。"那就是说,要夫妻两人都感到银杏的风味新。此外,"意"和"新"都是双关语,"意"也指"薏",就是莲子的心,这里指白果仁,也指人有真情实意;"新"和"心""辛"谐音,这里指夫妻心心相印,也有同甘苦的意思。所以下片先用明皇、太真比双银杏,又用双银杏比清照夫妻,全词中人和白果合而为一,但译文就很难双关了。

TUNE:"AUSPICIOUS PARTRIDGE"
To The Twin Gingkoes

You are graceful though not sumptuous in the least,
Like mandarins called little oranges in the feast.
Who pities you planted by the riverside
With your jade-like bones and ice-like skin not yet dried?

You look as if twin branches on each other lean
Or the drunk emperor on his favorite queen.
On purpose the recluse puts you apart
So you may sing a true love song from heart to heart.

这首《瑞鹧鸪》是咏双银杏的小词,词中也有典故,如"明皇醉后倚太真",浅化译成 the drunk emperor leans on his favorite queen(喝醉了的皇帝依靠着他的宠妃),也是在和原文竞赛。最后一句"要吟风味两家新","新"和"心"同音双关,指夫妇两人心心相印。这时译文就无法和原文竞赛,只能舍"新"取"心",译成 So you may sing a true love song from heart to heart(你们可以唱一曲心心相印的情歌),舍求真而求美了。

(39)鹧鸪天·桂花

暗淡轻黄体性柔,情疏迹远只香留。
何须浅碧深红色?自是花中第一流。

梅定妒，菊应羞，画栏开处冠中秋。
骚人可煞无情思，何事当年不见收？

《鹧鸪天》这个词牌取自唐人诗句："春游鸡鹿寨，家在鹧鸪天"，是鹧鸪在天上飞的意思。这首词是写桂花的。

上片第一句"暗淡轻黄体性柔"，"暗"字的对立面是明丽，"淡"字的对立面是浓艳，和轻黄对立的可以是深红，也可以是重彩，这句是说：桂花不像其他的花那样娇艳浓丽，色彩斑斓，而是"暗淡轻黄"的，它的外表淡雅，性格柔和，这第一句概括了桂花的特点。第二句"情疏迹远只香留"，因为桂树产于高山而独秀，所以说"迹远"；因为它无杂树而成林，所以说"情疏"，就是君子之交淡如水的意思；但下半句"只香留"三个字却因为和"情疏迹远"对立而更突出。这一句对比的是桂花的情迹和芳香。下面一句"何须浅碧深红色？"却是桂花和其他花的对比，女词人问道："何必要像别的花那样红红绿绿呢？"然后自己回答："自是花中第一流。"即使没有红花绿萼，桂花也是超凡脱俗的。

在万紫千红之中，超凡脱俗的还有梅花和菊花，比较起来怎么样呢？下片前两句说："梅定妒，菊应羞。"为什么梅花会妒忌桂花？菊花又会感到羞愧呢？第三句答道："画栏开处冠中秋。""画栏"是有彩画装饰的栏杆，这里指有彩画栏杆围着的花园，这句是说：到了中秋前后，桂花在园中盛开，是冠于群芳的。梅花虽然高洁，但在初春早已开过了，所以到了秋天，一定会妒忌桂花；菊花虽然淡雅，但是要到晚秋才能显出它不怕寒冷的高傲，而在中秋时分，就不得不羞见千里飘香的桂子了。第四句中的"骚人"，指《离骚》的作者屈原，"煞"就是"的确"，"无情思"既包括"无情"，又包含思考不周到。所以最后一句问道："何事当年不见收？"为什么屈原在写《离骚》的当年，收入了许多香花芳草，却偏偏没有大写特写桂花呢？这样一问，不但是高洁的梅花、菊花会自惭形秽，就连高洁的诗人也该有愧于心。

TUNE："THE PARTRIDGE SKY"
To The Laurel Flower

You are so tender, though of pale, light yellow hue;
Far from caress of heart and hand, fragrant are you.
How can you need the color of rose or green jade?

Beside you there're no beautiful flowers but fade.

  Envious mumes should grow;
    Chrysanthemums feel shy;
  By balustrades you blow
    Under mid-autumn sky.
The poet Qu must be insensible of your beauty,
Or how could he forget to praise you was his duty?

  这首《鹧鸪天》是咏桂花的小词。词牌可以译成 Partridges in the sky,但是美国译文更加简洁,这里就沿用了。上片第二句中的"情疏迹远"深化译成 far from caress of heart and hand（远离心和手的抚摸）,形象更加具体。第四句"自是花中第一流",用反译法说成是 Beside you there're no beautiful flowers but fade（比起你来,美丽的花都黯然失色了）,形象也更具体。下片最后两句"骚人可煞无情思,何事当年不见收?"译成 The poet Qu must be insensible of your beauty, / Or how could he forget to praise you was his duty?（屈原可能没感到你的美,否则为什么忘了赞美你是他的天职呢?）加了 beauty 和 duty, 可以说是创译。

（40）南 歌 子

    天上星河转,人间帘幕垂。
   凉生枕簟泪痕滋。起解罗衣,聊问夜何其?

    翠贴莲蓬小,金销藕叶稀。
   旧时天气旧时衣,只有情怀,不似旧家时。

  《南歌子》本来是唐代教坊曲调的名字,有单调、双调两种:单调只有一段,如温庭筠的"手里金鹦鹉";双调分上下片,如李清照这一首。

  上片第一句"天上星河转","星河"就是银河,银河在天上转动,表示夜已深了,这是写时间;其次,银河把牛郎和织女分开,女词人一看到银河,自然会联想到牛郎织女,更会联想起自己已经去世的丈夫,所以这句写的是天上之景,抒发的却是人间怀念亡夫之情。第二句"人间帘幕垂",写的是人间之景,帘幕低垂说明人已入睡,这也表示夜深人静了;女词人室内帘幕低垂,更说明她孤独寂寞,更加深了她的悼念亡夫之情。第三句"凉生枕簟泪痕滋",是说女词人感到枕头和竹席都凉了,加上眼泪滋滋地流,使枕簟更加冰凉,这是借景写情的重笔。第四句"起解罗衣",说明思念之苦,入睡时没有脱衣服,深夜才起来解开衣裳,并且"聊问夜何其?"因为内心空虚,就问自己睡了多久?现在是深夜几更了?

上片写夜,下片紧接着写罗衣。第一句"翠贴莲蓬小",是说绣在罗衣上的绿色莲蓬,因为看不见针脚,好像贴上去的一样。从前和丈夫在一起,无心注意莲蓬的大小,现在物是人非,才发现莲蓬小了。一个"小"字,不只是写物,也写了心情。第二句"金销藕叶稀",是说用金线缝在罗衣上的荷叶,因为磨损而显得稀疏了。一个"稀"字,也写出了时光的流逝。于是第三句说:"旧时天气旧时衣","天气"二字概括了上片的"凉";一个"衣"字又概括了下片的花和叶;再用"旧时"两个叠词把天气和罗衣联系起来,使物是人非的感慨更加沉重。最后两句"只有情怀,不似旧家时"中的"旧家"是指从前,这样三个"旧时"由物及人,又由人及情,使得怀念亡人的心情步步深入。

TUNE: "A SOUTHERN SONG"

On high the Silver River① veers;
   On earth all curtains are drawn down.
My pillow and mat grow chilly, wet with tears.
   I rise to take off my silk gown,
   Wondering how old night has grown,

Small is the lotus green on the robe I caress,
   And sparse the leaves embroidered in thread of gold.
In old-time weather still I wear my old-time dress,
    But my heart is so cold
   And the mood I'm in so different from that of old.

这首《南歌子》的特点是对仗多。上下片都是第一句对第二句,第三

---

① The Chinese name for the Milky Way.

句是句内对。下片最后一句"不似旧家时"又和第三句"旧时天气旧时衣"隔句相对。第四句的"情怀"分译成 heart 和 mood，第五句的"不似"也分译为 so cold 和 so different（from that of old），用的都是一分为二法，译出了原文的意美和音美。

（41）添字采桑子·芭蕉

窗前谁种芭蕉树？阴满中庭。
阴满中庭，叶叶心心，舒卷有余情。

伤心枕上三更雨，点滴霖霪。
点滴霖霪，愁损北人，不惯起来听。

《采桑子》又名《丑奴儿》，是唐代教坊曲，双调分上下片，四十四个字。这里加了四个字，所以说是《添字采桑子》。《金石录后序》中说：李清照南渡后，"在会稽卜居土民钟氏舍"，这首《芭蕉词》可能是这时在会稽所作。

上片第一句"窗前谁种芭蕉树？"问芭蕉树是谁种的，可见女词人是寄居在当地人家。第二句"阴满中庭"，是说芭蕉叶茂盛，遮满了庭中央，一片青翠。第三句是叠句，也可以不重叠，但叠句可加重语气，使形象更加鲜明，给人印象更加深刻。第四、五句"叶叶心心，舒卷有余情"，因为芭蕉叶是从包卷的蕉心中慢慢舒展开来的，一片叶子长成，新叶又从蕉心伸展出来，所以舒展的蕉叶和包卷的蕉心之间，似乎有一种依依不舍的眷恋之情。上片是写词人白天所见，由形到情，其实也写出了词人眷恋故园之心。

下片写女词人夜间所闻。第一句"伤心枕上三更雨"，说明时间是三更半夜，地点是床上枕前，伤心人在听雨。后面接着两个叠句"点滴霖霪"，《左传·隐公九年》中说："凡雨，自三日以往为霖，久雨为霪。"这里连用"霖霪"二字，仿佛雨下了三天以上，其实只是接连不断的意思。雨打着芭蕉叶，点点滴滴，就像打在女词人心上一样，于是"枕前泪共阶前雨，隔个窗儿滴到明"。最后两句"愁损北人，不惯起来听"，因为芭蕉是热带植物，长在南方，而李清照是北方人，现在颠沛流离，来到会稽，已经是"愁损"之人；到了夜里，听见雨打芭蕉，更是愁上加愁，听不习惯，只好起来，在一片风雨声中，度过这漫漫长夜。

TUNE："PICKING MULBERRIES"
AMPLIFIED FORM
The Banana

Who's planted before my window the banana trees,
 Whose shadows in the courtyard please?
 Their shadows in the courtyard please,
For all the leaves are outspread from the heart
 As if unwilling to be kept apart.

Heart-broken on my pillow, I hear midnight rain
 Drizzling now and again.
 Drizzling now and again,
It saddens a Northerner who sighs.
What can she do, unused to it, but rise?

  这首《添字采桑子》写离乱中雨打芭蕉不忍闻的心情。典型句是上片最后两句"叶叶心心，舒卷有余情"，译成 For all the leaves are outspread from the heart/As if unwilling to be kept apart，是说形体上舒展开来，心理上不忍分开，可以算是一分为二的创译。最后两句"愁损北人，不惯起来听"译成 It saddens a Northern woman who sighs. /What can she do, unused to it, but sighs?（北方女人发愁叹息，听不习惯，怎能不起来呢？）把"愁"说成是发愁和叹息，把"不惯"和"起来"分开，都是一分为二的译法。

（42）忆 秦 娥

临高阁，乱山平野烟光薄。
烟光薄，栖鸦归后，暮天闻角。

断香残酒情怀恶，西风催衬梧桐落。
梧桐落，又还秋色，又还寂寞。

据说《忆秦娥》是李白所创的词牌，词中有一句"秦娥梦断秦楼月"，所以词牌又名《秦楼月》。在《漱玉集》（补遗）中，这首词题作《咏桐》，其实是见桐抒怀的。

上片第一句"临高阁"，是居高临下，登楼望远的意思。望见了什么呢？第二句"乱山平野烟光薄"，一个"乱"字，写出了远山的高低起伏，杂乱无章，隐射了国乱家破，暗示了女词人心乱如麻；一个"平"字，既显示了平淡无奇的景色，又引申出了无险可守的旷野，还可以联想起李白的"平林漠漠烟如织"，似乎看见迷迷蒙蒙的烟光。下面一句重复了"烟光薄"三字，更使人觉得暮色苍茫，心情凄凉。再下一句"栖鸦归后"，会使人想起曹操的诗句："乌鹊南飞""无枝可依"，而李清照不正是流落江南，无家可归的苦人吗？"何处是归程"呢？乌鸦还有栖息之地，而自己的家园却处在敌兵蹂躏之下！这时忽然听见一声悲凉的号角划破苍茫的长空，更使女词人心碎欲裂。

上片是写室外，下片转入室内。第一句"断香残酒情怀恶"，是说从高阁回到内室，看见香炉里的沉香烧完了，也懒得再点燃；酒杯里的酒喝了半杯，也懒得再斟满。可见心情恶劣，百无聊赖。这时回过头来，望望窗外的小花园，只见"西风催衬梧桐落"。"西风"二字原词所缺，是明代《花草粹编》加进来的。"催衬"就是"催促""使得"的意思，也就是说，西风一起，催得梧桐叶纷纷飘落。下面一句重复了"梧桐落"三字，使人如闻"无边落木萧萧下"之声，如见无限凄凉的萧瑟秋景。最后重复"又还"二字，使得寂寞的心情周而复始，简直是"此恨绵绵无了期"！

TUNE："A MAIDEN'S DREAM"

  Viewed from the tower high,
The plain is strewn with hills which see the thin mist die.
  See thin mist die
  And dark crows rest
  In their dark nest,
And hear the horn sadden the evening sky!

  Incense burned and wine drunk, only my heart still grieves
To see the west wind hasten the fall of plane leaves.
  Fall the plane leaves;

Again the autumn hue

And loneliness anew!

这首《忆秦娥》是咏梧桐而见景生情之作。第二句写所见，"烟光薄"译成 the mist die（消逝）；第五句写所闻，"暮天闻角"译成 hear the horn sadden the evening sky，加了一个动词 sadden。下片最后两句"又还秋色，又还寂寞"也可以译成 Again I see the autumn hue；/Again I've loneliness in view，既用了叠词，又押了韵，每行都是八个音节，是原文字数的一倍，可以说是传达了原文的意美、音美和形美。

（43）摊破浣溪沙

病起萧萧两鬓华，卧看残月上窗纱。
豆蔻连梢煎熟水，莫分茶。

枕上诗书闲处好，门前风景雨来佳。
终日向人多酝藉，木犀花。

李清照写过一首咏桂花的《摊破浣溪沙》，那时她风华正茂，责怪梅花太俗，桂花无情；现在她年老多病，却觉得桂花含情脉脉，能够安慰她这个"多愁多病身"了。

上片第一、二句"病起萧萧两鬓华，卧看残月上窗纱"，是说病好了（有人说还在病中），坐起揽镜一照，看见自己头发稀疏，两鬓花白，于是又半躺半卧，看着纱窗外面的残月。一个"残"字，说明是拂晓时分，环境凄清，又暗示女词人已经是风烛残年了。下面一句"豆蔻连梢煎熟水"，"豆蔻"是一种药物，"熟水"是宋朝人常用的芳香饮料。《事林广记》别集卷七中说："白豆蔻壳拣净，投入沸汤瓶中，密封片时用之，极妙。每次用七个足矣，不可多用，多则香浊。"因为豆蔻是连枝生的植物，所以连树梢同煮了，可能有流落他乡，因陋就简的意思。至于最后的"莫分茶"三字，则是以药代茶，不要再分是茶是药了，言语之间，流露了无可奈何的心情。

下片第一句"枕上诗书闲处好"，重点在"闲"字，自己喜欢作诗读书，但在兵荒马乱之年，哪有这种闲情逸致呢？现在卧病在床，反倒可以享受诗书之乐了。这是无可奈何之时,聊以自慰之语。第二句"门前风景雨来佳",则可以联系前面一首《忆秦娥》中的"临高阁,乱山平野烟光薄"来看。平时在门前观景,总是满目疮痍;现在"山色空濛雨亦奇",反倒觉得别有一番风味。更有意思的是,门前有株桂树,从前她怪桂花"熏透愁人千里梦,却无情";现在却觉得木犀花与自己朝夕相处,含睇凝眸,温存体贴,"道是无情却有情"。

TUNE:"SILK-WASHING STREAM"
LENGTHENED FORM

After illness, I rise with grey hair on my head,
And see the waning moon through window screen from my bed.
Together with their twigs are boiled cardamon seed;
　　For tea there's no need.

On my pillow I may read books of verse at leisure;
The outdoor scene in rain may offer me new pleasure.
What comforts me all day long in my lonely hours
　　Is the laurel flowers.

这首《摊破浣溪沙》是李清照病中或病后写的小词。下片第一句"枕上诗书闲处好"中的"闲"字等化译成 leisure,第二句"门前风景雨来佳"中的"佳"字深化译成 offer me new pleasure,可以算是险韵天成,婉转表达了原词的意美和音美,从中还可看出文学翻译和科学(医学)翻译的不同。

(44) 好事近

风定落花深,帘外拥红堆雪。
长记海棠开后,正伤春时节。

酒阑歌罢玉尊空,青缸暗明灭。
魂梦不堪幽怨,更一声啼鴂。

这首《好事近》上片的关键词是"伤春",下片的关键词是"幽怨"。春的象征是花,伤春的象征是落花。上片第一句"风定落花深",就有点像"夜来风雨声,花落知多少?"第二句"帘外拥红堆雪",是说帘内的女词人看见窗外簇拥着红色的落花,堆满了雪白的落花,这就回答了"花落知多少"的问题。落的什么花呢?第三句"长记海棠开后","长记"就是常记,既然时常记得海棠花开,那么风定之后,落英缤纷自然包括红、白海棠在内;而海棠是春天最后开的花,海棠花落就说明"春去也",所以第四句说:"正伤春时节"。

下片第一句"酒阑歌罢玉尊空","酒阑"就是酒席散了,"歌罢"就是歌声停了,"玉尊空"是酒杯空了。这有可能是记当时的事,更有可能是回忆南渡前的情景,那国破家亡之恨就要深得多。第二句"青缸暗明灭",则是今昔对比,昔日歌舞升平,今夜独对暗淡的、快要熄灭的灯光,不免神伤。第三句"魂梦不堪幽怨",是说今非昔比的幽怨,连睡梦中都受不了;更何况"一声啼鴂",听见杜鹃啼血,发出了"不如归去"的悲声,而自己却是"有家归不得",更不免魂飞肠断了。

TUNE:"SONG OF GOOD THINGS"

The wind calms down, the fallen petals lie so deep
Outside the window screen in red or snowwhite heap.
　　I oft remember these grievous hours
When spring is gone with crab-apple flowers.

When wine in cups of jade was drunk, no one would sing,
　　Leaving the blue flame flickering.
Unable to bear the grief in dreams, my soul sighs.
　　How can I bear the cuckoo's cries!

这首《好事近》是李清照写伤春的小词。写景的名句是"帘外拥红堆雪",说红白海棠落英缤纷,堆在地上,可以和女词人《如梦令》中写海棠的名句"应是绿肥红瘦"对比。不过"红瘦"只是惜春,"拥红堆雪"却是伤春了。这四个字可以译成 in red or snowwhite heap,用的是等化法。

（45）永遇乐

落日熔金，暮云合璧，人在何处？
染柳烟浓，吹梅笛怨，春意知几许？
元宵佳节，融和天气，次第岂无风雨？
来相召，香车宝马，谢他诗朋酒侣。

中州盛日，闺门多暇，记得偏重三五。
铺翠冠儿，捻金雪柳，簇带争济楚。
如今憔悴，风鬟雾鬓，怕见夜间出去。
不如向帘儿底下，听人笑语。

张端义《贵耳集》中说：李清照"南渡以来，常怀京洛旧事，晚年赋元宵《永遇乐》词。"这首词的特点是对比鲜明，上片正反对比：每三句中，前两句正，后一句反；下片今昔对比：前六句忆昔，后六句思今，最后一句中又对比人我苦乐。刘辰翁在《题序》中说："诵李易安《永遇乐》，为之涕下。"

上片前两句写元宵节的黄昏：夕阳西下，好像熔化了的黄金一样灿烂；暮云四合，有如白璧无瑕。但是人在哪里呢？这个"人"可能指她的亡夫，也可能指她自己。后者就是说：人不在故都，而是流落江南了。一看江南，烟笼柳堤，笛子吹起了如怨如诉的《梅花落》，有多少春意呢？虽然是元宵节，天晴气和，谁能说不会起风下雨呢？这三句问话基本上否定了天上人间的美景乐事，所以虽然有朋友坐香车宝马来请女词人去饮酒赋诗，她也一一谢绝了。

下片前半回忆故都元宵节的盛况，女眷都有闲情逸致，特别喜欢在正月十五（三五）元宵夜观灯赏月。她们梳妆打扮，戴上镶了翡翠的帽子，插着金线捻丝的绢花，真是济济一堂，楚楚动人。但是如今呢，女词人憔悴了，饱经风霜之后，两鬓苍苍，头发不整，这副模样，哪里有心情在夜间出去呢？还不如一个人悄悄地呆在帘子底下，听听别人的欢声笑语，借他人的酒来浇自己的愁，也就算是过了个元宵节。这样苦乐对比，无怪乎刘辰翁"为之涕下"了。

TUNE: "JOY OF ETERNAL UNION"

The setting sun like molten gold,
Gathering clouds like marble cold,
    Where is my dear?
Willows take misty dye,
Flutes for mume blossoms sigh.
    Can you say spring is here?
On Lantern Festival①
Weather's agreeable.
    Will wind and rain not come again?
I thank my friends in verse and wine,
In scented cabs, on horses fine,
    Coming to invite me in vain.

I remember the pleasure
Ladies enjoyed at leisure
    In capital of olden day.
Headdress with emerald
And filigree of gold
    Vied in fashion display.
Now with a languid air
And disheveled frosty hair,
    I dare not go out in the evening.
I'd rather forward lean
Behind the window screen
    To hear other people's laughter ring.

    这首《永遇乐》是女词人在元宵节抚今思昔的长词。每三句都是前两句雅，后一句俗，全篇又用三句俗语结束，显出了清照词的本色。英译文前后段十二行的韵式都是 AAC, BBC, DDF, EEF。这就是说，译文用两

---

① The fifteenth day of the first lunar month.

行同韵来译原文的雅语,用隔行押韵来译俗语,可以算是用音美来表达意美的方法。

(46) 武 陵 春

风住尘香花已尽,日晚倦梳头。
物是人非事事休,欲语泪先流。

闻说双溪春尚好,也拟泛轻舟。
只恐双溪舴艋舟,载不动许多愁!

陶渊明《桃花源记》一开始说:"晋太元中,武陵人捕鱼为业。"《武陵春》这个词牌就因此得名。李清照这首《武陵春》大约是 1135 年在金华避难时写的,那时敌兵占领汴京已有七年,她的丈夫去世也有五年。

上片第一句"风住尘香花已尽",说的是暮春时节,风吹花落,等到风停,尘土都染香了,可见落花之多,所以说"花已尽"。这一句写的是景,同时象征着人和事。第二句"日晚倦梳头",是说时间已经不早,但女词人却懒得梳妆打扮。这一句写的是人物形象,抒发的却是内心的愁情。第三句"物是人非事事休",说明哀愁的原因,风物依旧,但是国破家亡,丈夫已死,还有什么可说?所以第四句说"欲语泪光流",还没开口,就先流泪,这个形象使抽象的"愁"字具体化了。

下片一转,第一句"闻说双溪春尚好",双溪在金华城南,东港和南港两条河水在这里汇合,是春游的名胜地。所以第二句说"也拟泛轻舟",女词人打算去划船,消愁解闷。但第三句又一转:只怕双溪像舴艋那样的小船,哪里承受得起沉重的悲哀呢?上片把"愁"字人化,下片又使"愁"物化了。

TUNE: "SPRING IN PEACH BLOSSOM LAND"

Sweet flowers fall to dust when winds abate.
Tired, I won't comb my hair, though it is late.
Things are the same, but he's no more.
Before I speak, how can my tears not pour!

'Tis said at Twin Creek spring is not yet gone.
In a light boat I long to float thereon.
But I'm afraid the grief-o'erladen boat
Upon Twin Creek can't keep afloat.

这首《武陵春》是李清照写愁的名作。词中有个名词如何翻译的问题。下片第一句的"双溪"可以音译为 Shuangxi，可以半音半意译为 Shuang Creek，也可以意译为 Twin Creek。前两种译文都不能使人知道双溪是两条河水汇合的地方，所以不如第三种译文。第三句的"舴艋舟"也可以浅化为 small craft，或等化为 grasshopper boat，或深化为 grief-overladen boat（装载哀愁过重的小船）。第一种能使人知之，第二种要加注，第三种用了移花接木法，可以使人好之，甚至乐之，我认为是更好的译文。

（47）声声慢

寻寻觅觅，冷冷清清，凄凄惨惨戚戚。
乍暖还寒时候，最难将息。
三杯两盏淡酒，怎敌他晚来风急？
雁过也，正伤心，却是旧时相识。

满地黄花堆积，憔悴损，而今有谁堪摘！
守着窗儿，独自怎生得黑！
梧桐更兼细雨，到黄昏点点滴滴。
这次第怎一个愁字了得！

这首《声声慢》曲是李清照的代表作，开头七对叠字被认为是千古绝唱。如果把前三句简化为寻觅冷清，凄惨悲戚，内容没有变化，感情却大不相同。"寻寻觅觅"是若有所失的动态，"冷冷清清"是有所失的静态结果，"凄凄惨惨"是内心的表层，"戚戚"是内心的深处。这三句由动而静，由浅入深，写出了女词人国破家亡，物失人非的悲痛。"乍暖还寒时候"，我认为是刚暖还冷的春天，这种时候最难保养身体。女词人喝上两三杯味不浓烈的淡酒，怎能抵御晚上吹来的寒风呢？风吹雁叫，一听更加伤心，因为从前看见雁过，总是春回大地，如果丈夫在外，则希望会带来他的消息，现在丈夫已死，过雁还能带来什么希望？只能令人心碎肠断。

下片转入秋天，"满地黄花堆积"，回想从前同丈夫饮酒赏菊，而今花谢飘零，有谁还会来"采菊东篱"呢？只好一个人坐在窗前，望着落花，形单影只，怎样才能熬到天黑啊！更难堪的是，到了黄昏时分，忽然下起雨来，一点一滴落在梧桐叶上，都像是对女词人心灵的打击。这样的哀愁，从春到秋，周而复始，叫一个孤苦伶仃的女词人如何受得了！

全词都用仄韵：觅、戚、息、急、识、积、摘、黑、滴、得，更增加了愁苦之情。英译文用 miss，cheer，和觅、戚音似；用 drift/swift，quicken/thicken，drizzles/grizzles 等，也是用音美来传达原词的意美。

TUNE: "SLOW, SLOW SONG"

I look for what I miss;
I know not what it is.
I feel so sad, so drear,
So lonely, without cheer.
How hard is it
To keep me fit
    In this lingering cold!
Hardly warmed up
By cup on cup
Of wine so dry,
Oh, how could I
Endure at dusk the drift
Of wind so swift?
It breaks my heart, alas!
To see the wild geese pass,
    For they are my acquaintances of old.

The ground is covered with yellow flowers
Faded and fallen in showers.
Who will pick them up now?
Sitting alone at the window, how
Could I but quicken

The pace of darkness that won't thicken?
On plane's broad leaves a fine rain drizzles
As twilight grizzles.
Oh, what can I do with a grief
Beyond belief!

　　这首《声声慢》是李清照最著名的千古绝唱。我在《翻译的艺术》已经谈过这首词的音美和形美。这里只谈最后一句"这次第怎一个愁字了得！"的译法。这句原文全是口语，因为有韵有调，所以余音袅袅，不绝于耳。美国译者 Rexroth 的译文是 How can I drive off this word—/Hopelessness?（我怎能把"失望"这个词赶走？）译文无韵无调，用词又散文化，不能传达原文的三美。中国译者徐忠杰的译文是 How, in the word "miserable", can one find—/The total effects of all these on the mind!（怎能在"悲惨"这个词中找到这些事在我心头产生的全部效果？）译文有韵有调，但和原文不同：原文十字，前三后七，或前三中三后四；译文两行，每行十一个音节，把词译成诗了。句型整齐平衡，远不如长短句的短句压抑，长句奔放，效果不大相同。比较一下现译：Oh, what can I do with a grief/Beyond belief!（这种令人难以相信的哀愁叫我如何受得了！）现译虽然不如前两种译文符合"信达切"的标准，但是前长后短，后句四个音节，和原文相近，而且用了两个 be 和两个 ief，读来富有音美，能够使人回肠断气，一唱三叹。由此可见，文学翻译应该发挥译语的优势，选择最好的（而不是最切的或最佳近似的）表达方式，才能译出精品。

（48）生查子

年年玉镜台，梅蕊宫妆困。
今岁未还家，怕见江南信。

酒从别后疏，泪向愁中尽。
遥想楚云深，人远天涯近。

　　这首《生查子》，《草堂诗余》说是李清照作，《阳春白雪》说是朱淑真词。

上片第一句"年年玉镜台",是说女词人年年对镜梳妆。第二句"梅蕊宫妆困","梅蕊妆"就是梅花妆,宫女在前额眉心间画五瓣梅花,所以又叫作宫妆,这种梅妆很费时间,所以女词人困倦了。第三句"今岁未还家",是说丈夫远在江南,今年又不回乡。第四句"怕见江南信",写出了女词人盼望丈夫来信,又怕丈夫来信说不回家的心理,真是曲笔传情。

下片前两句对仗工整:"酒从别后疏",自从丈夫离开之后,没有人一同饮酒赋诗,酒也喝得越来越少了;"泪向愁中尽",因为思念丈夫,眼泪都化为愁恨,愁恨越深,眼泪反倒干了。这又是曲笔传情的妙句。第三句"遥想楚云深",女词人想到丈夫远在千里之外、云山阻隔的江南,但云虽然远在天边,还会飞来眼前,丈夫却不见踪影,似乎比天边更遥远,于是女词人就说出了"人远天涯近"的妙语。赵明诚何时在楚地,情况不明,所以这首词算是存疑之作。

TUNE:"MOUNTAIN HAWTHORN"

Before my mirror decked with jade, from year to year,
Weary the toilets of mume blossom style appear.
This year he is not back as of yore;
I fear bad news may come from Southern shore.

Since he left, I have drunk less and less wine;
Tears melt into grief, more and more I pine.
I look on Sounthern cloud on high;
He's farther away than the sky.

这首《生查子》下片前二句"酒从别后疏,泪向愁中尽"富有三美,译成 Since he left, I have drunk less and less wine; /Tears melt into grief, more and more I pine.(自从他走后,我喝酒越来越少;泪水溶成哀愁,我越来越憔悴了。)译文用了 less and less 和 more and more 对仗工整的叠词,符合李清照的风格,又把"尽"字具体化为 melt 和 pine,可以算是用了最好的译语表达方式的创译。

(49)殢人娇·后庭梅花开有感

玉瘦香浓,檀深雪散,今年恨探梅又晚。

江楼楚馆，云闲水远。
清昼永，凭栏翠帘低卷。

坐上客来，尊中酒满，歌声共水流云断。
南枝可插，更须细剪。
莫直待西楼数声羌管！

《嬾人娇》是女词人看见后庭的白梅开放，因而想起了远在江南的丈夫，就写下了这首词。

上片第一句"玉瘦香浓"，是说梅花瓣看起来像消瘦的白玉，闻起来香味还很浓烈。第二句"檀深雪散"，是说梅枝好像深色的檀香木，上面散布着的梅花像要融化的白雪。所以第三句说："今年恨探梅又晚"，想同丈夫一起踏雪赏梅，但是最好的时间又错过了，因为丈夫还远在江南。下面两句写丈夫所在的地方："江楼楚馆，云闲水远"，说丈夫住在江南水边的客舍里，就像远在万水千山之外的闲云野鹤一般。于是女词人只好"清昼永，凭栏翠帘低卷"，也就是说，如何消磨这漫长的白天呢？只能把珠帘低低卷起，靠着栏杆遥望远方，寄托自己的相思之情。

下片又想象丈夫的情况："坐上客来，尊前酒满"，丈夫是不是正在和客人一同饮酒赏梅呢？座上来了多少客人？酒杯里是不是斟满了酒？下面一句"歌声共水流云断"，仿佛女词人在凭栏远望时，听到了丈夫和客人饮酒听歌之声，歌声随着江水流到远方，甚至响彻云霄。于是女词人说："南枝可插，更须细剪"，这既可以是想象丈夫和客人把朝南先开的梅花摘了下来插在头发上，也可以是回忆自己从前同丈夫插梅的情景，所以提醒丈夫朝南的梅枝应该多多修剪。为什么呢？因为梅花如果得不到照顾，那就要"莫待无花空折枝"了。女词人最后说："莫直待西楼数声羌管"，羌笛吹的是《梅花落》，梅花一落，西楼吹笛的人也老了一岁，这又是由梅及人。

TUNE: "WEARY BEAUTY"
Mume Blossoms in the Back Court

The fragile jades with fragrance dense appear
On sandalwood strewn with white snow.
To my regret, this year

You're late again to come to view mume flowers.
    In riverside Southern bowers
You're free like cloud and stream to flow.
    The day lengthens, I can but lean
On balustrade with lowly-uprolled curtain green.

    Your guests may come to dine
    And drink their cups of wine.
    Your songs are loud
As water flowing into floating cloud.
But don's forget the sunny twigs of the mume tree!
They need you often to trim together with me.
    Don't wait till in my western bower
I play the flute on the fall of mume flower!

这首《殢人娇》是存疑之作。词中的对仗和句内对都不少，如上下片的头两句都是对句，上片第四、五句是句内对，下片第三句中的"水流云断"也是句内对。上片第一句"玉瘦香浓"译成 the fragile jades with fragrance dense（脆玉浓香），是用 fr 的双声来译句内对。"水流云断"译成 water flowing into floating cloud（歌声像水一样流入浮云），也是用 fl 的双声来译句内对。这种译法可以说是符合李清照风格的。

（50）临江仙

庭院深深深几许？云窗雾阁春迟。
为谁憔悴损芳姿？夜来清梦好，应是发南枝。

玉瘦檀轻无限恨，南楼羌管休吹。
浓香吹尽又谁知？暖风迟日也，别到杏花肥。

前面一首《临江仙》的短序中说："欧阳公作《蝶恋花》，有'深深深几许'之语，予酷爱之，用其语作庭院深深数阕，其声即旧《临江仙》也。"这首词应该是"数阕"之一，词中有些语句和《殢人娇》等重复，有人疑是伪作；但明代《花草粹编》认为这是李清照词，《殢人娇》可能是后作的。

上片前两句和第一首《临江仙》基本相同，只是第二句最后两个字"常扃"改成"春迟"了，意思是说：女词人住的深宅大院有多深呢？阁中窗前，云雾缭绕，连春天都比别的地方来得晚。第三句"为谁憔悴损芳姿？"和第一首的"谁怜憔悴更凋零？"有同有异：同的是"憔悴"二字；不同的是第一首"凋零"之后是"试灯无意思，踏雪没心情"，所以"憔悴更凋零"的只是女词人自己，而"损芳姿"之后有"夜来清梦好，应是发南枝"，南枝指向阳的梅花，所以"芳姿"既可指人，又可指梅，意思是说：昨夜做了好梦，梦见南枝早梅的"芳姿"。那么女词人为什么要憔悴损害自己的芳容呢？

下片第一句的"玉瘦檀轻"和《殢人娇》的"玉瘦香浓，檀深雪散"也是有同有异："檀轻"写的是早梅，"檀深"写的却是晚梅；下半句"无限恨"是说早梅因为无限的相思而玉损香消，连梅枝也消瘦了，这是借梅写人；《殢人娇》中的"今年恨"却只是写女词人不能同丈夫踏雪探梅的惆怅。第二句"南楼羌管休吹"，"南楼"是丈夫在江南住的客馆，全句是说丈夫莫吹笛子，莫把早梅吹落；《殢人娇》中的"莫直待西楼数声羌管"，却是说丈夫不要等到在西楼的妻子吹《梅花落》才回来探梅。第三句"浓香吹尽又谁知？"是说笛子把梅花浓郁的香气吹得无影无踪，又有谁怜悯呢？最后两句"暖风迟日也，别到杏花肥"是说等到春风变暖，春日变长，梅花落尽，杏花盛开的时候，丈夫不要忘了梅花，又去另寻新欢啊！总的看来，这首《临江仙》和《殢人娇》还是异多于同的。

TUNE："GODDESS AT THE RIVER"
To The Mume Blossoms

Deep, deep the courtyard where I live, how deep?
　　Spring comes late to my cloud-and-mist-veiled bower.
For whom should I languish and pine?
Last night good dreams came in my sleep;
　　Your southern branches should be in flower.

　　Your fragile jade on the sandalwood fine
　　　　Can't bear the sorrow.

> Don't play the flute in southern tower!
> Who knows when your strong fragrance will be blown away?
> The warm wind lengthens vernal day.
> Don't love the apricot which blooms tomorrow!

这首《临江仙》疑是第二十七首和上一首合并之作。下片第一句中的"无限恨"译成 can't bear the sorrow（恨难禁），第四句"暖风迟日也"译成 The warm wind lengthens vernal day（暖风吹长了春天），用的动词都很具体，可以算是用了换词法的创译。

（51）青玉案

> 征鞍不见邯郸路，莫便匆匆归去。
> 秋风萧条何以度？
> 明窗小酌，暗灯清话，最好留连处。
>
> 相逢各自伤春暮，犹把新词诵奇句。
> 盐絮家风人所许。
> 如今憔悴，但余双泪，一似黄梅雨。

李清照写过送别丈夫的《凤凰台上忆吹箫》，送别姐妹的《蝶恋花》，这首《青玉案》据说是送别弟弟的词。词牌名取自汉代张衡《四愁诗》中的"美人赠我锦绣段，何以报之青玉案"。

上片第一句"征鞍不见邯郸路"，"征鞍"指弟弟追求功名，来往奔波，"邯郸路"指卢生梦见自己飞黄腾达的道路，醒来却是黄粱一梦，全句说弟弟东奔西走，并没有追求到功名利禄。所以第二句说：既然到清照这里来了，就不要匆匆忙忙又回到家里去。第三句"秋风萧条何以度？"可能是弟弟来时是萧瑟的秋天，也可能指姐弟二人都到了迟暮之年，这种日子如何度过呢？后面三句："明窗小酌"，就是在窗前饮酒；"暗灯清话"，就是在灯下谈诗；"最好留连处"则是说：窗前灯下是最值得留恋的地方，饮酒谈诗是度过时光的最好方法。

下片第一句"相逢各自伤春暮"，说明姐弟相逢已经到了生命的秋天，所以不免伤春悲秋。第二句"犹把新词诵奇句"，说明了"暗灯清话"的内容，还可以联系《渔家傲》中的"学诗谩有惊人句"，可见姐弟二人在灯下谈论的是诗词歌赋。第三句"盐絮家风人所许"，在句中李清照把姐弟二人比作谢道蕴姐弟，谢安在雪天吟诗："白雪纷纷何所似？"他的儿子接着说："撒盐空中差可拟。"侄女道蕴却说："未若柳絮因风起。"这就是说：谢家三人把雪比作盐和柳絮，这种诗书传家的家风是人所赞许的。最后三句说：如今姐弟二人都形容憔悴，只剩下了流泪眼对流泪眼，眼泪多得像黄梅时节雨纷纷。

TUNE: "GREEN JADE CUP"
To Her Younger Brother

Your steed can't see the way to glory vain.
  Why hasten back and not remain?
How will you pass the dreary windy autumn day?
  Drinking by window bright,
  Talking by candlelight,
That's the best way for you to stay.

We meet to grieve over our years on the decline;
Still we're amused to read our startling line.
How can we compare snow to salt or willowdown!
  Now we're languid and drear
  In two streams of sad tears
Like drizzling rain when mumes are brown.

  这首《青玉案》是李清照暮年赠弟之作。下片第一句"相逢各自伤春暮"中的"春暮"不能译成形似的 late spring，而要译为意似的 years on the decline。上片第一句中的"邯郸路"也不能音译，而要意译为 the way to glory vain。这是舍形取意的译法。

（52）采桑子

  晚来一阵风兼雨，洗尽炎光。
  理罢笙黄，却对菱花淡淡妆。

绛绡缕薄冰肌莹，雪腻酥香。
笑语檀郎，今夜纱厨枕簟凉。

《采桑子》又名《丑奴儿》，《词林万选》和《历代诗余》都说这是李清照词，但四印斋本《漱玉词》注却说："此阕词意浅薄，不似易安手笔。"

从上片前两句的"炎光"二字看来，这首词是夏天写的。晚上吹来一阵清风，加上一阵急雨，把一天炎热的阳光都冲洗得干干净净。于是女词人"理罢笙簧，却对菱花淡淡妆"。笙是一种簧管乐器，一般有十七根长短簧管，插在铜斗上，演奏时手按指孔，利用吹吸气流震动，使簧片发音。这里"理罢"是演奏的意思，演奏后却又对着菱花镜梳妆打扮。"菱花"是古代铜镜的代称，因为镜子背面多刻圆形的四瓣小菱花，菱生水中，花浮水面，刻菱花是表示清明如水的意思，"淡淡妆"就是没有浓妆艳抹，这才符合女词人的身份。

下片第一句"绛绡缕薄冰肌莹"是写女词人的衣着和肌肤的。"绛"是大红色，"绡"是薄纱，"绛绡"就指绸衣，"缕"指丝缕，绸衣薄得透明，一丝一缕都看得清，露出了冰莹玉洁的肌肤。第二句"雪腻酥香"更进一步仔细描写，"雪"指看起来洁白，"腻"指摸起来润滑，"酥"指握起来软绵绵的，"香"指闻起来香喷喷的。前两句写静态，后两句"笑语檀郎，今夜纱橱枕簟凉"写动态。"檀郎"本来指晋代的美男子潘岳，这里指女词人的丈夫，"纱橱"就是纱帐，"枕簟"指的是帐中的枕头和凉席。这两句不直说上床就寝，而只含蓄地提到帐中枕席，这也符合女词人的口气。

有人认为这首词太"浅显"，和《减字木兰花》一样。《李清照诗词评注》第46页上说："这种看法是没有道理的。从词风来看，它明丽婉约，与早期易安词《如梦令·常记溪亭日暮》等格调逼似，从观察生活的细腻，刻画少妇心理活动的真切以及提炼口语入词的能力等方面看，更非他人所能相比。"《评注》的话是对《减字木兰花》而言的，我看也可应用到《采桑子》上。

TUNE："SONG OF PICKING MULBERRIES"

A gust of wind and rain tolls the departing day,
　　Washing the summer heat away.
　　When a tune on the flute is played,

Before the mirror a light toilet is made.

What is revealed through the rosy silken dress so thin?
　　　　Nothing fairer than snow-white skin.
　　　　Smiling, she tells her lover bright,
"The mat in our curtained bed must be cool tonight."

这首《采桑子》是存疑之作。上片第一句"晚来一阵风兼雨"译成 A gust of wind and rain tolls the departing day（风雨敲响了白天的丧钟），用的是深化的创译法。下片第二句"雪腻酥香"译成 snow-white skin（雪白的肌肤），而没有说 smooth, soft, sweet 或 fragrant（腻酥香），用的是浅化的创译法。

（53）浣溪沙

髻子伤春慵更梳，晚风庭院落梅初。
淡云来往月疏疏。

玉鸭熏炉闲瑞脑，朱樱斗帐掩流苏。
通犀还解辟寒无？

《浣溪沙》又名《浣溪纱》，据说是因西施在若耶溪浣纱而得名，词调可以借纱咏人。李清照这首《浣溪沙》就是借景物抒情的词作。

上片第一句"髻子伤春慵更梳"，"伤春"二字点题，同时画出了一个头发蓬松、懒得梳妆的少妇形象。《诗经·伯兮》中说："自伯之东，首如飞蓬。岂无膏沐？谁适为容？"说的是丈夫东征去了，妻子头发乱蓬蓬的也不梳，并不是没有香油香膏，但叫她为谁打扮呢？李清照"慵更梳"也是因为丈夫在外，春归人不归的缘故。第二句"晚风庭院落梅初"，是用落梅之景抒伤春之情，梅花初落，是春尽之景，晚风初起，是日尽之景，在春尽、日尽之际，丈夫不归，女词人就不免感到孤寂。第三句"淡云来往月疏疏"，是借淡月之景来抒伤春之情，古人望月怀远，月色暗淡，又为来往的疏云遮掩，女词人更不免倍感凄凉。

上片写了外景，下片转入室内。第一句"玉鸭熏炉闲瑞脑"，写的是珍贵如玉的鸭形香炉,瑞脑是一种香料,古代妇女室内有烧香的习俗,女词人却一反常态,可见内心空虚,百无聊赖。不仅此也,第二句说"朱樱斗帐掩流苏","朱樱"是红色的绸缎缝成的樱桃形状的香包,"斗帐"是形如覆斗的帐子,"流苏"是帐子上结缕下垂的五彩缨络,都是室内床上的装饰品。如果不烧香关系还不大,那不收拾床上的用品就显得太反常了,而女词人却让帐子散乱地掩盖着流苏,可见她的心情混乱。更有甚者,第三句说:"通犀还解辟寒无?"古人认为犀牛角能避寒,女词人却问挂在帐子上有一条白线直通尖顶的犀牛角能不能使她的内心避开寒冷?可见她感觉凄凉到了什么地步。

就这样,女词人在上片用了发髻、落梅和淡月三个形象,在下片又用了香炉、斗帐和犀角三个形象,步步深入,写出了伤春怀人的愁思。这种借景抒情,用客观景物写主观心情的方法,在宋词中是很少见的。

TUNE: "SILK-WASHING STREAM"
Spring Grief

My grief over parting spring leaves uncombed my hair;
In wind-swept court begin to fall mume blossoms fair.
The moon is veiled by pale clouds floating in the air.

Unlit the censer and unburnt the camphor stay;
　　The curtain, cherry red,
　　Falls with its tassels spread.
Could the rhino-horn keep my chamber's cold away? ①

这首《浣溪沙》译文的特点是正词反译。如上片第一句"髻子伤春慵更梳"是说懒得梳头,译成 hair uncombed 是头发不梳。下片第一句"玉鸭熏炉闲瑞脑"是说香炉闲着,译成 censer unlit, camphor unburnt 却是香炉不烧香。用的都是正词反译法。

(54) 浪淘沙

素约小腰身,不奈伤春。疏梅影下晚妆新。

---

① It was believed that the rhino-horn could warm up the room.

袅袅婷婷何样似?一缕轻云。

歌巧动朱唇,字字娇嗔。桃花深径一通津。
怅望瑶台清夜月,还送归轮。

　　如果说前一首《浣溪沙》是借景物写情,这一首《浪淘沙》则是刻画了一个飘飘欲仙的人物,寄托了凡间少女的情思。诗词杂俎本《漱玉词》《历代诗余》《草堂诗余续集》都认为这首词是李清照的作品。

　　上片第一句"素约小腰身"是引用曹植《洛神赋》中的"腰如约素",使人一开始就联想到美丽的洛神,仿佛看到一个粉妆素裹、玉带束腰的仙女下凡了。第二句"不奈伤春",说即使是仙女来到人间,哪里又受得了"春又匆匆归去"呢?前一句写外形,后一句写内心。第三句的"疏梅"二字说明梅花已落,梅影稀疏,这是"伤春"的具体形象;下半句"晚妆新"和"疏梅"形成的对比,是"素约"的注解。第四句"袅袅婷婷何样似?""袅袅"是细长轻盈的意思,"婷婷"是亭亭玉立的姿态,这四个字又是"小腰身"的注解,但是比较抽象,具体说来是什么形象呢?第五句回答说:"一缕轻云。"于是亭亭玉立的女神,就变成横空出世的飞天仙女了。总而言之,上片用小腰、疏梅、轻云三个形象,画出了一幅丽人伤春图。

　　上片第一句写腰,下片第一句写唇。"素约小腰身"是静态,"歌巧动朱唇"是动态,动静相衬,素腰又和朱唇形成对比,使形象更加鲜明。第二句"字字娇嗔","嗔"是怨恨的意思,是朱唇的表情,是"歌巧"的内容,比起上片"伤春"中的"伤"字来,情感又深了一层。怨什么呢?第三句说:"桃花深径一通津。"桃花和上片的疏梅对照,这里引用了陶渊明《桃花源记》的故事,武陵人发现了世外桃源,"后遂无问津者",因此,怨的是不能再找到桃源仙境的渡口。至于桃源指的是什么?则可以任人想象,反正是赏心乐事吧。最后两句"怅望瑶台清夜月,还送归轮","瑶台"指的是神仙洞府,"归轮"指的是西沉的月轮,意思是说:桃源仙境既然可望而不可即,那就只好怅然若失,在清风明月之夜,无可奈何望着月亮西沉吧。"夜月"和上片的"轻云"对照,下片又用朱唇、桃源、瑶台三个形象绘出了一幅美人望月相思图。

TUNE：“RIPPLES SIFTING SAND”

How can your silk-girt waist so slender

　　　　Bear the grief of departing spring?
　　In the shade of mume blossoms you appear so tender.
　　　　What do you look like in your evening
　　　　　　Attire so fair and bright
　　　　　　But fleeting cloud so light?

　　　　You open rouged lips to sing,
　　　　　　Each word intoxicating,
　　　　Leading to the peach blossoms along the fountain,
　　　　And the jade terrace in the fairy mountain,
　　　　　　Where the goddess is waiting
　　　　　　To see the moon sink into the night.

　　这首《浪淘沙》是望月伤春词。开头两句"素约小腰身，不奈伤春"译成问句 How can your silk-girt waist so slender/Bear the grief of departing spring?（你丝带束腰的苗条身子怎么经得起春去的哀愁？）显出了词人自怜自伤之情。

（55）浣溪沙

　　　　绣面芙蓉一笑开，斜飞宝鸭衬香腮。
　　　　　　眼波才动被人猜。

　　　　一面风情深有韵，半笺娇恨寄幽怀。
　　　　　　月移花影约重来。

　　明代《古今名媛汇诗》《续草堂诗余》《古今词统》等选本都认为这首词是李清照的作品，"眼波才动被人猜"一句得到历代词评家的赞誉，从"月移花影约重来"一句来看，清照可能是读了元稹《莺莺传》之后，写这首词来咏莺莺的。

　　上片第一句"绣面芙蓉一笑开"，写莺莺美丽的面孔好像荷花，就是李白《清平调》中所说的"花想容"，这是静态；下半句"一笑开"却是动态，给美人的面孔注入了生命。第二句中的"斜飞宝鸭"是写展翅欲飞的鸭形香炉，用动态的静物来衬托静态的"香腮"，和上一句异曲同工。写了美人的绣面和香腮之后，第三句才来了画龙点睛之笔："眼波才动被人猜"。这就是眉目含情，秋波暗送，但是只可意会，不可言传，活画出一个温情脉脉的莺莺。

下片第一句"一面风情深有韵"是上片的小结，"一面"就指"绣面"和"香腮"，"一笑开"和"眼波动"却泄漏了春光，吐露了风情；斜飞的宝鸭不但衬托了美人的香腮，也象征了她的相（和"香"谐音）思（是"腮"字的一半），眼波泄露的深情更有韵致。这种风韵怎样才能传情达意呢？于是第二句说："半笺娇恨寄幽怀"，就是写半封短信，吐露自己内心深处的隐情暗恨。这很可能就指元稹《莺莺传》中的《明月三五夜》诗："待月西厢下，迎风户半开。隔墙花影动，疑是玉人来。"所以最后一句说："月移花影约重来。"

外国人常说中国没有爱情诗，李清照这一首《浣溪沙》就是写爱情的作品，还有《减字木兰花》（卖花担上）、《采桑子》（晚来一阵风兼雨）、《浪淘沙》（素约小腰身）等，但词评者多认为浅显，不像清照所作，这就不利于情诗的发展了。

TUNE："SILK-WASHING STREAM"

Her lotuslike fair face brightens with a beaming smile;
Beside a duck-shaped censer her fragrant cheeks beguile.
　　But when you see she winks,
　　You'll guess at what she thinks.

　　Her head inclined, her face
　　Reveals a hidden grace.
"To my regret," she writes, "you did not keep the date.
When flowers are steeped in moonlight, don't again be late!"

这首《浣溪沙》是存疑之作。上片第一句"绣面芙蓉一笑开"的后三字译成 a beaming smile，beaming 有眉开眼笑之意，用来译"开"正好。第二句"斜飞宝鸭衬香腮"的后三字译为 her fragrant cheeks beguile，beguile 不是"衬托"而是"诱惑"之意，联系第三句"眼波才动被人猜"中的 she winks（使眼色）来看，"诱惑"用得正合。由此可见译诗不能只看一句，还要上下贯通，才能得意忘形，这是局部服从整体的观念。

（56）转调满庭芳

芳草池塘，绿阴庭院，晚晴寒透窗纱。
玉钩金锁，管是客来啥。
寂寞尊前席上，惟人在海角天涯。
能留否？荼䕷落尽，犹赖有梨花。

当年曾胜赏，生香熏袖，活火分茶。
看游龙娇马，流水轻车。
不怕风狂雨骤，恰才称煮酒残花。
如今也，不成怀抱，得似旧时那？

《转调满庭芳》就是《满庭芳》变格而成一个新词调，句数和字数都不变，只由押平韵转为押仄韵。

上片"芳草池塘"等三句是写女词人流落江南时居住的地方：在芳草遍地的池塘边上，在绿树成荫的庭院之中，在晚来雨过天晴的时候，女词人感到一阵寒气穿透了窗子上的纱帘。下面"玉钩金锁"等二句，"玉钩"二字是后人补上的，应该是指窗帘的玉钩，意思是说：窗帘放下了，门户上锁了，难道还有客人来吗？一说"玉钩"指门上的玉环，那就是说：门环响了，准是客人来了。接着"寂寞尊前席上"等二句，可能是一个人，也可能是主客二人，对着桌上的酒杯寂寞无言，因为人已流落到天涯海角来了。"人在"和最后一句的"梨花"又是后人补加的。"能留否？"可以自问，也可以问客：荼䕷花已经落尽，只有梨花可以一看，还值得留下来吗？我看自问比问客人好些。

下片"当年曾胜赏"等三句是抚今思昔，"胜赏"就是尽兴赏玩；"生香熏袖"是说衣袖熏得香气扑鼻，和上片的"芳草"对比；"活火分茶"是说炉火生焰，沸水冲茶，使茶乳变幻出如画形象，这和上片"寒透窗纱"形成对照。下面"看游龙娇马"等二句，"看游"二字又是后人补加的，就是"车如流水马如龙"的意思，这二字和"玉钩金锁"对比。接着"不怕风狂雨骤"等二句，和上片"晚晴""寂寞"对照，真是豪情满怀。最后"如今也"等三句又回到现实，哪里还有当年煮青梅酒，观赏雨打残花的兴致呢？上下两片都是以问作结。

TUNE："COURTYARD FULL OF FRAGRANCE"

The pool fragrant with grass,
  The courtyard shaded in green,
The evening sunshine after rain chills window screen.
  Jade ring and lock of brass,
  No guest would come, I'm lonely
  Before a cup of wine.
We are far, far apart as earth from sky.
  Can I remain, can I?
Fallen are all the petals of eglantine;
  I have pear blossoms only.

In bygone years you had enjoyed with me,
  Our sleeves perfumed with incense sweet,
Before the lively flame we shared the tea.
  Outdoors might pass horses fleet
  And a long string of carriages light.
We did not fear the stormy wind and rain;
Drinking before seared flowers we would remain.
  Alas! Tonight
  Gone is the one whom I adore.
  Could I revive the days of yore!

  这首《转调满庭芳》比较长，这里只谈最后三句："如今也，不成怀抱，得似旧时那？"说的是到了现在，没有旧时的心情，哪能再像旧时一样呢？翻译时要深入再问一句：为什么没有旧时的心情？回答是因为物是人非了，所以译文可以离开表层形式，深入到深层内容说：Gone is the one whom I adore. /Could I revive the days of yore?（故人已去，哪能旧梦重温？）这就是深入浅出，得其精而忘其粗的译法。

(57) 行 香 子

天与秋光，转转情伤，探金英知近重阳。

薄衣初试，绿蚁新尝。

渐一番风，一番雨，一番凉。

黄昏院落，凄凄惶惶，酒醒时往事愁肠。

那堪永夜，明月空床！

闻砧声捣，蛩声细，漏声长。

　　这首《行香子》寓情于景，近人李文琦收入《漱玉词》中。上片第一句"天与秋光"，"与"可能是给予的意思。第二句"转转情伤"，"转转"有"越来越"的含义，就是说越来越感到心情悲凉。第三句"探金英知近重阳"，"探"就是看，"金英"指的是黄色的菊花，全句说：看见菊花就知道到九月九日重阳节了。下面一句"薄衣初试"，"薄衣"是指秋衣，因为天气转凉，女词人开始试穿薄薄的秋季夹衫。再下一句"绿蚁新尝"，"绿蚁"是酒的代称，黄酒温热的时候，酒面泛起绿色的泡沫，好像蚂蚁一样，所以"绿蚁"就指酒了，全句说：因为天气转凉，女词人尝尝新酒，可以御寒。总之，这两句用天凉来衬托凄凉，是"天与秋光，转转情伤"的注解。下面三句"渐一番风，一番雨，一番凉"，更进一步，是天凉具体的说明，同时风雨又是凄凉的象征，重复三个"一番"，简直使人觉得凄风苦雨铺天盖地，叫人怎不"情伤"！

　　上片写了赏菊、试衣、尝酒、风雨四件事，下片转入酒后。前三句"黄昏院落，凄凄惶惶，酒醒时往事愁肠"，是说到了傍晚，一个人在院子里，冷冷清清，惶惶不可终日，只好借酒浇愁；但是三杯两盏淡酒，怎敌他晚来风急？酒醒之后往事涌上心头，想起当年"东篱把酒黄昏后"，现在却形单影只，怎能不愁肠寸断？加上长夜漫漫，明月依依，而丈夫却远在他乡！更有甚者，从远方传来了妇女为丈夫捣衣的砧声，近处响起了蟋蟀断断续续的悲秋声，再加上院内点点滴滴的漏声，这一声声，一番番，真是怎一个愁字了得！

TUNE：" SONG OF WAFTING FRAGRANCE"

A skyful of autumnal light

Deprives me more and more of my delight.
The golden blooms tell me the Double Ninth① is nigh.
 I try my autumn clothes plain,
And taste new wine with green-ant bubbles old.
A gust of wind comes by and by,
 And then a gust of rain,
 And then a gust of cold.

The evening courtyard would appear
 So sad and drear.
The bygones grieve me when I am sobered from wine.
 How can I bear the endless night.
 The emtpy bed and the moon bright!
To hear the washerwomen pound the clothes, I pine,
 And then the crickets sing their song,
 And then the waterclock drips along.

这首《行香子》是存疑之作。词中叠字多，重复多，对仗多，句内对也多，像是李清照的风格。开头两句"天与秋光，转转情伤"译成 A skyful of autumn light/Deprives me more and more of my delight（满天秋光使我越来越失去了欢乐），是用叠词和押韵来传达原文的音美。上片最后三句"渐一番风，一番雨，一番凉"译成 A gust of wind comes by and by, /And then a gust of rain, /And then a gust of cold，是用重复法传达了原文的形美。这时传达音美和形美是得其精，只管音似和形似却是得其粗。

(58) 二色宫桃

  缕玉香苞酥点萼，正万木园林萧索。
  唯有一枝雪里开，江南有信凭谁托？

  前年记尝登高阁，叹年来旧欢如昨。

---

① The ninth day of the ninth lunar month or the mountain-climbing day.

听取乐天一句云：花开处且须行乐。

从字数和句数来看，《二色宫桃》这个词调好像七言律诗；但词的上片除第二句外，都是前半四字，后半三字，而下片则除第三句外，都是前半三字，后半四字。

这首词是写梅花的。上片第一句"缕玉香苞酥点萼"，是说梅花的香苞好像雕镂的琼玉一样，晶莹松软，将开未开，点缀在保护花瓣的花萼上。第二句"正万木园林萧索"，说的是冬尽春来之前，花园里的树木都萧条冷落，一片沉寂。第三句"唯有一枝雪里开"，用唐人齐已诗："前村深雪里，昨夜一枝开。""一枝"指一枝春，就是梅花。第四句"江南有信凭谁托？"用陆凯自江南寄一枝梅花，传信给长安范晔的典故。这里是说女词人在江南有信要寄给丈夫，但是托谁传信呢？也可理解为有信要寄去江南。

下片第一句"前年记尝登高阁"，是说记得前年曾同丈夫登高赏梅。第二句"叹年来旧欢如昨"，是说这两年老是念念不忘当时的欢乐，仿佛就在昨天一般。第三句"听取乐天一句云"，乐天指白居易，白乐天写过一首《惜牡丹花》："惆怅阶前红牡丹，晚来唯有两枝残。明朝风起应吹尽，夜惜衰红把火看。"这就是"花开堪折直须折，莫待无花空折枝"的意思。白居易这首惜花诗引起后人竞相模仿，如李商隐的《花下醉》中说："客散酒醒深夜后，更持红烛赏残花。"更出名的是苏东坡的《海棠》："只恐夜深花睡去，却烧高烛照红妆。"苏东坡把海棠花比作红妆美人，比白居易又进了一大步。但不管是牡丹，还是海棠，还是梅花，惜花之心都是一样的，所以女词人第四句说："花开处且须行乐。"这首词用典比较多，有人以为不是李清照的作品。

TUNE："BICOLOR PALACE PEACH"

The fragrant budding flowers look like cups of carved jade,
　　When garden trees afford no agreeable shade.
There is only one branch blooming above the snow.
　　But who will send it for me from the southern shore?

We climbed together high towers two years ago;
　　I still remember even now that joy of yore.

Do not forget what the poet Bai Ju-yi did say:
"With flowers in full bloom, make merry while you may!"

这首《二色宫桃》是存疑之作。词中借用典故颇多,但是翻译不难,如最后两句"听取乐天一句云:花开处且须行乐"译成 Do not forget what the poet Bai Ju-yi did say:/"With flowers in full bloom, make merry while you may!"(不要忘记诗人白居易说过的话:"既然花已经盛开了,可以行乐就及时行乐吧!")这个译文把"听取"说成"不要忘记",用的是正词反译法;说出"乐天"的名字是白居易,用的是等化法;把"一句"改成"说过的",是把名词译成动词,用的是词性转换法;最后借用《金缕曲》中的诗句"花开堪折直须折",用的是仿译法。

(59) 如 梦 令

谁伴明窗独坐?我共影儿两个。
灯尽欲眠时,影也把人抛躲。
无那,无那,好个凄惶的我。

《古今词统》认为这首《如梦令》是李清照的作品,仅以口语入词而论,这首词应该是她的口气。"无那"就是"无奈何"的意思。

TUNE: "LIKE A DREAM"

Who'll sit before the bright window with me?
Only my shadow keeps my company.
The lamp put out, I go to bed, my shadow too
Will abandon me lonely.
What can I do?
What can I do?
There's left a dreary person only.

这首《如梦令》是口语入词的典型作品,但是翻译不难。最后四句"影也把人抛弃。无那,无那,好个凄惶的我"译成 my shadow too/Will abandon me lonely. /What can I do? /What can I do? /There's left a dreary person only（影子也抛弃了我。奈何！奈何！只剩下孤零零的人一个），就是以现代口语译古代口语。

（60）菩萨蛮

绿云鬓上飞金雀，愁眉翠敛春烟薄。
香阁掩芙蓉，画屏山几重？
窗寒天欲曙，犹结同心苣。
啼粉污罗衣，问郎何日归？

《漱玉集》说这首《菩萨蛮》是李清照的词，但也有人说不是，只能算是存疑之作。

上片第一句"绿云鬓上飞金雀"，写美人翠黛如云的鬓发上，插了一枝金钗，钗头上有一只展翅欲飞的金雀。第二句"愁眉翠敛春烟薄"，写美人翠黛如烟的愁眉，也可以说是愁眉不展，仿佛是笼罩在烟雾中的愁容。愁什么呢？第三句"香阁掩芙蓉"，白居易《长恨歌》中说："芙蓉如面柳如眉"，这里"芙蓉"指香阁中半掩的美人面。第四句"画屏山几重"，用画屏上的重重山水，来象征山川阻隔，这就是美人愁的原因。

下片第一句"窗寒天欲曙"，是说窗外天寒，东方快要亮了。第二句"犹结同心苣"，是说女词人一夜没睡，还在编织苣形的同心结呢。这里更进一步，具体说明美人愁是因为思念丈夫。第三句"啼粉污罗衣"，是说美人愁得流泪，泪水和脂粉弄脏了丝绸衣裳。最后一句"问郎何日归？"才明白说出了美人愁的原因是盼望丈夫归家。全词是一幅"美人相思图"。

TUNE: "BUDDHIST DANCERS"

On my green cloudlike hair a golden bird-pin flies down;
The thin vernal mist veils my eyebrows with a frown.
  My lotuslike face in fragrant bower half seen,
  How many hills are painted on the screen?

  Into my cold window dawn peeps;
  Weaving a double heart, none sleeps.
  My silken dress is wet with tear on tear.

O when will you come back, O dear, my dear?

这首《菩萨蛮》最后两句"啼粉污罗衣,问郎何日归?"译成 My silken dress is wet with tear on tear. /O when will you come back, O dear, my dear?(我的罗衣给点点滴滴的眼泪哭湿了。亲人啊亲人!你什么时候才能回来呢?)原文没有重复,但李清照喜欢用叠字,这首词既然说是她的作品,那就按照她的风格,把泪水和亲人(郎)都重复一遍。这种翻译法可以叫作"以假作真法"。

前面说了,李清照词有五个特点。现在看来,这五个特点在英译文中都有所体现。1. 口语入词,如第五十九首《如梦令》中的"无那";2. 形象生动,如第六首《醉花阴》中的"人比黄花瘦";3. 富有形美,如第五首《一剪梅》中的"才下眉头,却上心头";4. 音乐性强,如第四十七首《声声慢》;5. 借景写情,如所有的赏花词。译文如何能体现原词的特点呢?简单说来,就是要发挥译语的优势,选择最好的译语表达方式(具有意美、音美、形美),用等化、浅化、深化的方法,使人知之,好之,乐之。

(译于1982年,写于1998年)

巴尔扎克《人生的开始》汉译本比较

本文比较了巴尔扎克《人生的开始》的两种译本,说明"信、达、优"的翻译标准是正确的。这就是说:译文要忠实于原文的内容,要有通顺的译文形式,还要发挥译文语言的优势。更重要的是,本文举了二十几个例子,说明在特定情况下,发挥译语优势甚至比忠实于原文内容要重要,是译文成败的关键。

理论的基础是实践。理论是否正确,需要经过实践检验。翻译理论的基础是翻译实践,翻译理论是否正确,也需要经过翻译实践的检验。我在《翻译通讯》1981年第1期提出过:文学翻译的标准应该是"忠实于原文内容,通顺的译文形式,发扬译文语言的优势"。这个理论是不是正确?我想用巴尔扎克作品的译文来进行检验。1979年人民文学出版社出版了巴尔扎克的小说《人生的开端》;二十年前,我也译过这本小说,已由上海译文出版社出版。现在试将两种译文进行分析比较,看看哪一种译文更符合文学翻译标准,同时也可以检验我的翻译理论是否正确。

首先,我认为翻译的第一个标准是"忠实于原文内容"。在理论上,我想可能没有人会反对这个标准;但是在实践中,即使是人民文学出版社的译作,也未必能处处符合这个标准。例如:

1. Albin Michel 出版社的《人生的开始》法文本第37页描写一个破落的贵族克拉巴太太:

Cette femme, autrefois belle, paraissait âgée d'environ quarante ans; mais ses yeux bleus, dénués de la flamme qu'y met le bonheur, annonçaient qu'elle avait depuis longtemps renoncé au monde.

译本第 31 页:"这个妇人从前一定很漂亮,现在看来年纪有四十岁上下;她的一双蓝眼睛虽已失去热情的光芒,却换上了幸福的表情,这说明她许久以来,已经放弃了繁华的生活。"这个妇人"已经放弃了繁华的生活""却换上了幸福的表情",难道巴尔扎克写的是一个安贫乐道的破落户吗?非也。原来法文"qu'y"是两个代词,分别代替"光芒"和"眼睛",意思是说:幸福使眼睛发出的光芒,她已经失去了。但是译者没有分析原文的语法结构,想当然而加上"热情"二字,又更主观地加了"换上"二字,结果就把一个破落的贵族夫人,译成一个安贫乐道的慈母了。这个译文自然不符合"忠实于原文内容"的标准,所以我把后半句改译如后:"她蓝色的眼睛不再闪烁着幸福的光辉,这说明她已经很久不过社交生活了。"

2. 法文本第 50 页写乔治和一个朋友谈话:

> Ces deux phrases furent échangées à demi-voix pour laisser à Oscar la liberté d'entendre ou de ne pas entendre; sa contenance allait indiquer au voyageur la mesure de ce qu'il pourrait tenter contre l'enfant pour s'égayer pendant la route.

巴尔扎克只用一句话就写出了乔治和朋友谈话时的心理。但译第 41 页:"在交谈这几句话时,有意压低声音,好让奥斯卡高兴听就听,不高兴听,就装作听不见;它们的意思是要向同车的旅客表明,为了让大家在路上开心,尽可以拿这个孩子来开玩笑。"这个译文前半句可以说是忠实于原文内容的,但是后半句把"sa contenance"译成"它们的意思",就没有仔细分析原文的词义和语法了。"它们"应该是指"这几句话",但是原文"sa"是单数,这里只可能指奥斯卡,不可能指"几句话",因为"几句话"是复数。既然"sa"指奥斯卡,那"contenance"就不是"意思",而是举止、姿态,或是脸部表情了。还有"voyageur"也是单数,不可能是"同车的旅客"或"大家",而是指一个旅客。既然在谈话的两个青年当中,只有乔治是个旅客,他的朋友是来送行的,那么,"旅客"一词,也只可能是指乔治。因此,我把这一句改译如后:"这几句话说得不高不低,让奥斯卡爱听就听,不听也行;不过奥斯卡的脸色会让乔治看出,一路之上,他可以拿这个孩子开玩笑开到什么程度。"这样一来,乔治的性格就跃然纸上。我认为,至少要这样翻译,才可以算是忠于巴尔扎克的原文。

3. 法文本第 84 页谈到画家希奈的艳事:

> —Et que dit de cela Mme Schinner? reprit le comte,…

>—Est-ce qu'un grand peintre est jamais marié en voyage? fit observer Mistigris.

译本第 71 页:"希奈太太对此作何感想呢?"伯爵接着说,……"难道一个大画家就永远不能在旅行中结婚吗?"弥斯蒂格里提出异议说。这两句译文读起来又有点牛头不对马嘴,所答非所问了。原文"jamais"在这里是肯定词,全句是说:一个大画家在旅行中还算是结了婚的人吗?意思就是:画家不在家中,太太也管不着。这句答话和问话针锋相对,写出了画师的学徒弥斯蒂格里聪明机智,口齿伶俐的特点,使人如闻其声,如见其人。而一读译文,却使人莫明其妙,如坠五里雾中,百思而不得其解,这怎么能算是忠实于巴尔扎克呢!因此,我把这一问一答改译如下:"希内尔夫人对这件艳事有什么看法呢?"伯爵接着说,……"画家出了门,永远是单身!"米斯提格里发表高见了。"门"和"身"押了韵,更符合米斯提格里妙语如珠的说话风格,这样才可以算是忠实于原文的内容。

4. 法文本第 124 页写弥斯蒂格里和画师勃里杜对装模作样、冒充高雅的总管太太的看法:

>Mistigris commençait à se rebeller intérieurement contre le ton protecteur de la belle régisseuse; mais il attendait ainsi que Bridau, quelque geste, quelque mot qui l'éclairât, un de ces mots de singe à dauphin que les peintres, ces cruels observateurs-nés des ridicules, la pâture de leurs crayons, saisissent avec tant de prestesse.

译本第 108 页:"弥斯蒂格里对这位漂亮的总管太太以保护人自居的口气,开始从心底里起了反感;但是,他在等待勃里杜用某种手势,某些像从猴子到海豚这样的字眼来点醒他;画家们对可笑的人物是天生刻毒的观察家,这类人物是他们的画笔的饲料,他们运用画笔把这类形象描绘得那么活灵活现。"我们刚才说到弥斯蒂格里是一个聪明伶俐的学徒,如果要等待"某种手势"或"字眼来点醒他",那就不符合巴尔扎克笔下的机灵人的形象。原来"某种手势",某些"字眼"都不是画师勃里杜的,勃里杜也和他的学徒一样,在等待总管太太某些泄漏天机的"手势"和"字眼"呢。译者把"勃里杜"这个主语理解为宾语,又把总管太太的姿势言语张冠李戴,结果就使巴尔扎克笔下栩栩如生的画师和总管太太都变得面目全非。为了恢复这些人物的本来面目,现在试把这句改译如下:"米斯提格里对漂亮的总管太太说起话来以东道主自居的口气,心里开始起了反感;但是他和布里多都在等着看一个泄漏天机的姿势,等着听一句暴露本来面目的言语，就是那种狗嘴里装象牙（或猴子与海豚学人）似的不伦不类的语言。画家对可笑的人物，是天生的冷眼旁观者，他们一见可笑的形象，立刻抓住不放，把它当作画笔的饲料。"

从以上四个例子可以看出巴尔扎克的生花妙笔，只寥寥数语，就勾画出一个破落的贵族夫人，一个善于察言观色的青年，两个口齿伶俐、行为浪漫的画师，一个冒充贵族的总管太太，真是写得惟妙惟肖，以少许胜人多许，不愧为现实主义的大师。但是人民文学出版社的译本，在这些关键性的地方却都没有传达原文的妙处。由此可见，"忠实于原文内容"，应该是翻译的第一个标准。经过以上四个例子从正反两方面的检验，可以说这个标准是正确的。这里还要补充一点：翻译主要应该忠实于原文的"内容"，而不是"形式"。最后一个译例中的"那种狗嘴里装象牙似的不伦不类的语言"，从形式上看，是远不如"某些像从猴子到海豚这样的字眼"忠实于原文的；但形式上的忠实并不能使读者了解原文的内容，这就是说，原文内容和译文形式之间有了矛盾，在这种情况下，就要舍形式而取内容。如果内容和形式之间没有矛盾，如"画笔的饲料"，那么忠实于原文的内容，同时又是忠实于原文的形式，自然是更好了。

但是，既忠实于原文的内容，又忠实于原文的形式，是否就是翻译的唯一标准呢？《外语教学与研究》总第48期第68页上说："文学翻译的质量标准只有一个字——'信'，这个'信'具有丰富的涵义，其中也包括'达'和'雅'的意义在内"；"先说'达'。我们知道，一位作家的语句一般来说都是逻辑清晰，通达顺畅的。……如果译得别别扭扭，佶屈聱牙，失去了原文的通顺性，则应该叫作'不信'，……"这就是说，"信"或"忠实"具有丰富的涵义，既包括忠实于原文的内容，又包括忠实于原文的形式，还包括通顺的译文形式。这种说法，理论上似乎也说得过去，但是在实践中，忠实于原文通顺形式的译文，却往往是不通顺的。也就是说，原文的形式和译文的形式之间往往有矛盾，因此，我认为翻译的第二个标准应该是"通顺的译文形式"。例如：

1. 法文本第45页描写本书的主角奥斯卡：

Enfin, Oscar, qui venait d'achever ses classes, avait eu peut-être à repousser au collège les humiliations que les élèves payant déversent à tout propos les boursiers, quand les boursiers ne savent pas leur imprimer un certain respect par une force physique supérieure.

译本第38页："总之，奥斯卡刚刚念完中学，也许在中学念书时，他已经有过回击那些一有机会就对公费学生大肆侮辱的乡下学生的经验,当公费学生不能用体力上的优势来博得对方尊敬的时候。"译本的后半也可以说是忠实于原文的形式,而译文的形式并不通顺,因此,可以改译如下:"在校时,交得起学费的阔学生对体力不如他们的公费生毫不客气,动不动就横加侮辱,奥斯卡也得有一手才能招架两下。"

2. 法文本第47页写奥斯卡的母亲给他送行:

> Oscar aurait voulu voir sa mère bien loin, quand elle lui fourra le pain et le chocolat dans sa poche.

译本第39页:"当她把小面包和巧克力糖塞进他衣袋里的时候,奥斯卡真想看他母亲离远些。"原文主句在前,从句在后;名词在前,代词在后。译文改成从句在前,主句在后,并且把代词放到名词前面去了,这就不符合汉语的用法,应该改成:"奥斯卡看见母亲把小面包和巧克力塞进他的衣袋,真恨不得能离她远远的。"

以上两个例子说明:翻译的第二个标准是"通顺的译文形式","通顺"二字还包括符合译文语言的用法在内。如果没有这第二条标准,在"忠实于原文形式"和"通顺的译文形式"发生矛盾的时候,就会不知道何去何从。

翻译的第三个标准"发挥译文语言的优势",是我自己提出来的。读了一些翻译的文学作品,你不能说它们不忠实于原文的内容,也不能说它们没有通顺的译文形式,但是总觉得不像原作那样脍炙人口,原因在哪里呢?再读一些有口皆碑的名译,进行分析比较,就会发现名译之所以高人一等,重要原因之一是它们发挥了译文语言的优势。因此我认为,应该把"发挥译文语言的优势"当作文学翻译的第三条标准。下面就来举例说明。

1. 法文本第51页写奥斯卡对乔治的印象:

> il semblait à Oscar que ce romanesque inconnu, doué de tant d'avantages, abusait envers lui de sa supériorité, de même qu'une femme laide est blessée par le seul aspect d'une belle femme.

北京译本第42页:"(奥斯卡)不禁觉得这个派头浪漫的陌生人,身上有这许多长处,比起自己来,实在占着压倒的优势,深感自尊心受了伤,就像一个丑女人碰上一个漂亮女人时所受到的刺激那样。"

上海译本第45页:"奥斯卡简直觉得他是一个传奇式的陌生人物,生来高人一等,所以盛气凌人,他觉得自己受了伤,就像一个丑媳妇见到一个美人儿,总会怪她锋芒外露一样。"

2. 法文本第 52 页写奥斯卡的心理状态：

　　Oscar arrivait à ce dernier quartier de l'adolescence où de petites choses font de grandes joies et de grandes misères, où l'on préfère un malheur à une toilette ridicule; où l'amour-propre, en ne s'attachant pas aux grands intérêts de la vie, se prend à des frivolités, à la mise, à l'envie de paraître homme.

北京译本第 43 页："奥斯卡已经到了青春期的最后阶段，在这样的年龄，看来微不足道的东西，都会给人带来很大的快乐，或是很大的痛苦；在这样的年龄，人们宁愿遇到不幸，也不愿穿一身可笑的服装；在这样的年龄，自尊心对人生的重大利益毫不关心，却专爱学轻佻举动，讲究穿着，喜欢摆出成年人的样子。"

上海译本第 46 页："奥斯卡已经到了青春时期的最后阶段，到了这个年龄，看来微不足道的小事，都能使他喜不自胜，或者悲不可言；他宁愿咬紧牙关吃苦，也不愿意衣服穿得给人笑话；他爱面子，并不是要在生活中干出一番事业，而是要在琐事上，在穿着上出出风头，装做大人。"

3. 法文本第 52 页继续分析奥斯卡的心理：

　　Qu'un enfant de dix-neuf ans, fils unique, tenu sévèrement au logis paternel à cause de l'indigence qui atteint un employé à douze cents francs, mais adoré et pour qui sa mère s'impose de dures privations, s'émerveille d'un jeune homme de vingt-deux ans,... n'est pas des peccadilles commises à tous les étages de la société, par l'inférieur qui jalouse son supérieur?

北京译本第 41 页："一个十九岁的孩子，又是独养子，在一个年薪只有一千二百法郎的穷公务员的家庭中，受着严格的管束，却又受到母亲的溺爱，为他不惜自己挨穷受苦，现在这孩子突然对一个二十二岁的青年人的阔绰表示惊叹，……这难道不是社会的各阶层都存在的由于下层人物妒忌他们的上层人物而犯的小毛病吗？"

上海译本第 46 页："一个十九岁的孩子，而且是独生子，继父又是一年只赚一千二百法郎的穷职员，管他管得挺严，母亲却爱他如命，为他不惜吃苦受罪。一个这样的孩子，看到一个二十二岁的阔绰青年，怎能不佩服得五体投地？……社会上哪个阶层的人没有这种眼睛望上看的小毛病？"

4. 法文本第 56 页乔治对马车夫说：

　　—Eh! mon ami, quand on jouit d'un sabot conditionné comme

celui-là, dit-il en frappant avec sa canne sur la roue, on se donne au moins le mérite de l'exactitude. Que diable! on ne se met pas là dedans pour son agrément, il faut avoir des affaires diablement pressées pour y confier ses os. Puis, cette rosse, que vous appelez Rougeot, ne nous regagnera pas le temps perdu.

北京译本第 47 页："哎！我的朋友，当人家拖着像这样的木屐走路，"他用手杖敲着马车的轮子说，"至少按准确时间动身还是值得的。真见鬼！坐这种车子可不是为了享受，要不是有万分紧急的事情，断不会到里面去冒跌碎骨头的危险。再说，你们把它叫作卢索的这匹劣马，也不会给我们捞回损失的时间。"

上海译本第 50 页："咳！伙计，人家降格来坐你这样的破轱辘车，"他用手杖敲敲车轮子说，"你至少也要准时开车才像个样子呀。如果不是有急得要死的事，谁不怕坐你的车会摔断骨头呢！再说，你耽误了我们这么多时间，你这匹叫作'红脸'的瘦马怎么也捞不回来呀！"

5. 法文本第 61 页写乔治和奥斯卡谈话的情况：

—Le vieillard n'est pas fort, dit Georges à Oscar, que cette apparence de liaison avec Georges enchanta.

北京译本第 51 页："那老头子并不怎么厉害，"乔治对奥斯卡说，这种和乔治的表面上的联系，使奥斯卡觉得高兴。

上海译本第 55 页："这个老头子并不厉害，"乔治赏了奥斯卡一个面子，使他受宠若惊。

6. 法文本第 65 页写公共马车上的英国旅客：

Les Anglais mettent leur orgueil à ne pas desserrer les dents...

北京译本第 54 页："英国人用骄傲来封住自己的嘴巴……"

上海译本第 59 页："英国人以为咬紧牙关，一言不发，可以抬高身价……"

7. 法文本第 91 页写伯爵和两个画家谈话：

—Ils criaient donc en franÇais, ces Dalmates? demanda le comte à Schinner... Schinner resta tout interloqué.

—L'émeute parle la même langue partout, dit le profond politique Mistigris.

北京译本第 79 页："这些达尔马提人用法国语叫喊吗？"伯爵向希奈问道……希奈被这一问简直愣住了。

"群众暴怒的语言到处都是一样的，"弥斯蒂格里像很老练的政治家那样说。

上海译本第 86 页："难道这些达尔玛西人都说法国话？"伯爵问希内尔……希内尔给这一问难倒了。

"普天下闹事的人都有共同的语言，"米斯提格里这位擅于词令的外交家来解围了。

8. 法文本第 124 页继续写做过女仆的总管太太：

... puis une ou deux locutions de femme de chambre, des tournures de phrase qui démentaient l'élégance de la toilette, firent promptement reconnaître au peintre et à son élève leur proie;...

北京译本第 108 页："……其次是说话的语气和两句女仆惯用的成语，暴露了在漂亮服装掩盖下的实质，使画家和他的学生马上认清了他们的猎获物的本来面目；……"

上海译本第 117 页："然后，她不小心又漏出了一两句女仆的口头禅，用字造句，也和高雅的服装不太相称，于是画师和他的学徒马上抓住了狐狸的尾巴。""狐狸的尾巴"可以说是发挥了译文语言的优势。

从以上的八个例子来看，可以说"发挥译文语言的优势"有两方面：在内容方面，译文的语言更深化，更具体；在形式方面，译文的语言更符合习惯用法。如第七个例子，冒充希内尔的画师大吹牛皮，吹漏了马脚，把闹事的达尔玛西人说成是用法语叫喊的。伯爵看出了破绽，就用问题来戳穿他的牛皮，问得他张口结舌，不知如何回答。这时如果说假希内尔"愣住"了，虽然也不算错，但在具体的情况下，还是用"难倒"更符合汉语的用法。问题难倒了假希内尔，却难不倒口齿伶俐的学徒米斯提格里。这时如果说画师的学徒"像很老练的政治家"，帽子就嫌太大，不如把"政治家"的范围缩小为更具体的"外交家"，把"老练"具体化为"圆滑"或者"擅于词令"。尤其是"解围"二字，在具体的情况下，用来翻译一般化的"dit"字，显得比原文更深化，更发挥了译文语言的优势。从某个意义上说，发挥译文优势甚至可以说是青出于蓝而胜于蓝，可以说是"超导"。

再如第五例：奥斯卡对乔治佩服得五体投地，乔治居然对奥斯卡讲了一句话，这句话虽然是"表面上的联系"，但是如果具体化为"赏了一个面子"或者"赏脸"，岂不是发挥了译文语言的优势！奥斯卡见乔治屈尊和他讲话，自然觉得"高兴"，但"高兴"二字太一般化，如果特殊化为

"喜出望外"或者"受宠若惊",又可以说是发挥了译文语言的优势,甚至可以说是青出于蓝而胜于蓝。其他译例也都大同小异,这里就不一一解说了。

这三个文学翻译的标准,如果简化一下,也可以说就是"信、达、优"。在三个标准中,"信"是最重要的,"达"也是个必需条件,"优"却是个充分条件。这就是说,翻译必需忠实通顺,却不一定要发挥译文语言的优势,但如能发挥这个优势,那就是更好的译文。发挥译文语言的优势,如果和忠实于原文的内容有矛盾,一般是只要求译文忠实,并不要求发挥优势。但是在特殊的情况下,也有可能为了优势而放弃忠实。例如《人生的开始》法文本第 59 页:

> En ce moment, la mode d'estropier les proverbes régnait dans les ateliers de peinture. C'était un triomphe que de trouver un changement de quelques lettres ou d'un mot à peu près semblable qui laissait au proverbe un sens baroque ou cocasse.

上海译本第 53 页:"当时,在画室里把成语格言改头换面的风气非常流行。窜改一两个字母,或者换上个把形似或者音近的字,却使格言的意思变得古怪或者可笑,那是一种莫大的开心。"在翻译这种改头换面的成语格言时,就不能要求忠实于原文的内容和形式,而要尽可能发挥译文语言的优势,否则,格言的意思只会变得古怪,却没有什么可笑,也不会使人开心,更显不出窜改成语的画师和学徒的聪明伶俐。现在从书中挑选一些改头换面的成语格言,并将"形似"的译文和"神似"的译文抄录于后,以便进行比较。

第 59 页:Paris n'a pas été bâti dans un four (jour).

北京译本第 49 页:"巴黎不是在一只灶里建筑起来的。"(这句成语原来是:"巴黎不是在一日建筑起来的","日"字原文和"灶"字音形均相似。)

上海译本第 53 页:"建设巴黎也不是叹息(旦夕)之功呵。"

第 82 页:Chaque (chat) échaudé craint l'eau froide.

北京译本第 69 页:"每个被烫伤的人见到冷水都害怕。"(这句谚语原来是:"被烫伤的猫见冷水都害怕",这里把"猫"换成形容词"每个",两字音形都近似。)

上海译本第 77 页:"一朝被蛇咬,十年怕苍蝇(井绳)。"

第 86 页:Pas d'argent, pas de suif (Suisse).

北京译本第 73 页:"没有钱就没有油脂。"(这句成语原来是:"没有钱就没有瑞士人",意思是没有钱就雇不到用人。)

上海译本第 81 页:"一手交钱,一手交祸(货)。"

第 88 页:—Eh! vous nous parlez toujours peinture! S'écria Georges.
　　　　　—Ah! voilà, chassez le naturel, il revient au jabot (galop), répliqua Mistigris.

北京译本第 76 页:"嘻!你们老是同我们谈油画!"乔治笑着说。

"啊!就是这么回事,天然的东西赶走了,它又会回到素囊来。"弥斯蒂格里答辩说。

上海译本第 83 页对上面第二段的译文:"真是本性难移,三句不利(离)本行。"米斯提格里答道。

第 93 页:Plus on est debout (de fous), plus on rit.

北京译本第 80 页:"人们越站着,便越笑得厉害。"(这句成语原来是:"人们越是狂欢,便越笑得厉害",作者把"狂欢"改成"站着",原文两字音形近似。)

上海译本第 88 页:"人越服毒(糊涂),就越快活。"

第 96 页:—Nous sommes confrères en bas, dit Mistigris en relevant un peu son pantalon pour montrer un effet du même genre; mais les cordonniers sont toujours les plus mal chauffés (chaussés).

北京译本第 83 页:"我们是这类袜子的同行,"弥斯蒂格里说,一面撩起裤脚露出了同样办法缝补过的袜子,"但是鞋匠始终是最不会取暖的人。"(这句成语原来是:"鞋匠始终是鞋子穿得最坏的人",这里作者把"穿鞋"改成"取暖",两字原文发音相近。)

上海译本第 91 页:"我们的袜子倒是天生的一对,"米斯提格里说,他也撩起一只裤脚,露出了袜子上的补丁,"不过,鞋匠总是穿臭鞋(旧鞋)的。"

第 103 页:—Tout ce qui reluit n'est pas or, dit-il en lançant des éclairs par les yeux.
　　　　　—Ça n'est pas ça, s'écria Mistigris. C'est tout ce qui reluit n'est pas fort.

北京译本第 89 页:"一切发光的东西未必都是黄金,"他(奥斯卡)说,眼睛里射出了愤恨的闪光。

"这样说不对,"弥斯蒂格里嚷道。"应该说一切发光的东西都不是有力的。"

上海译本第 97 页："不要以貌取人，"他（奥斯卡）说，眼睛里居然射出了炯炯的光芒。

"你说得不对，"米斯提格里叫道。"应该说：'不要以貌欺人'。"

第 104 页：On a vu des rois épousseter (épouser) des bergères.

北京译本第 91 页："国王殴打牧羊女也是常有的事。"（这句成语原来是："国王娶牧羊女（灰姑娘）也是常有的事"，这里作者把"娶"换成"殴打"，两字原文音形近似。）

上海译本第 99 页："我们也见过'鲜花插在牛坟（粪）上'呀！"

第 106 页：Dis-moi qui tu hantes, je te dirai qui tu hais (es)!

北京译本第 93 页："告诉我你同谁来往，我就可以告诉你，你在恨谁！"（这句成语原来是："告诉我你同谁来往，我就可以告诉你，你是什么人"，意即"观其所交游可知其为人"。）

上海译本第 102 页："观其交游，可以欺人。"

第 108 页：—C'est possible; mais vous ne serez jamais ambassadeur, répondit Georges; quand on veut parler dans les voitures publiques, il faut avoir, comme moi, le soin de parler sans rien dire.

—Chacun pêche (prêche) pour son serin (saint), dit Mistigris en forme de conclusion.

北京译本第 93 页："这是可能的；可是你永远不会做到大使，"乔治回答道，"当人家想要在公共车辆上吹牛，应该像我一样，具备说了一大堆却等于什么都没有说的本领。"

"各人为自己的黄莺而钓鱼，"弥斯提格里像是在做结论般地说。

上海译本第 104 页对上面第二段的译文："卖爪子（瓜）的说爪子（瓜）甜，"米斯提格里这一句话包总了。

第 110 页：Qui veut noyer son chien l'accuse de la nage (rage)!

北京译本第 97 页："谁想淹死自己的狗就怪它游泳！"（这句成语原来是："谁想淹死自己的狗就怪它发狂"，意思是"欲加之罪，何患无辞"，作者把"发狂"改成"游泳"，两字原文音形均相似。）

上海译本第 106 页："欲加之罪，何患无耻！"

第 113 页：Il ne faut jamais jeter le manche après la poignée (cognée)!

北京译本第 99 页："在握了手之后永远不该扔掉袖子。"（这句成语原来是:"在碰了钉子之后永远不该失掉勇气",作者把"碰了钉子"改成"握了手",把"失掉勇气"改成"扔掉袖子",两字原文音形相似。)

上海译本第 108 页:"也不该赔了斧头又折柄呀!"(赔了夫人又折兵)

第 128 页:On ne trousse (trouve) jamais ce qu'on cherche.

北京译本第 112 页:"要找的东西始终没有潜逃。"(这句成语原来是:"要找的东西始终没有找到",意即"踏破铁鞋无觅处,得来全不费功夫",作者把"找到"改成了"潜逃",两字原文音形近似。)

上海译本第 122 页:"踏破铁鞋无益处。"

第 141 页:Trop parler suit (nuit).

北京译本第 123 页:"多言有绿。"(这句成语原来是:"多言有害",这里作者把"有害"改成"有绿",两字原文音形近似。)

上海译本第 133 页:"言多必有矢(失)。"

从以上十几个例子来看,人民文学出版社的译文是忠实于原文的内容和形式的,但是读者读来却索然寡味,不能领略巴尔扎克语言的妙处。与其加个注解,说"两字原文音形相似",为什么不找个成语,换上几个音形相似的字呢?读者一见"卖爪子的说爪子甜",不就会想到形似的"卖瓜说瓜甜"吗?一听到"欲加之罪,何患无耻?"不就会想到音似的"何患无辞"吗?一领略之后,不就会得到原文读者阅读原作时所得到的乐趣吗?因此,我认为"形似"的译文远不如"神似"的译文。为了"神似",甚至可以不忠实于原文的内容和形式;但是为了"神似",却往往需要发挥译文语言的优势。在这种特殊情况下,我认为可以舍"忠实"而取"优势"。

总而言之,最前面四个例子从反面说明了翻译非忠实于原文的内容不可;中间两个例子又从反面说明了翻译非有通顺的译文形式不可;最后用了二十几个例子,来说明文学翻译应该发挥译文语言的优势。现在再举一个例子。傅雷翻译的巴尔扎克的作品,可以说是符合三条标准的。如傅译《幻灭》第 607 页教士说的两句话,原文是:

> Les grands commettent presque autant de lâchetés que les misérables; mais ils les commettent dans l'ombre et font parade de leurs vertus: ils restent grands. Les petits déploient leurs vertus dans l'ombre, ils exposent leurs misères au grand jour: ils sont méprisés.

傅译:"大人先生干的丑事不比穷光蛋少,不过是暗地里干的,他们平时炫耀德行,所以始终是大人先生。小百姓在暗地里发挥美德,在光天化日之下暴露他们的倒楣事儿,所以被人轻蔑。"这个译文忠实通顺,发挥了汉语的优势,但还可以精益求精,如最后六个字可以改成"所以给人瞧不起",那就更口语化了。因此,文学翻译作品应该不断改进,不断用这三条标准来检验,以便不断提高。如果译作能使读者得到和原作读者相同的甚至更高的享受,那就达到了翻译的目的。

(本文是1982年全国法文翻译座谈会发言稿,
后收入台北《文学翻译谈》)

莫泊桑《水上》新旧译本比较

本文比较了《水上》的新旧译本,指出了中国翻译发展的道路:从直译到意译,从不确切到正确,从模糊到明确,从笼统到精确,从文字到形象,这是在"信"的方面取得的进展;从难懂到易懂,从长句到短句,从生硬到自然,这是在"达"的方面取得的进展;从形似到神似,从知之到好之到乐之,从作风到译风,从散体到诗体,这是在"雅"或"优"的方面取得的进展。

1888年,法国作家莫泊桑沿着地中海之滨做了一次短期航行,每天把他的见闻和感想记了下来,大如治国平天下的妙语名言,小如风乍起时的海水微澜,无论是大人物的小事还是小人物的大事,他都谈得娓娓动听,令人读来津津有味。这本《水上》日记出版之后,得到俄国文豪列夫·托尔斯泰的高度评价,说是莫泊桑"最优秀的作品"。

1928年,上海开明书店出版了《水上》的中译本,得到当时读者的好评;1930年又再版发行,译者在序中说:"我再校读过一次,觉得并不十分坏。"可惜这本得到过好评的《水上》译本,现在连北京图书馆都没有存书了。1986年,人民文学出版社又出版了《水上》的新译本,印了一万多册,很快销售一空。我想,比较一下《水上》的新旧译本,也许可以看出五十年来,我国文学翻译发展的道路。

一、从直译到意译

　　Causer, qu'est cela? Mystère! C'est l'art de ne jamais paraître ennuyeux, de savoir tout dire avec intérêt, de plaire avec n'importe quoi, de séduire avec rien du tout.

谈话是什么？神秘！这是一种使人不发生厌倦的技巧，如何把一切话谈得有兴趣，不论什么都可以使人愉快，用毫无道理的事实，而能魔惑听闻的一种技术。（旧译）

谈天，什么是谈天？这是一种妙不可言的艺术，一种永远不显得枯燥无聊，说到什么都津津有味，随便说什么也能讨人欢喜，不说什么却能引人入胜的艺术。（新译）

旧译"神秘"，是把名词直译为名词；新译"妙不可言"，却是把名词意译为形容词。旧译"谈话""厌倦""兴趣""愉快""魔惑"都是"形似"的直译；新译"谈天""枯燥无聊""津津有味""讨人欢喜""引人入胜"却是更加"意似"的意译。

二、从不确切到正确

Je n'ai jamais vu nulle part ces couchers de soleil de férie, ces incendies de l'horizon tout entier, ces explosions de nuages, cette mise en scène habile et superbe, ce renouvellement quotidien d'effets excessifs et magnifiques qui forcent l'admiration et feraient un peu sourire s'ils étaient peints par des hommes.

我从未在别处见过这样美妙的日没景象。全地平线的火灾，这云霞的光辉，这巧妙和壮丽的表出，这每日翻新的丰富而多大的效果，铭感的印象迫着人的赞美；假使是人所描出，恐怕不过博取一种嗤笑而已。（旧译）

我在任何地方也没有见过这种日落的仙景，这种燃烧整个天边的烽火，这种火山爆发似的彩霞，这种宏伟无比、精妙绝伦的表演，这种每天周而复始的灿烂辉煌、奢侈富丽的景色，即使这是画家巧夺天工的妙笔，也会使人莞尔微笑，百看不厌的。（新译）

即使是"人所描出"的美景，怎么会"博取一种嗤笑"呢？这里旧译可能理解有误。"铭感的印象"不知从何而来。第一例中"毫无道理的事实"也是误解。对照新译，这些问题都不难解决。

三、从模糊到明确

De quoi nous étonnerions-nous? Quand un pays a eu des Jeanne d'Arc et des Napoléon, il peut être considéré comme un sol mira-culeux.

还有什么能使我们惊怪呢?当一块地方已经产生了奇女贞德,产生了怪杰拿破仑,只能想作一处神奇的国土。(旧译)

这又有什么可以大惊小怪的呢?一个国家出过贞德这样的女中豪杰,出过拿破仑这样的男中怪杰,已经可以算是产生奇迹的国土了。(新译)

旧译"地方"比较笼统,不如新译"国家"明确。贞德是法兰西民族的女英雄,旧译翻成"奇女",好像是个会呼风唤雨的女人,不如新译"女中豪杰"恰当。旧译最后十一个字尤其模糊,仿佛是说法国想做神奇的国土,很可能引起误解,其实原意是把法国当作产生奇迹的国家。

四、从笼统到精确

Il ne leur demande rien qu'un peu de gentille affection, un peu de confiance ou un peu d'intérêt, un peu de bonne grâce ou même de perfide malice.

他不要求她们的什么,不过是些少的温和的爱情,一点点信任,或者一毫的兴趣,一丝亲热的好意,甚至于或竟是一些狡诈戏弄。(旧译)

他不要求什么报答,只要得到她们一点好感,一点信任,一点关心,一点小恩小惠,甚至是一点负心或者薄情。(新译)

旧译把一般化的"一点"特殊化为"些少""一毫""一丝""一些";新译却把"什么"精确化为"什么报答","温和的爱情"化为"好感","兴趣"化为"关心","亲热的好意"化为"小恩小惠",尤其是最后的"狡诈戏弄",直译可以是"不怀好意的忘恩负义",具体到男女关系上,就可以精确化为"负心"或者"薄情"。

五、从文字到形象

　　Et ils (les arbres) ont l'air d'une armée formidable de géants antiques et foudroyés qui montent encore à l'assaut du ciel. On sent les siècles et la moissure, l'antique vie des racines pourries dans ce bois fantastique où rien ne fleurit plus au pied de ces colosses.

　　这些树木……有一种狞猛的巨人军的样式，虽则上了年纪，被雷火所殛，还是向天空强袭。在这渺茫的树林中，可以感到世纪经过年岁的霉灰气，和朽腐了的树根的老命。（旧译）

　　树林好像是一支巨人的大军，虽然老态龙钟，受过雷劈电击，却还张牙舞爪，不向老天低头。在这个神出鬼没的森林里，在这些庞然大物的脚下，没有别的花木，只闻到几个世纪陈年累月的气息，腐烂发霉的气味，枯朽的树根吐出的古老生命。（新译）

旧译"向天空强袭"是本义，用在这里不够准确，不如用引申义"张牙舞爪，不向老天低头"。翻译文学作品不是只译文字，而是要译出形象。

六、从难懂到易懂

　　... la répercussion, chez lui, est bien plus vive, plus naturelle, pour ainsi dire, que la première secousse, l'écho plus sonore que le son primitif.

　　（他是一个文人，在他心中有构成这样的一种精神，）反动比原动更加灵活更加自然，好像回响比原音更加高调。（旧译）

　　（他是一个敏感的文人，他的心灵是这样构造的，）简直可以说，在他身上，反作用比原来的作用还更迅速、自然，回声比原来的声音还更响亮。（新译）

旧译"反动""原动""回响""高调"，使人如入五里雾中，不知所云。其实，用今天的话来说："原动"和"反动"就是"作用"和"反作用"，"高调"多用了一个"调"字，反而使易懂的变成难懂的了。

七、从长句到短句

N'aimerait-on pas mieux que l'extraordinaire violoniste fut demeuré sur l'écueil hérissé où chante la vague dans les étranges découpures du roc?

谁有更上的欣愿么？这伟大的梵娥纶奏手的埋葬在这浪歌在四围隙缝中高唱的这个峨嵯的岩礁上，谁有更上的欣愿么？（旧译）

假如就让这位不同凡响的小提琴家，安眠在嶙峋嵯峨的岩礁上，静听汹涌澎湃的海浪和犬牙交错的怪石合奏的交响乐，岂不更妙？（新译）

旧译为了保持原文的句型，重复了不太通顺的"谁有更大的欣愿么？"基本上按照原句的顺序，把定语从句移到"岩礁"前面，译出了三十三字的长句。新译把原文分译四个短句，根据主句动词用的是虚拟式，加了"假如"二字；根据定语从句中的动词，又加了"静听"二字。旧译的译者在序中说："莫泊桑的文章，清新秀丽是有名的。"比较一下，可以说长句不如短句清新秀丽。

八、从生硬到自然

… nous passons auprès d'un rocher nu, rouge, hérissé comme un porc-épic, tellement rugueux, armé de dents, de pointes et de griffes qu'on peut à peine marcher dessus; il faut poser le pied dans les creux, entre ses défenses, et avancer avec précaution;…

……我们经过一个岩石的旁边，裸出赭色的，箭毛突出，像箭猪一样的岩石，这样险恶，露牙放爪的武装上面，是难以走人的；必要把脚踏在它防御的凸起中间的凹处，步步留心的进行。（旧译）

……我们经过一块光秃秃、红彤彤的岩礁，岩礁上尖石林立，好像一只豪猪，它是如此嶙峋嵯峨，到处竖着狼牙虎爪，枪尖刀锋，使人寸步难行；一定要把脚踏在四面是尖锋的空隙当中，才能提心吊胆地前进一步。（新译）

旧译"裸出""赭色的"显得生硬，不如新译"光秃秃、红彤彤的"自然。旧译把"武装"和"防御"当名词用，读来也觉得不习惯，不如"枪尖刀锋"具体。最生硬的是"凸起中间的凹处"，其实应译成"尖锋的空隙当中"。

九、从形似到神似

　　Ils (les bons mots) courent la ville et les salons, naissent partout, sur le boulevard, comme à Montmartre. Et ceux de Montmartre valent souvent ceux du boulevard.

　　这些（俏皮话）在市街上奔流，在客厅中回旋，到处飞走，在热闹都会，或在乡僻野村。而野村的话，常不弱于都市的。（旧译）

　　它（俏皮话）传遍了上流社会，传遍了大街小巷，并且落地生根，传得家喻户晓。街头巷尾开的玩笑比上流社会的毫不逊色。（新译）

旧译"市街""客厅"等名词，"奔流""飞走"等动词，都是"形似"的译文，不如"上流社会""大街小巷""落地生根""家喻户晓""街头巷尾""毫不逊色"更能传神。

十、从知之到好之

　　Nous autres nous le (le vent) connaissons plus que notre père ou que notre mère, cet invisible, ce terrible, ce capricieux, ce sournois, ce traître, ce féroce.

　　我们知道风的情形，过于知道我们的父亲，我们的母亲，这隐藏的残虐的善变的阴险的反叛的狞猛的风。（旧译）

　　而水手对风，简直比对亲生的父母还更熟悉，这个看不见，靠不住，反复无常，变化莫测，翻脸无情，撒起野来不认人的家伙。（新译）

原文"父母"分说，表示强调；但是旧译把"父亲"和"母亲"分开，并不引人注意，反不如新译"亲生的父母"。旧译用了六个"的"字来形容风，只能使人"知之"；新译把"隐藏的"改成"看不见"，"善变的"改成"反复无常"，"反叛的"换为"翻脸无情"，尤其是把"狞猛的"特殊化为"撒起野来不认人"，把"风"人格化了，使人如闻其声，如见其形，我看可以使人"好之"，甚至"乐之"。

十一、从作风到译风

　　Autant les salons du prince sont d'un accès difficile, autant ceux du Casino sont ouverts aux étrangers.

　　王室的客厅是非常难以接近,同时这加希诺场是极度的开放,对于外来人。(旧译)

　　国王的宫廷门禁森严,赌场的大门对外敞开。(新译)

"作风"指作者的风格,"译风"指译者的风格。如果从用词和语序的观点来看,旧译更接近作者的风格;但从全句的对称句型来看,却又是新译更接近原作者的风格。总起来说,根据以上举的十一个译例进行比较,还是译者的风格在取代作者的风格。

十二、从散体到诗体

　　　　C'était dans la nuit brune,
　　　　Sur le clocher jauni
　　　　La lune
　　　　Comme un point sur un i.
　　　　Lune, quel esprit sombre
　　　　Promène au bout d'un fil
　　　　Dans l'ombre,
　　　　Ta face ou ton profile

　在昏黑的夜间,
　在金色的钟楼上面;
　　　月亮儿,
　像 i 竖上的一点。
　月啊,什么阴暗的灵魂,
　　　昏黑里
　挂在一线的端点运行,
　你的脸还是你的侧形?(旧译)

　暮色苍茫古塔黄,

明月高挂古塔上，
　　好像
一竖上面加一点。
月啊，哪一个神仙
用根银线在暗中
　　转动
你的正面和侧面？（新译）

原诗每行六个音节，短行只有两个，隔行押韵，是民歌体。旧译每行字数不等，长行基本押韵，但和新译一比，还是更接近散体。新译每行七字，短行两字，韵律是 AAAB，BCBC，可以说是有意美、音美、形美的诗体。但新译把原诗第一、二行合译成一行，第二、三行又合译成一行，第四行却分译为两行，从形式上看，似乎不如旧译忠实；从内容上看，"暮色苍茫""古塔""明月""神仙""银线"，又比旧译更有诗意。新译第三、四行如果改成"好像一个颠倒的惊叹号"，可能形象更接近原文，富有"意美"，但不押韵，"音美"有所损失，所以还是用现译了。

　　总之，从直译到意译是五十年来翻译发展的总方向。从不确切到正确，从模糊到明确，从笼统到精确，从文字到形象，是翻译在"信"的方面取得的进展。从难懂到易懂，从长句到短句，从生硬到自然，是翻译在"达"的方面取得的进展。从形似到神似，从知之到好之，从作风到译风，从散体到诗体，是翻译在"雅"的方面取得的进展。一粒沙中见世界，《水上》也许可以显示我国翻译发展的缩影。

（原载《中国翻译》1990 年第 4 期）

为什么重译《约翰·克里斯托夫》

《约翰·克里斯托夫》是译者按照"优势竞赛论"进行重译的。傅雷译本重神似而不重形似,有时,他"在最大限度内""保持原文句法",新译本却发挥译语优势,用最好的译文表达方式,和他展开竞赛。据译者估计,傅译约有十分之一是不容易超越的,那时,译者只能承认竞赛没有取得胜利。

一

美就是真,真就是美。
——济慈
美是最高级的善,
创造美是最高级的乐趣。
——叔本华

在1994年举行的"外国文学中译国际研讨会"上,香港中文大学翻译系主任金圣华宣读的论文中说:"自从中西文化交流以来,我国译坛产生过不少知名的翻译家,但以译著宏富,译笔优美而言,则傅雷先生不愧为个中翘楚。"又说:"傅雷……从28岁到33岁,曾以五年时间,译竣出版罗曼·罗兰的名著《约翰·克利斯朵夫》四大卷,在中国有良知、有热情的知识分子之中,引起了巨大的回响。"还说:"傅雷认为'外文都是分析的、散文的,中文都是综合的、诗的。这两个不同的美学原则使双方的词汇不容易凑合'。于是,译文就无可避免地在'过与不及'两个极端中荡来荡去。"《傅雷家书》(1954年5月5日)中说:"我自己愈来愈觉得肠子枯索已极,文句都有些公式化,色彩不够变化,用字也不够广。"《家书》(1963年10月14日)又说:"至于译文,改来改去,总觉得能力已经到了顶,多数不满意的地方明知还可修改,却无法胜任,受了我个人文笔的限制。这四五年来愈来愈清楚地感觉到自己的 limit(局限性),仿佛一道不可超越的鸿沟。"

每个作家和翻译家都有自己的"局限性",如能取人之长,补己之短,那就可以使文学创作和文学翻译前进一步,取人之长越多,进步也越大。先谈创作,北宋词人晏殊(991—1055)7岁能文,少以神童召试,赐同进士出身,官至宰相,范仲淹、欧阳修等文人,都是他的门下,应该算是古代一个大作家了。《复斋漫录》记载他和王淇的对话:"每得句书墙壁间,或弥年未尝强对。且如'无可奈何花落去'一句,至今未能对也。"王淇应曰:"似曾相识燕归来。""无可奈何"是个空洞的概念,看不见,摸不着,而"花落去"却是实物,给人实感。晏殊想到了一句虚实相辅相成的好诗,一年都想不出下一句来,这是他的"局限性"。但王淇却用虚的"似曾相识"对"无可奈何",又用实的"燕归来"对实的"花落去",这是王淇之所长。晏殊能用人之长,补己之短,结果这两句诗成了千古妙对。

创作可以取长补短,翻译也有"长江后浪推前浪"的情况。这次"外国文学中译国际研讨会"上,香港大学亚洲研究中心院士刘靖之在他宣读的论文中,引用了鲁迅和傅雷同一段《约翰·克利斯朵夫》的译文,这段文字叙述七岁半的约翰·克利斯朵夫躺在床上,回想白天听到贝多芬序曲的情景:

(L'ouverture de Beethoven entendue au concert grondait à son oreille.)... Il la reconnaissait. Il reconnaissait ces hurlements de colère, ces aboiements enragés, il entendait les battements de ce cœur forcené qui saute dans la poitrine, ce sang tumultueux, il sentait sur sa face ces coups de vent frénétiques, qui cinglent et qui broient, et qui s'arrêtent soudain, brisés par une volonté d'Hercule. Cette âme gigantesque entrait en lui, distendait ses membres et son âme, et leur donnait des proportions colossales. Il marchait sur le monde. Il était une montagne, des orages soufflaient en lui. Des orages de fureur! Des orages de douleur!... Ah! quelle douleur!... Mais cela ne faisait rien! Il se sentait si fort!...

Souffrir! souffrir encore!... Ah! que c'est bon d'être fort! Que c'est bon de souffrir, quand on est fort!...

　　……他用耳朵的根底听音响。那是愤怒的呼唤，是犷野的咆哮。他觉得那送来的热情和血的骚扰，在自己的胸中汹涌了。他在脸上，感到暴风雨的狂暴的乱打，前进着，破坏着，而且以伟大的赫尔鸠拉斯底意志蓦地停顿着。那巨大的精灵，沁进他的身体里去了。似乎吹嘘着他的四体和心灵，使这些忽然张大。他踏着全世界直立着。他正如山岳一般。愤怒和悲哀的疾风暴雨，扰动了他的心。……怎样的悲哀啊……怎么一回事啊！他强有力的地这样地自己觉得……辛苦，愈加辛苦，成为强有力的人，多么好呢……人为了要强有力而含辛茹苦，多么好呢！……①（鲁译）

　　……他认得这音乐，认得这愤怒的呼号，这疯狂的叫吼，他听到自己的心在胸中忐忑乱跳！血在那里沸腾，脸上给一阵阵的狂风吹着，它鞭挞一切，扫荡一切，又突然停住，好似有个雷霆万钧的意志把风势镇压了。那巨大的灵魂深深的透入了他的内心，使他肢体和灵魂尽量的膨胀，变得硕大无朋。他顶天立地的在世界上走着。他是一座山，大雷大雨在胸中吹打。狂怒的雷雨！痛苦的大雷雨！……哦！多么痛苦！……可是怕什么！他觉得自己那么坚强……好，受苦吧！永远受苦吧！……噢！要能坚强可多好！坚强而能受苦多好！……（傅译）

比较一下这两段译文，可以看出鲁迅用的是 20 年代的文字，如"赫尔鸠拉斯底意志""强有力的地"等，用"底"字表示所有格，用"的地"两个字表示状语，都已经过时了；现在表示所有格只用"的"，表示状语只用一个"地"字。傅雷的用法有所不同，他表示状语不用"地"而用"的"，他"神似"的译文"雷霆万钧的意志"显然胜过鲁迅的音译，他加译的"顶天立地"简直可以说是胜过罗曼·罗兰的原文。但是傅雷也有"过或不及"之处，如"永远受苦吧！"原文只是"再度受苦"的意思，未免太过；而"坚强而能受苦"又有所不及。因此，我在本书中取长补短重译如下：

　　……他记得这支乐曲，记得这忿怒的呼啸，这疯狂的吼叫，他听见无法控制的心在胸膛中蹦跳，血液在奔腾咆哮，他感到脸上有狂风

---

① 见鲁迅译《罗曼·罗兰的真勇主义》，载于《莽原》1926 年第 7、8 期"罗曼·罗兰专号"。

在吹,在打,在摧毁,但又忽然被巨人的意志摧毁了。这个巨人的灵魂进入了他的肉体,扩张了他的心灵和四肢,使他扩大了无数倍。他在世界上大步前进。他是一座大山,狂风暴雨就是他的呼吸。愤怒的风暴!痛苦的风暴!……啊!多大的痛苦!……不过这算什么!他觉得自己强大了!受苦吧!受难吧!啊!强大多么好!强大得不怕痛苦更是多么好!……

比较一下新译和傅译,我觉得各有千秋。傅译的"雷霆万钧"虽然好,但新译的"巨人"更形象化,并且和下一句"巨人的灵魂"联系更密切。傅译的"硕大无朋"虽然好,但新译的"扩张""扩大""大步前进""一座大山",对"硕大"的强调不在傅译之下;而"狂风暴雨就是他的呼吸"则比傅译更形象化。

福楼拜曾对莫泊桑说过:"某一现象,只能用一种方式表示,只能用一个名词来概括,只能用一个形容词表明其特性,只能用一个动词使它生动起来,作家的责任就是以超人的努力寻求这唯一的名词、形容词和动词。"福楼拜的话能不能应用到文学翻译上来呢?比较一下以上三种译文,我寻求到"唯一的名词"是"意志"二字,其他的译文都是大同小异,名词如鲁译的"疾风暴雨",傅译是"大雷雨",新译则是"风暴";形容词如鲁译的"强有力",傅译成了"坚强",新译成了"强大";动词更是各有千秋,如鲁译的"含辛茹苦",傅译只是简单的"受苦"二字,新译变成了"受苦受难"。以上谈的是词汇。如果要比较句子,那更是千变万化。就以最后一句为例,鲁译是"人为了要强有力而含辛茹苦,多么好呢!"傅译非常精练,只用了八个字"坚强而能受苦多好!"新译多加了四个字:"强大得不怕痛苦更是多么好!"但比傅译更强有力。三种译文,只有一个"好"字是"唯一的形容词",其他用语多不相同,有没有高下之分?有没有"唯一"的词句?这就要牵涉到翻译的标准了。

近百年来,文学翻译最通用的标准,是严复提出来的"信、达、雅"三字经。《中国翻译》登过一篇文章,说三字经源于泰特勒的三原则。在这次研讨会上,黄文范提出:严复受了法国古沾美学三论(真、善、美)的影响,并说:"信即是真;达即是善;雅即是美。"他还提出:"对原作忠实"已不能满足现代读者的要求,必须升华为"对读者忠实",也就是说,"力求使读者融会贯通,一无窒碍而能心领神会,沉浸作品,了然不察这竟是出于外文的翻译,始足以言上层的意境"。另一方面,研讨会上也有反对严复的,如美国加州大学叶维廉教授的论文题目就是:《破"信达雅":翻译后起的生命》。他在论文中说:"我们打算集中在'信达'方面的讨论,因为'雅',严格地说,应该是'达'的一部分,除非'达'的论者只求'内容'的传达。"此外,菲律宾《联合日报》总编辑施颖洲提出:"翻译只有一个标准,就是:忠实。'忠实'就是'信'。严复所说的'达'与'雅',是不必要的。因为,如果原文是达的,是雅的,译文只要忠实于原文,它也会是达的,是雅的。"这样看来,翻译的标准到底是"信达雅"或是"信达"或是"信",还是刘重德提出的"信达切"?是美国奈达提出的"灵活对等"或"等值"或"等效"论,还是傅雷提出的"不在形似而在神似"?

我认为翻译理论来源于翻译实践,又反过来要受翻译实践的检验。以上三种译文,如果只用"信"的标准来检验,那么,没有一种译文是不"信"的。如用"信达"两个字来衡量,则可以说:鲁译文字老化,不如其他译文"达"意。如用"信达雅"三个字来检验,又可以说:傅译以精练胜,新译以生动胜,难分高下,很难说谁"寻求到了唯一的"词句。至于其他译论,我想通过最后一句译文来检验。如要译得最"切"、最"对等"、最"形似",那么,译文大约是:当人强大时,受苦多么好!自然"强大"也可以是"强有力"或"坚强"。但无论是哪种"强",原文的时间状语从句都显得不够"达",所以鲁译改成目的状语从句,傅译改成并列主语从句,新译改成程度状语从句。如果认为"形似"的译文最好,那就说明"对等"论或"信达切"说言之有理;如果"形似"的译文不如以上三种译文,那就说明"信达切"或"对等"论站不住脚。如果"对等"论者根据自己的理论能把这句译得更好,能把这段译得更好,能把全书译得更好,那就可以算是经得起翻译实践的检验。

这句的原文为什么要用时间状语从句呢?那要看一看上下文。上句的新译是"强大多么好!"所以这句说:等到强大了,连受苦都是好的。傅译"坚强而能受苦多好",仿佛是说坚强而不受苦就不好了。和原文比起来,译文有所"不及"。鲁译"人为了要强有力而含辛茹苦",仿佛是孟子说的"天将降大任于斯人也,必先苦其心志",和原文比起来,译文又有"过之"。新译说强大得不怕苦多好,在"过与不及"之间,但既不是"信达切",也不是"对等""等值"或"等效"。如以效果而论,强大了连受苦都好,是鼓励人受苦,强大得不怕苦,却只鼓励人强大,所以译文和原文并不"等效",也不"等值",更不"对等"。因此,三种译文虽有高下可分,但是"唯一的"对等词不多。

关于"对等"的问题，高健在《外国语》1994年第2期上说得好："等值等效说比较更适合于以资料、事实为主的科技翻译，而不太适用于语言本身在其中起着重要作用的文学翻译；换句话说，它更适合于整个翻译阶程中较低层次的翻译（在这类翻译中一切似乎都已有其现成的译法），而不太适合于较高层次的翻译（其中一切几乎全无定法，而必须重新创造）。"在我看来，文学作品中也有较低层次的词句和较高层次的词句。较低层次的词或句，在翻译时比较容易找到"唯一"的对等词，找到后别人也不容易超越，只能依样画葫芦。较高层次的词或句，在翻译时就不容易找到"唯一的"对等词，而要八仙过海，各显神通；也就是在翻译高层词句时，需要译者有"再创作"的才能，才可分辨出不同译文的高下，才可知道译文有无胜过原文的可能。

"对等"论和"形似"论对译者最不利的影响是：翻译时经常考虑译文某个词和原文某个词是不是"对等"，是不是"相似"？而不知道"对等"的词并不一定是最好的译文。我认为最好的译文要使读者"知之、好之、乐之"。例如上面三段译文都能使人"知之"；当我读到傅译"雷霆万钧"、新译"强大得不怕苦"时，觉得理智上"好之"；读到傅译"顶天立地"、新译"狂风暴雨就是他的呼吸"时，我觉得感情上"乐之"。如果每译一句，译者都自问能否使人"知之、好之、乐之"，那就可以提高翻译的水平。

我认为重译是提高翻译水平的一个好方法。我曾说过：文学翻译是两种语言文化的竞赛。而重译则是两个译者之间，有时甚至是译者和作者之间的竞赛。其实，文学翻译的最高目标应该是取代原作。因为21世纪的文学家不可能只知道本国文学，而不了解世界文学，因此必须阅读翻译文学，而译作如果能和原作比美，甚至胜过原作（如英译《鲁拜集》），那就可以在本国建立世界文学。21世纪的翻译家应该和作家不分高下，所以我要和傅雷展开竞赛。如果译文只寻求和原文"对等""等值"或"等效"，结果往往只能使读者"知之"，不容易使人"好之"，更不容易使人"乐之"，在两种语言的竞赛中，只能紧紧跟在原文后面，永远不能超越原文；就是说，翻译文学永远不能和创作文学比美，更不可能胜过创作了。但是，如果能用"再创作"的方法，充分发挥译语优势，使人读译文后，不但"知之"，而且"好之"，甚至"乐之"，那翻译文学才有可能和创作文学平起平坐，才有可能在本国建立起世界文学。如果能把本国文学译成外文，能使外国读者"知之、好之、乐之"，那就是在全世界建立世界文学了。

　　重译《约翰·克里斯托夫》不仅为了使人"知之、好之、乐之"，首先是译者"自得其乐"。叔本华说过："美"是最高级的"善"，创造"美"是最高级的乐趣。傅译已经可以和原作比美而不逊色，如果再创造的"美"能够胜过傅译，那不是最高级的乐趣吗？如果"自得其乐"能够引起广大读者的共鸣，那不是最高级的"善"，最大的好事吗？乐趣有人共享就会倍增，无人同赏却会消失。这就是我重译这部皇皇巨著的原因。（新译本已由湖南文艺出版社出版）

二

　　关于风格问题，有人认为只有"形似"的译文才合原作风格。那么，"神似"的译文合不合原作风格呢？如果认为不合，那不是排斥"神似"的译文吗？如认为合，那还有无必要提出译文风格的问题？我看如果解决了"形似"和"神似"的矛盾，可能不必研究译文风格了。现在再举罗曼·罗兰《约翰·克里斯托夫》第十本前五句的原文、英译文和傅雷的中译文为例：

　　La vie passe. Le corps et l'âme s'écoulent comme un flot. Les ans s'inscrivent sur la chair de l'arbre qui vieillit. Le monde entier des formes s'use et se renouvelle. Toi seule ne passe pas, immortelle Musique.

　　Life passes. Body and soul flow onward like a stream. The years are written in the flesh of the ageing tree. The whole visible world of form is forever wearing out and springing to new life. Thou only dost not pass, immortal music.

　　生命飞逝。肉体与灵魂像流水似的过去。岁月镌刻在老去的树身上。整个有形的世界都在消耗、更新。不朽的音乐，唯有你常在。

比较一下法文、英文和中文，可以说英文和法文非常接近，中文和法文的距离就要远些。如第一句，英文和法文几乎完全一样，但也有一点不同，那就是英文的抽象名词前不用冠词，法文却还要用。至于中文，傅译是"生命飞逝"，比起原文 passe 来，那就有过之而无不及了，所以不如改为"消逝"。尤其因为原文第五句又重复了 passe，把音乐和生命对比，说音乐不会消逝；如果说音乐不会"飞逝"，那就未免太快，不合原意了，所以傅雷用反词正译法，说"唯有你（音乐）常在"。

第二句的英文和法文也很接近，但把 s'écoulent 译成 flow onward 有滚滚向前的意思，比原文重了一点；这句傅雷译成"像流水似的过去"，却比英译合适。但法文 flot 有两个意思，一是流水，英译、傅译都用此义；另外一个意思是波浪。从中文观点来看，说"肉体与灵魂像流水似的过去"好呢，还是说"像波浪滚滚流去"好呢？我是主张刻意追求好的词语，才能译出好风格的。

第三句的英文和法文大同小异，所不同的是：法文动词用自反式，英译文用了被动态；法文用的是关系从句，英文为一个现在分词。中文更加精简，傅译是"岁月镌刻在老去的树身上"。"镌刻"既可主动，也可被动，这就是发挥了译语的优势。法文 chair（肉体）把树拟人化，傅译"树身"也可以指树的肉体，但是力量弱了一点。这算不算发挥译语的优势？有没有再现原作的风格？那就是可以研究的了。

第四句的英文和法文不同之处更多：原文比较精练，英译文比较精确。中译文更接近原文，说"整个有形的世界都在消耗、更新"。而英译文却在有形世界前加了一个 visible（看得见的），"更新"没有译成 renew，而是说 springing to new life（跃入新生）。换句话说，英译更加"神似"，傅译更加"形似"。能不能说英译不如傅译合乎原作风格呢？

我看傅译第一句的"飞逝"不如英译"形似""神似"。第二句的"过去"比英译好，但并不是最好的表达方式。第三句很精练，但"树身"不如英译精确。第四句比英译更"形似"，但并不比英译"神似"。第五句的"常在"，又不如英译重复 pass 更能突出和第一句的对比。总之，比较傅译、英译之后，我认为译文的高下并不在传达原作的风格，而在是否和原作神似，是否用了译语最好的表达方式。现将我的新译抄录如下：

> 生命消逝了。肉体和灵魂像波浪滚滚而去。岁月在老树身上刻下了年轮。整个有形的世界都在除旧迎新。只有你，不朽的音乐呵，不会随波而去。

我翻译时，不是考虑保存原作风格，而是追求最好的译语表达方式，目的是使读者"知之、好之、乐之"。因为文学作品一般是选择得最好，排列得最好的文字（best words in best order），所以译文如果用了最好的表达方式，可以算是保存了原作的风格。例如下面一句：

> ... je bois le sourire de ta bouche muette;

傅译是"……从你缄默的嘴里看到了笑容"；我认为更好的表达方式是"……我在你无言的嘴上痛饮醉人的笑容"。

傅雷的译文重神似不重形似，但他又说："在最大限度内我们是要保持原文句法的。"我认为傅译成功之处在"神似"，失败之处在"迁就原文字面"。我认为翻译的艺术是"从心所欲，不逾矩"，只要"不逾矩"，我要在"最大限度内"发挥译语优势。总而言之，翻译风格还是"形似"或"神似"的问题；换句说话，是"信达切"或"信达优"的问题。

（第一部分原载《外国语》1995年第4期，第二部分原载《译林书评》1998年第1期，今予补充）

著 译 表

（一）中文著作

1. 《翻译的艺术》（中国对外翻译出版公司，1984）
2. 《文学翻译谈》（书林出版有限公司，1998）
3. 《文学与翻译》（北京大学出版社，2003）
4. 《译笔生花》（文心出版社，2005）
5. 《追忆逝水年华》（三联书店，1996，1997）
6. 《诗书人生》（百花文艺出版社，2003）

（二）英文著作

7. 《中诗英韵探胜——从〈诗经〉到〈西厢记〉》（北京大学出版社，1992）
8. 《中诗英韵探胜》新版（北大名家名著，北京大学出版社，1997）
9. 《逝水年华》（杨振宁序，中国文学出版社，1998）
10. Vanished Springs（《似水年华》，杨振宁序，美国 Vantage Press，1999）

（三）英文编译

11. 《中诗英译比录》（吕叔湘序，合编，香港三联书店，1988；书林出版有限公司，1990）
12. 《唐诗三百首新译》及英序（合编，香港商务印书馆，1987）

（四）英文译著

13. 《中国古诗词六百首》及英序（新世界出版社，1994）
14. Songs of the Immortals(《不朽之歌》，英国 Penguin Books，1994)
15. 《诗经》及英文导论（中国文学出版社，1994）
16. 《诗经》及汉英导论（湖南出版社，1993）
17. 《人间春色第一枝〈国风〉欣赏》（余冠英序，河南人民出版社，1992）
18. 《人间春色第一枝〈雅颂〉欣赏》（余冠英序，河南人民出版社，1992）
19. 《诗经楚辞一百五十首》及英文导论（北京大学出版社，待出）
20. 《楚辞》及汉英导论（湖南出版社，1994，1995）
21. 《汉魏六朝诗一百五十首》及英文导论（北京大学出版社，1995）
22. 《唐诗三百首》及汉英长序（高等教育出版社，2000）
23. 《唐诗一百五十首》（钱锺书题签）及汉英长序（陕西人民出版社，1984）
24. 《唐宋诗一百五十首》及英文导论（北京大学出版社，1995）
25. 《唐宋词三百首》及中文序（河北人民出版社，2002）
26. 《唐宋词一百五十首》及英文导论（北京大学出版社，1990）
27. 《唐宋词一百首》及汉英导论（香港商务印书馆，1986）
28. Tang-Song Lyrics(《唐宋词画》) 及英文序（新加坡教育出版社，1996）
29. 《李白诗选》及英文序（四川人民出版社，1987）
30. 《宋词三百首》及汉英长序（湖南出版社，1993）
31. 《苏东坡诗词新译》及英文序（香港商务印书馆，1982）
32. 《西厢记》（四本十六折）及英文导论（外文出版社，1992）
33. 《西厢记》（五本二十折）及汉英导论（湖南出版社，1997）
34. 《大中华文库汉英对照西厢记》及汉英序（外文出版社，2000）
35. 《元明清诗一百五十首》及英文导论（北京大学出版社，1997）
36. 《动地诗——中国革命家诗词选》（香港商务印书馆，1981）
37. 《毛泽东诗词选》（五十首）及汉英长序（中国对外翻译出版公司，1993）
38. 《顾毓琇诗词选》及汉英序言（高等教育出版社，2001）
39. 《新编千家诗》及汉英短序（中华书局，2000）
40. 《古诗绝句百首》（吉林文史出版社，2000）
41. 《国句名篇》（开明文教音像出版社，2001）

42.《中、小学生必背诗词》（河北人民出版社，2003）

（五）法文译著

43.《中国古诗词三百首》及法文导论（北京大学出版社，1999）
44.《唐宋词选一百首》及法文导论（外文出版社，1987）
45.《毛泽东诗词四十二首》英法译本（中国人民解放军外国语学院，1978）
46. 秦兆阳《农村散记》（合译，外文出版社，1957）

（六）中文译著

47. ［英］德莱顿《一切为了爱情》（新文艺出版社，1956）
48. ［英］德莱顿《埃及艳后》及长序（漓江出版社，1994）
49. ［英］司各特《昆廷·杜沃德》及后记（合译，人民文学出版社，1987）
50. ［法］《雨果戏剧选》及长序（人民文学出版社，1986，1988；2002年收入《雨果文集》）
51. ［法］《雨果精选集·艾那尼》（山东文艺出版社，1998）
52. ［法］司汤达《红与黑》及译序（湖南文艺出版社，1993；1998年收入《司汤达小说全集》）
53. ［法］巴尔扎克《人生的开始》及后记（上海译文出版社，1983）
54. ［法］《巴尔扎克全集·入世之初》（人民文学出版社，1986，1994，1999）
55. ［法］福楼拜《包法利夫人》及译序（译林出版社，1992）
56. ［法］莫泊桑《水上》及短序（人民文学出版社，1986）
57. ［法］普鲁斯特《追忆似水年华》（合译，译林出版社，1990，1994，2001）
58. ［法］罗曼·罗兰《约翰·克里斯托夫》及译序（湖南文艺出版社，1999）
59. ［法］罗曼·罗兰《哥拉·布勒尼翁》（人民文学出版社，1958，1978，1984）
60. ［美］亨利·泰勒《飞马腾空》诗集（中国对外翻译出版公司，1991）